홍명희의 문학과 사상

채진홍

저자 채진홍 蔡進弘

고려대학교 대학원 국어국문학과에서 문학박사 학위를 받았고 고려대학교 연구교수를 지냈다. 1983년 『삶의 문학』에 단편소설 「노을 속에서」 발표, 2011년 『씨올의 소리』에 시 「21세기 초 이년간」 발표하면서 시인과 소설가로서 창작 활동을 하고 있다. 저서에 『홍명희 임꺽정 연구』 『홍명희』(편저) 『한러 전환기 소설의 근대적 초상』(공저) 『한중 전환기 소설의 근대적 자아』(공저) 『한일 전환기 소설에 나타난 근대인의 초상』(공저) 『현대 한국 장편소설 연구』(공저) 『외국인을 위한 고급 한국어 강의』(공저), 장편소설에 『놀강의 목어』 『머물지 않는 섬』 『사자가 풀을 뜯고』, 전기에 『나는 너희를 치료하는 여호와임이라: 애양원 100년의 역사와 숨결』 『인돈 평전』(공저), 역서에 『한국 땅에서 예수의 종이 된 사람: 존 탈메지의 옥중수고』(공역) 등이 있다.

홍명희의 문학과 사상

인쇄 · 2018년 11월 5일
발행 · 2018년 11월 15일

지은이 · 채진홍
펴낸이 · 한봉숙
펴낸곳 · 푸른사상사

편집 · 지순이 | 교정 · 김수란
등록 · 1999년 7월 8일 제2-2876호
주소 · 경기도 파주시 회동길 337-16(서패동 470-6)
대표전화 · 031) 955-9111~2 | 팩시밀리 · 031) 955-9114
이메일 · prun21c@hanmail.net
홈페이지 · http://www.prun21c.com

ⓒ 채진홍, 2018
ISBN 979-11-308-1383-7   93800
값 37,000원

이 도서의 국립중앙도서관 출판예정도서목록(CIP)은 서지정보유통지원시스템 홈페이지(http://seoji.nl.go.kr)와 국가자료공동목록시스템(http://www.nl.go.kr/kolisnet)에서 이용하실 수 있습니다.(CIP제어번호: CIP2018035395)

푸른사상 학술총서 42

Hong, Myounghee's Thought of Literature and His View Point of the World

채진홍

홍명희의 문학과 사상

홍명희: 민족 해방, 인간 해방을 꿈꾼 해방지성

남북 정상이 올해 들어 세 번 만났다. 그것도 아메리카합중국 정치꾼들이 늘 머리 아프다고 생각하는 판문점과 평양에서. 그 '세 번'이 '세 번이나'인지, '세 번밖에'인지, 아니면 그냥 '서너 번'인지, 어떤 말을 갖다 붙여도 우리에겐 편안한 일이 아니다. 그 일이 희망적인 일이지만, 동시에 그만큼 힘든 공사이기 때문이다. 필자가 영락없는 한국 사람이라서인지, 개인적으로 희망에 초점을 맞추다 보니 자꾸 홍명희 선생의 모습이 떠오른다. 지금 저쪽 세상에 계신 선생께서 혹 상제님께 '제발 우리 민족 통일 좀 하게 해주십사'라고 떼라도 쓰지 않으셨나, 그래서 그 어렵다던 만남이 봄 한 철에 '두 번이나', 그리고 '가을인가' 소리가 나오자마자 당장 결실이라도 맺자는 기세로 '한 번 더' 이루어졌나 하는 생각이 들 정도다. 성경에 보면 도망자 신세가 되어, 그냥 하늘 아래 땅바닥에서 돌베개를 베고 지내던 야곱이 천사들하고 씨름하여 상제님의 마음을 움직였다 하니, 내심 그것이 그렇게 엉뚱한 상상만은 아닌 것 같다는 위안이 들기도 한다. 그런데 그러한 생각은 필자 개인적인 위안이 중요한 게 아니라, 선생께서 품었던 실제 뜻이 더 중요한 것은 당연한 이치이다.

8 · 15 직후 남북이 갈라서기 전까지, 좌우 대립이 한창이던 때, 우리 민족사에서 홍명희만큼 남북 단일정부 수립을 간절히 원하고 주장했던 지식인도 드물 것이다. 그는 일제가 패망한 8 · 15를 우리 민족의 진정한 독립 · 해방으로 본 것이 아니라, 미 · 소 점령 사건으로 보았다. 우리 민족의 현실 문제를 올바로 풀기 위해, 미국의 대소 외교 정책에만 의존하지 말자는 게 당시 그의 지론이었다. "미 · 소 어느 나라임을 막론하고 자기들의 세계정책과 우리 문제는 반드시 이해가 일치되는 것이 아님이 분명한 일"이라고 힘주어 말했던 것이다. 이념에만 경도되어 편 가르기에 목숨 걸었던 많은 지식인들과 달리, 당시 국제 정세를 냉정하고 객관적이고 정확하게 읽어낸 것이다. 더욱이 그가 6 · 25 전쟁을 예견한 점은 소름 돋는 일임과 동시에 비극적인 일이다. 그런데, 그 고난이 70년이 지난 오늘의 현실까지 이어지고 있으니, 그의 지적 능력의 탁월함과는 상관없이 우리 민족사의 불행이 아직 그대로 이어진다는 게 문제이다. 소비에트연합이 해체된 오늘의 현실에서는 미 · 소가 미 · 중으로 바뀌었을 뿐이니 말이다.

물론 홍명희의 그러한 통일관은 하루아침에 이루어진 게 아니다. 일제 강점이 시작된 때부터, 특히 그의 부친 홍범식 열사께서 경술년 그 날을 맞아 자결한 이후부터, 방랑생활, 방대한 독서, 독립투쟁, 옥고,『임꺽정』창작을 비롯한 광범위한 계몽적 글쓰기, 남북 단일정부 수립운동 등, 그가 겪은 부단한 고통과 올곧게 실천한 저항 운동들이 그의 세계관을 그렇게 형성한 것이다.

님께 받은 귀한 피가

핏줄 속에 흐르므로
이 피를 더럽힐까
남에 없이 조심되고
남에 없이 근심되어
염통 한조각이나마
적에게 빼앗기지 않으려고
구구히 애를 썻아외다.

국민의무 다하라고
분부하신 님의 말씀
해와 같고 달과 같이
내 앞길을 비춰준다
더 거룩히는 못할지라도
님을 찾아가 보입는 날
꾸중이나 듣지 않고자.

—「눈물섞인 노래」, 7~8연

홍명희의 손자 홍석중의 증언에 의하면 "할아버지께서 8·15를 맞아 두 아들을 붙안고 대성통곡을 하셨고, 그날로 밤을 새워 위 시를 지으셨다."는 것이다. 그러니 홍명희의 실천적 저항 운동이 오늘을 살고 있는 나약한 지식인에게 심정적으로도 공감을 얻지 않을 수 없다.

위 시에서 '님'은 홍범식 열사이면서 또한 '나라'를 의미하니, 당대 우리의 전통 덕목이었던 충효의 의미를 홍명희가 민족의 극한 현실에서 함께 실현한 셈이다. 그가 반봉건, 반일제, 민족 해방의 사상을 품고 살았던 만큼, 충효의 의미를 관념적인 형식 윤리 이념의 테두리에 가두지 않고, 그것을 역사의 현장에서 실천적 의미로 몸소 실현했던 것이다.

그러한 역사의 현장들을 뒤돌아 볼 때, 홍명희는 진정한 의미에서 민족 해방, 나아가 인간 해방을 꿈꾸었던 지식인이었다. 그는 남북 통일정부 세우는 일이 우리 민족의 진정한 해방뿐만 아니라, 그것이 곧 세계평화에 기여하는 일이라는 점을 누누이 강조했던 것이다. 그것은 오늘의 세계정세에도 적확하게 들어맞는 말이니, 6·25 전쟁을 예견한 일보다 더 소름 돋는 일이라 아니할 수 없다. 그러한 지공무사한 지식인이 한쪽 체제를 선택할 수밖에 없던 우리 민족의 현실 또한 더 비극적인 일이다.

그가 공산주의자가 아니라, 좌에 가까운 민족주의자였음은 본인의 주장에서도 그렇고, 박학보의 증언에서도 확인할 수 있다. 그러한 그가 그렇게 비극적인 민족 현실의 한 축에 남아있을 수밖에 없던 일 또한 우리의 가슴을 아프게 한다. 그 일을 되새기다 보면 김일성의 환대, 둘째 아들의 공산주의 운동 등, 그 외 몇몇 사적인 이유들이 있겠지만, 홍석중의 증언 하나가 필자의 관심을 끈다. 김일성이 비 오는 날 홍명희와 함께 시골길을 지나던 중, 작은 인민학교 교정에 들어가, 홍명희에게 "저들이 우리의 귀중한 미래"라고 한 말이 그를 북에 남게 한 결정적인 계기가 되었다는 것이다. 그 증언대로라면, 항일 무장투쟁을 했다는 김일성의 그러한 몸짓은 홍명희의 순수한 내적 감성, 그리고 진정한 민족 해방, 민족 통일에 대한 염원을 자극하기에 충분했던 것으로 생각한다. 홍명희가, 자신의 실제 삶으로 보나, 자신이 쓴 여러 글 내용으로 보나, 인간에 대한 깊은 애정을 가졌던 인물이었던 점을 보면, 그 증언이 우리의 관심을 끌기에 충분하다 할 것이다.

그런데, 1948년 남북 연석회의 참석차 평양을 방문한 그가 그곳에 눌러 앉았고, 비극적인 역사가 이어지는 가운데 유명을 달리했으니, 현재로선 그 관심을 밝은 세상으로 끌어내기도 쉬운 일이 아닌 것이 또 하나의 문제이기도 하다. 그곳에서 드러난 그의 외적인 행적이야 이렇다 저렇다 이야기해 볼 수 있지만, 그것을 바탕으로 한 그 삶의 내면 의식과, 그의 인간 해방을 겨냥했던 사상의 정체를 그가 몸담았던 그쪽 체제 현실에서 체계적으로 연구할 일은 앞으로 우리의 중요한 숙제라 할 것이다.

이 책에서 필자는 그러한 숙제의 밑거름을 두 부분으로 나누어 마련하였다. 1부에서는 홍명희가 살았던 역사의 현장, 동학혁명, 1차 세계대전, 일제강점기, 3·1 독립혁명, 2차 세계대전, 8·15, 6·25, 민족 분단의 고착으로 이어진 역사의 실제 현장에서 그의 사상 체계가 어떻게 형성되었고, 그것이 어떻게 우리 역사 현실에 기여했는가를 고찰했다. 그 사상 체계의 바탕은 위에서 언급한 반봉건, 반일제, 민족 해방이었고, 그것은 반전사상과, 반문명사상, 애민사상과 연계되어 궁극적인 인간 해방을 염두에 둔 것이었다.

2부에서는 그러한 사상이『임꺽정』을 통해 어떻게 구현되었는가 하는 구조 원리를 분석해, 그것이 민족사 전체 흐름 원리에 어떻게 맞닿아 있는가 하는 문제를 종합했다. 소년기까지 유가사상을 통해 합리적인 사고 체계를 다졌고, 청년기에 들어서서 서양의 다양한 인문학과 자연과학을 두루 익혀 당대 '천재'라는 세평을 들었던 홍명희는『임꺽정』을 창작하는 데에서, 그의 인물평을 했던 사람들이 사용하던 실증 논리 이상의 문학적 상상력을 발휘했다. 특히 조선조 4대 사화로 얼룩진 역사의 피폐한 현장에서 화적 노릇을 하다가 참혹한 죽임을 당한 임꺽정이라는 실존 인물을 400년 후 일제강점기 피지배 현실에서 재현시켰다는 작가의 창작 의도가 필자의 눈길을 끌었다. 그의 그러한 탁월한 상상력의 진의를 민족사적 맥락에서 더 섬세하게 읽어내기 위해서는 허균 소설과 박지원 소설의 인물들과 비교 작업이 필요했다.

그러한 작업을 하다 보면, 홍명희가 꿈꾸던 인간 해방이 인류의 실제 역사 진행에서, 실증 논리와 그를 바탕으로 꾸려진 제도를 통해 온전히 이루어진 적이 있었던가 하는 의문이 들기도 한다. 그에 대한 답 또한 마찬가지다. 늘 우리를 가슴 아프게 하는 오늘의 상황이 그 점을 분명하게 말해주고 있다.

우리는 아직도 홍명희, 박지원, 허균이 일상 의미를 뛰어넘는 상상력을 통해, 각각 당대 사회의 일상에서 일탈될 수밖에 없었던 문제적 인물들을 어떻게 문학적으로 문제화시키고 재창조해냈는가 하는 면면을 되새겨보아야 할 것이다.

남북한 사람들이 자꾸들 만나서, 문학뿐만 아니라 여러 분야에서 그러한 되새김의 환경을 마련했으면 한다. 정상, 고위층들이 만나는 것보다는 보통 사람들이 편하게 만날 수 있는 날이 오기를, 별 능력도 없는 필자로선 그야말로 손꼽아 기다릴 뿐이다. 이 졸저가 그런 일에, 남북 통일정부를 세우고, 통일 문학사를 기술하는 일에 조금이라도 보탬이 될 수 있다면……. 선생께서 상제님께 기왕 떼쓰시는 김에, 그 때 좀 더 써주셨으면 하는 생각이 드는 순간이 이렇게 불초한 필자에게까지 찾아올 줄이야!

푸른사상사가 선생께서 즐겨 사용하시던 말씀대로 '부절'히, '부단'히 좋은 책들을 만들어내어, 이 땅의 빛과 소금 역할을 하며, 그렇게 진정한 인간 해방의 세계로 울울창창 펼쳐 나아가길 기원한다.

2018년 10월, 남덕유 봉우리를 바라보며,

채진홍 씀

제2부 『임꺽정』 연구

부록

제1부

문학론과 사상 연구

제1장
서론

　개인의 의미가 시대 의미와 맞물려 있다는 것은 당연한 이치이지만, 홍명희의 경우처럼 그 유기적인 관계의 예가 뚜렷한 경우도 드물 것이다. 그는 동학농민혁명이 일어나기 여섯 해 전에 태어나, 일제강점기를 겪고, 8·15를 맞고 6·25를 거쳐, 남북 분단이 고착될 대로 고착되어 있던 해에 세상을 떠났는데,[1] 그러한 격동의 역사 진행 과정에서 그는 늘 그 현장의 한가운데에 있었던 사람이다. 이는 그의 삶을 들여다보는 일이 곧 한국의 근현대사를 보는 일임을 뜻하기도 하고, 그리고 그 관계는 그의 문학론과 사상을 연구하는 일의 토대이기도 하다.

　동학농민혁명(1894)은 갑신정변(1884)의 실패와, 그 전후의 민란들의 힘이 응집되어 근현대사의 분수령을 이루어냈지만, 당대의 역사 현실이 그러한 아래로부터의 혁명을 허용할 만한 여건을 갖추지 못했고, 그로 인해 청일, 러일 두 전쟁을 불러들여, 일제 강점을 굳혔다. 홍명희는 그러한 상황에서 태어났

1　벽초(碧初) 홍명희(洪命熹)는 1888년 충북 괴산(槐山)에서 풍산(豊山) 홍씨(洪氏) 홍범식 (洪範植, 1871~1910)과 은진(恩津) 송씨(宋氏)의 장남으로 출생했고, 1968년 북한에서 별세했다.

고, 그 과정에서 부모를 잃었다. 세 살 때 모친이 별세했고, 그로 인해 그는 조모의 "편벽되게 망극한 은혜를"[2] 입으며 자랐다. 다섯 살 되던 해에 천자문을 시작으로 한학에 입문하고, 여섯 살 되던 해에 이르러 조모가 별세할 때까지, 그는 거의 조모의 손때와 더불어 자라났다. 그때까지 그는 남달리 귀하게만 자라고 있었다.

그러한 그가 세상에 나서 처음으로 슬픔과 외로움을 경험한 것은 어머니 잃은 것을 깨닫는 순간부터였다.

> 여덟살 되던 해에 비로소 소학을 배우기 시작하고 글짓는다고 다섯자 모하 말만드는 것을 배웠다. 나에게 할머니와 꼬까 어머니가 잇는 까닭으로 어머니 업는 것이 흔줄 몰으든 것을 어머니 본집에서 어머니 딸하온 사람이 나 혼자 잇는 것을 보면 질금질금 울면서 어머니가 나를 나혼 뒤에 산후탈이 병이 되어 삼 년을 끌다 돌아갓다. 어머니가 돌아갈림시에 어린 나에게 젖을 물리고 이 애는 어미 얼골도 몰을 것이다 하고 말씀 하얏다. 여러가지로 어머니의 말을 해들리어서 나의 눈에서 어머니 생각하는 눈물이 떨어지기 시작하야 「蒼蠅年年生 吾母何不歸」 다섯자 모흔 것이 말하자면 나의 한시짓기 시작이다.[3]

유년 시절 어머니를 상실했다는 점이 문제다. 그런데 그 점은 꼭 홍명희의 경우에만 해당되는 문제가 아니다. 그것은 상실을 경험한 모든 개인에게서 나타나는 일반화된 현상이다. 자신이 몸담고 있는 세계로부터 분리감을 느끼는 점이 그것이다. 인간이 그러한 분리감을 느끼게 될 때는 '혼자 있을 때'와 늘 일치한다. 한 인간이 여러 사람과 같이 있을 때일지라도, 어느 순간 그것

---

2   홍명희, 「자서전(自敍傳)」, 『삼천리』 1929.6[임형택 · 강영주 편, 『碧初 洪命憙 〈林巨正〉의 재조명』(서울: 사계절, 1988), 211쪽].

3   위의 글, 211쪽.

을 느꼈을 때 그는 그 속에서 결국 '혼자 있을 때'로 남게 되는 것이 상례이다.

홍명희의 경우도 그것은 마찬가지다. 어린 홍명희는 본의 아니게, 이미 그러한 경험을 수없이 겪었을, 생모의 나이 든 몸종으로부터 '혼자 있을 때'를 확인하게끔 강요받는다. 그럼으로써, 생모와 자신 사이에 가로놓여 있던 삶과 죽음이라는 자연의 질서 원리에 의한 외적 분리 현상을 홍명희 자신만의 내적 분리감으로 받아들이게 된다.

홍명희 자신이 시제로 택한 '파리'의 경우를 설명하는 데서도 그 점은 잘 드러난다. 파리가 해마다 태어나는 자연 현상은 그 주기의 폭이 다를 뿐이지 인간의 경우도 마찬가지이다. 한번 태어났던 파리가 영원히 그와 똑같은 형태의 것으로 낳고 죽는다는 법칙은 없을 것이다. '파리가 해마다 태어난다'와 '내 어머니는 어찌 돌아오지 않는가'의 비유는 자연법칙의 차원에서만 본다면 성립될 수 없다. 홍명희는 돌아오지 않는 어머니를 원망한 것이 아니라, 혼자 남았다고 생각한 자신의 슬픔을 확인했던 터이다. 홍명희에게는 그것이 세상에서 자신이 분리되었다는, 자신에 대한 첫 번째 확인의 순간이었을 것이다.

그러나 홍명희는 어린 시절을 그러한 분리감 속에서 슬프고, 외롭게만 보내지 않았다. 부친의 엄격한 가르침은 그러한 분리감을 창조적으로 극복해 나갈 수 있는 길을 열어주었다.

> 어릴 때부터 집안에 무서운 어른이 업시 자라든 나에게 아버지가 오즉 하나 무서운 사람이었다. 나이 륙칠년 우되는 고모와 이년저년 하고 싸우면 할머니나 꼬까 어머니는 웃고 내버려둘 뿐이 아니라 고모가 나에게 손직엄할 때 나를 역성들어주지마는 아버지는 내가 잘했거나 못했거나 나를 볼 때 눈쌀이 곱지 못하얏다. 그리하야 나는 아버지를 끄리엇다.[4]

---

4   위의 글, 211쪽.

얼핏 보아, 할머니나 '꼬까 어머니'의 처사는 생모의 몸종과 마찬가지로 어린 홍명희의 분리감을 심화하는 역할일 뿐이다. 그러나 그것이 그렇게 부정적으로만 받아들여지질 않는다. 그것은 그가 자신의 아버지에게서 느꼈던 무서운 감정에서 읽어낼 수 있다. 그런데 그것은 단순한 무서움이 아니라 세상을 정당하게 보는 '눈쌀'인 것이다. 마흔둘이 된, 온갖 풍상을 거의 다 겪은[5] 홍명희가 '그리하야 나는 아버지를 끄리엇다.'라고 말했을 때, 그 고백 속에는 단순한 유년 시절의 회상이 아닌, 부친에 대한 깊은 정이 담겨 있는 것으로 받아들여진다. 그리고 글 전체에 흐르는 따뜻한 분위기는, 그가 자신의 유년 시절 모두를 따뜻하게 감싸고 있음을 말해준다.

어른으로 성장하면서 그는 부친의 그러한 태도를 그대로 실천한다. 13세 되던 해에 여흥(驪興) 민씨(閔氏)와 결혼하여 16세 되던 해에 장남 기문(起文)이 출생하였는데, 그의 아들에 대한 가르침은 부친의 방식과 똑같다. "고조 할머니도 나를 귀여하고 왼 집안식구가 나를 위해주는데 아버지만이 왜 나를 미워할꼬"[6]라는 장남 기문의 증언은 홍명희 자신의 부친에 대한 것과 같은 맥락이다.

그러한 부친의 엄격한 가르침은, 그가 23세 되던 해에 절정에 이른다. 금산군수로 있던 부친이 경술국치(庚戌國恥)를 맞아 자결했고, 그때부터 홍명희의 '세상을 보는 눈'은 개인 차원이 아닌 민족의 현실 문제로 열렸던 것이다.

본래 우리 아버지는 할아버지의 최후로 말미암아서 가정에나 사회에나

---

5   홍명희는 마흔두 살 되던 해에 이 글을 썼는데, 그때가 바로 신간회 운동에 심혈을 기울이다 검거되기 몇 달 전이다.
6   홍기문(洪起文), 「아들로서 본 아버지」, 『조광』 2권 5호, 1936.5[임형택·강영주 편, 『碧初 洪命憙〈林巨正〉의 재조명』, 217쪽].

마음을 부치시지 못하고 외국으로 나가버리신 것이다. 구식으로 따지어 삼년상(三年喪)이나 마치자고 삼년 동안을 참고 기다리셨는지도 모른다. 그렇게 나가신 우리 아버지도 만주로 상해로 남양으로 칠팔년 왼갖 풍상(風霜)을 다 겪그며 돌아다니시는 동안 몸도 피곤하고 마음도 고으셨다.[7]

부친의 죽음은 이미 홍명희 개인이나 가정에 국한된 문제만은 아니었다. 그렇다고 그러한 비장한 사건에 대응해 나아갈 어떤 뚜렷한 행동이 그에게 쉽사리 허락될 세상도 아니었으니, 무작정 슬퍼할 수만도 없는 일이었다. 그는 부친이 망국의 한을 품은 채 세상을 떠난 그의 나이 23세 때부터, 3년 동안을 마음 둘 데 없이 참고 기다릴 수밖에 없었다. 부친을 여읜 슬픔 때문만도 아니었고, 무엇인가 해야 한다는 성급한 마음이 앞서 삼년상을 세월 보내기 식의 의례적인 절차로 생각했기 때문만은 더욱 아니었다.

청년 홍명희는 3년 동안 부친의 의지를 식민지 현실에 대응할 민족 의지로 받아들여 새로운 방향으로 열어나갈 길을 모색하고 있었던 것이다. 그 점은, 그가 25세 되던 해에 출국하여 수년간 만주·북경·상해·남양 등으로 떠돌아다니다가 31세 되던 해에 귀국하여 아들 기문에게 부친의 이야기를 전하는 태도에서 확인된다. "우리 할아버지를 뒤이어 우리들은 남달리 자존심(自尊心)이 있어야 하고 인내력(忍耐力)이 있어야 한다고 힘지게 일러주시었다. 또는 가끔가끔 눈물까지 머금어 가시면서 할아버지의 생전을 이약이 하야 주시었다."[8]가 그것이다.

그러한 식민지 현실에 대응할 민족 자존심과 인내력은 단순히 방랑 생활, 달리 말해서, 고행을 통한 깨달음이나 당대 명사였던 단재(丹齋) 신채호(申采

7   위의 글, 218쪽.
8   위의 글, 219쪽.

浩)・위당(爲堂) 정인보(鄭寅普)・민세(民世) 안재홍(安在鴻) 등과의 교우를 통한 자각의 결과에서 나온 것만은 아니다. 그와 아울러 방대한 양의 독서를 통해, 자기 나름대로의 사상을 정립해갔던 것이다.

철학(哲學)이 어떠하고 문학(文學)이 어떠하고 가지가지의 그 사실도 놀랍거니와 왕양하야 끗이 없는 우리 아버지의 학문도 놀라웠다. …… 그 책을 지금 다 기억하지는 못하나 그중에는 오이컨 베륵송 등의 저서(著書)도 있고 타골의 시집(詩集)도 있고 페스탈로치의 책도 있고 니체의 「사라투스트라」도 있어서 나는 볼 줄을 모르면서도 공연히 끼고 돌아다니었다. …… 본래 내가 조선 있을 때부터도 우리 아버지는 벌써 맑스주의를 공부해야 된다고 그렇게 고생하시는 중에도 원서(原書)를 어더다가 읽으시고 하상조(河相肇) 산천균(山川均) 등의 책을 사오시었다.[9]

그는 이러한 사상들을 성급한 민족 해방 논리로 받아들이지는 않았다. '자존심'과 '인내력'이라는 자신의 표현을 굳게 지켰다. 베르그송이든, 페스탈로치든, 니체든, 마르크스든, 우선 인간에 대한 깊은 애정으로 받아들여야 한다고 생각했다.

…… 시대일보로 오신 뒤는 오히려 한층 더 심한 편이었다. 심지어 세ㅅ집조차 쫏겨나서 두어달이나 삼십명 권솔이 고모댁 대고모댁으로 허터져 지내다가 내가 동경으로 건너가기 바로 얼마 전에야 다시 세ㅅ집을 정하고 안젔었다. 그런데도 아버지의 고생을 생각하는 내 마음은 전과 아조 달러졌다. 부산까지 바려주고 돌아서는 아버지의 쓸쓸한 뒷모냥을 바라보입고도 배ㅅ속에 들어서는 편안히 잠들어버리고 말았다.[10]

---

9   위의 글, 219~221쪽.
10 위의 글, 221쪽.

시대일보로 옮겼을 때가 1925년 4월, 그의 나이 38세 때였는데, 그가 그전까지 민족 해방을 위하여 아무런 행동도 취하지 않은 건 아니었다. 32세 되던 해에 3·1운동에 참여·투옥되어 33세 되던 해에 출옥하였고, 36세 되던 해에 좌익 사상 단체인 신사상연구회(新思想研究會)에 참가했으며, 37세 되던 해에 동아일보 편집국장 겸 주필을 역임했고, 신사상연구회의 후신인 화요회(火曜會)에 참가했다. 그러나 그는 3·1운동 이후, 그러한 단체나 운동에 별반 흥미를 느끼지 못했다.

그것은 그의 살림 형편이 날로 기우는 데 대해서 그가 별로 신경을 쓰지 못했던 것과 같은 차원으로 받아들여질 문제이다.

> 그 당시 아버지는 시대일보 사장(社長)으로 게시었으나 실상 차함(借啣)일체로써 누가 신문사를 어떻게 쥐고 흔드는지 누가 어떻게 말썽을 삼는지 도모지 알은 체하지 안하셨고 또 그때 아버지는 화요회(火曜會)의 회원(會員)으로 게시었으나 그 역시 그 회의 내용을 별로 아지 못하셨다. 그런데다가 없는 살림에 아우나 아들을 고생하는 것만이 애처로워 흔히 당신의 의견을 세우시지 않고 아래ㅅ사람들을 쫓아가시었다. 이와 같이 공(公)으로나 사(私)로나 그 당시 아버지는 의지(意志)의 인물로 표현되지 못하엿다. 남들도 오즉 그 점을 들어서 아버지를 헐뜨덧거니와 나도 그 점을 들어서 아버지를 공격하였던 것이다. 그러나 나는 공격할망정 남의 공격은 듣기가 싫다. 거기서 나는 일종의 고민까지를 느끼고 지냈다.[11]

위 홍기문의 증언에서 볼 수 있는 바와 같이, 얼핏 보아 민족 의지를 실현하는 데 적극성이 결여된 것으로 느껴지기도 하겠지만, 실은 그 속에 그가 자존심으로 표현한 민족에 대한 깊은 의지가 숨어 있었던 터이다. 물론 그 기반은

---

11 위의 글, 221~222쪽.

아들의 눈에 보인 "부산까지 바려주고 돌아서는 아버지의 쓸쓸한 뒷모냥"에서 읽어낼 수 있는 인간에 대한 깊은 애정인 것이다. 그는 민족이냐 인간이냐 하는 이분법적 선택의 함정으로 자신을 몰아넣지 않음으로써, 민족에 대한 그의 인내력을 지켜나갔던 것이다.

민족에 대한 그러한 자존심과 인내력은 그의 관념적인 사고의 결과만은 아니다. 그것은 그의 인간적 성실성의 결과이기도 하다. 그 점은 그가 옥중 생활 중 아들에게 준 시(文才何可易, 不止得虛名, 臨事誠爲貴, 有才須有誠)[12]에서 잘 드러난다. '쓸데없는 이름'은 단순히 문재(文才)에만 국한된 문제는 아니다. 그는 자신이 성실한 자세로 임했던 모든 일들을 그러한 태도로 해석한 것이며, 당시에 직면한 민족 현실 문제를 바르게 이끌어갈 수 있는 유일한 길이 바로 매사에 그러한 성실한 태도로 임하는 것뿐이라 생각했던 터이다.

그는 그의 아들의 말대로 불행에 처한 민족 현실 앞에서 남달리 "용감하게 나가지는 못하나 날카롭게 보고 굳게 지키는"[13] 사람이었다. 불행에 처한 현실을 타개하기 위해 용감하게 나서지 못한 것은, 그가 소위 기회주의자나 고리타분한 보수주의자여서가 아니었다. 그는 당시의 어느 누구보다도 진보적인 사람이었다.[14] 그러한 홍명희에게 중요한 것은 어떤 특정한 사상이나 이념이 아니었다. 마르크스 사상에 조예가 깊었던 그에겐 이념이 허위의식에 불과한 것으로 받아들여졌다.

---

12 위의 글, 223쪽.
13 위의 글, 224쪽.
14 "洪씨는 원래 전형적인 학자요 전형적인 귀족 「타잎」이요 또 전형적인 長者風이 잇는 분이다. 그러나 洪씨는 한번도 학자연한 일이 업고 귀족연한 일이 업고 또 거드름을 피는 분이 아니다. 조선에서 중노인측에 가장 진보적인 분이 누구냐 하면 洪씨를 첫손꾸락으로 꼽지 안을 수 없다." 박학보, 「인물월단(人物月旦)─홍명희론(洪命憙論)」, 임형택・강영주 편, 『碧初 洪命憙〈林巨正〉의 재조명』, 225쪽.

洪씨가 유물 사관의 세계와 자본론의 학설도 잘 알고 잇다. 허나 洪씨가 공산주의자냐 하면 결코 공산주의자는 아닌 것이다. 공산주의의 학설은 조선에 있서 누구보다도 못지 안케 通曉 할 것이다. 허나 공산주의자는 되기 싫어하는 분이다. 又況 공산당원이랴. 허나 그럿타고 하야 국수주의적인 어느 老紳士와 같은 분은 아닌 것이다. 엄정하게 말하면 민족주의의 좌익이라고 할 수 잇는 분으로 민족주의의 좌익 속에도 또 구분할 수 잇다면 좌익에 갓가운 분인 것이다.[15]

홍명희에게 절실한 현실 타개책은 '엄정하게 말하면 민족주의 좌익이라고 말할 수 있는 분……'이라는 주의자 매김 형식이 아니라, 민족 통합 운동이었다. 당시에 동서양의 사상과 문학을 두루 섭렵했던 그로서는 그것이 당연한 일이었다. 그러한 그가 1927년, 40세 되던 해에 "민족 유일당 운동인 신간회(新幹會) 운동"[16]의 간사로 일하다가 1929년 광주학생진상보고대회 관계로 검거된 것은 필연적인 일이었다. 그러한 민족 통합 운동의 길을 모색하게 된 바탕은 성급한 투쟁 의식보다는 역시 그의 인간에 대한 깊은 애정에 있었다. 그렇다고 그가 불의와 쉽게 타협하는 사람도 아니었다. 그의 "정신적 구조는 언제나 반양반·반봉건·반일제의 비타협이었다. 하여간 권력에 눌리는 데 대해선 반발이 대단했다.……"[17] 사실 그에 대한 지적은 "洪씨는 일생에 잇서 남과 교제니 운동이니를 모르는 분인 것이다."[18]가 적절했다. 그에 대한 꼭 주의자 매김 형식이 필요하다면, 그는 틀림없이 민족주의자였다. 그러한 그의 '민족을 보는 눈'은 식민지 피지배 상황에 처한 구체적인 현실을 겨냥했다. 그는

---

15 위의 글, 227쪽.
16 강만길, 『韓國近代史』(서울: 創作과批評社, 1984), 74~80쪽.
17 이관구의 증언. 이기형(李基炯), 「人傑을 낳은 山水의 藝術 ─ 벽초 홍명희의 생가를 찾아서」, 임형택·강영주 편, 『碧初 洪命憙 〈林巨正〉의 재조명』, 243쪽.
18 박학보, 앞의 글, 229쪽.

그 현실 속에서 피지배 국민 간의 이념 투쟁은 민족 해방에 큰 도움이 될 수 없었음을 잘 알고 있었다. 그에게 중요한 것은 식민지 실체에서 벗어날, 인간 해방으로서 민족 해방이었지, 이념적인 해방만으로서 민족 해방은 아니었다.

이상, 식민지 현실에서 홍명희가 민족을 어떠한 눈으로 바라보았는가에 대한 논의는 본론에서 논할 그의 문학론, 창작관, 정치관과 문예운동론, 자연과학 수용 태도와 반문명관, 톨스토이관, 8·15 직후 통일관과 문학관의 상관성을 구명하는 데 중요한 근거가 될 것이다. 인간 해방과 그에 대한 실천 문제는 홍명희 문학론의 실천성과 창작관의 토대이다. 그는 공소한 이론 투쟁보다 실체 창작을 강조했던 사람이고, 그의 정치관과 문예운동론도 그러한 차원에서 상호 유기적인 관계가 있다.

그리고 그의 자연과학 수용 태도가 기계적인 현실관보다, 반문명관, 반전 사상, 반제국주의 사상에 연계된 것도 바로 그러한 인간 해방 문제에 근원을 두고 있기 때문이다. 그것은 그의 톨스토이 수용 태도에서도 마찬가지였고, 그래서 그의 톨스토이관을 분석하는 일은 일제강점기 한국 문학사의 한 특징을 종합적으로 이해하는 데에 중요한 근거가 될 뿐만 아니라, 한 걸음 더 나아가 한국 근현대사에서 민족사 기술의 한 기준이 된다는 점에서도 그 의의를 찾을 수 있을 것이다. 그 점은 8·15의 실제 의미와도 연결되는 문제이다. 그는 8·15를 미·소의 점령 사건으로 파악했고, 그의 그러한 역사적 안목은 자연스럽게 민족 통일 문제로 집중되었으며, 그의 실천적인 문학관과 창작관이 그 문제에 직결되었던 것이다. 이는 동학농민혁명을 분기점으로 해서, 16세기 군도가 활약하던 임꺽정 시대와 미래의 민족 통일을 잇는 가교이기도 하다.

그가 1949년 남북연석회의 참가 후 북에 남은 이유도 그러한 맥락에서 유추 가능하다. 김일성의 환대, 항일 투쟁과 좌익 성향, 차남의 공산주의 운동

등[19] 여러 논점이 제기된 바 있지만, 이 또한 아직 유추 단계일 뿐이다. 앞으로 남북 교류가 현저히 자유로워지기 시작한 이후에야 그에 대한 자료 검증 작업과 해석이 객관성을 얻을 것이기 때문이다. 그 자료들에는 홍명희 자신이 지극히 싫어했던 이념적 우상화, 영웅화의 기호가 숨어 있을 위험성 또한 현저한 상태인 것이다. 그러나 위에서 말한 맥락, 그러한 차원에서 유추 가능한 일 또한 단순한 유추 행위에 머물 것은 아니다. 그 점은 그의 손자 홍석중의 증언에서 찾을 수 있다. 김일성이 비 오는 날 홍명희와 함께 시골길을 지나던 중, 작은 인민학교 교정에 들어가, 홍명희에게 "저들이 우리의 귀중한 미래"라고 한 말이 그를 북에 남게 한 결정적인 계기가 되었다는 것이다.[20] 그 증언이 사실이라면, 김일성의 그러한 몸짓은 홍명희의 진정한 민족 해방, 민족 통일에 대한 염원을 자극하기에 충분했던 것으로 생각한다.

---

19 강영주, 『벽초 홍명희 연구』(서울: 창작과비평사, 1999), 560~564쪽.
20 위의 책, 562쪽.

제2장

문학론

1. 실천의 조건

홍명희가 문학이론가 입장에서 본격적인 문학론을 글로 쓴 일은 없다. 간 간, 간단한 글이나 대담 석상에서 문학에 대한 자신의 생각을 나타냈을 뿐이 다.[1] 그렇다고, 그의 그러한 생각들을 간과해버릴 수는 없다. 거기에는 당대 이론가들의 본격 글들에서 나타난 것보다 더 중요한 의미가 담겨 있다. 그 점 은 두 방향에서 유추된다.

첫째, 그의 『임꺽정』 창작 의도이다. 그가 해방 후 대담석상에서 했던 말은 그의 문학론의 성격을 잘 드러낸다. "이러나 저러나 방응모씨(方應謨氏)와 홍 순필씨(洪淳泌氏)가 자꾸만 임꺽정을 끝내라 조르지만 임꺽정이가 독립 후인

---

[1] 문학론의 성격을 띤 그의 글에는 「신흥문예의 운동」, 『문예운동』 창간호, 1926.1.; 「예술 기원론의 일절」, 『문예운동』 2호, 1926.5.; 「무엇이 조선문학이냐」, 『한빛』 제 9호, 1928.9.; 「역일시화」, 『조광』 1936.10 등이 있으나, 본격적인 문학론은 아니다. 그의 문학론을 정리하기 위해선, 그러한 글들과 여기저기 대담석상에서 간단하게 피력된 그의 생각을 분석 자료로 삼을 수밖에 없다.

오늘날도 내 뒤를 따라단닌대서야 (一同 笑) 슈벨트의 미완성교향악처럼 임꺽정도 그만하고 미완성인대로 내버려뒀으면 좋겠어!"[2]가 그 부분이다. "독립 후인 오늘날도 내 뒤를 따러단닌대서야"는 『임꺽정』의 창작 의도가 독립 투쟁 문제와 깊이 관련되었음을 역으로 시사하는 부분이다. 의도의 핵심이 독립 투쟁 의미였음은 이미 밝혀진 바다. 400년 전의 역사 사건을 문제화함으로써, 일제강점기에 처해 있던 민중을 단합시켜 민족·인간의 진정한 해방에 이르는 길을 제시했던 것이다.

둘째, 그의 카프와 관계이다. 『임꺽정』을 쓰기 전부터 그는 "당시 지식인 사회에서 문인으로 간주되고 남다른 기대를 받고 있었던 것 같고, ……문인들 사이에서 장차 대작을 쓸 작가로 기대를 모으고 있었"[3]던 터다. 그 기대의 중심이 바로 창작 의도에서 드러난 민중의 단합과 민족 해방 문제였던 것이다. 그 점은 당대 카프 이론가들의 '테제' 성격을 띤 그의 신흥문예운동론의 중심 논리가 민중의 '생활'과 '사회변혁' 문제로 모아졌던 사실[4]에서 잘 드러난다.

물론, 당대 카프 문학이론가들이 홍명희의 그러한 생각을 온전히 이해하고 있었느냐는 따로 생각할 문제이다. 그들이 공소한 논쟁에 치우쳤음은 문학사에서 정리된 대로다. 그러니, 홍명희의 문학론을 중요하게 받아들이지 않을 수 없다. 공소한 논쟁이 아니라, 실천에서 걸러 나왔기 때문에 중요하다는 것이다. 문인들이 홍명희의 중심 생각인 일제에 대한 투쟁·민중 단합·민족 해방·인간 해방 문제를 실천 차원에서 받아들이지 못한 게 당대 현실이다.

2　「碧初 洪命憙선생을 둘러싼 文學談議」(출석자: 李泰俊·李源朝·金南天), 『大潮』 1호, 1946.1.; 임형택·강영주 편, 『碧初 洪命憙〈林巨正〉의 재조명』(서울: 사계절, 1988), 273쪽.

3　강영주, 「벽초 홍명희 ②-3·1운동에서 신간회운동까지」, 『역사비평』 24호, 1994, 165쪽.

4　강영주, 위의 글, 165~169쪽.

물론, 여기에서 실천이란 그의 항일 투쟁과 투옥 전력만을 뜻하는 것이 아니고, 어떠한 작품을 어떻게 창작했느냐 하는 문제를 말하는 것이다. 이는 홍명희 자신도 중요하게 생각한 문제인데,[5] 실상 당대에 좋은 작품을 쓴 사람들이 투옥되지 않은 경우를 찾아보기란 어려운 일이다. 그러나 좌·우파 문인들 대부분이 그 실천 의미에 합당하지 않았던 바, 홍명희와 교류가 있었던 문인들 중 한용운과 신채호와 심훈의 경우가 예외일 뿐이다.[6] 이들은 모두 자신의 생각을 철저하게 실천한 사람들이다. 홍명희의 경우는 자신의 부친 홍범식(洪範植) 열사의 순국 정신과도 깊은 관계가 있다.[7]

---

5   공소한 이론 투쟁은 해방 후에도 이어지는데, 홍명희는 문학 분야에서 그것이 어떻게 극복되어야 하는가를 분명하게 제시한다. "앞으로 서로 좋은 작품을 쓰는 데 전력을 다하는 것이 문학건설하는 데 가중 중요한 일이겠지요. 주의나 개념이 앞서고 창작력이 빈약한 것은……." 洪命憙·薛貞植 對談記.『신세대』1948.5[임형택·강영주 편,『碧初 洪命憙〈林巨正〉의 재조명』, 300쪽].

6   벽초 자신도 이들에게 남다른 애정을 보였던 게 사실이다. 이는 그들의 작품이나 사상보다도 사람됨을 존경했던 점에서 잘 드러난다.

한용운의 경우: 1939년 한용운의 회갑을 맞아 칠언절구 시 한 수를 친필로 증정.
黃河濁水日滔滔, 千載候淸難一遭, 豈獨摩尼源可照, 中流砥柱屹然高(황하의 흐린 강물 날로 도도하여, 천년을 기다려도 한 번 맑기 어렵구나, 어찌 마니주로 수원을 비출 뿐이랴, 격류 중의 지주처럼 우뚝 솟았어라). 강영주,「홍명희 연구 ⑤」『역사비평』31호 279쪽에서 재인용.

신채호의 경우: "丹齋가 固執세고 怪癖스럽다고 흉보듯변보듯 말하는사람도 없지 않으나 丹齋의 人物을 잘알면 固執이 맘에거슬리지 않고 怪癖이 눈에거칠지안았을것입니다.…… 내가 丹齋와 사귄時日은짜르나 사귄情誼는 깊어서 나의 五十半生에 中心으로 景仰하는 친구가 丹齋이었습니다." 홍명희,「上海時代의 丹齋」,『조광』1936.4, 213쪽.

심훈의 경우:『상록수』서문에서 홍명희는 "남들 같으면『상록수』를 '조선 장편의 고봉(高峰)이라' '농촌소설의 백미'고 항용 어투의 찬사나 진열하겠지만, 이것은 우리의 정분이 허락치 아니한다"고 전제한 후, 심훈이 "장진(長進) 대성할 것을 자기(自期)"한 것을 높이 평가하였다. 강영주,「홍명희 연구 ④」,『역사비평』30호, 1995, 260쪽.

7   "철학(哲學)이 어떠하고 문학이 어떠하고 세계사정(世界事情)이 어떠하고 조선문화(朝

위 민중·민족의 투쟁·단합·해방이라는 실천 문제는 홍명희의 실제 삶에서 걸러 나온 것이기도 하다. 그의 문학론이 실천성에 토대를 둔 것은 자연스러운 결과이다. 이 장에서는 그러한 실천 문제를 중심 방향으로 하여 홍명희의 문학론을 분석 정리하고자 한다.

2. 조선정조론

홍명희가 『임꺽정』을 쓰면서 강조한 점이 바로 조선 정조(情調)이다. "조선文學이라하면 예전것은 거지반 支那文學의 影響을 만히밧어서 事件이나 담기어진 情調들이 우리와 遊離된點이 만헛고, 그러고 최근의 문학은 쏘 歐美文學의 영항을 만히밧어서 洋臭가 있는터인데 林巨正만은 事件이나 人物이나 描寫로나 情調로나 모다 남에게서는 옷한벌 빌어 입지안코 純朝鮮거로 만들려고 하엿습니다. 「朝鮮情調에 一貫된作品」 이것이 나의 목표엇습니다."[8] 라는 뜻에서이다.

"남에게서는 옷한벌 빌어 입지안코 순조선(純朝鮮)거로 만들려고"가 관념적인 자세로 해결될 문제는 아니다. 창작 과정에서 그것은 문화 전반 문제와 관련되고, 문화의 뿌리를 모르고서는 해결될 문제가 아니기 때문이다. 홍명희는 우리 전통문화의 뿌리를 강조했던 사람이고,[9] 그 방면에 실제 해박한 지식

鮮文化가 어떠하고 가지가지의 그 사실도 놀랍거니와 왕양하야 끗이없는 우리 아버지의 학문도 놀라웠다. 그뿐이아니라 때로는 우리할아버지를 뒤이어 우리들은 남달리 자존심(自尊心)이 있어야 하고 인내심(忍耐心)이 있어야한다고 힘지게 일러 주시었다. 또는 가끔가끔 눈물까지 머금어 가시면서 할어버지의 생전을 이약이하야 주시었다." 洪起文, 「아들로서 본 아버지」, 『조광』 1936.5, 184쪽.

8   홍명희, 「林巨正傳을 쓰면서」, 『삼천리』 1933.9, 665쪽.
9   "그러나 요지음 와서는 자기 반성의 기회가 도라오면서 민속이니 민요니 이러한

을 가졌던 사람이다.[10] 스스로 작가라는 점을 내세워본 일은 없지만,[11] 그렇다고 그가 당대 다른 문인들보다 문학에 대한 애정이 뒤떨어진 사람도 아니다. 작품을 보는 안목이나, 문학에 관한 다방면의 식견도 마찬가지다.[12] 당대 문인·지식인임을 자처하며, 일제를 통해 들어온 서구문화에 환상을 가지며, '이식문화'라는 일반 견해를 자초했던 지식인들의 경우와는 정반대이다.

그의 그러한 뿌리 의식은 우리말 문제에 직결된다. 그가 우리말의 어원을 역사 사실과 결부시키는 데에서 그 점이 드러난다.

> 우리말의 語源을 溯究하면 史實로 말미암아 생긴말이 적지 아니하다.
> ……「하냥」이란 말은 「화링이」와 같고, 「화링이」는 新羅때 花郎을 惡意

---

10 지나간 민간문화의 채굴이 벗석 흥왕해지면서 도리혀 선배 없는 것이 허전도 하고, 섭섭도 한 모양이지. …(하략)…」「洪碧初·玄幾堂 對談－司會 李源朝」, 『조광』 1941.8[임형택·강영주 편, 『碧初 洪命憙 〈林巨正〉의 재조명』, 269쪽].

10 이는 당대 지식인들과 대담석상에서, 그의 글들 곳곳에서 확인된다. 동아일보 학예란(1924.10.1~12.31)에 쓴 글들, 동아일보(1925.1.1~2.10)에 學窓散話라는 제목으로 쓴 글들, 조선일보(1936.2.13~2.25)에 養疴雜錄이라는 제목으로 쓴 글들, 조선일보(1936.4.17.~4.19.)의 溫故鎖錄 등을 참조.

11 "내가 무슨 문학활동을 한 일이 있나. 실상은 오늘밤 이런 문학적인 회합에는 참여할 자격이 없지. (一同 笑)"「碧初 洪命憙先生을 둘러싼 文學談議」, 임형택·강영주 편, 『碧初 洪命憙 〈林巨正〉의 재조명』, 273쪽.
   "요컨대 내 말은 「체」하는 게 안되었다는 말이오. …… 오른 뜻으로 노력하는 것은 물론 좋으나, 그것이 기계적으로 되면 탈이죠."「洪命憙·薛貞植 對談記」, 위의 책, 304쪽.

12 "洪命憙君을 만난것이 乙巳年頃이라고 記憶되는데 君이 十九歲, 내가 十五歲때인가합니다. 그후四年間 君과의 交遊는 끊긴 일이 없는데 君은 文學的識見에 있어서 讀書에 있어서나 나보다들 一步를 앞섰다고 생각합니다. 바이론이나 夏目漱石이나 또는 채홉, 아르츠이바섭等 로시아作家의 作品에 내가 接하기는 洪君의 引渡에섭니다. 洪君은 예나 이제나 누구에게 무엇을勸하거나 指路하는 態度를 取하는 일이 없거니와 洪君이 말없이 冊을 빌려주는것으로 나의 指導者가 되었다고 생각합니다." 이광수, 「多難한半生의途程」, 『조광』 1936.3, 137쪽.

로 通用한것이 거의 疑心없다고 할만하고, 「고리다.」 「구리다.」는 말이
新羅때 高句麗를 미워하던 證跡이라고하니 高句麗를 下句麗라고하여 侮
辱하던 세상일이라 혹 그러할는지도 모르겠다. 그러나 時代가 멀수록 疑
心스러운 程度가 더 甚하니 最近 五百年間 史實로 語源이 된것을 적어 보
겠다. ……燕山朝때 採紅使 採靑使를 八道에 늘어놓아 美女子를 選拔하
여 聯芳院 合芳院 聚紅院같은 집에 가득히채워 놓고 淫樂을 放肆히 할때
娼女三百은 興淸 運平 續紅 三種目으로 나누었었는데 興淸中에는 天科興
淸이니 地科興淸이니 하는 細別이 있었다. 이興淸에 參禮한 女子의 行動
으로 흥청거린다는 말이 생긴것은 事實이다. ……[13]

언어가 곧 사회 제도이며 그 산물이라는 것은 사회언어학 분야에서 일반화
된 전제이다.[14] 그렇지만, 위에서 중요하게 받아들여야 할 점은 그러한 언어
학으로서 의미가 아니라, 작가로서 태도 문제이다.[15] 그것은 홍명희가 역점을
둔 '민중의 생활' 문제를 '문학작품으로 어떻게 형상화시켜야 하는가'에서, '어
떻게' 문제의 방향을 몸소 보여준 태도를 말하는 것이다. 물론 '어떻게' 문제
의 핵심은 조선 정조의 실현에, 즉 우리의 정서를 생생하게 살리는 데에 있다
는 것인데, 그러기 위해서는 문학 표현 수단이 언어인 바에야 그 표현 언어의
원래 의미와 생성 배경의 관계를 제대로 알아야 한다는 것이다. 그 점은 상상
력과 실제 삶의 관계에서도 마찬가지다.[16] 현대 작가가 창작 과정에서 흥청거

---

13 홍명희, 「語源과 史實(學窓散話)」, 『博文』 1938.12, 15~16쪽.
14 마성식, 『국어 어의변화 유형론』(대전: 한남대학교 출판부, 1991), 62쪽.
15 홍명희가 이 글을 쓸 당시는 아직 사회 언어학이 체계화되지 않았던 때임. 글 끝에
    "舊著에서拔萃"라고 표기된 바, 홍명희의 저서 『學窓散話』가 朝鮮圖書株式會社에서
    간행된 1926년 이전을 말함.
16 작가의 새로운 질서 창조는 말할 것도 없이 언어를 통해서 이루어진다. 그러나 작
    가의 언어 구사 문제를 단순한 의사소통 기능·수단 영역에만 한정시킬 수는 없다.
    문학적 표현이라 말해질 수 있는 영역에도 마찬가지라 생각된다. 언어는 애초부터
    수사법이나 문학적 표현 문제에만 국한된 것도 아니다. 삶의 근원과 밀접하게 관계

린다는 말을 쓰는 순간을 가정해보자. 연산조의 음락 행각을 떠올리는 경우, 동시대 서양 어느 부패한 왕조의 음락 행각을 떠올리는 경우, 자본주의 사회의 퇴폐 행위를 떠올리는 경우의 정서가 각각 다르게 느껴질 것이다. 정서가 다르게 느껴지는 상황에선 의미 전달 자체도 달라진다. 그에 따라 사건 전개의 방향도, 작품의 성격도 달라진다. '조선 정조에 일관된 작품'을 쓰기 위해선 첫 번째 경우를 염두에 두어야 할 것이다.[17]

홍명희의 그러한 창작 태도는 한자 폐지에 관한 생각에도 그대로 드러난다.

김남천 한자를 곧 폐지하면 퍽 곤란하겠는데요.

홍명희 우리야 그렇겠지. 우리는 한자를 통해서 배웠으니깐. 그렇지만 처음부터 한글로 배웠다면 꼭 마찬가질게요. 아까도 관념적이란 단어를 예로도 들었지만 관념이라는 한자술어도 가르킬 때에 한자로 가르키지 말고 한글로 가르키면서 뜻만 바루 아르켰으면 되지. 물론 한자 폐지에는 상당한 준비기간이 필요는 하겠지만 폐지는 해야 해. 우리글로 넉넉히 표현할 수 있는데 구지 한자를 차용할 게 뭐겠소?[18]

'상당한 준비기간'과 '우리 글로 넉넉히 표현할 수 있는데' 사이의 거리가 문

된 문제인 것이다. 그리고 의사소통·수사법·문학적 표현 등의 문제도 실은 인간의 삶 문제와 깊이 연관되어 있는 터다. 채진홍, 「創作敎育의 原理」, 『崇實語文』 제10집, 1993. 10, 441~442쪽.

17 홍명희가 『임꺽정』을 쓸 때도 그런 것으로 확인된다. "서울 안에 만여 명 기생이 복작거리게 하여 놓고 기생들의 뒤치다꺼리를 하느라고 백성들의 재물을 턱없이 빼앗으니, 한탄하던 것이 원망으로 변하고 원망하던 것이 악심으로 변하여 사방에서 나날이 느는 것이 도적이라."와 같은 묘사 태도에서이다. 홍명희, 『임꺽정』 1권, 「봉단편」(서울: 사계절, 1996), 19쪽.

18 「碧初 洪命憙先生을 둘러싼 文學談議」, 임형택·강영주 편, 『碧初 洪命憙〈林巨正〉의 재조명』, 277~278쪽.

제다. '뜻만 바루 아르켰으면 되지'가 그냥 될 리 없다. 언어의 틀과 교육 문제가 일시적인 정책에 의해 한순간에 변할 리 없기 때문이다. 홍명희는 '한자를 통해 배운' 지식인이었지만, 그 거리의 의미를 충분히 알고 있었던 사람이다.[19] 그가 관심을 두었던 '어원(語源)과 사실(史實)' 탐구는 '뜻을 바로 가르치는' 데에 중요한 역할을 하는 것이다. 그 논리가 창작 과정에서도 같은 흐름으로 적용됨은 앞에서 언급한 대로이고, 홍명희는 그 적용을 작가의 창작 태도에만 국한시킨 것이 아니라, 독자들, 즉 민중의 교육 문제까지 확산시킨 것이다. 그것은 이념 차원의 교육이 아니라, 정서 차원의 교육을 의미한다. 이는 민중 단합이 생활에서 걸러 나온 정서 융합에 의해 이루어진다는 명제를, 작가로서 바로 실천한 경우이다.

실제로, 홍명희는 민중의 언어 사용에 관심을 가지고 있었던 터다. 그 점은 그의 '문학적인 표현관'에 그대로 반영되어 있다. "농군들이 문학적인 표현을 하는 실례를 하나 들어본다면 언젠가 시골서 농사군들이 가래질하는 구경을 하고 있었는데 그때 흙이 눈 뛰여드러가니까 그들이 말하기를 「놀란 흙이 눈에 뛰여들었다」고 하거든, 그 얼마나 고급 표현이요? 그리고 빛깔을 말할 때에 분홍빛을 「웃는 듯한 분홍빛」이라고 하는 것 같은 것도 그렇구. 「웃는 듯한 분홍빛」이라는 말을 듣고 나서 가만히 생각해보니깐 딴은 빛깔에서 웃는 빛깔은 분홍빛밖에 없거든. 그런 것은 한두 가지 실례에 지나지 않지만 조선 농사군들의 대화 속에는 참말 문학적인 표현이 많드군요."[20]가 그 예다. 그것은

---

19 "날틀이니 배움집이니 하는 것으로 우리말과 우리 민족정신을 고취하려는 것은 그릇된 생각이겠어. 비행기라는 말과 학교라는 말이 있는데 왜 하필 새것을 지어내서 머리를 혼란케 하겠소. 그건 타기해야 할 사이비애국자나 할 일이요. 그런 노력은 딴 데로 돌리는 게 좋겠지." 위의 글, 278쪽.

20 위의 글, 285쪽.

작가로서 홍명희의 정서가 민중의 세계를 향하여 열려 있다는 증거이기도 하다.

홍명희는 문화·언어·삶 문제에 대한 뿌리 의식이 깊었던 작가이다. 이 세 문제는 원래 별개의 것이 아니다. 그리고 그것은 일제강점기든, 오늘이든, 인간 삶이 갖가지 형태로 분열되어 나타나는 문명 세계의 양상과는 근본적으로 다른 문제이다. 인간 삶이 공동체로 형성되던 인류사의 뿌리 단계에선 그러한 문제들이 한 질서 안에서 종합되었던 터다. 그래서 삶의 뿌리를 추적해 들어가는 일은 분석보다는 종합의 의미가 더 크다. 창작 과정도 마찬가지다. 다양한 삶이 다양한 예술 장치에 의해 질서를 이루어가기 때문이다. 홍명희의 경우 그 질서가 '조선 정조에 일관된 작품'으로 종합된 것이다.

삶의 차원이든, 작품 차원이든 질서란 조화이며, 아름다움이다. 조화의 세계, 아름다운 세계란 인간이 바라는 궁극적인 해방의 세계이다. 작품에서 구현된 '세계'의 판단 기준도, 희극적인 것이든, 비극적인 것이든, 거기에 달려 있다. 물론, 홍명희의 경우, 그 점은 자신이 쓴『임꺽정』에 가장 잘 나타나 있다. 앞서 논한 '임꺽정이 독립 후인 오늘날에도 내 뒤를 따라다닌 대서야'의 경우는 그 한 예일 뿐이다. 작품 곳곳에서 확인되는 조선 정조의 의미가 그 점을 뒷받침해준다. 홍명희의 조선정조론은 당대 상황에서나, 오늘의 상황에서나 민족문학의 실천 근거이다.

3. 민중지도론

홍명희의 역사관이 민중·민족사관의 토대 위에 서 있었음은 필연적인 일이다. 앞서 제시한 대로 그의 실천 방향이 일제에 대한 투쟁이었고, 그러기 위해 민중을 단합시켜 해방의 길로 이끄는 데 있었기 때문이다. 그의 그러한 역사관은 문학관에 그대로 연계되어 있다.

> 나는 전에 이런 생각을 한 일이 있소. 역사소설을 단편으로 써보면 어
> 떨가. 즉 역사적 사실에서 테마를 잡아서 단편을 쓰되 시대순서로 써모
> 으면 역사소설이라느니보다 소설형식의 역사가 되려니 일면으로는 민중
> 적 역사도 되려니 생각했었오. 근세 5백년역사에서 예를 들어 말하면 선
> 죽교, 함흥차사, 難而難, 육신 등 재료는 얼마든지 있을테지만 그런 것을
> 하나하나 기록해가면 그것은 궁정기록으로만 그칠 게 아니라 나아가서는
> 민중의 역사가 될테지. 그래서 그런 것을 취재해서 단편을 써볼 생각이
> 있었소.[21]

중요한 것은 궁정 기록을 민중의 역사로 '재창조'[22]한다는 점이다. "궁정 비
사는 민중과는 아모런 인연도 없는 것이니까 그런 것은 배격해도 좋겠지."[23]
가 홍명희의 단적인 생각이다. 홍명희는 조선조의 지배 체제 모순이 어떻게
일제에 의해 악용되었는가를 정확히 알고 있던 사람이다. 주자주의에서 군
국주의로 지배 이념만 바뀌었을 따름이지, 민중의 삶을 핍박하는 계급의 틀
은 그대로 지속되었다는 것이다.[24] 그 점은 홍명희의 실천 운동에서도 반증
되었고, 그의 개인 생활 면에서나 대일 항쟁 면에서나 그 실천 운동의 의의는

---

21 「碧初 洪命憙先生을 둘러싼 文學談議」, 임형택 · 강영주 편, 『碧初 洪命憙〈林巨正〉
   의 재조명』, 273쪽.
22 "역사를 역사대로만 해석해서야 무슨 재미가 있나요. 내가 어떻게 보고 어떻게 해석
   한다는 다른 점이 있어야지. 그렇지 않고 부연만 해놓는다면 삼국지연의나 무엇이
   다른 것이 있겠소." 「洪命憙 · 薛貞植 對談記」, 위의 책, 303쪽.
23 위의 글, 274쪽.
24 安秉直, 「韓國에 侵入한 日帝資本의 性格」, 『變革時代의 韓國史』(서울: 東平社,
   1979), 193~194쪽.

같다. 개인 생활 면은 "가장 먼저 봉건적 잔재를 터러버린 분"[25]이라는 차원인데, 그러한 면모가 그의 대일 항쟁으로 이어진 것이다. 신간회를 주도하면서 민중의 단합·투쟁을 민중·민족 해방으로 이끌었던 바, 그것이 바로 홍명희의 민중 지도 방향이었던 것이다.[26] 홍명희의 "민중의 역사가 될 테지."라는 말속에, 그러한 민중 지도 방향 의미가 들어 있다. 위의 대담이 해방 후에 이루어졌지만, 그러한 의미가 절실했던 것은 그때에도 마찬가지였던 것이다. "문학자가 민중을 지도한다는 긍지를 가져야"[27] 한다는 홍명희의 지론이 필연성을 얻는 것도 그 때문이다.

그러한 민중지도론의 중심 의의는 두 면에서 찾을 수 있다. 계몽성 강조와 그에 맞는 창작 방법의 강조가 그것이다. 먼저 계몽성 강조 면을 살펴보자.

금후에 있어서 조선작가들의 중요한 임무는 대중을 계몽하는 계몽적 작품을 많이 써야 힐 줄 아우. 대중을 계몽하자면 문학을 통하는 것이 가장 효과적인 첩경이니까. 시굴 가서 가만히 농민 대중의 생활을 살펴보니 그와 생활내용은 미신과 인습 두 가지 뿐인 것 같습되다. 못 하나 박는 데도 손을 가리구 문 하나 다는데도 상문방을 보구 누가 알으면 약국에 가기보다 먼져 무당집으로 가거나 경쟁이게루 가구. 어쨌든 농민의 일거일동이 미신과 인습 아닌 것이 없어. 그 미신과 인습을 타파하자면 과학사상을 보급식히는 것이 제일이구 과학사상을 보급식히는 데는 문학작품을 매개로 하는 것이 제일일께요. 정면으로 나서서 미신을 타파해라 인습을 버서나라 하고 구호만 부른대서는 오히려 반감만 살른지 모르지. 작품으

25 박학보, 「인물월단—홍명희론」, 『신세대』 1946.3.15[임형택·강영주 편, 『碧初 洪命熹 〈林巨正〉의 재조명』, 225쪽].
26 洪命熹, 「新幹會의使命」, 『현대평론』 창간호, 1927.1, 62쪽.
27 「碧初 洪命熹先生을 둘러싼 文學談議」, 임형택·강영주 편, 『碧初 洪命熹 〈林巨正〉의 재조명』, 274쪽.

로 그들의 생활을 취급해가면서 생활을 통해서 개선하도록 해얄게야.[28]

우리 문학사에서 계몽성 문제는 신소설 이후 이광수 · 심훈 등의 작품을 중심으로 논의되었던 터다. 논의 재료 범위야 위에서 홍명희가 지적한 농민 생활상 안팎에 해당됨은 일반화된 사실이다. 신소설의 경우 신교육 · 남녀 평등 · 미신 타파 등의 문제들, 이광수 · 심훈 소설의 경우 지식인과 농촌 문제들이 그렇다. 홍명희는 그 문제들을 '구호' 차원이 아닌, '생활을 취급해가면서 생활을 통해서 개선'한다는 실제 차원으로 받아들인 것이다. 신소설의 경우 계몽성 문제가 비현실 요소를 통해 드러나고, 허숭이 구호 차원에 머문 계몽 지식인이고, 박동혁이 이상에 쫓기는 계몽 지식인이라는 점을 감안해보면, 홍명희의 "대중을 계몽하자면 문학을 통하는 것이 가장 효과적인 첩경이니까"라는 생각이 한눈에 들어온다. 그것은 철저히 현실 상황에 토대를 둔 것이다. 홍명희가 '과학 사상 보급'을 시급한 문제로 생각했던 점도 그러한 맥락에서이다.

그 맥락 속에는 기존 지배 이념에 대한 거부 의지가 강하게 담겨 있다. 토대가 민생 의미에 맞춰 있으니 그것은 당연한 일이다. 문학과 과학의 그러한 결합 의미는 우리의 실학자들이나, 비슷한 시기의 '서양 계몽주의자들의 경우'[29]에서 이미 확인된 터다. 홍명희는 이들보다 한 세기 후 지식인으로서 이들의 사상을 과학적으로 받아들인 셈이고,[30] 그 사상을 당대 현실에 맞게 실천하려

---

28 위의 글, 280쪽.
29 볼테르의 뉴턴 수용이 대표적인 예이다. 거기에는 종교의 자유, 입헌정치, 자유주의, 경험주의 과학 의미가 공존하고 있었다는 것이다. 金永植 編, 『科學史槪論』(서울: 茶山出版社, 1986), 253쪽.
30 홍명희는 자연과학에도 조예가 깊었던 사람이다. 「洪命憙 · 薛貞植 對談記」, 임형택 · 강영주 편, 『碧初 洪命憙 〈林巨正〉의 재조명』, 293쪽.

했던 사람이다. "조선작가의 당면과제는 봉건적 잔재를 제거하는 새로운 아동문학과 농민문학을 수립하는 것일거요. 지식인을 상대로한 지식인을 취급한 소설은 당분간 없어도 좋아."[31]가 그 점을 말해준다.

홍명희는 그 실천 의지를 뒷받침하는 힘으로 "혁명가적 양심과 민족적 양심"[32]을 강조했던 것이다. "「인텔리겐챠」의 운명은 봉건사상이나 자본주의가 멸망하는 것과 같이 망하고마는 것이 아닐가요. 그러나 조선같은 후진사회에서는 아직도 「인텔리」는 중책을 가지고 있는줄 압니다."[33]라는 논리를 통해서이다. 이는 단순히 그의 사회주의 사상을 대변하는 논리가 아니라, '조선 같은 후진사회'에서 지식인의 실천 방향을 분명히 제시한 전제로 받아들여진다. 당대로선 '혁명가적 양심과 민족적 양심'이 분리될 길이 없었기 때문이다.

홍명희의 문학을 통한 계몽관의 핵심은 과학 사상 보급에 있다. 이는 철저히 현실 문제에 토대를 둔 상태에서 나온 결과인 만큼, 기존 지배 이념을 거부하는 의미이다. 거기에, 기존 지배 이념은 민생 문제를 외면한 억압 수단일 따름이라는 전제가 깔려 있기 때문이다. 혁명가적·민족적 양심이 작가·지식인으로서 그 문제를 바로 실천하는 척도라는 것이다. 작가의 반항 정신도 그러한 차원에서 강조되었던 것이다.[34]

다음, 그에 합당한 창작 방법을 어떻게 제시했는가에 대해 살펴보자.

홍명희는 창작 문제에서 이념보다는 정서를 강조한 사람이다. 예술작품으로서 완결성의 선행 기준은 의무보다는 정서이고, 그렇지 않으면 작품에서

---

31 「碧初 洪命憙先生을 둘러싼 文學談議」, 위의 책, 280쪽.
32 「洪命憙·薛貞植 對談記」, 위의 책, 305쪽.
33 위의 글, 306~307쪽.
34 "나는 문학작품에 반항정신이 풍만한 것을 높이 평가합니다. 반항정신이 있는 사람이라면 그 작품엔 반드시 그런 무엇이 들어 있고 따라서 가치있는 작품이 될 것입니다." 위의 글, 306쪽.

구현된 이념을 독자가 신용하지 않으며, 그래서 이념의 선악 판단 문제는 독자에게 맡겨야 하고, 또 독자에게 나쁜 영향을 끼칠 작품은 아예 예술품으로 완결되지도 않는다는 논리를 편 것이다.[35]

앞 계몽성 문제도 마찬가지다. 단순히 계몽성만 강조한다고 좋은 작품이 될 수 없다는 것이다. 문학작품으로서 제대로 형상화가 되어야 독자를 계몽할 힘이 생긴다는 논리이다. 그러한 차원에서 홍명희는 문학과 생활을 구분하지 않았고,[36] 그것은 그가 평소 '민중의 생활을 통한 문학'을 강조한 것과 같은 맥락에서 생각할 문제이다. 작가의 사상이 민생을 통해 정립되지 않는다면, 그 사상이 작가의 골육 속으로 파고들 리 없고, '작가의 골육을 통해서 나오지 않은 사상이라면' 예술과 사상이 혼연일체가 된 작품을 쓸 수 없다는 것이 문제의 핵심이다.[37] 홍명희는 이를 작가와 작품의 거리 문제로 설명한다.

　　작가와 작품과의 거리가 멀어서야 참된 작품이 나올 수 없지. 그 거리가 가까워지자면 그 작가의 신시어리틱에 달린 것이니까. 「8·15」의 작자가 여기 앉아계시지만 「8·15」를 쓴다는 소식을 듣고 나는 너무 빠르지 않을까 하고 생각했소. 작가는 군중 속의 한 사람으로서 그 광경을 볼

35　「李朝文學 其他 ─洪命憙, 毛允淑 兩氏問答錄」,『삼천리 문학』1938.1. 임형택·강영주 편,『碧初 洪命憙〈林巨正〉의 재조명』, 289쪽.

36　작가의식 면에서도 그 점은 마찬가지다. 홍명희는 '작가의 모랄을 문학부문분 아니라 생활 전부의 문제'로 생각한 것이다.「碧初 洪命憙先生을 둘러싼 文學談議」, 위의 책, 281쪽.

37　"8·15 이후에 나온 작품은 많이 보지 못해 잘 모르지만 갑작스리 공산주의자가 많다는 인상을 주어 정말 공산주의자가 되는 것은 좋지만 내가 공산주의자로다고 내세우는 것이 드러나는 작품을 濫造하는 작가는 못마땅해요. 그러나 그렇다고 해서 사상성이 없는 예술을 위한 예술이 옳다는 것은 아닙니다. 예술과 사상이 混然한 일체가 된 작품을 맨들기 위하야 한편 예술하며 한편 사상하는 것이 우리 문학가의 임무겠지요."「洪命憙·薛貞植 對談記」, 위의 책, 301쪽.

께 아니라, 언제나 관조적인 태도로 검토하고 비판해야 할 것인데 상당한 시간이 경과해야만 검토하구 비판하도록 작자의 머리가 냉정해질 것 아니요. 「8·15」는 정녕코 실패하리라고 생각하는데. (一同 笑)[38]

「8·15」 실패'에 대한 생각은 단순한 농담으로 받아들여지지 않는다. 거기에는 두 의미가 내포되어 있다. 하나는 김남천의 작품 「1945년 8·15」의 실패이고, 다른 하나는 민족 해방으로서 8·15의 실패이다. 이 실패는 실제 역사에서 그대로 입증된 터다.[39] 분단 현실이 겉으로 드러난 그 결과이다. 홍명희의 현실을 내다보는 눈과 문학을 보는 눈이 일치했다는 사실이 민족 불행에 의해 증명된 셈이다. 작가와 작품의 일치 문제는 그러한 눈, 즉 '작가의 성실성에 달려 있다'는 논지인데, 그 성실성이 바로 '관조적인 태도로 검토하고 비판'하는 밑거름이라는 것이다.

그러한 작품과 작가의 일치 근거는 사람의 수신 정도와 작품 규모의 관계를 비교하는 데에서도 잘 드러난다. "스케일은 적어도 좋으니 좋은 작품만 쓰면 좋겠지. …… 국민이 원체 커야 스케일도 클텐데 小說을 억지로 꾸며서는 안될걸. …… 사람도 덜 된 사람이 커보이는 법이야. (一同 笑)"[40]가 그것이다. 홍명희의 민중지도론의 근거가 민중의 생활과 인간 삶의 근원과 작가의 성실성과 예술적 완결성의 일치를 겨냥한 실천 문제임을 함축한 부분이다.

---

38 「碧初 洪命憙先生을 둘러싼 文學談議」, 위의 책, 281~282쪽.
39 『자유신문』에 1945년 10월 15일부터 연재되던 이 작품은 1946년 6월 28일 중단된다. 위의 대담이 1946년 1월에 이루어졌으니, 홍명희는 앞 일을 정확히 내다본 셈이다. 1947년에 김남천이 월북했던 일과, 분단이 된 것도 마찬가지다. 모든 일이 민족 해방 실패 문제와 맞물려 있다.
40 「碧初 洪命憙先生을 둘러싼 文學談議」, 임형택·강영주 편, 『碧初 洪命憙〈林巨正〉의 재조명』, 281쪽.

4. 민족문학론

홍명희가 예견한 8 · 15 실패의 이유들은 해방 후 좌우익 문학 논쟁에서도 잘 드러난다. 어느 시대든, 지식인들이 있는 한 논쟁은 있기 마련이다. 문제는 논쟁의 성격이다. 해방 공간의 문학 논쟁은 문학 논쟁이라기보다는 좌우편 가르기 싸움으로 기울었던 것이다. 그것은 8 · 15가 외세에 의해 이루어졌던 점, 즉 미 · 소 군정 체제가 그 현상에 직접 영향을 준 점과 맞물린 현상이다. 홍명희가 생각했던 문학과 삶의 유기성 문제가 문학과 정치, 문학과 역사 등 폭넓은 의미로 종합 확산되지 못한 채, 정치 체제 문제에 갇혀 민족 분단 쪽으로 양분된 셈이다. 그러니 8 · 15 직후 중요하게 논의되고 정립되어야 했을 민족문학론 문제가 편싸움거리로 전락하고 만 것이다. 좌익 쪽에서 내세운 일제 잔재 청산 · 봉건 잔재 청산 · 계급 등의 문제와, 우익 쪽에서 내세운 순수문학 · 휴머니즘 · 민족정신 등의 문제가 하나로 연결되지 않은 점이 그것이다. 일제 잔재를 청산해 민족정신을 바로 세운다는 평범한 논리가 당대 역사 현장에서 실천될 수 없었고, 그 결과 일제 잔재 청산, 민족정신 세우기 문제가 한쪽 체제를 합리화하는 도구 문제로 갇혀버린 것이다.

조선정조론과 민중지도론으로 모아졌던 홍명희의 문학관은 이러한 상황에서도 그 뿌리가 흔들리지 않은 것으로 나타난다. 조선정조론과 민중지도론이 한 뿌리에서 나왔다는 점 자체가 그것을 말해준다. 언뜻 보기에 정조론은 형식 문제이고 지도론은 내용 문제인 것 같으나, 그 뿌리가 문학과 삶의 유기성에 내려 있다는 점은 앞 장에서 논한 대로다. 거기에서는 내용 문제와 형식 문제를, 순수 문제와 참여 문제를 분리해서 생각할 근거를 찾아볼 수 없다. 그러한 문제들이 카프 시대 이후 우리 문학사에서 논쟁거리가 되었던 경우와는 정반대이다. 홍명희는 그러한 논쟁거리들의 의미를 명쾌하게 일축한다.

그런 사람이 있어요? 순수문학이니 무어니 하는 게 무슨 조선에서 문제가 될까요. …… 그것은 세계적으로 이미 해결된 문제인데 아마 조선에는 조그마한 分派가 남았는 게로군. 뭐야 오스카 와일드가 있을 때에나 문제될 것이지 지금은 그런 소리 할 시대가 아니야. 그런 시대는 다 지나갔어. 지금은 조선문학이나 있을래면 있을 수 있지.[41]

당대 민족문학론 논쟁에서 "지금은 조선문학이나 있을래면 있을 수 있지."라는 말보다 더 절실한 문제는 없다. 그 점은 홍명희가 해방 전 신간회 운동을 민족 단일 운동으로 이끌어나갔던 것과 같은 맥락에 있다. 물론, 홍명희는 "엄정하게 말하면 민족주의의 좌익이라고 할 수 잇는 분으로 민족주의의 좌익속에도 또 구분할 수 잇다면 좌익에 갓가운 분인 것"[42]은 사실이다. 그러나 그에게 중요한 건, 해방 전이나 후나 박학보의 지적대로 민족주의자였다는 점이다. '지금은 그런 소리 할 시대가 아니야'도 그러한 차원에서 받아들여질 경고이다.[43] 일제 잔재가 청산되지 않고, 민족이 둘로 나누어지는 상황에서 문학하는 사람들이 정치를 도외시할 수 없음은 시대적 산물이라는 논리이다. 그는 문학과 정치의 관계를 편협한 체제 안에 가두자는 뜻이 아니라, 문학과 삶 전반 문제로 확대하자는 뜻으로 그 논리를 뒷받침한다. "정치라는 것은 광범위로 해석한다면 문학하는 사람이 그것을 어떻게 떠날 수가 있을까. 말하

---

41 「洪命憙・薛貞植 對談記」, 임형택・강영주 편, 『碧初 洪命憙 〈林巨正〉의 재조명』, 296쪽.
42 박학보, 앞의 글, 227쪽.
43 그렇다고 홍명희가 순수문학의 원 뜻을 무시한 건 아니다. 그는 순수문학의 의미를 '조선 문학의 산 길'이라는 명제로 해방 전부터 적극 수용해왔던 터다. "우리는 外部의 思想의 尺度 그것보다 먼저 純眞하게 참되고 죽지안는 情熱로 煩悶하고 生産하는 文學에서 다시 出發하는데 이앞에 올 朝鮮文學의 산길이 있다고 생각합니다."라는 뜻에서이다. 洪命憙, 「文學靑年들의갈길」, 『조광』 1937.1, 37쪽.

자면 인생을 떠나서 문학이 있을 수 없는 것 모양으로 말이오."[44]가 그것이다. 홍명희의 민족문학론은 좌·우 문제를 초월한 것이다. 정확히 말해, '순 조선 문학론'이다. 국수주의를 배격하는 입장에서 나온 결과이니, 그것은 확실한 민족문학론이다.

> 민족문화 내지 민족문화 수립이라는 것은 중대한 문제인데 나는 이렇게 생각합니다. 우리가 말하는 민족이라는 것은 가령 팟시스트라든가 나치스라든가, 그들이 자기네 국가에서 생각하고 행동한 것과는 의미가 근본적으로 다르다고 생각합니다. 우리는 지금 우리 민족문학을 강요하는 것보다도 문학전통을 계승하는 데 치중해야 될줄 압니다. 과거의 민족문화 중에서 좋은 것을 계승해야 되겠는데 여기에 대해서야 누가 반대할 사람이 있겠어요?
> 민족문학이라는 것을 어떤 사람들은 일종의 배타사상으로 자기것만을 고집하는 것으로 아는 모양인데 이렇게 하여서야 나치스나 팟시스트의 민족사상과 다른 것이 무엇이겠소?[45]

'민족문학을 강요하는 것보다도 문학전통을 계승하'자가 핵심이다. 홍명희의 '순 조선' 민족문학론이 이념이나 체제의 틀을 뛰어넘은 것이라는 사실을 간단하게 입증하는 부분이다. 문학 전통을 계승하는 데 필요한 '어떻게' 문제는 앞 장에서 정리한 '조선정조론'과 '민중지도론'에 담겨 있다. 그러니까, 홍명희의 민족문학론은 조선정조론과 민중지도론에 바탕을 둔 것이다.

홍명희의 민족문학론의 중요성은 그러한 바탕 위에서 창작을 실천 의지로 삼았다는 점에 있다. "그 잔재를 소탕한다는 것은 이론적으로는 좋소. 그러나

---

44 「洪命憙·薛貞植 對談記」, 임형택·강영주 편, 『碧初 洪命憙〈林巨正〉의 재조명』, 296쪽.
45 위의 글, 298쪽.

구체적으로 그 소탕이라는 것도 어떤 개인개인이 문제될 때 그 기준을 어데다 세우느냐 하는 것은 어려운 문제이고 하니, 실천에 있어서는 너무 모를 내일 것이 아니라 그저 시간이 해결하야 주는 것을 기다리는 것이 좋겠지요. 숙청될 것은 시간이 귀결지을 것입니다. 앞으로 서로 좋은 작품을 쓰는 데 전력을 다하는 것이 문학건설하는 데 가장 중요한 일이겠지요. 주의나 개념이 앞서고 창작력이 빈약한 것은……."[46]이라는 생각이 그 점을 말해준다.

홍명희의 이러한 민족문학론은 우리 현대 문학사에서 중요한 의미를 갖는다. 첫째, 전통 단절 문제를 극복하는 실천 의미가 그것이다. 지나 문학이든, 일제를 통해 들어온 서구 문학이든 그의 조선정조론과 민중지도론의 유기 관계에서 민족문학으로 재창조될 가능성을 보여준 것이다. 둘째, 카프 이후 문학 논쟁이 순수한 문학 이념 논쟁이 아니라 정치 체제 안에 갇혀 그 체제를 대변하거나 거기에 조종당하는 수준에 머물렀다는 점을 경고하고 극복 방향을 제시했다는 것이다. 그 점은 실제 역사에서 증명된 터다. 8 · 15 전 일제의 최후 발악 상황에서 조선 문인들이 어떠한 형태로든 유린을 모면할 수 없었던 점이 그것이다. 그전의 문학 논쟁이 공소했다는 점이 사실로 드러난 것이다. 『인문평론』이 창간된 1939년부터 8 · 15 전까지의 한국 문학사가 암흑기로 명명되기도 한 실정이다. 8 · 15 이후 드러난 증거는 민족 분단이다. 우리의 순수한 문인들이 미 · 소가 갈라놓은 체제의 덫에 걸려들고 만 꼴이다. 남한 문학사가, 북한 문학사가 따로 정리될 수밖에 없는 실정이다. 아직도 그 현상이 이어지고 있다는 점에서 홍명희의 경고는 민족 정통 문학사를 수립하는 데에 중요한 의미로 받아들여진다.

---

46 위의 글, 300쪽.

제3장

창작관

1. 이념과 문학관 문제

홍명희는 공소한 이론 투쟁보다 실제 창작을 강조했는데, 그의 그러한 창작의 중요성에 대한 강조 의미는 당대 카프 계열 문인들과의 관계에서 드러난다. 카프 계열 문인들이 제기한 문학이론이나 창작 방법론 논쟁은 우리 문학사에서 문학이 이념 문제와 어떤 관계가 있고, 그것을 어떻게 수용해야 하는가에 대한 문제를 제기한 중요한 재료로 취급되어온 터다. 홍명희는 그런 카프 계열 문인들과 교분은 두터웠지만, 카프에 가입한 바 없고, 그러한 논쟁들에 참여하지도 않았던 사람이다. 그렇다고 홍명희가 당대의 문학 흐름에서 소외되었다는 뜻은 아니다. 오히려 그러한 논쟁에 참여하지 않음으로써 당대 문제의 본질을 객관적인 자세로 정확히 파악했다는 유추를 가능하게 한다. 그리고 『임꺽정』 창작 이외에도 여러 면에서 우리 문학의 선각자 역할을 한 그가 당면 문제를 몰랐을 리 없고, 그런 만큼 그러한 논쟁 따위를 아예 불필요한 것으로 생각했을 거라는 등의 유추도 마찬가지다. 어쨌든 같은 결과가 나오는 유추인데, 이 장의 논의에서는 홍명희의 그러한 면을 논점 제기의 근거로 받아들이고자 한다.

카프 계열 문인들과 홍명희의 차이점을 두 방향으로 나누어 생각할 수 있다. 하나는 이념 문제이고 다른 하나는 문학관 문제이다. 원래 이 두 문제가 문학 원론 면에서나 일제강점기 피지배 상황에서 분리될 수 없는 것이지만, 당대 현실에서 양분되었던 것도 사실이다.

첫째, 이념 문제의 차이점은 사회주의 이념과 민족 해방 이념을 받아들이는 자세에서 발생한 것이다. 1925년 8월 카프가 조직되면서 경향문학이 목적문학으로 전환되었고, 그에 따라 카프 이론가들이 내세운 정치투쟁·이론투쟁 등의 개념이 당대 민족 현실에서 필연적인 문제이던 독립 문제와는 거리가 있었다는 점은 문학사에서 일반화된 사실이다. 사회주의 이념이 3·1운동 실패 후 좌절했던 당대 진보 지식인들의 정신적 분출구가 되긴 했었지만, 그 또한 문화정치를 내건 일제 지배 정책에 의해 교묘하게 이용당했던 것이다. 그 점은 일제의 중국 침략 후 카프가 자진 해산할 수밖에 없었던 상황에서 저절로 입증된 터다.

3·1운동 당시 괴산만세시위 주동 및 독립선언서 반포 사건으로 옥고를 겪었던 홍명희는 일제의 그러한 지배 술책을 정확히 꿰뚫고 있었던 사람이다. 당대 지식인들 중 누구보다도 앞서 마르크스 사상을 접했던 그는[1] 이념 문제

---

1 "그때 중국에는 손중산(孫中山) 일파와 맑스주의자가 합류(合流)하야 국민당(國民黨)의 긔세(氣勢)가 바야흐로 노퍼 갈때다. 나는 처음에 손중산을 사모(思慕)하야 국민당 사람과 사괴인 것이 손중산조차 하지 않게 보이어 부지중 맑스주의편으로 기울어지고 말았다. 본래 내가 조선 있을 때부터도 우리 아버지는 맑스주의를 공부해야 된다고 그렇게 고생하시는 중에도 원서(原書)를 어더다가 읽으시고 하상조(河上肇) 산천균(山川均) 등의 책을 사오시었다." 홍기문, 「아들로서 본 아버지」, 『조광』 2권 5호, 1936.5, 186쪽.
"공산주의의 학설은 조선에 있어 누구보다도 못지 않게 통효(通曉)할 것이다. 하나 공산주의자는 되기 싫어하는 분이다." 박학보, 「인물월단―홍명희론」, 『신세대』 창

와 민족의 현실을 양분해서 생각하지 않았던 것이다. 1923년 7월 사회주의 사상 단체인 '신사상연구회'의 창립 회원으로 참여한 그의 사상 입지는 1927년 2월 '신간회' 창립에 주도적인 역할을 함으로써 재차 확인된 터다. 이와 관계되어 홍명희 개인 차원에서는 1929년 일제에 의해 재차 옥고를 겪고, 민족 차원에서는 새로운 피압박의 서두가 펼쳐진 것이 당대의 현실이다. 이러한 상황에서 이 운동의 본질이 좌익 사상이든 보수 사상이든 사상 문제를 넘어선 비타협적 민족운동이라는 점과, 그 운동의 핵심 주체가 홍명희였다는 사실은 그의 창작관의 의미를 이해하는 데 중요한 단서이다.

　　대톄 新幹會의나갈길은民族運動만으로보면가장왼편길이나 社會主義運動까지兼치어생각하면중간길이될것이다 중간 길이라고반드시平坦한길이란법이업슬뿐아니라 이중간길은 도리어險할것이 事實이요 또이길의첫머리는갈래가만흘것도갓다 곳具體的으로말하면究竟成功實現不可能을口實삼거나 所謂階級的進行을標榜하는機會主義者들까지도처음에는거트로新幹會와類似한團體를組織하야 新幹會의길을民衆압혜混亂케할時期가업지않을것갓다.[2]

위에서 보는 바와 같이 홍명희에게 중요한 것은 사상의 갈래가 아니라 사상을 표방한 기회주의자들을 경계하는 일이다. 그러한 "民衆압혜 混亂케 할 시기" 문제는 1940년대에 들어서서 민족사의 '암흑기'로 현실화되었고, 이는 그만큼 홍명희의 민족 통합 운동이 당대 현실에서 절실한 문제였다는 사실이 반증된 결과이다. 홍명희는 사회주의자들이 주장한 투쟁 개념을 누차 이어진

간호, 1946.3[임형택·강영주 편, 『벽초 홍명희와 〈임꺽정〉의 연구자료』(서울: 사계절, 1996), 243쪽]. 앞으로 각주에서 이 책은『연구자료』로 표기할 것임.

2　홍명희, 「新幹會의 使命」, 『현대평론』 1927.1, 63쪽.

방향 전환의 '구실'이나 '표방' 수단이 아니라, 민족 해방을 위한 실천 운동으로 받아들인 것이다.

둘째, 문학관의 차이는 문학 행위가 사상 투쟁 문제인가, 거기에 예술성이 뒷받침되어야 하는가 하는 문제에서 발생한 것이다. 카프 문인들이 실제 창작보다는 이론 · 정치투쟁에 주력했다는 점은 이미 문학사에서 정리된 대로이고, 홍명희에게 중요한 것은 예술과 사상의 혼연일체를 이룬 작품 창작 문제였던 터다.[3] 홍명희는 당대 지식인들로부터, 특히 사회주의자들과 카프 문인들로부터 존경을 받았던 인물이다.[4] 그렇지만, '예술혼' 문제에서는 그들과 일정한 거리를 유지한 게 사실이다. 고리키를 사회주의 예술가의 대가로만 생각했던 당대 문인들과 달리 '위대하고 순진한 혼'[5]의 차원에서 받아들였던 것이다.

위 두 차이점이 상호 관계에 있다는 점은 앞서 지적했고, 그러한 논점들에서 중요하게 받아들여야 할 문제는 홍명희가 무엇보다도 창작을 강조했다는 사실이다. 민족문학사의 맥을 잇는 문제와 직결되는 이 논거는, 홍명희가『임꺽정』을 창작함으로써 그 문제를 몸소 실천한 사실[6] 이외에도, 당대에 여러

---

3 "사상성이 없는 예술을 위한 예술이 옳다는 것은 아닙니다. 예술과 사상이 혼연한 일체가 된 작품을 만들기 위하여 한편 예술하며 한편 사상하는 것이 우리 문학가의 임무겠지요." 「洪命憙 · 薛貞植 대담기」,『신세대』 23호, 1948.5[『연구자료』, 222쪽].

4 당시 홍명희는 사회주의 운동 단체에서 활동하면서 쟁쟁한 사회주의자들과 폭넓은 교류를 갖고 있었으며, 그 자신이 좌익 성향의 지식인이자 문필가로서 명망과 인기가 높았다. 강영주,『벽초 홍명희 연구』(서울: 창작과비평사, 1999), 198쪽.

5 "골—키를 보아도 그는 변변히 工夫도 못하였으나 그 늙을줄 모르는 純眞한 魂은 偉大한 文學者로서 넉넉하였습니다. 나도 朝鮮에서 이러한 天才를 바라고있습니다." 홍명희,「文學靑年들의 갈 길」,『조광』1937.1, 36쪽.

6 이 작품은 朝鮮社會의 風俗史와 民族語의 방대한 集大成이라고 할 만큼 스케일이 크고 수준 높은 것이어서 그것이 비록 未完의 작품으로 끝났다고는 해도 그 후 오늘날까지 韓國現代小說의 보이지 않는 源泉 구실을 해내고 있다는 점을 重視해야 한

방향과 갈래로 전환되었던 이른바 창작 방법론 논쟁들의 한계가 무엇인가를 분명하게 드러낼 것이다.

2. 창작관의 기반

홍명희의 창작 기반은 이념이나 사상이 아니라 일상의 '생활 문제' 위에 서 있다. 이는 앞에서 제시한 예술과 사상의 혼연일체나 예술혼과 직결되는 문제이다.

> 생활이라 함은 실재를 가리켜 말함이요, 비실재적의 몽환경(夢幻境)을 가리켜 말함이 아니니, 종교에 있어서 신과 같음은 전설 속에 있는 히로인과 다름이 없다. 그리하여 실재를 떠난 생활이 없고 생활을 떠난 인생이 없으며, 인생을 떠난 예술이라는 것은 존재할 이유가 없는 것이다. 그것은 실재를 떠난 예술이라는 것이 있을 수가 없는 까닭이다. 예술을 위한 예술이라 함은 일개의 패러독스에 불과하다.[7]

예술과 사상의 혼연일체의 경지가 '비실재'에 있는 것이 아니라, '실재'에서 이루어지고, 그 바탕이 '생활'이라는 논리이다. 홍명희의 이러한 생각은 당대 카프 계열 문인들이 주장하고 나섰던 바와 같이, 단순히 '예술을 위한 예술'을 거부하는 부분적인 차원에서 이해할 문제가 아니다. 비판적 리얼리즘이든 사회주의 리얼리즘이든 이른바 사실주의 이념을 뛰어넘어 문학을 전체의 관점에서 바라보자는 차원이다.

다. 정한숙, 『한국현대문학사』(서울: 고려대학교 출판부, 1982), 127쪽.
7 홍명희, 「신흥문예의 운동」, 『문예운동』 창간호, 1926.1.[『연구자료』, 70~71쪽].

나는 形式으로서 事件을 中心으로한 歷史小說들을보나 그것은事件興味에 맞추려는데 不過하고 獨特한 魂에서 흘러나오는 獨特한 內容과 形式이 있어야겠다고 생각합니다. 一時 關心되든 푸로文學도 이러한 산魂에서 울어나오는 文學이 아니면 文學的으로 失敗할것은定한일임니다.[8]

위 인용문에서 보는 바와 같이 그런 차원에서 홍명희는 이미 프로문학이 실패할 것을 지적했을 정도이다. 그가 강조한 것은 '산 혼(魂)', 즉 살아 있는 예술혼이다. 그는 당대에 그러한 살아 있는 예술혼을 구현하는 작가가 없는 현실을 "이미 금일의 문학은 생활을 배반한 지 오래다. 시험 삼아서, 일개의 창작가의 창작과 그의 생활과를 비교하여 보라. 우리들은 그의 생활과 문학과의 사이에서 하등의 일치점을 발견하지 못하는 것이 사실이다."[9]라는 논리로 지적했던 것이다. 이는 위 글이 발표된 1920년대 상황은 물론, 그 이후 광복기까지 우리 문단 현실을 단적으로 말해주는 지적이다.

홍명희는 그러한 생활을 기반으로 한 자신의 창작관을 『임꺽정』을 창작함으로써 실천했는데, 그 점이 박영희에 의해서 당대에 입증되었다는 사실은 주목할 만한 일이다. "현재 조선문학은 위축과 혼란 그 가운데서 저미(低迷)하고 있는데 『임꺽정』의 계속은 그 구상에 있어서 언어에 있어서 작자의 생활 관조에 있어서 여러 가지 점에서 배울 바가 많은 줄로 안다."[10]라는 논조에서 보는 바와 같이 '목적의식론'[11]을 주창했던 박영희가 10여 년 후에 홍명희의

---

8 홍명희, 「文學靑年들의 갈길」, 앞의 글, 37쪽.
9 홍명희, 「신흥문예의 운동」, 앞의 글, 71쪽.
10 박영희, 「동양 최초의 대작이며 우리의 생활사전(『임꺽정』의 연재와 이 기대의 반향)」, 『조선일보』 1937.12.8[『연구자료』, 254쪽].
11 "藝術理論의確立은 또한 全無産階級文藝運動의目的意識의統一XX에 自己의限界된 任務를 보담더確히하게하렴인것이다. 그것은 無産階級文藝運動은 그 對象의機關 −(利用形式)−이文學이나 藝術이라는 特殊的形態를 通過해야하기 때문이다." 박영

'생활 관조'를 부각시킨 것은 당대의 피폐한 창작 현실과『임꺽정』의 위대성을 역설적으로 드러내주는 부분이다.

홍명희가 실재 일상생활을 보는 관점에서도 그러한 창작관을 확인할 수 있다. 그 점은 앞 장에서 인용한 농사꾼들의 '놀란 흙이 눈에 뛰어들었다', '웃는 듯한 분홍빛'과 같은 표현을 '고급 표현'이라고 말한 예에서도 확인할 수 있다. 이처럼 살아 있는 예술혼의 구현은 인위적인 표현에 의해서가 아니라, 실생활에 바탕을 둔 표현에 의해 이루어진다는 논리가 그의 창작관의 기본 틀이다.『임꺽정』에서 실현된 그러한 생생한 묘사는 연재 당시부터 현재까지 정평이 나 있다.

3. 민족 정서관과 반제국주의 문제

실재 생활에 기반을 둔 홍명희의 그러한 창작관에서 두드러지게 나타나는 특징은 민족 정서를 강조했다는 점이다. 이 장에서는 이 점을 두 단계로 논하고자 한다. 그 순서는 조선 정조의 실현 문제와, 반제국주의 문제이다. 물론 이 문제들도 상호 유기적인 차원에서 논해져야 할 것이다.

첫째, 조선 정조의 실현 문제의 논거는 우선 홍명희의『임꺽정』창작에 대한 방향에서 찾을 수 있다. 앞 장에서 인용한 사건 · 인물 · 묘사 · 정조를 '순조선 거'로 만들자는 문제는 언뜻 보기에 문학을 조선이라는 한정된 틀에다 담자는 차원으로 생각할 수도 있다. 그렇다면, 그 의미는 당대 조선 현실을 염두에 둔 민족주의의 발현 차원에만 한정될 것이다. 그러나 홍명희의 문예안은『임꺽정』을 창작하기 전에 이미 세계 문예 사조의 흐름 차원으로 뻗어

희,「文學運動의 目的意識論」,『朝鮮之光』1927.7, 8쪽.

있었던 터다. 앞서 예로 든 고리키 이야기라든지, 「신흥문예의 운동」에서 당대 계급문학 문제를 고대 문예사조와 연결시켜 정리한 점이라든지, 그 외 '톨스토이에 대한 소개'[12]나 '문명 전체와 문학의 관계'[13]를 적확하게 지적한 일들이 그 사실을 입증해주고 있다. 그러므로 홍명희에게 중요한 일은 단순히 '지나 문학'이나 '구미 문학'의 영향을 배타하자는 차원이 아니라, 그것을 조선이라는 용광로에 담아 '순 조선 거'로 녹여내자는 차원이었던 것이다. 앞에서 예든 바와 같이, 그 점은 그가 민중의 언어 사용에 관심을 가졌던 사실과 그 후에도 전통 계승의 구체적인 방법까지 제시[14]한 면에서 확인할 수 있다. 그러한 차원에서 순 조선 것이 세계적이라는 일반적인 명제가 그때 홍명희에 의해 확인되었던 셈이다. 『임꺽정』의 실제 그러한 면은 작품 전반에서 읽어낼 수 있다. 예를 들자면, 주 인물들의 다양한 혼례 장면에 대한 묘사는 당대 하층민들의 삶의 모습을 생생하게 보여주는 것으로써, 홍명희의 민족정서관의 기초가 민중의 실생활에 있었다는 점을 드러내 주는 터다. 특히, '이장곤'과 '봉단'의 혼례 장면에 대한 묘사[15]는 조선조 최상층과 최하층 간의 결합이라는

---

12 홍명희, 「나의 본 大톨스토이의 人物과 作品」, 『조선일보』, 1935.11.23~12.4.

13 채진홍, 「홍명희의 문학관과 반문명관 연구」, 『국어국문학』 121호, 1988.5, 293쪽.

14 "그러니까 우리가 제법 무엇을 하나 완성한다거나 수립한다는 것은 역량 부족이니까 그저 해석이나 완성은 후인에게 맡기고 그 밑절미로 수집하고 채집해서 남겨두었으면 좋겠어. 가령 정치제도 변환이라든지 경제·풍속 허다못해 의복·음식이라도 우리 손으로 채집할 수 있는 것은 하는 것이 필요한데 누가 한 5만원쯤 내면, 한 사람에게 500원씩 주고 채집하고 연구시켜 팜플렛 한권씩 만들어내도 백 가지는 채집할 수 있고 그것을 팔아보지 설마 반이야 안 나갈라고." 洪碧初·玄幾堂 대담, 『조광』 70호, 1941.8『연구자료』, 186쪽].

15 "해가 미처 한낮 때 못 되어서 초례청의 준비도 다 되었고 신랑 신부의 치장도 다 되었다. 준비니 치장이니 하여야 별것이 없었다. 주삼의 내외가 주팔의 주장을 좇아서 여간 것은 모두 제폐하였다. 마당에 차일(遮日) 치고 멍석 깔고 멍석 위에 새 돗 펴고 돗자리 위에 주팔의 글씨로 도지단 복지원(道之端 福之源)이라 써붙이고 정한 사발에

점에서 작가의 그러한 의도를 분명하게 나타내준다.

둘째, 반제국주의 문제도 그러한 면과 긴밀하게 이어지고 있다. 그의 민족사상의 기반이 반봉건·반일제였다는 점은 일반화된 사실이고, 8·15 이후 월북 전까지 미국과 소련의 제국주의 이념을 철저히 경계했었는데, 문제는 이러한 면이 그의 민족정서관으로 어떻게 수렴되는가일 것이다. 앞 장에서 인용한 대로, '민족문학을 강요하는 것보다도 문학 전통을 계승하는 데 치중하'자는 논리 속에 홍명희의 의도가 내포되어 있다. 강요하기보다는 계승하자는 차원이 논리의 기본 축인데, '나치스', '파시스트' 등 강요의 역사적인 예는 홍명희가 직접 언급한 대로이고, 여기에서 중요한 사실은 그 문제를 받아들이는 홍명희의 개인적인 태도이다. 한 개인의 삶이 사회 상황과 유기적으로 연계되는 게 상례이긴 하지만, 당대 홍명희의 경우처럼 그 명제가 현실에서 그대로 입증된 예도 드물 것이다. 지식인으로서 홍명희의 반제국주의 의지는 이념 차원 이전에 거의 체질화된 상태였던 것이다. 그 직접 원인은 부친 홍범식 열사의 순국 의지인데, 그는 그 사건을 개인적인 감정 차원뿐만 아니라 철저히 역사적인 사실로 받아들인 사람이다. 물론 그 역사적인 사실 속에

정화수(井華水)를 가득히 떠서 깨끗한 소반에 올려놓은 것이 초례청의 준비이었으며, …(중략)… 이교리인 김서방은 연분이란 정한 것이 있는 게다, '북방길'이 이 연분을 가리킨 것이구나 속으로 생각하여 어여쁜 신부의 얼굴을 바라보고 앉았다가 신부에게로 가까이 가서 정수리를 누르는 큰머리를 떼 내려주고 빙그레 웃으면서 신부의 발을 끌어낸다. 맨발질하던 마당발이라 버선이 모양 없다. 신랑이 발을 잡고 버선을 벗길려고 하니 신부는 치마 밑으로 오므렸다. 오므리면 끌어내고 끌어내면 오므리고 신랑은 가도(家道)를 이 발에서 세우려는 듯이 짐짓 끌어내고 신부는 편심(褊心)을 이 발로 드러내려는 듯이 굳이 오므린다. 바깥에서 이 모양을 엿보던 신방 지키는 사람들이 웃음을 참지 못하여 낄낄 소리를 내니 김서방은 한번 소리를 내어 웃고 발을 놓고 일어서서 부집게로 촛불들을 집어 끄고 부스럭부스럭 신부의 옷을 벗기었다." 홍명희, 『임꺽정』 1 「봉단편」(서울: 사계절, 1996), 65~66쪽.

는 정치 · 경제 · 문화 등 모든 의미가 내포되어 있다. 지식인이 그러한 사회의 제반 분야에 두루 관련되었던 게 당대의 특징이었고, 이광수와 같은 사람이 문학을 여기로도 생각할 수 있었던 사회였지만, 홍명희는 당대 사회의 제반 분야를 종합해서 생각하고, 그 결과를 실천했던 사람이다. 그중 문인의 경우로 한정해서 생각한다 해도, 그는 일제의 문화적 침탈에 철저히 대항하고 있었던 터다. '나치스나 파시스트'의 경우와 일본 제국주의 경우를 같은 궤로 생각하고 거기에 과학적으로 대항할 방법을 강조했던 것이다.[16] 홍명희의 문학전통계승론에는 이처럼 반제국주의 사상이 내포되어 있고, 그것은 그대로 그의 민족 정서관으로 수렴되었던 것이다.

『임꺽정』에서도 그러한 면은 반봉건 사상에 기반을 두어 구현되었던 터다. 『임꺽정』의 창작 의도를 살펴보면, 조선시대 백정 계층의 반항 정서를 '독립협회 때 활약하던' 보부상과 시대를 초월하여 특수 민중이라는 개념으로 연계시켜 당대의 반제국주의, 즉 민중의 항일 의지를 정서면에서부터 극대화하려 했음을 알 수 있다.[17] 그러니까 홍명희는 400년 전의 임꺽정 이야기를 재구

---

16 "우리의民族的運動이바른길로바르게나가도究竟成功은만히國際的過程에關係가잇슴으로 우리의努力만이條件될것은아니겟스나 國際的過程이아무리우리에게有利하더라도 우리의努力이아니면成功은가망이업고 또設或努力업는成功이잇다하야도 그것이우리에게탐탁치못할 것은定한일이다 그럼으로우리들은우리의境遇가許諾하는대로科學的組織－ 一時的이아니요繼續的인또는個人的이아니요團體的인 － 行動으로努力하여야할것이니 새로發起된新幹會의使命이여긔잇슬 것이다". 홍명희, 「新幹會의 使命」, 앞의 글, 62쪽.

17 "元來 特殊民衆이란 저이들끼리 團結할 可能性이만흔것이외다 白丁도 그러하거니와체장사라거나 독립협회때 활약하든 褓負商이라거나 모다보면 저이들끼리손을 맛잡고 意識的으로 外界에 對하여對抗하여오는것입니다. 이必然的心理를 잘利用하여 白丁들의團合을꾀한뒤 自己가 압장서서 痛快하게 義賊모양으로 活躍한것이 림꺽정이엇슴니다그러이러한 人物은 현대에 재현식혀도 능히용납할사람이 아니엇스릿가", 홍명희, 「朝鮮日報의 林巨正傳에 對하야」, 『삼천리』 1929.6, 42쪽.

성하여 당대 상황에서 필연적인 문제를 제기한 것이다. 이는 일제가 식민 정책의 일환으로 봉건 잔재인 계급 제도를 악용하였다는 역사의 사실[18]에서 거꾸로 입증된 결과이다.

이러한 반제국주의 사상은 홍명희의 반전문학관에서도 드러난다. 그는 파시즘이 대두하던 당시 상황에서 서양의 반전운동 작가들의 경우와 달리, 반전문학에 기대를 걸지는 않았던 터다. 반전문학이 인도적 성향에서 좌익 이념의 선전 수단으로 전락할 것을 예견해서이다.[19] 홍명희의 그러한 예견은 2차 세계대전과 태평양전쟁 이후 좌우 냉전 대립의 산물인 6·25전쟁으로 이어진 역사의 현실에서 비극적으로 입증된 셈이다. 『임꺽정』에서 나오는 '갖바치'의 역할이 신통술·사주풀이 등에 의한 흥미 위주의 장치가 아니라, '인도주의 색채'와 연관된 민중의 재생·구원이나 범인류애 정신[20]으로 받아들여지는 이유 중의 하나도 홍명희의 그러한 점 때문이다. 그는 8·15 직후 이미 6·25전쟁의 참상을 예견했던 사람이다.[21]

18　일본 자본은 한국의 봉건적 諸要因을 보호·육성하였다. 한국의 봉건계급 즉 大地主와 隸屬資本家는 한국에 있어서 일본 자본의 정치적 下部支配機構로서 중요하였을 뿐만 아니라 그들의 높은 이윤율의 수취를 위해서라도 필요한 존재였다. 안병직, 「한국에 침입한 일제자본의 성격」, 『變革時代의 韓國史』(서울: 동평사, 1979), 193쪽.

19　"反戰文學作品이 初期에는 人道的色彩가 만튼것이 漸次로 左翼的傾向이 濃厚하야지고 昨年 六月에는 三十八個國 作家 思想家들이 「파리」에 모이어서 文化 擁護 國際會議를 열고 그 끄테 國制作家協會를 組織하고 廣義의 파시즘과에 對하야 文名을 威脅하는모든 危險에 對하야 文化方面에서 抗爭한다고하야 左翼分子아닌 作家들도 모다그리로 기우러지게 되엇다". 홍명희, 「文學에 反映된 戰爭, 特히 大戰後의 傾向」, 『조선일보』 1936.1.4.

20　채진홍, 『홍명희의 〈林巨正〉 연구』(서울: 새미, 1996), 61쪽.

21　"대체에 있어 단선에 의한 단정을 주장하는 사람은 미·소 전쟁에서 독립을 주워보려는 것인데 우리 민족의 운명을 개척하는 방법에 있어 이보다 더 위험한 것은 없는 것입니다. 우리 부자 형제간의 살육전이 먼저 일어난다는 사실도 억울한 일이거니와

4. 계몽관의 실상과 표현 문제

홍명희의 실천적인 창작관에서 두드러지게 드러나는 또 하나의 특징은 계몽관이다. 실생활에 창작관의 기반을 둔 그로서는 당연한 일이다. 그렇다고 그가 계몽을 이념화 문제로 고착시킨 것은 아니다. 즉 민중을 대상으로 특정한 집단의 이념 수용을 '강요'한 것은 아니라는 뜻이다. 그 사실을 역으로 생각하면, 그런 만큼 문학을 통한 민중 계몽이 그에게 중요했던 것이다. 문학에서 이념보다는 예술혼을 더 강조한 그였기 때문이다. 홍명희의 창작관 중 계몽관의 그런 특성은 두 방향에서 찾을 수 있다. 첫째는 과학 사상 보급 문제이고, 둘째는 생생한 표현 문제이다. 물론 이 두 문제 역시 상호 유기적인 관계에 있다.

첫째, 과학 사상 보급 문제의 논거는 앞 장에서 인용한 "과학 사상을 보급시키는 데는 문학작품을 매개로 하는 것이 제일일 게요."에서 찾을 수 있다. 생활을 취급하고 생활을 통해서 개선하자는 논리는 그의 창작관의 기반이고, 그 실천 과정에서 홍명희가 역점을 둔 것은 '과학 사상 보급'이다. 도쿄 유학 시절 자연과학에 흥미를 느꼈고,[22] 그만큼 거기에 조예가 깊었던 그는 실제로 위의 대담 이전 일제강점기 동안 과학 사상 보급의 일을 도맡아 했던 사람이다. 물론 당대 시대 여건상 그가 직접 과학 사상을 소재로 한 소설을 쓸 수는 없었지만, 『동아일보』 학예란(1924.10.1~1925.2.10)에 자연과학 전반 분야

미·소 전쟁의 결과에서 오는 소득이 대체 무엇이겠는가를 생각한다면 실로 그 결과로 오는 우리 운명을 다시 생각지 않을 수 없습니다." 홍명희, 「통일이냐 분열이냐」, 『개벽』 77호, 1948.3[『연구자료』, 154쪽].

22 "갈 땐 그저 우리 아버지가 법률을 배워가지고 오라고 하시는데 나도 물론 문학을 할 생각은 없었고 차라리 법률보다는 자연과학 공부를 해보려고 했지요. 내게는 자연과학이 재미있었거든요."「洪命憙·薛貞植 대담기」, 앞의 글, 213쪽.

에 대한 소개의 글들을 직접 쓴 사실에서 그 점을 확인할 수 있다.

둘째, 생생한 표현 문제는 우리 문학사에서 당대는 물론 현재에도 1930년 대 대표적인 계몽소설이라고 평가받은 심훈의 『상록수』의 한계를 홍명희가 직접 지적한 데에서 구체적으로 드러난다. "농촌 문제가 조선에 있어 현재 및 장래의 가장 큰 문제인데, 심군이 이미 이에 착수한 바엔 농민 생활을 구차한 이상으로 꾸미지 말고, 엄정하게 현실대로 그리고, 겉으로 스치지 말고 속속들이 파서 농민들이 스스로 해결하지 못할 모순을 등에 지고 엎드러지며 고꾸라지는 현상을 가능한 대로 여실히 표현하면 그 작품이 조선 문단의 귀중한 유업(遺業)으로 먼 장래에까지 전하게 될 것이 정한 일이다."[23]라는 부분이 그 지적의 핵심이다. 이는 위에서 인용한 대담 중 "구호만 부른 데서는 오히려 반감만 살는지 모르지."라는 자세와 유기적으로 연결되는 문제이다. 그로 보아, 홍명희의 문학을 통한 계몽 문제에서 주요 논점은 역시 "여실히 표현하면"이라는 차원에서 읽어낼 수 있다. 당대 김남천 · 안함광 · 한설야 등의 문인들이 창작 방법론 논쟁을 벌였고, 직접 농민들의 삶을 배경으로 창작도 했지만 한결같이 그러한 실생활에 바탕을 둔 생생한 표현 문제에서 한계를 드러냈던 터다. 당대 시대 상황으로 보아 그것은 대개 계급문학 운동이 식민지라는 민족 현실에 대한 인식보다 계급 이데올로기 그 자체에 함몰되었다는 차원에서 정리되는데, 이를 홍명희의 위 관점으로 재조명하자면, 민족 현실을 여실히 드러내야, 즉 당대 전체 인구의 8할을 차지했던 농민들의 "모순을 등에 지고 엎드러지며 고꾸라지는 현상을 가능하면 여실히 표현"해야 민족 현실을 바르게 문제화할 수 있다는 것이다. 그렇게 하지 못한 점은 카프 계열 작품들 이전에 이광수의 계몽소설 작품들에서 이미 드러났던 바, 그대로

---

23 홍명희, 「沈熏 常綠樹 序」, 『상록수』, 한성도서주식회사, 1936『연구자료』, 54쪽].

당대의 한계로 굳어진 것이 문학사의 현실이다.

『임꺽정』을 들여다보면 위 논점에 대한 홍명희의 의도가 분명하게 드러난다. 그는 『임꺽정』에서 천민들의 '생활을 구차한 이상으로 꾸미지' 않았고, '엄정하게 현실 그대로' 묘사를 했던 터이다. 그 점은 작품의 전체 의미와도 긴밀하게 연결되어 있다. '임꺽정'을 의적으로만 이상화하지 않고, 화적 행각을 '여실히' 표현함으로써, 16세기 농민 저항의 좌절 양상과, 그 좌절이 20세기 들어서서 어떤 양상으로 드러나는가의 연계성을 구현한 것이다. 당대의 혁명 실패를 그의 말대로 "현대에 재현식혀", 당대에 필연적인 투쟁의 방향과, 그것이 문학작품에서 구현될 방향을 제시한 것이다. 당대 일반 대중들이 그러한 『임꺽정』을 읽으며 삶의 활력을 찾은 것도 사실이다.[24] 더욱이 작품 자체에서 '임꺽정'의 아들 '임백손'과 '어린 이순신'을 연계시킨 부분[25]에서 그 점을

---

24 "하루라도 이 소설이 휴재되는 때는 전화로 투서로 독자의 불평이 잦았고 이 소설을 읽는 사람마다 그 문장에 무릎을 치며 "잘 쓴다"하고 예찬하는 이도 많이 보았습니다." 安夕影, 「임꺽정의 삽화 그리던 回憶」, 『조선일보』, 1937.12.8[『연구자료』, 257쪽].
"바꾸어 말하면 명종 17년 구월산에서 포살(捕殺)된 임꺽정은 단 한 사람이었을는지 모르지만 잡히지 않고 인민의 마음속에 수백 수천의 임꺽정이 그 시대에 있었음을 누구라 부인할 것이랴.
이러한 임꺽정을 몇 세기 지난 현대에 있어 우리의 선배 벽초 홍명희 씨의 붓끝을 통하여 나날이 읽어보던 기억은 어설픈 정사(正史)란 것을 읽는 몇배의 취미와 실익을 우리에게 주었던 것이니, 이 대작을 통하여 그 시대 그 사회의 각양각색을 우리는 배우고 짐작할 수 있었던 것이다." 李瑄根, 「巨大浩瀚한 우리의 사회사」, 『조선일보』 1937.12.8[위의 책, 255쪽].
25 실제 역사에서는 임꺽정의 아들이 임진왜란 훨씬 이전에 죽었지만, 여기에서 오히려 작가의 탁월한 역사의 재구성 능력이 엿보인다. 작가는 계층 모순이 일시에 무너지지 않을 문제라는 것을 간과하지 않음과 동시에, 그 점을 이용하여 이순신과 임백손을 계층적인 의미에서의 지위보다는 '병수사'라는 인간의 역할로 재구성한 것이다. '큰 그릇'에 담겨질 씨앗의 구체적인 면모가 드러난 것이다. 큰 그릇은 민중의 삶을 포괄적이면서 구체적으로 담는 데에 그 의의가 있는 것이지, 그것을 외면한 봉건적

충분히 유추해낼 수 있다. 작가의 계몽관은 과학 사상 보급이든 농촌 개혁이든 '구차한 이상', 즉 이념 차원에서가 아니라 현실을 바탕으로 한 생생한 표현 차원에서 구현되어야 한다는 게 홍명희의 입지였던 것이다.

홍명희의 창작관에서 중요하게 생각해야 할 점은, 이러한 생생한 표현 문제를 고유어나 토속어 사용 등의 어휘 사용 차원에 국한시킨 것이 아니라, 그것을 작품 전체 구조에 유기적으로 연결하는 차원에서 강조되었다는 것이다. 그가 표현 문제에서 '구차한 이상'의 논의 대상으로 삼았던『상록수』의 경우를 보면, 일제 지배 체제가 난숙기에 접어들었던 당대 상황에서 그 작품이 중요한 의미를 가지는 건 틀림없는 사실이지만, 채영신과 박동혁의 삶이 실생활을 바탕으로 생생하게 표현되었다기보다는 이상화되었다는 점도 사실이다. 두 사람의 계몽운동이 가난과 팝박으로 점철된 당대 농민들의 "스스로 해결하지 못할 모순을 등에 지고 엎드러지며 고꾸라지는" 구체적인 사람살이를 '여실히' 드러내는 과정을 통해 형상화되기보다는 주로 연설이나 구호 외침에 의해 이념적인 중요성만 강조된 게『상록수』의 구조적인 특징이다.[26] 박동혁

지배 체제나, 그 체제를 악용한 식민주의 지배 체제와는 거리가 멀다. '늙은 것이 몸을 재게 움직이지 못해서 싸리살이나 마지면 낭패아닌가요'에서 '늙은 것'이란 큰 난리를 눈앞에 두고도 모순된 상황만 고집하는 '낡은 봉건적 체제'를 의미하는 것으로 받아들여진다. 그 체제 속에서 민중의 삶이 얼마나 피폐되어 나타났는가는 작품에서 충분히 드러난다. 이순신이 시위에 잰 '싸릿살'은 바로 그러한 민중의 실체를 겨냥한 것이다. 그리고 그것은 식민지 시대의 경우와 무관하지 않은 것으로 추정된다. 채진홍,『홍명희의 〈임꺽정〉 연구』, 앞의 책, 187~188쪽.

26 "앞채를 꼬나 주던 동혁은 엄숙한 얼굴로 여러 사람의 앞으로 나섰다.
『여러분! 이 채영신 양은 연약한 여자의 몸으로 농촌의 개발과 무산 아동의 교육을 위해서 너무나 과도히 일을 하다가 둘도 없는 생명을 바쳤습니다. 완전히 희생했읍니다. 즉, 오늘 이 마당에 모인 여러분을 위해 죽은 것입니다.』
하고 한층 더 언성을 높여, …(중략)… 말이 끝나자, 청년들은 상여를 메고 선 채 박수를 하였다." 沈熏,『常綠樹』,『한국현대문학전집7』(서울: 삼성출판사, 1980),

과 채영신의 사랑 문제가 독자들에게 애절하게 전달되지 않는 것도 그 때문이다. 이러한 점은 『임꺽정』에서 7형제가 화적으로 전락하는 과정이, 엎드러지고 고꾸라지고 사랑하고 미워하고 만나고 헤어지는 장면들에 대한 생생한 묘사를 통해 '여실히' 표현된 것과 비교되기도 한다. 계몽이 이념적인 구호만으로 그 목적이 달성될 수 없음은 이미 인류 역사에서 증명이 된 터이다. 그를 간파한 홍명희가 문학을 통한 계몽의 중요성을 역설한 건 당연한 일이기도 하다. 문학에서 정서 문제가 중요하고, 그래서 생생한 표현이 중요하다는 점은 문학하는 사람이면 누구나 말할 수 있는 일반화된 사실이기 때문이다. 하지만 그러한 이유만으로 그 문제가 소홀히 취급될 당위성은 없다. 당대나 지금이나 그 당연한 점이 창작 과정에서 충분히 실현되지 못했기 때문에 홍명희의 그 생생한 표현 문제에 대한 강조가 중요하게 받아들여지는 것이다.

306~307쪽.

위 인용한 곳은 『상록수』의 뒷부분인데 이러한 연설투나 구호 외침은 그 앞부분에서도 어렵지 않게 찾아볼 수 있다.

제4장

정치관과 문예운동론

1. 민족사적 안목

홍명희의 삶에 대한 연대기적 정리는 대개 "조선왕조가 급전직하로 몰락해가던 19세기 말에 태어난 그는 경술국치 후 중국으로 건너가 신규식(申圭植)·박은식(朴殷植)을 중심으로 한 동제사(同濟社)의 해외 독립운동에 가담했으며, 3·1운동 때는 향리에서 만세운동을 주도하여 옥고를 치렀다. 그리고 1920년대에는 사회주의 사상 단체인 신사상연구회와 화요회의 주요 멤버로 활동했으며, 좌우익 세력이 최초로 연대한 민족협동전선체인 신간회(新幹會)의 실질적인 지도자로서 헌신적으로 활동하다가 재차 투옥되었다. 해방 정국에서는 민주독립당의 대표로서 민족 통일정부 수립 운동에 진력하다가 남북 연석회의를 계기로 북에 남은 뒤, 그곳에서 부수상·과학원 원장 등을 역임하였다."[1]라는 방향으로 이루어진 터다. 이러한 정리에서 볼 때, 겉으로 드러난 홍명희의 삶의 특징은 독립운동과 민족 통합 운동으로 점철되었다는 점이

---

1   강영주, 『벽초 홍명희 연구』(서울: 창작과비평사, 1999), 11~12쪽.

다. 연대기적인 정리 차원에서만 본다면, 독립운동은 일제강점기에 해당하는 문제이고, 민족 통합 운동은 일제강점기에서 광복기로 이어진 문제이다. 하지만, 그 정리를 '홍명희 개인의 삶과 역사 현실'이라는 상호 유기적인 차원에서 들여다보면, 독립운동과 민족 통합 운동이 어떤 특정한 기간 의미에 국한될 문제가 아님을 알 수 있다. 물론 어의 자체 면에서도 두 개념이 분리될 길이 막연하지만, 중요한 건 실제 역사가 그러한 길로 전개되었기 때문에 그 문제가 논점이 된다는 사실이다.

홍명희에 관한 그 실제 역사란 바로 남북연석회의의 실패와 북에 잔류한 사실, 그곳에서 부수상 등을 역임했다는 위 정리 사실을 두고 하는 말인데, 그 점은 분단 문제가 해결되지 못한 지금까지 민족사의 공백을 초래한 중요한 원인 역할을 한 터다. 사실, 광복기 동안 홍명희만큼 '민족 통일정부 수립운동에 진력'했던 사람도 드물고, 김구·조만식 등 그 드문 몇몇 사람들도 이쪽저쪽 체제하에서 불의의 최후를 맞을 수밖에 없었던 게 당대의 현실이다. "미국의 입장으로서는 우리 강토와 남북을 분열시키더라도 소련에 대항하면 그 외교적 목적을 달성한 성산(成算)이 있을지 몰라도 우리의 입장으로서는 소련에 대항하는 것보다 통일된 독립국가를 가지는 것이 더 크고도 절실한 문제인 것입니다. 이와 똑같은 말은 소련의 비협력적 태도에 대하여서도 말할 수 있는 것입니다. 미·소 어느 나라임을 막론하고 자기들의 세계 정책과 우리 문제는 반드시 이해가 일치되는 것이 아님이 분명한 일입니다."[2]라는 홍명희의 민족사적 안목은 70년이 지난 오늘의 현실에까지도 중요한 의미를 시사하는 바다.

2 　홍명희, 「통일이냐 분열이냐」, 『개벽』 77호, 1948.3[임형택·강영주 편, 『벽초 홍명희와 〈임꺽정〉의 연구자료』(서울: 사계절, 1996), 152쪽. 앞으로 이 책은 『연구자료』로 표시함].

그러한 홍명희의 민족사 차원의 실천 운동은 기간 의미로 국한시켜 생각한다 해도 유기적인 연결고리가 성립한다. 위의 정리에서 보는 바대로 그의 독립운동이 3·1운동 정신과 무관할 리 없고, 민족 통합 운동이 신간회 운동 정신과 무관할 리 없으며, 민족 통일정부 수립 운동이 궁극적인 민족 해방 정신과 무관할 리 없다. 3·1정신을 민족자결 원칙에 입각한 자주독립 쟁취라는 근본 취지를 떠나서 생각할 수 없는 만큼, 좌·우 대립을 지양하고 민족 통합을 이룩해 독립을 쟁취하자는 신간회 정신과, 미·소의 영향에서 벗어나 진정한 민족독립을 이룩하자는 통일정부 수립 운동 의지가 겉으로 드러난 사건 의미와 단순한 연대기적인 의미를 넘어 민족사의 같은 맥으로 이어지는 건 당연한 논리이다.

2. 정치관

홍명희의 삶에서 두드러지게 드러난 특징은 "홍씨는 일생에 있어 남과 교제니 운동이니를 모르는 분인 것이다."[3]라는 박학보의 증언에 함축되어 있다. 일관되게 독립운동과 민족 통합 운동에 진력해온 사람이 그렇다는 사실은 겉보기에 독특한 경우라 할 만하다. 그렇지만, 홍명희의 그러한 성벽은 그에게 세상을 정확히 볼 수 있는 역설적이며 역동적인 힘의 근원으로 작용했던 것이다. 그 힘의 근원 역시 그의 개인사와 민족사의 병행 차원에서 찾을 수 있다. 그의 부친 홍범식 열사가 경술국치(庚戌國恥)를 맞아 순국한 사건과, 그런 '선친의 유지를 평생 민족에 대한 인내와 자존심으로 받아들여'[4] 민족운동의

---

3   박학보, 「인물월단 – 홍명희론」, 『신세대』 창간호, 1946.3[위의 책, 245쪽].
4   "때로는 우리 할아버지를 뒤이어 우리들은 남달리 자존심이 있어야 하고 인내력이 있어야 한다고 힘지게 일러주시었다. 또는 가끔가끔 눈물까지 머금어가시면서 할아

밑거름으로 삼았다는 점이 그 근거이다.

> 홍명희 씨가 만약에 부귀와 영달을 누리려고 하면 삼천재의 두 사람의 공명(功名)을 지나쳤을 것이다. 하나 홍씨에게는 철천지 원한이 있다. 홍씨의 춘부장은 한일합방이 되는 것을 보고 자결하신 분이다. 이것은 홍씨의 가슴에 큰 못이 박여졌다. 조선 천하가 다 왜노의 수하(手下)가 되더라도 홍씨만은 고절(孤節)을 지킬 것이 절대적이다. 또 홍씨에게는 청백한 전통이 역시 적빈여세(赤貧如洗)이었던 것이다. 여기에 백절불굴! 홍씨가 오늘의 빛나는 젊은 사람의 존앙(尊仰)하는 인물이 되었거니와 홍씨의 가난이란 세상이 다 아는 일이다. 이 가난을 틈타서 적인(敵人)의 마수가 늘 움직이었던 것이다. 왜노의 마수가 닿을 곳은 아니었다. 엄연한 존재에는 왜노도 대할 때는 홍씨에게 범접을 못한 것이다. <u>그는 신간회 민중운동자 사건 이후 아무런 단체에도 발을 붙이지 않았다. 다시 말하면 홍씨는 이때부터 단체생활과 발을 끊은 것이다. 이 단체생활은 홍씨로 하여금 저들 왜노에 구실을 주어 얽어맺기에 좋은 재료가 되기 때문이다.</u>[5]

위 밑줄 친 부분은 홍명희의 개인사 의미가 민족사 의미와 역동적으로 병행된다는 사실을 뒷받침해준다. 홍명희가 3·1운동 이후 단체 활동에 참여하지 않은 이유도 거기에, 즉 "왜노에 구실을 주어 얽어맺기에 좋은 재료가" 되지 않기 위해서였던 것이다. 그는 그런 만큼 민족 독립과 통합에 저해되는 일이 무엇인가를 정확히 알았던 올곧은 지식인이었던 터다. 위에서 박학보가 세속적인 어투로 지적한 "삼천재의 두 사람의 공명을 지나쳤을 것이다."라는 말은 당대의 지식인의 좌절 양상을 극명하게 보여주는 대목이다. 최남선·이광수 등 당대의 개량주의 지식인의 훼절 과정이 그것이다. '신간회 민중운동

　　버지의 생전을 이야기하여주시었다." 홍기문, 「아들로서 본 아버지」, 『조광』 2권 5호, 1936.5[위의 책, 235쪽].
5　박학보, 앞의 글, 242쪽.

사건'으로 재차 투옥된 사람은 삼천재 중 정작 홍명희였던 게 당대의 현실이다. 그리고 홍명희가 당대 가장 진보적인 지성이었다는 일반화된 사실이[6) 그 점을 뒷받침해준다.

홍명희의 그러한 역동적인 지성의 힘은 8·15 이후 정치를 바라보는 눈에서도 그대로 드러난다.

> 과거를 돌아볼 때 우리 정치인들에게 자기비판이 부족한 것을 통감한다. 독선적 경향이 너무나 많다. 정치란 산 물건이고 부절(不絕)히 움직이는 물건인지라 머릿속에서 만들어진 이론만 가지고 정치를 해나갈 수는 없다. 정치인들의 현실의 동태를 똑바로 인식하여 그 이론을 보족(補足)하며 수정하는 것은 결코 그들의 변절(變節)도 무정견(無定見)도 아니고 도리어 반드시 실행하지 않으면 안 되는 의무요 책임인 것이다. 더구나 우리 정치인들이 국제사정에 소매(素昧)하고 정치적 경험이 없는 까닭에 작년 8·15 이래 많은 과오를 범하게 된 것이 어느 점으로는 불가피하였던 만큼 솔직한 자기비판을 한다면 민중이 지지를 아끼지 않았을 것이요, 완전독립의 길도 빨리 올 수 있었다.[7)

---

6 "홍씨는 원래 전형적인 학자요 전형적인 귀족 타입이요, 또 전형적인 장자풍(長者風)이 있는 분이다. 그러나 홍씨는 한번도 학자연한 일이 없고 귀족연한 일이 없고 또 거드름을 피는 분이 아니다. 조선에서 중노인측에 가장 진보적인 분이 누구냐 하면 홍씨를 첫손가락으로 꼽지 않을 수 없다. 홍씨는 사세상한(四世相韓)의 장량(張良)의 명문은 아니라 하더라도 조선에 있어 누구 못지않은 당당한 명문의 분이다. 그러나 일찍이 명문의 티와 교만한 티를 엿볼 수 없다. 그야말로 겸허한 관후와 인덕과 애무로 늘 후진을 대한다. 누구나 홍씨 앞에 나아가면 모르는 중에 저절로 머리가 숙어진다. 이런 연배의 분 중에 가장 먼저 봉건적 잔재를 털어버린 분이 있다면 나는 서슴지 않고 홍씨를 제일로 든다." 위의 글, 241쪽. (그럼에도 불구하고 홍명희가 정당하게 거론될 수 없었던 것은 물론 분단 현실 때문이다. 그래서 홍명희를 연구하는 일이 곧 민족사의 공백을 메우는 일이라는 논리가 타당성을 얻는 게 오늘의 현실이다.)
7 홍명희, 「정치인의 자기비판」, 『자유신문』 1946.10.9 『연구자료』, 151쪽].

위의 글에서 홍명희 정치관의 면모를 단적으로 엿볼 수 있는 부분은 "정치란 산 물건이고 부절히 움직이는 물건인지라 머릿속에서 만들어진 이론만 가지고 정치를 해나갈 수는 없다."라는 대목이다. 홍명희의 역동적인 지성의 힘이 적절하게 발휘된 부분이다. 사실, 그가 지적한 자기비판 부족 문제는 8·15 이전 일제강점기 지식인들의 나약함과 허위의식이나, 그 이전 조선조 지식인들의 지배 이념에까지 거슬러 올라간 것이다. 지식인의 허위의식 문제는 우리 역사에 국한된 것이 아니라, 제국주의 이념이 기승을 부리던 당대 세계사의 흐름이었던 터다.[8] 지식인의 비판 의식이 실제 사회를 '민중이 지지를 아끼지 않았을' 경우로 실천된 적이 지극히 드물었던 게 인류 역사의 현실

---

8 "지식인들은 자신이 생각을 가진 행동하는 사람이기를 바라면서도 또 다른 행동하는 사람, 행동하는 대중을 만나기를 희망하면서도 행동하는 사람과 대중에 대한 신뢰를 가지고 있지 않은 속성을 가진다. 사유의 급진성과 실천의 근본성은 항상 현실과정에서 괴리현상을 만들기 때문이다. …(중략)… 그들은 비판세력의 사이를 왔다 갔다 하면서 동시에 지식인과 대중 사이에 자신을 어디에 밀착시킬 것인가를 판가름하지 못하면서 방황하기도 한다. 이러한 방황은 대중으로 상징되는 인간에 대한 애증을 느끼는 좌파 지식인들의 공통점이라 할 수 있다. 여기에서 그들의 행동은 '상징'으로 그칠 수밖에 없다. 이 괴리에서 비판이 날카로워질 수 있다. 이 괴리현상을 극복하기 위하여 날카롭게 비판하고, 완벽한 이론을 전개하려 하는지도 모른다. 그러나 때때로 이 괴리를 극복하려는 지식인의 행위는 비판의식과 관점을 잃게 되기도 하며, 행위의 단순함에서 비판의식을 상실하기도 한다. 이러한 선택은 지식인에 대한 자신이나 사회가 가지는 어떤 강요에 의하여 이루어진다. 자신이나 사회는 지식인들이 생활의 완벽함이나 작업의 완전함을 강요한다. 그러나 완벽할 수 없는 자신에 대한 통찰이 없을 때 지식인은 어느 것 하나를 선택하는 편의주의에 빠지게 된다. 자신에 대한 외부의 요구와 자신을 일치시키는 착각에 빠진다. 이 착각에서 지식인은 시대를 잘못 읽는 행동을 선택할 수 있다. 이 때 비판의식이 함께 소멸한다. 그러나 비판의식이 강한 지식인들은 자신의 순수한 이론을 타협의 대상으로 삼지 않고, 그 이론을 실현할 어떤 사회기관을 실현하여 보려고 노력한다. 프랑크푸르트 학파의 사회연구소가 그것이며, 홍명희에게서는 신간회가 그것이었다고 할 수 있다." 김조년, 「프랑크푸르트 학파의 사회 비판이론에 비추어 본 홍명희의 비판사상」, 채진홍 편, 『홍명희』(서울: 새미, 1996), 90~91쪽.

이다. 지식인이 곧 정치인이었던 조선조에서, 그 지식인들이 생각한 유가 정치의 이상이 제대로 실천되지 못한 사실도 그 확실한 예이다. 그러니, "독선적 경향이 너무나 많다'는 문제와 '정치인들이 현실의 동태를 똑바로 인식하여'라는 문제의 상관관계를 글자그대로의 순수한 뜻으로 받아들이기가 어려운 것도 사실이다. 현실의 동태를 똑바로 인식한 정치인들의 경우라도 이익을 위해서 독선적 경향으로 흐를 수밖에 없는 게 동서고금의 정치 현실이기 때문이다. 조선조 정치 현실을 당대 누구보다도 정확히 꿰뚫고, 그것을『임꺽정』창작의 토대로 삼았던 홍명희가 그 점을 간과했을 리 없다. "인을 떠난 예와 의는 유자의 사상으로서 비판하더라도 虛禮와 虛義로 돌아가기 쉽다. 양반의 예절과 의리도 많은 경우에 있어 형식에 흐르고 말았다. 그러나 양반사상의 핵심이 관료주의에 놓여 있다는 것을 인식할 때 그것은 도리어 필연한 형세다. 즉 의리는 그들의 목표를 세우기 위하여 또 그와 같이 예절은 그들의 위의를 보호키 위하여 필요한 이외 아무것도 아닌 까닭이다."[9]와 같은 지적이 그 점을 말해준다. 그러한 현상은 일제강점기로 그대로 이어졌고, 그렇기 때문에 3·1운동 실패 후 그는 좌우합작 운동인 신간회 운동에 주력할 수밖에 없었던 것이다. 물론, 거기에서 그가 강조한 것도 "민중이 지지를 아끼지 않았을"이라는 차원의 민중의 정치의식 자각문제이며, 그 정치의식이 곧 민족운동의 힘이 되어야 하고, 그 과정에서 식민지 피지배 지식인의 경우에서 드러나곤 하는 비열한 선각자 의식이 배격되어야 한다는 점이다.[10] 8·15 이후

---

9   홍명희, 「이조 정치제도와 양반사상의 전모」(口述), 『조선일보』1938.1.3~5[『연구자료』, 131쪽].

10   "目下 우리 民衆의 政治的 意識도 이로써 더욱 急激히 覺醒되기 시작하니 우리들의 政治的 意識은 곳 民族的 運動의 전제가 될 것이다. 장차 일어날 일어나지 안코 마지아니할 우리의 民族的 運動은 엇더한 目標를 세우고 나가게 될 것인가. 대개 세우지 아니하면 아니 될 目標는 오즉 하나일 것이나 바르게 그 目標로 나가고 아니 나

로 이어진 상황은 앞서 예시한 대로다. 홍명희는 미·소를 해방국이 아니라 일제에 이은 점령국으로 간파했던 것이다. "우리 정치인들이 국제사정에 소매하고 정치적 경험이 없"다는 것은 바로 그 점을 염두에 둔 지적이다.

이렇게 볼 때, "정치란 산 물건이고 부절히 움직이는 물건인지라 머릿속에서 만들어진 이론만 가지고 정치를 해나갈 수는 없다."는 홍명희의 생각은 각 시대별로 이름만 다르게 정리되었을 뿐이지, 거기에 정치인과 지식인의 비판 정신과 실천 운동과 민중 의식의 각성이 절대 조건이 된다는 점은 같은 뿌리로 받아들여진다. 홍명희가 직접 사용한 용어로 그것을 정리하자면, 조선 시대에는 이용후생이요, 일제강점기에는 독립운동이요 민족 통합 운동이요, 광복기에는 민족 통일정부 수립 운동이다. 그는 그러한 방향으로 정치가 실천되지 않는다면 민족 자체가 어떻게 붕괴되는가를 각 시대마다 분명하게 제시했던 사람이다.

[조선 시대] : 양반정치는 진취적이 아니라 퇴영적이요, 행동적이 아니라 형식적이며, 이용후생적(利用厚生的)이 아니라 번문욕례적(繁文縟禮的)이다. 그러한 계급으로서는 한번 기울어진 이상 다시 재흥할 기력을 가질 수는 없는 것으로 반드시 외례의 힘이 아니라고 하더라도 이미 자체의 붕괴를 수습치 못하기에 이르렀다. 그러나 그 이외에도 양반정치의 가장 큰 결함이 두 가지가 있으니, 하나는 사대주의(事大主義)요, 또 하나

가는 것은 우리들의 努力 如何로 決定될 것이다. 帝國主義 아래 壓迫을 當하는 民衆은 ××××를 排斥하는 것이 當然以上 當然한 일이지만 ×××誘惑에 放任하면 排斥은커녕 도리어 謳歌도 하게 된다 하고 社會에서 先覺者로 自處하는 所謂 知識階級人物中에 個人的 卑劣한 心界로 民族的 正當한 進路를 妨害할 者도 업기 쉽지 안흐니 만일 不肖한 人物이 不當하게 民衆을 指導한다 하면 運動이 當치도 안흔 길로 나갈른지 몰을 일이라 우리의 民族的 運動으로 그 길을 그르치지 안코 나가게 하는 것은 곳 우리들의 當然히 努力할 일이다." 홍명희, 「新幹會의 使命」, 『현대평론』 1927.1[채진홍 편, 『홍명희』, 230쪽].

는 숭문천무(崇文賤武)의 정신이다.[11)]

[일제강점기]: 우리 民族的 運動이 바른 길로 바르게 나가도 究竟 成功
은 만히 國際的 過程에 關係가 잇슴으로 우리의 努力만이 條件될 것은 아
니겟스나 國際的 過程이 아무리 우리에게 有利하더라도 우리의 努力이
아니면 成功은 加望이 업고 또 設或 努力업는 成功이 잇다 하야도 그것이
우리에게 탐탁지 못할 것은 定한 일이다. 그럼으로 우리들은 우리의 境遇
가 許諾하는 대로 科學的 組織——一時的이 아니요, 계속적인 또는 個人的
이 아니요 團體的인—行動으로 努力하여야 할 것이니 새로 發起된 新幹
會의 使命이 여긔 잇슬 것이다.[12)]

[광복기]: 우리는 점령 양대국에 향하여 세계 공약인 조선 독립의 실현
을 요구하는 길로 나아갈 수밖에 다른 도리는 없는 것입니다. 양국의 이
해 충돌로 말미암아 우리 민족이 희생될 수는 없는 것입니다. 우리는 민
족자결원칙에 의하여 우리 독립을 보장시키는 수밖에 이제 다른 방법은
없는 것입니다. 우리에게 만일 미·소 전쟁의 전초전을 맡을 용기가 있다
고 하면 그 용기는 응당 민족자결원칙을 보장시키는 운동으로 발전되지
않으면 무의미한 것이 되고 말 것입니다.[13)]

'사대주의'의 맹점을 지적한 일이나, "국제적 과정이 아무리 유리하더라도
우리의 노력이 아니면 성공은 가망이 없고"라는 논리나, "미·소 전쟁의 전
초전을 맡을 용기가 있다고 하면 그 용기는 응당 민족자결 원칙을 보장시키
는 운동으로 발전되지 않으면 무의미"하다는 비장한 논조는 경술국치, 미·
소 점령과 남북 분단, 6·25 전쟁의 형태로 실제 역사에서 그대로 현실화된
터다. 위 홍명희의 논리대로라면, 그 "우리의 노력"의 담당자가 조선시대에는

---

11   홍명희, 「이조 정치제도와 양반사상의 전모」, 앞의 글, 132~133쪽.
12   홍명희, 「新幹會의 使命」, 앞의 글, 230쪽.
13   홍명희, 「통일이냐 분열이냐」, 앞의 글, 155쪽.

양반이었고, 일제강점기엔 개량주의 지식인이었고, 광복기에는 사이비 정치인들이었다는 사실이 그러한 비극적 역사의 중대한 요인일 것이다. 그런 만큼 홍명희의 정치관은 철저히 민중·민족의 입장에 서 있었던 터다. 거기에서 중요한 것은 홍명희 자신이 늘 그 실천의 한가운데에 있었다는 사실이다. 그는 자신이 역설했던 정치인들과 지식인들의 부절한 자기비판과 혁신을 역사의 현장에서 몸소 실천했던 것이다.

3. 문예운동론

홍명희가 단체 활동에 참여하지 않은 것은 문단 활동에서도 마찬가지이다. 그는 카프 문인들의 존경을 받으며 그들과 두터운 교분을 쌓고 있었지만 카프에 정식 가입한 적이 없고,[14] 8·15 이후 조선문학가동맹 중앙집행위원장으로 추대되었지만 당시 해당 동맹의 전국문학자대회에 출석하지 않았고,[15] 그런 관계로 위원장의 「인사말씀」도 이태준이 대독했던 터다. 당시 우익 쪽에서 결성한 전조선문필가협회에서도 명예회원으로 추대되었지만[16] 좌익 성향의 민족주의자였던 그가 참여할 리 없었던 것은 물론이다. 특히 8·15 이후에는 이런 일 이외에도 여러 단체들에서 이런저런 직함으로 이른바 '애국지

---

14 당시 홍명희는 사회주의운동 단체에서 활동하면서 쟁쟁한 사회주의자들과 폭넓은 교류를 갖고 있었으며, 그 자신이 좌익 성향의 지식인이자 문필가로서 명망과 인기가 높았다. 그러므로 출발 당시 사회주의 운동 진영 내에서 상대적으로 미미한 존재였던 카프의 위상을 끌어올리기 위해서는 그와 같은 비중이 있는 인물의 참여가 요청되었을 것이다. 강영주, 『벽초 홍명희 연구』, 앞의 책, 198쪽.

15 당시 출석자 명단을 보면 홍명희의 이름이 빠져 있고, 입장 순 명단에서 이태준이 맨 앞에 있었음을 확인할 수 있다. 정한숙, 『해방문단사』(서울: 고려대학교 출판부, 1980), 24~25쪽.

16 강영주, 『벽초 홍명희 연구』, 앞의 책, 393쪽.

사 홍명희'의 명성을 이용하려 했지만, 그는 응하지 않았을뿐더러, 심지어 본인도 몰래 그런 일들이 벌어진 데 분개해 항의 성명서를 냈을 정도이다.[17] 일제강점기에는 일제에 이용당하지 않으려 했고, 광복기에는 미·소를 배후에 둔 좌·우 이념 대립에 이용당하려 하지 않았던 점은 앞에서 논한 대로다.

이러한 맥락에서 보면, 홍명희의 문예운동론이 단순히 이념 투쟁 차원의 운동에 입각한 것이 아니었다는 점을 유추할 수 있다. 이는 이념 투쟁과 그 이론화에 급급했던 카프 회원들의 경우와 홍명희의 문예운동관이 근본적으로 다르다는 데에서 확인된다. 카프 기관지에 해당하는 『문예운동』창간호(1926.1)에 「신흥문예의 운동」이라는 제목으로 기고한 홍명희의 글에서 그 점이 분명히 드러난다. 홍명희는 신흥문예운동의 필연성을 문예 본연의 흐름 차원에서 제기했지만, 카프 문인들은 그 문제를 이념 투쟁 차원으로 제한했던 것이다. "신흥문학은 유산계급문학에 대항한 문학일 것이며, 생활을 떠난 문예에 대항한 생활의 문학일 것이며, 구계급에 대항한 신흥계급의 사회변혁의 문학일 것이다. 그러면 프롤레타리아 문예는 즉 신흥문예의 별명이 아닌가."[18]라는 홍명희의 생각이 겉으로 드러난 의미에서는 카프 문인들의 경우와 같지만, 실제 실천 과정 의미에서는 판이했던 사실이 그 증거이다. 당시 박영희에 의해 주도되었던 카프는 문학 본연 차원의 의미를 재고할 틈도 없이 이듬해 바로 목적의식론으로 전환했던 터다. 박영희가 『조선지광(朝鮮之光)』(1927.7)에 쓴 「文藝運動의 目的意識論」은 대개 다음과 같이 요약 정리되는데, 그것과 홍명희의 「신흥문예의 운동」을 비교 검토하며 그 문제를 구체적으로 논해보기로 한다.

---

17 위의 책, 399쪽.
18 홍명희, 「신흥문예의 운동」, 『문예운동』창간호, 1926.1[위의 책. 72쪽].

① 부분적 투쟁에서 전체적 투쟁으로 나아갈 것.

② 경제적 투쟁에서 정치적 투쟁으로 나아갈 것.

③ 前線的 理論투쟁이 先行할 것.

④ 植民地 문학운동이 左翼意識을 戰取할 수 있는 方法을 摸索할 것.[19]

위 요약에서 우선 눈에 띄는 단어는 투쟁과 좌익 의식이다. 홍명희의 "유산계급에 대항한 문학, 생활의 문학, 구계급에 대항한 신흥계급의 사회변혁의 문학"이라는 명제와는 어감에서부터 다르다. 그러나 홍명희의 관심사는 투쟁이냐 아니냐 하는 식의 자세나 어감 문제, 그리고 그에 관계된 이론적인 구호보다는 작품 창작 문제였던 것이다. "근년에 이르러서 '신흥문예'라는 명제를 빈빈(頻頻)히 듣게 되었다. 그리고 문단에는 이 새로운 명제에 합당하는—작품까지 갖지 못하였으나—적어도 한 개의 새로운 기운이 움직이게 되었다."[20]라는 형식으로 글의 서두 부분에 그 점이 제시되어 있다. 그가 조직적인 운동 경향을 부정한 것은 아니지만, 신흥문예의 원천 내용을 조직 운동 자체에서 찾는 것이 아니라 문예사조의 흐름과 그에 해당하는 문예작품에서 찾았다는 사실을 보여주는 대목이다. 그는 카프가 결성될 당시 거기에 맞춰 문예운동의 전개 방향을 분명히 제시하고자 했던 것이다.

첫째, 유산계급에 대항한 문예 문제를 살펴보자.

문예사상(文藝史上)에 있어서 고대의 궁정문학(宮廷文學)이, 또는 종교문학이, 문예부흥으로 인하여 쇠멸하고 새로이 개인주의적 문학이 그와 대체되었을 때, 그것을 가리켜 신흥문예라고 이름하였던 것을 우리들은 알고 있다. 알고 있을 뿐만이 아니라 그것을 신흥문예라고 이름한 것

19 정한숙, 『현대한국문학사』(서울: 고려대학교 출판부, 1982), 98쪽.

20 홍명희, 「신흥문예의 운동」, 앞의 글, 69쪽.

은 지당하다고까지 생각하고 있다. 문예상에 있어서 이 사실(史實)을 지금 조금 더 부연하여 말할 것 같으면, 고대의 문학적 온갖 작품은 거개 일국의 왕족이 아니면, 비실재적의 신―즉 신화한 인격을 제재로 한 작품에 불외(不外)하였다. 그러나 개인정신의 폭발인 근 100년에 긍한 문예부흥의 기운이, 이 궁정문학 또는 종교문학을 파쇄하였다 할 것이다. 문예 작품 중에 일개의 농부를 혹은 일개의 상인을 제재로 한 창작이 나타나기는 실로 근대의 자연주의 문학이 발흥(勃興)한 이후의 사실이니, 이러한 의미에 있어서 근대의 자연주의 문학은 중세기의 종교문학에 대하여 한 개의 신흥문학이었던 것이다.

그러나 자연주의문학은, 비참한 생활 속에서 신음하는 농부를 그린다 하여도, 그것은 다만 비참한 상태 그 물건을 그림에 더 지나지 못하였고 조금 나아가서 거기에서 작자의 태도를 본다 하여도 그것은 그 비참한 상태에 향한 연민, 혹은 동정에 더 지나지 못하며, 극도의 압제하에서 불합리한 제도하에서 횡포한 착취를 당하는 계급을 그린다 하여도 그 계급에 대한 동정―우월감으로 더불어 오는 동정에서 더 지나지 못하는 것이 사실이었다. 이것을 개칭(慨稱)하여 유산계급문학이라 한다. 오늘에 있어서 유산계급문학이 세계문단의 주인 격으로 있는 이상에 새로이 일어나게 된 신흥문예라는 것은 실로 이 유산계급문학에 대항하여 일어난 문예가 아니면 안 될 것이다. 그리고 이것은 문예상의 단 한 개의 견지를 가지고서 말함에 불과한 것이다.[21]

위 논지로 보아 "유산계급에 대항하여 일어난 문예"란 바로 졸라나 발자크류의 자연주의나 비판적 리얼리즘 계열에 대항한 고리키류의 사회주의 리얼리즘에 입각한 작품 창작을 염두에 둔 것이다. 궁정문학, 종교문학, 문예부흥, 개인주의 문학, 자연주의 문학으로 이어지는 문예사조의 흐름을 작품과 그 창작 경향에 맞춰 논하고 있는 논리 전개 방식에서 그 점이 충분히 드러난다. 더욱이 그는 고리키를 천재로 받아들이는 자세에서도 위대하고도 순진한

---

21 위의 글, 69~70쪽.

예술혼을 가진 면을 강조했던 터다.[22] 그것은 위 글을 쓴 지 10여 년이 지난 후 "카프 계열의 문학이 문학적으로 실패한 문학"[23]이라고 지적한 부분에서도 입증된다. 그리고 그 논지는 8·15 이후 상황에서도 같은 맥으로 이어졌던 것이다.[24] 문예운동이 예술혼에 충실한 작품 창작을 우선해야지, 이념 투쟁에 급급해서는 안 된다는 점을 분명하게 제시한 결과이다. 박영희의 목적의식론과는 정반대의 경우이다.

둘째, 생활의 문학 문제를 살펴보자.

> 그러나 생활에서 떠나지 아니하였던 원시예술은 예술자체의 발전에 짝하여 생활에서 분리되어가지고 따로 독립하여버리었으니 이것이 이른바 예술을 위하여 예술 그 물건이다. 생활이라 함은 실재를 가리켜 말함이요, 비실재적의 몽환경(夢幻境)을 가리켜 말함이 아니니, 종교에 있어서 신과 같음은 전설 속에 있는 히로인과 다름이 없다. 그리하여 실재를 떠난 생활이 없고 생활을 떠난 인생이 없으며, 인생을 떠난 예술이라는 것은 존재할 이유가 없는 것이다. 그것은 실재를 떠난 예술이라는 것이 있을 수가 없는 까닭이다. 예술을 위한 예술이라 함은 일개의 패러독스에 불과하다.
> 금일의 문학의 대부분은 왕고(往古)의 그것과 같은 생활에서 떨어내어

---

22 홍명희, 「문학청년들의 갈 길」, 『조광』 1937.1 [『연구자료』, 93쪽].

23 "일시 관심되던 프로문학도 이러한 산 혼에서 우러나오는 문학이 아니면 문학적으로 실패할 것은 정한 일입니다." 위의 글, 위의 책, 93~94쪽.

24 "8·15 이후에 나온 작품은 많이 보지 못해 잘 모르지만 갑작스레 공산주의자가 된 사람이 많다는 인상을 주어 정말 공산주의자가 되는 것은 좋지만 내가 공산주의자로다고 내세우는 것이 드러나는 작품을 남조(濫造)하는 작가는 못마땅해요. 그러나 그렇다고 해서 사상성이 없는 예술을 위한 예술이 옳다는 것은 아닙니다. 예술과 사상이 혼연한 일체가 된 작품을 만들기 위하여 한편 예술하며 한편 사상하는 것이 우리 문학가의 임무겠지요." 「洪命憙·薛貞植 대담기」, 『신세대』 23호, 1948.5 [위의 책, 221~222쪽].

서 놓고 볼 수 없는 그러한 것이 못 되었다. 이미 금일의 문학은 생활을 배반한 지 오래다. 시험삼아서, 일개의 창작가의 창작과 그의 생활과를 비교하여 보라. 우리들은 그의 생활과 문학과의 사이에서 하등의 일치점을 발견하지 못하는 것이 사실이다.

이러한 의미에서 새로이 일어나게 된 신흥문예 그것은 이 생활에서 분리된 문학에 대항하여 서게 되는 생활과 디렉트한 관계를 가진 문학이어야만 할 것이다. 생활을 떠난 문예는 생활의 문예는 아닌 까닭이며 그리고 인생은 실재하는 생활의 권외에 있는 것이 아닌 까닭이다. 이것도 역시 한 개 견지이다.[25]

위 논지로 보아 생활의 문학이란 실재와 생활과 인생과 예술이 혼연일체가 된 문학을 두고 하는 말이다. 홍명희가 그 전범을 원시예술에서 찾고 있는 점에서부터 카프 문인들의 경우와는 근본적으로 다르다. 인류사의 흐름 속에서 예술사의 흐름을 찾는 일과 예술사의 흐름에서 인류사의 흐름을 찾는 일을 병행했던 홍명희와는 달리, 카프 이론가들은 그 흐름을 자본주의 시대와 이념과 계급투쟁의 틀에 한정시켰던 것이다. 생활이라는 단어의 글자대로의 뜻만으로 생각한다면, 카프 문인들에게는 그들의 문학운동론이 오히려 생활의 문학에 해당하겠지만, 홍명희는 "이미 금일의 문학은 생활을 배반한 지 오래다."라고 단정한다. 그것은 홍명희가 문제 제기했던 대로 당대 창작가와 창작과 그의 생활을 비교하면, "우리들은 그의 생활과 문학과의 사이에서 하등의 일치점을 발견하지 못하는 것"을 확인할 수 있다. 당대 문단의 상황이 그랬었다는 점은 일반화된 사실이다. 그 후 홍명희 자신이 쓴 『임꺽정』을 비롯하여 몇몇 작품들에서 그런 문제가 극복될 조짐을 보이기도 했지만, 1940년대에 들어서면서 그런 상황은 같은 모습으로 이어졌던 터다. 8 · 15 이후에도

---

25   홍명희, 「신흥문예의 운동」, 앞의 글, 70~71쪽.

홍명희는 "작가와 작품 간의 거리가 멀어서야 참된 작품이 나올 수 없지. 그 거리가 가까워지자면 그 작가의 신시얼리티에 달린 것이니까."[26]라는 논지를 펼 수밖에 없었던 것이다. 위 박영희의 목적의식론과 같은 논리들이 광복기에 더 극심한 좌·우 이념 투쟁 현상으로 드러났던 사실은 앞에서 논한 대로다. 사람이 실제 살아가는 "생활과 디렉트한 관계를 가진" 게 아니라, 정반대의 경우이다.

셋째, 구계급에 대항한 신흥계급의 사회변혁의 문학 문제를 살펴보자.

> 세계를 들어서 새로운 계급의 발흥은 바야흐로 대홍수를 일으키게 되었으니 금일의 시대사조는 사회변혁, 계급타파, 대항, 해방 등의 사상이니, 이 시대의 문예가 이것을 중심사상으로 하고서 새로이 출발할 것은 당연한 일이다. 사회변혁, 계급타파의 사상은 한입으로 말하면 경제사상의 발현이니 이것을 중심사상으로 한 문예가 맑스·엥겔스로부터 계통받은 사회주의 경제사상을 다분히 가질 것은 물론이다. 그리고 이것은 구계급보다는 신흥계급에서만 볼 수 있는 현상이라 함이 옳겠다.[27]

위에서 본 홍명희의 사회변혁 의미는 "경제적 투쟁에서 정치적 투쟁으로 나아갈 것"에서 출발한 박영희의 논지와는 근본적으로 다르다. 홍명희는 그와 관계된 당대 문학운동에서 계급투쟁 문제도 박영희의 "식민지 문학운동이 좌익 의식을 전취할 수 있는 방법"과는 다른 차원으로 생각했던 터다. 카프 문인들이 한창 이론투쟁에 급급하고 있을 때 그는 "원래 특수 민중이란 저희들끼리 단결할 가능성이 많은 것이외다. 백정도 그러하거니와 체장사라거나 독립협회 때 활약하던 보부상(褓負商)이라거나 모두 보면 저희들끼리 손을

---

26 「碧初 洪命憙先生을 둘러싼 文學談議」,『대조』창간호, 1946.1.『연구자료』, 200쪽].
27 홍명희, 「신흥문예의 운동」, 앞의 글, 71~72쪽.

맞잡고 의식적으로 외계에 대하여 대항하여오는 것입니다. 이 필연적 심리를 잘 이용하여 백정들의 단합을 꾀한 뒤 자기가 앞장서서 통쾌하게 의적(義賊) 모양으로 활약한 것이 임꺽정이었습니다. 그러니 이러한 인물은 현대에 재현시켜도 능히 용납할 사람이 아니었으리까."[28]라는 의도로 『임꺽정』 연재를 시작했던 것이다. 식민지 문학운동에서 절실한 건 '좌익 의식의 전취'가 아니라, 독립이었고, 그 뿌리를 민중의 실제 삶에서 찾아야 한다는 민족적 의지가 분명히 드러난 대목이다.[29] 이는 그가 당대 좌·우 합작운동의 모체인 신간회운동을 주도한 것과 같은 맥락이다. 그의 이론과 실천이 일치된 삶을 그대로 드러내주는 부분이다. 그는 실제 『임꺽정』과 같은 탁월한 작품을, 그의 위 어법대로 말해서 '생활과 문학과의 사이에서 일치점'을 이룬 작품을 창작함으로써 사회변혁 문학의 실체를 스스로 보여준 것이다. 8·15 이후에, 방응모 홍순필과 같은 지인들의 권유에도 불구하고,[30] 일제 때 투옥 생활 등 어려운 상황에서도 연재를 재개하곤 하던 그가 『임꺽정』 완성을 그만둔 것도 그런 연유에서이다. 광복기에 가장 시급했던 점이 바로 통일정부 수립 문제였기 때문이다.

이상에서 살펴본 바와 같이 홍명희는 문예운동의 필연성을 당대 카프 문인들이 계급이나 이념 투쟁에 주력했던 경우와는 달리 문예 본연의 흐름 차원과 그에 해당하는 작품에서 찾았고, 그런 만큼 당대 우리 문학 현실에서 실제 작품 창작 문제가 중요하다는 점을 강조하고 실천했던 사람이다. 그 창작 방향은 예술혼에 입각해, 현실 상황의 실재와 작가의 생활과 인생 문제와 예술 문제가 혼연일체된 경지를 실현하자는 것이다. 물론 생활, 실재, 인생 등의

---

28 홍명희, 「林巨正傳에 대하여」, 『삼천리』 창간호, 1929.6 [『연구자료』, 34쪽].
29 채진홍, 『홍명희의 〈林巨正〉 연구』(서울: 새미, 1996), 52~53쪽.
30 「碧初 洪命憙 선생을 둘러싼 文學談議」, 『연구자료』, 191쪽.

문제에 민중을 바탕으로 한 계급, 독립 문제 등 당대에 절실했던 제반 민족 문제가 함의되어 있던 터이다. 그러한 그의 문예운동론이 특정한 시대에 국한되지 않았던 점은 정치관의 경우와 같은 맥락이다.

4. 문예운동론과 정치관의 상관성

당대 최고 다독가였던 홍명희는 원래 문학과 정치를 상호 유기적인 차원에서 생각했던 사람이다. 그렇다고 자신이 문인, 정치인연하면서 산 일도 없다. 특히 문학 쪽에서는 어린 시절부터 한문 문화권의 책들을 비롯하여 일본 유학 시절 서양과 일본의 근대문학과 각종 사상서들을 탐독했고, 『소년』지에 러시아의 우화와 시를 번역 소개한 것을 필두로 우리 현대 문학사의 새로운 지평을 열었지만, 문인임을 자처하지 않았던 터다. 그는 문학과 정치의 그러한 관계를 이론으로 내세우기보다는 『임꺽정』을 창작하는 등 앞서 논한 대로 몸으로 실천했던 것이다.

> 말하자면 문학을 정치에 예속시켜서는 안 된다는 말이겠는데 누가 문학을 정치에 예속시키겠다는 말을 하나? 예속 문제라야 말이지. 문학인들 시대를 어떻게 안 따라갈 수가 있을까? 소련 같은 전례를 보면―요새는 소련의 근대 작품을 구해 보지 못했지마는―거기에는 자연히 언뜻 보면 문학도 다 정치의 일부로 보이는 점이 있기도 한가 보아. 그렇지마는 그것도 필연한 시대적 산물이지. 그런데 정치라는 것은 광범위로 해석한다면 문학하는 사람이 그것을 어떻게 떠날 수가 있을까. 말하자면 인생을 떠나서 문학이 있을 수 없는 것 모양으로 말이오.[31]

---

31 「洪命憙·薛貞植 대담기」, 앞의 글, 217쪽.

홍명희의 이러한 생각은 앞 장에서 논한 문예운동론과 같은 맥락으로 이어진 결과이다. 우선 소련의 경우를 예든 점이 유산계급에 대항한 문학 문제와 같은 선으로 연계되었음을 알 수 있다. 고리키를 예로 든 위대하고 순진한 예술혼과 작품 창작 문제가 그것이다. 홍명희의 지적대로 유산계급의 우월감과 동정심을 그리는 데 그쳤던 자연주의 문학이, 고리키가 사회주의 리얼리즘에서 제기한 미래의 꿈, 즉 이상 사회 건설에 대한 예술혼의 실현으로 발전되어야 하고, 그것이 신흥문예운동의 의의라는 것이다. 고리키의 어법으로 말하자면 노동자 대중, 작가든 공장 노동자든 농부든, 그러한 노동자의 힘을 당성으로 모아 건설에 동참해야 한다는 것이다. 이 경우 노동은 단순한 행동이 아니라 창조 행위이며, 그 행위가 작가의 경우 세계에 대한 인지력, 분별력, 상상력, 생생한 묘사력을 발휘할 수 있는 능력이라는 것이다.[32] 물론 자연주의 문학의 개인주의 성향에 대한 생각은 고리키의 경우도[33] 홍명희와 마찬가지다. 그리고 고리키의 사회주의 리얼리즘에서 요구하는 바가 한 가족이 되어야 할 인류의 미래 사회 건설을 위한 삶의 역동성과 창조성이라는 점[34]은 홍명희의 역동적인 지성의 힘에 대한 강조와 같은 논리이다. 홍명희가 그것을 바탕으로 지식인의 허위의식과 정치인의 자기비판 부족을 비판한 사실은 앞서 논한 대로다.

그렇다면, 문학과 정치의 관계에서 주목해야 할 점이 고리키의 당성 개념인데, 홍명희는 이를 논리적인 틀대로 받아들이지 않았던 터다. 거기에 그쳤

---

32 Maxim Gorky, *Address Delivered to the First All-Union Congress of Soviet Writers*, August 17, 1934, trans., Julius Katzer, ON LITERATURE(Moscow: Progress Publishers, 1957), pp.253~254.

33 Ibid., pp.263~264.

34 Ibid., p.264.

다면, 카프 지식인들의 경우와 다를 바 없을 것이다. 홍명희의 역동적인 지성의 힘은 바로 그러한 문제를 민족의 현실 여건에서 실천하고자 했던 데에 있다. 신간회 운동과 통일정부 수립 운동을 주도한 일이 그것이다. 레닌의 아류들이 부르짖었던 당성 개념과는 판이하다. 홍명희는 그 실천의 뿌리를 민중과 민족의 합일점에 두었던 것이다. 그 점이 바로 홍명희의 시대를 초월한 문예운동론과 정치를 잇는 끈이다.

그것은 생활의 문학 문제에서 생각해도 마찬가지다. 실재와 생활과 인생과 예술이 혼연일체가 된 문학이 이용후생과 독립운동과 통일을 목표로 한 정치관과 무관할 리 없다. 홍명희의 말대로 정치란 부절히 살아 움직이는 것이므로 그에 따른 부절한 자기비판과 혁신이 필요했던 터다. 문학의 경우든 정치의 경우든 생활 자체가 밑거름이 되어야 '살아 움직임'에 부응하는 창조 행위이지, 이념이나 이론만 앞세운 것은 허위의식으로 굳어진 것에 불과하다는 논지이다.

그래서 구계급에 대항한 신흥계급의 사회변혁의 문학이 당대에 필연적이라는 것이다. 구계급이란 조선조로 말하면 민중을 착취 지배하는 양반 관료요, 일제강점기로 말하면 식민지 지배 세력에 굴종하거나 이용을 당하면서도 이용을 당하는 줄 모르는, 허위의식으로 굳어진 지식인들이니 정치 분야에서도 그것이 필연적이지 않을 수 없다. "역사적 필연을 가진 신흥계급이 계급전에 있어서 반드시 이길 것이나 마찬가지로 문단세력에 있어서도 신흥문예가 그 주조(主潮)를 잡을 것은 멀지 않은 장래일 것이라 한다. 그리하여 이 신흥문예운동이 구체적으로 문단의 위에 현현(顯現)할 때 거기에는 온갖 종류의 장애와 압박이 있을 것은 각오해야만 한다. 그리고 더구나 그것이 절대적으로 모방적·퇴폐적이어서는 안 될 것도 물론이다. 창작으로, 논전으로 부딪는 곳에 불똥이 일게 되지 않으면 안 될 것이다. 그리고 한 개의 공통되는 의미에 있어서 그것이 프롤레타리아 제1선 운동과도 악수할 성질의 것임을 기억하여야 할 것이라 한다."[35]가 「신흥문예의 운동」의 결론이다. 그러나 당대에 '장애와 압박'만 있었지, 홍명희의 바라는 바대로 "창작으로, 논전으로 부딪는 곳에 불똥이 일게" 된 적은 없었던 게 역사의 사실이다. 당대 진정한 사회변혁가가 없었던 건 아니지만, 문예운동과 정치의 그런 유기적인 상호 관계에 관한 한 홍명희 혼자서 분투할 수밖에 없었던 것이다.

---

35 홍명희, 「신흥문예의 운동」, 앞의 글, 72쪽.

제5장

자연과학 수용 태도와 반문명관

1. 문학관과 세계관의 단초

홍명희는 일반 독자들에게 『임꺽정』의 작가나 정치가로 잘 알려져 있다. 그가 자연과학에 조예가 깊었다는 사실을 아는 사람은 드물다. 당대에 살았던 사람들도 이 문제에 특별히 관심을 기울였던 적은 없다. 그러한 현상은 홍명희에 대한 최근의 연구에서도 마찬가지다. 그동안 시대 여건상 그에 대한 언급이 자유롭지 못했고, 그에 따라 폭넓은 연구가 이루어질 수 없었던 것도 한 이유이다. 그렇지만, 그 문제는 홍명희의 세계관이나 문학관을 조명하는 데 중요한 단서이다. 두 가지 면에서 그렇다.

첫째, 홍명희의 세계관에서 중요한 부분이 반문명관인데, 이 문명 문제가 원래 자연과학과 직접 관련이 있고, 또 홍명희 스스로가 문명을 그러한 차원에서 해석했던 터다.[1]

---

1   홍명희, 「문학에 反映된 戰爭」, 『조선일보』 1936.1.4[채진홍 편, 『홍명희』(서울: 새미, 1996), 220~223쪽].

둘째, 그렇게 형성된 그의 반문명관이 그의 문학관과 작품을 창작하는 데 그대로 반영된 것이다.

홍명희의 문학론은 앞 2장에서 조선정조론 · 민중지도론 · 민족문학론으로 정리했는데, 이는 구한말 · 일제강점기 · 해방 전후 · 남북분단 시기를 살아갔 던 그의 삶과 깊은 관계가 있고, 그 삶의 과정에서 반양반 · 반봉건 · 반일제 의 정신 구조에 바탕을 두어 형성된 세계관이 그대로 그의 문학관의 단초가 된 것이다. 이에 관한 문제들은 이미 기존의 논문들이나 저서[2]에서 논의된 바 있고, 이 글에서 문제되는 것은 홍명희가 자연과학에 깊은 관심을 가졌다는 사실과, 그 관심이 그의 반문명관을 형성하는 데 어떤 영향을 끼쳤는가이다. 그리고 이 반문명관이 기존의 논문들에서 정리된 그의 문학관과 작품의 의미 에 어떻게 수용되었는가이다.

2. 홍명희의 자연과학 수용 태도

1) 미지의 세계에 대한 동경

홍명희가 서구 문학에 눈을 뜨게 된 것은 일본 유학을 통해서이다. 1905년, 그의 나이 18세 때에 도쿄에 가서, 문일평 · 이광수 등과 같은 지식인 · 문인

---

2 강영주, 「홍명희와 역사소설 〈임꺽정〉」, 임형택 · 강영주 편, 『벽초 홍명희와 〈임꺽 정〉의 연구자료』(서울: 사계절, 1996.) 앞으로 이 책은『연구자료』로 표시함.
   김정효, 「벽초의 〈임꺽정〉 구조 분석을 통한 현실 수용 양상에 대한 고찰」, 교원대혁 교 석사학위 논문, 1994.
   김조년, 「프랑크푸르트 학파의 사회 비판이론에 비추어 본 벽초 홍명희의 비판사 상」, 채진홍, 앞의 책.
   안태영, 「역사소설 〈임거정〉과 〈장길산〉 연구」, 충북대학교 석사학위 논문, 1991.
   채진홍, 『홍명희의 〈林巨正〉연구』(서울: 새미, 1996.)
   홍기삼, 「임꺽정의 인간주의」, 『문학사상』 1992.8.

들과 교류하기 시작했고, 2년 후 대성중학교 3학년에 편입하면서부터 서양과
일본의 근대문학 작품들과 사상서류 등 광범위한 독서를 해나갔던 터다. 그
렇다고, 그가 꼭 문학 공부에 뜻을 두고 도일했던 건 아니다. 그가 어린 시절
부터 한시 짓는 법을 배우고, 『삼국지』 등 중국 소설을 읽었지만, 이는 조선조
재상가의 일반적인 교육 형태의 한 흐름에 따른 일일 뿐이다. 당대 신문물에
어느 정도 관심을 보였던 그의 부친 홍범식 열사는 그에게 법률 공부를 권했
고, 동료 유학생들도 그에게 메이지대학 법과나 와세다대학 정경과를 다니라
고 권했던 것이다. 아직 사대부 지배 체제가 존속되던 당대로선 당연한 일이
다. 홍명희가 일어 · 산술 · 물리 · 역사 · 법학 등 신학문을 접하게 된 것은 15
세 때 중교의숙에 입학하면서부터다. 그때 그의 조부는 "메둣 잡으랴다 집둣
놏치겠다. 글이나 읽을 걸 그러는가부다."라는 식의 반응을 보였던 것이다.[3]
그렇지만 당시 홍명희가 정작 하고 싶어 했던 공부는 자연과학이다.

> 동경에 가서 나는 중학교 3년급에 편입을 했지. 육당 같은 사람은 관비
> 로 나갓지만 난 사비생이야. 유학생들이 대개 전문부 아니면 대학에를 들
> 어가드구만서두 난 일본말을 철저하게 배우고 신학문을 기초부터 시작하
> 기 위해서 중학으로 들어갔지요. 갈 땐 그저 우리 아버지가 법률을 배워
> 가지고 오라고 하시는데 나도 물론 문학을 할 생각은 없었고 차라리 법률
> 보다는 자연과학 공부를 해보려고 했지요. 내게는 자연과학이 재미있었
> 거든요. 중학에 들어가서 교과서를 보니까 나오는 이야기가 모두 미지의
> 세계거든. 그런 미지의 세계에 대한 동경이 심했지요. 그러나 아버지께서
> 는 문학은 물론 반대시었지만 그까짓 자연과학은 또 배워서 무얼 하느냐
> 하시기도 하여 자연과학 공부도 제대로 되질 못했어.[4]

3   홍명희, 「자서전」, 채진홍, 『홍명희』, 207~210쪽.
4   「홍명희 · 설정식 대담기」, 『연구자료』, 213쪽.

그가 자연과학을 공부하려 했던 것은 어떤 사명감이나 명분 때문이 아니었고, 위 자신의 말 그대로 재미있어서였다. 그가 그렇게 자연과학에 흥미를 느낀 근본 동기는 미지의 세계에 대한 동경에 있었는데, 그에게는 이러한 동경이 타고난 것이었다. 그는 어린 시절부터 마테오 리치의 곤여전도 병풍을 보며 다른 세계를 동경하고 있었다.[5]

이러한 동경 태도는 그가 문인 기질을 타고났다는 사실을 말해준다. 이 기질은 낭만주의 시대의 문인들에게서 두드러지게 드러났던 터고, 그들과 다른 시대 상황에 처해 있었지만, 홍명희의 경우도 그에 못지않았던 것이다.[6] 자신이 "문학을 할 생각은 없었고"라고 말은 하고 있지만, 이는 오히려 그의 문인 기질을 역으로 뒷받침해주는 격이다. 물론 이는 세간에서 말하는 문인의 경박성을 이른 것이 아니다.[7] 그의 문학에 대한 섬세한 감수성과 올곧은 정신을 나타낸 말이다. 그러니까, 그가 자연과학에 흥미를 느꼈다는 사실은 과학 문제에만 국한된 것이 아니라, 그의 문학관의 성향에 직결되는 문제이다. 미지의 세계에 대한 동경 문제가 그 공통분모이다.

---

5 홍명희, 「자서전」, 채진홍, 『홍명희』, 208쪽.

6 그는 부친이 순국하자 삼년상을 마친 후 실제 남양군도·만주·상해 등을 온갖 풍상을 겪으며 7, 8년 동안이나 방랑하기도 했다. 홍기문, 「아들로서 본 아버지」, 『연구자료』, 235쪽.

7 사실, 홍명희가 어느 때 어느 자리에서 문인인 체한 적은 없다. 이는 그에 대한 여러 인물평들에서 잘 드러난다. "'동경 유학생 중 三才子의 1인?' 퍽 경박하게 들리는 말이다. 그러나 재자라는 홍군은 나에게 한 단아한 선비로구나 하는 느낌을 먼저 주었다. 보통 중키에 약질로 생긴 사람이 조금 이마에 대머리가 진 갸름한 얼굴에 총명한 듯하고도 공겸하고 한아하고도 친절하며 그리고 싱글싱글 웃으면서도 수줍어하는 태도로 나의 눈앞에 나타날 때에 이를 한문식으로 평하여 如玉其人이라 할는지 세간에서 흔히 보는 文士와는 같지가 아니하였다. 학자·문인 이 두가지의 특징을 겸해 가진 풍모에 조숙한 문인의 내노라 하는 경조한 기풍은 아니 보였었다."와 같은 평이 그것이다. 양건식, 「문인인상기: 홍명희군」, 위의 책, 229쪽.

이는 일제강점기 동안 그의 실천적인 행동에서 그대로 드러났다. 그는 항일 투쟁 활동을 하면서도, 자연과학을 통한 민중 계몽에 앞장섰다.[8] 민중에게 자연과학을 알리는 데 문학을 통한 수단이 가장 효과적이라는 게 그의 지론이었다.[9] 미지의 세계에 대한 동경이 막연한 그리움에 머문 것이 아니라, 그의 혁명의식의 원천이 된 것이었다.

2) 반문명관

홍명희가 도쿄 유학 중 자연과학 공부에 열정을 쏟기 시작한 때는 동양 상업학교 예과에 다니면서부터다. 그때 19세였던 그는 "수학강습소 영어강습소를 다니고 또 틈틈이 광물 식물의 개인교수를 받으러 다니엇"[10]을 정도이다. 그 후로 어떠한 방법으로 자연과학 공부를 했는가에 대한 구체적인 기록은 없지만, 20년 후에 글로 나타난 결과를 보면 그가 꾸준히 관심을 가졌던 건 사실이다. 그 점은 1924년 10월 1일부터 1925년 2월 10일까지 동아일보 학예란에서 확인된다. 「寫眞電送」, 「멘델 法則」, 「양국문명」, 「煙草」, 「라듸움」, 「梅毒歷史」, 「우박」, 「北極探險」, 「航空」, 「畸形兒」, 「畸形兒의 實例」, 「阿片」, 「雪」, 「鐵釘을 指南針으로 使用」, 「無線電信」, 「無線電話」, 「油田機關車發明」, 「飛行機發達史」, 「飛行機用途」, 「飛行機」, 「活動寫眞」, 「金剛石」, 「職業心理實驗」, 「멘텔리」, 「金」, 「鍊金術」, 「科學」, 「意義잇는 植物」, 「植物別意 一班」, 「色覺과 感情」, 「色의 屬性」 등, 자연과학 전반 분야에 대해서 홍명희 자신이 직접 쓴 글들이 그것이다.

8 　그는 자신이 알고 있는 온갖 과학 지식을 실제 대중에게 알리는 일을 실천한다. 1924년 10월 1일부터 1925년 2월 10일까지 동아일보 학예란에 쓴 글들이 그것이다.

9 　「벽초 홍명희 선생을 둘러싼 문학 담의」, 『연구자료』, 199쪽.

10 　홍명희, 「자서전」, 채진홍, 『홍명희』, 210쪽.

그러나 홍명희가 자연과학에 대한 맹목적인 신봉자였던 것은 아니다. 그는 과학에 의해 이룩된 현대 문명이 인류를 파멸의 길로 몰아넣는 부분을 놓치지 않았던 터다. 매사에 성실하게 임하고, "날카롭게 보고 굳게 지키는"[11] 그의 비판 정신이 자연과학을 수용하는 태도에서도 그대로 적용되었던 것이다. 이 비판 정신은 미지의 세계에 대한 동경이 그의 혁명 의식의 원천이 되었다는 점과 맥을 같이한다. 자연과학이 실생활에 어떻게 적용되어야 하는가를 분명히 알고 있던 그가 문명의 부정적인 면을 발견한 건 당연한 일이다. 그러니까, 그의 혁명의식은 그에게 반문명관을 형성하게 한 힘이 된 것이다.

홍명희의 반문명관은 전쟁이 문명의 산물이라고 지적하는 데에서 분명히 드러난다.[12] 그러한 관점에서 인류사를 전쟁을 통한 타락의 역사로 정리한 그는 먼저 헤시오도스의 정리를 예로 든다. "태고 黃金種族時代에는 인류가 완전한 평화와 행복을 누리엇고 그 뒤 白銀種族時代에는 마법살인과 복수전쟁이 간혹 생기엇고 또 그 뒤 靑銅種族時代에 와서는 전쟁이 발생하야 황금시대의 평화와 행복이 완전히 파괴되엇다고 시인은 청동시대를 미워하얏다."[13] 가 그것이다. 인간의 도구 사용 발전사가 문명의 발전사와 병행됨은 기정된 사실이다. 현대의 시점에서 볼 때 청동 종족 시대가 까마득한 옛날인데, 이미 그때부터 "평화와 행복이 완전히 파괴되엇다고" 하니, 과학 문명의 극치를 이루었다는 20세기 인간의 삶이 어떠한가는 육안으로도 속속 확인된 현상이고, 거기에서 제기되는 문제는 문명의 발전이 인간의 평화와 행복을 보장하는 게 아니라 파괴한다는 점이다. 그건 이미 까마득한 옛날부터 기정사실인데, 많은 사람들이 아직도 과학 문명이 행복을 가져다 줄 거라고 맹신하니 문젯거

---

11   홍기문, 「아들로서 본 아버지」, 『연구자료』, 240쪽.
12   홍명희, 「문학에 반영된 전쟁」, 『조선일보』 1936.1.4[채진홍, 『홍명희』, 220~226쪽].
13   위의 글, 220쪽.

리가 되는 것이다.

홍명희는 이 점을 홉스티의 이론을 들어 지적한다. "고대 전쟁 연구의 권위자인 「홉스티」는 그 저서 『전쟁의 국가기원에 대한 관계』 중에 야만 종족이 모든 점에 평화적인 무수한 예증을 열거하고 인류의 야만시대에는 전쟁이 업섯고 한껏 개인간 복수가 잇엇슬 뿐이라고 단언하엿다."[14]가 그것이다. 문명사회의 일상생활에서 사용되는 '야만인'이라는 단어의 어의 자체가 잘못되었다는 점을 지적하는 말이기도 하다. 야만인이 문명인을 보고 '문명인'이라고 욕해야 할 일이다.[15] '모든 점에 평화적인 무수한 예증'이 야만 종족에서 드러났다 하니 그것은 당연한 유추이다. '모든 점에 파괴적인 무수한 예증'이 현대 문명인에서 드러나는, 오늘의 현실이 그 유추의 정당성을 뒷받침해준다.

홍명희의 비판적인 안목의 중심은 파괴의 근간을 생산 수단의 사유화에 맞추는 데 있다. "「모건」의 명저 『고대사회』를 보더라도 인류가 생산 수단을 사유하기 시작한 미개시대후기에 전쟁이 비로소 발생한 것이 의심 업다. 전쟁을 인류의 야만성 발작이라고 본질적으로 평화적인 야만인 미개인을 무멸하지 말라. 전쟁이 문명과 가티 시작되고 문명과 가티 진보된 것이니 말하라면 문명성 발휘라고나 할까. 『세계가 너무 비문명적인 까닭에 전쟁이 나는 것이 아니고 그와 반대로 세계가 고도로 문명한 까닭에 무비한 잔인 파괴의 전쟁이 난다』고 「스코트 늬아링」의 말이 조금도 비꼬아서 한 말이 아니다."[16]가 그것이다. 인류의 도구 사용과 사유화에 대한 욕망이 어떻게 문명사회를 건설했고, 어떤 결과를 낳았는가를 정확히 지적한 말이다.

---

14 위의 글, 220~221쪽.
15 라다크 등 티베트 지방의 원주민들의 원시 공동체 삶이 현대 문명과 접하게 되면서 병들고 파괴되는 현상이 그 한 예이다.
16 홍명희, 「문학에 반영된 전쟁」, 앞의 글, 221쪽.

문명인들은 전쟁과 파괴를 이성의 힘으로 없앨 수 있다고 생각해왔지만, 실제 역사에서 그 생각이 무의미한 것으로 드러난 터다. 어차피 사유화에 대한 욕망은 이성의 차원을 벗어난 개념이다. 그 점을 인식한 홍명희는 이성의 눈 대신 마음의 눈이라는 용어를 사용한다.

전쟁과 전쟁 사이에 잠시 휴식이 잇다. 인류는 그것을 영구한 평화다 다시 전쟁이 업다 생각한다. 인류는 진정한 심안으로 진리를 인식하랴고 하지 안코 또 인식할 필요도 늣기지 안는다. 그 낙관과는 아무 관계 업시 전쟁이 또 시작된다. 그러면 인류는 여전히 또 불으짓는다. 「이 전쟁 뒤에야말로 정의와 평화가 지배하게 되리라……고 결국 말하자면 어느 전쟁이든지 다 최후의 전쟁이다.」 이것은 「께올흐 뿌란데스」가 세계 대전을 최후전쟁으로 생각하는 낙관자들을 조소한 말이다.[17]

위에서 지적한 바와 같이 인류의 역사는 전쟁의 역사이다. 이성에 기반을 둔 인간의 생각이 얼마나 무력한가를 잘 드러내주는 말이기도 하다. 이성 자체가 인간의 욕망을 완전히 통제할 수 없다는 사실이 인류의 문명사에서 저절로 증명된 것이다. 그것은 사유화에 대한 욕망뿐만 아니라, 인간의 모든 욕망에 마찬가지로 적용된다. 욕망이 이성의 눈을 멀게 한다는 사실과, 그것을 극복할 수 있는 진정한 깨달음이 사랑·자비·인 등의 실천 과정에 있음은 불가, 유가, 기독 등의 경전들을 들추지 않는다 할지라도 기정사실이다. 그것을 실천하며 살아가는 사람만이 마음의 눈이 열리고, 그런 사람이 진리를 인식할 수 있다는 사실도 마찬가지다. 그러나 문명사에서는 위 홍명희의 지적대로 그런 사람이 없다. 몇몇 성인이라고 따로 이름 붙여진 예외의 사람들의

---

17   위의 글, 221~222쪽.

마음을 절실하게 만들 뿐이다.

사유화에 대한 욕망이 전쟁의 원인이라면, 거꾸로 전쟁의 변모 양상을 살펴면 인간의 사유화에 대한 양상이 어떻게 변화되어왔는가가 드러날 것이다. 홍명희는 이 두 양상의 병행 관계를 다음과 같이 지적한다.

> 미개시대의 전쟁 목적은 가축약탈이요 또 공물강징일 뿐이라 전쟁이 풍우가티 경과하면 뒤는 무사태평든 것이 문명시대가 되며부터 종족이 노예로 잡혀가고 또 토지가 영토로 들어가서 전쟁의 화가 전쟁기간에 끄치지 안케 되엇다. 노예제도와 봉건제도 아래 닐어난 전쟁도 미개시대 전쟁에 비하면 파괴적이요 비인도적이지만 그래도 아즉 정도가 미미하얏는데 자본주의 제도가 구제도를 대신한 뒤로 무기가 발달되고 전쟁기술이 진보되고 전쟁의 화가 점점 참혹아야저서 현대에 와서는 파괴적이니 비인도적이니 말할 나위조차 업게 되엇다.
>
> 공중의 항공기 육상의 탕크 해저의 잠수정 가튼 괴물이 인명을 살해하는 현대전쟁을 「알렉산더」나 「씨저」나 또는 「나포레옹」가튼 호전적 인물이 다시 살어와서 본다면 자긔들이 아이들 작난가티 전쟁한 것을 부끄리는 동시에 자긔들은 가장 인도적으로 전쟁한 것을 자랑할 것이다.[18]

위에서 핵심 부분은 "자본주의 제도가 구제도를 대신한 뒤로"이다. 사유화에 대한 욕망 문제가 거기에 직결되어 있기 때문이다. 그것은 20세기 들어서서 자본주의 제도와 사회주의 제도를 만들어냈는데, 한쪽에서는 사유화 경쟁이 극에 이르고, 다른 한쪽에서는 철저히 통제된 점이 다를 뿐이지, 사유화가 문제된 건 마찬가지다. 그 공통점이 바로 과학기술의 발달과 전쟁 기술의 발달이라는 상호 병행관계를 이루어 냈고, 그에 따라 이전 시대보다 훨씬 '파괴적'이고 '비인도적'인 결과를 낳은 것이다. 한쪽 체제가 무너진 오늘의 현실에

---

18   위의 글, 222쪽.

서도 그 점은 마찬가지니, 인간의 사유화에 대한 욕망이 문명사회에서 통제 불가능하다는 사실이 저절로 증명된 셈이고, 그 욕망이야말로 문명사회를 파괴와 비인도적으로 이끈 원흉으로 드러난 터다. 알렉산더나 카이사르나 나폴레옹 같은 호전적 인물이" 여전히 해당 국가의 이른바 영웅호걸로 추앙되고 있는 현실이 그 증거다.

이러한 사유화에 대한 욕망과 과학기술의 발달과 전쟁의 병행 관계를 간파한 홍명희는 당대에 2차 세계 대전의 참화를 예견했던 터다. "독일의 유명한 독약학자 레빈의 말이, 세계대전 당시에 백여종에 불과하던 독와사가 지금은 대략 일천종에 달하는데 그중의 25종은 이 때까지 알려진 모든 「마스크」를 침투할 수 잇고 또 극히 미량의 농도도 절대로 치명적이라고 한다. 항공기술의 진보와 화학병기의 발달로 전투원 비전투원의 구별이 소멸되어서 장래에 제2세계대전이 난다면 그때는 여러 교전국의 출전 군인이나 전후 평민이나 다가치 전화의 세례를 면치 못하게 될 것이리라."[19]에서와 같은 맥락이다. 홍명희가 이 글을 쓸 때는 벌써 전 세계에 전운이 감돌았던지라,[20] 웬만한 지식인이면 누구나 세계 대전을 짐작했지만, "세계인류가 지금 전쟁참화의 예감으로 전율하는 중"[21]의 구체성을 홍명희만큼 깊고 넓게 예견한 사람은 없었던 터다. 일반적인 지식인들과는 달리, 전쟁이 문명사회의 필연적인 산물임을 파악하고 있었던 홍명희로서는 당연한 일이다.

세계인류의 대다수는 전쟁이 업기를 바란다. 그러나 전쟁이 안날 수 업다. 왜 그러냐. 전쟁은 현대문명과 등이 맛붓튼 쌍동으로 이것을 떼어버

---

19 위의 글, 222~223쪽.
20 1931년 9월 일본의 만주 침략, 1935년 10월 이탈리아의 이디오피아 침공 등.
21 위의 글, 223쪽.

리려면 현대문명에 대수술을 시하는 외에 별 도리가 업는 까닭이다. 위대한 목내리가 대기중에서 해체되는 날이면 「뿌란데스」가튼 사람도 인제는 참말 최후 전쟁이라고 불으짓게 될른지 세계인류는 아즉 더 시련을 바더야 할 것이다.[22)]

당대 일본을 통해 서양 문물이 들어오기 시작했던 우리나라 사정으로선, 위와 같은 반문명의 논리를 전개하기가 사실상 어려운 일이다. 신·구 사상의 대립이 끝나지 않은 상태이고, 신사상을 받아들인 지식인들 대부분이 서양식 신문명에 놀라움을 금치 못하던 때이다. 당대로선 양심 있는 지식인들의 최대 목표가 국권 회복이었던 바, 그러한 차원에서 신문명을 곧이곧대로 받아들이고 대중 계몽과 교육의 전거로 삼았던 것이다. 홍명희가 품었던 '미지의 세계에 대한 동경' 문제와 그에 힘입어 잉태된 혁명 의식과는 정반대 논리이다. 그렇다고 홍명희가 국권 회복에 무관심했던 건 결코 아니다. 당대에 홍명희만큼 진보적이고 국권 회복 의지를 실천하고 대중 계몽에 관심을 기울였던 사람도 드물다.[23)] 홍명희의 반문명관은 당대의 가장 절실했던 문제들을 도외시한 것이 아니라, 그 본질을 파악하고 올곧게 실천한 근거이다.

3. 문학관에 수용된 반문명관

1) 계몽정신의 재창조

홍명희는 당대 국권 회복 문제를 기계적으로 생각하지 않았던 사람이다. 그 문제를 '일제 강점 ↔ 국권 회복'이라는 절대 공식 관계에 집착해, 준비

---

22   위의 글, 223쪽.
23   박학보, 「인물월단─홍명희론」, 『신세대』 창간호, 1946.3[『연구자료』, 241~247쪽].

론·투쟁론 등을 전개하며 동족끼리 반목하다가 '훼절하거나 숭고한 죽음을 택했던' 지식인들의 경우와는 본질적으로 다르다. 물론, 그중 부정적인 면에서 문제되는 것은 훼절의 경우이다. 홍명희는 그것이 역사적 오판의 결과임을 간파했던 것이다. 인류사의 흐름을 정확히 꿰뚫고 있던 그로서는 당연한 일이다. 그가 3·1운동 이후 신간회 운동 이외 단체 활동에 나서지 않았던 것도 그 때문이다. 민족의 통합과 독립이 이념의 구호로 외쳐서 이루어질 리 없고, 어떠한 방향이든 대중의 실제 생활을 통함으로써만 달성될 수 있다는 생각을 실천으로 옮기자는 뜻에서였던 것이다.

"대중을 계몽하자면 자연과학 사상을 보급해야 하고, 그러기 위해서는 문학을 통하는 것이 가장 효과적인 첩경이니까"라는 홍명희의 생각은 앞서 논한 대로이고, 문제는 그러한 생각이 위에서 말한 '대중의 실제 생활'에 어떻게 연결되는가이다. 홍명희의 '애민 사상'에서는 원래 지배 계급의 지배 논리를 합리화할 어떠한 한계도 찾아볼 수 없다. 이는 실학 전통과도 상통하는 문제인데, 모든 분야에서 그에게 중요한 건 대중의 실제 생활의 개선에 입지를 두었다는 점이다. 문학에 대한 그의 신념도 현실 생활에 바탕을 둔 것인 바,[24] 자연과학 사상 보급을 통해 대중을 계몽하자는 그의 뜻은 자명하다. 현실 생활을 도외시한 채, 이념의 테두리에 갇힌 주의나 주장만 내세워서는 대중 계몽이 제대로 실현될 리 없다는 논리이다. 앞장에서 지적한 심훈의 『상록수』의 경우도 그렇다. 그것은 농민 생활을 구차한 이상으로 꾸미지 말고 엄정하게 현실대로 그리자는 뜻이고, 문학 차원에서든 현실 차원에서든 "구차한 이상"은 어떠한 해결책도 될 수 없음을 강조한 것이다. 과학 사상 보급 문제를 이상

---

24 위대한 혼 위대한 천재일 때 그는 학적교양보다 자기 속에 전개되는 세계와 현실생활에서 예민한 피부로 흡수하고 생활로 세워나가는 것을 봅니다. 홍명희, 「문학청년들의 갈길」, 채진홍, 『홍명희』, 227쪽.

론에 안주시키지 않고, 대중들의 실생활에 '속속들이' 파고드는 삶의 토대 차원에서 다루자는 의미는 당대 조선의 경우이거나 서양 계몽주의 시대이거나, 인류사의 중요한 문제인 평등과 자유 실현과 직결되는 문제이다.[25]

그러므로 홍명희의 계몽 정신은 과학기술에 의해 구축된 현대 문명을 맹목적으로 찬양하는 차원과는 무관하다. 그에게 중요한 문제는 인류가 인류를 억압하는 틀에서 벗어나는 일이었던 것이다. 그 점이 바로 그의 실사구시 정신의 본이다. 그러나 실제 역사상 제도권 안에서 그 점을 본으로 삼은 경우가 드물다. 제도권 밖에서 그에 대한 저항 정신이 면면히 이어져왔을 뿐이다. 앞에서 확인한 바와 같이, 그는 과학 기술이 인류 역사 발전에 저해 요인으로 작용했음을 간파했던 것이다.

그런데, 그러한 지적이 당대에서가 아니라, 반세기도 더 지난 오늘에서야 반성의 근거로 제기되는 일이 문제이다.

뷰리는 역사가 진보한다는 생각은 바로 인간이 후손에 대해 지는 책임 의식과 연결된 것임을 지적했던 것이다. 알고 또 모르는 사이에 역사가는 후손에게 더 좋은 미래를 약속하기 마련인 것이다. 비록 종이 위의 약속에 불과하다는 것이 드러날지언정 ……

그러나 과학이나 그밖의 모든 지식이 자연과 사회의 조작 수단, 즉 기술로 둔갑한 오늘의 세계에서 우리는 더 이상 우리 후손에게 보다 나은 세계를 약속할 용기를 잃어가고 있다. 아직 과학 발달의 위대한 힘을 예측하지 못했던 옛날부터 기술은 발달하고 있었고, 바로 그 시절에 이미 우리 선조들은 기술 발달의 위력을 인정하는 한편, 그 본질적인 위험성을 직관적으로 간파하고 있었다. 루크레치우스는 〈새로운 발명은 언제나 새로운 요구를 만들어 줄 뿐〉이라면서 기술의 발달이 무의미한 욕망을 자

---

25 김영식, 「뉴튼科學과 啓蒙思潮」, 김영식 편, 『과학사개론』(서울: 탑출판사, 1996), 252~254쪽.

극하는 위험성을 경고했다.[26]

오늘의 문명 현실에서 제기된 위와 같은 역사관을 통해 볼 때, 홍명희는 당대를 단순히 일제강점기로만 보지 않았고, 문명이 만들어낸 인류사의 거대한 한 흐름으로 파악했던 것이다. 홍명희가 지적했던 "도구 사용과 사유화에 대한 욕망"이 바로 기원전 1세기의 루크레티우스의 위와 같은 경고를 뒷받침해 주는 부분이다.

그러한 의미에서 홍명희의 계몽 정신은 17~18세기에 대두된 우리의 실학 정신과 맥을 같이한다. 당대의 실학 운동은 사유화에 대한 욕망을 채우는 수단으로서 제기되었던 것이 아니다. 당대의 실학자들은 일단 지배 권력 구조에서 소외된 사람들이다. 그리고 그들이 관심을 기울였던 것은 일반 백성들의 후생 문제였던 만큼, 그들의 정신은 지배 계층의 기득권 유지와 그에 따른 사유화에 대한 집착과는 거리가 멀다. 그것은 형식 윤리에 집착하고 편견에 사로잡힌 양반 계층의 주자주의 이념에 반기를 든 결과이다. 백성들의 무지를 깨우치고 미신을 타파하는 데 중요한 밑거름이 됐으니, 실학 정신은 당시로선 평등 사회의 길을 연 셈이다. 물론 그 후로도 그러한 정신은 제도권 밖에서 이단의 길을 걸었던 지식인들에 의해 이어져왔다는 사실이 문제이다.

그 점은 서양사에서도 마찬가지다. 초기 계몽주의자들의 자유와 평등과 일반 법칙과 개인의 양심과 관용과 공익에 대한 순수한 열정이[27] 인류의 물질과 사유화에 대한 욕망에 의해 타락해버린 것이다. 이 모두가 과학기술의 발달과 그에 따른 산업혁명이 주 원인이고, 역사의 진보에 역행한 문명 현실의 결

---

26 박성래, 「과학기술은 역사를 발전시키는가」, 『녹색평론』 제6호, 1992, 19쪽.
27 Lucien Goldmann, *The Philosophy of the Enlightenment*, trans., Henry Mass(London : Routledge & Kegan Paul, 1973), p.26.

과이다. 과학기술은 17세기 이후 역사를 발전시켜왔다. 적어도 많은 역사가들이 그렇게 믿는 동안은 과학기술은 역사 발전의 원동력으로 그 몫을 다했다고 할 수 있다. 그러나 과학기술의 발달이 그 막강한 힘을 드러낼수록, 인간은 이를 인간이 바라는 역사 발전을 위해 활용할 길을 찾기가 난감해지고 있다 할 것이다.[28] 그에 반기를 든 많은 지식인·예술가들이 이단의 길에 들어설 수밖에 없었던 것이다.

실학자들이 활동했던 시기와는 달리, 세계 대전으로 치달았던 일제강점기에 이단의 길을 걸었던 홍명희로서는 자신의 시야를 범인류 문제로 넓혀야 한다는 필연성을 절감했던 것이다. 그럼으로써, 그의 계몽 정신은 현대 문명사에서 진보의 귀감이 된 것이다. 이는 또한 그의 문학론 중의 하나인 민중지도론의 근거이다.

2) 반전문학관

문명사를 전쟁사로 파악한 홍명희의 '문학과 전쟁'에 관한 생각도 같은 선상에 있다. "문예의 제재로 남녀간 애정갈등 외에는 전쟁과 변란이 가장 많으니, 전쟁문예라 특징할 것은 말하지 말고 보통 문예작품에도 다소간 부분을 차지한 것이 이루 헤아릴 수 업시 많다."[29]라는 그의 말이 그 점을 시사한다. 애정 갈등과 전쟁과 변란의 공통분모는 화합이 아니라 다툼과 싸움이다. 애

---

28 과학기술은 아직도 발달을 계속하고 있지만, 역사 발전에 그것은 더 이상 힘이 되지 않는 단계로 들어갔다고 할 수 있는 것이다. 그것을 진정한 역사 발전의 힘으로 활용할 수 있는 길이 있다면 그것은 오늘의 인류가 장자가 말하는 도를 되찾는 일에서 시작할 수밖에 없을 것이다. 그것이 아무리 어려운 일이라 해도 후손을 위해 우리가 그 길을 찾아 나설 수밖에 없다. 그리고 오늘 우리에게 남겨진 진보사관은 바로 이 길일 수밖에 없다고 나는 생각한다. 박성래, 앞의 글, 20쪽.

29 홍명희, 「문학에 반영된 전쟁」, 앞의 글, 223쪽.

정 갈등은 개인 차원에서이고, 전쟁과 변란은 사회 차원에서라는 점이 다를 뿐이다. 애정 갈등이, 주는 관계 속에서 상호 존재를 인정하는 과정에서 비롯되는 것이 아니고, 서로에 대한 소유욕에서 발생한다는 점은 심리학 분야에서 이미 일반화된 사실이다. 전쟁과 변란의 근원을 '인류가 생산수단을 사유하기 시작한' 시점에 둔 홍명희의 지적은 앞서 확인한 터다. 그러한 소유욕이 계급 갈등과 이념 대립과 맞물려 있다는 점이 문명사의 현실이다. 그러니까, 홍명희가 생각한 '문학 속에 반영된 전쟁의 의미'는 문명사회에서 살아온 사람살이의 의미와 병행 논리 속에 있다.

이 점에서 홍명희의 반전문학관이 단순히 소재 차원에서 이해될 것이 아니라는 사실을 찾아낼 수 있다. 심훈의『상록수』를 지적하는 데에서도 확인된 바와 같이, 문학작품은 실생활을 속속들이 파헤쳐내야 힘을 얻는다는 생각이 홍명희 문학론의 핵심인데, 이는 반전문학을 논하는 데에서도 일관되게 적용된다. 그는 1차 세계 대전 후로 반전문학이 왕성한 조류를 이룬 현상을 언급하면서, 〈에레히 레막크〉의『서부전선에 이상업다』에서 그 점을 이끌어낸다. "이 소설은 평화주의자와 군국주의자에게 다가티 환영바덧"[30]다는 사실이 그의 주안점이다. 이 소설이 "반전 색채를 띤 것만은 말살치 못할 사실이"[31]지만 진정한 반전문학이 아니라는 것이다. 군국주의자들이 어떠한 방향으로도 합리화하지 못하게 전쟁의 현실을 엄정하게 묘사해야 반전문학으로서 보다 더 명백한 힘을 발휘할 수 있다는 논리이다.

그러나 홍명희는 파시즘이 대두하고 2차 세계 대전의 기운이 고개를 들던 당시 상황에서 반전문학의 역할에 큰 기대를 건 것은 아니다. "반전문학 작품

---

30 위의 글, 226쪽.
31 위의 글, 226쪽.

이 초기에는 인도적 색채가 만든 것이 점차로 좌익적 경향이 농후하야지"[32]는 현상을 지적하며, 국제협회 작가들의 맹렬한 반전운동의 결과를 비극적으로 예견한 것이다. 그러한 반전운동 또한 전쟁의 한 원인이 될 수밖에 없음이 문명사회의 현실이라는 생각을 떨쳐버릴 수 없었던 것이다. "세계인류가 아득한 옛날에 닐어버린 평화와 행복을 다시 찾는 날이 잇다면 이는 전쟁이 그 자체에 사의 선고를 날일 것이니 오늘날 그들의 반전문학을 그 전쟁의 전초부대로 보아도 조흘까."[33]라는 마지막 단락에서 그 점을 충분히 읽어낼 수 있다. 문명사회의 미래에 대한 낙관 대신, "옛날에 닐어버린 평화와 행복을 다시 찾는 날"에 기대를 건[34] 그는 인간의 사유화에 대한 욕망과 과학기술이 결합되어 이루어낸 문명 자체를 그렇게 부정한 것이다.

4. 『임꺽정』에 수용된 반문명관

1) 역설 구조와 탈이념

『임꺽정』에 나오는 인물들 중 문명사회의 삶과 정반대되는 모습으로 살아가는 사람들은 정희량·갖바치·이지함·서경덕·남사고·서기이다. 이들은 세상일과 인연을 끊은 채 유유자적하거나 떠돌이 생활을 하거나 은둔 생활을 한다. 그렇게 사는 원인은 대개 그들이 몸담고 있는 세상의 모순으로 드러난다. 그러나 이는 겉으로 드러나는 원인일 뿐이다. 이들의 속뜻은 보다 넓고 깊은 데에 있다. 한결같이 자신의 삶을 비롯해서 인류 전체 삶의 흐름을 깨

---

32 위의 글, 226쪽.
33 위의 글, 226쪽.
34 그의 그러한 발상이 오히려 합리적이라는 점은 2차 대전, 동서 냉전, 그 이후 여러 형태의 끊이지 않는 전쟁으로 이어져온 그 후의 실제 역사에서 입증된 것이다.

달은 사람들로 설정되어 있는 그들은, 문명인들이 그동안 자신들의 삶을 어떻게 합리화해왔는가를 정확히 안 사람들이다.

이들 중 작품 전체 의미를 이해하는 데 중요한 역할을 하는 인물이 바로 갖바치이다. 갖바치의 삶은 이장곤·조광조·임꺽정 등 작품의 주 인물들과 밀접한 관계를 맺고 있다.

이장곤은 갑자사화 때 거제도로 유배를 당한 사람이다. 그는 당대 이인으로 알려져 있던 정희량의 예언대로 배소를 탈출하여 함흥에 숨어살게 된다. 그 과정에서 이장곤이 깨달은 것은 천민들의 눌려 사는 삶의 실체인데, 이는 지배 계층인 양반의 입장에서 피지배 계층인 천민의 삶을 받아들인 것으로서 당대의 계급 구조로 볼 때 획기적인 일이다. 이때 고리백정 '양주팔'로 함흥에 살고 있던 갖바치는 이장곤을 계급 차원에서 적대시한 게 아니라, 보편적인 인간의 차원에서 연민의 정으로 감싼다. 그는 그때부터 어렴풋이 앞일을 내다볼 수 있는 식견을 갖춘 인물로 설정된 터다. 이장곤의 처삼촌이 된 양주팔은 중종반정 후 서울 이장곤의 집에 머물다가 산천 유람을 떠난다.

갖바치와 이장곤의 이러한 인연은 두 가지 의미로 해석된다. 중종반정이 그 기점이다. 반정 전의 일은 평등사상으로 정리되고, 후의 일은 그 실천 의미로 정리된다.

평등사상 면을 검토해보면, 천민인 '김서방'으로서 갖은 고통을 감수하며 살아야 했던 이장곤이 깨우친 바가 바로 천민도 사람이라는 점이다.[35] 양주팔

---

35 "여보 백정에 인물이 있다니 그 인물을 무엇하오?"
    하고 이급제를 돌아보니 이급제는 거나한 술기운에
    "할 것이 없으면 도적질이라도 하지요. 백정의 집에 기걸한 인물이 난다면 대적 노릇을 할밖에 수 없을 것이요. 내가 억울한 설움을 당할 때에 참말 백정으로 태어났다고 하고 억울한 것을 풀자고 하면 무슨 짓을 하게 될까 생각해본 일이 여러 번 있었소이다."(홍명희, 『임꺽정』 1권, 「봉단편」(서울: 사계절, 1996), 126쪽).

이 반정 후 서울길을 따라 나섰던 것도 이장곤의 그러한 점을 알았기 때문이다. 겉으로 드러나진 않았지만, 당대 계급 구조로선 그 점이 사회 불평등 의식을 피억압자의 입장에서 풀어나갈 원천이 된 것이다. 조광조와 임꺽정과 같은 주 인물들과 갖바치의 연결을 비롯해서 상하 계층의 연결 고리 역할을 한 점도 그에 해당한다. 조광조와 임꺽정은 출신 계급에 따라 각각 다른 입장과 방법을 취했지만, 그들에게 문제된 공통분모는 평등 사회이다.

갖바치의 이러한 평등사상 실천은 조광조 등 당대 명유들과의 교류로 이어진다. 그러나 조광조의 애민 사상이 기존 사회에 뿌리내렸던 계급 모순 등 제반 모순을 혁파하기에는 힘겨운 일이었고, 이미 묘향산 수행을 통해 세상일을 훤히 꿰뚫어 볼 수 있는 능력을 얻은 갖바치도 그 점을 알고 있었던 것이다. 기묘명현들이 사사된 후 갖바치는 임꺽정을 데리고 산천 유람을 한다. 임꺽정에게 계급의 한계를 넘어 참 삶의 길을 열어주기 위해서이다. 그러나 이 과정에서 임꺽정에게 하늘의 뜻을 역설하지만, 임꺽정은 모든 문제의 원인을 계급의 불평등으로만 생각한다. 천민으로서 갖가지 학대를 견뎌야 했고, 그 때문에 정당한 방법으로 자신의 웅지를 펼 수 없었던 임꺽정의 입장으로선 당연한 반응이다. 그런데, 임꺽정의 그러한 사무친 한은 임꺽정 개인만의 문제가 아니라 당대 하층민들 전체 문제였던 것이다. 그 점은 조광조·김식·심의 등 작품에 나오는 일부 정의로운 양반이나, 임꺽정과 같이 기걸한 힘을 가진 개개인에 의해서 해결될 문제가 아니다. 민중 전체의 한을 어떻게 어루만져주고 풀어주느냐가 절실한 문제인데, 작품에선 그 실천 방향으로 갖바치의 생불화가 제시된 것이다.

생불로서 갖바치의 의미는 문명사회에서 지배 계급이 만들어낸 이념과는

이장곤이 중종 반정 직후 함흥 원을 찾아가 나눈 대화이다.

정반대이다. 작품에서 갖바치의 모든 언사와 행위가 그렇게 조직되어 있다. 갖바치가 교류하는 이들은 주로 소외된 사람들이다. 천민들은 태어날 때부터 소외된 사람들이고, 양반 계층에서 소외의 성격이 뚜렷하게 드러난다. 정의를 실천하다가 소외된 것이다. 이들 개개인의 의미로선 소외가 아니라 창조적인 삶을 산 것이지만, 사회 전체 의미로 볼 때 소외인 것이 문제다. 생불인 갖바치가 이 점을 모를 리 없고, 그래서 조광조에게 세상일에서 물러날 것을 제의했는데,[36] 이는 단순히 조광조와 같은 정의로운 사람의 목숨을 보존케 하기 위해서가 아니었던 것이다. 그동안 문명사회 현실에서 정의가 어떻게 외면당해왔는가를 훤히 아는 갖바치로서는 당연한 제의이다. 갖바치는 문명사의 의미를 전부 부정하고 있던 것이다. 그렇기 때문에 생불에게 살아 있는 의미는 현실에서 소외된 사람들의 삶에서 찾아진다는 역설이 성립한다. 물론 이러한 역설의 틀 속에서 조광조와 같은 정의로운 사람들이 죽음을 기꺼이 맞아들이는 자세는 당연한 일이다. 죽음으로써 산다는 역설의 틀이 작품 전체를 유기적으로 조직하는 근거로 성립한다.

이러한 역설 구조는 이 작품의 주동인물인 임꺽정의 경우에서 분명하게 입

---

36 "말씀하는 길에 한 마디 말씀을 여쭐 것이 있습니다. 영감의 재주가 일세를 경륜하실 만하나 임금을 만난 뒤에 라야 그 재주를 다 하실 수 있습니다. 그러한데 지금 상감께서는 영감의 명망은 아시겠지만 영감의 재주는 아시지 못할 것입니다. 통히 말하자면 영감의 사람을 알아주시지 못할 것입니다. 만일에 소인들이 사이를 타서 농간하게 된다면 영감이 화를 면하실 수 있습니까? 한 번 급류에서 물러나는 것이 어떻습니까? 결단하실 용맹이 있습니까?"
"용맹은 있고 없고간에 남의 신자(臣子)된 도리가 오직 충성을 다할 뿐이지 다른 말이 왜 있겠나"
"영감이 그러실 줄 알았습니다."
하고 갖바치는 입을 다물고 다른 말이 없었다. 홍명희, 『임꺽정』 2권, 「피장편」(서울: 사계절, 1996), 9~10쪽.

증된다. 임꺽정은 천민 태생이지만, 지배 계층인 양반을 압도할 능력을 가진 인물이다. 그런데, 그 점이 바로 임꺽정 개인에겐 불행의 조건이 될 수밖에 없다는 사실이 문제다. 이는 조선조와 같은 계급사회에서 일반화된 사실이다. 스승들(갖바치·검술 선생)이 역설했던 혁명의 뜻을 끝까지 실천해나갈 수 없는 상황이 당대의 현실 조건이다. 16세기에 있었던 여타의 농민 저항도 군도의 노략질 정도로 치부되었던 실정이다.[37] 임꺽정의 화적 행각은 결국 관군과 노략질 다툼에서 패배한 꼴에 지나지 않은 것이다. 작품에 묘사된 대로 노략질 대상이 일반 백성이니 참담한 현실이 그대로 드러난 터다. 임꺽정이 전제군주의 통치권만 위협하지 않았다면, 지배 계층 쪽에서도 그렇게 기를 쓰고 임꺽정을 죽이려 할 이유가 없다. 임꺽정을 새로운 착취 세력으로 인정하고, 거기에서 공생 관계를 도모하면 그뿐이다.[38] 이는 앞에서 논한 문명사회가 개인이든 집단이든 소유욕에 의해 구축되었고, 그에 의한 소유권 다툼이 바로 전쟁 발생의 원인이라는 점과 같은 맥이다.

그러나 임꺽정이 역사상 실존 인물이기도 하지만, 이 논의에서는 임꺽정이 어디까지나 문학작품에 나온 인물임에, 사실을 진실화한 허구 의미의 근거가 된 것에 주목할 필요가 있다. 독자 입장에서는 임꺽정의 혁명 실패가 단순한 실패로 받아들여지질 않는다. 진정한 인간 해방 의미를 찾아 역사의 진보를 실현케 할 큰 차원의 역설 구조가 성립한 것으로 받아들여진다. 이는 작품 곳곳에서 제시되는 치밀한 서술에서 잘 드러난다. 임꺽정의 실패는 문명사를

---

37 한국민중사연구회편, 『한국민중사』(서울: 풀빛, 1986), 288쪽.
38 "송도 포도군사들이 이런 도적놈을 잡지 않구 놓아두니 아마 도적놈하구 통을 짰는지 모르겠소."
　　"설마 통이야 짰겠니. 놀구 자빠져서 잡으려구 애를 쓰지 않는게지."
　　"이야기를 들으니까 포도군사들이 일쑤 도적놈의 등을 쳐서 먹느라구 일부러 잡지 않구 놓아둔답디다." 홍명희, 「의형제편」 2, 『임꺽정』 5권(서울: 사계절, 1997), 7쪽.

점철한 혁명의 실패라는 모순된 순환 구조의 한 부분이다. 작품에서는 이 부분이 생불의 의미에 의해 인간 구원, 즉 인간 본연의 해방의 길로 제시된 것이다. 이는 지배 논리를 합리화한 이념에서 근원적으로 벗어난 차원이다.

2) 인간 혁명과 민족 해방

홍명희의 반문명관과 문학관의 의의는 갖바치 생불의 형상화 과정에서 생생하게 드러난다. 모든 사람을 사랑으로 감싸는 자세로 살아가는 갖바치는 악인이라 할지라도 인내로써 삶의 길을 열어놓는다. 이는 갖바치의 타고난 자품인데, 그로 인해 그는 스승에게서 세상일을 통찰할 수 있는 능력을 전수받는다. 재주 때문이 아니라 마음을 곧게 지켰기 때문에 그런 능력을 얻게 된 격이다.[39] 작품에선 그 능력이 삶과 죽음을, 시공을 초월한 경지에 이른 것으로 묘사되어 있다.

갖바치의 이러한 삶의 자세는 문명인들이 어떤 자세로 살아가는가를 정확하게 비춰주는 반사경 역할을 하기도 한다. 작품의 시대 배경인 16세기 조선조 상황도 예외일 리 없다. 인간 삶의 거울인 윤리가 인간이 인간을 지배하는

---

39 "책을 남에게 보인 일은 없겠지?"
"주야로 만나던 사람도 책이 있는 줄까지 모릅니다."
"너는 모르는 것 없이 다 알겠지?"
"대강 다 압니다, 아는 것이 돌이어 걱정되는 때가 많습니다. 세상에 어려운 일이 한두 가지 아니겠습지요만, 아는 것을 모르는 체하기보다 더 어려운 이리 없을 것 같습다."
선생이 갖바치의 말을 듣고 고개를 끄덕이더니
"너같이 조심하는 사람이 아니면 전치 못할 책이라 함부로 뒤에 남길 책이 못되니 내 눈앞에서 불질러 버려라."
하고 곳 뒤를 이어서
"륜이가 돌아오기 전에 앞뜰에 나가서 태워라."(『임꺽정』 2권, 「피장편」, 앞의 책, 283쪽.)

지배 이념의 도구로 전락하고 만 것이다. 이는 당대 윤리의 본체인 주자학이 실천 윤리로서가 아니라 지배 계층에 의해 형식 논리화된 세태를 뜻한다.[40] 그동안 인류의 삶을 이끌어온 대부분의 논리들이 이러한 형식 논리의 틀을 벗어나지 못한 게 문명사회의 현실이다.

이러한 현실 속에서 형식 논리에 기반을 둔 이념을 내세워 인간 혁명이 가능할 리 없다. 스승인 갖바치의 뜻을 받아들이지 않고, 서림의 간교한 술책에 의존한 임꺽정의 혁명 의지가 실패로 끝난 일은 당연한 결과이다. 한 순간, 한 시대에 성공을 거둔 모습으로 드러난다 해도, 그것은 영웅주의 조장의 한 부분에 지나지 않는 일이며, 세상을 한 번 뒤집었고 그와 똑같은 방법으로 또 뒤집힐 가능성을 남긴 일일 뿐, 진정한 인간 혁명이 실현된 차원이 아니다.

홍명희는 400년 전의 실패를 실패로만 받아들이지 않고, 갖바치 생불의 형상화를 통해서 역사 전개의 원리를 보여주며 실패의 원인을 한눈에 정리할 수 있게 한 것이다. 그는 16세기 상황과, 작품 창작 당대인 20세기 일제강점기를 같은 궤로 생각한 것이다.[41] 이는 인간이 인간을 지배하는 궤를 말한다.

---

40 "예법을 당초에 모르는 자식이라 할 수가 없어."
"례법이니 무엇이니 그런 것만 가지고 떠들기 때문에 세상이 망해요."
"누가 세상이 망한다느냐?"
"이 세상이 망한 세상이 아니고 무엇이오. 공연히 죄없는 사람만 죽여내고." 홍명희, 『임꺽정』 3권, 「양반편」(서울: 사계절, 1997), 66쪽.

41 "元來 特殊民衆이란 저이들끼리 團結할 可能性이 만흔 것이와다. 白丁도 그러하거니와 체장사라거나 독립협회 때, 활약하든 褓負商이라거나 모다 보면 저이들끼리 손을 맛잡고 意識的으로 外界에 對하여 對抗하여 오는 것입니다. 이 必然的 心理를 잘 利用하여 白丁들의 團合을 꾀한 뒤 自己가 압장서서 痛快하게 義賊모양으로 活躍한 것이 림꺽정이엇슴니다 그려. 이러한 人物을 현대에 재현식혀도 능히 용납할 사람이 아니엇스릿가." 홍명희, 「林巨正傳을 쓰면서」, 채진홍, 『홍명희』, 215~216쪽.
그리고 실제 작품에서 민족 해방에 대한 염원의 근거로 이순신을 부각시킨다.

그리고 그 궤를 지탱한 논리가 위에서 언급한 형태의 형식 논리이다. 일제강점기에 절실했던 문제인 민족 해방이 그러한 궤에서 제대로 이루어질 리 없다. 그 확실한 증거가 오늘의 남북 분단 현실이다. 한반도의 현실뿐만 아니라, 형식 논리로 인간의 삶을 철저히 구속하는 오늘의 문명사회 현실 전반이 마찬가지다. 당대 주자학은 물론 서양 학문을 두루 섭렵했던 홍명희가 그 점에 대해 고민하지 않았을 리 없다. 그에 대한 증거는 그의 행적 곳곳에서 드러난다.[42] 그 고민의 결과 중 하나가 바로 『임꺽정』을 통해 진정한 인간 혁명의 길을 제시한 것이다. 그 제시의 근원이 생불의 형상화이고, 그 생불의 의미 속에 인류의 삶을 포용하려 한 것이고, 그렇게 인간 혁명이 실현되어야만, 진정한 민족 해방은 물론이고, 나아가 인류의 근원적인 해방이 이루어진다는 논리이다.

---

42 한 가지 예만 들어보기로 한다.
　"우리 아버지의 읽으신 책이 얼마나 된다든지 기억력이 어떠시다든지 하는 등은 새삼스러이 말할 것도 없다. 친히 모시고 지내는 그 아들로서는 좀더 놀라운 점을 들 수도 없지 않지마는 결코 학식으로써만 놀라운 우리 아버지가 아니다. 아버지는 2, 30년 동안 육체적 또는 정신적으로 가진 곤고(困苦)와 갖은 고초(苦楚)를 다 겪어오시면서도 한결같은 생활의 체계가 서 있어서 여기저기 유혹인들 많지 않으랴마는 그 체계에서 벗어지는 곳에 한 걸음도 내디디지를 않았으며 또 아버지는 연세로 이미 50이 가깝고 사회적 지위나 학식이나 모두 다 그만하니 벌써 체가 잡히고 담이 쌓이어 다른 것을 용납할 수도 없고 구태여 하려고도 안 하련마는 항상 새롭게 가려는 노력 아래 도리어 후진 청년들에게서 배우려고 애쓴다. 오늘날 조선사회를 돌아볼 때 우리 아버지의 제배로서 같은 길을 출발한 이는 많되 지금까지 그 길을 걷는 이는 몇이 못 되고 몇이 못 되는 그중에서도 혹은 무엇 혹은 무엇 다 각각 호신부(護身符)로 몸을 가리어 대세와 등지려고 하는 이가 태반이다. 위선 이 두 가지만을 생각해보라. 말이 쉽지 행하기가 어찌 쉬우랴? …(중략)… 총괄해 말한다면, 우리 아버지는 용감하게 나아가지는 못하나 날카롭게 보고 굳게 지키는 분이다." 홍기문, 「아들로서 본 아버지」, 『연구자료』, 239~240쪽.

제6장

톨스토이관

1. 수용의 태도

홍명희가 도쿄 유학 생활을 하던 중 관심을 두고 읽었던 서양과 일본의 근대 문학작품들은 주로 러시아 작품들[1]과 자연주의 계열의 작품들[2]이었는데, 1905년과 1910년의 기간이었던 이때는 일본 문단의 흐름이 그러하기도 했던 터이다.[3] 이는 우리가 일제를 통해 서구 문물을 받아들였다는 근대사의 뚜렷

---

1   "러시아 작품을 제일 많이 읽었습니다. 그때는 장곡천이엽정(長谷川二葉亭)씨 번역을 통해 읽었는데 내 있을 때 번역된 작품은 하나도 안 빼고 다 읽었습니다." 홍명희·유진오 문학대화, 「조선 문학의 전통과 고전」, 『조선일보』 1937.7.16~18. 홍명희와 유진오의 문학 대담이 수록된 이 자료는 임형택·강영주 편, 『벽초 홍명희와 〈임꺽정〉의 연구자료』(서울: 사계절, 1996), 171쪽에서 인용했음. 앞으로 각주에서 이 책은 『연구자료』로 표기할 것임.

2   "나의 독서가 난독(亂讀)·남독(濫讀)이라 종이 없었지마는 대개는 문예서류이고 그때의 일본문단이 자연주의 문예 전성 시기라 문예서류에도 대개는 자연주의 작품이었다." 홍명희, 「자서전」, 『삼천리』 제1·2호(1929.6/9)[『연구자료』, 28쪽].

3   "현: 대정 원년(1915)에 갔으니까, 그전에는 유학생이 400명가량 되다가 나 나올 임시해서는 600명이나 됐었죠. …… 벽초는 중학교는 왜 안 마쳤소? 그때 톨스토이의 영향이 대단했었으니까 실력만 있으면 그만이라고 해서 그랬나?" 「洪碧初·玄幾堂

한 한 예이기도 하다. 당대 홍명희, 최남선과 더불어 이른바 조선의 세 천재 중 한 사람이었던 이광수의 경우도 그런 흐름의 한 줄기인 것은 마찬가지이다. 물론 그러한 서구 문물을 받아들이는 태도에 따라 이들의 삶의 방향이 달랐다는 점은 이미 한국 문학사에서 입증된 사실이다. "거의 절대적으로 찬양하는 수준"[4]에서 서양 문물을 받아들인 이광수는 일제 말기 부일에 앞장섰고, "주체적 民族意識에 눈을 뜬 우리의 傳統思想이 西洋의 충격을 받아 漸進開化思想으로 피어났고, 이 개화사상을 이어받은 六堂"[5] 역시 훼절하였으며, 서구 문명을 "객관적이고 과학적인 차원"[6]에서 받아들인 홍명희가 8·15 이후까지 민족운동에 앞장섰던 점은 근현대 한국 지식인사에서 시사하는 바가 크다 할 것이다.

이 장에서는 그러한 태도와 흐름의 관점을 홍명희의 톨스토이 수용 양상에 맞추고자 한다. 사실 톨스토이에 관심을 기울이고 그에 관하여 글을 쓴 사람이 그리 많지 않았던 게 당대의 실정이다.[7] 1920년대에 들어서서 몇몇 소개 성격의 글들이 발표되었고,[8] 1935년에 톨스토이 타계 25주년을 추모하기 위

대담」, 『朝光』 70호(1941.8)『연구자료』, 179쪽].

4 이광수, 「文學의 가치」, 『대한흥학보』 제11호, 1910.3『이광수전집 1』(서울: 삼중당, 1962), 504~506쪽].

5 홍일식, 『韓國開化期의 文學思想硏究』(서울: 열화당, 1982), 108쪽.

6 채진홍, 「홍명희의 문학관과 반문명관 연구」, 『국어국문학』 제121집, 국어국문학회, 1998.5, 283쪽.

7 "세계적 위인이라고 떠드는 톨스토이건만 당시 동경에 있는 조선인 유학생 몇백 명 중에는 톨스토이의 이름을 아는 사람도 몇 사람이 못 되었다. 톨스토이의 작품을 단 한 권이라도 본 사람은 드물기가 새벽 하늘의 별과 같아서 나의 아는 범위로는 3, 4인에 불과하였다." 홍명희, 「大톨스토이의 인물과 작품」, 『조선일보』 1935.11.23~12.4『연구자료』, 83쪽].

8 김동인, 「자긔의 創造한 世界─톨스토이와 써스터예프스키를 比較하여」, 『창조』 제7호, 1920.7, 49~52쪽.

한 몇 편의 글이 발표되고 나서는 거의 언급되지 않았던 터이다.[9] 물론, 홍명희도 그때 이후로는 톨스토이에 관해 직접 글로 쓴 것은 없다. 이 시대에 그 방향이야 어떻든, 톨스토이를 숭배한다고 공언하며,[10] 그에 대해 여러 편의 글을 쓴 사람은 이광수뿐이다.

그러한 면에서 볼 때 이광수의 경우는 본고의 논증 과정에서 중요한 비교 대상인 것만은 틀림없다. 그런데, 두 사람을 비교함으로써 얻을 수 있는 결과가 그런 실증적인 차원을 넘어선다는 것도 분명한 사실이다. 비교 과정에서 이광수의 문제점과 홍명희의 중요성이 저절로 밝혀질 것이기 때문이다. 이광수의 톨스토이관이 당대 서구 제국주의 관점을 비판 없이 받아들인 데에서 나온 결과라는 점과, 그와 반대로 홍명희는 당대 식민지 피지배 상황에 처에 있던 한국 민중의 구체적인 삶 차원에서 톨스토이를 이해했다는 점이 그 문제의 중심이다. 이광수가 인도주의라는 종교적 이념 차원에서 톨스토이를 수용했고,[11] 홍명희가 주로 문학적 현실과 실생활의 관점에서 톨스토이를 언급

―――, 「小說作法」, 『조선문단』 제7~10호(1925)[『金東仁文學全集11』(서울: 대중서관, 1983), 104~120쪽].

김유방, 「톨스토이의 藝術觀」, 『개벽』 제9호, 1921.3, 123~131쪽.

김안서, 「레오, 톨스토이」, 『동아일보』 1925.1.19.

雲岡生, 「杜翁誕生百年을 際하여」, 『新生』 제1호, 1928, 20쪽.

이하윤, 「톨스토이 誕生百年」, 『동아일보』(1928.9.2~9.3.)

9   함대훈, 「톨스토ㅣ이의 生涯와 藝術」, 『조광』 제1호, 1935.11, 357~362쪽.

이헌구, 「톨스토ㅣ이와 童話의 世界」, 『조광』 제1호, 1935.11, 368~371쪽.

김환태, 「思想家로서의 톨스토이」, 『조광』 제1호, 1935.11, 374~376쪽.

雙樹台人, 「거울로서의 톨스토이」, 『조광』 제1호, 1935.11, 376~379쪽.

一步生, 「톨스토이의 著作年譜」, 『조광』 제1호, 1935.11, 195~196쪽.

10   이광수, 「杜翁과 나」, 『조선일보』 1935.11.20, 『이광수전집 16』(서울: 삼중당, 1963), 413쪽.

11   "톨스토이는 藝術家도 되지마는 그의 藝術을 正當하게 理解하려면 그의 宗教觀을 理解함이 必要합니다. 왜 그런고 하면, 톨스토이에 있어서는 人生은 곧 宗教요, 藝

했던[12] 점이 본고에서 두 사람을 비교할 구체적인 논점이라는 것이다.

이광수가 톨스토이를 수용한 양상에 대해서는 그동안 몇몇 연구 업적들[13]
이 나왔지만, 영향 관계를 실증적인 차원에서 언급한 결과들이고, 문학과 문
화와 역사의 상호 관계 차원에서 총체적으로 언급된 바는 없다. 홍명희의 경
우는, '톨스토이를 접하게 된 동기 정도를 언급한 것'[14]과 '톨스토이 수용의 방

　　術은 그것의 表現이기 때문입니다." 위의 글, 414쪽.

12　홍명희, 「大톨스토이의 인물과 작품」, 앞의 글, 82~83쪽.

13　백　철, 「春園의 文學과 그 背景」, 『자유문학』 32호, 1959.11[동국대학교 한국문화연
　　구소 편, 『李光洙研究(上)』, 46~53쪽].
　　　———, 「春園文學과 基督敎 — 〈사랑〉을 中心한 확인」, 『기독교사상』 75호, 1964[동
　　국대학교 한국문화연구소 편, 『李光洙研究(下)』, 58~68쪽].
　　김영덕, 「春園의 基督敎 入門과 그 思想과의 關係硏究 — 主로 그 初期思想을 中心으
　　로」, 『한국문화연구논총』 5권 1호, 이화여자대학교, 1965[『李光洙研究(上)』, 154~190
　　쪽].
　　이선영, 「春園의 比較文學的 考察」, 『새교육』 134호, 1965 [『李光洙研究(上)』,
　　196~294쪽].
　　김태준, 「春園의 文藝에 끼친 基督敎의 影響 — 作家로서의 春園과 基督敎의 受容」,
　　『명지대 논문집』 제3집, 1969[『李光洙研究(上)』, 251~280쪽].
　　　———, 「춘원 이광수의 예술관」, 『명지어문학』 4호, 1970[『李光洙研究(上)』,
　　281~308쪽].
　　송철헌, 「春園文學에 미친 톨스토이의 影響」, 고려대학교 교육대학원 석사학위 논
　　문, 1972.
　　신상철, 「〈사랑〉 論攷」, 『서울사대 국어국문학논문집』 제7집, 1978[『李光洙研究(下)』,
　　315~372쪽].

14　"당시 그는 어느 일본 작가의 책을 통해 우연히 똘쓰또이의 존재를 알게 되어 일역
　　(日譯)되어 있던 똘쓰또이의 민화(民話)와 초기작 등 '시시한 작품'들과 한 일본인 동
　　창생이 권한 『나의 종교』를 읽었으나, 대부분 종교적 교훈적 색채가 강한 글들이라
　　'비위에 받지 아니하'였다. …(중략)… 그러나 얼마 후 똘쓰또이의 대작들 중 처음으
　　로 일역되어 나온 『부활』을 읽고 난 뒤에는 『안나 까레니나』가 일역되기를 기다리다
　　못해 영역본(英譯本)과 씨름했을 정도로 똘쓰또이에 대한 그의 인식과 평가가 달라지
　　게 되었다고 한다." 강영주, 『벽초 홍명희 연구』(서울: 창작과비평사, 1999), 44쪽.

향과 그 기본적인 의미를 서술하며 홍명희가 톨스토이에 대해 총체적인 이해를 하고 있었다는 사실을 제시한 것[15] 이외에는 아직 본격적인 연구가 이루어지지 않은 상태이다. 당대 세계 문단에 커다란 영향을 끼쳤던 톨스토이를 홍명희가 어떻게 이해하고 받아들였는가를 분석·구명하는 일은 홍명희 문학연구의 한 초석을 마련하고, 일제강점기 한국 문학사의 특징을 이해하는 일일 것이다. 이는 한국 문학사 분야뿐만 아니라, 한 걸음 더 나아가 한국 근현대사에서 민족사 기술의 한 기준이 된다는 점에서도 그 의의를 찾을 수 있을 것이다.

2. 종교관 문제: 민중의 실생활과 반일 사상의 뿌리

이광수는 톨스토이를 예술가라기보다는 종교인으로 받아들였는데, 거기에는 논리적인 분석보다는 감성적인 면이 크게 작용한 것도 사실이다.[16] 홍명희의 경우는 그와 정반대이다. 그는 이광수처럼 톨스토이에 관한 여러 편의 글을 쓴 건 아니다. 단 한 편의 글과, 여기저기 문학 대담석상에서 톨스토이를 언급했던 몇몇 간단한 기록들을 남겼을 뿐이다. 그렇지만, 그는 그러한 것들을 통해 톨스토이를 정확하게 이해할 수 있는 객관적인 기준을 세운 것이다. 이는 서양 문인들에 대한 소개가 단편적인 수준에 머물러 있던 당대 한국 문

---

15 위의 책, 305~308쪽.

16 "그는 藝術家였으나 그것이 그의 本領이 아니었다. 그는 社會와 人生의 批評家였으나 그것이 그의 本領도 아니었다. 그는 人類의 靈의 革命을 實行하고 宣傳하는 것으로 本領을 삼았다." 이광수, 「톨스토이의 人生觀—그 宗敎와 藝術」, 『조광』 창간호, 1935[『이광수전집16』, 236쪽].

"그리고 나도 톨스토이를 崇拜하여—톨스토이를 通한 예수를 崇拜하는 것이지마는……" 이광수, 「杜翁과 나」, 앞의 글, 413쪽.

단 현실을 고려해 볼 때 중요한 논점으로 받아들일 수 있는 문제이다. 톨스토이에 대한 로맹 롤랑(Romain Rolland)의 이해 기준을 다음과 같이 분석한 홍명희의 논지에서 그 논의의 출발점을 찾을 수 있다.

> 톨스토이 일생을 통하여 그의 심적 생활에는 2개 독립한 조류가 흘렀었다. 그것은 날카로운 관조력(觀照力)과 및 명상력(瞑想力)이다. 그가 한번 눈을 뜨면 자연이나 인생이나 생(生)이나 사(死)나 조금도 흐린 구석 없이 그 투철한 리얼리즘 앞에 드러나고, 한번 그가 눈을 감기만 하면 천백 개 꿈이 일시에 떠올랐다. 요컨대 그의 심중에는 2개의 인격이 평행으로 존재하였다. 두 인격이 서로 범(犯)치 않고 완전히 발달하여 갈 수 있도록 그의 성격은 위대하였다.
> 이것은 로맹 롤랑의 말이라 한다. 톨스토이 심중에 2개 인격이 있는 것을 간파한 것은 투철한 안식(眼識)이나 2개 인격이 평행으로 존재하여 서로 범치 않고 완전히 발달하였다고 논단한 것은 논법이 모호한 것 같다.[17]

톨스토이를 이해하는 출발점이 '관조력'과 '명상력'이라는 부분은 당대 대표적인 전기 작가였던 로맹 롤랑의 의견을 그대로 인정한 터이다. 하지만 톨스토이 한 개인에게 공존했다는 두 개의 인격이 어떤 양상으로 톨스토이 자신의 삶을 이끌어갔는가 하는 면에서는 다른 입장이라는 논리이다. 홍명희는 그 두 개의 인격을 "서로 범(犯)치 않"는 평행이 아니라, 서로 범하는 '상극관계'로 보았는데, 다음과 같은 논지에 그 점이 분명하게 나타나 있다.

> 톨스토이는 탁월한 예술적 천품과 예민한 종교적 양심을 함께 타고난 인물인데 그의 전반생은 천품이 예술가로 내몰았고 후반생은 양심이 종교가를 만들었다. 각성기(覺醒期)라고 하는 52세를 전후반생의 분기점으

17 홍명희, 「大톨스토이의 인물과 작품」, 앞의 글, 76쪽.

로 볼 수 있다. 그러나 실상은 예술가적 인격과 종교가적 인격이 톨스토이 일생을 통하여 상극이 되어서 내외생활에 많은 모순이 나타나고 또 많은 모순을 만들어 내었다. 보통 사람 같으면 보지 못하거나 작게 볼 모순을 톨스토이는 타월한 천품으로 능히 보고 또 뚜렷이 크게 보고, 보통 사람 같으면 자기를 기만하거나 자포자기할 것인데 톨스토이는 예민한 양심으로 모순을 극복하려고 노력하고 분투하였다. 80 노령까지 노력 분투하는 데 그의 성격의 위대한 것이 드러났다고 할 것이다.[18](밑줄 – 필자)

홍명희는 관념적인 차원의 분리를 실생활의 차원으로 끌어내린 셈이다. 관조력과 명상력이라는 기준이 홍명희에 의해 '천품'과 '양심'이라는 삶의 보편적인 덕목으로 다시 상정된 터다. 그러한 덕목이 지극히 상식적이면서도 중요한 삶의 기준인 것만은 틀림없지만, 그것이 인간의 실생활에서 늘 도외시되기도 했다는 점을 홍명희가 간과하지 않은 것이다. 홍명희의 그러한 사고의 흐름을 따르자면, 내외 생활의 모순, 자기기만, 자포자기 등 인간의 실생활에서 흔히 맞닥뜨리는 모순들에 대한 섬세한 극복 의지가 바로 그 덕목을 튼튼하게 지탱해주는 톨스토이의 위대성이라는 것이다. 톨스토이의 '예민한 양심'을 논거로 삼은 이러한 논지는 개인적인 삶의 모순이 역사적인 차원의 모순에 직결된다는 사실을 분명하게 보여주는 예이기도 하다. 톨스토이가 노년기에 들어서서 『부활』 이외에 큰 작품을 내놓지 못한 것도 종교가적 인격이 예술가적 인격을 압도해서가 아니라, "예수교를 신앙하되 동정녀(童貞女) 수태(受胎), 기적, 부활, 승천 같은 것을 모두 상식으로 해석하고 사후의 영혼도 믿지 아니하였다. 종교 신앙에도 취사선택하는 버릇을 가지게"[19] 되어서였다는 것이다. 이러한 경우는 "톨스토이에 있어서는 人生은 곧 宗敎요, 藝術은

---

18 위의 글, 77쪽.
19 위의 글, 77쪽.

그것의 表現이기 때문입니다."[20]라는 이광수의 입장과는 관점에서부터 다르다. 로맹 롤랑이나 이광수의 경우와는 달리, 톨스토이를 이해하는 자리에서 종교관이든 예술이관이든, 그 의미는 실제 생활 차원에서 고찰되어야 한다는 게 홍명희의 관점이다.

톨스토이를 맹목적으로 찬양하지도 부정하지도 않은 홍명희의 그러한 관점은 당대 현실 문제뿐만 아니라, 반일제 정신에 바탕을 둔 그의 투철한 민족주의 정신과도 깊은 관계가 있다. 그 점은 당대 개량주의 지식인의 대표자 격이었던 이광수의 기독교에 관한 입장과 비교하여 생각해보면 쉽게 확인된다. 이광수는 '조선은 예수교회를 통하여 구미의 문화와 접촉했고, 그것이 우리 문화에 큰 공헌을 했고, 앞으로도 서양 제국의 선교사들의 공헌에 감사해야 한다는' 논리에 이어 '조선식 예수교가 정립되어야 한다는'[21] 주장을 했다. 그 주장 자체를 반대할 사람은 없을 것이다. 하지만, 이광수가 제시한 "예수 教會內의 여러 가지 葛藤 派爭의 소문이 때로 들리거니와, 이러한 爭鬪의 에네르기를 루터나 웨즐리式 宗敎改革의 天心的 에네르기로 轉向하지 못하겠는가."[22]와 같은 해결 방안이 문제이다. 이광수가 이 글을 쓸 당시 이 땅에 루터만큼, 그 이상으로, 민중을 사랑한 지식인이 없었는가? 그 문제에 대한 답은 이미 이 글이 발표되기 훨씬 전인 동학농민혁명과 3·1운동에서 확실하게 나온 상태이다. 이광수의 논지는 식민지 사회의 지식인의 한 유형인, 자국민에 대한 우월 의식이라는 함정에 빠져 있던 개량주의 지식인들이 일제의 기만적인 지배 정책을 간파하지 못한 결과물이다. 이는 아프리카의 경우든 아시아

20 이광수, 「杜翁과 나」, 앞의 글, 414쪽.
21 이광수, 「朝鮮의 예수敎」, 『조선일보』, 1934.2.6[『이광수전집 13』(서울: 삼중당, 1962), 418쪽].
22 위의 글, 418쪽.

의 경우든 식민지 피지배국에서 흔히 볼 수 있는 일반적인 현상이라는 점과[23] 당대 서양 선교사들이 한국 전통문화를 바르게 알지 못한 경우가 많았다는 문제는 돌려놓고라도, 우리 현실에서 절실하게 필요했던 이념이 동학혁명이나 3·1운동에서 표출되었던 민족 자주 정신과 독립 정신이었다는 사실을 새삼 상기하게 하는 문제이기도 하다.

홍명희가 톨스토이를 처음 접하게 된 것은 도쿄 유학 시절이었고, 물론 그때는 아직 일제 강점의 형식적 수순이 완료되지 않았지만, 국운이 이미 쇠할 대로 쇠해 있었던 상태였던지라, 톨스토이를 '글 짓는 복음사'[24]로 생각했다거나, "서양 사람은 예수를 신앙하는 까닭에 저의 멋대로 세계적 위인을 만들어 떠들고 일본 사람은 서양을 숭배하는 까닭에 덩달아서 세계적 위인으로 받아 소개하거니 하였다."[25]와 같은 술회는, 홍명희가 처음에 톨스토이를 오해했다는 면보다는 일제의 정체를 얼마나 정확하게 파악하고 있었는가를 말해주는 대목이기도 하다. '일제의 문화적 열등의식과 그에 의한 탈아론과 서양 추종 의식'[26]을 그는 이미 자신의 청년 시절에 그렇게 지적한 것이다. 홍명

---

23 "문화적 혜택을 받고 자국으로 돌아온 피지배국 지식인은 실제로 외국인처럼 행동한다. 그는 가끔 자신의 뜻이 되도록 민중에 가까이 있다는 점을 과시하기 위해 자국의 사투리를 서슴없이 사용하기도 한다. 그러나 그가 표현하는 생각들과 빠져있던 선입견들에는 자국의 남녀들이 알고 있는 실제 상황을 측정할 어떠한 보편적인 기준도 존재하지 않는다." Frantz Fanon, *The Wretched of the Earth*, trans., Constance Farrington(New York: Grove Press, Inc., 1968), p.223.

24 홍명희, 「大톨스토이의 인물과 작품」, 앞의 글, 84쪽.

25 위의 글, 84쪽.

26 "일본문화의 「周邊人」적 열등감은 西歐受容 이후 전통문화의 중심에 대한 반역으로 나타나게 되고 이질적 외래문화인 서구열강에 재빨리 內應함으로써 도리어 自己文化圈의 자학적 加害犯으로 등장하게 된다. 이 점이 서구화의 선봉에 설 수 있었던 日本文化의 自己卑下的인 雜居性을 말해주는 것이다." 신일철, 「日帝의 韓國文化侵奪의 基調」, 『變革時代의 韓國史』(서울: 동평사, 1980), 221쪽.

희의 그러한 면면은 "기성적인 것에 대한 반항, 권위에 대한 반항, 이 반항의 정신이 그로 하여금 고절 40년을 지켜오게 한 것인데 이 고절이란 비타협 태도는 일제의 모든 제도에 대해서만이 아니라 계급적으로는 자기의 핏줄이 당기는 봉건제에 대해서도 그러하였다."[27]라는 정리에서도 찾아볼 수 있다. 그의 반봉건 사상이 반제국주의, 반일 사상으로 자연스럽게 전개되었다는 건, 그의 실생활을 바라보는 눈이 역사적인 차원으로 열려 있었다는 사실을 입증해주는 부분이라 할 것이다. 그런 그가 29년이 지난 후,[28] 톨스토이의 종교관을 러시아 정교, 구교, 개신교와 같은 종교 이념 차원에서가 아니라 당대 민중의 실생활에 바탕을 두어 이해한 것은 필연적인 일이다. 다음은 그에 관계된 홍명희의 개인적인 성향과 삶의 궤를 정리한 증언이다.

　요 전자 톨스토이의 사후 25주년 기념에 우리 아버지는 조그만 논문을 쓰시다가 25년 동안 세상의 많은 변천을 지적하셨지만 25년 전이나 오늘이나 오직 우리 아버지의 고생만은 조금도 변함이 없다. 아니 앞으로 다시 25년이 지난 뒤 전번의 25년보다 더 많은 변천이 있다손 치더라도 우리 아버지만은 지금의 우리 아버지 그대로 변함이 없으리라고 믿는다. 날카롭게만 본다고 어찌 굳게 지킬 수 있으리? 아마도 자기 아버지에 대하여 또 자기 과거에 대하여 나아가서는 진리에 대하여 남달리 풍부한 양심을 소유함이리라.[29]

위에서 "자기 아버지에 대하여"는 홍범식 열사를 두고 한 말이다. 홍명희가 톨스토이를 실생활 차원에서 보는 기준으로 삼은 천품과 양심의 뿌리가 자신

27　이원조, 「벽초론」, 『신천지』 제3호, 1946.4[『연구자료』, 249쪽].

28　홍명희가 도쿄에서 톨스토이를 처음 접한 것은 1907년의 일이고, 「大톨스토이의 인물과 작품」을 쓸 때는 1935년이었으니, 그 후 29년의 세월이 흐른 뒤였다.

29　홍기문, 「아들로서 본 아버지」, 『조광』 2권 5호, 1936.5[『연구자료』, 240쪽].

의 선친 홍범식 열사의 순국 의지와, 진리에 대한 양심에 있었다는 사실을 밝혀주는 부분이기도 하다. 그가 톨스토이의 종교관을 긍정적으로 수용한 유일한 부분에서도 그 점이 분명하게 드러난다. "톨스토이의 교의(敎義)가 인도 정치 운동에 왕청된 영향을 끼친 것만 보더라도 종교가 톨스토이가 세계적인 것은 부인할 수 없으나 톨스토이에 대한 새 평가는 예술가에 있고 종교가에 있지 아니한 모양이다."[30]가 그것이다. 인도 정치운동이란 바로 간디의 비폭력 독립투쟁을 지시한 말이다. 톨스토이가 『전쟁과 평화』를 통해 "역사의 참된 원동력은 개인이 아니라, 비록 자각적인 것은 못 되지만 힘찬 민중의 집단 정신 속에 있다고 보았다."[31]라는 지적은 홍명희가 『임꺽정』의 창작 의도를 우선 특수 민중의 "필연적 심리를 잘 이용하여 백정들의 단합을 꾀한"[32]다는 것에 두었다는 점과 같은 방향으로 이해할 문제이다.

3. 예술관 문제: 실생활 문학과 사회 · 역사적 차원

앞에서 확인한 것처럼, 사실 홍명희는 톨스토이를 종교가로서보다는 예술가로 받아들였다. "톨스토이에 대한 나의 생각이 처음과는 대단히 달라져서 복음사로만 여기지는 않게 되었으나 예술가로 종교가 된 것을 무슨 변절이나 한 것처럼 생각하여 맘에 마땅치 못하였다. 문예를 좋아하는 청년으로 그의 『예술은 무엇이냐』를 내려 볼 때 그런 생각이 더욱 깊었다."[33]에서 보는 바와 같이, 톨스토이를 바라보는 홍명희 자신의 기본 입장 역시 '문예를 좋아하는

30 홍명희, 「大톨스토이의 인물과 작품」, 앞의 글, 78쪽.
31 이철 · 이종진 · 장실, 『러시아 문학사』(서울: 벽호, 1994), 363쪽.
32 홍명희, 「〈林巨正傳〉에 대하여」, 『삼천리』 창간호, 1929.6[『연구자료』, 34쪽].
33 홍명희, 「大톨스토이의 인물과 작품」, 앞의 글, 85쪽.

청년'으로서였다.

그렇다면, 홍명희는 어떠한 관점에서 톨스토이의 예술관을 보았을까. 그 역시 앞 장에서 언급한 실생활에 바탕을 두었고, 그 실생활과 사회의 관계 문제를 톨스토이 이해의 중요한 가늠자로 삼았던 것이다.

> 예술가 톨스토이를 문학사적 계통으로 보면 푸시킨·고골리의 영향을 받은 작가이나 고골리는 러시아 사회를 소극적 태도로 관찰하였고, 톨스토이는 푸시킨과 같이 적극적 태도를 가졌으되 푸시킨도 멀리 따르지 못하도록 러시아 국민 이상(理想)에 가장 가까이 접촉하였다 한다.[34]

위 문맥으로 보아 홍명희가 말하고자 한 것은, 소극적이든 적극적이든 고골과 푸시킨이 관찰한 사회 문제를 톨스토이가 '러시아 국민 이상'의 경지로 끌어올렸다는 점이다. 물론 그 방법은 로맹 롤랑의 말대로 '투철한 리얼리즘'에 의해서다. "여하한 사건이든지 똑같이 보고 여하한 물건이든지 놓치지 아니하였다."[35]는 그 투철한 리얼리즘 정신의 근거를 홍명희는 톨스토이의 다음과 같은 실생활의 예에서 찾아낸다.

> 톨스토이가 예술가로 예술의 가치를 무시하고 또 반항정신이 풍부한 사람으로 무저항주의를 주창한 것도 그의 모순의 일례이나 이러한 모순보다도 계급과 재산에 대한 사상과 실생활의 모순이 톨스토이 일생에 번뇌·고민의 종자가 되었다. 그가 35, 6세경에 폐트란 사람의 집에서 문단 선배로 또 자기의 후원자인 투르게네프와 만나서 담화하는 중에 투르게네프가 딸이 자선심이 많아서 노동자의 의복을 지어준다고 딸자랑하는 것을 그는 비단옷 입은 계집아이가 노동자 누더기 옷을 꿰매는 데 위선

---

34 위의 글, 79쪽.
35 위의 글, 80쪽.

(僞善)이 들어 있다고 면박하다가 뺨을 맞고 쌈을 하게 되었는데 그 당장 쌈은 주인 퓌트가 말리고 나중 결투는 대수(對手) 투르게네프가 피하여 서 다행히 두 문호(文豪)가 하나도 상하지 아니하였었다. 톨스토이가 귀 족지주로 농부들과 같이 풀도 깎고 밭도 매고 할 때 어찌 자기비판이 없 었을 것이랴. 메레즈코프스키가 사람과 예술가로 톨스토이와 도스토예프 스키란 저서 중에 도스토예프스키는 돈을 좋아하건만 재산이 모이지 아 니하였고 톨스토이는 돈을 싫어하면서 재산을 모았다고 사마라현에 있는 톨스토이 마장(馬場)의 말 필수까지 열거하여가며 의연히 기평(譏評)하였 다. 톨스토이가 문단후배에게 기평을 받을 뿐 아니라 시정 악소(惡少)에 게 위선자란 후욕(詬辱)까지 들을 때 어찌 자기반성이 없었을 것이랴. 그 는 53세이후에 저작권을 포기하고 사유재산이 죄악이라 하여 전부 재산 을 포기하려 하였으나 이에 대해서는 그의 부인 소피아가 대반대라 구차 한 방법으로 재산의 권리를 처자에게 물려주고 자기는 처자에게 기식(寄 食)하는 셈을 잡았다. 그러나 구차한 방법에 파탄이 많아서 재산에 대 한 부부 충돌이 그치지 아니하여 소피아 부인은 연못물에 빠져 자살하려 한 일까지 있었고, 톨스토이는 만 82세에 집을 도망하여 나와서 객사(客 死)까지 하게 되었다.[36]

예술의 가치와 반항 정신과 무저항주의와 계급 의식과 재산 문제에 얽혀 일생을 고뇌하던 톨스토이의 실생활의 모습을 적확하게 정리한 부분이다. "비단옷 입은 계집아이" 대목은 당대 러시아 귀족 사회의 모순을 생생하게 읽 어낼 수 있는 예이다. 물론 그러한 실생활에서 나온 예가『전쟁과 평화』,『안 나 카레니나』,『부활』과 같은 작품들 곳곳에서 묘사된 사회 모순과 직결되어 있다는 것도 사실이다. 이렇게 당대 사회 모순들을 재료로 하여 '러시아 국민 이상'으로 창조해냈으니, 톨스토이가 생각한 것들은 곧 제정 러시아의 붕괴 와 볼셰비키 혁명을 예고한 것이기도 하다. '러시아 혁명 과정에서 톨스토이

---

36 위의 글, 77~78쪽.

를 거울로 삼았다는 레닌'[37]이 투쟁 대상을 세계사적 의미에서 유형화한 것을 보면 그 점을 확인할 수 있다. '첫 번째 유형이 바로 봉건적 독재정치의 잔여물인 19세기 제정 러시아의 그런 사회 모순이었고, 두 번째 유형은 20세기 초반 제국주의 식민화 정책이었고, 세 번째 유형은 자본주의 세계 전체를 향한 것으로 부르조아 제국주의 체제'[38]였던 터이다. 여기에서 두 번째 유형은 앞서 홍명희가 언급한 간디의 독립 투쟁 운동과 당대 우리 민족 현실이 그 한가운데에 있었다는 점을 시사한다.

홍명희가 그 점을 중요하게 생각한 것은, 톨스토이의 천성에 평민적 경향이 있다는 점과 그러한 태생적 성향을 당대 사회적 조건에서 찾아 톨스토이의 위대성을 부각시키려는 의도에서도 잘 드러난다.[39] 그리고 그와 아울러 그가 그런 차원에서 부각한 또 하나는 볼셰비키 혁명 후 "새 평가에도 위대한

---

37 "거울로서의 톨스토이! 이 말은 말할것도없이 N, 레 ㅣ 닌의 有名한論文「러시아XX의의 거울로서의 톨스토이」의題目을본받음이나 …(중략)…「톨스토이의 諸見解에 볼수있는矛盾은 近代의勞動者運動及近代의 社會主義의 見地로부터 評價할것이아니라(勿論이러한評價는 至極히必要한 것이다. 그러나 그것만으로는 不充分하다) 襲來하고있는 資本主義에對한 大衆의貧困化와 土地喪失과에對하야 家長制의農村에依하야 釀出되지 않으면 아니되었을바 그反抗에 見地에서평가되어야한다" 雙樹台人, 「거울로서의 톨스토이」, 『조광』 제1호, 1935.11, 376~377쪽.

38 Edward Carr, *A History of Soviet Russia: The Bolshevik Revolution 1917~1923*(London : Macmillan & Co. Ltd., 1954), p.427.

39 "톨스토이 집안이 러시아 귀족 중 굴지의 명문이라 하여도 세력 없는 모스크 귀족이라 성페테르부르그 귀족사회에서 그가 예기한 대우를 받지 못하여 불만을 느낀 것도 한가지 설명 자료가 됨직하고, 그보다도 아니 무엇보다도 제일 필요한 설명 자료는 농노(農奴)를 해방한 60년대 전후 러시아 사회적 경향이니, 톨스토이는 농민에 대한 죄과를 회개한 귀족 지주의 한 사람으로 '농민 중으로 농민 중으로' 떠들던 70년대 이상주의적 운동에 먼저 투신한 것이다. 톨스토이 내적 생활에 대파란이 일어난 각성기 정신 상태를 설명하는 데도 그때가 소위 반동 시대니 환멸 시대니 하는 80년대인 것을 기억하는 것이 필요할 줄로 생각한다". 홍명희, 「大톨스토이의 인물과 작품」, 앞의 글, 79쪽.

것을 잃지 않아서 야스나야 폴랴나 주택이 러시아의 국보로 편입되었다 하고 미망인 소피아가 소비에트 정부에서 연금을 받았다고 한다."[40]는 사실이다.

이렇게 톨스토이의 예술관에서 사회의식이 중요하다는 점은 종교적 이념 차원에서 톨스토이를 '숭배'했던 이광수의 논지에서도 드러난다. 물론 전체 문맥에서 볼 때 홍명희의 생각과는 판이하지만, 오히려 그 점이 톨스토이의 경우 사회의식이 중요하다는 사실을 역으로 입증하는 조건이라 할 만하다. 어쨌든 이광수가 자신의 관념적인 논지를 합리화하기 위해, 톨스토이의 사회적 의미를 부각시키는 일이 중요했던 셈이다.[41] 물론 이는 톨스토이의 예술관 자체가 원래 그러하다는 점에서 나올 수밖에 없는 필연적인 귀결이기도 하다. "위대한 예술은 일부 특정한 사람들의 마음에 들 뿐만 아니라 일반 대중에게 이해될 수 있어야 한다. 더 나아가 톨스또이는 이 둘을 겸비하는 것이 예술의 기능들 중의 하나라고 주장한다."[42]와 같은 정리가 그 점을 분명하게 시사해주는 터다.

톨스토이의 예술관을 사회 문제에 맞춰 받아들인 홍명희의 그런 시각은 『부활』을 논하는 태도에서도 잘 드러난다.

그런데 『부활』은 어떠한가. 손에 들면 놓기 싫은 사람이 많으리라. 인

---

40 위의 글, 76쪽.
41 "杜翁과 現代는 反對의 兩極이다. 杜翁은 人類 相愛의 原理를 主張하면, 現代는 相憎의 原理 위에서 놀고, 杜翁은 非暴力抵抗을 主張하면, 現代는 武裝·侵略으로 날뛴다. 杜翁은 저마다 제가 먹고 남는 것을 이웃에게 주라고 主張하면, 現代는 남이 먹는 것까지도 빼앗으려 들고 杜翁은 貨幣와 誓約을 萬惡의 本이라고 하면, 現代는 貨幣를 神으로 崇拜하고 國家와 暴力에 對한 絶對服從의 誓約을 萬德의 本이라고 絶叫한다." 이광수, 「杜翁과 現代」, 『조선일보』 1935.11.26~27 [『이광수전집 13』(서울: 삼중당, 1962), 552쪽].
42 R.H. 스타시, 『러시아 文學批評史』, 이항재 역(서울: 한길사, 1987), 107쪽.

물묘사에 편심(偏心)이 보이지 않고, 심리해부에 수단이 능란하고, 사회제도의 결점, 특별히 재판제도, 감옥제도의 결점에 대한 철저한 비판이 정세(精細)한 묘사 뒤에 숨겨서 인물활동이 자연스럽고 사건 발전에 억지가 없다. 주인공 네플류도프만은 작자의 분신으로 30여세 완강한 육체에 70 노인 각성한 정신을 주입하여 만들어놓은 까닭에 로맹 롤랑이 충분한 객관적 실재성이 없다고 비평하였다 한다. 로맹 롤랑이 아니라도 그렇게 비평할 사람이 많을 것이다. 주인공 가진 흠 외에 흠을 찾자면 편말에 붙은 종교적 결론이 화사첨족(畫蛇添足)과 같이 당치 않은 군더더기다. 『부활』은 이런 흠을 가지고도 세계문학 중 보옥 같은 작품이다. 『전쟁과 평화』나 『안나 카레니나』에서보다 『부활』에서 톨스토이의 예술적 천품이 놀라운 것을 알았다는 사람이 있으면 이 사람은 가히 더불어 소설을 말할 만하다.

감옥생활에 체험이 많은 크로포트킨이 아메리카합중국 감옥을 두 번째 구경하였을 때 제도의 개선된 점이 많아서 나중 알아본즉 『부활』의 영향이더라고 이것은 이 소설의 공효(功效)의 일단이라 끝으로 붙이어 말하여 둔다.[43]

한 작품의 형식과 내용과 효용성을 간결하고 정확하게 정리한 글이다. 편말에 붙은 종교적 결론이 군더더기라는 말은 홍명희의 관점을 잘 보여주는 부분이다. 물론 그 점은 톨스토이의 태생적 성향까지 다 고려한, 즉 작품론과 작가론을 종합한 차원에서 지적한 결과이다. 특히, 그의 태생적 성향을 "대체 톨스토이가 종교가로 안심입명(安心立命)을 하지 못할 인물인 것은 사소한 일로도 짐작할 것이 있으니, 그가 인생에 대하여 회의가 심할 때 돌발적 자살을 예방하느라고 끄나풀 · 주머니칼도 실내에 두지 않았다 하고, 그가 생년월일일 1828년 8월 28일(舊露曆)이라고 28이란 수에 몹시 애착하여 작품의 탈고(脫稿)나 출판을 28일로 정한 것은 차치하고 최후로 집을 도망하여 나가는 날

---

43 홍명희 「大톨스토이의 인물과 작품」, 앞의 글, 82쪽.

까지 28일을 선택하였다. 이러한 인물과 성과를 불교도(佛教徒)더러 말하라면 한껏하여 나한과(羅漢果)나 얻으면 얻었지 일초직입여래지(一超直入如來地)는 가망(可望) 밖이라 할 것이다."[44]라고 지적한 것을 보면, 홍명희가 톨스토이를 이해하는 관점을 관념이 아니라 철저히 실제 삶 차원에 두었다는 점을 알 수 있다. 톨스토이라는 한 개인의 삶의 의미를 종교나 예술의 특정한 이념의 테두리 안에서 왜곡시키지 않고, 그 종교적 · 예술적 성향의 의미를 당대 사회 모순과 연계하여 '객관적 실재성'을 얻으려 하였던 것이다. 이를 원래 톨스토이의 용어로 다시 바꾸어 말한다면 "독자를 감염시킨다"[45]라는 차원이다. 그러한 종합적인 이해 과정에서 '특별히 감옥제도의 결점에 대한 철저한 비판'이 미국에 직접적인 영향을 끼쳤다는 지적은 사회 문제를 보는 홍명희의 눈이 세계사적 흐름에 열려 있었다는 점을 시사한다. 홍명희의 그런 '날카로운' 안목은 당대 민족 현실에 치열하고 올곧게 대응하며 '굳게' 살아갈 수 있었던 원동력이었던 터다.[46]『부활』을 감상하는 데 당대뿐만 아니라 오늘에 이르기까지 많은 독자들에게 회자되는 '숭고하고 심각하'[47]다는 차원의 의미는 홍명희가 볼 때 '군더더기'에 지나지 않은 것이다. 물론, 이는 '러시아 독자들에게도 같은 방향으로 받아들여졌다' "어쨌든 네플류도프의 자기 완성과 소위 말하는 도덕적 부활은 독자를 열쩍게 하고 의심스럽게 만들고 있다. 이러한 약

44　위의 글, 78쪽.

45　R. H. 스타시, 앞의 책, 108쪽.

46　홍기문, 「아들로서 본 아버지」, 앞의 글, 240쪽.

47　"그러면 그 〈復活〉 中 어느 대목이 가장 가슴을 치더냐 하면, 마지막에 네플류도프가 公爵과 그밖에 社會的地位를 모두 버리고 또 財産과 思慕하여 뒤에 따르는 名門의 女性까지 모두 버리고서 오직 옛날의 愛人 카추우샤를 따라서 눈이 푸실푸실 내리는 西伯利亞로 떠나가던 그 마당이 무어라 말할 수 없이 崇高하고 深刻하여 엄숙한 맛에 눌리움을 깨달았다." 이광수, 「〈復活〉과 〈創世記〉 ─ 내가 感激한 外國作品」, 『삼천리』 1931.1『이광수전집 16』, 364쪽].

점에도 불구하고 이 소설은 톨스토이의 특징이 살아 있는 인상적이고 위대한 작품이다."[48]라는 점에 주목할 필요가 있다. 네플류도프의 시베리아행이 숭고하고 심각한 것은 틀림없는 사실이지만, 그 사건의 의미를 홍명희가 개인 차원에서 수용한 것이 아니라 사회와 역사적인 흐름 차원에서 수용한 점이 중요하다 할 것이다.[49] 특히 당대 현실에서 홍명희뿐만 아니라 올곧은 지식인들의 눈에는, 개인 차원의 의미가 문화정치와 같은 일제의 기만적인 지배정책이 만들어낸 거짓으로 보일 수밖에 없었던 터이다.

4. 문학사적 의미

홍명희가 톨스토이의 예술관을 실생활에 바탕을 둔 사회 문제에서 수용한 것은 원래 그의 문예 의식이 그러해서라는 점이 근본적인 이유이다. 그는 당대 문예운동에 큰 관심을 갖고 그에 관한 지표를 제시하기도 했는데, 그것은 '유산계급에 대항한 문예'[50] · '생활의 문학'[51] · '신흥계급의 사회변혁의 문학'[52]으로 요약될 수 있다. 물론 이는 톨스토이의 종교관과 예술관의 경우와 마찬가지로 생활의 문학을 바탕으로 상호 연결되는 문제이다. 유산계급에 대

---

48 얀코 라브린, 『톨스토이』, 이영 역(서울: 한길사, 1997), 168쪽.

49 홍명희의 그런 수용 태도는 그의 다음과 같은 발언에서 확인할 수 있다.
    유: 작가로서는 누구를……
    홍: 도스토예프스키가 제일 크지. 소련서는 톨스토이를 높이 평가하다더구만. 그건 사회적 이론으로 하는 말이고 문학적으로 도스토예프스키가 톨스토이보다 훨씬 높지. 홍명희 · 유진호 문학대화, 「조선문학의 전통과 고전」, 『조선일보』 1937.7.16~18『연구자료』, 171쪽].

50 홍명희, 「신흥문예의 운동」, 『문예운동』 창간호, 1926.1『연구자료』, 69~70쪽].

51 위의 글, 70~71쪽.

52 위의 글, 71~72쪽.

항한 문예란 졸라나 발자크류의 자연주의나 비판적 리얼리즘 계열에 대한 고리키류의 사회주의 리얼리즘에 입각한 작품 창작을 강조한 것이고, 생활의 문학이란 예술을 위한 예술 계열의 문학을 배격하며 실재와 생활과 인생과 예술이 혼연일체가 된 문학을 강조한 것이고, 신흥계급의 사회변혁의 문학이란 계급타파, 대항, 해방 등의 사상을 중심으로 마르크스 · 엥겔스 계통의 사회주의 경제 사상을 반영한 문학이라는 점을 역설한 것이다.

『신흥문예의 운동』이 카프의 기관지였던 만큼, 여기에서 주목해야 할 점은 카프 계열 문인들과 홍명희의 관계다. 홍명희가 그 잡지에 "창간사에 해당하는 매우 비중 있는 글"을 쓸 만큼 카프 문인들한테 존경을 받았지만, 카프에 가입한 적은 없다.[53] 일제강점기 동안 화요회와 그 맥을 이은 신간회 이외에 어떠한 단체에도 가입하지 않은 홍명희 개인으로선 당연한 일이겠지만, 이 경우엔 카프 문인들이 내세운 이론적 성향이 홍명희의 문예관에 합당하지 않았다는 사실이 더 중요하다. 앞장에서 논했던 바와 같이, 홍명희에게는 공소한 투쟁 이론보다는 민중의 실생활을 바탕으로 한, 예술혼에 충실한 작품 창작이 우선되어야 했던 것이다.

홍명희의 그러한 문예관은 톨스토이 수용 결과를 홍명희 자신이 당대 우리 문단 현장에 어떻게 적용하려 했는가를 쉽게 짐작케 한다. 그는 "한 가지 욕심으로 바라는 맘은 우리 조선에도 얼른 톨스토이 같은 인물이 나서 조선 사람의 생활과 이상을 작품으로 표현하여주었으면 하는 것이다."[54]라고 분명하게 말했던 터이다. 톨스토이가 문학을 통해 '러시아 국민 이상'을 구현했듯이 우리에게도 '조선 사람의 생활과 이상'을 구현할 사람이 필요하다는 뜻이다.

---

53   강영주, 『벽초 홍명희 연구』(서울: 창작과비평사, 1999), 194쪽.
54   홍명희, 「大톨스토이의 인물과 작품」, 앞의 글, 86쪽.

홍명희가 이 글을 쓸 때는 한창『임꺽정』을 연재하는 중이었으니, 그 일을 다른 사람한테 미룬 게 아니라 스스로 실천하고 있었던 셈이다. 물론『임꺽정』의 창작 의도에도 그 점이 명시되어 있다. "『임꺽정』만은 사건이나 인물이나 묘사로나 정조로나 모두 남에게서는 옷 한 벌 빌려 입지 않고 순 조선 거로 만들려고 하였습니다."[55]가 그것이다.

이는 우리 문학사에서 중요한 의미로 받아들여야 할 사항이다. 우선 서양 문학 예찬론에 급급하고 있던 이전 시대와는 정반대라는 점에서 그렇다. "서양은 精의 존재를 覺해서 문학이 발달했고, 동양은 知와 意만 重히 여겨 그렇지 못했음으로, 앞으로 서양 문학을 준거 삼아 우리 문학을 발전시켜야 한다."는 이광수의 논리'[56]가 그 대표적인 예이다. 그가 소설을 통해 만들어낸 인물들이 그러한 한계에서 벗어나지 못한 것도 다 그 범주 안에 들어 있는 경우이다. 이형식이나 허숭과 같은 인물을 보면, 이광수가 톨스토이를 '숭배'만 했지, 종교관이든 예술관이든 톨스토이의 사상을 객관적으로 이해하여 당대 우리 현실에 바르게 적용하지 못했음을 알 수 있다. 그 점은『태서문예신보(泰西文藝新報)』를 통해 들어온 시의 경우도 마찬가지다. 이를 통해 당대 우리 시가 이른바 신체시의 테두리에서 벗어난 점, 즉 한국 현대시의 음악성 구현에 많은 영향을 받은 점이 있긴 하지만, 상징주의 예술에서 구현한 세기말적 이상이 주로 병리 현상 쪽으로 받아들여졌던 것이다. 물론, 그러한 세기말적 이상이 당대 러시아 사회를 비켜갈 리 없었던 터다. 그런데 여기에서 중요한 점은 톨스토이가 "당시 명성의 정점에 달했던 보들레르와 리하르트 바그너에서

---

55   홍명희, 「〈林巨正傳〉을 쓰면서 – 長篇小說과 作者心境」, 『삼천리』 제5권 9호, 1933.9[『연구자료』, 39쪽].

56   이광수, 「文學의 價値」, 앞의 글, 504쪽.

시작되는 모든 현대의 데카당스를 거부"[57]했다는 사실이다. 이는 톨스토이의 러시아 국민의 이상 구현 문제가 홍명희의 '조선 민중의 이상 구현' 문제에 연계되어 있다는 점을 적확하게 보여주는 지적이다. 카프 계열 문인들이 그와는 다른 방향의 이념을 추구했지만, 그 역시 서양 사상의 한 흐름이었을 뿐 홍명희의 지적대로 우리 현실을 바르게 이상화시키지 못한 경우이다. 톨스토이가 "세련된 서구문화의 지극히 복잡하고 부패한 풍습과 심미안에 의해 아직도 오염되지 않은 농민들의 심미안을 중요하게 여겼다."[58]는 것과 마찬가지로 홍명희 또한 농민들의 순수하면서도 생생한 언어 구사를 문학적 표현으로 높이 평가했던 것이다.[59]

다음, 그 이후의 흐름에서도 그러한 면이 극복되지 못했다는 점이다. 이광수, 김동인, 현진건 등 많은 작가들이 역사소설을 발표했었는데, 대부분 궁중비사를 왕조사관의 입장에서 재구성한 것들이다. 물론 그 중요한 원인이 일제 강점 체제에 있었지만, 8 · 15 이후에도 '궁정기록을 민중의 역사로 재창조'[60]해야 한다는 홍명희의 역설이 절실했다는 점이 그 이후의 문단 현실에서도 마찬가지였던 터다. 미 · 소 점령기와 분단 현실이라는 게 8 · 15 전후의 암흑기가 그대로 이어진 상황이었던 것이다.

그러한 비극적인 역사 현실 속에서, 아직 문학의 방향이 '조선 국민의 이상'으로 정립할 여건을 갖출 수 없었던 상황에서, 홍명희의 문예관과 그에 근거한 톨스토이관은 우리 문학사에서 횡적으로는 하나의 획을 그을 단서이며, 종적으로는 민족문학사의 맥을 잇는 근거이다. 그러한 어려운 상황이었기 때

---

57   얀코 라브린, 『톨스토이』, 앞의 책, 162쪽.
58   R. H. 스타시, 『러시아 文學批評史』, 앞의 책, 108쪽.
59   「碧初 洪命熹 선생을 둘러싼 文學談議」, 『大潮』 창간호, 1946.1『연구자료』, 203쪽].
60   위의 글, 191~192쪽.

문에 오히려 그 의미가 분명하다 할 것이다. 이는 우리 민족문학사의 중요한 분수령을 이룬『임꺽정』의 창작과도 맞물린 문제로서, 거기에 실천적 의미까지 내포되어 있다.

제7장

8 · 15 직후 통일관과 문학관의 상관성

1. 정신사적 뿌리 문제

8 · 15 직후라는 기간은 우리 민족사에서 이른바 좌우 대립기 · 혼란기에 해당하는데, 문학사 분야에서도 예외는 아니다. 해방기 또는 광복기로 명명된 이 기간은 문학사에서 "8 · 15 이후의 *左右*의 극심한 *對立*은 *韓國文學* 그것의 *生存*에 관한 투쟁이었다고 보아도 된다. 해방 직후의 *文學界*는 왜 작품을 쓰느냐, 무엇을 쓰느냐의 *文學效用論*에 대한 *左右勢力*의 갑론을박이었다."[1]라고 정리되었을 정도이다. 일제 잔재 청산 문제, 이념 문제, 민족 문제 등이 복합적으로 얽힌 이러한 혼란기에 명망 있는 문인 · 지식인으로서, 중요한 역할을 담당했던 홍명희의 그러한 업적을 고찰하는 일은 우리 문학사를 깊고 넓게 이해하는 밑거름이 될 것이다.

8 · 15 이후 '홍명희를 둘러싼' 한 대담석상에서 나온 이원조의 발언은 당대의 문학사적 배경을 일괄하는 의미가 있다. "우리 문학을 창조하신 분이 세

---

1   정한숙, 『현대한국문학사』(서울: 고려대학교 출판부, 1982), 256쪽.

분 계신데 그 세 분 중에서 금일까지 문학을 직혀오신 분으로는 벽초선생 한 분이 남어 계실 뿐입니다."[2]가 그것이다. 이러한 이원조의 지적에는 일제강점기 동안 많은 지식인·문인들이 탄압을 이겨내지 못한 채 훼절했다는 의미가 포함되어 있다. '세 분 중 홍명희를 뺀 나머지 두 사람을 드러내자면 최남선, 이광수를 지칭하는 말일 터인데, 훼절한 이유나 방향이 이 두 사람 이외에도 많은 사람들이 다 다르겠지만, 그것은 오늘의 독자들에게 당대의 역사 현실을 한눈에 읽어내게 하는 부분이다. 당대 지도층의 붕괴, 지식인의 좌절과 역사적 오판, 사이비 민족운동 문제 등이 그것이다. 위 문맥으로 보아 이원조가 강조하고자 한 내용은, 홍명희가 그러한 역사의 소용돌이 속에서도 "금일까지 문학을 직혀오신 분"이라는 점이다. 우선, 홍명희가 당대 일반 독자들에게 『임꺽정』의 작가, 지조를 지킨 독립운동가, 정치가로 명망을 얻었다는, 겉으로 드러난 사실이 그 점을 뒷받침한다. 그렇지만, 한 작가를 논하는 데에서 중요한 문제는 그러한 사실들에 내포된, "금일까지 문학을 직혀오신" 작가의 정신적인 뿌리와 맥일 것이다.

홍명희의 경우에서는 그 면이 일관되게 정리된다. 홍명희는 구한말에 태어나, 일제강점기, 8·15 직후 좌우 대립기를 거쳐 분단기라는 격동기를 살아가면서도 자신의 신념을 일관되게 지켜나갔고, 그러한 그의 세계관은 민족문학사의 중요한 뿌리와 맥을 이룬다. 아직 분단 문제는 현실적으로 결판이 나지 않았고, 그래서 홍명희의 월북 이후의 문제는 어떠한 방향으로든 단정하기 어려운 실정이다. 현재로선, 1948년 4월 '남북조선 제정당 사회단체 대표자 연석회의' 참가 중 북에 잔류하기 이전까지의 삶이 거론될 수밖에 없다.

---

2   李泰俊·李源朝·金南天,「碧初 洪命憙先生을 둘러싼 文學談議」,『大潮』1호, 1946.1[임형택·강영주 편,『벽초 홍명희와 〈임꺽정〉의 연구자료』(서울: 사계절, 1996), 188쪽. 앞으로 이 책은『연구자료』로 표시함].

그렇다고, 이 기간의 문제가 홍명희를 작가로서 이해하는 데 제한 요소가 되는 것만은 아니다. 특히, 8 · 15 직후 좌우 대립기에 확인된 홍명희의 정신적 뿌리와 맥락은 당대 대부분의 지식인들이나 정치가들의 경우와는 달리 그러한 기간의 문제를 뛰어넘은 역사 실체의 근거를 이룬다. 홍명희는 애국지사연 하지 않았을뿐더러, 민족 문제를 성급하게 좌우 이념 문제에 국한시켜 생각하지도 않았던 터다. 청년 시절에 세웠던 민족적 '자존심과 인내력'[3]을 굳게 지키고 있었던 것이다.

그 점은 우선 홍명희의 8 · 15를 보는 눈에서 확인된다. 그리고 그러한 정신적 뿌리는 민족통일관과 문학관에 그대로 이어진다.

2. 8 · 15를 보는 눈과 통일관

1) 8 · 15를 보는 눈

8 · 15를 맞는 홍명희의 감격은 자신이 장남 기문에게 "힘지게 일러주었던" 태도대로 '남달랐던' 것으로 알려져 있다. 손자 홍석중의 회상에 의하면, "8 · 15 해방의 그날, 두 아들을 붙안고 대성통곡을 하시던 할어버지의 모습이 잊혀지지 않는다" 했고, 홍명희 자신이 바로 그날 밤을 새워 「눈물섞인 노

---

3   이는 홍명희가 직접 사용한 말이다. 그 정신적 기조는 그의 부친 홍범식(洪範植) 열사의 순국 의지에 있다. 그 점은 그가 수년간 방랑 생활을 하다가 돌아와 장남 기문(起文)에게 부친의 뜻을 전하는 태도에서 확인된다. "우리 할아버지를 뒤이어 우리들은 남달리 '자존심'이 있어야 하고 '인내력'이 있어야 한다고 힘지게 일러주셨다. 또는 가끔가끔 눈물까지 머금어 가시면서 할아버지의 생전을 이약이 하야 주시었다." 가 그 부분이다. 홍기문, 「아들로서 본 아버지」, 『조광』 2권 5호, 1936.5[『연구자료』, 235쪽].

래」라는 시를 지었을 정도라는 것이다.[4] 이러한 감격이야 지식인이든 일반 민중이든 일제강점기 동안 양심을 지키며 살아왔던 사람이라면 다 마찬가지로 받아들였겠지만, 홍명희의 '남달랐던' 경우는 단순히 심정적인 차원을 뛰어넘어 민족정신의 뿌리 문제에 직결된다. 그 점은 「눈물섞인 노래」 후반부에 잘 드러나 있다.

어제까지 두 손목에
매어 있던 쇠사슬이
가뭇없이 없어졌다
요술인 듯 신기하다
오래 묶여 야윈 손목
가볍게 높이 치어들고
우리 님 하늘 위에 계시거든
쇠사슬 없어진 것 굽어보소서.

님께 받은 귀한 피가
핏줄 속에 흐르므로
이 피를 더럽힐까
남에 없이 조심되고
남에 없이 근심되어
염통 한조각이나마
적(敵)에게 빼앗기지 않으려고
구구히 애를 썼아외다.

국민의무(國民義務) 다하라고
분부하신 님의 말씀

---

4 홍석중, 「벽초의 소설 『림꺽정』과 함축본 『청석골대장 림꺽정』에 대하여」, 강영주, 「홍명희와 해방직후 진보적 문화운동」, 『역사비평』 38호, 1997, 125쪽에서 재인용.

해와 같고 달과 같이
내 앞길을 비춰준다
아름다운 님의 이름
너 서룩히는 못할지라도
님을 찾아가 보입는 날
꾸중이나 듣지 않고자.

— 「눈물섞인 노래」, 6~8연[5]

홍명희가 자신의 심정을 비교적 직설적으로 표현한 위 시에서 '님'은 바로 홍범식 열사이다.[6] "국민의무 다하라고 분부하신 님의 말씀"과 같은 작품 자체의 표현에서도 그 점이 확인된다. 그렇다고, 홍명희가 '국민의무'를 '애국이냐 매국이냐'라는 형태의 기계적 대립 문제나, 재상가에서 관습화된 선친의 유훈 문제에 국한시킨 것은 아니다. 시 전체 문맥으로 보아, 홍명희는 그 '국민의무'를 민족의 순결성 문제로 절감하고 있음을 알 수 있다. 7연에서는 그 점이 글자 그대로 드러나 있을 정도이다. 그러니까, 해방을 맞는 홍명희의 정서 바탕은 개인의 이익이나 단순한 애국 이념에 있는 것이 아니라, 민족정신의 뿌리에 있다는 것이다.

그 점은 그의 논설에서 구체적으로 입증된다. 그러한 심정적인 면이 그대로 홍명희의 8·15를 보는 눈의 바탕이 되었던 것이다. 그는 당대 역사 현실

---

5   홍명희, 「눈물섞인 노래」, 『해방기념시집』, 중앙문화협회, 1945[『연구자료』, 95~97쪽].

6   이 점은 홍석중의 증언에서도 확인된다. "나는 지금도 그날 할아버지가 밤새 지으신 시 「눈물섞인 노래」를 읊어볼 때마다 그때 할아버지의 눈에서 쏟아지던 그 하염없는 눈물이 경술년 국치일에 자결한 부친(나의 증조부 홍범식)의 유훈을 받들어 일제의 압제 밑에서 끝내 자신의 지조를 지켜낸 남 다른 기쁨의 눈물이었음을 새삼스럽게 동감하곤 한다." 홍석중, 앞의 글, 강영주, 앞의 글, 「홍명희와 해방 직후 진보적 문화운동」, 128쪽에서 재인용.

에서 좌파, 우파, 중도파 등 어느 파에도 속하길 원하지 않았던 사람이다.[7] 민족정신의 뿌리 면에서 볼 때 홍명희의 그러한 처사는 당연한 귀결이다. 당대 역사 현실에 대한 홍명희의 판단이 어떠했는가를 이제 그의 논설에서 확인해 보기로 하자.

① 과거를 돌아볼 때 우리 정치인들에게 자기비판이 부족한 것을 통감한다. 독선적 경향이 너무나 많다. 정치란 산 물건이고 부절(不絕)히 움직이는 물건인지라 머릿속에서 만들어진 이론만 가지고 정치를 해나갈 수는 없다. 정치인들이 현실의 동태를 똑바로 인식하여 그 이론을 보족(補足)하며 수정하는 것은 결코 그들의 변절(變節)도 무정견(無定見)도 아니고 도리어 반드시 실행하지 않으면 안 되는 의무요 책임인 것이다. ② 더구나 우리 정치인들이 국제사정에 소매(素昧)하고 정치적 경험이 없는 까닭에 작년 8·15 이래 많은 과오를 범하게 된 것이 어느 점으로는 불가피하였던만큼 솔직한 자기비판을 한다면 민중이 지지를 아끼지 않았을 것이요, 완전독립의 길도 빨리 올 수 있었다. 자기의 고집을 못버리고 독선

---

7   8·15 이후 정치·사회·문화 등 각종 단체에서 당대 명망가였던 홍명희를 자기편으로 끌어들이려 했지만, 홍명희는 이에 휩쓸리지 않았다. 그 정도가 심해지자 자신에게 좌든 우든 어떠한 단체의 임원이 될 의사가 없음을 분명히 하기 위해 성명서를 냈을 정도였다.
"홍명희 성명 3자가 나 자신과 관계 없이 나도는 일이 8·15 이전에도 간혹 더러 있었지만 8·15 이후에 자못 잦아서 나는 고소도 하고 개탄도 하고 동성명의 타인이지 나는 아니라고 농담도 하였다. 내 성명을 내돌리는 사람이 대개 나의 친구요 또 내돌리는 일이 대개 나에 대한 호의인 줄은 짐작하지만 나는 그 친구의 그 호의를 고맙게 여기지 아니한다. 내가 이날 이때까지 위원장이라는 칭호로 관계를 맺은 것은 오직 문학동맹 하나뿐인데 그 관계를 맺자마자 문학동맹에서 첫 공사로 성명서 한 장을 발표하여 그 덕에 나는 바지 저고리 입힌 허수아비가 되고 말았다. 그때 친구 몇 분이 나더러 개인 성명을 내보라고 권고하는 것을 나는 개인 성명이 주제넘은 생각이 들어서 그 권고는 듣지 않고 문학동맹에 대하여 나 자신의 의사만 명백히 표시하였다. ……" 홍명희, 『서울신문』 1946.1.5. 강영주, 「신탁통치 파동과 홍명희」, 『역사비평』 39호, 1977, 293쪽에서 재인용.

에 흘러버린 까닭에 마침내 자기를 지지하는 자는 그 어떠한 자라도 두호(斗護)하여주고 상대편은 그 어떠한 작은 과오라도 용서치 아니하여 마침내 우리의 국가건설에 있어 철두철미하게 관철되어야 할 혁명원칙이 손상된 바 삭다고 할 수 없다. ③ 맑은 샘의 힘이 점차로 줄이가고 흐린 물결이 거칠어가도 모두 책(責)을 외부의 세력에 돌리고 민중의 무지한 탓이라 하면 현상을 타개할 길이 없다. 우리 힘으로 일정(日政)을 구축(驅逐)하지 못한 대신 우리 힘으로 완전독립만은 기필코 수행하자는 열성이 우리에게는 적다. 정치인의 애국적 성심(誠心)이 없어서 그리 됨이 아니고 그들의 자기비판이 부족하여 세부득이 외력(外力) 의존에 치우쳐버린 것이다.

④ 선결 문제는 정치인들이 철저한 자기비판을 하는 것이다. 지공무사(至公無私)하게 나아가면 민중도 따라나갈 것이고 민족통일도 완전독립도 쉽게 달성될 것은 틀림없다.[8)](번호와 밑줄 – 필자)

홍명희가 8 · 15라는 역사 사건을 민족적 뿌리 면에서 받아들인 점은 일차적으로 ① 부분에서 잘 드러난다. 과거사와 당대사의 문제를 단절의 차원이 아닌 역동적인 차원으로 바라보고, 그것을 올곧게 실천한 그의 역사관이 그대로 반영된 부분이다. 그는 반양반 · 반봉건 · 반일제 정신에 입각한 진보적인 지식인이었던 만큼, 반양반 · 반봉건 문제를 단순히 구습 · 구제도 타파라는 식의 부수적인 차원에서 생각하지 않았던 터다.[9)] 그에게 중요한 건 근원적인 차원인데, 그 근원은 애민 사상에 있다. 그러므로 봉건 체제하에서 양반 계층이 어떻게 민생을 도탄에 빠트렸는가 하는 문제는 그의 역사관을 형

---

8   홍명희, 「정치인의 자기비판」, 『자유신문』 1946.10.9[『연구자료』, 151쪽].
9   홍명희 자신도 철저히 구습 · 구제도를 비판한 사람이었다. 그렇지만, 그는 민족문화 창달 문제에서 전통 계승을 중요하게 생각했다. 물론, 그 문제에서 국수주의를 철저히 배격해야 한다고 했던 진보적인 지식인이었다. 「洪命憙 · 薛貞植 대담기」, 『신세대』 23호, 1948.5[『연구자료』, 218~219쪽].

성하는 데 밑거름이 되었다 할 것이다. "양반의 예절과 의리도 많은 경우에 있어 형식에 흐르고 말았다. 그러나 양반사상의 핵심이 관료주의에 놓여 있다는 것을 인식할 때 그것은 도리어 필연한 형세다. 즉 의리는 그들의 목표를 세우기 위하여 또 그와 같이 예절은 그들의 위의를 보호키 위하여 필요한 이외 아무것도 아닌 까닭이다."[10]와 같은 논리가 그 서두인데, 이는 위 ①에서 지적된 '우리 정치인들'의 '독선적 경향'의 근원적인 실체를 정확하게 말해주는 부분이다. 이는 또한 '머릿속에서 만들어진 이론만 가지고 정치를 해나가는' 사태와 직결되는 문제이다. 8 · 15 이후 당리당략에만 의존한 정치인들의 전범을 조선시대 양반 정치에서 찾을 수 있음을 확실하게 보여주는 대목이다.

그러한 궤는 ②의 논지에서 구체적으로 드러난다. 8 · 15 이후 정치 현실이 그렇다는 것이다. "정치인들이 국제사정에 소매하"다는 현상은 꼭 당대 정치인들이 식견이 부족하고 경험이 없어서 그렇다는 것은 아니다. 홍명희의 진의는 "솔직한 자기비판을 한다면"에 숨어 있다. 정치인들이 개인의 이익이나 당파의 이념에만 눈이 어두워, ④의 표현대로 '지공무사'하지 못하니, 세계를 깊고 넓게 보는 안목이 열릴 리 없다는 뜻이다. ②의 밑줄 친 부분이 그 결과인데, 이는 홍명희가 8 · 15 이후 현실을 어떻게 바라보는가 하는 기준이기도 하다. 홍명희는 '민중의 지지'와 '완전독립의 길'을 별개 문제로 생각하지 않고 상호 역동적인 관계에서 이해한 것이다. 그러한 관계에서만이 '국가 건설의 혁명 원칙'이 바로 선다는 논리다. 이것은 홍명희의 애민을 바탕으로 한 혁명 사상의 중심 논리인데, 그 연원이 조선시대의 실학 사상에까지 이어진

---

10 홍명희, 「이조 정치제도와 양반사상의 전모」(口述), 『조선일보』 1938.1.3~5[『연구자료』, 131쪽].

다는 점에 주목할 필요가 있다.[11] 사실 그러한 홍명희의 기준은 일제강점기 동안에도 마찬가지였던 터다. "양반정치는 진취적이 아니라 퇴영적이요, 행동적이 아니라 형식적이며, 이용후생적(利用厚生的)이 아니라 번문욕례적(繁文縟禮的)이다. 그러한 계급으로서는 한번 기울어진 이상 다시 재흥할 기력을 가질 수 없는 것으로 반드시 외래의 힘이 아니라고 하더라도 이미 자체의 붕괴를 수습치 못하기에 이르렀었다."[12]라는 논지가 그것이다. 양반을 8·15 이후 정치인들로 바꾸기만 하면 서술부는 같은 내용이다. 이는 일제가 우리 역사를 왜곡한 관점인 식민사관에서 본 입장과는 근본적으로 다르다. 앞 심정적인 면을 논할 때 확인했던 것처럼, 일제라면 치를 떨었던 홍명희는 완전독립의 기준을 분명히 '이용후생'에 두었던 터이다. 민중의 힘이 일제를 몰아내는 기반이 되어야 한다는 논리이다. "사회에서 선각자로 자처하는 소위 지식계급 인물 중에 개인적 비열한 심계(心計)로 민족적 정당한 진로를 방해할 자도 없기 쉽지 않으니 만일 불초(不肖)한 인물이 부당하게 민중을 지도한다 하면 운동이 당치도 않은 길로 나갈는지 모를 일이라"[13]와 같은 지적이 그 점을 말해준다.

③의 밑줄 친 부분에서는 그 필연성이 당대 역사 현실을 통해 분명히 제시

---

11 ②의 밑줄 친 문장 뒤에 이어지는 논지는, 실학 시대를 여는 데 선도적인 역할을 했던 허균(許筠)이 소인론에서 피력했던 논지와 같다. 시대 배경만 다를 뿐이다. "자기들과 뜻을 같이하면 모두 군자로 여기고, 달리하면 모두 소인으로 여긴다. 저편이 이쪽과 다르다면 배척하여 사(邪)하다 여기고, 이편과 같이 뜻하는 사람이라면 치켜세워 정(正)이라 여긴다. 시(是)란 그들이 옳다고 여기는 것이 시이고, 비(非)란 그들이 그르다고 여기는 것이 비이니, 이건 모두 공(公)이 사(私)를 이길 수 없는 이유로 그런 것이다.". 허균, 『성소부부고』 제11권 문부 8, 『국역성소부부고 2』(중판)(서울: 민문고, 1989), 194쪽.

12 홍명희, 「이조 정치제도와 양반사상의 전모」, 앞의 글, 132~133쪽.

13 홍명희, 「新幹會의 使命」, 『현대평론』 1927.1[『연구자료』, 144쪽].

되고 있다. '외부 세력'과 '우리 힘'과 '완전독립'의 관계가 그것이다. '일정을 구축'하기 위해서는 '우리 힘'이 절대 조건이었고, 그 힘의 원천이 민중이라는 뜻은 위에서 언급한 바와 같고, 당대 '외부 세력'이라 함은 미·소를 말하는데 홍명희는 이들이 해방군이 아니라 점령군이라는 사실을 직시했던 사람이다. 그것은 지금이야 일반화된 사실이지만, 당대로선 홍명희처럼 몇몇 '지공무사'한 지도자들을 제외하고는 이해하기 힘들었다는 점도 역사의 한 사실이다. 당리당략을 앞세워 "세부득이 외력의 의존에 치우쳐버린 것이" 어제오늘의 일이 아니라는 사실을 홍명희는 익히 알고 있던 터다. "양반정치의 가장 큰 결함이 두 가지가 있으니, 하나는 사대주의(事大主義)요, 또 하나는 숭문천무(崇文賤武)의 정신이다."[14]라는 지적도 과거사와 당대 현실이 같은 궤로 이어진다는 논거의 한 부분이다. 그것은 과거의 잘못을 8·15 직후 현실에서 다시 반복하지 말자는 전거이다. 8·15가 곧 완전독립이요 해방을 의미하는 것은 아니다.

그러므로 홍명희가 보기에 8·15는 '우리 힘'으로 '외부 세력'을 몰아내 완전독립을, 즉 온전한 민족 해방을 이룰 중요한 계기로 삼아야 할 역사의 한 현실인 것이다.

2) 통일관

홍명희는 앞에서 언급한 완전독립의 길을 국내 문제에만 국한시킨 것은 아니다. 1912년 출국 이후 방랑 생활을 할 때부터 그의 시야는 벌써 세계 정세로 뻗어 있었던 터다. 더욱이 그는 당대 최대의 다독가로서, 앞장에서 논한 바와 같이, 인류 문명의 본질을 꿰뚫은 반전, 반문명관의 사상을 피력했던 사

---

14   홍명희, 「이조 정치제도와 양반사상의 전모」, 앞의 글, 133쪽.

람이다. 그러한 홍명희가 국제간의 이해관계를 제대로 파악하여, 미·소를 점령국으로 직시한 건 당연한 일이다.

① 우리를 일본 제국주의의 철쇄로부터 해방시켜 준 미국이거늘 조선 독립 문제에 대한 그 본의를 우리는 의심코자 하지 아니합니다. 의심하지 않을 뿐 아니라 그 절대한 원조를 기대하는 바이며 영구히 우방국임을 또한 확신하는 바입니다. ② 그러나 미국엔 미국으로서의 대(對)세계정책이 있습니다. 오늘의 그 세계정책은 소련에 대항하는 데 그 중점이 놓여있습니다. 이 현상은 더 길게 말할 필요조차 없는 것이거니와 전세계의 미·소 접촉점마다의 대립은 모두 이 한마디로 설명되는 것입니다. 그런데 미국의 대세계 정책은 소련의 대세계 정책이 그렇듯이 우리의 민족적 이해(利害)와 반드시 일치되는 것은 아닌 것입니다. 우리의 독립 문제에서 파생한 남북 조선의 단독(單獨) 조처 문제는 그 가장 적실한 예인 것입니다. 미국의 입장으로서는 우리 강토와 남북을 분열시키더라도 소련에 대항하면 그 외교적 목적을 달성할 성산(成算)이 있을지 몰라도 우리의 입장으로서는 소련에 대항하는 것보다 통일된 독립국가를 가지는 것이 더 크고도 절실한 문제인 것입니다. 미·소 어느 나라임을 막론하고 자기들의 세계정책과 우리 문제는 반드시 이해가 일치되는 것이 아님이 분명한 일입니다.
③ 민족의 총의는 통일정부 수립에 있거늘 국내 일부에서는 외국정책을 그대로 맹종하려 하니 해방조선의 일대 불상사가 아닐 수 없습니다. 원래 우리 민족을 오늘과 같은 극렬적 분열로 인도한 것은 미·소 두 나라요 국토를 분단한 것도 물론 이 두 나라가 저지른 일일 뿐이고, 우리 민족 자체로 말하면 사상적 대립이 있단들 오늘과 같은 상태로 발전하지는 않았을 것이 분명한 일이며, 더구나 국토의 분단과 같은 것은 생각조차 할 수 없는 일입니다. 우리 민족이 열열히 바라고 있는 것은 다만 통일된 독립일 뿐입니다. 그러므로 전정한 민족적 총의는 통일정부 수립에 있는 것입니다. ④ 그런데 단독 조처에 대하여는 한가지 실로 중대한 환상을 가지는 사람들이 있음을 우리는 가장 섭섭히 생각하는 바입니다. 이것이 곧 독립이라고 생각하는 사람이야 단 한 사람인들 있을 수 없는 일이지만 적어도 이것이 독립으로 나아가는 길이 되지나 않을까 의문을 붙이는 사람이 없지 아니한 듯합니다. 그러나 이런 방향으로 우리 문제를 인도하는

것은 미국의 대소 외교정책은 될지언정 우리의 독립을 실현시키는 방향
은 확실히 아닌 것입니다.[15]

①의 논지에서는 문체의 냉소적인 특성으로 보아 미국에 대한 홍명희의 생
각이 어떻다는 것이 잘 드러나 있다. 미국은 '우리'에게 실익을 줄 처지에 있
는 우방국 이상도 이하도 아니라는 뜻이다. 즉, "우리를 일본 제국주의의 철
쇄로부터 해방시켜 준" 나라로서 본분을 다해야 하는데, 그중 핵심 문제인
"조선 독립 문제에 대한 그 본의"가 의심스럽다는 것이다. ①의 마지막 문장
을 잇는 ②의 '그러나'라는 역접어가 그러한 문체의 특성을 뒷받침한다.

홍명희는 ②에서 미국의 '그 본의'를 분명히 제시하고 있다. 밑줄 친 부분의
첫째 의도는 미국이든 소련이든 '우리'를 자기들의 싸움에 끌어들이지 말라는
것이다. 그들의 목표가 '우리'를 분할 점령하는 데에 있다는 것이다. 둘째 의
도는 '우리의 입장으로서는' '통일된 독립국가'를 갖자는 문제이다. 두 의도가
'우리의 통일된 독립국가'를 위해서는 직결되는 문제이지만, 국내 대부분의
정치인들이 그 점을 간파하지 못했음이 당대의 역사 현실이다. ③의 밑줄 친
부분이 그 현실이다. ④에서는 홍명희가 그러한 일부 정치인들의 '환상'을 지
적하며, '미국의 대소 외교정책'에 말려들지 말 것을 경계하고 있다.

그러나 결과는 미·소의 의도대로 이루어졌던 터다. 남북한이 서로 단선에
의한 단정을 수립함으로써 분단이 현실화된 것이다. 앞서 논한 국내 문제에
서 지적한 바대로, 당대 정치인들이 홍명희의 그러한 경계에 귀 기울일 리 없
었던 것도 한 현실이다. 홍명희가 예측했던 비극적인 결과가 그대로 '우리' 현
대사를 점철하게 된 것이다. "……이렇게 되는 날 미·소 국경은 바로 우리 38

---

15   홍명희, 「통일이냐 분열이냐」, 『개벽』 77호, 1948.3[『연구자료』, 152~153쪽].

선이 되는 것입니다. 우리 강토 안에는 두 나라가 서는 것이요 이 두 나라는 가장 긴장된 공기에 싸여 부절(不絕)히 충돌할 것이니 이것이 어찌 독립하는 길이겠습니까"[16]와 같은 예측은 6·25를 전후로 해서 현재까지 사실 상태로 남아 있다. 특히, 6·25에 대한 정확한 예측은 당시 현실을 직시하는 홍명희의 '지공무사'의 경지를 방증하는 경우이다. "대체에 있어 단선에 의한 단정을 주장하는 사람은 미·소 전쟁에서 독립을 주워보려는 것인데 우리 민족의 운명을 개척하는 방법에 있어 이보다 더 위험한 것은 없는 것입니다. <u>우리 부자 형제간의 살육전이 먼저 일어난다는 사실도 억울한 일이거니와</u> 미·소 전쟁의 결과에서 오는 소득이 대체 무엇이겠는가를 생각하면 실로 그 결과로 오는 우리 운명을 다시 생각지 않을 수 없습니다."와 같은 논지에서 밑줄 친 부분이 그것이다.

앞서 지적한 대로 홍명희는 그저 외세를 몰아내자는 식의 국수주의가 아니었던 만큼, 이렇게 통일정부를 수립하자는 데에서도 첫째 조건을 민생 문제에 두고 있다. "이런 정권의 수립으로서 명색 자치정부의 관료는 생길지 몰라도 민생 문제의 해결이란 바랄 수 없"[17]다는 지적이 그 점을 말해준다. 미국 원조를 무조건 받아 거기에 의존하지만 말고, "그 원조를 받을 만한 준비와 계획이 있어야 합니다. 즉 산업건설에 대한 충분한 계획이 서야 할 것입니다."[18]와 같이, 미국의 원조를 우리의 산업 기반으로 삼자는 실학논리를 편 것이다. 둘째 조건이 '세계 평화 유지에 대한 기여'[19]이고, 이 조건은 민생 문제가 반석 위에 서고 나서 이루어질 문제라는 것인데, 이는 홍명희가 국내 문제와 국제

---

16 위의 글, 153쪽.
17 위의 글, 154쪽.
18 위의 글, 154쪽.
19 위의 글, 154쪽.

문제를 별개의 것으로 생각하지 않았다는 또 하나의 증거이다. 그의 이러한 깊고 넓은 세계관은 민족자결 원칙이라는 셋째 조건으로 수렴된다. 이 민족자결의 차원에서 홍명희는 미·소를 분명히 점령국으로 상정한 터이다. "우리는 점령 양대국에 향하여 세계 공약인 조선 독립의 실현을 요구하는 길로 나아갈 수밖에 다른 도리는 없는 것입니다."[20]가 그것이다. 이는 앞서 "제국주의의 철쇄로부터 해방" 운운한 문체의 냉소적인 특성이 새삼 확인되는 부분이기도 하다. 즉, "독립하는 길은 민족자결 원칙을 보장시키는 데 있고 이것을 보장시키는 것은 거족적인 일치한 노력 즉 민족 통일에 의한 거대한 힘이 아니면 능치 못할 것입니다."[21]라는 논지이다.

이처럼 홍명희의 통일관은 애민 사상을 기반으로 한, 세계평화에 대한 기여와 민족자결 원칙 위에 서 있었던 것이다. 이는 민족의 순결성과 그 정신의 뿌리에 바탕을 둔 것으로서, 8·15 직후 좌우 대립기 현실에서 절실했던 문제이다. 홍명희의 통일관의 그러한 가치는 지금까지 이어지는 분단 현실이 방증한다.

3. 문학관과 통일관의 상관성

홍명희는 자신의 창작 작업에서도 민족의 순결성을 강조했던 사람이다. 그 점이 바로 그의 문학론으로 정리된 것 중의 하나인 이른바 '조선정조론'에 관계된 문제이다. 그는 『임꺽정』을 쓰는 데 "남에게서는 옷한벌 빌어 입지안코 純朝鮮거로 만들려고 하엿"[22]을 정도이다. 그는 그러한 만큼 문화·언어 등

---

20   위의 글, 155쪽.
21   위의 글, 155쪽.
22   홍명희, 「林巨正傳을 쓰면서」, 『삼천리』 1933.9, 665쪽.

민족정신의 뿌리 문제에 깊은 관심을 기울였고, 실제 해박한 지식을 가졌던 터다.[23] 이러한 문학관과 통일관의 원천적인 상관관계는 애민 사상, 세계평화에 기여, 민족자결 원칙에 그대로 병행된다.

첫째, 애민 사상은 그의 문학론 중 '민중지도론'과 병행한다. "역사소설을 단편으로 써보면 어떨까"[24]라는 생각을 했던 홍명희는 그 관점을 궁정비사가 아니라 민중의 실제 생활에 두었던 터이다. 그는 조선조의 지배 체제 모순이 일제에 의해 어떻게 악용되었는가를, 즉 주자주의에서 군국주의로 지배 이념만 바뀌었지 민중의 삶을 핍박하는 계급의 틀은 그대로 지속되었다는 사실을 정확히 알았던 사람이다. 이는 앞서 논한 8 · 15 이후 '민중의 지지'와 '완전독립의 길'이라는 상관관계와 직결되는 문제이다. "금후에 있어서 조선 작가들의 중요한 임무는 대중을 계몽하는 계몽적 작품을 많이 써야 할 줄 아우. 대중을 계몽하자면 문학을 통하는 것이 가장 효과적인 첩경이니까. ……조선 작가의 당면 과제는 봉건적 잔재를 제거하는 새로운 아동문학과 농민문학을 수립하는 것일 거요. 지식인을 상대로 한 지식인을 취급한 소설은 당분간 없어도 좋아."[25]와 같은, 8 · 15 이후 한 대담석상에서 확인할 수 있는 문학관이 그 상관관계를 뒷받침한다. 그는 좌우의 이념에만 종속되어 민중의 삶을 외면한 지식인들에게 '혁명가적 양심과 민족적 양심'[26]을 강조했던 터다. 당대 혁명

---

23 1924년 10월 1일에서 같은 해 12월 31일까지 『동아일보』 학예란에 쓴 글, 1925년 1월 1일에서 같은 해 2월 10일까지 『동아일보』에 학창산화(學窓散話)라는 제목으로 쓴 글들, 1936년 2월 13일에서 25일까지 『조선일보』에 쓴 「양아잡록(洋衙雜錄)」, 1936년 4월 17일에서 19일까지 『조선일보』의 「온고쇄록(溫故鎖錄)」 등을 참조.

24 「碧初 洪命憙 선생을 둘러싼 文學談議」, 『大潮』 창간호, 1946.1[『연구자료』, 191쪽].

25 위의 글, 198~199쪽.

26 주의자 말이 났으니 말이지 나더러 누가 글을 쓰라면 한 번 쓰려고도 했지만, 8 · 15 이전에 내가공산주의자가 못 된 것은 내 양심 문제였고 공산주의가 무엇인지도 모르면서야 공산당원이 될 수가 있나요. 그것은 창피해서 할 수 없는 일이지. 그런데

가로서 진정한 길은 민족의 완전 통일에 있는 것이지, 미·소에 의해 조종되는 이념의 대립에 있지 않다는 기본 전제를 강조한 것이다. 이는 그의 문학관이 이념에 서 있던 것이 아니라 애민 사상에 뿌리를 두고 있었던 사실을 증명해주는 부분이다.

둘째, 세계평화에 대한 기여는 그의 문학론 중 '반전문학관'과 병행한다. 홍명희는 인류 문명사를 전쟁의 역사로 꿰뚫어 본 사람이다. 인간의 사유화에 대한 욕망과 과학기술의 발달과 전쟁의 상관관계가 그 근거라는 것이다. "세계인류의 대다수는 전쟁이 업기를 바란다. 그러나 전쟁이 안날 수 업다. 왜 그러냐. 전쟁은 현대 문명과 등이 맛붓튼 쌍동으로 이것을 떼어버리려면 현대문명에 대수술을 시하는 외에 별 도리가 업는 까닭이다."[27]와 같은 논지가 그 점을 말해준다. 앞 장에서 지적한 바와 같이, 그러한 홍명희는 6·25에 대한 예측뿐만 아니라, 그에 앞서 이미 2차 세계 대전의 참화를 예견했던 터다. 이러한 홍명희의 혜안이 단순한 국수주의 차원에 갇힌 것이 아니라, 우리 통일정부 수립이 곧 세계평화에 기여하는 길이라는 열려진 차원으로 쏠린 것이다. 이렇게 적극적인 평화주의의 기초 위에 서 있던 것이 바로 홍명희의 통일관임은 앞서 논한 대로이고, 지금 논의에서 문제되는 것은 이러한 평화주의 사상이 그의 문학관에 어떻게 반영되었는가이다.

8·15 이후에는 또 반감이 생겨서 공산당원이 못돼요. 그래서 우리는 공산당원 되기는 영 틀렸소. 그러니까 공산주의자가 나 같은 사람을 보면 구식이라고 또 완고하다고 나무라겠지만 그래도 내가 비교적 이해를 가지는 편이죠. 그러나 요컨대 우리의 주의·주장의 표준은 그가 혁명가적 양심과 민족적 양심을 가졌는가 안 가졌는가 하는 것으로 귀정 지을 수밖에 없지. 「洪命憙·薛貞植 대담기」, 『연구자료』, 225~226쪽.

27 홍명희, 「문학에 반영된 전쟁」, 『조선일보』 1936.1.4[채진홍 편, 『홍명희』(서울: 새미, 1996), 223쪽].

홍명희는 문학 속에 반영된 인류의 그러한 참화의 원인을 사유화에 대한 욕망에 두었던 터다. "문예의 제재로 남녀간 애정갈등 외에는 전쟁과 반란이 가장 많으니, 전쟁문예라 특징할 것은 말하지 말고 보통 문예작품에도 다소간 부분을 차지한 것이 이루 헤아릴 수 업시 많다."[28]라는 논지를 분석해보면 그 점을 알 수 있다. 개인 차원이냐 사회차원이냐 하는 범위가 다를 뿐이지, 사실 애정 갈등이나 전쟁과 변란이 소유욕에 기인한다는 점은 같다. 홍명희도 이 점을 염두에 두고, 전쟁과 변란의 근원을 인류가 생산수단을 사유하기 시작한 시점에 둔 지적은 앞장에서 확인한 터다. 그러니, 문예의 제재가 온통 그러한 계급과 이념 간의 싸움인 것은 자연스런 결과이다. 홍명희는 반전운동 자체도 전쟁의 한 원인이 될 수밖에 없는 현실을 분명히 지적했던 것이다. "반전문학 작품이 초기에는 인도적 색채가 만튼 것이 점차로 좌익적 경향이 농후하야지"[29]는 현상에 대한 지적이 그것이다. 문학판이든 정치판이든 8·15 직후 좌우 대립의 현실에서 세계평화에 대한 기여 문제가 왜 추상적인 문제가 아니라 근원적인 문제인가를 단적으로 보여주는 지적이다. 이는 홍명희가 당대 우리 문학과 현실이 우리만의 것이 아니고, 20세기 중반의 세계적인 현실의 비극적인 한 부분임과 동시에 전체 문제임을 역설한 점을 단적으로 드러내주는 대목이다.

셋째, 민족자결 원칙은 그의 문학론 중 '민족문학론'과 병행한다. 홍명희는 '거족적인 일치한 노력'이 절실했던 당대 현실에서 정치인과 문학인이 서로의 역할을 배척해서는 안 된다는 점과, 원래 두 역할이 분리될 수 없다는 점을 강조한 사람이다. "정치라는 것은 광범위로 해석한다면 문학하는 사람이 그것

---

28   위의 글, 223쪽.
29   위의 글, 226쪽.

을 어떻게 떠날 수가 있을까. 말하자면 인생을 떠나서 문학이 있을 수 없는 것 모양으로 말이오."[30]가 그 논지이다. 당대 상황에서 문학인들이 '떠날 수 없는' 부분이 바로 민족자결 원칙에 의한 통일정부 수립의 일이라는 것이다.

> 우리에게 만일 미·소 전쟁의 전초전을 맡을 만한 용기가 있다고 하면 그 용기는 응당 민족자결원칙을 보장시키는 운동으로 발전되지 않으면 무의미한 것이 되고 말 것입니다. 생각건대 이 민족자결원칙이란 오늘에 와서 비로소 우리에게 요청되는 것이 아니라 자초(自初)부터 한 민족의 해방을 위하여는 이것이 절대 필수조건이었던 것입니다.[31]

이러한 지적에서 드러난 점은 당대 정치인들뿐만 아니라 문인들도 "미·소 전쟁의 전초전을 맡을" 상황으로 빠져들고 말았다는 사실이다. 당대 우리 문단이 좌냐 우냐 식으로 대립한 현상을 홍명희가 그러한 방향으로 정확하게 해석한 것이다. 민족자결 원칙이 당대에 와서 비로소 요청되는 것이 아니라 자초부터 절대 필수 조건이었다는 사실을 강조하는 부분에서 그 점이 방증된다. 이는 앞서 논한 조선시대, 일제강점기 상황에서도 필수 조건이었다는 점과 일치하는 부분이기도 하다. 홍명희가 민족문학론의 근거를 좌우 이념 주장이나, 새로운 민족문학이라는 이념 창달에 두지 않고, "문학전통을 계승하는 데"[32]에 두었던 점도 그 때문이다.

---

30 「洪命憙·薛貞植 대담기」, 앞의 글, 217쪽.
31 홍명희, 「통일이냐 분열이냐」, 앞의 글, 155쪽.
32 「洪命憙·薛貞植 대담기」, 앞의 글, 218쪽.

4.『임꺽정』과 통일관의 민족문학사적 상관성

홍명희의 통일 사상을 8 · 15 직후 현실에만 국한시켜 생각할 수 없음은 앞서 논한 대로이다. 그중 중요한 이유가 민족정신의 뿌리 문제에 연원을 두었다는 점인데, 이는『임꺽정』의 경우에도 마찬가지다. 그 점은 우선 홍명희가『임꺽정』을 창작한 의도에서 확인된다. 그 직접 의도는 과거 조선조의 기걸한 인물을 일제강점기에 재현시켜 일제에 저항한다는 것이다. "元來 特殊民衆이란 저이들끼리 團結할 可能性이 만흔 것이외다. 白丁도 그러하거니와 체장사라거나 독립협회 때, 활약하든 褓負商이라거나 모다 보면 저이들끼리 손을 맛잡고 意識的으로 外界에 對하여 오는 것입니다. 이 必然的 心理를 잘 利用하여 白丁들의 團合을 쇠한 뒤 自己가 압장서서 痛快하게 義賊모양으로 活躍한 것이 림꺽정이엇슴니다 그려. 이러한 人物은 현대에 재현식혀도 능히 용납할 사람이 아니엇스릿가."[33]가 그 점을 말해준다. 이는 궁정비사보다 민중의 삶에 관점을 두어야 한다는 홍명희의 역사소설관을 대변하는 부분이기도 하다. 또한, 일제에 대한 저항뿐만 아니라, 8 · 15 직후 외세에 저항하는 것도 민중의 힘이 바탕이 되어야 한다는 논리와 맞닿는 부분이다. 앞서 논한 대로 홍명희는 민족정신의 뿌리를 양반의 허위의식에서 찾은 것이 아니라, 민중의 실제 삶에서 찾은 것이다.

『임꺽정』에서는 이러한 면이 양반에 대한 저항으로 나타난다. 임꺽정이라는 한 기걸한 인물의 입장에서는 계급 차원의 저항일 뿐이지만, 그러한 인물을 재현한 작가의 입장에서 보면 그 차원을 뛰어넘을 터다. 홍명희의 경우 양반에 대한 저항이란 궁극적으로 인간 혁명을 말한다. 그는 뿌리 깊은 양반의

---

33   洪命憙,「朝鮮日報의 林巨正傳에 對하야」,『삼천리』1929.6[채진홍,『홍명희』, 215~216쪽].

허위의식을 비판했으며, 그를 통해 삶의 역사·사회적인 구조를 본질 차원에서 파악하고 개혁하려 했던 것이다. 일제강점기 동안 절실했던 일이 일제에 대한 저항이었는데, 『임꺽정』의 전체 구조를 볼 것 같으면, 홍명희는 이 문제를 단순한 애국 이념에 국한시킨 것이 아니라, 인간 해방을 목표로 한 인간혁명의 본질을 통해 풀어 보려 했던 터이다. 양반에 대한 저항의 궁극적인 목표가 바로 그러한 인간혁명의 실현에 있었으니, 홍명희는 민족 해방 문제를 범인류애적인 차원에서 생각하고 있었던 것이다. 『임꺽정』의 역설 구조에 의해 구현된 그러한 점이 바로 홍명희의 통일관에 직결되는 문제이다.

그러니까, 앞 장에서 논한 대로 혁명의 뜻을 제쳐두고 화적 행각을 일삼았던 임꺽정의 실패는 문명사를 점철한 혁명의 실패라는 모순된 순환 구조의 한 부분이라는 것이다. 그것은 8·15 이후 그러한 현상이 정치인들과 미·소의 관계를 주축으로 재현되었다는 전제이다. 과거 양반의 허위의식과 거기에 기계적으로 맞대응하는 세력 간의 갈등 구도로서 불가능했던 점과 마찬가지로, 8·15 이후 정치인들 및 지식인들의 이념으로선 이 문제가 해결될 가능성이 전혀 없다는 논리이다.

그러한 면은 『임꺽정』의 민족문학적인 의의에서도 분명하게 드러난다. 『임꺽정』에서 드러난 반봉건 사상은 식민주의 실체를 겨냥한 것이다. 일제는 조선을 효과적으로 지배하기 위해 조선의 고대사를 왜곡하고, 계급 제도 등 모순된 지배 구조를 부활시켰던 터다. 일제뿐만 아니라 서양 제국의 모든 식민주의 지배국에서도 마찬가지였던 이 일은 보편화된 사실이다. 홍명희는 『임꺽정』을 통해 이러한 점을 정확히 지적해내, 민족문화의 바른 실천의 길을 제시한 것이다. 이로 볼 때, 민족의 순결성과 애민 사상을 기반으로 한 홍명희의 통일관이 범세계적인 인간 혁명의 차원에서 개진된 건 당연한 귀결이다.

홍명희가 8·15 이후에 『임꺽정』을 완결하라는 각계 인사들의 주문을 거부하는 태도에서도 그 점을 확인할 수 있다.

> 이태준　왜 미완성으로 내버려둡니까?
> 이원조　의무적으로 쓰실 필요는 없겠지만!
> 이태준　구상하실 때 목표가 있었을 게 아닙니까!
> 벽초　　플랜이야 있었지. 있기는 있었지만 하도 오래 돼서 다 잊어
> 　　　　버렸는걸(일동 笑)
> 이태준　그래도 미완성대로 내버려두는 건 아깝습니다.
> 벽초　　그래서 사방에서 공격을 받지.[34]

　　홍명희가 말하는 '플랜'이 그 근거이다. 일제강점기 동안 세운 '플랜'이 '독립 후인 오늘날'에 맞지 않는다는 뜻이다. 물론, 지금까지 논한 대로 홍명희의 궁극 목표는 인간 해방이라는 점에서는 같지만, 그 목표에 이르는 방법이 8·15 이후 달라져야 한다는 차원에서이다. '플랜'을 소설 구조에만 국한시켜 환언할 경우, '조선 정조'를 기반으로 구성된『임꺽정』의 정서가 8·15 직후의 상황을 담아낼 수 없다는 뜻이다. 위의 대담에서 홍명희가, 당시『자유신문』에 연재 중이던 김남천의 작품「8·15」가 실패할 것을 예견할 정도로 신중한 태도를 보였던 사실에서도 그 점을 유추할 수 있다. 이는 김남천뿐만 아니라 당대의 국제 질서를 제대로 파악하지 못한 대부분의 지식인의 이념을 은연중 비판한 것이고, 그 일은 김남천이 1947년 월북함으로써 현실화된 바다. 작가와 작품의 거리 문제이기도 한 이 문제에서, 중요한 건 홍명희가 작가로서든 정치인으로서든 8·15 직후의 상황을 어떻게 생각했는가인데, 그 문제가 통일관에 잘 드러나 있음은 앞서 논한 대로이다.
　　문학 자체의 논리에만 한정해 생각할 경우, 홍명희의 통일관은 홍명희의

34　「碧初 洪命憙 선생을 둘러싼 文學談議」, 앞의 글, 191쪽.

사상 업적이지 문학 업적은 아니다. 그러나 앞서 지적한 대로 홍명희 자신이 그러한 구분을, 오스카 와일드 시대에나 있던 낡은 생각으로 지나쳤던 터이다. 홍명희의『임꺽정』과 통일관은 민족문학사적 맥락에서 같은 궤로 받아들여 할 것이다.『임꺽정』에서 구현된 애민 사상과 반이념 문제가 통일관의 세계평화에 대한 기여와 민족자결 원칙에서 구분될 길이 없다. 이는 논리적 연계성을 뛰어넘는 문제이다. 오늘의 분단 상황에서도 절실한 역사의 현실 문제인 것이다.

제8장
결 론

　홍명희의 문학론은 일제강점기·해방 공간의 역사에서 중요한 의미를 갖는다. 조선정조론·민중지도론·민족문학론으로 정리되는 그의 문학론이 일제에 대한 투쟁·민중 단합·민족 해방·인간 해방을 향한 삶의 실천 과정에 기반을 둔 것이기 때문이다.

　조선정조론의 의의는 '조선 정조에 일관된 작품'을 쓰자는 데 있는데, 그것은 홍명희의 전통 문화·언어·삶 문제에 대한 뿌리 의식에서 찾아진다. 그는 우리말의 어원을 역사의 사실에서 찾아내는 작업을 통해, 민중의 생활 모습을 우리의 정서로 생생하게 살려내는 창작 방법을 제시한다. 이는 당대 독자들, 즉 피지배 민중의 단합 문제까지를 고려한 것이다. 거기엔 민중의 단합이 이념에 의해서가 아니라, 생활에서 걸러 나온 정서 융합에 의해 이루어진다는 전제가 깔려 있다. 그러한 만큼 홍명희는 민중의 언어 사용에 관심을 가졌던 터다. 홍명희의 문화·언어·삶 문제에 대한 그러한 뿌리 의식은 다양한 삶이 다양한 예술 장치에 의해 질서를 이루어간다는 창작 과정에 유기적으로 종합된다. 홍명희의 조선정조론은 그 질서의 종합을 의미한다. 거기엔, 아름다운 세계, 즉 궁극적인 인간 해방 세계의 의미가 담겨 있다.

민중지도론의 의의는 계몽성 강조와 그에 걸맞은 창작 방법의 강조에 있다. 홍명희는 계몽성의 문제를 구호 차원이 아닌, 민중의 생활을 취급해가면서 생활을 개선한다는 실제 창작 차원으로 받아들인 것이다. 단순히 계몽성만 강조한다 해서 좋은 작품이 될 수 없음을 강조했고, 그것은 독자를 계몽할 힘이 문학작품으로서 완결성 정도에 달려 있다는 논리이다. 과학 사상 보급에 역점을 두었던 것도 그런 맥락에서이고, 거기에는 기존 지배 이념에 대한 거부 의지가 강하게 담겨 있다. 그런 만큼 그가 작가의 실천 의지로 강조했던 것은 혁명가적 양심과 민족적 양심이다. 홍명희의 민중지도론은, 민중의 생활과 인간 삶의 근원과 작가의 성실성과 예술적 완결성의 일치를 겨냥한, 작가의 실천 의지에 그 의미가 있다.

민족문학론은 조선정조론과 민중지도론에 바탕을 두어 수립된 것이다. 조선정조론과 민중지도론이 한 뿌리에서 나왔다는 점은 홍명희의 민족문학론이 당대 좌우 문학 논쟁의 공소함을 극복할 단서임을 말해준다. 일제 잔재를 청산해 민족정신을 바로 세운다는 평범한 논리가 도외시되었던 당대 역사 현장에서 그것은 중요한 단서인데, '지금은 조선 문학이나 있을래면 있을 수 있지'라는 홍명희의 명쾌한 지적이 그 점을 뒷받침한다. 민족문학론이 미·소 군정 체제의 합리화 도구로 쓰이는 논쟁거리에 그쳐서는 안 된다는 것이다. 민족문학론을 문학과 정치·문학과 역사 등, 문학과 삶 전체 문제로 열어젖히자는 뜻이다. 이는 물론, 좌나 우, 국수주의 이념을 벗어난 '순 조선 문학론' 상태에서 그렇게 하자는 뜻이다. 그러한 만큼 홍명희는 민족문학론 문제에서 문학 전통 계승 문제를 중요하게 생각했던 것이다. 그 전통 계승 방법은 조선정조론과 민중지도론에서 강조했던 바대로다. '주의나 개념'보다는 창작력이 주가 되어야 한다는 차원에서다.

홍명희의 이러한 민족문학론은 민족 정통 문학사를 수립하는 데에 중요한 의미로 받아들여진다. 첫째, 전통 단절 문제를 극복하는 실천 의미에서이다. 둘째, 카프 이후 논쟁이 순수한 문학 이념 논쟁이 아니라, 정치 체제 안에 갇혀, 그 체제를 대변하거나, 거기에 조종당하는 수준에 머물렀다는 점을 경고하고, 극복 방향을 제시했다는 의미에서이다.

1920년대부터 8·15 직후 월북 전까지 홍명희가 문학을 논하는 자리에서 계속 역점을 둔 것은 이론 투쟁이 아니라 실제 창작이었다. 동서양 문학을 두루 섭렵했던 그로서는 독립 투쟁의 소용돌이 속에서도 당대 창작 업적이 빈약한 문단 현실을 직시하는 데 소홀할 수 없었다. 그는 『임꺽정』을 창작함으로써 자신의 그러한 소신을 직접 실천했고, 그 결과 문학사에서 '한국 현대소설의 보이지 않는 원천 구실을 해내는' 작품을 창조한 사람으로 정리되었다.

그러한 홍명희의 창작관의 기반은 실생활이었다. 그것은 이념 차원이 아니라 예술과 사상의 혼연일체를 이루는 차원 위에 세운 기반이었다. 거기에서 홍명희가 중요하게 생각한 것은 살아 있는 예술혼의 실현 문제였는데, 그것은 퇴폐·좌절의 정서나 이념 대립이 팽배했던 당대 문단 현실에서 볼 때, 문학 분파나 사조의 이념을 뛰어넘어 문학을 전체의 관점에서 바라보자는 선각자적인 시각이었다. 그런 만큼 그의 그러한 시각은 지식인보다는 민중에 초점이 맞춰져 있었다. 그 점은 그가 표현 문제의 원천을 민중의 일상적인 의사소통에서 찾았다는 데에서 입증된 터였다. 살아 있는 예술혼의 실현이 인위적인 언어 조립에 의해서가 아니라, 실생활에 바탕을 둔 생생한 표현에 의해 이루어진다는 논리를 창작관의 기본 틀로 설정한 그로서는 그것이 당연한 일이었다. 『임꺽정』에서도 그 점이 그대로 구현된 터였다.

홍명희의 그러한 창작관에서 드러난 두드러진 특징은 민족 정서를 강조했다는 점이다. 그 첫째 요건은 『임꺽정』 창작의 목표들 중 하나였던 조선 정조의 실현 문제이다. 홍명희의 문예안은 그 문제를 국수주의 차원이 아니라, 지나 문학이나 서양 문학의 영향을 조선이라는 용광로에 담아 '순 조선 거'로 녹여내자는 차원에 초점이 맞춰 있었던 것이다. 그는 그러한 차원에서 전통 계승을 강조했고, 그 계승의 뿌리를 양반과 같은 지배 계층에서만 찾은 것이 아니라 민중의 실생활에서도 찾았던 터이다. 『임꺽정』에서 '이장곤'과 '봉단'의 혼례 장면에 대한 생생한 묘사는 그 대표적인 예이다.

그러한 그의 민족 정서관은 반제국의 문제에 맞닿아 있었다. 반봉건 · 반일제 사상에 기반을 두었던 그의 민족 투쟁 지침은 8 · 15 이후에 미 · 소의 제국주의 이념을 거부하는 방향으로 이어졌는데, 그의 독립투사로서 그러한 입지는 그대로 창작관으로 수렴되었다. 부친 홍범식 열사의 순국 의지를 철저히 역사적 현실로 받아들인 그는 당대 사회의 제반 분야를 종합해서 생각하고, 그 결과를 직접 실천했었다. '나치스나 파시스트'와 일제를 같은 궤로 생각한 그는 그 실천의 근본으로 과학적인 대항 방법을 강조했었다. 『임꺽정』에서도 그 문제가 같은 차원으로 실현되었다. 조선시대 백정 계층의 반항 정서와 '독립협회 때 활약하던' 보부상을, 시대를 초월하여 특수 민중이라는 개념으로 연계시켜 당대의 반제국주의 운동의 핵심인 민중의 항일 정서를 극대화했었다. 더욱이 그가 반전문학관에서 강조한 '인도주의 색채'라는 개념을 통해 생각할 때, 유추 가능한 사실은 그의 민족 정서관의 밑바탕에 궁극적인 인간 해방 의지가 깔려 있다는 점이었다.

홍명희의 실천적인 창작관에서 두드러진 또 하나의 특징은 계몽관이었다. 특정 집단의 이념 강요를 거부하며 실생활에 창작관의 기반을 두었던 그는 문학을 통한 민중 계몽을 중요하게 생각했었다. 그 주요 논점은 과학 사상의 보급과 '여실히 표현하면'이라는 생생한 표현 문제였다. 민족 현실을 '구차한 이상'으로 꾸미지 말고 여실히 드러내야, 즉 생생하게 표현해야 그것을 바르게 문제화할 수 있다는 논리였다. 그 문제에서 그가 특히 역점을 둔 것은 농촌 현실이었다.

『임꺽정』에서는 직접 농촌 계몽 문제가 드러나 있지는 않지만, 그 구조적인 문제의 한 양상이 농민 문제라는 점이 홍명희의 그러한 창작 의도를 분명하게 한다. 그는 '임꺽정'을 의적으로만 이상화하지 않고, 화적 행각을 '여실히' 표현함으로써, 16세기 농민 저항의 좌절 양상과, 그 좌절이 20세기 식민지 피지배 현실에서 재현된 양상의 연계성을 구현했고, 그를 통해 당대에 필연적인 투쟁의 방향과, 그것이 문학작품에서 어떻게 구현되어야 하는가를 생생하게 제시했던 것이다. 그는 그 궁극적인 목표를 인간 해방에 두었던 것이다.

일제강점기에서 광복기에 이르기까지, 당대 많은 지식인들이 우리 민족의 독립과 통합에 필요한 것이 무엇인가에 대해 고민했다. 그러나 그 문제에 대처한 홍명희의 관점은 특수했다. 그는 필요한 것보다는 저해되는 일이 무엇인가를 정확히 지적한 사람이었다. 그 결과가 그의 신간회 운동과 통일정부 수립 운동으로 드러났다. 일제와 미·소를 다 같은 점령국의 맥락으로 파악한 그로서는 당연한 일이었다. 그것은 당대 제국주의 이념의 함정에서 헤어나지 못하던 개량주의 지식인들의 허위의식과 카프 문인들의 이념 투쟁과 8·15 이후 정치인들의 국제 정세에 대한 소매함과 독선과 탐닉에 직결되는 문제였다. 그들이 모두 민족 독립과 통합에 저해되는 일을 하고 있었다는 사실을 홍명희가 간파한 것이었다.

그래서 홍명희가 자신의 그러한 역동적인 지성의 힘으로 강조한 게 바로 민중의 힘이었다. 그는 그러한 민중의 힘을 민족운동의 원천으로 삼아야 한다는 논리를 폈다. 거기에는 정치인과 지식인의 비판 정신과 실천 운동이 절대적이라는 점을 강조하며 그는 그 원천을 조선시대의 실학 운동에까지 거슬러 올라가 끌어냈다. 조선시대의 이용후생 정신과 일제강점기 독립운동 정신과 광복기 민족 통일정부 수립 운동 정신이 그런 뿌리 차원에서 같은 맥으로 이어진다는 점을 명시한 것이었다. 홍명희의 그러한 반봉건·민족·민중을 중심으로 한 정치관의 중요성이 실제 역사에서 역으로 입증된 셈이었다. 어느 시대를 막론하고 문인으로서든 정치인으로서든 지식인의 비열한 허위의식이 경술국치나 6·25전쟁과 같은 비극적인 역사를 초래할 뿐이라는 사실에 대한 입증이 그것이다.

홍명희는 신흥문예운동의 필연성을 이념이나 이론 투쟁을 강화할 조직 운동에서가 아니라 문예 본연의 흐름 차원에서 찾았다. 그는 일제강점기뿐만 아니라 8·15 이후에도 그러한 흐름을 선도해야 할 것이 바로 창작이라는 점을 강조했다. 그 점은 그의 문예운동론의 핵심인 유산계급에 대항한 문학과 생활의 문학과 신흥계급의 사회변혁 문학의 공통 원리였다. 유산계급에 대항한 문학의 실현을 위해 예술혼에 충실한 작품 창작이 우선되어야 한다는 점과, 생활의 문학을 실현하기 위해 실재와 생활과 예술이 혼연일체가 된 작품 창작이 우선되어야 하고, 신흥계급의 사회변혁의 문학을 실현하기 위해 당대의 민족 통합과 독립에 절실한 작품 창작이 우선되어야 한다는 점을 역설했다. 그는 독립투쟁 운동에 정면으로 나섰을 뿐만 아니라, 『임꺽정』을 창작함으로써 그런 차원의 문예운동을 당대에 몸소 실천했다. 그러한 그의 문예운동론이 특정한 시대에 국한되지 않았던 점과 반봉건·민족·민중의 입장에서 실천했던 사실은 위에서 제시한 정치관의 경우와 같은 맥이었다.

홍명희의 문학 사상적 기반은 바로 그러한 반봉건·민족·민중의 관점에서 예술혼을 실현하는 데에 서 있었다. 그것은 일제강점기에서 8·15를 거쳐 분단의 현실이 지속되는 오늘에 이르기까지 제기되었던 모든 문학 논쟁을 종합하는 지표였다.

홍명희가 자연과학에 깊은 관심을 기울였던 사실은 미지의 세계에 대한 자신의 동경 의식에서 발생한 일이었고, 그 동경 태도는 그가 문인 기질을 타고났다는 사실을 말해준다. 그렇기 때문에, 그 사실은 과학 문제에만 국한된 것이 아니라 그의 문학관의 성향에 직결되는 문제이다. 미지의 세계에 대한 동경 문제가 그 공통분모이다. 그는 항일 투쟁을 하면서도 자연과학 보급을 통한 민중 계몽에 앞장섰고, 그 가장 효과적인 수단을 문학이라 생각한 터다. 미지의 세계에 대한 동경이 막연한 차원에 머문 것이 아니라 그의 혁명 의식의 원천이 된 것이다.

　　또한, 홍명희는 자연과학을 비판 정신에 입각해 수용했다. 자연과학이 실생활에 어떻게 쓰여야 하는가를 알았던 그는 문명의 부정적인 면을 정확히 분석해냈다. 그의 혁명 의지는 그런 그에게 반문명관을 형성하게 한 힘이 되었다. 그의 반문명관은 전쟁이 문명의 산물이라고 지적한 데에서 분명히 입증되었다. 거기에서 제기된 문제는 문명의 발전이 인간의 평화와 행복을 보장하는 게 아니라 파괴한다는 점이었다. 그는 그 문제의 근본을 인류의 사유화에 대한 욕망으로 지적하며, 그에 의해 과학 기술의 발달과 전쟁 기술의 발달이 상호 병행되었다는 점을 지적했다.

　　홍명희의 문학관은 현실 생활에 바탕을 두었던 바, 실생활을 도외시한 채 주의나 주장만 내세워서는 대중 계몽이 제대로 될 리 없다는 논리를 폈다. 과학 사상 보급 문제를 이상론이나 이념에 안주시키지 않고, 대중의 실생활에 파고드는 삶의 토대 차원에서 다루자 했다. 이는 당대 조선의 경우이거나 서양 계몽주의 시대이거나, 인류사의 중요한 문제인 평등과 자유 실현과 직결되는 문제였다. 그러므로 홍명희의 계몽 정신은 과학 기술에 의해 구축된 현대 문명을 맹목적으로 찬양하는 차원과는 무관했다. 그에게 중요한 문제는 인류가 인류를 억압하는 틀에서 벗어나는 일이었다. 그 점이 바로 그가 계몽

정신을 실사구시의 정신으로 재창조한 본이었다. 홍명희는 당대를 단순히 일제강점기로만 보지 않았고, 문명이 만들어낸 인류사의 거대한 흐름으로 파악하고 있었다. 실학자들이 활동했던 17~18세기와는 달리, 세계 대전으로 치달았던 일제강점기에 혁명의 길을 걸었던 홍명희로서는 자신의 시야를 범인류 문제로 넓혀야 한다는 필연성을 절감했다. 그럼으로써 그의 계몽 정신은 현대 문명사에서 진보의 귀감이 되었다. 그리고 이는 그의 문학론 중의 하나인 민중지도론의 근거였다.

그런 만큼, 홍명희가 생각한 반전문학의 의의는 문명사회에서 살아온 사람살이의 의미와 병행 논리 속에서 찾아진다. 홍명희는 반전운동 또한 전쟁의 한 원인이 될 수밖에 없음을 문명사회의 현실로 본 것이다. 그의 반전문학관의 의의는 문명사회의 미래에 대한 낙관 대신 고대 사회에서 잃어버린 평화와 행복을 다시 찾는 데에 있을 정도이다. 그는 인간의 사유화에 대한 욕망과 과학기술이 결합되어 이루어낸 현대 문명 자체를 부정한 것이다.

이상, 홍명희의 반문명관의 의미는『임꺽정』에서 임꺽정의 혁명 실패 문제에 직결된다.『임꺽정』을 문학작품으로서 읽는 독자의 입장에서는 이 점이 단순한 실패로 받아들여지지 않는다. 진정한 인간 해방 의미를 찾아 역사의 진보를 실현케 할 큰 차원의 역설 구조가 성립한 것이다. 이는 작품 곳곳에서 제시되는 치밀한 서술에서 입증된 터다. 임꺽정의 실패는 문명사를 점철한 혁명의 실패라는 모순된 순환 구조의 한 부분이다. 작품에서 이 부분이 생불의 의미에 의해 인간 구원, 즉 인간 본연의 해방의 길로 제시된 것이다. 지배 논리를 합리화한 이념에서 근원적으로 벗어난 차원이다.

홍명희는 400년 전의 실패를 실패로만 받아들이지 않았다. 갖바치 생불의 형상화를 통해서 역사 전개의 원리를 보여주며, 실패의 원인을 한눈으로 정리할 수 있게 했다. 그는 16세기 상황과, 작품 창작 당대인 20세기 일제강점기를 같은 궤로 생각했다. 당대에 절실했던 문제인 민족 해방이 그러한 인간이 인간을 지배하는 궤에서 제대로 이루어질 없었다. 그에 대한 홍명희의 고민 결과 중 하나가 바로 『임꺽정』을 통해 진정한 인간 혁명의 길을 제시한 점이었다. 그 제시의 근원이 생불의 형상화이고, 그 의미 속에 인류의 삶을 포용하려 한 터였다. 그렇게 인간 혁명이 실현되어야만 진정한 민족 해방은 물론이고 나아가 인류의 근원적인 해방이 이루어진다는 논리였다. 홍명희의 반문명관은 당대의 절실했던 문제들을 도외시한 것이 아니라, 그 본질을 파악하고 올곧게 실천한 근거였다.

홍명희는 톨스토이라는 한 인격체를 종교관과 예술관의 '상극 관계'에서 이해했다. 하지만 홍명희가 그것을 단순히 개인 차원에서만 이해한 것은 아니었다. 톨스토이와 같이 당대 범세계적으로 영향을 끼친 개인의 인격체를 사회 역사 차원에서 어떻게 받아들여야 하는가라는 문제는 홍명희에게 중요한 일이었다. 일제를 통해 서구 문물이 밀려 들어오던 왜곡된 상황에서 그것은 홍명희 개인의 경우뿐만 아니라, 당대 민족 현실에서 중요한 의미를 갖는 문제이기 때문이었다. 그 점을 정확히 인식하고 있던 홍명희는 톨스토이의 종교관과 예술관을 실생활에 바탕을 둔 사회 역사 차원에서 수용하여 그 의미를 우리 민족 현실에서 찾고 실천하려 했다. 종교가보다는 예술가에 초점을 맞춰 그렇게 한 것이었다. 당시 사회에 지대한 영향을 끼쳤던 이광수가 톨스토이를 종교가에 의의를 두어 관념적으로 받아들인 것과는 정반대의 경우였다. 그렇다고, 홍명희가 종교가로서 톨스토이의 의의를 간과한 것은 아니었다. 톨스토이의 교의가 간디의 비폭력 독립투쟁에 영향을 미친 점을 중요하게 받아들이기도 했던 그가 톨스토이를 처음 접하게 된 것은 도쿄 유학 시절이었다. 그때 일제 지식인들의 톨스토이 수용 태도의 우매성을 발견한 청년 홍명희는 그들의 문화적 열등 의식과 그에 의한 탈아론과 맹목적 서양 추종 의식을 정확하게 지적했고, 그런 부분은 그의 톨스토이 수용 태도와 방향을 분명하게 보여주는 단서였다.

그런 만큼, 그가 톨스토이의 예술관을 바라보는 관점도 같은 방향이었다. 그 핵심은 고골과 푸시킨이 관찰한 사회문제를 톨스토이가 '러시아 국민 이상'의 경지로 끌어올렸다는 점이었다. 그리고 그는 그 방법이 '투철한 리얼리즘 정신'이라는 점과, 그 정신의 근거가 러시아 민중의 실생활이라는 점을 강조했다. 그러니까 톨스토이는 당대 사회에 팽배해 있는 모순들을 소재로 하여 '러시아 국민 이상'을 창조해냈고, 그에 의해 제정 러시아의 붕괴와 볼셰비키 혁명을 예고한 셈이었는데, 홍명희는 그 점을 톨스토이의 천성에 평민적 성향이 있다는 사실과 당대의 사회적 조건과 세계사적 흐름에서 찾아낸 것이었다. 그러한 점은 홍명희가 『부활』을 논하는 자리에서 분명하게 드러났다. 네플류도프의 시베리아행이 이광수의 말대로 '숭고하고 심각한' 것은 틀림없는 사실이지만, 그 사건의 의미를 홍명희는 개인 차원에서 수용한 것이 아니라 인류사의 흐름에서 이해한 것이었다. 당대 우리 민족 현실에서 홍명희뿐만 아니라 올곧은 지식인들의 눈에 문화정치와 같은 일제의 기만적인 지배 정책이 외면될 리 없었다. 제국주의 식민지 지배 정책의 소용돌이 한가운데에 있던 나라 안이 온통 시베리아 감옥과 같은 곳이었던 만큼 '부활'은 개인적 차원의 의미가 아니라 곧 우리 민족 전체 차원은 물론이고, 당대 실정으로 보아 아시아 아프리카 전체 피지배국 차원의 의미라는 것이었다.

홍명희가 톨스토이의 예술관을 그러한 방향에서 수용한 것은 원래 그의 문예 의식이 그러해서였다. 홍명희가 어느 자리에서나 강조한 것은 생활의 문학이었는데, 이는 당대 카프 계열 문인들의 생각과는 판이한 것이었다. 그에게는 공소한 투쟁 이론보다는 민중의 실생활을 바탕으로 한, 예술혼에 충실한 작품 창작이 우선이었다. 홍명희의 그러한 문예관은 톨스토이 수용 결과를 당대 우리 문단 현장에 홍명희 자신이 어떻게 적용하려 했는가 하는 것에 직결되는 문제였다. '우리 조선에도 얼른 톨스토이와 같은 인물이 나서 조선 사람의 생활과 이상을 작품으로 표현하여주었으면 하는 것이' 그의 소망이었다. 그는 『임꺽정』의 집필로 그 일을 스스로 실천한 셈이었다. 그 점은 민중의 단합 문제를 순 조선 정조로 형상화하여 당대에 재현시켜야겠다는 『임꺽정』에 대한 그의 창작 의도에도 부합된 것이었다.

그러한 점 때문에 홍명희의 톨스토이관이 우리 문학사에서 중요한 의미를 갖는다는 것이다. 그 정체를 한마디로 요약하면 '조선 국민의 이상 실현'이니, 우선 서양 예찬론에 급급했던 이전 시대의 이론들과는 정반대의 입장이라는 점에서 그렇고, 다음, 그 이후의 왕조사관에 입각한 역사소설들이나, 8·15를 전후한 암흑기 작품들의 한계를 극복할 수 있는 바탕이 된다는 점에서 그러하며, 그런 작품들이 나올 수밖에 없었던 역사적 상황에서 그것이 필연적인 문제라는 점에서 그렇다. 아직 '조선 국민의 이상'으로 문학의 방향을 정립할 여건을 갖추지 못한 비극적인 역사 현실 속에서, 홍명희의 문예관과 그에 뿌리를 둔 톨스토이관은 우리 문학사에서 하나의 지평을 이룬 실천 의미의 단초이고, 그와 동시에 민족문학사의 맥을 잇는 근거이다.

홍명희의 8·15를 보는 눈은 민족정신의 뿌리 문제에 직결되었다. 그는 과거사와 8·15 당시의 현실 문제를 단절의 차원이 아닌 역동적인 차원에서 보았는데, 그 중요한 근원은 애민 사상이었다. 그는 8·15 직후 당리당략에만 의존한 정치인들의 전범을 조선시대 양반 정치에서 찾아냈다. 8·15 직후 현실에서 정치인들이 개인의 이익이나 당파의 이념에만 눈이 어두워 국제 사정에 소매했던 것과는 달리, 그는 지공무사하게 현실을 바라보며 민중의 지지와 완전독립의 길을 상호 역동적인 차원에서 파악해 국가 건설의 혁명 원칙을 바로 세웠다. 그러니까, 홍명희는 완전독립의 기준을 외세 의존이 아니라 이용후생에 둔 터였다. 그는 당시 외세의 주축이었던 미·소가 해방군이 아니라 점령군이라는 점을 직시했다. 그러므로 홍명희가 보기에 8·15는 우리 힘으로 외부 세력을 몰아내 완전독립을, 즉 온전한 민족 해방을 이룰 중요한 계기로 삼아야 할 역사의 한 현실이었다.

홍명희는 단선에 의한 남북한의 단정 수립을 철저히 반대했다. 우리 입장에서는 미국과 소련의 싸움에 이용당해 분단을 자초할 것이 아니라 통일된 독립국가를 갖는 것이 급선무라는 논리였다. 통일정부를 수립하는 데 첫째 조건을 민생 문제에 두었던 그는 분단의 첫 번째 비극적 사건이었던 6·25를 정확히 예측했다. 그러한 그는 미국 원조를 소비 차원에서 받을 것이 아니라 우리의 산업 기반으로 활용하자는 실학 논리를 폈다. 그런 만큼, 홍명희의 통일관은 애민 사상을 기반으로 한, 세계평화에 대한 기여와 민족자결 원칙 위에 서 있었다.

홍명희는 자신의 창작 작업에서도 민족의 순결성을 강조했다. 그러한 그의 문학관이 통일관과 원천적인 상관관계를 이룬 것은 당연한 귀결이었다. 애민 사상은 그의 문학론 중 민중지도론과 병행한 것이었다. 그는 좌우의 이념에만 종속되어 민중의 삶을 외면한 지식인들에게 혁명가적 양심과 민족적 양심을 강조했다. 세계평화에 대한 기여는 그의 문학론 중 반전문학관에 병행한 것이었다. '반전문학 작품이 초기에는 인도적 색채가 많았던 것이 점차로 좌익적 경향이 농후해진' 현상을 지적했는데, 이는 당대 좌우 대립 현실이 우리만의 현실이 아니고, 20세기 중반의 세계적인 현실의 비극적인 한 부분임과 동시에 전체 문제임을 역설한 결과였다. 민족자결 원칙은 그의 문학론 중 민족문학론과 병행한 것이었다. 이는 홍명희가 당대 정치인들뿐만 아니라 문인들도 미·소 전쟁의 전초전을 맡을 상황으로 빠져들었다는 점을 지적한 결과였고, 또 조선시대, 일제강점기 상황에서도 그것이 절실했던 문제였음을 환기시킨 것이었다. 그러므로 민족문학론에서 홍명희에게 중요한 것은 이념을 새로 만드는 일이 아니라, 문학전통을 계승하는 일이었다.

『임꺽정』에서 구현된 양반에 대한 저항의 궁극적인 목표는 인간 혁명의 실현에 있었는데, 홍명희는 민족 해방 문제를 이와 같은 논리로 범인류애적 차원에서 생각하고 있었다. 『임꺽정』의 역설 구조에 의해 구현된 그러한 점이 바로 홍명희의 통일관에 직결된 문제였다. 혁명의 뜻을 제쳐두고 화적 행각을 일삼았던 임꺽정의 실패는 문명사를 점철한, 혁명의 실패라는 모순된 순환 구조의 한 부분이라는 점을 홍명희가 『임꺽정』을 통해 지적한 것이었다. 그것은 8·15 직후 그러한 현상이 정치인들과 미·소의 관계를 주축으로 재현되었다는 전제였다. 이 문제가 과거 양반의 허위의식과 거기에 기계적으로 맞대응하는 세력들 간의 갈등 구도로서 해결이 불가능했던 점과 마찬가지로, 8·15 이후 정치인들 및 지식인들의 이념으로서 해결될 가능성이 전혀 없다는 점을 그가 그렇게 시사한 것이었다. 『임꺽정』에서 드러난 반봉건 사상은 사실 식민주의 실체를 겨냥한 것인데, 이는 서양 식민주의 지배국과 피지배국 간에도 보편적으로 해당되는 문제로서, 홍명희는 이 지적을 통해 민족문화의 바른 실천의 길을 제시했다. 이로 볼 때, 민족의 순결성과 애민 사상을 기반으로 한 홍명희의 통일관이 범세계적인 인간 혁명의 차원에서 개진된 건 당연한 귀결이었다. 그러므로 홍명희의 『임꺽정』과 통일관은 민족문학사적 맥락에서 같은 궤에 있는 것이었다.

제2부

『임꺽정』 연구

제1장
서 론

1. 연구 관점

　홍명희에 관한 연구는 그동안 작가론·작품론 측면에서 상당한 성과가 이루어졌고,[1] 특히 과학적인 전기 업적[2]이 나왔다는 사실은 홍명희와 『임꺽정』에 대한 새로운 연구가 실증적인 오차 범위에서 그만큼 자유로워졌다는 것을 의미한다. 그럼에도 불구하고, 『임꺽정』에 대한 연구는 당대 다른 작가들의 작품에 비해 그렇게 활발하지 못한 실정이다. 그것은 『임꺽정』 자체가 내포하고 있는 의미보다는 작가 홍명희를 어떻게 받아들이는가와 관련된 역사 현실 문제 때문에, 그에 대한 연구가 1980년대 말기에 출발해서이다. 이제 그러한 문제가 어느 정도 해소된 시점에서, 민족 통일을 향한 실천적인 출발 단계에서 그에 대한 연구가 본격화되어야 함은 시대적 소명에 해당하기도 한다. 그

1　그동안 업적들에 대한 정리는 다음 저서들에 유형별로 자세히 정리되어 있다.
　강영주, 『벽초 홍명희 연구』(서울: 창작과비평사, 1999), 640~652쪽.
　채진홍 편, 『홍명희』(서울: 새미, 1996), 253~255쪽.
2　강영주, 위의 책.

것은『임꺽정』에서 구현된 세계의 의미가 그만큼의 중요성을 가지기 때문이다.

이는 단순히 홍명희가 택하지 않은 정치 체제의 한쪽 경우에만 해당되는 문제가 아니라, 이쪽이든 저쪽이든 식민지 피지배를 경험했던 민족 전체 문제에 해당한다. 정치·경제·문화 등 모든 면에서 핍박받고 있던 한 나라의 백성으로서, 당시『임꺽정』에 대한 기대와 반향이 단순 독자 차원을 넘어선 것도 그 점을 말해준다. 조선 문학의 전통·웅대한 규모·어학적 유산·조선의 생명 등으로 나타난 작품에 대한 반응 양상은 당대의 민족 현실 문제에 직결되었던 것들이다.[3]

그것은 단순히「天才朝鮮의 偉大한 巨步!」「全讀書層을 風靡하는 大豪勢!」「全文壇의 우뢰가튼 讚辭」[4]라는『조선일보』선전 문구에 부응한 결과로만 지나쳐버릴 문제는 아니다. 독서층이 넓었다는 것도 그 방증의 한 예이다. 연재 당시 삽화를 그렸던 안석영(安夕影)의 증언대로라면,[5] 당시 거의 모든 계층의

---

3 조선일보 기자: 歷史的 大作인「林巨正」, 十一年의 連載, 韓龍雲: 碧初의 손에 再現되어 地下에서 우슬 林巨正, 李箕永: 朝鮮文學의 傳統과 歷史的 大作品, 朴英熙: 東洋最初의 대작이며 우리의 生活辭典, 李克魯: 語學的으로 본「林巨正」은 朝鮮語鑛區의 노다지.『조선일보』1937.12.8,「林巨正의 連載와 이 期待의 反響」[임형택·강영주 편,『碧初 洪命憙〈林巨正〉의 재조명』(서울: 사계절, 1988), 176~179쪽].
소설가 李箕永: 조선문학의 대유산, 大同工專 李孝石: 조선어휘의 大言海, 評論家 朴英熙: 미증유의 대 걸작, 梨專 金尚鎔: 조선어의 풍부한 보고, 春園 李光洙: 조선어와 생명을 가치할 천하의 大奇書, 소설가 韓雪野: 千卷의 語學書를 凌駕, 語學者 金允經: 흥미와 실익의 歷史小說, 三千里 金東煥: 이 시대의 대걸작, 평론가 金南天: 조선문학의 大樹海, 延專교수 鄭寅普: 웅대한 규모, 소설가 朴鍾和: 洋洋한 바다가튼 語彙.『조선일보』1937.12.31,「躍動하는 朝鮮語의 大樹海」, 위의 책, 190~193쪽.
4 위의 책, 190쪽.
5 "소설은 흔히 가정부인이 만히 보아「발자크」의「먼저 부인 독자를⋯⋯」하는 격이 되는지는 몰라도 이 林巨正은 가정부인은 물론 사나히들의 독자가 만헛고 부인 독

사람들이『임꺽정』을 읽었을 터인데, 그렇다면 그것은 문학 자체 문제뿐만 아니라 당시의 민족 현실 전체 문제에 맞닿아 있었을 것이기 때문이다.

이 연구에서 제기되는 근본적인 물음은『임꺽정』에 대한 그러한 놀라움에 가까웠던 반향이 보여준, 민족 현실의 제반 문제와 그와 관계된 인간 본연의 문제를 문학에서 어떻게 꿰뚫어 보느냐에 놓여 있다.

한 민족의 현실 문제와 인간 문제를 통찰하는 일에는 물론 과학적 방법이 필요하다. 하지만,『임꺽정』에서는 그 문제가 다른 작품에서보다 복잡하게 드러난다. 작품이 연재되던[6] 1930년대라는 역사 현실이 작품에 곧바로 반영될 상황에 처해 있지 않았었기 때문이다. 그러한 민족 현실에 대응한 홍명희의 삶으로 보아, 민족 현실의 제반 문제가 작품에 충분히 반영되었으리라는 가설을 세울 수 있는데,『임꺽정』에서는 그 점이 작품 자체 내의 역설 장치를 통

자라도 노마님까지도 이 임거정을 애독하는 것을 보았습니다. 더구나 이 임거정이 길거리에 안즌 벽문 친구에까지 잘 읽히든 것을 보아서 걸작이요 문헌으로서도 영구히 남을 것으로 생각합니다." 安夕影,「응석갓치 졸르고 교정까지 보든일-「林巨正」의 揷畵 그리든 回憶」, 위의 책, 180쪽.

6 『林巨正』의 연재 상황

　　제1차 연재:『조선일보』 1928.11.21~1929.12.26.「봉단편」「피장편」「양반편」
　　　　　　　－투옥으로 인해 제1차 장기 휴재
　　제2차 연재:『조선일보』 1932.12.1.~1934.9.4.「의형제편」
　　제3차 연재:『조선일보』 1934.9.15.~1935.12.24.「화적편」'청석골' 장
　　　　　　　－신병으로 인해 제2차 장기 휴재
　　제4차 연재:『조선일보』 1937. 12.12.~1939.7.4.「화적편」'송악산'에서 '자모산성'장
　　　　　　　의 서두까지
　　　　　　　－신병으로 인해 제3차 장기 휴재
　　제5차 연재:『조광』, 1940.10.「화적편」'자모산성'장
　　　　　　　－미완으로 중단
　　정해렴,「교정후기」, 강영주,「〈임꺽정〉과 홍명희」,『역사비평』 30호, 1995, 244~245
　　쪽에서 재인용.

해 종합 형상화되어 나타난다.

『임꺽정』을 역사·민족·인간 전체 문제로 형상화하고 있는 그러한 역설
장치는 민족 현실 문제와 인간 문제를 종합 수렴한다는 차원에서, 더 과학적
인 것으로 받아들여진다. 그것은 서구 문학이론에서 흔히 요구되는 과학적
방법 이상의 것이다. 작품 자체에 내포되어 있는 인간 삶의 구체적인 요소들
이 그 장치에 의해 민족 현실 문제와 인간 전체 문제로 종합되고 있기 때문이
다.

그것은 또한 그동안 논의되어왔던 이데올로기 문제에만 국한하여 풀릴 성
질의 것도 아니다. 그렇게만 한다면,『임꺽정』자체를 문학작품으로서 온당하
게 이해할 수 없을뿐더러, 식민지 피지배 경험과 분단 현실에서 파생된 문제
들을 진정한 민족·인간 문제로 수용·창조할 수 없는 길에 들어서고 말 것
이다. 그러한 현실 속에는 분명 개인 낱낱의 삶의 비극과 민중 전체 삶의 비극
문제가 내포되어 있기 때문이다.『임꺽정』연구에서는 그러한 역사 현실 문제
와 인간 문제의 상호 관계를 종합 수용할 길이 작품 자체 내에 제시되어 있는
점에 주목할 필요가 있다. 그것이 바로 작품 자체를 역설의 논리로 종합하는
장치인 '생불의 예지'[7] 문제이다. 이 연구에서는 실제 작품에 그러한 비극적인
삶들이 생불의 의미로 재생·완성되어 나아갈 길이 역설적으로 제시되어 있

---

7 이와 유사한 개념을 성서상에서 찾는다면, 그것은 선지자의 예지일 것이다. 실제 작
품에서 갖바치의 삶이 생불로 완성되는 것으로 묘사되어 있는 관계로, 본 연구에서
는 생불의 의미를 모든 미완성의 삶이 구원의 길로 인도되어 완성의 경지에 이르게
한다는 뜻으로 사용하고자 한다. 그것은 불교적 인간관에서도 마찬가지로 이해할
수 있다. "一切衆生 皆有佛性, 有情無情悉皆成佛을 이상으로 삼아 개인적인 出世間
의 도를 넘어 전체 인간의 구원 완성을 목표로 入泥入水해야 된다는 것이다." 한용
운,「朝鮮佛敎의 改革案」, 한종만 편,『韓國近代民衆佛敎의 理念과 展開』(서울: 한길
사, 1986), 116쪽.

는 점을 자세하게 논할 것이다.

그동안의 연구가 지엽적인 데에 머문 것은, 물론 시대 여건도 크게 작용되었지만 이 문제를 소홀히 생각했기 때문이다. 『임꺽정』을 전체적으로 이해하는 바른 길은 갖바치의 '생불의 예지', 즉 '세상을 보는 눈'에 초점을 맞추어 역사 현실 문제를 해석해내는 일이며, 더 나아가 민족과 인간의 근원적인 해방의 길을 확인하는 일이다. 그것은 또한 작가 홍명희의 진보 세계관과 작품 자체에서 생불이 차지하는 비중이 거기에 어떻게 연결되었는가를 올바로 이해하는 일이기도 하다. 그것이 바로 『임꺽정』 전체를 어떻게 보느냐 하는 본질적인 시각을 세우는 일이며, 그리고 그것에 의해 작품 전체의 본질적인 의미를 풀어내는 일이다. 그러한 일들은, 작품 전체의 본질적인 의미를 그와 관계된 여러 다른 의미로, 즉 역사 전체 문제로 확산할 수 있는 단초가 될 것이다.

『임꺽정』에 대한 본격 연구가 이루어지지 않았던 것은 앞서 지적한 역사 현실 문제와, 그와 관계된 인간 본연 문제의 상호 관계를 연구자들이 고려하지 않았기 때문이다. 부분적이나마 그동안 『임꺽정』에 대한 몇몇 언급들에서 그 문제가 간과된 건 아니지만, 거기에서 공통으로 발견되는 논점은 연구자의 관점 문제이다. 식민지 시대에서든 오늘의 현실에서든, 『임꺽정』 연구의 경우, 그것은 연구자들이 어려운 상황에 처해 있는 현실을 꿰뚫어 볼 관점을 세우는 데 필요한 특별한 논리가 없어서만은 아니었던 것이다. 『임꺽정』 연구에 관한 논리가 아니더라도 이 세상은 벌써 수없이 많은 논리에 의해 합리화되어왔다. 대개 그것은 세 방향으로 유추 정리가 가능하다. 하나는 그 논리를 자유롭게 세우지 못하게 하는 억압의 주체에 정면으로 맞선다는 논리일 것이고, 다른 하나는 시대 상황이 그렇게 하지 못할 지경에 이르렀으므로 거기에 소극적인 자세로 임해야 된다는 논리일 것이며, 또 다른 하나는 억압의 주체에 적극 협력해야 된다는 논리일 것이다.

『임꺽정』 연구의 경우 연구자의 관점 문제는 그러한 논리에만 의존되어 해결될 것은 아니다. 그것은 연구자들이 작품 자체가 그러한 논리들을 뛰어넘는 역설적 · 종합적 장치에 의해 형상화되었다는 점을 찾아내지 못한 데에서 나온 문제이다.

홍명희의 삶 또한 그러한 논리의 틀에만 한정해 이해될 것은 아니다. 그는 그 논리들이 인간의 삶을 어렵게 만드는 데 쓰인 합리화 도구였다는 점을, 그 증거들 중 한 양상이 바로 일제강점기로 나타난 민족 현실이었음을 익히 알고 있었던 터다. 그 점 또한 연구자들이 생각하지 못한 것이다.

그러한 논리들을 뛰어넘을 생불의 예지 문제가, 일제의 직접 지배하에 있던 식민지 시대에 더욱 절실한 바였을 것임에도 불구하고, 『임꺽정』을 바로 보는 관점으로 세워지지 못했던 점이 그 구체적인 예로 드러났다. 임화나 이원조의 경우도 그 틀에서 벗어나지 못했다.

임화는 「세태소설론」에서 1930년대의 소설계를 사상의 부재가 낳은 시대의 한 모습이라고 파악했고, 그것을 전제 삼아 『임꺽정』을 세태소설로 간주하였는데, 그것은 당시의 민족 현실 문제를 외면한 형식 논리에 불과하다. "「林巨正」을 世態的 小說로 一括하여 버린다는 데는 若干의 異議가 있을줄 아나"[8]와 같은 석연치 않은 어조에서, 임화의 입지 자체가 분명치 않음이 드러난다. "우리들에게 明白히 된 事實은 그 어느때보다도 作家가 홀몸으로 現實 앞에 서게"[9]되었다는 문제는 그의 '세계묘사 + 심리묘사 → 본격소설'이라는 도식으로만 해결될 수는 없다. 그것은 한국의 1930년대뿐만 아니라 다른 어느 시대에나 다 해당되는 보편적인 문제이다. 그는 "細部描寫 · 典型的 性格의 缺

8   임화, 「世態小說論」. 『동아일보』 1938.4.1~4.6[임화, 『文學의 論理』(서울: 학예사, 1940), 345쪽].
9   임화, 「最近朝鮮小說界展望 ─ 本格小說論」, 『조선일보』 1938.5.19~5.25.

如・그 必然의 結果로서「푸룻트」의 微弱"[10] 등을 들어, 『임꺽정』을 세태소설로 규정했는데, 『임꺽정』처럼 세부 묘사가 풍성하고 각 인물의 성격이 뚜렷하게 부각된 작품도 없거니와, 기실 임화 자신이 지적한 의미에서 「푸룻트」의 개념을 뛰어넘은 작품도 그때나 지금이나 드물다.[11] 물론, 임화가 이 글을 쓸 때 『임꺽정』의 연재가 완전히 끝났던 것은 아니다. 그러나 그의 「세태소설론」이 『동아일보』에 연재되던 기간(1938.4.1~4.6)은 작품의 상황이 거의 무르익었을 때다.

작가 의식을 지적하는 데에서도 문제는 마찬가지로 드러난다. "描寫되는 現實과 讀者의 정신적 실체를 구분하여, 歷史的 現實이 現代의 現實적 價値를 分明하게 따를 수 없다"는 논리로,[12] 그는 역사소설과 세태소설을 구분한다. 그러나 역사상 현실 문제와 현대의 현실 문제가 그렇게 이분법적인 추종 문제도 아니며, 파노라마나 모자이크라는 분류에 나뉘어 포함될 성질의 것도 아니다. 그는 사상의 부재라는 전거에 맞춰 『임꺽정』을 언급했지만, 결국 사상 문제를 당시의 민족 현실 문제와 관련시키지 못한 채 일련의 형식 논리 전개에 그쳤던 것이다.[13] 글 전체에 흐르는 그의 시대에 대한 고민을 감안한다

---

10 임화, 「世態小說論」, 앞의 책, 357쪽.

11 이 문제는 본론에서 구체적으로 언급되겠지만, 문학사에서 다음과 같이 정리되었다는 사실은 그 점을 충분히 뒷받침해준다. "史實의 羅列이나 野談의 敷衍이 아니라 歷史 속의 人物과 사건을 빌어 現實의 모순을 지적하는 데 力點을 두고, 특히 韓國民의 性格類型의 여러 표본을 창조한 바 있다. 〈林巨正〉은 個人과 時代의 相關性을 형상화한 작품으로서 現代小說의 한 章을 이룰 수도 있다는 점을 분명히 해야 하겠다." 정한숙, 『現代文學史』(서울: 고려대학교 출판부, 1982), 127~128쪽.

12 임화, 「世態小說論」, 앞의 책, 357쪽.

13 백철은 임화의 그러한 논리를 바탕으로 "홍○희가 신간회의 급진파 인물인 것과 일찍기 신흥문예를 논한 문학자인 것과 종합해서 볼 때에 그가 〈林巨正〉을 쓴 것은 단순한 역사소설이 아니라, 현실에서 하고 싶은 말을 결국 〈林巨正〉이란 과거의 인물을 빌어서 말한 것에 불과한 것을 분명히 알 수 있다."라고 정리했다. 백철, 『新文學

하더라도 그것은 마찬가지다.

이원조 또한 "공간적이라는 의미에서 세태소설이라고 할 수도 없지 아니할 것이다."[14]라는 논리로 『임꺽정』을 세태소설로 보는 데 석연치 않은 태도를 보이지만, 그의 글 전체가 임화의 것처럼 형식 논리에 의존한 것은 사실이다. 그는 『임꺽정』이 역사소설임에 틀림없다고 보면서도, 작가가 작품의 소재를 역사적 사건에서 구할 때 '이데아'의 충동이 일어나 항상 이상주의에 빠진다는 논리를 들어,[15] 역사소설로서 『임꺽정』의 성격을 겉보는 데 그쳤던 터다. 그렇기 때문에, 작가의 이상이 조선 정서를 표현한 것이라고 주장하면서도, 『임꺽정』을 곧바로 사회소설이라 한 것이다. "이 작품은 작가의 주관이 나타나지 않헛다는 의미에서 역사소설이란 것보담도 사회소설이라고 할까 하여간 사실소설로서 체격을 더 갓추었다고 볼 수 있다."[16]라는 논리가 그것이다. 역사소설에서 작가의 주관 문제는 단순히 역사소설이냐 사회소설이냐 하는 것과 같이 이름 짓기에 의해 설명될 성질의 것은 아니다. 그러한 작가의 주관은 냉철한 현실 인식에서 비롯된 역사의식에 의해 정립되는 것이다. 그리고 역사소설은 그 주관에 의해 단순한 역사 사건으로서가 아닌, 역사의 진보를 향한 창조 의미로 문제화되는 것이기 때문이다.[17] 『임꺽정』에서 "작가의 주관이 나타나지 않헛다는" 이원조의 견해를 받아들일 수 있다 해도, 사회소설이라고 해서 작가의 그러한 주관이 나타나지 않으리라는 보장은 없다. 구태

思潮史』(서울: 신구문화사, 1980), 255쪽.

14 이원조, 「〈林巨正〉에 關한 小考察」, 『조광』 4권 8호, 1938.8, 258~264쪽[임형택·강영주 편, 앞의 책, 183쪽].

15 위의 글, 183쪽.

16 위의 글, 185쪽.

17 송하춘, 「歷史的 事實의 小說化 問題」, 『국어문학』 제19집, 1978, 전북대학교 국어국문학회, 147~172쪽.

여 사회소설이라고 따로 이름 지을 필요는 없을 것이다.

그리고 이러한 오류는, 『임꺽정』에서 모사 역할을 하는 인물로 설정된 서림의 견식이나 책략을 들어, 서림을 곧 작가로 보는 견해로 이어진다.[18] 혹 그 점을 인정할 수 있다 해도, 그 책략 자체를 이원조의 어법으로 말해 작가의 '이데아'라고 받아들이기 어려운 일이다. 더구나, 이원조 자신이 작가의 이데아가 조선 정조를 표현한 것이라고 상정한 처지인 바, 『임꺽정』에서 서림의 책략이 작가의 주관 문제와 상관된다는 가정은 순환 논리의 한 결과에 불과하다.

그러한 논리적 오류는 작품의 구성 문제를 논하는 데에서도 발견된다. 일단, 『임꺽정』의 구성이 서구 소설 개념으로는 잘 설명되지 않는다는 납득할 만한 견해를 내세운다. 그러나 "이 작품의 구성이 확실히 수호지나 삼국지에 유사하면서 다만 묘사만 자연주의적 수법이라는 것만은 단언할 수 있는 것이다."[19]라고 말한 데에서 또 하나의 의문이 발생한다. 그는 동양 소설의 주류가 성격이 아니라 사건이라는 전제로 그 논리를 뒷받침하려 했지만, 한 작품 안에서 성격과 사건이 서양식과 동양식으로 나누어질 길이 없다. '묘사만 자연주의적 수법'이라는 견해를 쉽게 받아들일 수도 없거니와, 충분히 받아들인다 해도 그 문제는 마찬가지 형태로 남는다. 이원조 역시 『임꺽정』을 보는 일관적인 시각을 정립하지 못함으로써 형식 논리 전개에 급급했던 것이다.

지난 세기 말에 발표된 몇 개의 연구 논문들[20]에서는 그러한 형식 논리의

---

18 이원조, 앞의 글, 앞의 책, 187~188쪽.
19 위의 글, 186쪽.
20 강영주, 「洪命憙와 역사소설 〈임꺽정〉」, 임형택·강영주 편, 앞의 책, 81~126쪽.
    신재성, 「풍속의 재구: 〈林巨正〉」, 위의 책, 127~150쪽.
    홍정운, 「〈林巨正〉의 義賊 모티프 — 세계사적 개인으로서의 義賊」, 위의 책, 152~158쪽.

오류는 발견되지 않는다. 역사소설·풍속의 재구·의적 모티프·현실 반영·의식형 소설·전대 소설과의 차용 관계 등, 모두『임꺽정』연구에 대한 한몫을 해낸 것은 사실이다. 그런데, 이 글들에서는 앞서 제기한 갖바치 생불의 예지 문제를 도외시했거나, 잠깐 언급했다 하더라도 이른바 과학적 발상에 어긋난 막연한 신비주의로 취급해버린 것이다. 글 전체의 성격상 그 문제를 다룰 필요가 없다면 몰라도, 일단 거론할 필요가 있어 그렇게 했다면, 그러한 태도는 서구식 실증논리 사고의 한 결과로 보인다. 그것은 역설적이면서도 절실한 인간 문제들이 담겨 있는 작품 자체 내의 중요한 합리성을 바로 보지 못한 데서 나온 결과이다. 문학작품에서 거론될 진정한 과학성은 이것은 곧 저것이다라고만 고집하는 실증 논리 이상을 의미한다.

강영주는 역사소설로서『임꺽정』을 논하는 가운데, 상·하층 간의 복잡한 상호작용 속에서 작가가 역사를 총체적으로 형상화했다는 타당한 지적을 한다. 그러나 갖바치 생불의 예지 문제에 이르러서는 문제가 달라진다. 그는 작품 속에서 이장곤과 갖바치의 인연을 상·하층 생활의 접합점으로만 여기고자 한 것이다. 두 인물이 상·하층을 연결하는 데에 중요한 역할을 한 건 사실이지만, 그것만이 전부일 수는 없다.『임꺽정』에서 생불의 예지 문제는 그가 논리 전개의 준거로 든 루카치의 역사소설 이론으로는 풀어질 수 없는 문제이다.[21] 그러한 서양의 역사소설 이론에만 한정하여 그 문제를 설명하려 한다

이훈,「역사소설의 현실반영-〈임꺽정〉을 중심으로」, 위의 책, 159~172쪽.

김윤식,「역사소설의 네 가지 형식」,『韓國近代小說史研究』(서울: 을유문화사, 1986), 416~422쪽.

한승옥,「碧初 洪命憙의 〈林巨正〉 硏究」,『숭실어문』제6집, 1984.4.

그 밖에 문학사에서 언급된 것들이 있는데, 그것은 앞서 인용한 정한숙, 백철의 문학사 이외에 이재선,『韓國近代小說史』(서울: 弘盛社, 1979), 조동일,『한국문학통사 5』(서울: 지식산업사, 1988)에서이다.

21 "임: 동양의 경우는 역사소설의 발전과정이 저쪽과 다르기 때문에 루카치의 역사소

면, 갖바치는 합리적이지 못한 신비적인 인물로 파악될 수밖에 없다. 그래서 다음과 같은 지적이 나오는 것이다.

> ……황당무계할 정도로 이상화된 갖바치가 「의형제편」에 이르면 유야 무야해지다가 끝내는 사망한 것으로 처리되고 마는데, 이는 앞서 상층과 하층의 연결을 위해 필요했던 그의 존재가 이제부터는 별반 소용이 없게 된 때문일 것이다. 요컨대 갖바치가 이 작품에 등장하는 주요 인물로서는 거의 유일하게 현실감이 부족한 존재로 형상화되고 만 것은, 「봉단편」·「피장편」·「양반편」에서 상·하층의 연결을 극소수의 예외적 인물의 삶을 통해 이루려고 한 결과 그에게 너무도 과중한 부담이 지워진 탓이라 할 수 있다.[22]

『임꺽정』에서 갖바치가 단순히 '극소수의 예외적 인물'로 취급될 수는 없다. '현실감이 부족한 존재', '황당무계할 정도로 이상화된' 인물이라는 지적도 마찬가지다. 『임꺽정』에서는 갖바치보다 더 현실감이 풍부한 사람도 없는 것으로 묘사되어 있다. 실제 작품에서 현실 문제에 적극적이었던 조광조와 같은 당대 명현으로 알려진 사람이 갖바치와 더불어 세상일을 논하는 것으로 묘사되어 있는 것이다. 작품 자체에 작가의 진보적인 세계관이 합리적이고도 깊은 인간 의미로 투영된 것으로 미루어, 갖바치를 단순히 "상층과 하층의 연결을 위해 필요했던" 인물로만 보기는 어렵다. 강영주의 말대로 갖바치가 '이상

설 이론이 「삼국지」를 비롯한 역사소설을 설명하는 데 맞지 않는 면이 있습니다. 동양문화권에서 역사소설의 발전은 강사(講史) 즉 연의에 방향을 두어 이루어진 것입니다. ……"
그리고 이 문제는 이원조의 글에서도 지적된 바 있다. 염무웅·임형택·반성완·최원식, 「한국 근대문학에 있어서 〈임꺽정〉의 위치, 〈林巨正〉 연재 60주년 기념좌담」, 1988.5.20, 임형택·강영주 편, 앞의 책, 11~17쪽.
22 강영주, 「洪命憙와 역사소설 〈임꺽정〉」, 위의 책, 95쪽.

화된' 인물 · '주요인물'임에 틀림이 없다면, 작가에 의해 그에게 지워진 '과중한 부담'은, 그러한 상 · 하층의 연결 문제뿐만 아니라, 역사 전체 문제를 올곧게 꿰뚫어 보는 시각을 제시하는 일로 여겨야 할 것이다. 그리고, 그렇기 때문에 '끝내는 사망한 것으로 처리되고' 만 것으로가 아니라 끝내 살아 있는 것으로 받아들여진다. 작품 자체 내에서도 그렇게 구도가 짜여 있는데, 그것은 본론에서 구체적으로 논하기로 한다.

갓바치를 언급한 다른 글에서도 그러한 한계는 마찬가지로 드러난다.

> 갓바치 양주팔은 이장곤의 처삼촌으로서 학식이 높고 앞일을 점지하는 식견이 있어 당시 조정 대신들과 폭넓게 교유하는 '백정학자'이다. 이 두 사람은 작품의 핵심적인 인물은 아니다. 사회의 상층과 하층을 두루 보여주는 데 필요한 인물이다. 그러나 이 두 인물의 행동이나 사고는 작품의 주제에 긴밀히 연결되어 있다고 보긴 어렵다.[23]

"사회의 상층과 하층을 두루 보여주는 데 필요한 인물"이 "작품의 주제에 긴밀히 연관되어" 있지 않다고 보긴 어려운 일이다.

본격적인 연구 논문은 아니지만, 『임꺽정』을 종합적 · 과학적으로 재조명해보자는 좌담회 석상에서 임형택은 갓바치 생불의 예지 문제를 심각한 어조로 제기했다.

> 왜 갓바치를 그렇게 신통력을 갖춘 이상적인 인물로 만들었을까? 참 풀리지 않는 점입니다. 천상 천하의 일을 다 알고 미래의 일까지도…… 홍벽초는 「임꺽정」에서 사주 따위를 제법 신빙성 있는 것처럼 묘사하고 있습니다. 벽초는 그렇게 분별력이 없는 사람이 아닌 건 물론인데 왜 그

---

23 신재성, 앞의 글, 위의 책, 140쪽.

랬을까? 이 점도 풀리지 않는 의문입니다.[24]

물론, 이러한 의문점에 대한 이렇다 할 해결 방안이 그 자리에서 더 이상 논의된 바 없다. 작가가 분별력 있는 사람인 바에야 "사주 따위를" 그저 "신빙성 있는 것처럼 묘사하고" 있는 것으로 받아들여지지는 않는다. 홍명희는 자신의 분별력을 작품 자체에 분명하게 투영하고 있다. 그 문제를 실증 논리에만 국한시킨다면, 인간 누구에게나 닥쳐오고야 말 미래의 일들을 당장 증명해낼 수 없으니, 작품에서 미래의 일들을 훤히 내다보는 인물로 설정된 갖바치의 능력은 '예지'가 아니라 '신통력'으로 생각될 수밖에 없는 것이다. 앞을 내다보는 갖바치의 능력은 사주풀이나 하는 '신통력'이 아니라 역사 전체를 인간의 진정한 구원의 의미에서 꿰뚫어 보는 '생불의 예지'이다. 실제 작품에서 그것이 그대로 드러나는 바에야,『임꺽정』연구에서 그보다 더 종합적이고 과학적으로 받아들여야 할 일은 없다. 앞의 글들에서 지적된 사항들과 마찬가지로 그 점 또한 본론에서 자세히 언급되겠지만, 아무튼 임형택의 "참 풀리지 않는 점"이라는 심각한 어조만은『임꺽정』을 종합적 과학적으로 재조명하는 데에 대한 중요한 문제 제기로 받아들이고자 한다.

그리고 갖바치를 긍정적으로 평가한 부분에서도 석연치 않은 점이 발견된다.

(1) 상식적으로 납득되지 않는 이 두 인물의 비현실적 요소는 야사에 전해지고 있어 작가가 이 작품의 연결고리로 가장 자연스럽게 떠맡을 중도적인 인물에 대해서 상당히 치밀하게 구상했음을 알 수 있다. (2) 왜냐

24 염무웅 · 임형택 · 반성완 · 최원식, 앞의 글, 임형택 · 강영주 편, 앞의 책, 11~17쪽.

하면 이러한 인물의 비현실적 요소는 역사소설에 있어 환상적인 신비감 속에 빠져 소설의 리얼리티를 감소시킬 우려가 있고 역사를 신비화하거나 낯설게 만들어 작가가 추구하는 역사적 인물의 현실적 부각과 역사적 진실성을 획득하는 데 장애요인이 되기 때문이다. (3) 이 두 인물로 하여 역사소설에서 필요한 이중적인 전개를 가능하게 하고 이 두 인물로 하여 당대 왕족과 양반 계층 평민층과 함께 연결되어 당대 사회의 전체적 모습이 보여지며 그러한 움직임의 원천이 나타나고 있다.[25]

(1)과 (3)에서 지적된 두 인물(갖바치 · 조광조)의 역할이『임꺽정』을 이해하는 데 도움이 된다는 사실에는 이렇다 할 이견이 제기될 수는 없다. 그런 의미에서 (1)과 (3)은 분명 같은 맥으로 이어진다. 하지만, 그 중요한 이유를 제시하는 (2)의 '왜냐하면'에서 '때문이다'로 이어지는 문장은 그렇게 이해하는 데에 '장애요인' 역할을 한다. 논리적으로도 이해하기 힘든 그러한 결과는 오히려 신비화라는 선입견과는 정반대의 입장, 즉 '역사적 진실성'을 획득한다는 차원에서 논의되어야 했을 것이다. 그것은 앞에서 제기한 당대의 민족 현실 전체 문제와 맞닿고 있기 때문이다.

지금까지 살펴본 바와 같이, 임형택의 말대로 "참 풀리지 않는 점"이라는 갖바치의 생불의 예지 문제가『임꺽정』을 이해하는 데에, 어떠한 역할을 하는가에 대한 관점을 그동안의 연구 업적들에서 바로 세우지 못한 것이다.

이제 앞서 제기한 두 가지 문제 중, 첫째, 갖바치의 '세상을 보는 눈'에 맞추어『임꺽정』전체를 어떻게 보느냐 하는 본질적인 시각을 세우는 일,

둘째, 그 시각에 의해 작품 전체의 본질적인 의미를 풀어내는 일을 해결할

---

25   홍정운, 앞의 글, 위의 책, 156~157쪽.

방법에 대해서 논의해보기로 한다.

그런데, 문학과 역사 전체 문제로 확산 가능한 이 문제를 처음부터 '문학과 역사'라는 큰 그릇에 담아놓고 풀어갈 필요는 없다. 그렇다고, 형식과 내용이라는 문학 원론적인 문제에 국한시켜 논의할 성질의 것도 아니다. 형식에만 결부시킨 내용의 문제나, 내용에만 결부시킨 형식의 문제를 따지는 것은 불필요한 실증 작업에 불과하다. 그러한 연구 태도는 현실 문제와 작품의 구조를 기계적으로 대응시키는 반영론에 머물기 쉽기 때문이다. 그래서 첫째 · 둘째 문제에서 다 같이 사용된 '본질적인'이라는 수식어를 형식 의미이냐 내용 의미이냐 하는 범주에 가두어버릴 필요는 없다. 중요한 건 실제 작품이 인간 낱낱의 삶과 역사 전체 문제를 어떻게 생생하게 제시하는가를 찾아내는 일이다. '문학과 역사'의 이론적 관계는 그 다음 단계의 일이다.

역사 현실에서이든, 문학작품에서이든, 역사적 사건의 잔해들을 그저 사건의 찌꺼기들로 버려둘 수만은 없다. 그것은 어디까지나 개인들 낱낱의 삶의 서러운 패배임과 동시에 재생의 근원이다. 『임꺽정』 전체를 어떻게 보느냐 하는 본질적인 시각을 세우는 일은 그러한 근원을 밝히는 데에서 출발해야 한다. 그러한 근원이 바로 갖바치 생불의 예지, 즉 세상을 보는 눈인 것이다. 그리고 그것은 작가 홍명희의 세상을 보는 눈과 긴밀하게 관계되어 있다. 서림의 책략이 홍명희의 견식에서 나왔다는 이원조의 견해는 실증 도식의 한 결과일 뿐이다.

이러한 문제들이 바로 갖바치의 세상을 보는 눈, 즉 생불의 눈에 초점을 맞추어 『임꺽정』 전체를 어떻게 보느냐 하는 본질적인 시각을 세우는 일로 수렴될 문제인데, 그것은 본론에서 자세히 논의될 것이다.

그 다음 문제는, 개인들 낱낱의 삶을 근원으로 하는 사건의 찌꺼기들, 즉 사회 현상들을 어떻게 문학으로 받아들이느냐이다. 그것 또한 문학과 사회의 단순한 일 대 일 식의 대응 관계로 풀릴 문제는 아니다. 복합적인 상호 구조를 밝히는 것이 필연적인 일이 된다. 『임꺽정』에 대한 연구는 조선시대나, 식민지 시대의 어느 한 계층의 이권을 대변하거나, 홍명희 개인의 삶에 대한 소극적 반영의 한 결과에 그쳐서는 안 된다. 그보다는 당시의 현실에 대한 종합적인 의문을 제기함으로써 작품 속에서 벌어진 사건의 찌꺼기들, 즉 인물들의 계층 의미, 그에 따른 인간 · 사회 · 정치 문제들을 복합적으로 이끌어내야 한다. 그리고 더 나아가 그것을 역사 · 인간 전체 의미로 문제화해야 한다. 이러한 문제들이 바로 생불의 눈에 의해 작품 전체의 본질적인 의미를 풀어내는 일로 수렴될 문제이다.

그리고 이러한 작업들이 이루어졌다는 것은, 바로 문학과 역사의 변증법적 관계를 짚어볼 단초가 마련되었음을 의미하는데, 그러한 문학과 역사 전체 문제로의 확산 작업의 한 예는 『임꺽정』의 민족문학사를 논하는 자리에서 보여줄 것이다. 이는 일제강점기 문제뿐만 아니라, 그 원인의 중요한 분기점이 었던 16세기와 18세기 조선 사회와 관계된 문제들이다. 따라서 그러한 시대의 핵심 작가였던 허균과 박지원의 작품들과 『임꺽정』을 비교하는 일은 중요하다 할 것이다. 허균과 박지원의 작품들에 나오는 신선들과 이인들의 관점에는 모순된 삶의 구조로 인해 눌려 살아야만 하는 민중의 삶을 구원하는 실천 의미가 내포되어 있기 때문이다. 이는 당시 조선 사회를 지배해온 주자주의 이념에 정면 도전하는 민족문학적 힘이었던 것이다.

2. 『임꺽정』의 창작 의도

홍명희의 진보적 세계관은 그가 스스로 밝힌 『임꺽정』의 창작 의도에서 잘 드러난다.

> 림꺽정이란 옛날 封建社會에서 가장 학대받든 白丁階級의 한 人物이
> 아니엇슴니까 그가 가슴에 차 넘치는 階級的○○의 불낄을 품고 그째 社會
> 에對하야 ○○를든것만하여도 얼마나 壯한 快擧엇슴니까[26]

어느 시대에서건 진보적인 사람이 봉건주의나 군국주의를 좋아할 리 없다.
그런데, 홍명희는 왜 당대 불운한 민족 현실의 직접 원인이라 할 수 있는 일제
군국주의를 제쳐두고, 구태여 '옛날 봉건 사회'를 문제 삼았을까. 거기에 별
다른 의미를 부여할 성질의 것이 아니라면, 애당초 '옛날 봉건 사회'가 아니라
'옛날 조선 사회'라 했어도 무방했을 것이다. 그 물음에 대한 대답을 내리는
일은, 임꺽정이 조선시대에 살았고, 조선시대가 봉건주의 사회로 일관되었기
때문이라는 도식만으로 해결될 수 없다. 당시의 민족 현실을 염두에 둔다면,
"가장 학대밧든"이나 "가슴에 차 넘치는"이라는 수식구가 또 다른 의미로 해
석될 가능성을 가지고 있기 때문이다.

그것은 심정적인 문제만이 아니라, "가슴에 차 넘치는 계급적○○"이나 "그
째 사회에대하야 ○○를든"에서와 같이, ○○라고 쓸 수밖에 없었던 현실 문제
또한 그 점을 시사한다. 그렇게 볼 때, ○○ 속에 들어갈 말은 이런 유추가 가
능하다.

홍명희는 당시 민중 항일 투쟁의 좌우합작 운동으로 드러난,[27] 신간회(新幹
會)에서 주동 역할을 담당하고 있었다. 민족 광복 투쟁을 하기 위하여 결성되
었던 신간회를 일제가 탄압하는 것은 그들로서 필연적인 일이었다. 군국주의

---

26 홍명희, 「朝鮮日報의 〈林巨正傳〉에 對하야」, 『삼천리』 1929.6, 42쪽.
27 송건호, 『韓國現代史論』(서울: 한국신학연구소 출판부, 1980), 118쪽.

이외에 어떠한 이념도 허용하지 않았던 일제가 좌익 이념에 그때까지 방관하는 자세를 보였는데, 그것은 거기에 이념적으로 맞섰던 우익 세력이 따로 있던 관계로 그들의 식민 정책 수행에 부담을 덜 수 있기 때문이었다. 그러나 대립 상태에 있던 좌우 세력이 민족 광복 투쟁을 목적으로 단일화되자, 일제로서는 더 이상 방관할 수 없었다.

일제가 홍명희 등 좌익 세력이 주도권을 잡고 있던 신간회를 탄압할 손쉬운 방법으로 우익 세력을 이용했던 것인데 '민중의 항일 물결'은 일제의 그러한 간교한 술책을 결코 용납하지 않았다. 결국, 일제는 1929년 신간회가 추진 중이던 광주학생운동 진상 보고 대회를 기해서 좌익을 주축으로 했던 신간회의 주도 세력들을 검거했다.

바로, 그러한 좌익 세력을 주축으로 했던 신간회의 항일 투쟁 방향이 어떤 것이었나를 보면, ○○ 속에 무엇이 들어가야 할 것인가가 드러날 것이다. 1927년 12월 28일 대구지회 정기대회에서 결의되었던 사항들을 검토해보기로 하자.

1. 조선인의 착취기관을 철폐하고 移民정책 반대운동을 强化할 것
2. 妥協的 정치운동(自治運動)을 배격할 것
3. 이른바 「大正 8년 法令」과 조선인에 대한 特殊取締法規를 철폐토록 투쟁할 것
4. 각 郡의 農會를 반대할 것
5. 조선인 本位의 敎育制를 실시토록 主張할 것
6. 학생의 社會科學思想硏究의 自由權을 주장할 것
7. 보통학교 교수 용어를 조선어로 하도록 투쟁할 것
8. 제국주의 식민지 교육정책을 반대할 것[28]

---

28 위의 책, 120쪽.

식민지 현실에서 벗어나는 길은 1부터 8에 해당하는 모든 억압 정책을 '반대'·'배격'하는 길과 거기에 맞서 '투쟁'하는 길밖에 없었던 터다. ○○ 속에 들어갈 말은 이런 종류의 두 단어 이외에 별다른 것이 없을 것이다. 문맥상 '계급적 투쟁'은 간단히 해결된다. 그리고 "○○를 든것만 하여도"에서는 문맥의 앞뒤 연결상, '반대' 대신 '반기'를 넣으면 대과 없을 것이다. 식민지 지배를 직접 경험했던 사람이라면, 그렇지 않더라도 역사의 기록을 통해 그것을 간접적으로 경험한 우리나라 사람이라면, 그러한 글자 넣기는 심정적으로도 그렇게 어려운 문제는 아닐 것이다. 하지만, 그 자체가 뼈아픈 당대의 현실이었음이 중요한 문제이다.

홍명희는, 단지 사회주의 이론에 해박했기 때문에, 『임꺽정』을 창작하는 데에 봉건 사회를 끌어오고 거기에 맞설 임꺽정이라는 인물을 계급투쟁의 선두주자로 문제화하려 했던 것만은 아니었다. 그의 근본 목적은 그러한 역사적 사건을 통해 당시의 식민지 현실에 처해 있던 민중을 단합시켜 민족과 인간에 대한 진정한 해방에 이르는 길을 제시하는 데 있었다.

> 더구나 그는 싸우는 방법을잘알엇습니다그것은 자긔혼자가 陳頭에 나선 것이아니고저와가튼 처디에잇는 白丁의 團合을 몬저쇠하엿든것입니다
>
> 元來 特殊民衆이란 저이들끼리 團結할 可能性이 만은 것이외다. 白丁도 그러하거니와체장사거나 독립협회째 활약하든 褓負商이라거나 모다 보면 저이들끼리손을 맞잡고 意識的으로 外界에 對하여對抗하여 오는것임니다 이必然的心理를 잘利用하여 白丁들의 團合을 쇠한뒤 自己가 앞장서서 痛快하게 의적모양으로 活躍한것이 림꺽정이엇슴니다 그러니 이러한 人物은 현대에 재현식혀도 능히용납할 사람이아니엇쓰릿가[29]

---

29 홍명희, 「朝鮮日報의 〈林巨正〉에 對하야」, 앞의 글, 42쪽.

"현대에 재현식혀도 능히 용납할 사람"이라는 데에서 홍명희의 의도가 분명히 드러난다. 그것은 일제에 대한 저항 이외에 어떠한 것도 아니다. 일제에 반기를 들고 투쟁을 하는 일은 "싸우는 방법을 잘" 아는 것만으로 가능하지 않다. 당시 방법론에 대한 집착은 좌냐 우냐 식의 분열만을 초래하기 일쑤였기 때문이다. 문제는 "저와 가튼 처디", 즉 식민지 지배에 눌려 사는 피지배 백성들의 현실적 단합이 우선되어야 한다는 주장이다. 홍명희는 그 문제를, '특수 민중'이라는 용어를 들어 독립협회 때로 끌어들인다. 그것을 체장사나 보부상의 예를 들어 구체화한 것이다. 그러한 민중의 단합은 피지배 백성으로서 민족 해방 전선에 통쾌하게 나서야 할 '필연적 심리' 이상의 현실 문제였던 터이다.

그러한 필연적인 현실은 "그째 시절에 사람이잘나면 火賊질밧게 실상 하잘 것이 업섯지요. 더구나 賤民이라고 남이모다 손까락질하는 白丁階級에 屬한 者이리요. 白丁을 벼슬을 줍니까. 白丁을 돈모으게함니까. 아모 바라볼것이 업게되니까 體力이나 智略이 남에게 쮜어난 者이면 도적놈밧게 될것이업섯지요."[30]라고 말해진 조선시대의 현실과 다를 바 없는 것으로 받아들여진다. 조선시대 백정의 처지를 일제 식민지 지배하에 있던 당시의 백성의 처지로 바꾸어 생각하면 틀림없다.

홍명희는 그 필연적인 현실을 올바로 이끌어가기 위해 민중의 필연적인 단합 심리를 이용하자는 것이었다. 그러기 위해 작가는 용어 문제에도 각별히 주의를 기울여 대중이 쉽게 읽도록 작품을 써야 한다는 점을 강조했다.[31] 그리고 그 문제는 조선 정조의 실현과 아울러 『임꺽정』의 창작 의도에 직결된

---

30 홍명희, 「〈林巨正傳〉을 쓰면서」, 『삼천리』 1933.9, 665쪽.
31 홍명희, 「朝鮮日報의 〈林巨正傳〉에 對하야」, 앞의 글, 42쪽.

다. "조선文學이라하면 예전것은 거지반 支那文學의 影響을 만히밧어서 事件이나 담기어진 情調들이 우리와 遊離된點이 만헛고, 그리고 최근의 문학은 쏘 歐美文學의 영향을 만히밧어서 洋臭가 있는터인데 林巨正만은 事件이나 人物이나 描寫로나 情調로나 모다 남에게서는 옷한별 빌어 입지안코 純朝鮮거로 만들려고 하엿습니다. 「朝鮮情調에 一貫된作品」 이것이 나의 목표엇습니다."[32]가 그 점을 입증한다.

홍명희의 이러한 반봉건·반일제·조선 정조의 실현을 겨냥한 창작 의도와 더불어 민중지도론에 바탕을 둔 민족문학수립론이 『임꺽정』에서 그대로 구현되었던 터이다. 그는 문학론을 이론적으로 내세우기에 앞서, 『임꺽정』을 창작하는 것으로써, 그것을 실천하려 했던 것이다.

---

32 홍명희, 「〈林巨正傳〉을 쓰면서」, 665쪽.

제2장
『임꺽정』의 구조 원리

1. 『임꺽정』을 보는 시각

『임꺽정』에는 각계각층의 인물이 폭넓게 묘사되어 있다. 그 다양한 삶의 근거가 생불의 세상 보는 눈에 이어지는 것으로 작품 구도가 짜여 있는데, 그것이 바로 작품 전체를 보는 시각의 단초이다.

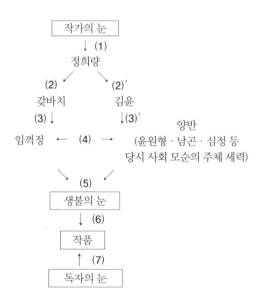

논의의 편의를 위해 위 도표 내용을 문장으로 정리해보기로 하자.

(1) 양반 출신이나 천민의 한을 깨달아, 이 세상 모든 사람들이 이념의 종속에서 벗어나 서로 화해롭게 살아야 한다는 진보적인 세계관 위에 서 있는 '작가의 눈'은 작품 속에서, 양반으로서 세상 흐름의 원리를 깨달아 그 씨앗을 뿌린 정희량의 눈으로 넘어간다.

깨달은 자로서 정희량이 뿌린 씨앗은 두 방향으로 싹틔워지는데, (2) 선한 쪽으로는 너그러운 선비 이장곤을 매개로 하여 갖바치가 이어받고, (2)' 악한 쪽으로는 김윤이 이어받는다. 그로 인해, 두 사람의 세상에 대한 태도도 달라진다.

(3) 세상 흐름의 원리를 깨달은 갖바치는 그 실천의 일환으로 모순된 사회 구조의 원인을 개혁하는 실천의 일을 임꺽정에게 넘긴다. (3)' 그와 반대로, 김윤은 세상 흐름의 원리를 모순된 사회 구조의 원리로 환원시킴으로써, 모순을 개혁하기보다는 그의 그릇된 능력을 윤원형·남곤·심정 등 당시 사회 모순의 주체 세력인 양반을 위해 사용한다.

(4) 양반을 철저히 '미워하는' 인물로 설정된 임꺽정은 그러한 모순을 개혁할 혁명의 뜻을 품는다. 그러나 계층 모순이 뿌리 내려진 당시 사회에서 그에게는 뜻을 펼칠 기회가 허락되지 않는다. 그는 결국 화적의 괴수가 되어 사회 구조 모순의 주체인 양반과 팽팽하게 대립하게 된다.

(5) 갖바치는 그러한 두 쪽으로 갈라진 세상의 흐름을 대아적 관점으로 받아들임으로써 생불로 완성된다. 그는 모순된 세상을 단순히 개혁하는 차원이 아닌, 그 속에서 학대하는 사람이든 학대받는 사람이든, 모든 사람을 구원의 길로 인도하는 살아 있는 부처로 다시 태어난 것이다.

(6) 작품에서 묘사되는 모든 인물들의 성격이나 역할이 생불의 의미에 의해 그 가치가 정해진다. 바꾸어 말하면 생불의 눈은 작품 전체를 조망하는 시각

이 되는 것이다.

(7) 이 세상 모든 삶을 구원하는 길로 쏠리는 생불의 눈을 따라 독자는 작품 전체의 의미 방향을 잡아감으로써 민중 삶의 실체뿐만 아니라 인간 본연의 의미가 담긴 폭넓은 세계관에 일체감을 느껴간다.[1]

작가가 위 (1)에서 (7)까지와 같은 방법으로 이야기 구도를 짠 것은 작품의 실제 배경이 된 봉건 사회에 뿌리내려진 계층 모순을 염두에 두었기 때문이다. 당시 현실로 보아 양반과 천민의 갈등이 서로 간의 대결로써 해소될 수 없었음을 간파했던 것이다. 그러한 계층 간의 갈등을 해소하는 데에는 어떤 중재자 이상의 인간 전체를 구원의 길로 인도하는 새로운 관점이 필요했던 터이다.

작가는 그러한 관점을 제시하는 인물을 택하는 데 양반 · 천민 중 어느 한편을 고집하지 않아, 양반의 입장을 통해 천민의 입장으로 접근해가면서 전체 인간의 입장에 서게 되는 치밀한 서술 구도를 이루어낸 것이다. 그것은 또한 소설 장치 문제를 넘어선 인간 삶의 보편 문제에 해당되기도 한다. 이 연구에서 근본 물음으로 제기되었던 당시의 민족 현실 전체 문제를 어떻게 꿰뚫어 볼 것인가와, 그것을 기점으로 해서 인간과 역사 전체 문제를 문학의 입장에서 어떻게 꿰뚫어 보는가의 방향이 그러한 생불의 눈에 의해 정해지기 때

---

1 한 문학작품을 연구하는 데 수용미학과 같은 연구 방법을 제외하고는 구태여 독자의 관점을 내세울 필요가 없다고 생각할 수도 있다. 하지만, 『임꺽정』의 구조 원리는 자칫 신비한 요소로 간주될 수 있는 생불의 시각에 의해 조망되는 관계로, 그 역설 장치를 과학적으로 규명하는 데 '독자의 눈'이라는 개념이 필요하다. 그것은 또한 본 연구에서 역사소설로서 한계로 지적될 수 있는 임꺽정의 의적이 아닌 화적 역할을 어떻게 진실한 역사 현실로 받아들여야만 하는가 하는 문제 해결에 중요한 관건이 될 것이다. 『임꺽정』은 왕조사 입장에서가 아닌 민중사 입장에서 이루어진 작품임에 주목할 필요가 있다. '독자의 눈'을 '민중의 눈'이라 이해해도 무방할 것이다.

문이다. 얼핏 보기에 그러한 과정이 서술되는「봉단편」·「피장편」·「양반편」의 이야기가 작품 전체와 무관한 것으로 생각될지도 모르지만, 그렇게 지나치기에 어려운 이유도 그 점에 있다. 작품에서도 실제 임꺽정과 생불의 눈이 긴밀하게 연결된 것으로 나타나 있다.

그래서, 위 (1)에서 (7)까지의 과정은 다음과 같은 범주의 '완성을 향한 삶'[2]을 보는 시각으로 전이되는 과정적 의미를 지닌다.

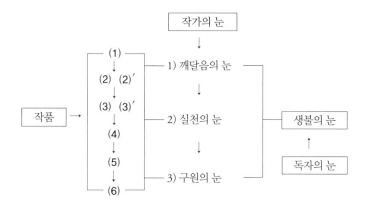

이렇게 '작가의 눈'에서 '깨달음의 눈'으로, '깨달음의 눈'에서 '실천의 눈'으로, '실천의 눈'에서 '구원의 눈'으로 전이—완성되는 과정이『임꺽정』에서 논의할 완성을 향한 삶을 보는 시각의 역동적 의미이다. '생불의 눈'으로 모아지

---

2 불가에서는 이러한 인간의 대아적 완성을 중생 구제·사회 정화·자아 완성의 의미로 설명한다. 모든 인간을 온전한 삶으로 이끄는 데 이러한 세 요소가 자리(自利)가 아닌 이타(利他)의 과정을 거쳐 이루어진다는 것이다. 그것은 개인 고통의 정체를 깨달아 그것을 중생 구제의 길로 실천하여 완성의 경지, 즉 모든 사람과 더불어 살아 있는 부처의 경지에 이른다는 것이다. 황성기, 「한국불교재건론」, 한종만 편,『한국근대민중불교의 이념과 전개』(서울: 한길사, 1986), 299~303쪽.

는 그러한 역동성은 작가·작품·독자의 관계를 일체로 엮어가는 역할을 의미한다. 그 일체감의 근원은 작품에 나오는 다양한 삶의 재생 의미에 있다. 홍명희는 그러한 재생 의미를 '생불의 눈'으로 통일시켜 역사의 진보 문제에 연결한 것이다. 앞에서 논의한 바와 같이 그는 역사의 진보 문제를 투쟁에 의해서 얻어질 단순한 국권 독립 문제에만 국한시킨 것이 아니라 인간 본연의 해방이 이루어지는 차원의 민족 해방 문제로 생각했던 터이다. '생불의 눈'을 단순한 비현실적인 신비한 이야기 요소로만 지나쳐버릴 수만은 없다. 『임꺽정』의 배경이 된, 사화로 얼룩진 실제 역사에서도 미륵 신앙이 민중 해방을 전제로 한 역사의 새로운 원동력으로 재생되어 나타날 조짐을 보여주었던 터다.[3] 인간 삶의 본연을 깨달아 그것을 실천하여 인간의 진정한 해방과 구원의 길로 완성되는, 낱낱의 삶의 재생 의미에서 민중의 삶과 민족 정서·봉건주의 이념에 대한 반봉건 의식의 문제를 보아야, 작품의 형상성과 사상성을 기계적으로 분류하는 차원이 아닌 종합하는 차원에서 복합적인 상호 구조를, 즉 『임꺽정』의 구조 원리를 과학적으로 밝혀낼 수 있을 것이다. 『임꺽정』 전체의 의미를 보는 시각은 바로 그 단초가 되는 '생불의 눈'에 초점이 맞춰져야 한다. 그 점은 또한 작품 자체의 그런 구조 원리에서 나온 것이기도 하다.

---

3   조선 사회의 주자학 체제에서는 물론 미륵 신앙은 아주 소외된 천민 계층의 골짜기에 잔해화한 민간 신앙의 미신적 요인으로 퇴화하고 만다. 이같은 신앙의 비력(非力)은 양반 사회 자체의 사화·당쟁과 16세기 왜란 또는 누차의 호란을 겪은 이후에 민중 사회의 동태를 촉발시킨다. 그것은 사회의 부정적 표면에 갑자기 부상함으로써 아직까지 미륵 신앙이 소멸되지 않았다는 경이를 자아내게 한다. 表一草, 「彌勒信仰과 民衆佛敎」, 위의 책, 357쪽.

2. 삶을 보는 시각과 생불(生佛)의 눈

이 자리에서 논해질 완성을 향한 삶을 보는 시각에는 궁극적인 인간 구원을 전제로 한 재생의 뜻이 담겨 있다. 따라서 그것은 작가의 세계관이 생불의 눈으로 모아지는 과정 의미를 갖는다. 그것이 바로『임꺽정』을 형상화하는 종합 소설 장치이다. 작가는 작가의 눈에서 깨달음의 눈으로, 깨달음의 눈에서 실천의 눈으로, 실천의 눈에서 구원의 눈으로 넘어가는 삶을 보는 시각의 완성 과정을 통해 작품의 형상성과 사상성의 의미를 유기적으로 종합할 '생불의 눈'이라는 역설적인 형상 장치를 마련한 것이다.

1) 깨달음의 눈

작가는 이야기의 실마리를 연산군의 폭정 상황에 대한 서술에서 풀어나가는데, 이장곤, 정희량 두 사람을 문제의 인물로 내세운다. 학덕을 겸비한 이장곤은 당시 홍문관 교리였고, 정희량은 무오(戊午)년에 의주로 귀양 가 김해로 양이되었다가, 7년 만에 석방되어 고향 풍덕으로 돌아와 모친상을 당한 처지였던 터다. 평소 친분이 두터웠던 두 사람인지라 이장곤이 조문을 갔었는데, 그 과정에서 일어난 사건이 작품 전체를 역설적으로 형상화하는 발단 부분에 해당한다. 앞일을 내다보는 이인으로 소문났던 정희량은 어수선한 세상에 미련을 버리고 있던 차에, 의로운 선비로 알려진 이장곤에게 작품 전체의 중요한 문제가 되는 예언을 한다.

> "내가 어렴풋이라도 짐작하는 것을 자네에게 말 아니할 수가 있겠나. 올 갑자년은 지난 무오년보다 더 혹화가 있을 듯한데 그 화가 나 같은 사람에게도 미칠 것이요, 자네도 면하기 어려우리. 그렇지만 자네는 복이 두터운 사람이라, 그러나 혹 앞에 액색한 경우를 당하여서 자처할 생각까

지 날 때가 있거든 이것을 뜯어보게. 그전에 뜯어서는 소용없어."

하고 한손에 상장을 쥐고 다른 한손으로 조그마한 종이봉지를 꺼내서 교리에게 내주더니

"이제로부터 생리사별일세. 아모쪼록 보중하시게."

하고 이교리를 향하여 한번 국궁하였다.[4]

상식적으로 생각하면 정희량의 이러한 예언은 어처구니없는 허언이다. 하지만, 「봉단편」·「피장편」·「양반편」의 이야기가 거의 정희량의 예언대로 전개되고 있다. 물론, 사실이 아닌 허구적인 이야기이니까 그것이 가능하고, 따라서 독자에게 흥미를 유발하게 하는 요소로도 해석될 수 있다. 그것만이 전부라면, 『임꺽정』은 작가의 창작 의도와는 달리 단순한 흥미 위주의 대중소설 차원에 머물고 말았을 것이다.

그런데, 그러한 허언이라고도 생각할 수 있는 정희량의 예언이 실제 작품에서 벌연석인 현실 문제로 부각되었다는 점에 주목할 필요가 있다. 그 점이 바로 작품 전체 구조의 역설적 단서를 제공하는 것이다.

이 작품에서 앞일을 내다보는 일은 개인의 운명이나 그와 관계된 기복 문제로만 해석할 성질의 것은 아니다. 그것은 이장곤을 통하여 구체적인 사회 현실에 대한 깨달음 문제로 드러난다. 이장곤에 관계된 개인의 복 문제도 그렇다. 그것은 단순한 개인의 목숨 보존이냐 사회적 깨달음이냐는 문제에서, 분명 사회적 깨달음 문제와 관계되어 있다. 이제부터 인간이 앞일을 내다본다는 의미와 작품에서 그것이 실제로 어떻게 나타나는가를 논의하면서 그 문제에 접근하기로 하자.

인간이 앞일을 내다본다는 것은 자신에게 주어진 운명뿐만 아니라 세상 전

4　홍명희, 『임꺽정』 1, 「봉단편」(서울: 사계절, 1996), 12쪽.

체의 삶 속에서 자신의 삶을 어떻게 이끌어가야 하는가를 깨달았다는 일이다.[5] 그것은 개인의 욕심에서 파생되곤 하는 기복 문제를 뛰어넘는 일이다. "그 화가 나가튼 사람에게도 미칠 것이오."라고 자신의 운명을 예견한 정희량은 현실 속에서 어떤 해결책을 구해보려는 욕심 대신, 자신의 삶을 철저하게 깨달은 자의 자세로 이끌어간다. 모친상을 마친 후 그가 자살을 가장하여 속세를 떠나는 것도 단순히 자신의 목숨을 연장하기 위한 욕심에서가 아니라 그의 이러한 삶의 태도 때문이다. 그러니까, 욕망으로 얽혀 있는 현실에서 자신의 존재를 지워버린 것이다. 그렇다고 그가 세상일을 완전히 포기한 것은 아니다. 그것은 이 세상에서 인간만이 가질 수 있는 욕망을 말끔히 털어버린 것을 의미한다. 그러한 욕망을 털어버린 자만이 볼 수 있는 세계가 따로 존재하는 것은 아니다. 보이는 현상은 마찬가지인데, 그것을 어떻게 보느냐가 중요한 일이다.

이러한 욕망의 사슬에서 벗어났다는 점이 바로 이 작품에서 사회적 깨달음 문제와 긴밀한 관계를 맺는다. 그것은 "생사에서 벗어나려면 먼저 탐욕을 끊고, 애욕의 불꽃을 꺼버려야 한다."[6]라는 선가(禪家)의 말뿐만 아니라, 마르크

---

5   작품에서 '생불의 눈'에 이어 발단된 이러한 깨달음의 논리는 불가에서도 마찬가지로 설명된다.
중생이 미신에서 헤어나지 못할까 두려워하는 까닭에, 경에 "깨달음으로 준칙을 삼는다"하셨고, 또 "중생으로 하여금 부처님의 지혜의 바다에 들어가게 하기 위함"이라 하셨으며, 정각(正覺) 정변(正徧)의 주장이 다 그런 추지였으니, 이 점에서 부처님이야말로 철저하셨다고 하겠다. 한용운, 「朝鮮佛敎維新論」, 한종만 편, 앞의 책, 18쪽.

6   "欲脫生死, 先斷貪欲, 及除愛渴." 西山大師, 『禪家龜鑑』(서울: 보련각, 1986), 111쪽. 서산대사가 이 글을 쓸 때가 바로 임꺽정이 처단되던 해의 2년 뒤인 1564년(명종 19년)이었는데 이는 당시의 사회 상황과도 무관한 것 같지는 않다. 그 점은 『임꺽정』에서 갖바치 생불에 의해 큰 난리로 예언되는 임진왜란에서 서산대사의 현실 참여뿐만 아니라 서문의 "何古今學 佛者之不同寶也"(위의 책, 13쪽)라는 대목에서 간접적으로 읽어낼 수 있을 것이다.

스나 프로이트를 개인의 사회에 대한 자각 문제로 종합해보려는 서구식 인간관에서도 일반화된 터이다. 탐욕과 애욕은 문명사회에서 죄의 원천이 되는 인간의 헛된 욕망을 의미한다. 욕망에 사로잡힌 인간은 무의식에 의해 움직이는 꼭두각시이며, 행동에 대한 욕구만을 가질 뿐이지 그 원인을 깨닫지 못한다. 설사 한 개인이 그 점을 깨달았다 해도, 그것은 집단의 환각에 여과된 채 다시 그 집단의 무의식 속에 묻혀버린다. 그렇기 때문에 온전한 인간으로서 깨달음을 위해서는 자신이 처한 사회에 대한 욕망, 즉 환각의 사슬을 벗어버려야만 한다. 그래서 자신과 현실의 관계를 깨달은 인간은 자신이 안고 있는 모든 문제를 자신에게뿐만 아니라, 자신 이외의 세계에 개방시켜 삶의 현장에 창조적으로 참여한다는 것이다.

이처럼 헛된 욕심의 사슬에서 벗어나 인간과 사회 문제에 대한 온전한 깨달음의 경지에 이른 정희량이 세상일을 포기하지 않았다는 것은 이장곤과 같이 착한 사람을 착하게 보아주는 자세를 잃지 않았다는 점에서도 잘 드러난다. 그가 만약 '자네도 면하기 어려우리 그러치만 자네는 복이 두터운 사람이라' 대신 '자네도 면하기 어려우리. 그러니까 빨리 이렇게 저렇게 해서 그 화를 면해야 하네'라고 말했다면, 이장곤의 착한 삶을 바르게 구원하는 일이 아닌, 이장곤의 착함을 망가뜨림과 아울러 그의 삶 전체를 파멸의 늪으로 몰아넣는 일을 저지르고 말았을 것이다.

작품 속에서 그 점이 잘 드러난다. 조문을 마치고 돌아온 후 이장곤이 홍문관에서 번 들고 있을 때 임금이 찾는다는 전갈을 받게 된다. 그때 같이 있던 동부승지는 폭군 앞에서 무사히 넘어갈 길은 "이후에 무슨 말씀이 계시거든 덮어놓고 지당합소이다고 아뢰"[7]는 수밖에 없다는 충고를 한다. 연산군의

---

7   『임꺽정』 1권, 「봉단편」, 13쪽.

생모인 폐비 윤씨의 죽음에 대한 보복 문제가 거론되자, 이장곤이 군주의 덕을 들어 보복에 반대한 것이다. 그로 인해 이장곤은 거제도로 귀양 가게 되는데, 그가 동부승지의 충고를 받아들였다면 귀양은커녕 당상의 자리에 올랐을 것이다. 그렇게 되었다면 그 자체로서도 인간적인 파멸이었을 거고, 중종반정 이후 그 결과가 훤히 드러났을 것이다. 깨달은 자로서 정희량의 생각은 동부승지의 그것과는 격이 달랐던 것이다. 이장곤을 속세의 욕심에 눈이 어두운 양반 벼슬아치로서가 아니라, 착한 인간으로서 온전히 보존시킨 것이다.

작품에서 이러한 인간과 사회에 대한 깨달음의 문제는 개인의 복에 관계된 데에서도 마찬가지 형태로 드러난다. 인간의 복이 개인의 목숨 보존 차원을 넘어선 것으로 묘사된다. 모순된 사회구조에 뿌리내린 계층 모순을 극복할 인간의 평등사상에 기반을 두어 그렇게 된다. 『임꺽정』에서 그러한 계층을 초월한 평등사상은, 모든 사람이 자신의 깨달음을 사회 전체를 향하여 여는, 창조적 삶의 근본 열쇠로 부각되기도 한 터이다.[8]

거제도에서 이장곤이 겪은 삶은 의로운 양반 관리로서 그런 고생쯤 한번 해볼 만한 일이라는 차원 이상의 것이다. 한 인간으로서 온전히 살아남을 길은 모든 인간과 더불어 평등하게 살아야만 한다는 귀중한 체험을 하게 된 것이다. "자네는 복이 두터운 사람이라……"는 바로 그러한 뜻으로 받아들여진다. 깨달은 자의 눈으로 볼 때 복이 많다는 것은 단순히 호의호식하면서 편안

---

8 한용운은 그 점을 부처의 해탈과 연결시켜 다음과 같이 해석한다. "우리 부처님께서는 중생들이 불평등한 거짓된 현상에 미혹하여 해탈하지 못함을 불쌍히 여기신 까닭에 평등한 진리를 들어 가르치셨던 것이니, 경에 "몸과 마음이 필경 평등하여 여러 중생과 같고 다름이 없음을 알라" 하셨고 "유성(有性)·무성(無性)이 한가지로 불도를 이룬다."고 하셨다. 이런 말씀은 평등의 도리에 있어서 매우 깊고 매우 넓어서 일체를 꿰뚫어 남김이 없다고 하겠다. 어찌 불평등한 견지와 판이함이 이리도 극치에 이른 것이랴." 한용운, 「朝鮮佛教維新論」, 한종만 편, 앞의 책, 28쪽.

히 사는 일을 뜻하는 것이 아니다. "서울 안에 만여 명 기생이 복작거리게 하여 놓고 기생들의 뒤치다꺼리를 하느라고 백성의 재물을 턱없이 빼앗으니, 한탄하던 것이 원망으로 변하고 원망하던 것이 악심으로 변하여 사방에서 나날이 느는 것이 도적이라……"[9]와 같이 묘사된 상황이 벌어지는 모순된 사회 구조 안에서, 직접 그러한 삶을 깨달아가는 과정을 경험할 기회를 가질 수 있음이 바로 이장곤에게 해당되는 큰 복인 것이다. 그것은 분명 그의 목숨 보존 이상의 귀중한 체험이다.

이장곤은 유배지에서도 곧은 자세를 포기하지 않는다. 이장곤의 귀에 폭정이 날로 심해지는 소문이 들린다는 것은 그의 목숨이 점점 위태로워지고 있음을 의미한다. 소위 대쪽 같은 선비 기질보다는 무난하고 착한 마음씨를 가진 이장곤으로서는 그러한 위협을 견뎌내기가 쉬운 일만은 아니었던 것이다. 그러한 그에게 유혹의 손길이 뻗친다. 서울 도적 소굴에 몸담고 지내던 그의 유모 아들 삭불이가 그를 찾아와 배소 탈출을 권유한다. 그러나 이장곤은 이를 거절한다. 도적 떼의 도움으로 살아나 평생을 그들의 소굴에서 살 일이, 죽는 것보다 더 욕되게 생각되었기 때문이다.

여기에서도 그에 해당되는 복이 목숨 보존 이상의 것임이 증명된 것이다.

삭불이를 그렇게 돌려보낸 후 그는 자신의 운명에 대한 고민 끝에 바다에 몸을 던질 결심을 한다. 그러나 벼랑에 서서 막 뛰어들려는 순간 배소 주인집 아들이 그 장면을 목격하게 됨으로써 뜻을 이루지 못한다. 그때 비로소 "혹 앞에 액색한 경우를 당하여서 자처할 생각까지 날 때가 있거든 이것을 뜯어보게"를 생각하게 된다. 그가 봉투를 뜯고 처음 접한 글귀는 "거제배소개탁(巨

---

9 『임꺽정』 1권, 「봉단편」, 19쪽.

濟配所改託)"[10]이었고, 그다음에 접한 글귀는 "주위상책북방(走僞上策北方) 길"[11]이었다. 그는 정확하게 자신의 운명을 예언한 이 글귀를 보고 결국 북도로 탈출할 마음을 굳힌다. 그것은 이 작품에서 정희량의 깨달음이 이장곤의 극한 상황을 통해 계층 모순의 정체를 선명하게 부각시켜, 세상에 대한 개인의 온전한 깨달음의 정체가 무엇인가를 궁극적으로 시사하는 계기가 마련된 것으로 해석할 수 있다.

여기서부터 이장곤에게 부여된 개인으로서 복은 사회적 깨달음의 의미와 맞닿게 된다.

도적의 도움을 거절한 이장곤은 늘 서러움만 받으며 살아온 사람들의 도움을 받기 시작한다. 배소의 집주인은 자신뿐만 아니라, 가족들의 목숨까지 위협받으면서도 그에게 배 한 척을 얻어준다. 갖은 고생을 다 겪으면서였지만, 그 덕분에 무사히 함흥 땅에 이른 이장곤은 그보다 더 하층 신분에 속한 봉단네 식구들의 도움을 받게 된다. 거기에서 그는 봉단이와 결혼하여 홍문관 교리가 아닌 김서방이 됨으로써, 한 인간으로 안주하게 된다. 봉단의 부모는 김서방을 게으르다는 이유로 늘 못마땅하게 생각하여 온갖 구박을 다 하지만, 슬기로운 봉단은 그에 대한 믿음을 버리지 않는다. 어렴풋이나마 앞일을 내다보는 인물로 묘사된 봉단의 삼촌 양주팔도 늘 봉단과 이장곤의 처지를 감싸준다. 그러면서도 봉단 부모의 사위에 대한 구박을 탓하려 들지 않는다.

이장곤으로서는 그것이 고리백정 사회에서 받아야 할 당연한 대우인 셈이다. 그들에게는 동고리를 만드는 일이 유일한 생계 수단이 되었기 때문이다. 일하지 않고도 살 수 있었던 양반의 타성이 이장곤에게 남아 있었던 것이

---

10 위의 책, 35쪽.
11 위의 책, 35쪽.

다.[12] 천민 계층의 한 맺힌 서러움의 원인을 그가 그때까지도 깨닫지 못한 것이다. 그는 자신의 딱한 처지를 만회해보려고 장인 대신 그 고을 토반인 도집강의 집에 동고리를 전하러 갔다가, 자신이 생각하기에 사리에 맞는 말을 했다는 이유로 도집강의 비위를 거슬러 멍석말이를 당하고 만다. 혼자로서 그친 것이 아니라 장인까지 그 일을 당하게 한 그는 결국 백정에게서가 아닌, 원래는 자신보다 훨씬 아래 위치의 양반에게서 게으름에 대한 응징을 받은 것이다. 양주팔로서는 봉단의 부모에게 이장곤이 가진 너그러움을 가지지 못했다고 탓할 길이 없다. 양주팔 자신도 같은 고리백정이라 편을 들어서가 아니고, 세상이 그렇게 되었음을 잘 알고 있었기 때문이다. 그는 이장곤의 너그러움·봉단의 슬기·봉단 부모의 한 맺힌 서러움을 어느 한 편에 서서라기보다는 세상의 흐름으로 정확히 읽고 있었던 것이다.

"그전에 뜯어서는 소용없어."라는 정희량의 경고는 바로 이러한 계층 모순을 뛰어넘어 인간과 세상 전체에 대한 깨달음의 단초를 예견한 것이라 할 수 있다. 물론, 이장곤 자신이 백정에서 양반에 이르기까지 삶 전체를 깨달았다는 것은 아니다. 『임꺽정』에서 이장곤의 역할이 그렇게 묘사되어 있지 않다. 반정과 복권 이후의 정치 생활, 숙부인 칭호를 받은 봉단과의 원만한 가정 생활, 낙향 후 여생 등을 편안하게 살아가게 된 근본이 바로 그러한 깨달음의 한 과정에서 크게 벗어나지 않았다는 과정 의미를 갖게 됨으로써, 그의 역할은 충분한 것으로 묘사되어 있다. 세상이 어지럽지 않았다면 이장곤과 같은 사

---

12 이러한 점은 불가에서도 마찬가지로 지적된다. 한용운은 승려의 인권 회복이 생산에 참여한다는 데에 있음을 역설했다. 보살만행 중 걸식 문제는 만분의 일밖에 해당되지 않는다는 것이다. 그것은 수도와 중생 제도의 지극한 뜻에서 나온 방편일 뿐, 원래가 공연히 걸식을 일삼아 호구지책을 삼으라는 뜻이 아니라는 것이다. 한용운, 「朝鮮佛教維新論」, 한종만 편, 앞의 책, 75~80쪽.

람이 구태여 그러한 과정을 겪지도 않았을뿐더러, 삶 전체에 대한 깨달음의 과정으로 인도되는 인물로 설정될 필요도 없었을 것이다. 이장곤의 사람됨도 거기에 적합하게 묘사되어 있다. 그가 자살을 결심하기 이전에 봉투를 뜯어 볼 조급한 욕심을 가진 위인이었다면, 그러한 과정을 겪는 '복이 두터운 사람'이 아니라 '화를 자초하는' 사람이었을 것이고, 전체 이야기의 맥은 그것으로 끊겨졌을 것이다. 생리적인 의미에서 목숨은 보존했겠지만 한 인간으로서 온전하게 살아남지는 못했을 것이다.

『임꺽정』에서 이장곤은 각계 양반들의 삶을 인간과 세상 전체에 대한 깨달음의 눈앞에 모으는 역할을 하게 된 인물로 설정되어 있다. 조광조·김식과 같은 정의를 내세우는 개혁파들이나, 심정·남곤과 같은 간신배들이나, 윤원형 일파와 같은 세도형 모리배들이나, 어지러운 정계를 떠나 학문에 열중한 이황·조식과 같은 사림들의 삶이 대아적 깨달음의 눈앞에서 어떻게 헛되게 끝나가는가를 보여주는 역할이 바로 그것이다. 정의로운 일이건, 그와 반대되는 일이건 모순된 사회 구조 안에서 대립 양상은 깨달음의 눈에 한갓 욕심의 결과로 보일 뿐이라는 관점이다.

이러한 양반들을 중심으로 벌어지는 문제들을 작가는 정희량의 깨달음의 눈을 통해 제시하고 있는데, 그것이 바로 '작가의 눈'에서 '깨달음의 눈'으로 전이되는 완성을 향한 삶을 보는 시각의 단초이다. 뒤에 그러한 시각이 갖바치 도사의 눈에 넘어가 폭넓게 확산되지만, 작가는 처음부터 그렇게 성급하게 이야기를 전개시키려 하지 않았던 터다. 세상의 그러한 문제점들을 양반의 삶에서부터 차근차근 파헤치려 한 작가의 치밀한 의도는 단순한 소설적 흥미 유발을 꾀해서였거나, 그러기 위한 구성 장치의 일환으로서 복선 깔기 단계를 뛰어넘은 것이다. "이제로부터 생니사별일세 아모쪼록 보중하시게"라는 정희량의 마지막 인사말은 이제 양반의 허울 좋은 이념 대립이 이 세

상에서 더 이상 삶의 의미를 가질 수 없음을 뜻하는 것이다. 깨달은 자로서
그러한 대립은 욕심의 한 결과로 보일 뿐이다. 그래서 그야말로 "생니사별"
을 할 수밖에 없다는 뜻이다. 그러면서도, "아모쪼록 보중하시게"라는 말을
이장곤에게 남긴 것은 너그러움과 그것을 지켜나가는 슬기에 대한 믿음을
정희량 자신이 포기하지 않았기 때문이다. 그러한 너그러움과 슬기 자체가
바로 깨달음이며, 사회질서의 원리인 것이며, 그러한 질서에 의해 세상일이
진행된다면, 정희량 자신의 것과 같은 깨달음은 더 이상 필요치 않다는 것
까지 깨달은 것이다.[13]

그 점이 바로 『임꺽정』에서 처음 읽어낼 수 있는 단계의 전이, 작가의 눈에
서 깨달음의 눈으로 전이된 것이다. 그것은 위에서 논한 완성을 향한 삶을 보
는 시각의 출발점인 만큼, 경직된 삶의 대립 문제와는 거리가 멀며, 인간의
삶 전체 문제를 포용할 수 있는 깨달음의 차원을 겨냥한 것이다. 그리고 그것
은 식민지 현실에서 인간의 근원적 해방을 전제로 하여 민족 해방 문제를 풀
어나가려 했던 작가의 민족을 보는 눈길이 작품 안으로 온당하게 쏠리고 있
다는 증거이다.

2) 실천의 눈

작가는 인간과 세상 전체에 대한 깨달음을 깨달음 자체에만 안주시키지 않

---

13 한용운은 이 점을 불경과 철학자들의 자세를 비교하여 다음과 같이 해석한다. "불
   경에 "복과 지혜가 아울러 구족(具足)했다" 하셨고, 또 "일체종지(一切種智)"라 하셨다.
   일체종지라 함은 자기 마음〈眞如〉을 깨달아 투철하고 막힘이 없어서 모르는 것이 없
   다는 말이니, 보편적인 이치를 샅샅이 캐어내 모르는 것이 없는 경지에 도달하려는
   것, 이것이 철학자들의 궁극 목표가 아니겠는가. 다만 철학자들은 포부는 크되 힘이
   모자라 허덕이고 있거니와, 우리 부처님에게 있어서야 무슨 어려움이 있으랴." 한용
   운, 「朝鮮佛敎維新論」, 한종만 편, 앞의 책, 20쪽.

았다. 계층 모순을 뛰어넘는 그러한 깨달음을 어떻게 실천 과정으로 옮기느냐가 중요한 과제였다.[14]

삶의 완성을 향한 이 과정에서 작가는 피억압자의 억압자에 대한 성급한 대결 의식을 고집하지 않았다. 또한, 그 문제에서 한 걸음 앞섰다고 평가되는 피억압자의 인간 해방 논리를 혁명과 억압의 이른바 변증법적 실천 과정[15]으로도 보지 않았다. 그에게 중요한 실천은 인간 삶의 뿌리를 온전하게 보존시키는 궁극적인 인간 해방을 향한 것이었다. 작가가 작품에서 이장곤과 갖바치 양주팔을 연계시킨 것도 그러한 이유에서였다. 양반 출신 이장곤에게 스스로 천민의 삶을 경험하게 한 것은 억압 계층의 입장에서 피억압자의 삶을 확인해보자는 뜻이었고, 갖바치를 인간 해방 실천의 근간이 되는 인물로 설정한 것은 피억압자의 입장에서 억압자의 입장을 어떻게 인간 본연의 자세로 받아들여, 그것을 어떻게 인간 해방의 길로 실천해가는가를 보여주기 위해서였다.

계층 모순이 뿌리 내려진 사회에서 억압 계층이 그러한 일을 떠맡는다는 것은 작품의 형상화 과정에서 현실감의 결여 문제를 낳을 것이다. 작품에 그

---

14 이러한 점은 불교의 궁극적 구원관이 실천에 의해 이루어진다는 점과 맥을 같이한다. "옛날의 은사(隱士)가 인구에 회자된 까닭은 때를 기다리며 절개를 지켰기 때문이라고 한다. 이는 실로 염세의 무리가 그 환경을 택한 것뿐이었음에도 불구하고, 그 이름을 아름답게 꾸며 "때를 기다려 절개를 지킨다"한 것이니, 오직 영웅이 사람을 속이는 유(類)라 할 것이다. 만약 숨으려면 저자 속에 숨어사는 것으로 족할 것이다. 하필 산중에 숨은 후에야 비로소 숨었다 하겠는가. 절이 있는 곳이 다 염세에는 적당하고 구세에는 불편한 심산유곡인바, 그 환경이 이미 염세토록 되어 있으니 구세의 마음이 어디로부터 생기겠는가. 염세의 마음이 한 치를 나아갈 때 불교의 정신은 한 자나 후퇴하게 되는 것이다. 어찌 힘쓰지 않아서 되랴." 한용운, 「朝鮮佛教維新論」, 한종만 편, 앞의 책, 60쪽.

15 Paulo Freire, *Pedagogy of the Oppressed*, trans., Myra Bergman Ramos(New York: The Seabury Press, 1973), pp.119~186.

과정이 치밀하게 묘사되어 있는데, 갖바치와 정희량이 어떻게 연계되는가 문제에서 출발해 삶의 완성을 향한 그 실천 과정을 살펴보기로 한다.

반정 이후 양주팔은 서울 이장곤의 집에서 무료한 나날을 보내다가, 그것을 견디지 못하여 산천 구경을 떠난다. 묘향산에 들어갔을 때, 이천년이라는 이인을 만나 그의 제자가 되어 음양술수 · 천문지리 등 각종 비술을 전수받게 된다. 그 과정에서 이장곤이 백정들과 함께 지내면서 겪었던 삶의 귀중한 체험[16]이 계층을 넘어선 삶 전체의 문제로 실천될 계기가 마련된다.

작가는 계층 문제를 넘어선 이 문제를 풀어가는 데 우선 인간 본연의 마음 자세에[17] 초점을 맞춘다.

그보다 앞서 가 있던 김윤이라는 서출 청년이 있었는데, 그는 수양이 덜 된 탓으로 뒤에 입문한 양주팔보다 여러 면에서 뒤떨어지게 된다. 그들의 선생은 "첫째 사람이 너보다 낫고 둘째 나이가 너보다 많고 셋째 재주가 너보다 앞서니"[18]라는 이유로 양주팔을 수제자로 삼아 자신이 가진 비술 전부를 전수한다. 그 이유들 중 가장 중요한 것은 '사람이 너보다 낫다'라고 평가받을 수 있

---

16 이장곤은 반정 직후 함흥 고을 원을 찾아갔는데, 그에게 백정과 함께 지내면서 느꼈던 심정을 다음과 같이 고백한다. "내가 고리 백정의 식구가 되어서 갖은 천대를 받고 지내는 동안에 천대받는 사람의 억울한 것을 잘 알았소이다 이렇게 말하면 어폐가 있을지 모르나 천대하는 사람이 사람으로는 천대받는 사람보다 나으란 법이 없습니다. 백정에도 초초치 아니한 인물이 있을 뿐이겠소? 영감도 이것만은 알아두시오. 천인도 사람입니다. 도연명(陶淵明)이 종을 사서 아들에게 보내며 이것도 사람의 아들이니 잘 대접하라고 했다더니 천인도 사람의 아들이니까 우리가 잘 대접할 것입니다." 『임꺽정』 1권, 「봉단편」, 126쪽.

17 禪家에서는 인간 본연의 마음 자세를 다음과 같이 설명한다. "마음은 거울의 바탕과 같고 성품은 거울의 빛과 같은 것이다. 성품이란 저절로 청정한 것이므로 깨치면 곧 본 마음을 얻는 것이다. 이것은 깨친 한 생각을 중요하게 보인 것이다(心如鏡之體 性如鏡之先 性自淸淨 卽 時豁然 還得本心 此秘重得意一念)." 西山大師, 앞의 책, 44쪽.

18 『임꺽정』 1권, 「봉단편」, 179쪽.

는 마음 자세 문제이다. 마음이 그릇된 자가 비법을 익혔다가는 세상에 해독을 끼칠뿐더러 스스로도 그 화를 면치 못한다는 세상 흐름의 원리를 익히 알고 있을 이천년으로서는 당연한 처사이다. 김윤으로서는 사주 보는 법 정도를 배워 의식주를 해결할 수 있다면 그것으로 족하다는 것이다.

여기에서 이천년이라는 이인은 바로 이장곤의 앞일을 예언한 후 세상에서 사라진 정희량인데,[19] 그가 양주팔에게 자신의 마지막 비술을 전하는 대목을 살펴볼 필요가 있다.

> "너는 나에게 오래 있지 못할 사람이다. 수이 이별하게 될 터인데 너 같은 사람을 놓치고는 나의 아는 것을 전수(傳授)할 곳이 없을 것이다."
> 하고 자리 밑에서 휴지책 같은 책을 두 권 꺼내서 손에 들고
> "나의 아는 재주로 지금 너 모를 것은 이 책 두 권에 다 들었다. 륜이가 배우기를 원하는 술법도 이 책 속에 적혀 있다. 네가 이 책 두 권을 가지고 공부하되 륜이를 알리지 말고 가지고 세상에 나간 뒤에도 어느 누구에게든지 보이지 마라. 네가 익숙한 뒤에는 불에 넣어 없이 하여라. 전수(傳授)할 재목이 못되는 사람에게 전수하지 못할 것이매 대개 너에게 까지 가고 그치게 될 것이다. 보다가 모르는 것은 륜이 없는 틈에 몰아 물어라."
> 하고 주팔을 내어주니 주팔은 공손히 절을 하고 받았다.[20]

이장곤에게 봉투를 전하던 대목과 같은 분위기이다. 겉보기에 다른 점이 있다면, 이장곤에게는 이장곤 개인 중심의 운명을 예견한 것이고, 양주팔에게는 어지러운 세상 전체에 대응해나갈 실천 방법을 제시했다는 것이다. 그

---

19 이천년은 양주팔에게 자신의 본래의 신분을 다음과 같이 밝힌다. "내가 조용한 때에 너에게 말할 것이 있다. 내가 이천년이 아니고 정희량(鄭希良)이다. 내 별호는 허암(虛菴)이다. 내가 세상에서는 죽은 사람이다. 이것은 너만 알아라 입밖에 내지 마라." 위의 책, 183쪽.

20 위의 책, 182~183쪽.

러나 어떠한 형식으로든 정희량이 택한 두 사람은 모순된 세상에서 이미 같은 배를 타고 있었던 것이다. 그리고 정희량과 같은 사람이 그것을 모를 리 없었을 터이다. 이장곤과 같이 너그러운 사람이 아니었다면, 양주팔이 정희량의 깨달음에 입문할 길이 없었던 것이다. 그것이 바로『임꺽정』에서 이야기를 형상화하는 완성을 향한 삶을 보는 시각이 깨달음의 눈에서 실천의 눈으로 전이되는 계기이다. 이장곤이 겪었던 귀중한 삶의 체험, 즉 "천인도 사람입니다"라는 고백이 그것을 잘 뒷받침해준다.

그렇다면, 김윤과 같은 양반 사주쟁이는 필요치 않다는 말인가. 그렇지는 않다. 그것은 뒤의 이야기 전개에서 김윤과 같이 정심(正心)이 되지 않은 양반의 작태가 어떠한 양상으로 벌어지는가에 대한 예견이다. 그것은 분명 "천인도 사람입니다"라는 차원, 즉 천민 중심의 시각에서 타도되어야 할 대상 중의 하나이다. 작품상에 양반의 시각으로는 이미 그러한 삶 전체 문제를 통찰할 수 없는 세상이 되어버린 것으로 나타나 있다. 앞으로의 이야기 전개에서 그것을 입증하는 것이 바로 김윤의 의미이다. 이 또한 이 작품이 현실성을 부여받게 되는 근거가 되기도 한다. 뒤의 이야기 전개에서도 천민과 양반 간의 갈등을 시사하는 중요한 단서가 되는 것이다.

작가는 그러한 마음 자세를 개인의 문제에만 국한시킨 것이 아니라 세상 전체 문제로 확산한다. 어지러운 세상에서 고통을 줌으로써 고통받고, 고통받음으로써 고통받는 모든 사람을 그러한 바른 마음 자세에 근거를 둔, 보편적인 인간의 끈으로 묶자는 큰 실천의 의미를 염두에 둔 것이다.

그래서 삶 전체 문제를 실천 차원으로 이끌 능력을 갖춘 사람, 즉 정희량의 비법을 전수할 재목이 되는 사람은 그에게 "오래 잊지 못할 사람"이 된다. 속세를 떠나서가 아니라 어지러운 속세에 들어가서 괴로움을 당하는 모든 사람과 함께 세상의 흐름에 실천적으로 참여해야 된다는 논리이다. "너 같은 사람을 놓치고는 나의 아는 것을 전수할 곳이 없을 것이다."라는 이유는 전수자의 조급한 마음에서 나온 생각은 아니다. "너 같은 사람"이란 바로 온갖 학대를 다 받으면서도 그것을 너그럽고 슬기롭게 견뎌내어 실천할 사람을 의미하는 것인데, 양주팔 이외에 훗날 그러한 사람을 만날 수 없음이 정희량의 운명인 것이다. 그리고 그것은 단순한 정희량 개인만의 운명이 아닌 세상 전체의 흐름인 것이다. 그렇기 때문에, "세상에 나간 뒤에도 어느 누구에게든지" 알릴 필요가 없는 것이다. "대개 너에게까지 가고 그치게 될 것이다"라는 말은 끝이 아닌, 세상을 새롭게 보아 실천하는 시작을 의미한다. 그러한 생각을 '룬이'와 같은 마음 어지러운 자가 알 필요는 없다. 이미 그들은 그들대로 그렇게 썩어가야만 하는 세상이 되었기 때문이다. "주팔은 공손히 절을 하고 받았다"는 사제지간에 흔히 있는 형식적인 의례만은 아니다. 세상을 새로운 눈으로 보며, 새로운 차원으로 이끌어가자는 '공손한' 실천적 맹세인 것이다. 그리고 그것은 이 작품의 시각이 깨달음의 눈에서 실천의 눈으로 넘어가야만 하는 필연적인 이유다. 양반 출신인 정희량의 '깨달음의 눈'에만 국한시켰을 경우, 작가가 앞으로의 이야기 전개에서 삶의 갖가지 양상을 폭넓게 문제화할 수 없다. 그러기에는 이미 양반의 세상 보는 시각이 너무 편협한 세상이 되었기 때문이다.

이렇게 완성을 향한 삶을 보는 시각이 실천의 눈으로 전이된 후, 천민과 양반을 보편적인 인간의 끈으로 이어오던 이장곤의 역할이 양주팔, 즉 갖바치 도사에게 넘어간다. 「피장편」이 전개되는 동안 갖바치는 작품에 나오는 각계각층의 인물들과 자연스럽게 친분을 맺게 된다. 그 과정에서 문제점으로 드러나는 것은 역시 양반의 삶이다. 정의를 내세우는 쪽과 그렇지 않은 쪽 간의 대립이 그것이다. 의를 내세우는 양반들은 이장곤을 통해서이고, 그렇지 않은 양반들은 김윤을 통해서 접하게 되는데, 갖바치의 눈에는 그들 모두가 역

시 보편적인 한 인간으로 보일 뿐이다.[21]

그들에 의하여 발생되는 모든 비극의 찌꺼기들은 천민 계층으로 수용되는데, 그 끈이 전부 갓바치에게로 이어진다. 그래서 그 끈이 바로 이 작품에서 작가가 노리는 삶 전체에 대한 문제화의 실천적 단초가 되는 것이다. 조광조·심의·김덕순·박년중·이봉학·박유복 등, 이 작품에서 그러한 문제화에 중요한 관건이 되는 인물들이 바로 그 끈에서 나온다. 이 작품의 주동인물 격인 임꺽정[22] 또한 철저히 갓바치의 눈에 의해 길러진다. 임꺽정은 갓바치 이외의 어느 누구의 말도 달갑게 받아들이지 않는 자세를 고집하며 성장할 정도이다. 그것은 그의 선생 갓바치가 천민이면서도 너그럽고, 슬기롭고, 유식하다는 계층적인 이유에서 나온 자세이다.

그러나 갓바치는 이미 그러한 계층 문제를 초월하고 있었던 터이다. 그는 임꺽정을 위시해서 어느 누구한테도 이렇게 해라 저렇게 해라는 방식으로 살아갈 길을 직접 지시하지 않는다. 세상사람 하나하나 모두를 보편적인 인간

---

21 그러한 자세는 갓바치 자신의 지극히 개인적인 문제에서도 마찬가지로 지켜진다. 그가 고향인 함흥에 내려갔을 때의 일이다. 서울 집에 혼자 남아 있던 그의 아내를, 풍우대작하던 어느 날 밤 "거무스름한 얼굴에 목자가 우락부락"한 관가 근처에 사는 김서방이 범한다. 물론, 그녀는 평소부터 행실이 단정하지 못한 여자였고, 갓바치 자신 또한 그 사실을 잘 알면서도 모른 체하고 지내오던 터였다. 그런 일이 있은 후, 갓바치가 아들을 보게 되는데, 그 모습이 꼭 그 김서방을 닮았던 것이다. 이에 대해 갓바치는 놀란 기색을 보이기는커녕, 다음과 같은 태도를 보인다.
돌이가 주팔이를 보고
"아이가 크구려. 그런데 부모와는 딴판이니 누구를 닮았을까?" 하고 아이의 닮은 사람이 없는 것을 말하니 주팔이는
"그걸 낸들 아나. 사람의 자식이니 사람을 닮았겠지."
하고 허허 웃고서⋯⋯ 위의 책, 240~247쪽.
그의 눈에는 모든 사람이 이처럼 다 똑같은 '사람의 자식'으로 보일 뿐인 것이다.
22 갓바치는 이장곤의 처삼촌이고, 이장곤의 처 봉단의 외사촌 오라비인 임돌의 맏아들이 바로 임꺽정이다.

관을 작품 안에 도식적으로 맞춰 넣는 식의 오류를 범하지 않으려 한 것이다. 그것은 어디까지나『임꺽정』자체를 형상화하는 문학과 역사의 역설 구조의 단초이다. 그러한 생불의 눈을 작품에 대한 독자의 기대 심리가 외면할 리 없다. 독자는 생불의 눈을 따라 작품 전체의 의미 방향을 잡아감으로써 인간 본연의 해방을 염두에 둔 폭넓은 세계관에 일체감을 느껴가는 것이다. 이렇게 '생불의 눈'을 통하여 작가·작품·독자의 관계를 일체로 엮어가는 것이,『임꺽정』에서, 작가의 눈에서 깨달음의 눈으로, 깨달음의 눈에서 실천의 눈으로, 실천의 눈에서 구원의 눈으로 전이되는 완성을 향한 삶을 보는 시각의 역동 의미인 것이다. 그리고 그 과정의 주체는 바로 중생, 즉 민중이다. 문학작품 으로서『임꺽정』의 역설 구조와 역사의 진실성과 관계된 이 문제는 뒷부분에서 구체적으로 언급할 것이다.

3. 민중의 삶과 민족 정서

이 자리에서는 작가가 작품 전체를 보는 시각으로 제시한 '생불의 눈'이 민중의 삶을 어떻게 포용하는가와, 그것이 어떻게 작품의 의미로 형상화되어 민족 정서를 구현하는가를 논하기로 한다. 이 작업이 바로 앞에서 제시한 작품 전체의 본질적인 의미를 풀어내는 첫 번째 단계이다.

1) 민중의 풍속과 언어

여기에서 논할 민중의 풍속과 언어 문제는 단순히 이야기 엮기에 그친 삽화 성격을 넘어선 것이다. 그러한 삽화는 분명 작품의 전체성과 긴밀한 관계를 이루고 있다. 작가는 그러한 풍속과 언어를 통해 당시 사회구조의 모순에서 발생한 민중의 한을 부각하여, 그 한 속에 숨겨진 진실이 무엇인가를 분명히 말해주고 있다. 핵심 문제는 『임꺽정』에서 소도구 삽화로 재구된 최장군 전설·그네뛰기 이야기·사위 취재 이야기를 통해 부각된 민중의 한이 어떻게 삭혀지는가, 그 과정에서 어떻게 민중의 한 속에 숨겨진 진실이 나타나는가, 그 진실의 의미가 어떻게 생불의 눈에 비쳐 작품 전체의 의미에 유기적으로 종합되는가이다.

『임꺽정』에서 펼쳐지는 사건들 속에는 당시의 사람살이의 모습이 생생하게 담겨 있다. 작가가 의도적으로 어떤 민중의 풍속사를 드러내기 위해서 그런 것은 아니다. 민중의 풍속이라고 꼬집어 말할 장면은 송도 덕적산 최장군 전설에 관계된 당집 이야기, 황천왕동이 장가들게 된 사위 취재 이야기, 송악산 그네뛰기 이야기 등 작품 규모에 비해 지극히 일부분에 해당한다. 문제는 풍속의 재구 자체에 있는 것이 아니고, 거기에 관계된 사건들이 이 작품에서 어떤 의미를 가지느냐이다. 그러한 장면들이 작품 전체의 흐름에서 이탈되어 따로 존재하는 것이 아니라, 각 사건들과 긴밀하게 연결되어 전체의 이야기를 유기적으로 종합하는 중요한 이야기 요소로 작용하기 때문이다. 작품 속에서 드러나는 사람살이의 모습 전체가 그에 의해 민중의 삶 쪽으로 모아지는 것이다.

양반의 경우이든, 천민의 경우이든, 전체 사람살이 모습이 민중의 삶 속으로 파고 들어가, 그들이 진정으로 바라는 뜻이 무엇인가를 독자 스스로 깨닫게 하고 있다.

최장군 전설은 당시나 지금이나 여러 가지 의미로 받아들여질 수 있다. 최영의 죽음 자체 의미가 그렇기 때문이다. 그것은 한 왕조가 정당하지 못한 방법으로 무너진 뒤의 단순한 후유증 문제 이상이다. 그 정당하지 못한 이유 자체가 큰 문제이다. 그것은 민족 자주의 뜻이 단순히 권력 장악을 위해 내세워진 사대 이념에 의해 짓밟힌 사건이었기 때문이다. 그리고 그것은 피지배층에서 볼 때, 자신들의 지배층에 대한 저항 의미를 담고 있다. '어리석은' 백성들은 그들 마음 한구석에 최영의 죽음을 민족 자주의 밑거름으로 받아들였던 터이다. 그들의 마음속에서 최영이 결코 죽은 것은 아니다.[44] 그러한 최영의 살아 있음이 그대로 백성들 삶의 일부로 파고 들어가 전설이 되었고, 그 전설이 『임꺽정』과 같은 작품의 형상화에 일 기여를 한 것이다.

작품 속에서 최장군의 그러한 혼의 비호를 받고 사는 사람들은 장군의 당집을 모셔둔 덕적산 아랫마을 사람들이다. 그러나 그 비호는 마을 사람들에게는 그저 비호로서만 끝날 단순한 문제를 넘어선 것이다. 최장군에게 때가 되면 새 마누라를 바쳐야 하는 희생이 따른다. 그 희생을 감수하지 않으면, 마을 사람 모두가 흉년이 드는 것과 같은 더 큰 희생을 맞아야 했던 것이다.

"나의 새 마누라는 산상골 최서방의 맏딸이다."
하고 말 끝을 길게 빼어 포함을 주었다. 최서방의 맏딸은 근동에서 얼굴이 이쁘기로 이름난 처녀니 나이 열여덟 살이고 보방골 박첨지의 막내아들 열네 살 먹은 아이와 정혼하고 금년은 쌍년이니 고만두고 내년에 성취시키자고 두 집 부모가 서로 의논하야 작정하고 있는 터이었다. 박첨지가 보방골 존위로 그 자리에 와서 있다가 이 말을 듣고 가슴이 내려앉았으나 의뭉스러운 늙은이라 선뜻 무당 앞에 나와 꿇어앉아서
"최가의 딸이 여러 가지루 다 합당하오나 장군님과 동성이라 어떠하올지."
하고 슬며시 말썽을 일으켜보았다. 이것도 전에 없던 일이라 다른 사람들은 혹시 장군의 노염이 나릴까 겁이 나서 눈이 둥그래졌다. 아나나 다를

---

44 함석헌은 최영이 죽은 사건을 다음과 같이 해석한다. "최 영이 죽은 것도 아니요, 한 얼이 죽을 수 있는 것도 아니다. …(중략)… 그 魂은 不死鳥와 같이 스스로 제 몸을 태워 버리고 자꾸만 살아나는 魂이다. 그 영원한 혼이 있는 한 歷史의 무너진 탑은 그 흩어진 돌을 다시 다듬어 새로이 일어나는 날이 오고야 말 것이다." 咸錫憲, 『뜻으로 본 韓國歷史』(서울: 제일출판사, 1979), 200~201쪽.

까 신 내린 무당이 기를 길길이 펴면서

"이놈, 무슨 잔소리니! 나는 마누라가 동성동본이라도 좋지마는 더구나 본이 다르다. 그 색시는 너의 며느리 감이 아니다."

하고 통통히 호령히야 다른 사람들이 일제히 꿇어앉아서

"옳소이다. 옳소이다."

하고 말하는 중에 박첨지는

"미련한 인간이 무엇을 아오리까. 장군님 분부가 지당합소이다."

하고 빌고 다시 두말 못하였다.[45]

  이것은 언뜻 보기에 간교한 무당이 최장군 전설을 등에 업고 '어리석은' 백성들을 속이는 일로 간주될 수도 있다. 하지만, 당사자인 최가의 맏딸은 물론 시아버지가 될, 마을에서 꽤 행세하는 박첨지까지 마을 사람 모두의 "옳소이다 옳소이다"에 무릎을 꿇고 만다. 마을 사람들이 희생물로 뽑힌 여인의 한을 몰라라 했기 때문만이 아니라, 모두들 그 한을 '옳소이다 옳소이다'와 같은 주문에 가까운 외침으로 함께 나누자는 뜻에서이다. 최영의 한이 곧 민중의 한으로 받아들여진 것이다. 그것은 마을 사람 모두가 장군당에 모여 열두 자리 수의 굿이 하루 종일 진행되는 동안 저마다의 아픔을 씻으며 한 마음이 되는 데에서 입증된다. 장군의 '마누라'는 한 개인의 아내가 아니라 한 서린 민중 모두의 '마누라'가 된 것이다. 그렇기 때문에, 그것이 작품 속에서 박유복의 한과 자연스럽게 연결된다. 이 작품에서 박유복은 그릇된 정치 체제 안에서 아무런 잘못도 없이 피해를 당한 민중의 한 아들로 설정된 터다. 최장군의 '마누라'가 된 여인이 그러한 박유복의 아내가 된 것은 이 작품에서 필연이다. 그것을 굿판 식으로 이야기한다면, '영험하신 최장군께서 박유복의 처지를 불쌍히 여겨 자신의 아내를 기꺼이 넘겨주셨다'가 충분히 가능할 것이다. 진정

---

45 홍명희, 『임꺽정』 4권, 「의형제편」 1(서울: 사계절, 1997), 121~122쪽.

한 최장군의 영험성은 민중의 한을 어루만져주는 데 있을 것이기 때문이다.

장군당 이야기와는 모양이 좀 다르지만, 황천왕동이 장가들게 되는 이야기에서도 그 맥은 유사하게 드러난다. 황천왕동이는 백두산에서 평생을 한스럽게 숨어 지내야만 했던 어머니가 죽자 누이(임꺽정이 갖바치를 따라 백두산에 갔을 때 당집에서 아내로 맞아들임)와 어린 조카(임꺽정의 아들 백손)를 데리고 양주로 와서 임꺽정의 식구들과 함께 살게 된다. 백두산에서 사냥을 하며 활달하게 살던 그는 갑갑한 마음으로 나날을 보낸다.

서른셋이 되도록 장가도 들지 못한 그는 장기 두는 것을 유일한 소일로 삼으며 외롭게 세월만 보낸다. 그러던 차에 영천 약수터에 가게 되어 그 고을 백이방이라는 사람이 사위를 기이한 방법으로 얻으려 한다는 소문을 듣게 된다. 세 관문을 통과해야 그의 사위 취재에 합격하는데, 첫째는 벙어리 놀음에서 장인 될 사람과 서로 뜻이 통해야 하고, 둘째는 장기를 두어 이겨야 하고, 셋째는 궤 속에 들어 있는 물건이 무엇인가를 자세히 알아 맞추어야 한다는 것이다. 장기를 잘 두는 탓으로 첫째와 둘째 관문을 별 어려움 없이 통과하나, 셋째 관문은 스물둘이 지나도록 딸 시집 못 보낸 색시 어머니의 도움을 받아서야 통과하게 된다.

이러한 인연으로 황천왕동이는 장가를 '들게' 되었지만, 백이방의 입장에서는 자신이 바라는 바대로 사위를 '얻게' 된 것이다. 그렇게 사위를 얻게 되었다는 것이 바로 민중의 삶에서 문제되는 점이다. 백이방은 아전이었지만, 제법 양반 행세를 하며 사는 사람이다. 그는 딸의 미모를 이용하여 자신의 사회적 상승 욕심을 채우려 했던 터이다. 하지만, 그의 아내의 소박함과 슬기로움에 의해 그 욕심이 보기 좋게 무너지고 만다. 그와 동시에 시집 못 간 처자와 시집 못 보낸 여인의 한이 풀어진 것이다.

송악산 그네뛰기 이야기에서도 그것은 마찬가지다. 왕실은 왕실대로 재상가는 재상가대로 일반 백성들은 백성들대로, 그들의 맺힌 한을 단옷날 그네 한번 뛰는 것으로 풀어볼까 해서 송악산으로 모여든 것이다. 다른 어느 계층의 사람들보다도 더 깊게 맺힌 한을 가진 사람들이 모인 청석골 도중에서 그 날을 그냥 넘길 수는 없었던 터다.

배돌석의 아내가 오랫동안 그리워했던 동생을 만나보기 위해 남편을 졸라 임꺽정의 허락을 얻게 된다. 그 과정에서 임꺽정의 아내는 남편의 허락을 받지 못하지만, 남편이 서울에서 지내는 동안 세 아내를 새로 얻은 데 대해 평소부터 한이 맺혀 있던 터라, 기어코 일당을 따라가게 된다. 그로 인해, 임꺽정 등 몇을 제외한 대부분의 두령들이 아내의 그네뛰기 호위를 위해 송악산으로 가게 된 것이다.

그런데, 그네를 한 번만 뛰어도 맺힌 한이 풀린다는 성스러운 자리에서 여러 성스럽지 못한 일들이 발생한다. 각계각층의 사람들이 모여들어 평소의 작태를 그대로 드러낸다. 권력이나 다른 종류의 힘 가진 자만이 그 성스러움을 흡족하게 맛볼 수 있었던 것이다. 힘없는 자는 그넷줄을 빼앗고 빼앗기는 아귀다툼 속에서, 한을 풀기는 고사하고 또 하나의 한을 간직하고 돌아가기가 십상이다.

이 작품에서 그것은 황천왕동이의 아내가 변을 당하는 일로 드러난다. 모든 사람들이 그네 뛰는 그녀의 아름다운 모습에 감탄한다. 그것은 인간 모두의 아름다움에 대한 자연스러운 감동의 표시이다. 그런데, 하필 건달 노릇 하는 양반의 아들이 그 아름다움을 범할 욕심을 내게 된다. 그로 인해 양반의 삶에 얽힌 더러움이 드러난다. 결국 그 더러움은 한 맺혀 도중에 들어간 화적패에 의해 철저히 복수를 당하게 되고, '왕실의 위엄'마저 땅에 떨어지게 된다. 민중의 한과 소원을 푼다는 뜻으로 이루어진 그네뛰기 풍속에서 당시 사회 구조의 모순이 적나라하게 묘사된 것이다.

작가가 그러한 풍속들을 단순히 이야기 소재로 삼아 재구성한 것은 아니다. 그것은 당시 민중의 한풀이에 대한 갈망을, 작품 전체의 의미로 자연스럽게 형상화시키는 징검다리 역할을 한다.

그리고 그 문제는 민중의 언어 문제와 직결된다. 민중이 사용하는 언어의 실제 의미 맥이 그러한 한을 푸는 데 어떠한 역할도 할 수 없었던 것이다. 오직 물리적인 힘만이 앞선 세상이 되었기 때문이다. 핍박받는 민중의 삶이 겉으로 드러나는 의사소통에 의해 원활하게 해결될 수 없는 시대이다. 힘이 곧 언어가 된 세상에서 민중의 입장을 대변하는 언어는 겉으로 드러난 형태가 아닌 숨은 형태를 가질 수밖에 없다.

(1) ……이방이 한 손으로 수염을 쓰다듬으며 다른 손의 엄지손가락을 치어들어 보이니 천왕동이는 한동안 생각하다가 한 손의 새끼손가락을 앞으로 내밀고 다른 손의 손가락 하나로 자기의 볼을 똑똑 두드리었다. 이방의 의사는
"사내가 엄지손가락과 같지."
하고 물은 것인데 천왕동이의 한 시늉은
"여편네는 새끼손가락이오."
하고 여편네가 분 바르는 흉내로 볼을 두드린 모양이라 대답이 되었다. 이방은 한번 빙그레 웃고 나서 손가락으로 다섯을 꼽아서 내보이니 천왕동이는 별로 지체도 않고 셋을 꼽아서 마주 보였다. 이방의 의사는
"오륜(五倫)을 아느냐?"
하고 물은 것인데 천왕동이의 한 시늉은 정녕코
"삼강(三綱)까지 아오."
하고 대답한 것이라 이방은 속으로 은근히 놀랐다. 이방이 도리어 잠깐 주저하다가 혼인이란 것은 각성바지 두 사람이 서로 합하는 것이라는 의사를 보이려고 두 손바닥을 딱 쳐서 마주 붙이니 천왕동이는 선뜻 두 손을 앞으로 내들고 어린애들이 쥐암이 하듯이 손을 여러 번 폈다 쥐었다 하였다. 혼인은 백 가지 천 가지 복의 근본이라는 의사를 보이려고 하는

시늉인 것이 분명하였다. 대답이 빈틈도 없거니와 수월하고 능란하였다. 이방은 놀랍고도 기뻐서

"잘 되엇네."

하고 소리를 질럿다.[46)

(2) "처음에 수염을 쓰다듬으며 엄지손구락을 치어듭디다."

"그건 무슨 뜻일까?"

"자기가 엄지가락이라구 거만부릴 것이 무어 있소. 생각해 보시우. 장기밖에 더 있겠소?"

"그렇지, 각골 이방쯤은 엄지가락이라구 거만 부릴 턱이 못되니까."

"그래 내가 이러케 했소."

하고 천왕동이가 새끼손가락을 내밀면서 볼을 똑똑 두드렸다.

"그건 무슨 뜻인가?"

"엄지가락 장기라구 흰 체하다가 새끼가락 장기가 되면 부끄럽지 않으냔 말이지. 이방이 보더니 빙그레 웃습디다."

"대답이 용하게 되었네. 그러구 고만 끝이 났나?"

"아니 또 있소. 그 담엔 이방이 손구락으루 다섯을 꼽아 보이는데 그게 장기를 한번에 다섯수씩 본다는 자랑인 듯합디다. 국수장기라니까 수를 볼라면 십여 수라두 한꺼번에 볼 테지만 예사루두 다섯 수씩은 본다구 자랑하는 모양이기에 나는 일곱 수를 예사루 본다구 다섯 꼽은 손구락에서 두 손구락을 펴서 보였소. 그랬더니 이방이 놀라는 기색이 잇습디다."

"의사가 참말 잘 돌았네."

"끝에는 아주 알기 쉽게 이방이 두 손바닥을 마주 부딪칩디다."

"알기 쉽대두 나는 모르겠네."

"장기를 한번 두란 뜻 아니겠소. 그래 내가 백 번이라두 두자구 두 손을 폈다 쥐었다 했소. 그제는 이방이 말루 잘 됐다구 칭찬 합디다."[47)

(1)과 (2)의 내용은 모두 영천 각골 이방과 천왕동이가 사위를 얻기 위해, 그

---

46   홍명희, 『임꺽정』 5권 「의형제편」 2(서울: 사계절, 1997), 154쪽.

47   위의 책, 157쪽.

리고 장가를 들기 위해 벙어리 놀음을 하는 장면에 대한 묘사이다. (1)은 그 현장에서 이방의 관점에 의해 정리된 것이고, (2)는 객사로 돌아와 박유복에게 그 내용을 전하는, 황천왕동이의 관점에서 다시 정리된 것이다. 두 사람이 보여준 몸짓은 같지만, 그 의미는 판이하다. (1)에서는 당시 양반 계층이 내세운 형식적인 도덕률에 의거하여 부권주의와 권위주의가 옹호되고 있다. (2)의 관점은 그것과는 전혀 다른 것으로 나타난다. 그저 황천왕동이는 외로웠고, 외롭기 때문에 장가들려 했고, 그래서 그러한 손짓으로 (1)에 맞서게 된 것이다. 그동안 백이방이 살아왔던 양상과 천왕동이가 살아왔던 양상이 다르기 때문이다.

부권주의는 남성의 힘을, 자연을 정복하고 파괴하는 힘으로 일반화시켜왔던 터다. 따라서 그 힘은 문명사회를 건설하는 주축이 되었고, 소위 신화 시대라는 이름을 인정하지 않으려 한다. 문명사회의 관점에서 볼 때, 신화시대란, 이미 문명인들이 사용하는 언어 저편에 있는 것으로 간주된다. 그러나 사회가 혼란해지면 혼란해질수록 대부분의 핍박받는 민중은 그 신화 시대를 그들 언어의 고향으로 그리워하고 있다.[48] 그리고 그 반대로 힘이 주체가 된 문명은 그것을 철저히 거부하고 있다. 그 사이에서 벌어진 틈이 바로 화해로운 삶의 단절이고, 그것은 곧 언어의 단절인 것이다.

---

48 호르크하이머는 호메로스의 오디세우스를 신화와 문명의 변증법으로 분석하고 있다. 오디세우스는 부권사회가 주축이 된 문명사회에서 이성과 힘의 상징이라는 것이다. 호르크하이머는 오디세우스의 아내 페넬로페를 내세워 그러한 여자의 한을, 부권의 힘에 의존된 문명사회에서 고통받는 사람들에 연결시킨다. 호머는 옛날—어느—한—때라는 장치에 의거하여 역사 이전·야만·문명의 뒤얽힘에 대한 인간 본연의 향수에 위안을 제시했다는 것이다. M. Horkeimer and T. Adorono, *Dialectic of Enlightenment*, trans., John Cumming(New York: The Seabury Press, 1969), pp.43~80.

(1)과 (2)를 단순한 해학적 사건으로 취급하여 지나쳐버릴 수도 있다. 하지만, 앞에서 말했듯이 황천왕동이의 삶과 백이방의 삶이 그러기에는 너무 다르다. (1)과 (2)의 세상에 대한 관점의 차이는 곧 각 계층 간의 삶의 단절이고 언어의 단절을 의미하는 것이다. 이러한 서로 다른 양상의 삶을 연결해주는 것이 바로 '손짓'이라는 언어이다. 벙어리들의 대화도 아닌데 그러한 수화가 어떻게 언어가 될 수 있느냐는 반문이 제기될지도 모른다. 그러나 이러한 인간의 의사소통은, 언어 전체 문제에서 볼 때 삶의 양상이 여러 가지로 나뉘어 생성되는 사회구조와 긴밀한 관계를 맺으며 이루어진다. 그것은 언어의 계층적 다양성을 의미한다. 인간 삶의 구체적인 행위 속에서 실제 의사소통의 의미 맥과는 다른 양상의 의사소통으로 드러나는 점이 그렇다.

두 사람 사이에 오고 간, 손짓을 통한 의사소통은 사회적·계층적 단절을 다시 이어주는 분명한 언어이다. 장가를 들려 하는 계층에서, 손짓 대신 실제 의미 맥으로 통할 말을 사용했다면, 그 연결은 불가능했을 것이다. 연결은커녕 단절을 더욱 굳혔을 것이다. 그 관계에서 핍박받는 민중의 가슴에 도사리고 있는 한이 너무 절실하기 때문이다. 그래서 그 연결은 지배층에 딸린 일반화된 언어가 '피지배층의 한으로 숨은 언어'에 포용되었음을 의미한다. 인간의 삶이 새로운 차원의 삶, 새로운 차원의 언어로 회복될 가능성을 보여준 것이다.

그러한 언어의 회복은 황천왕동이와 그의 누이의 관계에서 실제 형태로 드러난다.

> 매도바위에 사람이 올라간다고 여기저기서 바위를 바라볼 때 청석골 안식구들도 죽 일어나서 바라보았으나 바위가 대왕당에 가려서 보이지 아니하여 다들 다시 앉았는데 휘파람소리가 풍편에 들려왔다. 백손 어머니가 홀저에 깜짝 놀라면서

"그게 내 동생이야."

소리를 지르고 벌떡 일어나서 마주 휘파람을 불었다. 휘파람 소리가 오고가는 동안에 백손 어머니는 아득한 아이 적 일이 생각에 떠올랐다. 어렴풋한 꿈자취와 또렷한 환조각이 한데 뒤섞여서 나타나는 듯 사라지고 사라지는 듯 나타나서 정신 놓고 멍하니 서있는데 다시 들리는 휘파람 소리, 동생이 자기를 오라고 부르는 것만 같아서 허둥허둥 신발을 신었다.[49]

백두산을 거침없이 오르내리면서 어린 시절을 보냈던 남매가, 어지러운 세상에 몸담아 속만 끓이고 살아오다가, 갑자기 어린 시절을 그리워하게 된 장면이다. 그들을 잠시나마 어린 시절의 삶으로 돌이켜준 역할을 한 것이 바로 휘파람 소리이다. 이미 실제 의미 맥으로 일반화된 어떠한 말로도 그들을 "홀저에 깜짝 놀라는", "정신 놓고 멍하니 서있는" 정황으로 몰고 갈 수는 없을 것이다. 그들에게는 서로 오고 가는 휘파람 소리만이, 그들을 잠시나마 어지러운 세상에서 벗어나 자연과 하나가 된 화해로운 삶으로 이끌어가는, 생생한 언어가 되는 것이다. 그것은 그들의 경우에만 국한될 문제가 아니고, 모든 사람의 숨은 그리움이며 언어이다.

『임꺽정』에서 민중의 언어 문제는 단순히 현대 사회에서 사용되지 않는 우리 고유어들이 작품 속에 숱하게 쌓여 있다는 '우리말의 보고'라는 차원 이상의 의미에서 논해야 할 것이다. 실제로 작품에서 민중이 항간에 쓰는 말이 그대로 사용된 것도 아니다. 서울말을 중심으로 격조 있는 언어가 사용된 것이다. 물론, 그런 고유어들이 작품 전체에 풍부하게 산재해 있다는 사실이 어떤 종류의 것이든 가치 있는 것으로 받아들여진다. 그러나 그 사실이 이 작품에서 민중의 풍속과 직결되는 민중의 언어 문제를 생각해보는 데에 장애 요소

---

49   홍명희, 『임꺽정』 8권, 「화적편」 2(서울: 사계절, 1996), 52쪽.

는 아니더라도 크게 기여할 수는 없다. 그 문제는 어디까지나 작품을 어떻게 형상화하는가에 대한 작품 전체의 통일성 여부의 차원에서 논의되어야 한다.

작품의 의미는 사회의 다양한 발언 유형과 거기에서 파생하는 서로 다른 여러 개인의 발언에 의존하여 드러난다. 그 의미의 범주 안에서 실제 세계와 관념 세계가 서로 대결·화합하는 과정을 거침으로써 작품의 주제가 형상화되는 것이다. 그 과정을 거치지 않은 상태의 다양한 사회 발언들의 각 정체는 진짜 언어라기보다는 일개 가면이다. 그것은 사회 발언 유형이 사회계층과 맞물려 형성되고, 사회계층은 서로의 이익 관계로 형성되기 때문에, 각 계층의 발언은 진짜 언어가 아닌, 그것을 위장하는 가면이기 때문에 그렇다. 백이방과 황천왕동이의 대화에서 객관적인 진실로 그 가면이 벗겨질 유일한 길은 서로 말을 하지 않고 벙어리 놀음을 하는 데 있다. 그래서 또 하나의 발언 유형의 존재가 가능한 것이다. 이러한 작중 인물들의 다양한 발언과 거기에 얽힌 사건들이 작품의 주제를 향하여 서로 긴밀하게 작용함으로써, 다양한 사회 음성들에 진실한 의미를 부여한다. 그 진짜 언어가 작품 전체의 통일성을 이루는 기반이다.

『임꺽정』에서 묘사된 민중의 풍속은 바로 민중의 가슴속에 다양한 형태로 맺힌 한을 작품 속에서 벌어지는 다양한 사건들과 긴밀하게 연결시키는 데 중요한 기여를 한다. 그저 민속자료로만 취급될 무당굿·사위 취재·그네뛰기 이야기를 넘어선 것이다. 민중의 언어 문제도 마찬가지다. 그러한 한이 삭혀질, 즉 인간 본래의 화해로운 삶으로 회복될 가능성을 제시하는 것으로서 작품 전체 의미에 긴밀하게 연결되고 있다. 이러한 연결의 끈은 생불의 눈이다. 그 한은 개인 낱낱의 삶의 찌꺼기이며, 그 재생의 근원이 바로 생불의 의미이기 때문이다. 임꺽정 칠형제가 의형제를 맺기 전 생불이 이미 이 세상에서 죽은 사람이 되었지만, 앞서 논의한 바와 같이 그의 죽음은 단순한 생멸적인 죽음만은 아니다. 모든 고통받는 사람의 한을 재생·구원의 길로 인도하는 구세의 의미로 영생한 것이다. 생불 사후「의형제편」·「화적편」에서 생불의 구체적인 행동이 드러나지 않는다 해서 그 의미가 작품 전체 구조와 무관하다고 볼 수는 없다. 그 점은 생불에 의해 임꺽정에게 전달된 유서에서 읽어낼 수 있는 작품 자체의 이야기 틀에서도 입증된다. 유서에 담겨 있는 역설 의미는 앞서 제시한 대로 뒤로 미루는 것이 논의의 질서일 것 같고, 우선 생불의 그러한 작품 자체 내의 영생 의미를 민중의 삶과 깊이 관계된 미륵 신앙(彌勒信仰)을 통해 논증해보기로 하자.

> …… 미륵은 석가의 법을 미래 지향적인 각성한 민중 종교의 천재로서 그의 짧은 생애를 마친다. 말하자면 지장이 지장 자신으로 하여금 고통받는 민중 또는 중생의 지옥적 현실에 참가하는 데 대해서 미륵은 그가 실천할 구세적 이상을 민중의 가능성에 제시하여 그의 진리를 모든 중생들의 실천적 신앙으로 성취하도록 하는 것이다. 여기에 미륵의 요절이 담긴 미완성의 의미가 그것의 사회적 완성을 촉발하고 있음을 알 수 있다.
>   미륵은 보통 불가의 조석불참(朝夕佛懺)의 예불 의식에서는 자씨미륵존불(慈氏彌勒尊佛)이라고 경칭된다. 이 존칭은 반드시 〈당래하생〉이 대자대비의 자심(慈心)을 뜻하고 있다. 그러므로 미륵은 사랑의 보살이다.[50]

위에서 볼 수 있는 바와 같이 미륵의 구세 이상은 고통받는 민중을 향하여 실천하는 데 놓여 있다. "미륵의 요절이 담긴 미완성의 의미가 그것의 사회적 완성을 촉발"함이 바로『임꺽정』에서, 미완에서 완성을 향한 삶을 보는 시각과 맥을 같이 한다. 그 완성이란 바로 인간의 근원적 해방을 향한 구원을 의미하는데, 미륵의 실천 방안은 '사랑'이며, 작품에서 갖바치 생불의 실천 태도

---

50   表一草,「彌勒信仰과 民衆佛敎」, 한종만 편, 앞의 책, 338쪽.

는 '연민'으로 드러난 것이다. 갖바치는 4대 사화로 얼룩진 당시 사회의 구조 모순에서 파생된 모든 고통받는 민중의 근원적 해방을 실천하는 과정에서 생불로 완성된 것이다. 그 점은 『임꺽정』의 배경이 된 당대 사회에서 미륵 신앙이 그러한 인간 해방을 염두에 두고 역사의 새로운 원동력으로 민중 사회의 동태를 촉발시킨[51] 실제 역사와도 맥을 같이한다. 그것은 불교와 깊이 관계된 신라 시대의 골품 제도나, 주자학의 제도 · 명분론에 맞닿은 조선시대의 계층 모순이 민중에게 새로운 세상을 갈망하게 한 역사적 원동력이 된 것이기도 하다. "말하자면 새 세상이 와야 한다. 새 부처가 와야 한다는 것이 곧 미륵 신앙이며 그런 세상이 올 테면 어서 와라! 라는 민중의 혈흔으로 이루어진 것이 미륵 신앙의 희망이었다."[52]

『임꺽정』에서 민중의 한과 연결된 이러한 새 세상 도래의 희망은 생불이 산 사람의 형상으로 직접 관여한「봉단편」·「피장편」·「양반편」에서뿐만 아니라 「의형제편」·「화적편」에서도 읽어낼 수 있다. 작품 자체에 관계된 그러한 부분에 대한 더욱 구체적인 논의는 다음 각 항 · 절에서 이루어질 것이다.

2) 임꺽정의 성격과 계층의 일원화

작가는 임꺽정의 성격을 한 개인의 성격 문제에 국한시킨 것이 아니라 계층 모순과 연관시킨다. 작품에 나오는 모든 인물의 성격이 그들의 출신 성분을 뛰어넘어 임꺽정의 성격 범주에 들어가 생불의 눈으로 모아져 일원화되는 것으로 이야기 구도가 짜여 있다. 그럼으로써, 이 작품의 성격화가 일관성을 이루어 작품의 구조 통일에 기여하게 된다. 이 자리에서 제기되는 핵심 문제

---

51 위의 글, 357쪽.
52 위의 글, 355쪽.

는 임꺽정의 성격이 어떻게 계층 모순과 연관되어 나타나는가, 작품에서 나오는 모든 사람의 성격이 어떻게 임꺽정의 성격 범주에 들어가 생불의 눈으로 모아지는가, 그 의미가 앞에서 논의된 한(恨) 문제와 어떻게 관계되어 작품의 구조 통일에 기여하는가이다.

『임꺽정』에서는 다양한 형태의 인물을 통하여 다양한 형태의 삶이 그려지는데, 그 삶의 각 의미가 작품 전체의 의미와 유기적인 관계를 맺는다. 그것은 각 인물에 뚜렷한 성격이 부여되어 각 사건에 탄력을 제공하는 원인이 되기 때문이다. 대체로 두 방법에 의해 그렇게 되는데, 하나는 어떤 한 인물을 묘사할 때, 그것과 사건 전개상 직접 관계된 다른 한 인물의 눈에 보이는, 그 인물의 겉모습에서 풍기는 인상을 묘사하거나 직접 관상쟁이의 눈을 통해서 묘사되는 방법이고, 다른 하나는 각 인물간의 갈등을 통하여 묘사된다. 그런데, 이 두 방법이 각각의 방법으로 각각의 인물에 따로 적용되는 것은 아니다. 이 작품에 나오는 모든 인물 하나하나에, 그 인물이 관계된 사건의 상황에 따라, 이 두 방법이 공통으로 적용된다. 차이가 있다면, 첫째 방법은 각 인물의 사람 됨됨이와 평생 운수를 전제로 하여, 그 성격이 각 사건을, 앞으로의 이야기에서 어떤 의미로 발전시킬까 하는 것을 제시하는 데 사용되고, 둘째 방법은 사건이 그렇게 발전하는 과정을 생생하게 드러내는 데에 기여한다는 점이다. 그리고 그것은 작품 전체의 의미를 구현한다는 차원에서 상보적인 관계를 이룬다.

임꺽정은 관상쟁이의 눈에 "저렇게 극히 귀하구 극히 천한 상은 나는 처음 보우."[53]라는 모습으로 들어온다. 이 작품의 주동인물에 천하고 귀함이 극한

---

53 『임꺽정』 6권, 「의형제편」 3, 205쪽.

적으로 대립 공존한다는 의미는 그가 처해 있는 사회 구조 모순의 의미와 직결된다.

> 갖바치가 위유로 와서 꺽정이를 보았다. 열한두 살 먹은 아이가 열대여섯 되었다고 하여도 곧이들릴 만큼 숙성하였다. 살빛이 거무스름한 네모번듯한 얼굴에 가로 찢어진 입도 좋고 날이 우뚝한 코도 좋거니와 시커먼 눈썹 밑에 열기가 흐르는 큼직한 눈이 제일 좋았다. 인물이 그릇답게 생기었었다. 갖바치가
> "대장감으로 생겼구나."
> 하고 칭찬하고 빙그레 웃으니 돌이는
> "우리네 자식이 잘생기면 무엇하오."
> 하고 한숨을 지었다.[54]

갖바치의 눈에 들어온 임꺽정의 모습이 아무리 "그릇답게" 생기었다 해도, 임꺽정의 아버지 돌이의 밀대로 "우리네 자식이 잘생기면 무엇하오."라고 체념해버릴 수밖에 없는 세상이었던 것이다. 우리네 자식이란 말할 것도 없이 백정의 자식이란 뜻이다. 물론, "그릇답게" 생기었다가 곧 "극히 귀하"다는 뜻만은 아니다. 보편적인 인간의 차원에서 그릇이 중요했지 귀하고 천하고가 중요한 것은 아니다. 하지만 임꺽정은 지배 계층에 대한 자신의 미움으로 인해, 이 두 가지 타고난 기질이 그대로 그의 성격으로 드러나는 인물로 묘사되어 있다.

> 대체 꺽정이가 처지의 천한 것은 그의 선생 양주팔이나 그의 친구 서기(徐起)나 비슷 서로 같으나 양주팔이와 같은 도덕도 없고 서기와 같은 학문도 없는 까닭에 남의 천대와 멸시를 웃어버리지도 못하고 안심하고 받

---

54 『임꺽정』 2권, 「피장편」, 159쪽.

지도 못하여 성질만 부지중 괴상하야져서 서로 뒤쪽되는 성질이 많았다. 사람의 머리 베기를 무 밑동 도리듯 하면서 거미줄에 걸린 나비를 차마 그대로 보지를 못하고 논밭에 선 곡식을 예사로 짓밟으면서 수채에 나가는 밥풀 한 낱을 아끼고 반죽이 눅을 때는 홍제원 인절미 같기도 하고 조급증이 날 때는 가랑잎에 불붙은 것 같기도 하였다.[55]

이러한 "뒤쪽되는" 임꺽정의 성격은 도중 일을 처리하는 데에서도 그대로 드러난다. 손아래 두령이 군율을 어긴 문제를 처리하는 경우, 어떤 때는 유연한 자세를 잃지 않고 관대하게 처리하는가 하면, 어떤 때는 터무니없이 급하고 포악하게 처리한다. 그의 세 아내가 서울 포도청에 갇혀 있을 때, 파옥의 부당함을 주장하는 두령을 그 자리에서 때려 죽이는가 하면, 도중에 잡혀 들어온 양반을 비겁하지 않다는 이유로 풀어준다든지, 노밤이와 같은 형편없이 비겁한 인물을 그런 줄 훤히 알면서도 관대한 자세로 대한다든지 하는 형태로 그의 성격은 지극히 포악하든가 아니면 지극히 선한 것으로 드러나, 얼핏 보기에 종잡을 수 없을 정도이다. 그러나 작품 전체의 의미에서 볼 때 그의 그러한 "뒤쪽되는" 성격이 일관성을 잃었다고 볼 수는 없다. 그의 지배 계층에 대한 미움에 초점을 맞춰보면 그 성격이 일관적으로 정리된다. 성격이 지극히 천하고 포악하게 드러날 때의 사건 전개 상황을 보면, 그가 양반에 대한 미움으로 차 있을 때이다. 양반 자체에 대한 미움이 아니라, 당시 지배 계층으로서 양반의 더러운 면이 드러날 때 그렇다.

(1) "임장군은 만부부당지용(萬夫不當之勇)을 가지셨구 서모사(謨士)는 지모(智謀)가 제갈공명(諸葛孔明)같으시다구 말씀해야 옳을 것을 그렇게 말씀 안한 것이 잘못인줄 깨닫구 복복사죄(僕僕謝罪)하지 않았습니까. 항

---

55   홍명희, 『임꺽정』 7권, 「화적편」 1(서울: 사계절, 1996), 23쪽.

자(降者)는 불살(不殺)이라니 잘못했다구 사죄하는 걸 죽이는 법이 있습니까."

"그 늄 더러운 늄이다. 빨리 내다 목을 비어라!"

하는 천둥 같은 호령이 대청 안침에서 나왔다. 꺽정이가 호령한 것이다.[56]

　(2) "대체 빌긴 무얼 빌란 말이냐? 우리가 너희에게 빌 일이 무어냐! 우리의 친구 하나가 꺽정이를 대적놈이라구 또 서림이를 꺽정이의 창귀라구 말했다구 우리를 잡아다가 이 욕을 보인다니 그래 꺽정이가 대적놈이 아니냐! 서림이가 꺽정이의 창귀가 아니냐? 그 말이 무에 잘못이냐! 설사 그 친구의 말 삼가지 않은 것을 잘못이라구 하기루서니 우리가 너희에게 빌 일이 무어냐? 그러구 너희 같은 무도한 도독놈들에게 살려줍시오 죽여줍시오 빌사람이 누구냐?"

한생원의 말이 끝나자마자, 꺽정이가

"여보 서종사, 저 사람은 사내요. 저 사내는 내가 살려 보내겠소. 이때까지 잘못했습니다. 살려줍시오 소리에 욕지기가 나서 못배기겠더니 인제 속이 좀 시원하우."

하고 말하였다.[57]

　선비들은 양반의 더러운 속성을 드러낸 죄로 도중에 잡혀온 처지이다. 임꺽정 패와 내통하는 주막에서 술을 마신 후 그들의 위세를 담보로 값을 치르지 않았으니 임꺽정으로서는 이들을 처단할 충분한 이유를 잡은 셈이다. (1)은 그 위세가 눈앞의 보다 큰 위세 앞에서 형편없이 꺾인 것을 의미한다. 그렇지 않아도 양반의 그러한 더러운 속성에 치를 떨어오던 임꺽정으로서는 참을 수 없는 일이다. (2)는 그와 정반대 경우이다. 임꺽정은 양반이든 천민이든 인간의 더러운 속성을 미워한 것이지 인간 자체를 미워한 것은 아니다. 그의 양

56　홍명희, 『임꺽정』 9권, 「화적편」 3(서울: 사계절, 1996), 26~27쪽.

57　위의 책, 29~30쪽.

반을 미워하는 마음은 어린 시절부터 뼈에 사무쳐, 그대로 그의 성격으로 형성된 것만은 분명하다. 그에 못지않게 양반을 미워하고 있었던 그의 아버지 돌이가 임꺽정의 그러한 성격을 경계했을 정도이다.[58] 한데, 그 자체도 양반에 대한 무조건적인 미움에서 그렇게 된 것보다는 당시의 사회구조가 그러한 계층 모순을 내포하고 있었기 때문이다. 당시의 지배층이었던 양반이 가졌던 그러한 더러운 속성이 거의 일반화된 세상이었다는 점을 간과할 수는 없다. 그가 서울 파옥이 불가능하다는 사실을 알면서도 수하의 두목을 죽이면서까지도 고집을 부렸던 것은 그러한 양반의 더러움에 대한 미움 때문이었고, 노밤에게 터무니없이 관대했던 것은 그에게서 당시 양반의 경우에서 드러나곤 하던 것과 같은 종류의 더러운 속성은 찾아볼 수가 없었기 때문이다.

당시와 같은 모순된 사회구조 안에서 자신의 이익을 도모하기 위하여 그러한 임꺽정의 극단적인 성격을 능란하게 이용하는 사람은 서림이다. 그가 도중에 들어오게 된 동기도 임꺽정이 자신에게 사촌의 사돈뻘이 된다고 거짓말을 해서이고, 체포된 후에도 살아남기 위해 임꺽정을 배반한다. 그를 처음 대하는 사람마다 그에게서 풍기는 인상을 걸고넘어지는데, 그것은 바로 그의 살살 웃는 눈웃음이다. 그러한 그의 인상은 사건이 전개됨에 따라 지모가 아닌 간교한 성격으로 구체화된다. 그 과정이 생생하게 드러나는 것은, 관상쟁이에 의해 '우악스럽다고' 표현된 곽오주의 우직한 성격과 늘 대립되기 때문이다. 그럼으로써 곽오주의 그러한 성격 또한 생생하게 드러나게 된다.

---

58 꺽정이가 옥에 있을 때 분통이 터질 것 같아서 후불고하고 옥을 깨치고 뛰어나가려고 하는 것을 돌이가 죽기로 말리어서 꺽정이는 억지로 숨을 죽이고 있었으나 목사를 미워하고 양반을 미워하고 세상을 미워하는 생각은 뼈에 깊이 삭이어졌다. 『임꺽정』 3권, 「양반편」, 97쪽.

"알 까닭 있소. 지금두 안 왔느냐구 말하니까 여러 형님네까지 날 속일라 구 시침들을 떼구 있었소. 모두들 서종사 물이 들어서 사람들이 변했어."

곽오주·황천왕동이 두 사람의 수작을 다른 사람들은 그저 웃고 듣고 서림이는 곽오주의 나중 말을 탄하여

"내 몸에는 원통 곽두령의 잇자국이 백혔소. 하루 한번이라두 그예 씹 히니까."

하고 깔깔 웃었다.[59]

서림은 눈치로만 세상을 살아온 사람이고 곽오주는 그와 정반대로 눈치라 는 것을 전혀 모르고 살아온 사람이다. 임꺽정의 위세가 아니었다면, 서림은 곽오주의 손에 몇 번 죽었을지도 모를 정도이다. 이러한 두 인물의 갈등은 작 품 전체에 중요한 복선을 제시하기도 한다. 곽오주가 "대장 형님이 서종사 말 을 저렇게 잘 듣다간 언제든지 큰코다칠 때 있을걸"[60]이라고 서림의 배반을 예상까지 하는데, 이야기는 실제 그렇게 되는 것으로 전개된다. 또한 곽오주 의 이러한 순진하면서도 우직하게 설정된 성격은 늘 해학을 즐기는 오두령의 너저분한 성격과 박유복의 고지식하면서도 인정 어린 성격을 드러내는 데 요 긴한 역할을 하기도 한다.[61]

그 외에 꼭 곽오주와 비교되어 나타나는 것은 아니지만 매 사건 속에서 각 두령들의 성격 비교가 일관성 있게 이루어진다. 그리고 이들 모두가 관상쟁

---

59 홍명희, 『임꺽정』 8권, 「화적편」 2(서울: 사계절, 1996), 103~104쪽.

60 위의 책, 150쪽.

61 박유복이 곽오주를 처음 만나게 된 곳은 탑고개였는데, 그와 같이 지내던 오두령이 곽오주한테 당한 분풀이를 하기 위해서였다. "유복이는 본래 오가의 분푸리보다 총 각과 힘 겨룸해 볼 생각이 많았던 터에 총각의 힘이 아무리 동뜨다고 하야도 자기보 다 못한 것을 짐작하였고, 또 총각의 말하는 것과 짓하는 것이 밉지 않아서 총각을 그대로 곱게 보냈는데 오가에게 사설을 듣고 보니 자기가 오가를 속인 것도 같아 속 으로 미안한 마음이 없지 아니하였다." 『임꺽정』 4권, 「의형제편」 1, 186쪽.

이의 눈이나 다른 사람의 눈에 의하여 그들 일생의 운명이 정리되고 있다.

> ……꺽정이와 서림이의 밀담(密談)한 이야기를 듣고 싶기는 네 두령의
> 마음이 서로 다를 것이 없으나 꺽정이와 서림이가 좀처럼 이야기하지 않
> 는 것을 보고는 네 두령의 생각이 각기 같지 아니하였다.
>   '구경은 우리에게 안 알리지 못하겠지.'
> 생각하는 것은 리봉학이요
>   '알려주지 않는 것을 지싯지싯 알려구 할 것 없다.'
> 생각하는 것은 배돌석이요
>   '알려줄 때까지 기다려 보자.'
> 생각하는 것은 박유복이라, 세 사람은 알고 싶어 하는 눈치도 별로 보이
> 지 아니하나 황천왕동이는 얼른 알고 싶어서 몸이 달지경인데……[62]

이성적인 이봉학의 성격, 황천왕동이와 대조되어 나타나는 배돌석이의 텁
텁하면서도 어둡고 괴벽스러운 성격, 박유복의 인정으로 버티는 성격, 걸음
걸이 빠른 황천왕동이의 자발맞은 성격, 그 외에 별다른 특성이 나타나지는
않지만, 비교적 직선적인 길막봉이의 성격이, 위 인용문의 경우와 같이 각 사
건 전개에 필연적으로 연결되는 것이다.

이러한 두 방법에 의한 생생한 성격 묘사는 임꺽정 일당의 경우에서뿐만
아니라 작품에 나오는 인물 모두에게 고루 적용된다. 생색내기 좋아하는 삭
불이의 삭삭한 성격이 중매 솜씨로 발휘되고, 봉단의 슬기로움이 이장곤을
평생 편안하게 살게 하고, 이장곤의 소탈하고 너그러운 성격이 갖바치를 중
심으로 각계각층의 사람들을 모이게 하고, 돌이의 우직한 성격이 아들의 양
반에 대한 미움을 부추기는 데 일조하고, 서슴없이 아들을 죽이는 윤원형의
포악성과 정난정의 요사스러움이 결탁되어 세상을 어지럽게 함으로써 임꺽

---

62 『임꺽정』7권, 「화적편」 1, 24쪽.

정의 양반에 대한 미움을 부추기고, 임꺽정의 아내 운총의 야성적인 성격이 임꺽정의 주색에 빠진 서울 사건과 연결되어 질투로 나타나고, 섭섭이의 총명하고 활달한 성격이 거기에 관여되는 등, 수없이 많은 인물들의 성격이 서로의 연계를 탄탄하게 유지하며 각 사건마다 적절한 양상으로 나타난다. 심지어는 임꺽정의 아들 백손의 귀함·용감함과 어린 이순신의 당당한 성격이 앞으로의 사건 전개에 어떤 인연의 그물로 연결된다든지, 폐비 신씨를 그리워하는 나약한 성격의 중종이 백정 출신의 아내를 버리지 않은 이장곤의 심지 굳고 너그러운 성격을 부러워한다든지, 계층적으로 보아 가장 천한 사람으로부터 가장 귀한 사람에 이르기까지 그러한 두 방법으로 성격화가 이루어지고 있는 것이다.

이 작품에서 드러나는 이러한 다양한 인물의 성격화가 일관성을 잃지 않는 근본 이유는 모든 사람의 성격이 임꺽정의 지극히 귀하고 지극히 천하다는 사람됨의 범주 안에 들어오는 데에 있다. 그것은 작품 전체 의미를 통일시키기 위해 그렇게 될 수밖에 없다는 유추를 가능하게 하기도 한다. 임꺽정의 사람됨이 지극히 귀하고 천하다고 설정된 것은 개개인의 삶을 전제로 한 것이 아니라, 세상 전체를 전제로 해서 그렇게 된 것이기 때문이다. 학대하는 쪽에서 보면 임꺽정의 인물됨이 가장 천할 것이고, 학대받는 쪽에서 보면 가장 귀한 것이다. 양쪽에서 보면 그것은 서로 절실한 문제인데, 그 절실한 문제를 출신 성분에 초점을 맞추어 양분하였다면, 작품 전체의 의미가 도식적으로 흘렀을 것이다. 작가가 갖바치를 통하여 임꺽정과 같은 천민 출신에게 모순된 사회구조에 대한 개혁의 뜻을 품게 한 것을 그렇게 양분법적으로 해석해서는 안 될 것이다. 이 작품에서 학대하고 학대받는 주체의 의미는 출신성분에 의해서가 아니고, 그들의 보편적인 인간관과 그것을 뒷받침해주는 인물의 성격화에 의해서 정해지는 것이다. 지극히 귀하고 지극히 천함을 공유하고 있는 임꺽정이 천민 출신일 수밖에 없는 필연적인 이유는 당시 사회의 일반적인 상황이 대체로 계층 모순에서 비롯되었다는 데에서 찾아질 일이지, 원래 천민 출신의 인간만이 그렇게 되리라는 원리는 없기 때문이다. 그리고 작품 자체에서도 매 사건에 따라 인간의 의미가 부여될 때에는 그러한 출신 계층의 의미가 거부되고 있다. 그래서 『임꺽정』에서 임꺽정의 지극히 귀하고 지극히 천하다는 범주에 들어오게 된 인물에 대한 다음과 같은 도식화가 가능하기도 한 것이다.

극히 귀함	귀함	천함	극히 천함
임꺽정	임꺽정(백정 출신) 봉단 · 임백손(백정 출신) 이장곤 · 조광조 · 심의 · 이윤경 · 이순신 · 김덕순 (양반 출신) 이봉학(서얼 출신) 박유복(농민 출신)	임꺽정(백정 출신) 양주삼 내외(백정 출신) 남곤 · 윤원형 · 심정 · 남치근 (양반 출신) 김윤(서얼 출신) 곽오주(농민 출신) 길막봉(상인 출신) 황천왕동(관비 출신) 배돌석(역관 출신) 서림(아전 출신)	임꺽정
⇓	⇓	⇓	⇓
		〈생불〉	

이렇게 출신 성분을 초월한 차원의 각 인물들의 성격화는 모두 임꺽정의 사람됨의 범주 안에 들어온 상태에서, 생불의 의미로 다시 모아진다. 그 점을 뒤쪽되는 임꺽정의 성격에 대한 작가의 묘사 태도와 부처님의 가르침에 대한 한용운의 묘사 태도를 비교하면서 구체적으로 입증해 보기로 하자.

(1) 홍명희의 임꺽정의 성격에 대한 묘사: 사람의 머리 베기를 무 밑동 도리듯 하면서 거미줄에 걸린 나비를 차마 그대로 보지 못하고 논밭에선

곡식을 예사로 짓밟으면서 수채에 나가는 밥풀 한 낱을 아끼고 반죽이 눅을 때는 홍제원 인절미 같기도 하고 조급증이 날 때는 가랑잎에 불붙은 것 같기도 하였다.[63]

(2) 한용운의 부처님의 가르침에 대한 묘사: 무릇 부처님의 가르침은 실한 듯한가 하면 허한 듯하기도 하고, 놓아 주는 듯한가 하면 뺏는 듯도 하고, 왕자 같은 반면 패자 같기도 하고, 천지와 같은가 하면 터럭 끝 같기도 하여 형용할 수도 없고, 어느 일단을 가지고 논한 성질의 것도 아니다.[64]

(1)을 임꺽정 한 개인의 경우로만 국한시켜 생각할 수 없다. 그러한 생명 문제에 직결된 성격 묘사가 작품 자체에서 계층 모순과 맞닿은 사회 전체 모순과 관계된 상황으로 나타나기 때문이다. 양반의 경우에는 정적이기 때문에, 천민의 경우에는 힘이 없기 때문에 임꺽정처럼 힘 가진 자나, 권력을 손에 쥔 양반이 사람을 기꺼이 죽이면서, 보다 더 큰 권력 앞에선 아첨하는 데 세련된 감각과 문장으로 인륜을 내세운다. 그들에게 생명이란 자신들의 목숨 보존만을 위한 명분에 지나지 않는 터다. 그러한 상황에서, 인간의 삶은 어떠한 계층을 막론하고 그 참된 생명을 잃어가는 터가 바로 작품 안에서 전개되는 모순된 현실이다.

그 참 생명을 되찾게 하자는 것이 바로 (2)의 부처의 가르침이다. 그런데, 그 연계의 가능성은 (1)과 (2)의 묘사가 같은 수사법으로 이루어졌다는 형식적인 의미에서만 찾아질 성질의 것은 아니다. 핍박에 의해 형성된 (1)의 참 생명을 잃어가는 인간 삶의 모습이 바로 (2)의 재생을 향한 삶의 찌꺼기, 즉 민

---

63 위의 책, 23쪽.
64 한용운, 「朝鮮佛敎維新論」, 앞의 책, 82쪽.

중의 한인 점에 주목할 필요가 있다. 인간의 경우에 해당되는 (1)의 역설이 부처의 경우에 해당되는 (2)의 역설에 의해 포용되는 것이다. 그것은 부처의 본성이 중생 개개인의 마음에 있다는 논리를 타당하게 한다. 실과 허, 놓아줌과 빼앗음, 왕자와 패자, 천지와 터럭 등으로 대조 표현되는 것이 부처의 가르침 속에 공존함은 극단의 분열을 의미하는 것이 아니라, 재생을 향하여 열린 민중 개개인의 마음 자세의 폭이 무한대로 허용된다는 의미인 것이다. 그점은 앞서 논의한 바와 같이 작품 안에서 정희량과 갖바치와 김윤의 관계에서 선·악 공존을 받아들이는 마음 자세에서 드러난 터다. "그 미묘한 말씀과 지극한 뜻으로 병에 따라 약을 주어, 사람들로 하여금 인연을 좇아 도에 들어가게 하고자 하시는 것뿐이니, 조용한 마음으로 이치를 따라 먼저 종지를 찾는다면 생각에 저절로 얻는 바가 있을 터이니, 멀고도 넓다 할 것이다."[65]라고 해석될 수 있는 (1)과 (2)의 역설 의미는『임꺽정』에서 생불의 실천적 구원관과 다를 바 없는 것이다. 그리고 그 점은 인간의 근원적 해방을 근거로 민족해방을 생각했던 작가의 진보 역사관과도 맥을 같이한다.

이처럼『임꺽정』에서 각계각층의 인물의 성격이 생불의 의미로 모아졌다는 점은 이 작품의 다양한 인물의 성격화가 계층 의미를 뛰어넘어 일원화되었음을 뜻하는데, 이야기의 전개상 그 원동력이 되는 것은 임꺽정을 비롯한 많은 사람들의 가슴속에 맺힌 한이다. 임꺽정의 한은 타고난 것으로 전제되어 있고, 이성적 인물 이봉학은 비명에 간 아버지의 한을 실제 관직 생활을 하는 동안 더욱 절감했고, 고지식한 성격의 소유자 박유복은 죄 없이 무고당해 죽은 아버지의 한을 이어받을 수밖에 없었으며, 어둡고 괴벽스러운 성격을 가진 배돌석은 아내의 부정한 행실 때문에 떠돌이의 한을 갖게 되었고, 자발맞

65   위의 글, 82쪽.

으면서도 야생적인 천왕동이 남매는 관비였기 때문에 떳떳하게 사랑을 나누지 못하고 영원히 숨어 살아야만 했던 부모의 한을 속세에 나와 확인하게 되었으며, 우악스럽고 순진한 곽오주는 어린 자식을 죽게 할 수밖에 없었던 것이 한 되었고, 별다른 특징은 없지만 비교적 직선적인 성격을 가진 길막봉이는 장인 장모의 구박과 박선달의 횡포로 한을 품게 되었던 것이다. 이러한 다양한 형태의 삶에서 나온 한들이 천하고 귀한 것을 떠나, 모든 인간을 구원의 눈으로 보는 생불의 의미로 귀속되는 것은 이 작품의 구조 원리를 일원화하는 점이기도 하다.

3) 조선 정조의 의미

이 논의에서는 작가가 창작 의도에서 말한 조선 정조의 의미를 작품 속에서 어떻게 민족 정서로 구현했는가에 문제의 초점이 맞춰진다. 그것은 앞서 논한 사회구조의 모순에서 발생한 민중의 한과 거기에 담긴 진실이 어떻게 민족 정서로 받아들이게끔 형상화되었는가를 검토하는 일이다.

이광수를 비롯해서 식민지 시대 대부분의 문인들이 우리 문학을 서양 문학의 관점에서 생각한 것이 당시의 현실이다. 이광수는 문학의 가치를 논하는 글에서, '서양은 정(情)이 발달해서 문학이 발달했고, 동양은 그 대신 지(知) · 의(意)가 발달해서 문학이 발달하지 못했으므로, 앞으로는 우리 문학도 그러한 서양 문학을 준거 삼아 발전시켜야 한다'는 논리를 폈던 터다.[66] 이러한 구분은 그 기준이 어디에 놓여 있는가를 생각해볼 틈도 없이 잘 납득되지 않는

---

66 이광수(이보경), 「文學의 價値」, 『大韓興學報』 제11호, 1910.3[권영민 편, 『한국현대비평사자료집 I』, 9~11쪽.

다. 그가 이러한 논리를 전개할 때가 19세의 청년 시절이었음을 감안한다 해도 그것은 마찬가지이다. 생각이 성숙의 단계에 이르러서도 그는 그의 민족이념을 식민지 상황과 그에 관계된 민중 일반의 삶에 실천적으로 연결시키지 못했던 것이다. 더 큰 문제는 식민지 시대의 문인들이 서구의 르네상스를 찬양하면서 이광수의 오류를 그대로 답습한 격이 되고 만 일이다. 문학사에서 거론되는『태서문예신보(泰西文藝新報)』·『창조(創造)』·『장미촌(薔薇村)』·『백조(白潮)』등의 동인지 운동과 상징주의·낭만주의·사실주의·퇴폐주의·유미주의 등 문예사조 운동이 민족 이념과는 무관한 서양의 문학관에 준거를 두어 이루어졌다는 점이 그것을 잘 말해준다. 당시 그러한 문예운동에 정면으로 맞섰던 카프 계열에서도 일제강점기를 맞아 와해되어 박영희(朴英熙)·김팔봉(金八峰) 등 그중 몇몇이 친일 문학자로 정리될 수밖에 없었던 것이다.[67] 그것은 이념 차원에서 민족 문제는 물론, 당시 암울한 현실에서 허덕이고 있었던 민중 일반의 삶을 도외시한 결과이다.

홍명희에 의해 호의적인 뜻에서 고집불통의 천재로 말해진 바 있던[68] 신채호가 당시의 그러한 흐름을 통렬히 비판하면서 민족 이념을 세우려 했으나, 민중 혁명의 총체적 실천을 주장했을 뿐, 그에 합당한 문학으로서 섬세한 실천 방안을 제시하지 못했던 것을[69] 볼 때, 홍명희는 그러한 실천 방안을 이론적으로 내세우기에 앞서『임꺽정』을 창작함으로써 직접 실천했던 것이다.

조선文學이라하면 예전것은 거지반 支那文學의 影響을 만히밧어서 事件이나 담기어진 情調들이 우리와 遊離된점이 만헛고, 그리고 最近의 문

---

67 임종국,『親日文學論』(서울: 평화출판사, 1963), 191~456쪽.
68 홍명희,「上海時代의 丹齋」,『조광』, 1936, 212~213쪽.
69 신채호,「浪客의 新年漫筆」,『동아일보』1925.1.2[권영민 편, 앞의 책. 54~60쪽].

학은 또 歐美文學의 영향을 만히밧어서 洋臭가 있는터인데 林巨正만은 事件이나 人物이나 描寫로나 情調로나 모다 남에게서는 옷한벌 빌어 입지안코 純朝鮮거로 만들려고 하였습니다 「朝鮮情調에 一貫된作品」이것이 나의 日標엇습니다.[70]

"사건이나 인물이나" 문제는 앞의 민중의 풍속과 언어·임꺽정의 성격을 중심으로 한 인물의 성격화를 논하는 자리에서 입증되었을 줄로 믿는다. 나머지 "묘사로나" 문제를 작품에서 확인해보기로 하자.

작가는 지극히 개인적인 일에서부터 집단의 사건들, 천민의 생활에서부터 궁중 내부의 일, 각 고을의 풍속들에 이르기까지 소홀하게 건너뛴 부분이 조금도 없을 정도로 당대 사회의 전반적인 문제를 풍성하게 묘사해내고 있다. 이러한 묘사 태도는 치밀하다거나 정밀하다는 것만의 차원을 넘어선, 삶 전체의 유기적인 관계를 일관성 있게 이루어내는 그야말로 풍성한 묘사가 되는 것이다.

주팔이가 남창을 열어놓고 눈 녹은 뒤 남산의 부드러운 자태를 바라보고 앉았다가 종남산 새봄이라는 글제로 귀글을 지으려고 하였다. 그러나 울적한 심사가 글구멍을 막았던지 글이 한 구도 잘 되지 아니하여 뜰 아래로 내려와서 이리저리 거닐었다. 얼마 뒤에는 뜰 밑에 쪼그리고 앉아서 낙수받이의 모래를 두 손가락으로 집었다 놓았다 하였다. 그리하는 중에 꼬물꼬물 돌아다니는 개미들이 눈에 뜨이었다. 댓돌 밑에 있는 개미들을 찾아와서 드나드는 개미를 들여다보느라고 다시 쪼그리고 앉았는데, 개미들은 혹 혼자 따로 떨어져서 앞발로 수염을 닦달하는 놈도 있고 혹 오다가 다시 서로 만나서 수염으로 인사하는 놈도 있고 그 외에 양기(陽氣)를 받아서 기운을 내려는 듯이 따뜻한 햇볕을 쪼이며 이리저리 돌아다니

---

70   홍명희, 「〈林巨正傳〉을 쓰면서」, 『삼천리』, 1933.9, 665쪽.

는 놈이 많았다.[71]

갖바치 양주팔이 상경하여 이장곤의 집에서 무료하게 나날을 보내는 심정을 묘사한 부분이다. 새봄의 햇살과 "글구멍"이 막혔다는 것, 그리고 개미들의 움직임을 섬세하게 연결시켜 양주팔의 울적한 심사를 정확하게 그려내고 있다. 개미들의 움직임 속에 무언가 삶의 변화를 가져봐야겠다는 양주팔의 의지가 교묘하게 담겨 있는 터다. 실제로 양주팔은 곧 이장곤의 집을 나와 산천 구경을 떠나게 된다.

그런데, 작가는 이러한 개인 심사를 집단 심사로 드러낼 필요가 있을 때는 또 거기에 맞는 정황을 적절하게 묘사해 낸다.

> 피리가 차차로 조화를 부리는 듯 우수수 지나가는 바람 소리, 딸딸딸 구르는 낙엽 소리, 사람들의 지껄지껄하는 소리, 모든 소리를 다 없이 하여 여러 사람 귀에 들리는 것이 피리소리밖에 없었다. 꺽정이 이하 여러 두령이 서로 돌아보고 고개를 끄덕이었다.
>
> 조그만 피리에서 어찌하면 그런 웅장한 곡조가 나오며 우스운 피리소리에서 어찌하면 그런 굉장한 기세가 나타날까, 그 곡조 기세를 좀 혼감스럽게 형용하면 큰바람이 바닷물을 뒤집는 듯하고, …(중략)… 꺽정이는 채 수염을 쓱쓱 쓰다듬고 두령들은 혹 팔로 뽐내고 혹 어깨도 으쓱으쓱하였다.
>
> 단천령이 우조를 다 불고 뒤를 돌아다보다가 여러 사람 거동을 보고 적이 웃으면서 피리를 다시 불었다. 곡조가 달랐다. 이번 곡조는 처량하였다. 장고 치던 기생이 …(중략)… 첩첩한 시름과 설움을 피리로 풀어내는 듯 피리소리가 원망하는 것도 같고 한탄하는 것도 같고 하소연하는 것도 같으나, 어떤 마디는 천연 울음을 우는 것과 같았다. 그칠 듯 자지러지는 소리는 목이 메어 울음이 나오지 않는 것 같고 호들갑스러운 된소리는 울

---

71 『임꺽정』 1권, 「봉단편」, 66쪽.

음이 복받쳐 퍼지는 것 같았다. 사람의 울음은 아니나 울음소리 같은 것
은 필시 귀신의 울음일 것이다. 오가는 죽은 마누라의 혼이 와서 울고불
고 하는 듯 생각하고 닭의똥 같은 눈물이 뚝뚝 떨어졌다. 다른 두령들도
각기 구슬프고 한심한 생각이 나서 혹은 눈을 끔벅거리고 혹은 한숨을 지
었다. 바깥마당에서는 누가 우는지 흑흑 느끼는 소리까지 났다. 꺽정이가
마음이 공연히 비창하여지는 것을 억지로 참는 중에 이 광경을 보고 급히
손을 내저으며

  "피리를 고만 끄치우"

하고 소리를 질렀다. 단천령이 못들은 체하고 피리를 그치지 아니하여 꺽
정이가 벌떡 일어나서 단천령의 팔죽지를 잡아 일으켜 세웠다. 단천령은
팔죽지가 떨어지는 것 같아서 아이쿠 소리를 부지중에 질렀다. 꺽정이가
잡은 팔죽지를 놓고

  "우리 자리루 가서 술이나 더 먹읍시다."

하고 말하였다.[72]

"바람소리", "딸딸딸 구르는 낙엽 소리", "사람들의 지껄지껄 하는" 소리 등
사위의 모든 소리가 피리 소리에 잠겨든다. 피리 소리는 자연의 변화와 인간
심사의 변화를 하나로 이끌어간다. 웅장한 곡조는 웅장한 자연과 걸맞아 인
간의 심사에 힘을 불어넣는다. 처량한 곡조는 주위에 모여든 사람 모두에게
저마다의 한을 확인하게 한다. 그 과정에서 그것을 참아내지 못하고 발끈 화
를 내는 임꺽정의 성격이 모든 사람의 서러운 심기를 희석한다. 그것은 피리
부는 사람이 피리 잘 분다는 것을 나타내기 위한 묘사만은 아니다. 작가는 피
리 소리 하나로 가을을 맞아 도중의 처지가 어렵게 되어 우울한 분위기에 젖
어 있는 청석골 화적들의 집단 심리를 풍성하게 묘사하고 있는 것이다.

이러한 형태의 묘사에서 '지나문학(支那文學)'이나 '구미문학(歐美文學)'의 정

---

72 『임꺽정』 9권, 「화적편」 3, 102~103쪽.

조를 찾아내기란 힘든 일이다. 벽초의 말대로 "남에게서는 옷 한 벌 빌어 입지안코 순조선거로 만들"어진 것이다.

이상에서 본 바와 같이, 실제 작품에서 '순 조선 거'라는 조선 정조의 의미는 사건·인물 묘사 등 작품의 형식적 장치에 의해서만 실현된 것 이상을 말한다. 그러한 장치로 개인에서 집단에 이르기까지 다양한 삶의 모습을 보여주는 원동력은 어디까지나 민중의 가슴에 맺혀 있는 한이다. 그러한 한은 조선 정조의 의미를 슬프거나 나약한 것으로 받아들여지게 하는 것보다 인물·사건에 대한 풍성한 묘사 능력에 의해 역동성을 지니게 된다. "어둠에서 밝힘으로 이행해 가는 끊임없는 운동성"[73]을 부여받은 것이다.

그 역동적 과정 속에는 삶의 갖가지 우여곡절이 숨어 있다. 각 인물의 성격이나 사건에 따라 포악한 복수나 분풀이로 또 다른 한을 낳게 하는가 하면, 어떤 때는 관용으로 그 맺힌 한을 삭히기도 한다. 그리고 거기에는 각 인물의 슬기로움과 우매함, 매 사건마다의 선과 악의 문제가 필연적으로 뒤따르게 된다. 이 작품에 나오는 모든 인물·사건들이 이 과정에서 서로 유기적으로 얽혀 있기 때문에 각 경우의 예 하나씩을 딱 꼬집어내기가 어려울 정도이다. 그렇다고, 작품 전체의 의미가 무질서하게 구현되었다고 보긴 어렵다. 그러한 복잡한 관계가 임꺽정의 포악한 분풀이나, 터무니없는 관용의 경우로 뚜렷한 맥을 이어나가 작품 전체 구조에 역설적 의미로 작용하는 생불의 눈에 귀속됨으로써, 그 한을 어둠에서 밝힘으로 이행이라는 형태로 삭혀가는 것만은 분명하게 읽어낼 수 있기 때문이다.

『임꺽정』에서, 조선 정조의 의미는 바로 이러한 한의 역동성에 있다. 그리고 그것은 민족 정서의 실현 문제와 직결되는데, 민족 정서의 소설적 실현 문

---

73 천이두, 『韓國文學과 恨』(서울: 이우출판사, 1985), 34쪽.

제는 특정한 민족 이념을 도식적으로 내세워 해결될 것은 아니다. 한 민족의 정서는 그러한 도식성보다는 그 민족에 뿌리를 내리고 오랫동안 살아온 민중의 낱낱의 삶에서 저절로 우러나오는 것이기 때문이다. 그러한 삶이『임꺽정』이라는 소설로 형상화되어 민족 정서를 구현했다는 것은, 바로 민중의 풍속과 언어, 다양한 인물의 성격화와 그에 대한 풍성한 묘사가 유기적으로 얽혀 있는, 재생의 의미를 향한 한의 역동성, 즉 '생불의 눈'의 역설성이 작품 전체의 의미를 구현하는 데에 구체적으로 기여했음을 뜻한다.

4. 봉건주의 이념에 대한 반봉건 의식

이 자리에서는, 생불의 눈을 통해 당대의 민족 현실 문제와 진정한 관계를 맺게 된『임꺽정』을 사상성 면에서 어떻게 이해해야 하는가에 대해 논하기로 한다. 이 작업이 바로 서론에서 제시한 작품 전체의 본질적 의미를 풀어내는 두 번째 단계이다.『임꺽정』에서 사회의 구조 모순은 사대부 지배 체제의 무질서와 거기에서 파생한 계층 모순이 원인이 되어 드러난다. 임꺽정이 속한 천민 계층이든 그와 적대적인 관료 계층이든 그들은 다 같이 모순된 한 사회 질서 안에서 두 방향으로 진실을 위장하고 왜곡하는 것으로 이야기 구도가 짜여 있다. 하나는 봉건주의 이념이고, 다른 하나는 거기에 대한 반봉건 의식이다.

이 점에서 제기되는 근본 문제는 그러한 반봉건 의식 문제가 작품에서 어떻게 발생하는가, 그것이 생불의 눈에 어떠한 방향으로 들어와 작품의 사상적 가치를 창조하는가, 그러한 사상적 가치를 독자의 입장에서 어떻게 받아들여야 하는가이다.

1) 관료 · 백성 · 화적의 삼각관계

여기에서는, 작품의 주요 문제로 대두된 모순된 봉건주의 체제하에서 각 계층 간의 대결 양상과, 그 대결 과정에서 관료 · 백성 · 화적이 어떻게 삼각관계를 이루어가고, 그 삼각관계의 정체가 무엇인가에 대해 논하기로 한다.

『임꺽정』에는 연산군조에서 명종조에 이르는 모순된 정치 현실을 배경으로 한 각종 사건이 복잡하게 얽혀 있다. 작가가 그 배경의 핵심으로 부각한 것이 무오(戊午)(1498, 연산군 4) · 갑자(甲子)(1504, 연산군 10) · 기묘(己卯)(1519, 중종 14) · 을사(乙巳)(1545, 명종 1)년에 일어난 네 번의 사화(士禍)다. 사화의 글자대로의 뜻은 선비들이 화를 입는다는 것인데, 조선조 4대 사화라 일컬어지는 이 사건들이 작품의 핵심 배경으로 부각된 것은 조선조와 같은 사대부 지배 체제 사회에서 선비들의 입지가 정치 현실과 긴밀한 관계를 맺고 있어서이다. 그리고 그러한 정치 현실이 백성들 삶의 문제에 직결됨은 어느 시대를 막론하고 필연적인 일이기 때문이다.

무오사화는 『임꺽정』에서 처음 이야기로 등장하는 연산군의 폭정 상황보다도 6년 전에 일어난 사건인데, 김윤의 사주풀이에 대한 묘사에 의해 작품의 다른 사건들과 간접적으로 연결을 맺는다. 신경광이 김종직의 사주를 보았다는 것 이외에 별다른 사건이 아닌 것처럼 보일지도 모르지만, 그것이 김윤에 연결되었다는 자체부터가 당시 관료 사회의 뿌리 깊은 모순을 제시한 일로 받아들여진다.

갑자사화는 이장곤의 귀양 사건에 접맥됨으로써 정희량 · 갖바치의 출현 등 작품 전체의 의미 방향을 제시하는 데에 중요한 배경이 된다. 정희량에서 이장곤으로, 이장곤에서 갖바치로, 그리고 다시 이천년(정희량)에서 갖바치로 연결된 인연의 끈이 기묘사화에 얽힌 여러 사건들과 긴밀한 관계를 맺음으로써 작품의 구체적인 의미 방향을 제시하는 것으로 그 정체가 드러난 것이다. 조광조·김식 등을 위시한 소장 도학자들이 남곤·심정 등과 같은 훈구파 재상들에 의해 화를 당하게 되는데, 그것은 이 작품에서 관료 사회를 바르게 이끌어가야 할 정의가 말살되었음을 의미함과 동시에 세상 전체의 판이 그렇게 되었다는 것을 의미한다. 그러한 세상에서 정의란 찌꺼기에 불과하게 되어, 갖바치를 중심으로 그 찌꺼기들이 모여 새로운 정의로 태어날 준비를 하고 있는 것으로 작품 전체의 구도가 짜여 있다.

> "이렇게 가물어서는 올 농사도 다 보았네. 요 몇해지간은 연년이 살년이니 사람이 살 수 있나. 이게 다른 까닭이 아니야. 서울 조재상이 벼슬을 잘 살아서 우순풍조하고 국태민안하던 것인데, 상감이 소인의 말을 듣고 조재상을 죽인 까닭에 하느님이 역정이 난 것이야. 금년에 각골 봉물짐이 서울로 올라가는 것을 보지. 조재상이 있으면 될 일인가. 상감 못난 덕으로 우리 백성만 못 살아."
> 하고 수다스럽게 지껄이었더니 그때 품군 두 사람 중에 남의 집 머슴으로 품앗이왔던 자가 무슨 큰 수나 날 줄 알고 슬그머니 서울 와서 고변을 하였었다. 유복 어멈의 남편은 서울로 잡혀와서 마침내 맞아 죽고, 그때 품꾼의 한 사람은 고변 아니한 죄로 볼기를 맞고 큰 수를 바라던 머슴은 고변한 상급으로 무명 세 필을 받았었다.[74]

"우순풍조하고 국태민안"한 상태에서 살기 원하는 것은 어느 사회에서든 백성들이 기본적으로 바라는 바다. 백성들이 자신들의 그러한 소망을 "조재상이 벼슬을 잘 살아서"에 연결시키는 것은 중앙집권 체제 사회의 한 특징이다.

여기에서 "조재상"은 조광조를 말하는데, 그는 그러한 중앙집권 체제하에서 애민 정치를 가장 이상적으로 실현해보려고 했던 사람들 중의 하나였다.

---

74 『임꺽정』 2권, 「피장편」, 143쪽.

그는 당시 훈구파 관료들의 절대 반대에도 불구하고 한전제(限田制)·현량과 (賢良科)를 실시하는 혁신 정책을 펴나갔다.[75] 그것은 지식이든 재산이든 이미 가진 자로서 기득권을 인정하지 않으려는 평등사상에 기반을 둔 일이었다. 그러한 평등사상 위에 선 그에게 신분 차별 의식과 같은 것은 무의미했다.[76] 그렇다고 그가 사대부 지배 체제 자체를 급격하게 전복시키려 했던 것은 아니었다. 그 자체를 인간 본연의 질서로 환원시키려 했다. 그래서 그에게는 사대부 지배 체제를 지탱해오던 당시의 주자주의 이념이 백성에 대한 통치 수단이 아니라, 백성을 사랑하는 인간 본연의 실천 윤리로 받아들여졌던 것이다. 그러한 실천 윤리 차원에서 학문하고 정치하는 정도를 제쳐두고 문장 기교 습득에만 연연했던 나머지, 사대정책에 일조해왔던 남곤을 위시한 당시의 지배 관료들이란, 그가 보기에 소인배에 지나지 않았다.

"상감이 소인의 말을 듣고 조재상을 죽"였다는 사실은 바른 정치, 즉 백성

---

75 한우근, 『韓國通史』(서울: 을유문화사, 1973), 288~292쪽.

76 "……성인이라야 성인을 능히 안다고, 피장의 상전(詳傳)은 없으나 조정암은 지천한 갖바치라도 그 도덕이 일세를 족히 지배할만한 것을 아시고, 당시 지위가 피장이 보다 더 천한 백정이라도 그 도덕을 벗하기 위하여 항상 밤이면 조용히 가서 만났다. 어느날

"여보 孝直이(靜菴의 字)지금 주상께서 대감의 성명만 들으시고 쓰신 것이고 실상 대감의 도학은 모르시오. 또 대감이 일을 너무 급하게 하심으로 대감을 꺼리는 사람 이 많으면 다섯 소인의 참소만 있으면 대감의 신변이 위태하니 이는 유학계의 위태 인즉 퇴보를 생각하여 보시오."

"낸들 모르는 바 아니오. 그러나 우의 은총이 융숭하니 차마 물러나겠다는 말이 떨어지지 않네. 자네같은 사람이 벼슬을 하여 나를 도와주어야겠다는 이유가 여기 있네."

"문과 출신의 양반이 조불려석(朝不慮夕)인데 지천이 출사한다면 뭇 발기(발길)에 제몸 보전도 힘들 지경이니 어찌 대감을 도웁겠오."하고 길게 탄식하였다. 「雨田野 談叢」, 임형택·강영주 편, 『碧初 洪命憙 〈林巨正〉의 재조명』(서울: 사계절, 1988), 387쪽.

을 사랑하는 정치 질서가 무너졌음을 의미한다. 그것은 "각골 봉물짐이 서울로 올라가는 것"에서 구체적 현실로 드러난다. 백성들을 위한 정치가 아니라 백성들을 수탈하는 정치가 행해지고 있었던 터이다. 농사에 의존해서 살아가는 백성들로서는 가뭄으로 인한 고통을 겪으면서도 "하느님이 역정이 난 것이야."에 희망을 걸 수밖에 없다. "상감 못 만난 덕으로 우리 백성만 못 살아."라고 생각하는 그들에게 군주와 그에게 아첨만 일삼는 관료들이 더 이상 그러한 희망을 가져다 줄 수 없기 때문이다.

그들은 그렇게 정의를 하늘의 뜻으로 여기는 순수한 백성들의 일부를 '고변꾼'으로 전락시킨다. 그것은 관료들이 백성들을 보다 용이하게 착취하기 위해 꾸며놓은 조작 수단의 한 결과인데, 관료들은 그 과정에서도 끝까지 하늘의 뜻을 저버리지 않는 순수한 백성들의 가슴에 한을 심어놓는다.

이러한 사화들의 결과는 을사사화 이후 절정을 이룬다. 아들을 때려 죽일 정도로 포악한 윤원형이 문정왕후의 세도를 등에 업고 권력을 행사한다는 것은 백성들의 삶이 극도로 피폐되었음을 의미한다. 그리고 이 시기가 바로 작품에서 임꺽정이 본격적으로 화적 활동을 했던[77] 주 배경이다.

> "내가 다른 건 모르네만 이 세상이 망한 세상인 것은 남버텀 잘 아네. 여보게 내 말 듣게. 임금이 영의정감루까지 치든 우리 선생님이 중놈 노릇을 하구 진실하기가 짝이 없는 우리 유복이가 도독눔 노릇을 하는 것이 모두 다 세상을 못 만난 탓이지 무엇인가. 자네는 그렇게 생각 않나?"
> 하고 꺽정이가 힌자 많은 눈으로 봉학이를 바라보았다.[78]

---

77   실제 역사에서 임꺽정의 활동 시기는 명종 14년(1559) 3월에서 명종 17년(1562) 1월까지 3년간으로 추정된다. 위의 책, 311쪽.
78   『임꺽정』 5권, 「의형제편」 2, 392쪽.

임꺽정이 그렇게 보지 않았다 해도, "이 세상이 망한 세상인 것은" 틀림없는 사실이다. 순진한 농부가 죄 없이 고변당해 죽음으로써 아들에게 한을 남겼고, 그 아들 유복이가 "도둑눔 노릇을" 하게 된 것이다. "유복이 가튼 도둑눔은 도둑눔이 아니구 양반들이 정작 도둑눔"[79]이라는 것이다. 당시 관료들로서는 "나라의 벼슬두 도둑질하구 백성의 재물두 도둑질하구 그것이 정작 도둑눔이 아니고 무엇인가"[80]라는 임꺽정의 질책을 면할 길이 없다.

> ……황해도 백성은 양순(良順)한 사람까지 도적으로 변하였다. 양순한 백성이 강포(強暴)한 도적으로 변하도록 지방의 폐막(弊瘼)이 가지가지 많은데 그중의 가장 큰 폐막은 두 가지였다. 한 가지는 각색공물(各色貢物)이니 나라에 진상하는 물품이 너무 많아서 민력(民力)으로 감당할 수가 없고, 또 한 가지는 서도부방(西道赴防)이니 평안도 변경(邊境)에 수자리 살러 가는 것이 괴로워서 민정(民情)이 소연(騷然)하였다.[81]

중앙집권 체제에서 관료들의 착취가 중앙에서 지방으로 연계되는 것은 일반화된 일이다. 그에 따라 백성들의 삶이 황폐해지는 것도 필연적인 일이다. "양순한 사람까지 도적으로 변"할 수밖에 없을 정도이다. 관료와 백성의 관계는 단순히 도둑질하고 도둑질 당하는 관계를 넘어선 터다. 관료가 백성을 상대로 도둑질하는 것은 기정사실이 되었고 백성이 백성을 상대로 도둑질하는 황폐한 상황이 벌어졌던 것이다. 이러한 도둑질의 관계가

　　　관료 → 백성 → 백성　　　(1) 관료가 백성을 상대로 도둑질한다.
　　　　　(1)　　(2)　　　　　(2) 백성이 백성을 상대로 도둑질한다.

79　위의 책, 393쪽.
80　위의 책, 393쪽.
81　『임꺽정』 7권, 「화적편」 1, 1~2쪽.

의 평행선상으로만 이루어질 수는 없다. 그렇게만 된다면, 더 이상 살아남을 백성이 없을 것이기 때문이다. 이러한 도둑질 관계에서 백성들이 살아남을 길 중의 하나는 그들도 무리 지어 도둑질하는 일이다. 이 과정에서 이미 도둑의 무리로 변해버린 관료들과 단순히 살아남기 위해 도둑의 무리가 된 백성들 사이에 새로운 이해관계가 성립된다. 그러한 이해관계에서, 도둑의 무리에 가담하지 않은 백성들의 입장이 애매해질 수밖에 없다는 새로운 문제가 대두된다. 도둑의 무리에 가담하지 않은 관료들은 이미 화를 당하여 죽었거나 은둔 생활을 할 처지라도 되었지만, 생계를 이어가기에 급급했던 백성들로서는 그 과정에서 고통받지 않을 수 없었던 것이다. 그들은 관료 도둑의 무리와 백성 도둑의 무리 사이에 끼여 이중으로 도둑질을 당해야만 했다.

> 대장님이 행차하셨다고 절이 발끈 뒤집다시피 야단이었다. 멸악산에 있는 이 절 저 절 중들이 모두 박연중이를 호랑이같이 무서워하고 상감같이 알고 위하는 터이라, 남방사 중들이 노문 없는 행차에 수각(手脚)이 황망하여 하는 것은 당연한 일이었다.[82]

이런 상황에서 백성 도둑의 무리는 더 이상 백성 축에 들어갈 틈이 없다. 관료 도둑이든 백성 도둑이든 백성들에게 관료냐 화적이냐 하는 이름의 차이가 있을 뿐이지 도둑인 것은 마찬가지다. 그들 틈에서 백성들은 살아남을 길을 스스로 찾을 수밖에 없게 된다. 백성들을 착취하는 데에서 관료와 화적의 이해관계가 그렇게 적대적인 관계만은 아니기 때문이다.

> "송도 포도군사들이 이런 도적놈을 잡지 않구 놓아두니 아마 도적놈하구 통을 짰는지 모르겠소."

---

82 『임꺽정』 2권, 「피장편」, 279쪽.

"설마 통이야 짰겠니, 놀구 자빠져서 잡으려구 애를 쓰지 않는게지."
"이야기를 들으니까 포도군사들이 일쑤 도적놈의 등을 쳐서 먹느라구 일부러 잡지 않구 놓아둔답디다."[83]

도둑질하기에 입지 조건이 좋은 탑고개의 기득권을 놓고 오가와 다툼을 벌이던 강가 부자의 대화이다. 오가가 표창 잘 던지는 박유복과 함께 지내던 터라, 강가는 도둑으로서 힘이 부족하여 그 좋은 목을 차지하기가 불가능한 상태에 이른 것이다. "도적놈의 등을 쳐서 먹느라구 일부러 잡지 않구 놓아둔"다는 포도군사들에 대한 미움보다는 도둑질하기에 좋은 목을 차지하지 못하게 된 것이 더 분한 일이 된다. 그러한 상황에서, 관료가 화적을 등쳐먹든 화적이 백성을 등쳐먹든 빼앗기는 쪽은 백성일 뿐이다. 관료와 화적 간의 이해 관계는 서로 어떻게 하면 좀 더 효과적으로 백성을 등쳐먹느냐에 의해 성립되는 것이다. 그래서 '관료 → 백성 → 백성'의 평행선 관계는, 관료가 화적을 등치고, 화적이 관료를 등치고, 관료가 백성을 등치고, 화적이 백성을 등치는 관료 · 백성 · 화적의 삼각관계로 발전하기에 이른다.

그러나 이 과정에서 계층 모순이 내포되었음을 간과할 수는 없다. 피해자가 일반 백성이 아닌, 관료 도둑과 같은 계층이라면 문제는 달라진다.

"양반의 새끼가 하나만 끼였드면 그놈은 벌써 잡혀서 능지를 당했을 것 아니요."[84]

강가는 도둑질하는 일에서 발생한 분노의 방향을 결국 양반한테 돌린다. 그가 도둑질을 하게 된 근본 원인이 바로 관료들의 백성에 대한 착취 때문이

---

83   『임꺽정』 5권, 「의형제편」 2, 7쪽.
84   위의 책, 8쪽.

었고, 그 역시 애초에 도둑질을 당하던 백성이었기 때문이다. 이 문제는 임꺽정이 청석골 화적의 괴수가 되면서부터 다른 양상으로 나타난다. 포도군사들이 화적을 등쳐먹는 일이 없어지고, 그와는 반대로 화적이 관료를 등쳐먹는 일이 벌어지게 된다. 각 고을에서 올라오는 봉물짐을 터는 일과, 임꺽정·서림 등이 금부도사 일행으로 가장하여 지방 관원을 우롱하는 일들이 그것이다. 포도군사들의 눈치를 살펴가며 도둑질을 하던 군소 화적들이 임꺽정의 힘을 중심으로 모여 새로운 세력으로 등장하자 사정이 달라진 것이다. 그 임꺽정의 힘이란 바로 양반 관료들에 대한 그의 한 맺힌 미움과 직결된 것을 의미하기 때문이다. 그러나 백성을 착취하는 관료들의 힘 또한 만만치 않은 것으로 나타난다. 원래 그러한 힘의 기득권을 확보하고 있었던 그들로서는 화적들에게 그들의 몫을 빼앗기는 일뿐만 아니라, 자신들의 기득권을 위협하는 화적들의 존재를 묵과할 수 없었던 일이다. 백성을 중간에 놓고 관료와 화적이 팽팽하게 맞서게 된 것이다.

그로 인해 당하기만 하는 입장에 서 있던 백성들의 태도가 "대개 포도군사 앞에 양민노릇하고 도적 괴수 앞에 졸개 노릇하는 두길 보기 하는 사람들"[85] 이라는 형태로 바뀐다. 결국, 관료·백성·화적의 관계는 서로를 착취·기만함으로써 살아남기 위한, 팽팽한 삼각관계를 유지할 수밖에 없다. 이를 아래와 같이 정리할 수 있다.

---

85 위의 책, 35쪽.

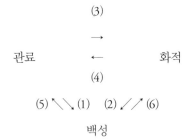

(1) 관료가 백성을 착취한다.
(2) 화적이 백성을 착취한다.
(3) 관료가 착취 대상인 백성을 놓고 화적과 맞선다.
(4) 화적이 착취 대상인 백성을 놓고 관료와 맞선다.
(5) 백성이 화적의 힘을 등에 업고 관료를 속인다.
(6) 백성이 관료의 힘을 등에 업고 화적을 속인다.

그러한 인간의 적대 관계는 말할 것도 없이 작품의 주요 배경으로 드러난 연산군 시대에서부터 명종 시대에 이르기까지 네 번에 걸쳐 일어난 사화가 직접 원인이 되어 형성된 것이다. 『임꺽정』에서는 그 원인 속에 계층 모순을 위시하여 봉건주의 체제 안에서 파생되었던 다양한 모순이 내포되어 있는 터이다.

2) 봉건 질서와 화적의 질서

이 자리에서는 사대부 지배 체제를 합리화한 통치 이념이 작품에서 어떠한 양상으로 나타나는가, 그 이념이 각 계층별로 어떠한 의미를 갖는가에 문제의 초점을 맞추어 봉건 질서와 화적의 질서가 어떤 논리에 의해 지탱되고, 어떻게 맞서는가에 대해 논하기로 한다.

작품에서는 그러한 모순된 봉건 질서를 유지하는 근본 수단이 바로 예법이라는 사실이 문제화된다.

　"예법을 당초에 모르는 자식이라 할 수가 없어."
　"예법이니 무엇이니 그런 것만 가지고 떠들기 때문에 세상이 망해요."

"누가 세상이 망한다드냐?"

"이 세상이 망한 세상이 아니고 무엇이오. 공연히 죄 없는 사람만 죽여
내고.[86]

임꺽정과 그의 아버지 돌이가 서로 다투는 대목 중 한 부분이다. 임꺽정은
예법이 세상을 망하게 한 근본 원인이라 한다. 양반들의 허울 좋은 예법에 대
해 평소 적의를 가졌던 돌이가 그것을 부정한 이유는, 정말 그렇지 않아서가
아니라 아들의 과격한 성격이 걱정되었기 때문이다. 그는 자신의 아들 역시
그 예법에 의해 죽지 않으리라는 보장이 없는 세상이 되었음을 잘 알고 있었
던 터이다. 그렇지만, 망한 세상이라 해서 자식이 아버지를 소위 예법에 어긋
나게 대해도 된다는 논리가 정당하게 설 수는 없을 것이다. 여기에서 중요한
것은 세상이 망했다는 사실과 당시의 예법 문제의 관계가 임꺽정의 저돌적인
성격에 의해 효과적으로 부각되었다는 점이다.

사실 임꺽정이 그의 아버지한테 그렇게 무례하게만 대한 것도 아니었다.
그의 아버지가 중풍으로 쓰러지자 어느 누구보다도 극진하게 아버지를 보살
폈던 임꺽정이었다. 그는 "예법을 당초에 모르"고도, 그 예법을 인간의 기본
적인 윤리로 실천할 수 있는 기질을 가진 인물이었다.

그러한 그에게 "공연히 죄 없는 사람만 죽여내"는 식의 예법은 아무런 의미
도 없는 것이다. 그것은 임꺽정뿐만 아니라, 억압당하는 쪽에 서 있는 어떠한
사람에게도 마찬가지다. 그러한 사회에서 예법이란 인간의 기본 질서를 지켜
나가는 실천 윤리로서 규범이 아니라, 백성을 그릇되게 통치하고 억압하는
사대부 지배 체제의 모순된 질서를 지탱하려는 통치 이념의 한 수단에 불과
할 뿐이다. 예법을 그렇게 전락시킨 당시 관료들은 말할 것도 없거니와, 그러

---

86 『임꺽정』 3권, 「양반편」, 66쪽.

한 기득권을 마다한 관료 아닌 몇몇 선비들까지도 이러한 왜곡된 이념의 부산물인 예법에 종속되어 세상의 흐름 원리를 정확하게 읽어내지 못했음이 당시의 현실로 드러난다.

> "허암이 왜 세상에 아니 나오실까요?"
> "종상 못한 것이 불효이고 군명(君命)을 도망한 것이 불충이라고 세상에 나서지 않는답디다."
> 갓바치는 그 선비가 허암으로 아는 것을 속으로 웃으면서
> "나는 가오."
> 하고 붙잡는 것을 뿌리치고 나섰었다.[87]

갓바치가 칠장사로 들어가기 전 창녕 이장곤의 집을 다녀오던 길에 퇴계를 만나 서로 이야기를 주고받는 대목이다. 이 작품에서 퇴계는 당시 관료 사회의 모순에 염증을 느끼고 낙향하여 학문 연구와 교육에만 전념하고 있는 덕망 높은 젊은 선비로 설정되었는데, 그 훌륭한 학자가 갓바치의 학식에 놀라움을 금치 못한다.

그런데, 그에게는 갓바치와 같은 천민이 그렇게 박학할 수 있다는 것은 아예 상상조차 할 수 없는 일이었다. 그것은 그 앞에서 엄연한 사실로 존재했지만, 그것을 깨닫지 못한 그로서는 천민 출신의 갓바치를, 자신이 평소 존경해 왔던 양반 출신 허암(虛庵, 정희량의 호)으로 알 수밖에 없었다. 그는 허암을 한 인간으로서 존경한 것이 아니고, 학식의 소유자로서 존경했다. "허암이 왜 세상에 아니 나오실까요"라는 학자 특유의 질문을 건네지만, 계층 의미를 초월하여 세상 사람 모두를 보편적인 인간의 눈으로 보는 갓바치로서는 그것이 '불효' · '불충'이라는 식의 예법에 종속된 의미로밖에 받아들여지는 것 이외

---

87 『임꺽정』 2권, 「피장편」, 120쪽.

에 다른 길이 없었다.

퇴계는 그가 처하고 있는 세상에서 주자학이 통치 이념의 수단으로 전락된 근본 원인을 깨닫지 못한 것이다. 그래서 이 작품에서 그의 낙향은 그러한 문제를 개혁하기 위한 실천 노력의 일환으로 받아들여지기가 어렵다. 그러한 맥락에서, 그의 낙향은 개혁의 의지가 아닌 방조와 도피의 의미를 가짐과 동시에, 자신 또한 그 모순의 틀에 갇히게 된 결과로 해석될 수밖에 없다.

학식 높은 학자에게 드러난 그러한 한계가 지조 높은 선비의 경우에서 조금은 극복될 조짐이 보이는 것 같기도 하지만, 그 경우 또한 당시 사회에 팽배한 근본 모순을 해결할 수 없는 것으로 나타난다. 작품에서 조식의 경우를 통하여 그 점이 부각된다.

> "조식(曺植)이로구나. 네가 잘못 걸렸다. 아무 소리 마라. 그자는 나도
> 꺼리는 터이다."
> 하고 하인에게 분풀이해 줄 수 없는 것을 말하였다.[88]

조식은 이 작품에서 지조 높은 선비로 설정되어 있다. 명종이 자신을 총애했건만, 부패한 정치판이 싫어 끝내 벼슬길에 오르지 않았던 사람이다. 그러한 지조 높은 선비에게 윤원형의 하인이 혼쭐났는데, 그 사건은 당시의 현실에서 복합적인 의미를 지닌다. 윤원형의 하인들이 주인의 세도를 등에 업고 웬만한 양반들은 거들떠보지도 않는 작태가 벌어지고 있었던 터이다. 언뜻 생각하기에 계층 간의 불균형이 해체되는 양상인 것 같기도 하지만, 그것은 그동안 계층 간의 지배와 피지배 관계가 힘의 논리에 의해 유지되어왔다는 사실이 거꾸로 입증된 것에 지나지 않는다. 거대한 권력을 등에 업은 하인

---

88 『임꺽정』 3권, 「양반편」, 176쪽.

이 그러한 권력에서 소외된 힘없는 양반을 무시하는 것은, 힘의 논리에 지배되는 사회에서 당연한 일이 된 것이다. 봉건 질서를 유지하는 데 일익을 더해왔던 반상의 구별이 예법의 실천 의미보다는 힘의 논리에 의해 지탱되어왔던 것이다. 힘을 가졌기 때문에, 예법을 명분으로 내걸어 그들 이외의 다른 계층을 효과적으로 지배할 수 있었던 것이다.

조식이 그 하인을 혼내준 사건도 그러한 힘의 논리에서 크게 벗어나지 않는다. 그는 인간 본연의 도리보다는 "이놈 남의 집 하인놈이 양반을 몰라보느냐? 너 같은 놈은 버릇을 좀 알려야 한다."[89]라는 논리로, 그동안 봉건 질서를 유지하는 데에 일조해온 명분론을 내세운다. 그는 임금의 총애를 보편적인 인간관에서 받아들인 것이 아니라 불의를 친다는 힘의 논리로 받아들인 것이다. 그 힘이 "양반을 몰라보느냐"라는 명분론에 연결되었다는 것은 그 역시 총애를 빌미 삼아 임금의 힘을 등에 업은 것에 지나지 않았음을 말해준다. 그럼으로써, 그의 힘 또한 문정왕후의 권세를 등에 업은 윤원형의 힘에 팽팽하게 맞서게 된 것으로 받아들여질 뿐이다.

백성을 착취하느냐 않느냐는 차원에서, 그 맞섬은 분명 떳떳함과 떳떳하지 못함과의 대결이다. 그래서 떳떳하지 못한 윤원형 쪽에서는 떳떳한 조식을 "꺼리는 터"이며 "분풀이"를 할 수 없었던 것이다. 하지만, 떳떳한 조식 쪽에서도 명분론의 한계에서 벗어나지 못함으로써, 윤원형의 떳떳치 못한 힘과 복수의 작태를 방조한 결과에 그치고 만다.

예법과 같은 명분론을 내세운 당시의 봉건 질서는 이처럼 힘의 논리와 복수의 논리에 의해 지탱됨으로써, 계층 모순을 더욱 심화시키고 있었다. 그런 만큼, 양반 계층과 천민 계층 사이에 보편적인 인간관계가 성립되기가 어려

---

89 위의 책, 175쪽.

웠다.

> "상전의 원수이지, 상전은 무슨 상전이오? 우리 상전이 나를 친자녀같
> 이 기른 은공을 말하면 상전이요 부모이니까 우리 상전은 예사 상전과도
> 다르지요."[90]

을사사화 때 정순붕이 유관을 죽인 공으로, 유관의 가속과 노비를 몰수하
여 자기 것으로 삼게 되었는데, 그중 갑이라는 여종을 각별히 총애하였다. 14
세의 한창 나이였고, 남달리 총명하여서였다. 그렇지만 갑이는 옛 상전 유관
이 "친자녀같이" 자신을 돌보아준 은덕을 결코 잊지 못했다. 그녀가 새 주인
정순붕을 정성껏 모시는 척한 것은 복수를 위해서였다.

그 복수 과정에서 여러 비극적인 일들이 발생한다. 죽은 자의 팔이 잘리고,
그 집 남자 종이 사랑의 상처를 입게 된다. 갑이는 정순붕을 죽게 한 대가로
자신이 사랑했던 사람을 비극적인 상황으로 몰고 간 것이다. 갑이의 복수는
또 하나의 비극을 낳았을 뿐이지 인간이 서로 화해롭게 살아갈 아무런 길도
제시하지 못한 것이다. 부모로 생각했던 옛 상전에 대한 믿음의 결실이 결코
그러한 복수로 맺어질 문제만은 아니다. 그렇지만, 한 번 거슬러 생각해보면,
이미 힘과 복수의 논리로 지탱되던 봉건 질서에서, 갑이로서는 그러한 복수
가 최선의 길로 선택될 수밖에 없다. 당시 봉건 질서에서는 삶의 논리가 힘과
복수의 논리로 전락하고 만 것이기 때문이다.

이러한 힘과 복수의 논리로 지탱되던 사회에 온전한 질서가 들어설 틈이
없는 것이다.

---

90 위의 책, 132쪽.

섣달 초생에 평안 감영 예방비장은 서울 보낼 세찬을 분별하느라고 여러 날 동안 분주하였다. 세찬 보내는 곳이 많아서 촛궤와 꿀항아리만 서너 짐이 되고 이외에 또 초피·수달피·청서피 같은 피물(皮物)이며, 민어·광어·상어 같은 어물이며, 인삼·복령(茯笭)·오미자 같은 약재(藥材)며, 면주(綿紬)·면포(綿布)·실·칠(漆)·지치(紫草)·부레(魚鰾) 같은 각색 물종이 적지 않아서 세찬이 모두 대여섯 짐이 되는데, 여기다가 상감과 중전께 진상하는 물건과 세도집에 선사하는 물건을 함께 올려보내자면 봉물짐이 굉장하였다.[91]

힘 가진 자로서는, 보복이 무서워 그 힘을 거역하지 못하는 일반 백성들을 착취하기란 쉬운 일이다. 사회 전체에 착취라는 또 하나의 질서가 만연된 것이다. 이 과정에서 피해를 보는 쪽은 일반 백성들뿐이다. 백성들이 살아남을 길은 도적으로 변신하는 수밖에 다른 도리가 없다. 그럼으로써 백성 또한 그러한 힘·복수·착취의 질서에 편승하게 되는 것이다.[92] 그렇게 해서 형성된 화적의 질서가 봉건 질서와 딴판으로 조성될 리 없다.

그 판에 비록 임꺽정과 같은 사람됨이 지극히 천하고 지극히 귀하다는 특

---

91 『임꺽정』 6권, 「의형제편」 3, 41쪽.

92 "사신은 논한다: 도적이 성행하는 것은 수령의 가렴주구 탓이며, 수령의 가렴주구는 재상이 청렴하지 못한 탓이다. 오늘날 재상들의 탐오한 풍습이 한이 없기 때문에 수령들은 백성의 고혈(膏血)을 짜내어 권요(權要)를 섬겨야 하므로 돼지와 닭을 마구 잡는 등 못하는 짓이 없다. 그런데도 곤궁한 백성들은 하소연할 곳이 없으니, 도적이 되지 않으면 살아갈 길이 없는 형편이다. 그러므로 너도나도 스스로 죽음의 구덩이에 몸을 던져 요행과 겁탈을 일삼으니, 이 어찌 백성의 본성이겠는가. 진실로 조정이 맑고 밝아서 재물만을 좋아하는 마음이 없고, 수령을 모두 공·황(龔黃: 한〈漢〉나라의 양리〈良吏〉 공수〈龔遂〉와 황패〈黃霸〉과 같은 사람을 가려 차임한다면, 칼(劍)을 잡은 도적이 송아지를 사서 농촌으로 돌아갈 것이니, 어찌 이토록 기탄없이 살생을 하겠는가. 그렇게 하지 않고, 군사를 거느리고 추적하여 체포하려고만 한다면 아마 체포하는 대로 뒤따라 일어나, 끝내 모두 체포하지 못할 지경에 이르게 될 것이다." 『明宗實錄』 券 二十五, Ⅴ.20 p.508[임형택·강영주 편, 앞의 책, 317쪽].

수한 인물이 뛰어들었다 해도 결과는 마찬가지이다. 그 천하고 귀함이 어느 한쪽으로 기우는 것이 아니고, 계층 모순까지 동반되어 팽팽하게 맞대결하는 양상으로 드러난다.

> ……도회청에 전좌하는 석차(席次)를 고쳐 정하고 매일 아침에 조사 보는 절차를 새로 정하였다. 도회청 정면에 교의 셋을 느런히 놓고 동편과 서편에 교의 셋씩을 마주 놓았는데 정면 중간에 놓인 교의 하나만 특별히 높고 그 나머지 교의들은 일매지게 낮았다. 높은 교의가 대장 임꺽정이의 자리인 것은 다시 말할 것이 없고 대장의 좌편은 늙은 두령 오가의 자리요, 대장의 우편은 새 종사 서림이의 자리요, 이봉학이, 박유복이, 곽오주 세 두령은 동편 자리에 앉게 되고 배돌석이, 황천왕동이, 길막봉이 세 두령은 서편 자리에 앉게 되었다. 이것은 고쳐 정한 석차이고 대장이 아침 일찍이 도회청에 나와서 자리에 앉은 뒤에 먼저 여러 두령이 대장 앞에 와서 국궁(鞠躬)하고 자리에 가서 앉고 두 시위가 좌우에 뫼신 뒤에 두목들이 대청에 올라와서 국궁하고 내려가고 나중에 졸개들이 마당에 들어와서 국궁하고 물러가는데 국궁 진퇴에 창까지 있었다. 이것은 새로 정한 조사 절차니 도회청 석차와 조사절차만으로도 대장의 위풍(威風)이 나타나고 무슨 일이 있을 때 대장이 여러 두령과 공론하고 싶으면 공론하고 그러치 않으면 종사관 하나만 데리고 의논하고 종사관과도 의논하고 싶지 않으면 혼자 생각으로 결단하여 여러 두령과 두목에게 명령하고 지휘하게 되니 대장의 권력(權力)은 그 위풍에서 더 지났다.[93]

호사가 기질을 지닌 오두령과 모사꾼 서림의 착상에 의해 꾸며진, 청석골 안 화적들의 위계질서가 어떻다는 것을 짐작케 할 수 있는 대목이다. 명분론을 내세우는 봉건 질서와 다를 바가 없다. 임꺽정이 힘·복수·착취로 일관되는 봉건 질서를 진정으로 개혁하려 했다면, 그러한 명분론에 입각한 작태

---

93 『임꺽정』 7권, 「화적편」 1, 10~11쪽.

에 동조하기보다는 스스로 나서서 그것을 막아야 했을 것이다. 그에게 절실했던 문제는 대장으로서 '권력'이나 '위풍'이 아니라 인간의 평등이었기 때문이다.

그것을 깨닫지 못한 임꺽정으로서는 관료든 백성이든 닥치는 대로 힘을 과시하고 복수하고 빼앗는 일을 서슴없이 저지를 수밖에 없었던 것이다. 그의 행동은 옛 상전의 원수를 갚은 갑이의 경우와 크게 다를 바 없다. 당시의 세태가 그를 그렇게 하게 만든 것이다. 관료들은 관료들대로 임꺽정을 이용하여 이익을 보고, 임꺽정은 임꺽정대로 그 점을 이용하여 마음대로 화적질을 할 수 있었기 때문이다.

> "아무리 사면팔방으루 들어오드래두 우리 힘으루 막을라면 막을 수 있구 피할라면 피할 수 있습니다. 우리가 슬그머니 피해 주면 어디 가서 좀 도적을 잡거나 아무 까닭 없는 백성을 잡아다가 치도곤으루 두들겨서 대적을 만들어 색책하구 말 것입니다."[94]

관료와 화적이 "아무 까닭 없는 백성을 잡아다가 치도곤으루 두들겨서"를 서로 인정하는 처지에 이른 것이 당시의 현실이다.[95] 임꺽정에게 서림의 간교한 계책이 먹혀 들어갈 수밖에 없다. 그 현실 속에서 조정에도 간신이 있고

---

94 위의 책, 16쪽.

95 이 점은 실제 역사에서도 마찬가지로 드러났다. 명종 16년(1561)에 체포해 온 임꺽정이 조작임이 판명된 데 대해 사신은 다음과 같이 논한다. "……군대가 출동한 지 오래되어 공이 없는 것을 부끄러워 한 나머지 일단 수상쩍은 사람을 잡으면 진위를 따지지 않고 중장(重杖)으로 협박해 자복을 받음으로써 위임받은 책임을 때우고 외람되이 상을 받으려 하였던 것이다. 그 거짓이 극도에 이르렀다. …… 아아, 조정의 조처가 마땅함을 잃었으니, 무식한 무장들을 탓할 것이 뭐 있겠는가."『明宗實錄』 券二十七, V.20 p.575[임형택 · 강영주 편, 앞의 책, 330~331쪽].

화적패에도 간신이 있게 된 것이다. 조정 간신이 임금을 바로 인도하지 못하여 백성들의 삶을 어렵게 만드는 일이나, 화적패의 모사가 괴수를 꾀어 백성들을 괴롭히는 일이 서로 다를 바 없다. 임금이 간신에 의해 망하듯이, 작품에서는 임꺽정 또한 서림에게 배신을 당하는 것으로 이야기가 전개된다. 임금이나 간신의 정의에 대한 신념 부족, 임꺽정이나 서림의 정의에 대한 신념 부족만으로 그렇게 된 것은 아니다. 그것은 당시 힘 · 복수 · 착취로 일관되던 봉건 질서가 그와 똑같은 형태의 화적의 질서를 낳게 하여 관료 · 백성 · 화적의 삼각관계를 팽팽하게 유지되게 한 원인이 되었기 때문이다.

3) 혁명과 반혁명

이 자리에서는 모순된 봉건 사회에서 천민으로 태어난 임꺽정이 어떻게 한을 품고 성장하는가, 성장 과정에서 봉건 질서에 뿌리 내린 계층 모순에 대처한 그의 혁명 의지가 어떠한 과정을 밟아 싹 틔워지고 좌절되는가, 그 과정에서 부각된 그의 힘이 민중 일반의 입장과 어떠한 관계를 맺는가, 그 관계가 생불의 눈에 어떠한 관점으로 들어오는가에 문제의 초점을 맞추어 앞 1), 2) 항을 종합하는 차원에서 본 4절에서 제기한 문제의 결론에 이어 작품 전체 구조 원리에 대한 결론을 맺고자 한다.

중종반정은 『임꺽정』 전체 이야기 방향이 정해지는 중요한 계기가 된다. 작품에서 벌어지는 사건에 직접 영향을 준 것은 아니지만 늘 세상이 뒤집힐 수 있다는 가능성을 제시하는 것으로 묘사되어 있다.

> "여보 백정에 인물이 있다니 그 인물을 무엇하오?"
> 하고 이급제를 돌아보니 이급제는 거나한 술기운에

"할 것이 없으면 도적질이라도 하지요. 백정의 집에 기걸한 인물이 난다면 대적 노릇을 할밖에 수 없을 것이오. 내가 억울한 설움을 당할 때에 참말 백정으로 태어났다고 하고 억울한 것을 풀자고 하면 무슨 짓을 하게 될까 생각해 본 일이 여러 번 있었소이다.

…(중략)…

"괴가 쥐를 잡지요. 그렇지만 큰 쥐가 괴를 잡는 데도 있답디다. 사람도 쥐에게 물리는 일이 있지 않소? '이 괴' 한마디면 괴가 무서워 피하는 사람을 쥐가 무니 쥐라고 우습게만 볼 것이 아닙니다."[96]

백정마을에 안신해 있던 이장곤이 중종반정 직후 함흥 원을 찾아가 세상 이야기를 나누는 중, 피신해 있는 동안 자신이 겪었던 일에 대한 소감을 원에게 말하는 대목이다. 그 소감은 자신을 안신할 수 있게 해주었던 백정에 대한 단순한 고마움의 뜻만은 아니다. 그가 세상 어느 곳에서든 다 똑같은 사람이 살고 있다는 사실을 발견한 것이다. 그와 동시에 그 똑같은 사람들이 세상 돌아가는 형편에 따라 어떻게 '설움'을 당하게 되는가 하는 것을 깨달은 것이다. 그는 반정으로 세상이 바뀌게 되자 자신이 겪었던 고생을 면했다는 기쁨 대신, 인간은 누구든 세상을 잘못 만나 "억울한 설움"을 당할 수 있음을 발견한 것이다. "백정의 집에 기걸한 인물이 난다면 대적 노릇을 할밖에 수 없을 것이오."라고 말할 수 있는 것은, 그가 '설움'의 입장에서 세상을 바라보았기 때문이다. 그리고 그의 그러한 개안은 작가의 창작 의도를 대변한 격이 됨으로써,[97] 작품에서 창조되는 사상성의 의미 방향을 제시하는 단초가 된다. 뒷부분의 '괴'와 '쥐'의 관계를 '양반'과 '백정'의 관계로 바꾸어 생각해도 무방하다. 좀 더 구체적으로 말해 '괴'는 양반이고 '큰 쥐'는 임꺽정이다.

---

96 『임꺽정』1권, 「봉단편」, 126~127쪽.
97 홍명희 자신이 밝힌 『임꺽정』의 창작 의도와 거의 같은 문맥으로 이루어져 있다.

임꺽정의 그러한 '큰 쥐'로서 역할은 그의 아버지 돌이의 경우에서 구체적으로 예견된다. 작품 전반부 곳곳에서 돌이는 양반에 대한 적의를 표시하며,[98] 그것을 행동으로 옮길 힘을 강조한다.[99] 작품에서 그의 그러한 자세는 단순히 그의 아들의 의미를 넘어선 임꺽정이라는 새로운 인물의 탄생에 유기적으로 연계된다.

……처음의 이름은 놈이었던 것인데 그때 살아 있던 외조모가 장래의 걱정거리라고
"걱정아 걱정아."
하고 별명 지어 부르는 것을 섭섭이가 외조모의 흉내를 잘못 내어 꺽정이라고 되게 붙이기 시작하여 꺽정이가 놈 대신 이름이 되고 만 것이다. 걱정이가 어릴 때부터 사납고 심술스러워서 아래위의 앞니가 갓났을 때에, 무엇에 골이 나서 우는 것을 그 어머니가
"성가시다, 우지 마라."
하고 꾸짖으며 젖을 물리었더니 꺽정이가 젖을 이로 물어서 젖꼭지를 자위가 돌도록 상한 일이 있었고, 불과 너덧 살 되었을 때에 그 아버지와 겸상하여 밥을 먹는데, 저의 아버지에게만 국그릇을 놓았더니 꺽정이가 아무 말도 없이 뜨거운 국그릇을 들어서 저의 앞으로 옮겨놓은 일이 있었다. 이와 같은 일이 비일비재라
"저것이 장래 크면 무엇이 될라노."
"저것이 커서도 저러면 참말 걱정거리다."
하고 장래를 걱정하는 것이 그의 외조모뿐이 아니었다. 그러나 그 아버지 돌이만은 아들이 귀여워서
"사내자식이 그래야지 계집애 같아서야 무엇에 쓴담."

---

98 "양반놈들을 놈이라고 아니하면 누구를 놈이라겠소?" 하고 눈망울을 굴리었다. 『임꺽정』 1권, 「봉단편」, 202쪽.
99 "돌이는 죄도 없이 참혹히 되는 소를 불쌍히 여기느니보다 힘도 못 써보고 허무하게 죽는 소를 죽어 마땅하다고 생각하였다." 위의 책, 220쪽.

하고 걱정은 고사하고 도리어 칭찬하였다.[100]

천민 계층의 가정에서 일어난 단순히 웃어넘길 이야기만은 아니다. 오히려, 천민 계층의 일이기 때문에 더 문제가 된다. 원래부터 양반에 대해 적의를 품고 있던 돌이를 제외하고는 모든 사람들이 임꺽정의 장래를 걱정할 수밖에 없었음이 당시의 세상 형편이다. 그렇기 때문에, 어린 시절부터 "큰 쥐" 역할을 하기에 적당한 그의 고약한 행동거지가 이 작품에서 중요한 문제로 부각된 것이다. 돌이의 양반에 대한 적의가 아들의 고약한 행동거지로 구체화된 것이다. 돌이로서는 "저것이 장래 크면 무엇이 될라노"라는 걱정은 아무 것도 아니다. 당시 사회구조에서 이미 백정 노릇 할 것으로 정해졌음은 뻔한 일이었기 때문이다. 차라리 "사내자식"으로서 힘이 더 믿음직스러웠던 것이다. 임꺽정으로 그의 이름이 정해진 것은 필연적인 일이 될 수밖에 없다. '걱' 대신 '꺽'이 그 힘을 뒷받침해준 것이다. 그래서 돌이는 그의 사촌누이 봉단이가 숙부인 된 사실을 아들에게 자랑하고, 틈만 나면 그의 "조상이 최장군을 길러내서 세상에 대접받았다는 것을"[101] 들려줌으로써, 세상에서 임꺽정의 힘이 쓰일 방향을 구체화했던 것이다.

그 처음 단계로서 임꺽정이 검술을 배우게 되는 계기가 마련된다.

"너에게 검술을 가르치기 전에 몇 가지 다짐을 받을 일이 있다."

---

100 『임꺽정』 2권, 「피장편」, 153~154쪽.
101 위의 책, 156쪽. 여기서 최장군이라 함은 최윤덕(崔潤德, 1376[우왕 2]~1445[세종 27])을 말하는데, 어렸을 때부터 말 잘 타고 활 잘 쏘아 무신이 되어, 세종조에 대마도를 치고, 만주 지방의 오랑캐를 치는 등 국가에 대공을 세워 벼슬이 좌의정까지 오른 사람이다(「봉단편」, 106~107쪽과 『韓國史大事典』(서울: 教育出版公社, 1981), 1502쪽 대조). 이 최장군 이야기는 작품의 구조 원리상 임꺽정이 품게 된 혁명의 뜻과 무관한 것으로만 볼 수 없다.

하고 젊잖게 말하였다.

"검술하는 사람은 죄없는 목숨을 해치는 법이 없다. 네가 할 수 있겠느냐?"

"탐관오리(貪官汚吏) 같은 것도 죄없는 사람일까요?"

"죄없는 탐관오리가 어디 있을꼬?"

"그럼, 할 수 있지요."

"여색을 탐하여 칼을 빼는 법이 없으니 네가 할 수 있겠느냐?"

"할 수 있지요."

"악한 재물을 빼앗아 착한 사람을 주는 외에는 재물 까닭으로 칼을 빼는 법이 없으니 네가 할 수 있겠느냐?"

"할 수 있지요."

"검술하는 사람은 까닭 없는 미움과 쓸데없는 객기로 칼을 쓰지 않는 법이니 네가 할 수 있겠느냐?"

"이 세상에는 미운 것들이 많은걸요."

"악한 것을 미워함은 곧 착한 일이라, 그 미움은 금하는 것이 아니로되 까닭 없는 미움으로 인명을 살해함은 천벌(天罰)을 면치 못할 일이다."

"아무쪼록 천벌을 받지 않도록 하지요."

"네가 지금 말한 것이 장래에 틀림없을 것을 다짐 둘 수 있겠느냐?"

"다짐 둘 수 있지요."

이러한 문답이 있은 뒤에 늙은이는 꺽정이의 맹세를 받고 제자로 정할 것을 허락하였다.[102]

임꺽정이 검술을 배우기 전 그의 검술 선생으로부터 세상일에 바르게 대처할 다짐을 받는 대목이다. "죄없는 목숨을 해치"지 마라, "여색을 탐하"지 마라, "악한 재물을 빼앗아서 착한 사람을" 주라, "까닭 없는 미움"을 품지 말고 "쓸데없는 객기"를 부리지 말라는 네 가지 맹세를 한 것이다. 검술 선생은 인간 본연의 자세에 중점을 두어 다짐을 받으려 하지만, 임꺽정은 그것을 탐관

---

102 『임꺽정』 2권, 「피장편」, 196~197쪽.

오리 등 이 세상의 미운 것들을 들고 나와 세상일로 구체화하며 그 다짐에 응하려 한다. 임꺽정의 그러한 자세가 그의 확고한 신념으로 굳어 행동으로 실천된다면, 말할 것도 없이 그는 진정한 의미에서의 혁명가로 평가될 것이다.

검술을 다 배우고 양주로 돌아온 그는 실제로 그러한 혁명가로서 의지를 보여주게 된다.

> "아닌게아니라 양반의 절을 앉아 받게만 되면 내 속이 좀 시원하겠소."
> "하늘의 별을 따먹으면 배가 부를 게다."
> "내가 양반의 절을 받거든 보시오."
> "어리보기 양반이나 실성쟁이 양반을 속여볼라느냐?"
> "누가 그 따위 못난이 생각을 먹는답디까?" [103]

임꺽정 부자의 대화이다. 양반에 대한 단순히 백정으로서 미움만을 품고 있던 돌이로서는 임꺽정의 힘이 뒷받침된 "누가 그 따위 못난이 생각을 먹는답디까?"라는 퉁명스러운 어조로 표현된 혁명가로서 의지를 알아차릴 도리가 없었던 것이다.

임꺽정은 그의 혁명가로서 의지를 펼 날을 손꼽아 기다리게 된다. 그는 모순된 사회질서에서 자신에게 그러한 기회가 마련될 길은 난리가 일어나는 일밖에 없다고 생각한다.

> "난리는 까맣습니다. 고 조그만 애가 다 자라서 난리를 친다면 우리는 늙어 죽을 것 아니오. 난리가 난대도 이 세상을 뒤집어놓지 않으면 신통치 못한데 그나마 난리도 구경 못할 모양이니 선생님 말씀이 맞는다면 나는 낙심(落心)이오."

---

103 『임꺽정』 3권, 「양반편」, 95쪽.

하고 말하니 대사가

"난리를 저렇게 고대하는 사람도 드물 것이야."

하고 한번 빙그레 웃고

"큰 난리는 아직 멀지만 작은 난리는 눈앞에 있네. 조금 참으면 볼 터 이니 염려 말고 기다리게."[104]

"고 조그만 애"란 바로 이순신을 두고 말한 것인데, 그것으로 보아 큰 난리 는 임진왜란을 말한 것이고, 작은 난리는 그전에 일어난 여러 군소 왜변을 말 한 것으로 이해된다. 갖바치의 예언대로, 과연 전라도 지방에 왜적이 침입해 오는 작은 난리가 일어난다. 임꺽정으로서는 "이 세상을 뒤집어놓"을 절호의 기회가 찾아온 것이다.

그러나 이미 뿌리가 깊어질 대로 깊어진 당시 사회질서의 모순이 임꺽정에 게 진정한 혁명가로서 뜻을 펼 기회를 그렇게 쉽게 넘겨줄 리 없었다.

"틀리다니? 형님이 뽑히지 못했단 말이오? 대상에 앉았던 놈들이 눈깔 이 멀었던 게구려."

"내가 백정의 아들이라고 그것들이 되느니 안 되느니 하고 수군거리더 니 그대로 나가라든구나."

"백정의 아들은 군사 노릇도 못 한단 말이요? 별 망한 놈의 일을 다 보 겠소."

하고 봉학이가 분이 올라서 얼굴이 새빨개졌다.[105]

임꺽정은 "백정의 아들"이라는 이유 때문에 당당한 군사로서 출정할 기회 를 잃는다. 세상 전체 문제는 고사하고라도, 임꺽정 개인에게는 당시 사회에

---

104 위의 책, 291쪽.
105 위의 책, 323쪽.

만연되었던 그러한 계층 모순이 치명적인 좌절 원인이 된 것이다. 임꺽정이 그러한 모순된 봉건 질서에 편승하여 그의 혁명 의지를 펴나가려고 마음먹었던 일은 애초부터 잘못된 발상이었음이 현실로 입증된다. 그는 결국 단신으로 출정하여 전공을 세우게 되나, 그 개인에게는 이봉학을 위기에서 구출했다는, 두 사람의 관계에서만 성립될 수 있는 의리를 지켰다는 것 이외에 어떠한 의의도 허락되지 않는다. 그런데 이봉학이 위험에 빠진 것은 훗날 포도대장이 되어 임꺽정 일당을 잡아들이기에 혈안이 될 남치근 때문이다. 남치근은 포악한 성격의 소유자로서 지략보다는 용맹과 전공만 앞세우는 위인이었기 때문에 이봉학을 비롯한 많은 군사들을 위험에 빠뜨렸던 것이다. 임꺽정 개인으로서는 이봉학을 구한 건 잘된 일이었지만, 남치근까지 구하게 된 것은 불행을 자초한 일인 셈이다.

사람됨이 극단으로 뻗친 임꺽정에게는 그 의의를 좀 더 폭넓은 차원에서 받아들이기가 힘든 세상이었다. 그리고 당시의 봉건 질서가 그에게 그러한 기회를 애초부터 허락하지 않으려 했다. 이장곤의 말대로 백정으로서는 그러한 억울한 설움을 이겨낼 길은 도적이 되는 수밖에 없었다.

결국, 작품에서 그의 힘이 쓰일 방향의 다음 단계는 화적패의 괴수가 되는 길로 정해진다. 물론, 임꺽정 자신이 처음부터 화적이 되길 원해서 그렇게 된 것은 아니었다.

> ……도적놈의 힘으로 악착한 세상을 뒤집어엎을 수만 있다면 꺽정이는 벌써 도적놈이 되었을 사람이다. 도적놈을 그르게 알거나 미워하거나 하지는 아니하되 자기가 늦깎이로 도적놈 되는 것도 마음에 신신치 않거니와 외아들 백손이를 도적놈 만드는 것이 더욱 마음에 싫었다.[106]

---

106 『임꺽정』 6권, 「의형제편」 3, 124쪽.

그가 바라는 바는 늘 "악착한 세상을 뒤집어엎"는 일에 있었다. 그는 양반 도적은 미워했어도, 그들에게 도적질당함으로써 어쩔 수 없이 도적이 된 백성 도적은 미워하지 않았던 터였다. 당시의 봉건 질서는 "늦깎이로 도적놈 되는 것도 마음에 신신치 않거니와"에서 엿볼 수 있는 임꺽정의 괴수 기질을 정당한 방향으로 쓰이게 한 것이 아니라, 화적패의 실제 괴수로 만들었다.

그는 청석골 화적패의 괴수가 되어서도 세상 뒤집는 일에 대한 열망을 포기하지 않는다. 그런데, 문제는 그의 그러한 열망 속으로 간교한 서림의 모사가 파고들었다는 사실이다.

"화내시지 말구 제 말씀을 끝까지 들어 주십시오. 앞으루 큰일을 하실 라면 순서가 있습니다. 먼저 황해도를 차지하시구 그 다음에 평안도를 차지하셔서 근본을 세우신 뒤에 비로소 팔도를 가지구 다투실 수가 있습니다. 그런데 황해도를 차지하시기까지는 아무쪼록 관군을 피하시구 속으루 힘을 기르셔야 합니다."

꺽정이가 서림의 말을 들을 때 눈썹이 치어들리고 입이 벌려지더니 몸을 움직여서 서림에게로 가까이 나앉으며

"황해도 하나를 차지하두룩 되재두 졸개가 사오백 명 있어야 하지 않겠소?"

하고 물었다.

"졸개는 그리 많지 않아두 될 수 있을 겝니다."

"어떻게 해서?"

"다른 패들을 쓸 테니까 우리 패가 많지 않아두 됩니다."

"다른 패라니 어떤 패 말이오?"

"황해도 땅에 있는 패만 치드래두 평산에 운달산패와 멸악산패가 있구 서흥에 소약고개패와 노파고개패가 있구 신계 토산에 학봉산패가 있구 풍천 송화에 대약산패가 있구 황주 서흥에 성현령패가 있구 재령에 넓은여울패, 수안에 검은돌패, 신천에 운산패, 곡산에 은금동큰고개패, 이외에두 각처에 여러 패가 있지 않습니까. 한 패가 적으면 삼사 명, 많으면 수십 명씩 될 터이니 이런 패를 우리 휘하에 넣은 뒤에 각처에서 일시에

일어나두룩 기일을 정해 주구 그 기일에 우리는 해주 가서 감영을 뺏구 들어앉으면 황해도가 우리 것이 될 것 아닙니까?"[107]

당시는 황해도뿐만 아니라 전국 각 고을에서 도적이 창궐하고 있었다. 그 근본 원인이 모순된 봉건 질서에 있었기 때문에, 설사 관군의 힘이 뻗친다 해도 늘 도적에게 도적으로서 구실을 제공하는 일이 벌어질 뿐이었다. 임꺽정으로서는 "팔도를 가지구 다투실 수가" 있다는 서림의 말에 "눈썹이 치어들리고 입이 벌려"질 정도로 관심을 가질 수밖에 없는 게 당시의 현실이었다.[108] 그러나 서림의 "황해도가 우리 것이 될 것이 아닙니까"가 임꺽정이 가졌던 "세상을 뒤집어"보겠다는 혁명 의지를 바르게 이끈 것은 아니었다. 서림이 세우는 계획은 매번 그러한 의지에 역행되는 것들이었다. 소굴 안에서나 밖에서나 혁명의 뜻은 생각조차 할 수 없는 소모적인 일들만 벌어지고 있었다. 살인·복수·착취에 직접·간접으로 관계되는 것들이 화적패의 나날의 일들이었다.

물론 "꺽정이가 대장이 된 뒤로는 탑고개를 여전히 지키긴 지키되 황해도·평안도에서 서울로 올려보내는 봉물과 뇌물을 뺏어들이고 촌장꾼이나 보행인은 그대로 보내게 하였"[109]으나, 그러한 배려 역시 착취 의미에서 크게

---

107 『임꺽정』 7권, 「화적편」 1, 16~17쪽.

108 실제 역사에서도 이 점이 드러난다. 1559년(명종 14) 4월 19일 李鐸이 신임 황해도 감사에 임명되어 명종을 인견할 때 다음과 같이 말한다. "……어리석은 백성들이 스스로 의혹하여 도적의 무리에 들어가게 된 것입니다. 지금은 살해(殺害)하는 짓을 멋대로 하니 사람마다 그들의 보복을 두려워하여, 촌민(村民)은 도적에게 침략을 당하고서도 보고하지 않고 수령은 도적이 횡행함을 듣고서도 체포하지 않습니다. 끝내 도적을 두려워할 줄만 알았지 국가를 두려워할 줄은 모르는 지경에까지 이르렀으니, 지극히 한심스럽습니다.……"『明宗實錄』 券 二十五, V.20 p.511[임형택·강영주 편, 앞의 책, 317~318쪽].

109 『임꺽정』 9권, 「화적편」 3, 8쪽.

벗어나지는 않는다. 봉물과 뇌물을 백성들에게 돌려줄 의사를 전혀 나타내지 않았기 때문이다. 임꺽정의 그러한 배려 아닌 배려는 백성들로 하여금 관군과 '한통속'이 되게 하는 것이 아니라 화적들과 '한통속'이 되게 하자는 뜻으로밖에 받아들여지지 않는다. 거기에는 관료 쪽에서 조금이라도 더 착취하게끔 내버려두는 방조의 의미가 담겨 있다. 어차피 백성들의 재물은 백성들 것만으로 남을 수 없는 게 당시의 현실이었기 때문이다. 관료 쪽에서는 백성들에게서 착취를 하고, 화적패들은 그 착취물을 다시 빼앗으니, 핍박당하는 것은 결국 백성들뿐이다. 임꺽정의 지휘하에 있는 화적패의 이러한 나날의 일들이 임꺽정 자신이 품었던 혁명 의지와 무관하게 되고 만 것이다.

그는 검술 선생과의 다짐을 제대로 실천하지 못한 것이다. 탐관오리의 경우와는 무관한 죄없는 목숨을 해치며, 악한 재물을 빼앗아서 착한 사람에게 주기보다는 여색을 탐하는 그의 행적이 그 점을 말해준다.

그러한 임꺽정의 작태를 서림은 영웅호걸만이 할 수 있는 당연한 일로 미화한다. 핍박에서 벗어나기를 간절히 원해온 백성들에게 필요한 것은 그러한 영웅이 아니라, 인간 모두가 평등한 차원에서 서로의 삶을 나눌 수 있는 세상을 열어줄 진정한 혁명가일 것이다. 그렇다고, 그 문제는 임꺽정과 같은 개인만에 의해서 풀릴 성질의 것도 아니다. 비단 임꺽정의 경우뿐만 아니라, 지극히 귀하고 지극히 천할 수 있는 개인들의 문제를 사회 전체 구조가 어떻게 받아들이느냐가 중요한 관건이 된다. 그러나 계층 모순이 심화된 당시의 봉건질서가 임꺽정처럼 혁명 의지를 품어볼 수 있는 개인들을 용납할 리 없다. 그와 같은 사회에서는 늘 서림과 같은 간교한 모사꾼이, 혁명 의지를 품어볼 수 있는 임꺽정과 같은 사람과 함께 준비되어 있기 때문이다. 서림과 같은 인물이 그러한 사회에서 임꺽정과 같은 인물을 지극히 천한 쪽으로 몰고 간다는 것은 어렵지 않은 일이 된 것이다.

임꺽정은 결국 자신에게 허용된 힘을 자신의 출생 신분에 대한 원한으로
제한한다.

> "나는 함흥 고리백정의 손자구 양주 쇠백정의 아들일세. 사십 평생에
> 멸시두 많이 받구 천대두 많이 받았네. 만일 나를 불학무식하다구 멸시
> 한다든지 상인해물한다구 천대한다면 글공부 안한 것이 내 잘못이구 악
> 한 일 한 것이 내 잘못이니까 이왕 받은 것보다 십 배, 백 배 더 받더래두
> 누굴 한하겠나. 그 대신 내 잘못만 고치면 멸시 천대를 안 받게 되겠지만
> 백정의 자식이라구 멸시 천대하는 건 죽어 모르기 전 안 받을 수 없을 것
> 인데, 이것이 자식 점지하는 삼신할머니의 잘못이거나 그렇지 않으면 가
> 문 하적하는 세상 사람의 잘못이니까 내가 삼신할머니를 탓하구 세상 사
> 람을 미워할밖에. 세상 사람이 임금이 다 나보다 잘났다면 나를 멸시천대
> 하더래두 당연한 일루 여기구 받겠네. 그렇지만 내가 사십 평생에 임금으
> 루 쳐다보이는 사람은 몇을 못 봤네. 내 속을 털어놓구 말하면 세상 사람
> 이 모두 내 눈에 깔보이는데 깔보이는 사람들에게 멸시 천대를 받으니 어
> 째 분하지 않겠나. 내가 도둑놈이 되구 싶어 된 것은 아니지만, 도둑놈 된
> 것을 조금두 뉘우치지 않네. 세상 사람에게 만분의 일이라두 분풀이를 할
> 수 있구 또 세상 사람이 범접 못할 내 세상이 따루 있네. ……"[110]

이야기 전개 상황으로 보아 복잡하게 얽혀 나타나던 임꺽정의 심정이 가장
적확하게 묘사된 부분이다. 임선달로 가장해서였지만, 소홍이라는 기생을 진
실로 사랑했던 임꺽정으로서는 쫓기는 단계에 이르러 자신의 신분을 더 이상
감출 필요가 없었던 것이다.

그는 당시 천민으로 규정된 백정 신분에 대한 멸시 천대 문제를 사람의 잘
나고 못난 문제에만 연결시킨다. 천대받는 계층 전체의 문제가 아니라, "모두
내 눈에 깔보이는 사람에게 멸시 천대를" 받는다는 것이 분하다는 터다. 바

---

110 『임꺽정』 8권, 「화적편」 2, 146쪽.

꾸어 생각하면, 그것은 서림의 영웅주의 발상과 무관할 수 없다. 이 작품에서 서림의 그러한 발상을 임꺽정이 읽어냈다고 볼 수는 없지만, 그가 "세상 사람에게 만분의 일이라두 분풀이를 할 수 있구 또 세상 사람이 범접 못할 내 세상이 따루 있네."라고 생각한 것은 분풀이나 영웅주의 차원으로 이해될 수밖에 없다. 그가 계층 전체 문제의 진상을 파악했다면, 세상 사람들에 대한 분풀이보다는 세상 사람 모두에게 "내 세상이 따루 있네."를 안겨줄 차원을 생각했을 것이다. 임꺽정만이 가질 수 있었던 힘은 힘·복수·착취에 의해 지탱되던 봉건 질서에 그대로 편승되고 만 것이다.

그래서 포도청으로 잡혀간 서림은 "꺽정이의 힘이 새삼스럽게 부러"[111]울 수밖에 없었다. 자신의 생사 문제를 한번도 "내 세상이 따루 있네."라는 방식으로 스스로의 힘에 의하여 해결할 수 없었던 그로서는 포도대장이라는 또 다른 힘으로 옮겨 걸어보기가 난감할 수밖에 없었기 때문이었다.

결국, 화적의 괴수로서 임꺽정의 역할은 박년중의 표현대로 "객기"[112]에 그친 것이 되고 만다. 청석골 일당이 자모산성으로 소굴을 옮길 수밖에 없게 되었을 때 나왔던 "내가 대장 위해서 청석골 유수 노릇을 잘할 테니 대장께서 소원 성취하시는 날 나를 송두 유수루 승차나 시켜주시우."[113]라는 오두령 특

---

111 『임꺽정』 9권, 「화적편」 3, 208쪽.

112 "우리가 서루 사돈까지 정해서 그저 친한 처지와두 달른데 진정을 기일 수가 잇나, 나는 대체 자네네 청석골 사업이 너무 큰 것을 재미없게 아는 사람일세, 우리가 압제 안 받구 토심 안 받구 굶지 않구 벗지 않구 일생을 지내면 고만 아닌가, 그외의 더 구할 게 무언가. 자네네 일하는 것이 나보기엔 공연한 객기의 짓이 많데. 이번 일만 말하더라두 그게 객기 아닌가? 봉산군수를 죽이면 금이 쏟아지나 은이 쏟아지나, 설사 금은이 쏟아지더라두 뒤에 산더미 같은 화가 올 걸 어째 생각 아니하나? 아무리 무능한 조정이라두 지방관원을 죽인데 가만히 보구 잇겠나? 말게, 제발 말게." 위의 책, 252쪽.

113 홍명희, 『임꺽정』 10권, 「화적편」 4(서울: 사계절, 1998), 116쪽.

유의 농조 섞인 어조도 바로 그 점을 지적한 것이다. 반생을 화적질만 하면서 늙어버린 박년중이나 오두령으로서는 세상에 대한 분풀이가 더 이상 흥미 없는 일이 되었던 것이다. 그들의 눈에 임꺽정 역시 그들처럼 화적의 괴수 이외에 아무 것도 아닌 것으로 보였던 터다.

이와 같이 임꺽정이 세상에 대해 품었던 뜻은

혁명 → 반혁명

의 과정을 거치게 됨으로써 좌절되고 만다.

그러나 모순된 봉건주의 사회에서 그것은 임꺽정 개인에게만 국한될 문제는 아니다. 임꺽정 개인의 좌절은, 그가 자신의 뜻을 펴나가는 과정에서 나타났던 민중의 입장을 수렴한 한 결과일 뿐이다. 민중의 입장 역시 모순된 상황에 대한 끊임없는 대응 과정 속으로 복잡하게 얽혀 들어가는 데에서 나온 좌절의 결과이다. 그것은 한 개인이 한 사회 전체의 이념에 대해 정면으로 맞설 수는 있어도, 한 개인의 개념과 한 사회의 개념이 대등하게 병행될 수 없다는 논리를 뒷받침한 결과이다. 한 개인의 의미는 한 사회 안에서 그 개인이 모여 이룩된 집단의 의미와 유기적으로 얽혀 있는 것이기 때문이다. 중요한 점은 그 유기적 관계에서 발생된 문제적 사실들이다. 개인이나 민중은 그 문제적 사실에 의해 미리 결정된 두 개의 겹치는 의미 속에 존재한다.[114]

---

114 이 논리는 만하임의 지식사회학의 기본 전제가 된다. 그의 지식사회학에서 중요하게 문제되는 것은 격리된 개인이 아니라, 그들의 공동 입장을 특징짓는 어떤 대표적 상황들의 끊임없는 대응 속에서, 하나의 독특한 사고 양식을 개발시키는 '집단 속에서의 개인'이다. 개인은 다른 사람들이 이미 가졌던 생각을 바탕으로 자신을 발견하고, 그 상황의 변화로부터 초래되는 새로운 도전을 준비한다는 것이다. 그래서 개

이러한 겹치는 의미 속에서 발생하는 문제가 바로 이 작품에서 문제되는 '반봉건 의식'의 문제이다. 임꺽정 개인이 품었던 혁명의 뜻이 복합적인 민중과의 관계 속에서 좌절의 단계에 이르게 된 것은, 바로 중앙집권 체제를 유지하는 데 공헌해온, 주자학에 근거를 둔 통치 이념에 의해서이다. 당시 민중의 입장에서 보면, 그 통치 이념이란 바로 자신들을 억압하기 위해 내세워진 명분에 지나지 않았던 터이다.

그런데, 역사 전개 과정에서 대부분의 통치 이념이 다 그렇듯이 그 이념 자체 논리가 모순된 것은 아니다. 공자가 생각했던 원래의 덕치주의, 예치주의와 같은 통치 이념에서도 그것은 마찬가지이다. "중국 고대의 우주론에 의하면, 중국인들은 우주에는 절대적 질서가 있어, 우주는 일정한 규칙성을 가지고 영원히 운행(運行)하고 있다고 생각하였다. 우주의 이러한 절대적 질서를 그들은 '천도(天道)'라고 하였는데, 인간이나 사회도가 절대적 질서에 따라야 한다고 생각하였다. …… 인간이나 사회도가 천도와 동심원(同心圓)을 그릴 때 그 인간이나 사회는 가장 이상적인 상태에 도달한다는 것이다."[115]

그러나 임꺽정뿐만 아니라, 어떤 한 개인이, 그가 당면한 사회질서의 모순을 일소해버리기 위한 혁명의 뜻을 품었다는 사실은, 통치 이념이 그러한 '가

인은 사회에서 성장하고 있는 사실에 의해 미리 결정된 두 개의 겹치는 의미 속에서 실현된 사고의 흐름과 생산의 흐름을 발견한다는 것이다. Karl Manheim, *Ideology & Utopia*(London: Routledge & Kegan Paul LTD, 1972), pp.1~48.

115 박충석, 「조선조의 유교정치 체제와 주자학 사상」, 박충석·유근호, 『조선조의 정치 사상』(서울: 평화출판사, 1980), 11쪽.
이와 같은 논리는 만하임의 지식사회학이, 신생아가 태어나면 그때의 별들의 위치와 상호 관계가 그 어린 생명의 운명을 결정짓는다고 믿는 점성술에 그 논리적 기반을 둔 것과 맥을 같이한다. 이런 개념을 정신사에 응용하면, 어떤 이론적 영역 문제가 이론 외적 요소들의 배치 상황에 의해서 해결의 가능성을 전망할 수 있게 된다는 것이다. 강재륜 편저, 『이데올로기 論史』(서울: 인간사랑, 1987), 303쪽.

장 이상적인 상태'로 실천되지 않았다는 사실을 역으로 입증하는 것에 지나지 않는 터다. 현실이 그렇게 드러난 이상, 이념 자체의 논리가 모순되지 않았다는 점에서 더 심각한 문제가 발생한 것이다. 그러한 형식 윤리는 민중 탄압을 합리화하는 긴요한 근거에 지나지 않았던 것이다.

당시 그러한 주도권을 확보한 지배자 쪽에서는 정치 체제를 유교적인 것으로 편제해가면서, 탄탄하게 유교 관료화해갈 수 있는 경제 기초를 확립했다. 그럼으로써 지배자들은 군주든 백성이든 인간의 바른 질서를 견지해가는 차원에서 수신론을 편 것이 아니라 민중을 억압하기 위한 정치제도론을 펴나간 것이다.[116] 이러한 정치제도론으로 발전한 당시의 지배 논리는 결국 네 번의 사화를 유발시킨 원인이 된다. 그래서 "이들 일련의 정치적 사건은 정치의 레벨에서 보면 기본적으로 통치층 내부의 유자(儒者)들에게 군신의 의(義)를 둘러 싼 이른바 통치자의 자기규율－수신(修身)의 문제를 제기하였던 것이다."[117] 그러나 지배자들의 이러한 수신론을 향한 전환 움직임은 그동안의 통치 이념이 사회질서를 바르게 이끌어오지 않았다는 사실을 스스로 인정한 것 이외에 별다른 의미를 지니지 못한다. 그 후에 전개되었던 조선조의 역사가 그것을 분명히 말해준다. 제도론이든 수신론이든 통치 이념이 "천도와 합치되어서 전개되어야 한다는 실천 윤리"[118]에 이바지하지 못했던 것이다. 결국,

---

116 정도전(鄭道傳, ?~1398)이 1394년에 태조에게 찬진(撰進)한 『조선경국전(朝鮮經國典)』 이래 성종조(成宗朝, 1469~1494)에 이르기까지 약 80년간에 걸쳐서 수행된 법전편찬사업은 조선조의 정치체제를 유교적인 것으로 편제해 갔다. ……14세기 말 신흥유신단(儒臣團)에 의하여 전제 개혁운동(田制改革運動)이 전개됨으로써, 조선조의 정치체제를 유교관료제적으로 공고화해 갈 수 있는 경제적 기초가 확립 되었다는 점이다. 박충석, 앞의 글, 28~29쪽.

117 위의 글, 38쪽.

118 위의 글, 15쪽.

그러한 당시의 주자학에 기반을 둔 봉건주의 통치 이념은, 지배자 쪽에서 보면 합리화의 수단이고 피지배자 쪽에서 보면 명분론에 불과한 것이다. 임꺽정이 "예법이니 무엇이니 그런 것만 가지고 떠들기 때문에 세상이 망해요."라고 생각한 것은 필연적인 일이다.

이러한 과정에서 드러난 또 하나의 문제점이 바로 당시에 뿌리내려진 계층 모순이다. 그것은 임꺽정 한 개인과 집단 사이의 유기적 관계의 단절만이 아니라, 지배층과 피지배층 간의 견고한 단절을 의미하기도 한다. 한 사회 안에 개인과 집단 사이에 존재하는 두 개의 겹치는 의미가, 더 이상 겹칠 수 없는 또 하나의 겹치는 의미와 병존하게 된 것이다. 이 과정에서 개인의 가치는 파산될 수밖에 없다. 살아 있는 인간 존재 의미에 대한 후련한 대답을 기대하기란 어려운 일이 된다. 오두령이 아내의 죽음을 계기로 그것을 요구하기에 이르지만, 미래에 대한 슬픈 예견에 그치는 것으로 끝난다. 개인의 존재로서 임꺽정 자신도 그 점에서는 마찬가지다. 지극히 귀하고 지극히 천하다는 그의 극단으로 뻗친 사람됨이 천한 쪽으로 기울게 되고 만다. 봉건 질서에 만연된 모든 모순을 뛰어넘는 총체적 맥락의 삶을 잃음으로써, 그는 자신의 구체적인 삶은 물론 관념적인 의미의 선악 판단력조차 잃었던 것이다. 그의 그러한 자세는 지배 계층의 이익을 합리화하는 데 일익을 담당한 격이 된다. 그가 진정한 인간 혁명보다는 정치투쟁의 판에 유혹된 것도 같은 의미를 지닌다. 이미 기득권을 가지고 있던 지배 집단들의 지배 의미가 임꺽정이라는 새로운 정적의 돌출로 말미암아 파산될 수도 있는, 구체적인 사실이 된 것이다. 지배 집단들로서는 그 점을 방관할 리 없다.

설사 이러한 투쟁 과정에서 임꺽정이 속한 계층, 즉 화적패가 승리한다 해도 그 결과는 마찬가지일 것이다. 그들은 모르는 사이에 지배 계층이 가졌던 모순에 적응하고 있었기 때문이다. 그들은 힘 · 복수 · 착취의 논리에 의존해온 과정에서, 벌써 그들의 인간 혁명에 대한 믿음에 등을 돌렸던 터이다. 임꺽정이 속해 있는 계층이든, 그와 적대적인 관료 계층이든, 그들은 다 같이 한 사회질서 안에서 두 방향으로 진실을 위장하고 왜곡한 것이다.

하나는 봉건주의 이념이고, 다른 하나는 그에 대한 반봉건 의식이다.

봉건주의 이념이 천도와 합치되지 못한 것과 마찬가지로, 그에 대한 반봉건 의식 역시 생불이 제시한 '하늘의 뜻'과 일치되지 못한 것이다. 양쪽 모두 실천 윤리의 차원에서 볼 때 실패한 것이다.

그러나 『임꺽정』의 궁극 의미는 이러한 실패에 그친 것으로 받아들여지지 않는다. 그러한 계층 모순에서 기인된 실패가 "병 있는 사람이 절 한 번에 병이 낫지요, 자손 없는 사람이 스님 불공 한 번에 자손을 보지요. 아무리 무식한 사람이라도 눈앞에 영검을 보고야 대접 아니 할 수 있습니까?"[119]라고 말해진, 어떠한 계층이든 삶 전체를 구원하려는 '생불의 눈'에 포용된다는 사실이 중요한 것이다. 이 작품에서 구원을 향한 삶의 완성 과정이 바로 그 사실을 뒷받침해주는 역설적 소설 장치이다. 그 과정에서 생불의 눈에 의해, 임꺽정이 역사의 전개상 연쇄 모순으로 남은 좌절의 단초가 되는 문제 인물로 지목됨으로써, 독자의 눈이 생불의 눈을 따라 진정한 인간 혁명의 길로 인도되는 것이다.

이제 앞에서 미루었던 논의를 중심으로 그 점을 구체적으로 논증한 후, 결론을 정리해보기로 한다. 거기에는 첫째, 갖바치 생불이 비현실적인 인물이 아니라 지극히 현실적 · 합리적이라는 점을 작품 자체에서 증명하는 일, 둘째, 생불 사후 임꺽정에게 전달된 유서가 「의형제편」 · 「화적편」에서의 임꺽정의 반혁명적 화적 행각에 어떤 의미로 관계되는가를 밝히는 일, 셋째, 그

---

119 『임꺽정』 3권, 「양반편」, 23쪽.

것이 독자의 눈에 어떤 의미로 들어와『임꺽정』의 구조 원리를 어떻게 이해하게 하는가를 밝히는 일이 필요하다.

첫째 문제를 논해보기로 하자.

앞서 논한 바와 같이『임꺽정』에서 갖바치는 계층 간의 연결을 위해 설정된 단순한 중도적 인물이나 비현실적 인물이 아니라, 작품 전체를 보는 시각의 중요한 근거가 되는 지극히 합리적인 인물임이 작품 자체에서 드러나고 있다. 먼저 그가 조광조와 교류하는 자세가 그 점을 뒷받침해준다.

> (1) 조제학이 갖바치와 상종하는 동안에 갖바치가 학문이 섬부(瞻富)할 뿐 아니라 식견(識見)이 투철하여서 앞일을 요량하는 법이 범상치 아니한 것을 알고 학문을 토론하는 때보다 일을 문의하는 때가 많았었다.[120]

> (2) "말씀하는 길에 한마디 말씀을 여쭐 것이 있습니다. 영감의 재주가 일세를 경륜하실 만하나 임금을 만난 뒤에라야 그 재주를 다하실 수 있습니다. 그러한데 지금 상감께서는 영감의 명망은 아시겠지만 영감의 재주는 아시지 못할 것입니다. 만일에 소인들이 사이를 타서 농간하게 된다면 영감이 화를 면하실 수 있습니까? 한번 급류(急流)에서 물러나는 것이 어떻습니까? 결단하실 용맹이 있습니까?"
> (2)′ "용맹은 있고 없고 간에 남의 신자(臣子)된 도리가 오직 충성을 다할 뿐이지 다른 말이 왜 있겠나?"
> (2)″ "영감이 그러실 줄 알았습니다."
> 하고 갖바치는 입을 다물고 다른 말이 없었다.[121]

> (3) "조대헌 영감은 산으로 치면 태산이고 별로 치면 북두(北斗)올시다. 때를 못 만나신 양반이라 일의 성패(成敗)는 모르겠습니다만, 그 인물은

---

120 『임꺽정』 2권, 「피장편」, 8쪽.
121 위의 책, 9~10쪽.

길이 천추(千秋)에 빛날 줄로 생각합니다. 말하자면 조대헌 영감이 학문의 힘은 조금도 부족하시지 아니하지만 임금 사랑은 너무 과합니다. 그러나 이것을 흠절(欠節)이라고는 말할 수 없겠습지요."[122]

(1)은 애민 정치의 이상을 실현하려 했던 당대 명현 조광조가 그의 애민 정치와 관계된 일을 갖바치에게 문의한다는 사실을 묘사한 부분이다. 주자학 논쟁이 공소한 논쟁에 그쳤던 당대의 현실 상황에서, 그러한 학문 토론보다 애민 정치와 관계된 구체적 일을 문의하는 대상이 바로 갖바치인 바에야, 그보다 더 합리적·현실적 인물이 어디 있겠는가. 오히려 애민을 염두에 두지 않고 개인의 욕심 채우기가 현실적이라 판단하여 아첨만 일삼는 간신들이 역사의 전체 흐름에서 볼 때 비현실적·비합리적 인물이다.

(2)는 갖바치가 당대 사회에 팽배된 군신 간에 얽혀 나타난 불합리성을 조광조에게 지극히 현실적인 자세로 지적하는 대목이다. 그러나 (2)′에서 조광조는 그것을 감수한다는 적극적인 자세를 보인다. (2)″는 조광조의 그러한 적극성을 전적으로 인정해주는 갖바치의 올곧은 현실성을 보여주는 대목이다. 그 점은 (3)에 이르러 이상과 현실 모두를 포용하는 지극히 합리적인 자세로 다시 확인된다.

그다음 갖바치의 그러한 현실성·합리성은 지극히 개인적인 윤리 면에서도 뒷받침된다.

위 2절 2)항에서 언급한 바와 같이, 갖바치는 아내의 불륜 행위로 태어난 아들을 보편적인 한 인간의 씨앗으로 받아들인다. 그러한 자세는 그의 아내가 "동안이 오래지 아니"[123]하여 죽을 거라는 한 개인의 운명을 훤히 내다볼 수

---

122 위의 책, 21~22쪽.
123 위의 책, 167쪽.

있는 데에서 나온 개인적 보상 심리로 취급될 성질의 것만은 아니다. 문제는 작품 자체에서 갖바치가 모든 한 맺힌 사람을 다 똑같은 "사람의 자식"[124]으로 대하는 자세에 있다. 그것은 역사 전체의 흐름과 무관한 비현실적 보상심리가 아니라, 분명 합리적 인간애의 근간인 것이다.

갖바치의 그러한 현실성과 합리성의 의미는 「봉단편」·「피장편」·「양반편」의 이야기가 전개되는 동안 계층 모순을 뛰어넘는 평등사상과 인간애로 확인됨은 앞서 논한 대로다.

생불 사후 임꺽정에게 전달된 유서가 「의형제편」·「화적편」에서 임꺽정의 반혁명적 화적 행각에 어떤 의미로 관계되는가 하는 둘째 문제를 논해 보기로 하자.

그 유서에는 역사 전체 흐름의 원리가 제시되어 있는 것으로 해석된다. 생불이 죽은 것은 그저 이 세상에서 인간 형상이 없어졌을 뿐, 죽음으로써 영생했다는 것은 앞서 논증한 대로인데, 그 점이 바로 유서에 담긴 뜻과 역사 전체 흐름 원리의 관계를 밝히는 단서가 된다. 죽어서도 세상을 훤히 내다볼 수 있는데 구태여 그러한 유서가 무슨 필요가 있겠는가 하는 반문 제기가 현실적으로 가능하기 때문이다. 이 점에서 역사 사실에 대한 작가의 문학적 재구 능력이 확인된다. 『임꺽정』에서는 역사 사실이 역설적·종합적으로 재구성된 것이다. 그렇다면, 작품을 보는 시각인 '생불의 눈'과 관계된 유서에 담긴 뜻이 작품에서 임꺽정의 반혁명적 화적 행위와 역사 전체 흐름 문제와 어떻게 결부되는가?

(1) 三年笛裏關山月

———
124 『임꺽정』 1권, 「봉단편」, 247쪽.

九月兵前草木風
扶桑西枝封斷石
天子旌旗在眼中[125)]

　(2) 칠언절구(七言絶句) 한 수가 쓰이어 있었다. 서림이가 한문 문리는
난 사람이나 두보(杜甫)의 시를 많이 보지 못한 까닭에 이 글이 대개 두시
(杜詩)를 모은 것인데 글자 몇 자 변통하였을 뿐인 것을 알지 못하고
　"유서가 아니라 시를 지어 주신 게로구먼이요."
하고 말하였다.
　"시라니 귀글 말이오?"
　"네, 귀글이 한수요."
　"귀글 뜻이 무어요?"
　"삼년 저소리 속에 관산달이요, 구월 병장기 앞에 초목바람일러라."
　"관산의 달이 무슨 달이오?"
　"관산달이란 게 변방달이란 말이겠지요."
　"또 그 아래는 무어요?"
　"부상 서편 가지가 단석을 봉하니 천자의 기가 안중에 있더라."
　"부상은 무어구 단석은 무어요?"
　"부상이란 큰뽕나무요, 단석은 나두 모르겠는걸이요."
　"대체 그 글뜻이 무어요?"
　"나두 그 밖엔 모르는걸이요."
　"고만두구 이리 내우."[126)]

　(3) 꺽정이가 묻는데 단천령은 대답 없이 고개를 가로 흔들었다.
　"글하는 이들이 모두 모른다니 무슨 글이 뜻이 그렇게 어렵단 말이요."
　"글뜻은 별루 모를 것이 없지만 유서루는 뜻을 땅띄임두 못하겠소."
　"대체 글뜻은 무어요? 아는 대로 말씀 좀 하시우."
　"그게 당나라 두보(杜甫)의 글을 모은 것이오. 첫구 안짝은 삼년 동안

125　『임꺽정』 6권, 「의형제편」 3, 249쪽.
126　위의 책, 249~250쪽.

이별(離別)했단 뜻이구, 바깥짝은 만국(萬國)에 난리 난단 뜻인데 원래는 만국인 것을 구월이라구 고쳤구려. 그러구 낙구 안짝은 동쪽에서 서쪽으루 간단 뜻이겠구, 바깥짝은 천자의 깃발이 눈에 보인단 뜻이오."[127]

(1)은 생불이 임꺽정에게 남긴 유서의 전문이다. (2)는 두시(杜詩)를 전혀 모르는 서림에 의하여 '관산(關山)'과 '부상(扶桑)'의 글자 그대로의 뜻이 풀려지는 데 그치는 대목이다. (3)은 두시를 아는 단천령에 의하여 시 자체의 뜻이 풀려진 것과 원래 두시의 '만국(萬國)'이 유서에서 '구월(九月)'로 바뀌었다는 것을 밝혀주는 대목이다. 그런데, 생불의 의미와 역사 전체 흐름 문제의 관계에서 중요하게 생각해야 할 점은 시 자체의 뜻이 아니라 "유서루는 뜻을 땅띄임두 못하겠소."라고 말해진 유서의 의미인 것이다. 독자로서는 작품을 끝까지 읽지 않고서는 그 뜻을 짐작하기 어려운데, 그 점이 바로 임꺽정의 반혁명적 화적 행각을 역사 전체 흐름에서 어떤 의미로 받아들여야 하는가에 대한 단서가 된다. 그 점은 작품 자체의 이야기 전개 질서가 그런 방식으로 짜여 있다는 데에서도 찾아진다. 작품에서, (2)는 임꺽정이 다른 두령들에 비해 "늦깎기로" 화적이 된지 얼마 지나지 않아서 일어난 상황을 말한다. 그때는 임꺽정의 혁명 의지에 서림의 간교한 모사가 파고들기 이전이다. 작가가 이 시점에서 성급하게 유서의 내용을 밝힐 작품 자체 구성상의 이유가 없는 것이다. 유서를 매개로 독자의 눈이 생불의 눈으로 모아지게끔 하는 일이 이 작품의 구조 원리상 바른 질서일 것이기 때문이다. (3)은 임꺽정이 본격적으로 반혁명적 화적 행각을 할 때 일어난 상황을 말한다. 작가가 그 시점에서 두시 자체의 의미와 '만국(萬國)'이 '구월(九月)'로 바뀌었다는 점을 제시한 것 또한 같은 맥락으로 받아들여진다. 그 점은 임꺽정의 화적 행위를 반혁명적 차원으로만

---

127 『임꺽정』 9권, 「화적편」 3, 88쪽.

몰고 가던 서림이 다음과 같은 간교한 태도로 임꺽정에게 단천령 문제를 제
안하는 대목에서 구체적으로 확인된다.

이튿날 식전에 꺽정이가 도회청에 나가서 조사를 마치고 사랑으로 돌
아올 때, 서림이가 뒤를 따라왔다.
"아침 먹으러 가지 않구 어째 왔소? 무슨 할 말이 있소?"
"단천령을 어떻게 하실랍니까, 놔보내실랍니까?"
"오늘 보내겠소."
"제 생각에는 아주 붙들어 두어두 좋을 것 같은데 어떨까요?"
"서종사, 피리에 반했구려."
"옛날 초한전쟁(楚漢戰爭) 때 한나라 장자방이 계명산 가을밤에 퉁소
를 불어서 초나라 대군을 흩어버린 일이 있답니다. 단천령의 피리가 장자
방의 퉁소만 못지않을 듯한데 붙들어 두면 앞으루 혹시 쓸데가 있을지 누
가 압니까."
"그런 때 적진(敵陣) 군사는 흩지 못하구 자기 군사를 흩으면 어찌하
노?"
"그거야 미리 단속해 두면 염려없겠지요."
"단천령이 입당을 할 듯싶소?"
"지금은 잘 안할라구 하겠지만 오래 두구 시달리면 모르지요."
"당장은 고만두구 장내라두 꼭 쓸데가 있다면 또 모르지만 혹시나 쓸
데 있을까 바라구 귀골 양반을 붙들어 둘 건 없소."
"칠장사 스님 유서에 '삼년적리관산월'이란 글이 있습지요. 단천령을
삼 년 동안 붙들어 두면 그 글 뜻이 맞을 듯 생각이 듭니다."
"관산달이란 말에 이별(離別) 뜻이 있다며, 이별이란 좋지 않은 것인데
억지루 맞두룩 할 것 무어 있소."
"저두 꼭 붙들어 두자구 말씀 여쭙는 건 아닙니다."[128]

두 사람의 대화 분위기로 보아 서림은 전략상의 이유를 들어 단천령을 도

---

128 위의 책, 103~104쪽.

중에 잡아두자 하지만, 지난밤 단천령의 피리 소리에 마음 울적해진 임꺽정은 유서의 내용에만 마음이 가 그것을 거절한다. 서림이 자신의 뜻이 관철되지 않자 유서의 내용을 엉뚱하게 해석해 임꺽정을 속여보려 하나, 임꺽정의 마음은 이미 '이별'이라는 뜻에 가 있던 터다. 그것은 '이별'에 담긴 단순한 감정상의 문제만이 아니라, 임꺽정이 유서의 내용을 평소 '하늘의 뜻'에 역점을 둔 그의 선생 갓바치의 가르침에 연결시켜 생각한 끝에, 자신의 반혁명적 화적 행각에 스스로 만족치 못하고 있음이 드러난 단적인 증거이기도 하다. 그러한 임꺽정의 심기를 간파한 서림은 간교하게 말끝을 흐려버린다.

임꺽정이 마음속에 품었던 원래의 뜻은 모순된 세상을 뒤집어보자는 데 있었지, "초한전쟁" 때와 같은 전략상의 문제에 있지는 않았다. 그러한 혁명적 뜻을 바로 보좌해야 할 서림이 임꺽정으로 하여금 '만국(萬國)'의 문제에 뜻을 두게 하기보다는 눈앞의 '구월(九月)'의 문제로 근심하게 한 것이다. 작가는 이러한 '만국(萬國)'에 관계된 중국의 역사를 서림과 임꺽정의 관계를 통하여 '구월(九月)'이란 국내 문제로 부각하는 치밀한 이야기 구도를 만들어낸 것이다. 물론, 그 점은 「의형제편」·「화적편」에서 유서를 통한 생불의 눈의 부각이라는 작품 자체의 구조 의미를 정당화하는 근거가 되는 것이다.

그렇다면, 작품을 끝까지 읽은 독자의 입장에서 '만국(萬國)'이 '구월(九月)'로 변한 것을 근거로 하여 유서의 전체 뜻과 임꺽정의 반혁명적 화적 행각과 역사 전체 흐름과의 관계를 어떻게 받아들여야 하는가.

먼저 작품에서 임꺽정 일당의 운명을 예언한 것으로 상정된 유서의 뜻을 풀이 해보기로 한다.

"삼년(三年)"은 임꺽정 일당이 활동한 3년 동안의 기간을 의미한다.[129] 대체

---

129 『寄齋雜記』, 임형택·강영주 편, 앞의 책, 356쪽.

로 그 기간은 1559년(명종 14) 3월에서 임꺽정이 처단되던 해인 1562년(명종 17) 1월까지로 추정된다.[130]

"적리(笛裏)"는 단천령이 도중으로 잡혀와 피리 부는 사건과 관계된다. 그 것이 단천령에 의해 '이별'의 뜻으로 해석된 '관산(關山)'에 뜬 달(月)과 연결됨에 주목할 필요가 있다. '관산'은 변방을 뜻하는 것이기도 하니, 변방에 뜬 달은 외로움을 뜻하기도 한다. 그 점은 작품에서 단천령이 피리의 곡조를 우조에서 계면조로 바꾸었을 때 청석골 일당들의 처량한 심기에서 확인된다. 그점은 또한 '구월(九月)'의 의미에 직결된다. 단천령의 피리 소리가 묘사될 때의 주위 상황이 가을이었음이 드러난다. "초목풍(草木風)"도 마찬가지다. "우수수 지나가는 바람소리, 딸딸딸 구르는 낙엽 소리"[131]로 묘사된 부분이 그것이다. 가을에 초목에서 바람이 이니 생명이 움트는 것을 말하는 것이 아니고 시드는 것을 암시한다. 병사, 즉 도중 일당의 도적들의 사기가 꺾인다는 의미인 것이다. 그래서 '구월(九月)'은 1562년 1월 임꺽정이 처단[132]되기 직전 해인 1561년 9월을 의미하는 것으로 해석된다. 단천령이 지적한 바 '만국(萬國)'이 '구월(九月)'로 바뀐 것은 8도에 도적의 난리가 난 것으로 해석해야 할 것이다.

'부상(扶桑)'은 서림의 말대로 단순히 뽕나무를 의미하는 것이 아니라, 단천령의 "동쪽에서 서쪽으루 간단 뜻"에서도 읽어낼 수 있는 바대로 해가 뜨는 것을 의미한다. 중국 전설에도 그것은 동쪽 바다 속 해 뜨는 곳에 있다는 나무 이름이나 곳을 지칭한다. 그에 이어진 '서지(西枝)'도 그 의미 범주에 들어온다. 중국 전설에 해가 동쪽 '양곡(暘谷)'에서 떠서 서쪽으로 진다 하는 큰 못 이름이 '함지(咸池)'인데, 단천령의 해석에 의하면 '서지(西枝)' 또한 그러한 해가

---

130 위의 책, 311쪽.
131 『임꺽정』9권,「화적편」3, 102쪽.
132 『明宗實錄』, 券 二十八, Ⅴ.20. p. 613[임형택·강영주 편, 앞의 책, 351쪽].

지는 곳이라는 유추를 가능하게 한다. 그리고 '단석(斷石)'도 마찬가지이다. 해가 뜨고 지는 아침과 저녁을 지칭하는 단석(旦夕)이라는 말 속에 위급한 시기나 상태, 절박한 모양의 뜻이 담겨 있는데, 끊어진 돌, 혹은 깎아지른 절벽으로 사용된 시적 심상의 의미가 그러한 위급한 상황과 거리가 멀지는 않다. '봉(封)'은 그러한 위급함을 더욱 북돋우는 것으로 해석하면 될 것이다. 그것은 임꺽정 일당이 위급한 처지에 몰려 다음해 1월에 소탕된다는 뜻이다. 그래서 단천령에 의해 천자의 깃발이 눈에 보인다는 뜻으로 풀어진 '천자정기재안중(天子旌旗在眼中)'은, 임꺽정이 품었던 혁명의 뜻이 눈에 보일 뿐 직접 이루어지지 않는다는 뜻으로 해석된다.

이상에서 본 바와 같이, 유서의 뜻은 「의형제편」·「화적편」의 이야기 전개 내용과 다를 바가 없는 것으로 나타난다. 그것을 정리하면 다음과 같다.

> 1559년 3월경 화적패 괴수가 되어 청석골에 들어가 외롭게 세상일을 도모하다가, 1561년 9월에 이르러 졸개들의 사기가 꺾이도다. 해가 동쪽에서 떠서 서쪽으로 지니 도중 일당이 위급한 처지에 몰렸도다. 혁명의 뜻이 눈에 보이는데.

다음 위의 유서의 뜻을 바탕으로 '만국(萬國)'과 '구월(九月)'의 역사적 의미를 진단해 보기로 한다.

두시(杜詩)에서 만국(萬國)에 난리가 났다는 것은 안록산(安祿山)의 난을 이른 것이다. 벼슬을 얻지 못하여 가난에 허덕이던 두보는 전란에 지친 민중의 삶을 생생하게 묘사했다.[133] 여기에서 중요하게 생각해야 할 역사적 의미는 그러한 난리의 원인과 결과가 되는 계층 모순이다.

---

133 李丙疇, 『詩聖杜甫』(서울: 문현각, 1982), 78~84쪽.

......안사(安史)의 난(亂) 이후에 출현하는 신흥세력도 당조(唐朝) 관료
제에 의존하여 성장한다. 농민의 무산화(無産化)는 이러한 신구(新舊) 지
배세력의 영향하에서 그것도 상품 유통을 배경으로 하여 진행된다. 그
때문에 계급모순이 극심하게 되어, 결국 황소(黃巢)의 난으로 귀착된다.
농민반란의 거대한 에네르기는 구지배층을 일소(一掃)하고, 신흥세력은
이러한 계급투쟁을 진압하기 위해 집권적 국가권력을 요구했다는 것이
다.[134]

위에서 보는 바와 같이 안록산(安祿山)과 사사명(史思明)의 난은 현종(玄宗)
과 양귀비(楊貴妃)의 관계로 대표되어 나타난 당대(唐代) 사회 관료제도의 모
순에서 기인되었다는 점도 있지만, 그 결과에서 찾아질 중요한 역사적 의의
는 황소의 난과 같은 농민 반란의 원동력이 되었다는 점이다. 그러나 역사 전
체의 흐름에서 볼 때 그러한 계층 모순에서 기인된 혁명이 단 한 번의 성공이
나 실패로 귀결되지 않는 게 역사 전체 흐름의 일면이다. "신흥 세력은 이러
한 계급투쟁을 진압하기 위해 집권적 국가권력을 요구"하곤 하는 역사의 모
순된 순환 구조가 이어지는 것이다.

작가가 '만국'을 '구월'로 바꾸어 제시한 임꺽정의 난리에서도 그 점은 마찬
가지다. 작가는 임꺽정이 혁명 의지를 품게 된 근본 동기를 임꺽정의 본격 화
적 활동기인 명종조 이전, 연산군조 관료 제도의 타락상에서 찾아내고 있다.
그에 이어 중종반정의 성과가 본래의 의의에서 이탈되어 명종조에 이어지는
과정을 갖바치 생불을 비롯한 각 계층의 인물들의 관계를 통해 치밀하게 서
술하여, 임꺽정 혁명의 실패라는 또 하나의 역사 순환 구조의 단서를 분명하
게 제시한다. 임꺽정의 반혁명적 화적 행각은 역사 전체 흐름에서 그러한 모

---

134 谷川道雄,「隋唐 '古代' 末期說에 대하여」, 崔熙在 譯, 閔斗基 編,『中國史時代區分
論』(서울: 창작과비평사, 1984), 164쪽.

순된 순환 구조의 일단임을 말해준다는 것이다. 늘 "혁명의 뜻이 눈에 보일" 뿐인 것으로 남는다는 논리이다.

이제 마지막으로 셋째 문제를 논하면서 이 장의 결론에 이르기로 한다.

홍명희는 순환 그 자체를 작품에서 박년중의 표현대로 '객기'에 그친 것으로 제시하는 데에 머물지 않았다. 그에게는 그러한 혁명의 뜻이 '독자의 눈'에 어떻게 창조적 의미로 들어오게 하는가가 더 큰 문제였다. 그러한 계층 모순이 원인·결과가 된 혁명의 실패에 창조적 의미를 부여하는 길은 고통받는 민중 전체의 삶을 구원의 길로 인도하는 '생불의 눈'이라는 역설적 소설 장치를 마련할 수밖에 없었다. '늘 눈에 보이는 혁명의 뜻'이 생불의 눈으로 모아지게 함으로써 독자로 하여금 인간 본연의 해방을 근거로 한 역사의 진보를 경험하게 했다.

그래서 모순된 봉건적 질서 안에서, 힘·복수·착취의 논리로 팽팽하게 맞서는 계층 간의 대립 양상과, 거기에 대한 혁명과 반혁명의 순환으로 얽힌 반봉건 의식의 의미가 독자들에게 단순한 역사의 순환 구조로 받아들여지게끔 적용되지는 않는다. 『임꺽정』에서는 그 모든 모순의 과정이 있는 그대로 제시됨으로써 독자들로 하여금 진정한 인간 해방 의미를 찾게 하여 역사의 진보를 실현하게 할 큰 차원의 역설이 성립된 것으로 받아들여진다.

그것은 『임꺽정』의 구조 원리가 '생불의 눈'을 통하여 역설적으로 일원화되었다는 점을 말해주는 것이기도 하다. 신통술·사주풀이·비술 전수·예언 등의 화소로 짜여진 『임꺽정』의 역설적 서사구조는 역사 사실의 소설화 문제에서, 역사소설의 복고적 한계로 지적될 사항이 아니라, 역사소설·동양의 군담소설·서양의 악한소설에서 발견되는 주동인물의 전형화에 따른 영웅주의 한계를 창조적으로 극복한 것이다. 작품 자체에서 '생불의 눈'은 그러한 영웅주의를 철저히 배격하는 것으로 제시된 바 임꺽정을 비롯한 모든 인물에

계층을 초월하여 그 뜻이 고루 전해지고 있다는 사실 또한 그 점을 뒷받침해
준다.

제3장

혼인 이야기를 통해서 본 혁명성과 반혁명성

1. 혁명성

　홍명희의『임꺽정』에는 많은 혼인 이야기가 나온다. 이러한 혼인 이야기들이 단순한 삽화 의미를 넘어, 작품의 전체 구조에서 적확하게 의미를 구현하는데, 이 점이 바로 중요한 논점이다. 작가가 작품에서 당대의 풍속을 재현한 것은 사실이지만, 단순한 재현이 아니라, 그를 통해 새로운 의미를 창조해냈다는 것이 그 논점의 전제이고, 그러한 새로운 의미가 어떻게 무엇으로 구현되는가를 구명하는 것이 이 논의의 목적이다.

　『임꺽정』에 나오는 혼인 이야기들을 이야기 전개 틀의 처음·중간·끝부분으로 나누어 정리하면 다음과 같다.

처음	이장곤과 봉단의 결혼, 갖바치의 첩장가, 임돌의 결혼, 금동이와 이쁜이의 결혼, 홍인서의 결혼, 임꺽정의 결혼
중간	박유복의 결혼, 곽오주의 결혼, 길막봉이의 결혼, 황천왕동이의 결혼, 배돌석의 결혼
끝	봉학이와 계향의 관계, 김억석의 재혼, 임꺽정의 여인 편력

위와 같은 이야기 전개 틀은 인물·사건을 중심으로 이루어진 작품의 다양한 구성 장치들과 유기적인 관계를 이루며 작품 전체 의미를 구현해간다. 본장에서는 처음 부분은 계급 초월과 탈이념 의지, 중간 부분은 민중의 한과 건강성, 끝부분은 반혁명과 역사적 의미라는 관점에서 그 상동관계를 논하고자 한다.

작품 전체 의미에서 볼 때 이러한 혁명성과 반혁명성의 긴장 관계를 팽팽하게 이끌어가는 것은 각 인물들의 생명력이다. 『임꺽정』에 나오는 혼인 이야기들은 작품의 전체 구조상 이러한 생명력 문제에 맞닿고 있다. 본장에서 이 생명력의 의미는 자유 평등 박애라는 인문주의적 범주를 넘어선, 그러면서도 그러한 범주가 자연의 질서에 유기적으로 포용되는 공동체적 삶에서 나오는 원천적인 힘을 말한다. 그러므로 그것은 반문명적인 의미기도 하면서, 작가의 혁명성 구현 의도를 정치적 현실을 전복하는 따위의 기계적인 수준을 넘어서는, 궁극적인 인간 해방으로 이끌어가는 열쇠이다. 그래서 이 논의에서 계급 초월과 탈이념 의지는 단순히 기계적인 차원에서 거론될 성질의 것이 아니고, 그러한 생명력에 포용되는 차원에서 분석, 종합될 문제이다. 민중의 한과 여성의 건강성에 관한 논의는 이를 구체적으로 나타낸 한 예가 될 것이다.

물론 반혁명 문제도 그러한 생명력의 성격에 기반을 둔 차원이다. 그것은 문명사회의 복잡한 사회구조가 그러한 생명력의 진정성을 왜곡한 결과이다. 그 진정성은 문명사회에 국한된 것이 아니라, 자연 전체에서 나오는 것이기 때문이다.

또한 이러한 생명력 차원은 본 논의 과정에서 발생할 수 있는 작품 상황과 현실 문제의, 즉 문학과 사회학의 기계적인 대응의 오류를 극복할 주요한 역할을 할 것이다. 사실,『임꺽정』이라는 방대한 작품 자체에 내포된 현실 문제들은 그러한 기계적 대응을 스스로 거부할 성격의 차원으로 형상화되어 있다. 그것은 또한『임꺽정』을 형상화하는 구조의 특성이기도 한다. 본장에서는 그러한 관점에서 문학과 사회학의 상동관계를 짚어나갈 것이다.

1) 계급 초월과 탈이념 의지

『임꺽정』에서 '이장곤'이 상하 계층을 연결하는 데 중요한 고리 역할을 하는 인물이라는 점은 연구자들이 대체로 공감하고 있는 편이다. 먼저 이장곤과 봉단의 결혼 이야기 분석을 통해 그 점을 검증해보기로 한다.

두 인물이 결혼한 시기가 상하층의 계급 구분이 무르익었던 조선 중기라는 점을 고려할 때, 이 혼인은 그 자체로서 하나의 혁명적인 사건이다. 그리고 사건 전개 순서 면에서 보면,『임꺽정』에 나오는 온갖 혼인의 출발이라는 점도 주목할 만한 의의가 있다. 최상층과 최하층의 결합을 통해, 뒤에 전개되는 다양한 삶의 의미를 포섭하기 때문이다. 그 포섭 과정을 원활하게 보여주기 위해 작가는 이야기 전개에 다음과 같은 네 가지 근거를 중심으로 필연성을 부여하고 있다.

이장곤의 큰 발 심상과, 그가 처한 극한 상황이 그 필연성의 첫 번째 근거이다. 연산조 당시 거제로 유배를 갔던 홍문관 교리 이장곤은 배소를 탈출하여 함흥으로 들어섰는데, 그때 체포당할 위기를 모면하는 결정적인 원인이 발이 크다는 점으로 부각되어 있다. 발이 큰 사람은, 더욱이 "낯바대기도 시꺼"면 사람은 '소도적놈'이 될 수밖에 없다는 포교의 말은,[1] 당시 대부분의 사람들이 각자 태어난 신분을 운명적으로 받아들이고 있었음을 보여준다. 이러한 큰 발 심상의 의미는, 뒤에 이어지는 사건들과 이야기에서 구체적으로 드러

---

1   홍명희,『임꺽정』1권,「봉단편」(서울: 사계절, 1996), 42쪽.

난다. '양반'과 '도적'의 구분이 더 이상 출생시부터 상하로 결정되는 신분상의 문제가 될 수 없다는 점이, 당대 명유 중 한 사람이었던 이장곤에게 닥친 극한 상황을 통해 실감나게 형상화되고 있다.

> 가서 보니 똥은 똥이나 보리쌀알이 많이 그대로 있다. 그는 이것저것을 생각할 것도 없이 손으로 움키어 가지고 도로 시냇가로 나와서 보리쌀알을 물에 일어 골라서 앞에 넣어 목으로 넘기었다. 그 뒤에야 눈에 보이는 물건이 똑똑하여질 뿐이 아니라 마음에게는 길이라도 걸을 것 같았다. 그러나 다리가 천근같이 무거워서 시냇가에 있는 풀밭에 누워서 넘어졌을 때, 가죽이 벗겨진 이마와 코에 비름나물 잎을 뚜드려 붙였다.[2]

주자학의 이념을 형식 윤리 차원에서 받아들였던 당대의 정치 상황과,[3] 그 법칙에 따라 살아가던 양반의 경우, 위와 같은 정황은 지극히 예외적이다. 실제 역사에서나 작품에서나 지조 있는 선비로 언급되고 묘사된 이장곤의 경우에도 그 점은 마찬가지이다. 그렇지만, 그러한 형식 윤리의 탈을 벗어난 차원에서 생각하면, 지조의 근원적 힘이 위와 같은, 삶을 향한 구체적인 행동에서 나온 것이라 할 수 있다. 그것은 그저 살기 위해 본능에 충실했다고 간과해버리기 어려운, 생명력의 발현이기 때문이다. 이른바 지조 있는 선비들의 경우

---

2   위의 책, 44쪽.
3   홍명희는 이를 선조 이전과 이후의 시기로 나누어 계급성장 과정의 한 현상으로 보고 있다. "무오사화(戊午士禍)·갑자사화(甲子士禍)·기묘사화(己卯士禍)·을사사화(乙巳士禍)는 사화라 칭하여 좋지만 그 이후의 사화란 것은 당화(黨禍)라 칭함이 옳을 것이다"라는 구분이 그것이다. 하지만, 그 성격과 그에 따른 규모에 따라 그렇게 나눌 수 있다는 것이지, 명분론에 입각한 당대 정권쟁탈의 근본 속성이 다르다는 뜻은 아니다. 홍명희, 「養吀雜錄」, 『조선일보』 1936.2.13~26[임형택·강영주 편, 『벽초 홍명희와 〈임꺽정〉의 연구자료』(서울: 사계절, 1996), 117쪽]. 이후 이 책을 인용할 경우 『연구자료』라고 표기한다.

일지라도 명분론을 중요하게 생각했던 당시 학풍에 익숙했던 대부분의 선비들이 그 정도 상황에 처했다면, 더 이상 목숨을 이어갈 명분을 찾아내기 어려웠던 게 당대의 일반적 정서이다. 오히려 그러한 명분을 의롭게 실천하기 위해서는 스스로 목숨을 끊어야 한다는 또 하나의 명분이 제기될 수도 있는 문제이다.[4] 그렇기 때문에, 이장곤과 같은 양반이 아니라 하층민의 경우라면, 위의 상황을 특별하게 받아들일 필요는 없을 것이다. 하층민의 삶의 조건은 형식 윤리의 조건인 명분론이 아니라 실제 삶일 뿐이다. 그러므로 양반의 삶에 비해 하층민의 삶은 삶에 대한 목적이나 욕망보다는 삶 그대로의 생명력에 의해 전개된다고 할 수 있다. 작가는 형식 윤리 속에 감춰진 당대 상류층의 무의식의 긍정적인 한 의미를 그렇게 상하층을 초월한 보편적인 생명력으로 끌어낸 것이다. 물론 그 무의식의 부정적인 의미는 이리저리 명분을 세워 하층민들을 수탈하는 기법을 말한다. 위 이장곤이 처한 상황은 그러한 명분론과는 정반대인, 생명력으로써만이 삶의 존재 의미를 확인할 수 있는 경우이다. 뒤이어 전개되는 이야기도 이장곤이 그러한 명분론을 어떻게 포기해가는가, 그리고 그것을 실제 삶에서 어떻게 실천해가는가 하는 과정에 관한 것이다.

고리백정 집에 숨어들어 김서방 신분으로 살게 된 이장곤의 그러한 명분론과 생명력 문제 사이의 고민은 의혼(議婚) 과정에서 잘 드러난다. 이것이 구성

---

4   실제 역사에서 허균의 이장곤에 대한 비판이 그 예이다. "교동(喬桐)의 임금이 이장곤을 죽이려 하였었다. 그가 비록 무도했으나 우리에게는 오히려 임금이었건만, 임금의 명령을 피했으니 이건 군부(君父)를 거역한 거다. 저 이극균(李克均)과 성준(成俊) 등은 대신으로서 머리를 나란히 하여 죽임을 당했었다. 저들인들 몇 년만 구차하게 살다가 임금 자신이 넘어지기를 기다릴 줄을 왜 알지 못했으리오."라는 명분으로 이장곤의 거제 배소 탈출의 부당성을 지적한 것이다. 허균, 「李長坤論」, 『성소부부고』 제11권『국역성소부부고 2』(서울: 민문고, 1989), 205~206쪽].

상 필연성의 두 번째 근거이다.

> 　주팔이가 아랫방으로 내려가서 김서방을 보고 이 말 저 말 수어(數語)
> 하다가
> 　"만일 우리 형님이 봉단이를 당신 준다면 당신이 어찌할 터이오?"
> 물으니 김서방은 아 입을 벌리고서 한참 대답이 없더니
> 　"어찌하다니요?"
> 뒤잡아 묻는데, 그 묻는 것이 묻고 싶어 묻는 것이 아니라 아무 말도 없이
> 앉았기가 겸연쩍어서 엄적(掩跡)으로 묻는 것 같았다. 주팔이는 웃으면서
> 　"봉단이가 싫지 않지만 뒷생각 없이 선뜻 장가든다기가 어려울 것 아
> 니오?"
> 남의 속을 뚫고 들여다보듯이 말하니 김서방은 한번 고개를 숙였다가 다
> 시 치어들며
> 　"나로는 두말할 것이 없소. 날 같은 사람을 줄는지들 모르지."
> 말하는데 얼굴에 무슨 결심하는 빛이 보이었다. 주팔이는
> 　"잘 알았소. 이따라도 또 오리다."
> 하고 몸을 일어서 나갔다. 이교리인 김서방은 주팔의 말이 아니라도 뒷날
> 생각이 없지 않았지만, 목전 안신하는 데 제일 상책이라고 생각하여 두
> 말이 없다고까지 단언하게 된 것이다. 그러나 쉽사리 단언하도록 결심하
> 게 된 것은 봉단에게 마음이 끌리었던 까닭이다.[5]

이장곤의 내면에 숨어 있던 무의식의 정체가 밑줄 친 부분의 심리 묘사에
서 적확하게 드러나고 있다. 이장곤의 내면에서 이교리와 김서방 사이의 자
아 찾기 투쟁이 김서방의 승리로 끝난 것이다. "목전 안신하는 데 제일 상책
이라"는 생각은 그 현실적인 수단이고, "봉단에게 마음이 끌리었던 까닭이다"
는 그 승리의 진정한 근거이다. 당대 반가의 혼인 풍습에서 이는 불가능한 일

5　『임꺽정』 1권, 「봉단편」, 60~61쪽.

이다. 의혼 과정에서 "반드시 먼저 중매를 시켜 왕래하며 말을 전하게 해서 색시집의 허락을 기다린 후 납채(納采)한다."[6]라는 절차를 지켜야 하기 때문에 신랑 신부가 미리 상면할 기회가 없었던 것이다. 작품에서 그러한 엄격한 틀을 깬 이장곤과 봉단의 경우가 의도적으로 그렇게 했다는 흔적은 찾아보기 어렵다. 왕이 폭정을 하고, 선비가 화를 입고, 유배를 갔던 선비가 배소를 탈출하고, 고리백정 집에 안신하는 과정에서 그러한 '마음 끌림'이 양반 '이장곤'이 아니라 하층민인 '김서방'의 처지에 의해 이루어지는 묘사 과정은 상하층 연결의 필연성을 생생하게 보여주고 있다.

그리고 그에 따라 혼인 절차가 주자가례에 구애받지 않고, 민간의 습속대로 이루어진 게 그 필연성의 세 번째 근거이다.

> 신랑이 발을 잡고 버선을 벗기려고 하니 신부는 치마 밑으로 오므렸다. 오므리면 끌어내고 끌어내면 오므리고 신랑은 가도(家道)를 이 발에서 세우려는 듯이 짐짓 끌어내고 신부는 편심(褊心)을 이 발로 드러내려는 듯이 굳이 오므린다. 바깥에서 이 모양을 엿보던 신방 지키는 사람들이 웃음을 참지 못하여 낄낄 소리를 내니 김서방은 한번 소리를 내어 웃고 발을 놓고 일어서서 부집게로 촛불들을 집어 끄고 부스럭부스럭 신부의 옷을 벗기었다.[7]

하층민을 의미하는 발의 심상이 계속 이어지는 부분이 주목된다. 반가에서 형식 윤리로 전락시킨 "가도(家道)"와 "편심(褊心)"의 의미를 해학적으로 묘사

6 이재(李縡, 1680~1746)의 『증보사례편람(增補四禮便覽)』에 기록된 혼례(婚禮)의 경우이다. 文玉杓 · 鄭良婉 · 崔濟淑 · 李忠九 편, 『朝鮮時代 冠婚喪祭(Ⅰ)-冠禮 · 婚禮篇』(서울: 한국정신문화연구원, 1999), 15쪽.
7 『임꺽정』 1권, 「봉단편」, 66쪽.

하는 부분에서 작가의 의도를 읽어낼 수 있다. 가도와 편심은 남성 지배 구조 사회인 당시 반가의 속성을 잘 드러내는 관계이다. 가도라는 명분 앞에서 여성은 자신의 본성과는 상관없이 편심의 상징일 뿐이다. 그리고 그것은 상하 층 관계에서 반가의 권위를 지키는 명분임과 동시에 하층민을 지배하는 명분이기도 한 점을 지적한 것이다. 이러한 지적은 "주팔이가 간단하게" 정한 초례 절차와도 깊은 관계가 있다. 당시 하층민들은 복잡한 주자가례의 절차를 지키려 해도 지킬 수가 없었다. 물론 사대부가에서도 그것을 철저하게 지킨 것은 아니다. 그중 특히 신랑이 처가에 가서 신부를 동반하고 본가에 돌아와 혼례식을 올리는 친영(親迎) 절차는 지켜진 예가 거의 없다. 중국과 외교적 종속 관계를 고려하여 왕실에서 일부 행할 수밖에 없었던 것이다.[8] 이는 사위가 혼례식을 여가에서 행하고 혼인 초에 여가에서 일정기간 사는 서류부가(婿留婦家)의 풍습이, 고대로부터 우리 민족의 삶에 뿌리 깊게 정착되었기 때문이다.[9] 이에 비해 가장 유교적인 특성을 나타내는 친영은 "혼례(婚禮)의 가지런함을 통하여 전체 사회 국가를 다스려가고자 유교적 이데올로기가 작용한 것"[10]에 불과하지, 전통적인 풍속을 바탕으로 한 백성의 실제 생활을 고려한 제도는 아니었던 것이다.

그러한 면에서 보면, 자연스럽게 서류부가를 답습하게 된 이장곤은 당대의

---

8 中國人이 우리 나라의 婚姻喪祭에 대하여 문의한다면 婚禮에 親迎禮를 행하지 않으면서 행하고 있다고 대답할 수 없으니 다시 친영례를 실행해야 한다는 傳旨를 禮曹에 내렸다. 이것으로 미루어 보아 中宗 戊寅年間에는 어느 정도 親迎을 실시하는 움직임이 있었던 것으로 보이나 己卯士禍로 禮를 信奉하던 新進學者들이 물러나고 나니 친영례의 실행은 전보다 오히려 약화된 상태임을 알 수 있다. 박혜인, 『韓國의 傳統婚禮 硏究』(서울: 고려대 민족문화연구소 출판부, 1988), 165~166쪽.

9 고구려 시대의 서옥제(婿屋制)가 그 예이다. 위의 책, 147쪽.

10 위의 책, 161쪽.

유교적 지배 이념에서 그만큼 자유로워진 셈이다. 즉 반가에서 중요하게 생각한 "가도"를 세우는 일과는 거리가 먼 '김서방'으로 "안신"하게 된 것이다. 그러나 이러한 혼인과 안신에는 그만큼의 삶의 실제 조건이 뒤따르는 것이 당대 조선 사회뿐만 아니라, 인류사의 보편적인 법칙이다. 그 점은 인류 문화의 보편적인 흐름을 연구 대상으로 하는 문화학(culturology) 분야에서 정리되어 있는 대로이다. "혼인과 가족은 개인의 경제적 욕구를 충족하기 위한 사회의 첫 번째의 기본 방식이다. 그리고 사회 발전의 전체 과정을 작동시킨 것이 곧 근친상간의 정의와 금지였다."[11]가 그 법칙의 기본 전제이다. 지참금 제도랄지, 이혼이 급증한 현대 사회에서 재산 분쟁에 관한 재판 등이 그러한 '경제적 욕구'에 관한 문제들이고, 회교 사회에서 상존하는 일부다처제의 의미도 그렇다는 것이다. "어떤 다른 직업에서 얻을 수 있는 것보다 비숙련 노동의 경우에는 더 많은 경제적인 이득이 있음을 의미"[12]하기 때문이다. "혼인은 처음에는 가족들 그리고 후에는 더 큰 집단들 간의 계약"[13]인 만큼, 근친상간의 경우 이러한 노동력이나 경제적인 교환 가치가 없기 때문에, 두 집안 간이나 집단 간의 상호 부조·동맹의 계약 조건이 될 수 없으므로 금지될 수밖에 없었다는 논리이다.

이러한 가문 간의 계약 관계는 이장곤이 살았던 당시 사회에서도 분명하게 드러났다. 의혼의 주제가 바로 그 계약 조건이었다. 상류 사회일수록 그 논의 기법이 세련되었고, 그만큼 거기에는 형식적인 명분이 중요했다. 이장곤과 봉단 사이에 오갔던 "마음이 끌리었다"와 같은 정황은 그 과정에서 허용될 틈

---

11 레슬리 화이트, 『문화과학: 인간과 문명의 연구』(대우학술총서 533), 이문웅 역(서울: 아카넷, 2002), 409쪽.
12 위의 책, 408쪽.
13 위의 책, 403쪽.

이 없었다.

그렇다고, 그러한 계약 법칙이 레슬리 화이트(Leslie A. White)가 위에서 지적한 바와 같이 인류 문화사에서 보편성을 띤 것인 이상, 그리고 서류부가 혼속(婚俗)이 "세계적으로 널리 분포되어 있"[14]는 현상인 이상, 조선 중기 최하층민의 혼인에서도 예외일 리는 없다. 다만, 거기에는 상층의 혼인과 분명하게 구별되는 점이 있다. 형식적인 명분론이 생략되었고, 그런 만큼 혼인 당사자들의 '마음 끌림'이 들어갈 틈이 있는, 즉 사람이 사람으로서 보편적이면서도 평범한 상호부조의 관계 속에서 살아갈 수 있는 여건이 마련되었다는 점이 그것이다. 그러한 면에서, 교리 이장곤이 아니라 고리백정 집안의 사위가 된 '김서방'이 그 집안에 동고리를 만드는 노동력을 제공하는 것은 당연한 일이다. 양반 가문에서 세우는 가도는 명분에 얽매인 경우가 허다하지만, 백정 집안의 가도는 실제 삶을 전제한 것이다. 그것은 교리 이장곤이 일신의 안신을 위해선 당연히 감수해야 할 조건이다. 그렇지만, 오랫동안 젖어 있는 양반의 타성을 버리는 일이 이장곤에게도 쉬운 일은 아니다. 그는 온전한 '김서방'이 아니라, '게으름뱅이 사위'로서 백정 장인 장모한테 온갖 구박을 다 당할 수밖에 없다.[15] 백정 아내의 '마음 끌림'이 아니었다면 그는 혼인의 일반적인 계약 조건에서 밀려났을 것이다. 그리고 그 구박이 반정 후 이장곤의 신분이 밝혀지고 봉단이 숙부인을 받치게 되자 정반대의 양상으로 바뀐 점에서도 혼속의 그러한 일반적인 조건을 확인할 수 있다. 이처럼, 작가는 '김서방'이라는 인물을 인위적으로 만들어낸 것이 아니라, 당대 생활상에 어긋남이 없이 원활하게 창조한 것이다. 이 점이 바로 작가가 실현한 필연성의 네 번째 근거이다.

---

14 박혜인, 앞의 책, 148쪽.
15 『임꺽정』 1권, 「봉단편」, 73쪽.

뒤에 자연스럽게 이어지는 이야기는 이장곤이 '김서방'의 자격으로 그 고을 양반인 "도집강의 강호령을 받고 멍석말이 매를 맞게 되었다."[16]는 사건에 관한 것이다. 고리백정 사위 '김서방'으로서, 양반이 임의로 정한 도리를 지키지 못했기 때문에 발생한 이 사건은 이장곤에게 인간의 '진정한 도리'가 무엇인가를 깨우치게 되는 동인 역할을 한다. 그것은 반정 후 함흥 동헌에서 원과 대화하는 과정에서 드러난다. "천인도 사람입니다."[17]라는 이장곤의 단언 속에 그 도리의 의미가 담겨 있다. 문제의 핵심은 '천대하는 사람'과 '천대받는 사람'이 당시 사회에서 계층으로 나뉘어 있다는 점이다. 양 계층을 다 경험한 이장곤은 "천대하는 사람이 사람으로는 천대받는 사람보다 나으란 법이 없"[18]다는 확신을 갖게 되었고, 그것은 곧 『임꺽정』에서 작가가 의도하는 것이 무엇인가를 드러내주는, 당시 양반 사회에서는 "어폐가 있을지 모르나"[19]라는 단서를 붙일 수밖에 없는 혁명적인 발언이다. 거기에는 "사람으로는"이라고 표현된 인간의 도리를, 계급을 초월한 상태에서 찾자는 강한 의지가 내포되어 있는 것이다. 물론, 그것은 이장곤의 안신 과정에서 언급한 바와 같이 당시 형식적인 명분론을 앞세운 지배 이념에서 벗어나고자 하는 의지이기도 하다. "백정의 집에 기걸한 인물이 난다면 대적 노릇을 할밖에 수 없을 것이오."[20]라는 그의 발언이 그 점을 시사한다. 그리고 작품 전체 구조에서 볼 때, 그것은 곧 임꺽정의 화적 행각에 대한 필연성을 부여하는 암시이기도 하다.

이러한 구성상 필연성을 바탕으로 한 계급 초월과 탈이념의 궁극적 의미가

---

16   위의 책, 85쪽.
17   위의 책, 126쪽.
18   위의 책, 126쪽.
19   위의 책, 126쪽.
20   위의 책, 126쪽.

무엇인가는 갖바치가 첩장가 드는 이야기에서 제시된다. 이 단계의 이야기 전개 과정에서, 즉 생불이 되기 전 어느 정도 앞일을 내다보는 식견이 있는 인물로 설정된 갖바치가 위에서 논한 혼인 절차와 그에 관한 모든 의미를 하찮게 여기기 때문이다.

> "사람이 삭불의 말과 같이 신통해 보이지는 아니하나 우선 그대로 데리고 지내 보게나."
> 말하니 주팔이는
> "영감께서 사람을 갖다 공연한 생고생을 시키시렵니다그려."
> 하고 별로 다른 말이 없었다.[21]

이장곤이 반정 후 서울 본가에 와서 살 때 따라 올라와 함께 살고 있던 갖바치의 심경을 서술한 부분이다. 혼인에 관한 것뿐만 아니라, 일상의 모든 의미가 덧없다는 게 갖바치의 세계관이다. "살림살이를 하고 엎드려 있기가 싫다."[22]와 "영감께서 사람을 갖다 공연한 생고생을 시키시렵니다"가 그 점을 분명하게 말해준다. 두 사람의 관계로 보아, "주팔이를 서울에 붙들어 두려고"[23] 하는 이승지의 생각은 이해관계 차원과는 무관하다. 그것은 일상생활에서 정이 오가는 차원인데, 그것마저 거부할 수 없었던 갖바치는 "별로 다른 말이 없었"을 뿐이다. 그 점은 "이승지 내외 마음에는 그다지 들지 아니하나", 즉 이승지 부인이 "눈이 단정치 아니해요"[24]라고 '계집'을 두고 지적한 부분에서도 확인할 수 있다. 집을 비운 사이, 자신의 첩과 "거무스름한 얼굴에 목자가

---

21 위의 책, 196쪽.
22 위의 책, 195쪽.
23 위의 책, 195쪽.
24 위의 책, 195쪽.

우락부락"[25]한 사내와 상관하여 낳은 아들을 대하는 갓바치의 태도가 그 핵심이다. 앞일을 내다보는 식견을 갖춘 인물로 설정된 갓바치가 아내의 부정한 행실을 모를 리 없다. 그에게 중요한 것은 내 자식이냐 네 자식이냐라는 문제보다는 "그걸 낸들 아나, 사람의 자식이니 사람을 닮았겠지."[26]에서 보는 바와 같이 '사람의 자식'이라는 점이다. 그의 그러한 말은 계급 초월과 탈이념의 궁극적인 의미인 평등사상과 인간애의 밑바탕을 의미한다. 이처럼 작가는 이야기 전개의 출발 단계에서 이장곤과 갓바치의 결혼을 통하여, 『임꺽정』에서 구현하고자하는 세계관의 범위를 제시한 것이다. 그것은 현실 의미에 기반을 두고 투쟁을 통하여 얻어내야 하는 현실적 범위에서 출발하여, 모든 현실 의미에 대한 거부를 통하여 일탈적 차원에 이르고자 하는 과정이다. 작품에서 전자는 이장곤의 경우로 설정되어 있고, 후자는 갓바치의 경우로 설정되어 있다.

바로 뒤에 이어지는 임돌의 결혼과, 갓바치의 아들 금동이와 임돌의 딸 이쁜이(섭섭이, 임꺽정의 누이)의 결혼과 윤임의 화초장이 홍인서의 결혼은 전자의 경우에 대한 전개 양상이다. 임돌의 결혼에 대한 서술에서는 하층민들이 혼인 절차를 어떻게 받아들이고 실행하는가가 잘 드러나 있다. 그런데 그 중 작품 전체 구조적인 차원에서 중요하게 받아들여야 할 부분은 신랑이 신부 옷 벗기는 장면이다. "돌이가 첫날밤에 옷 벗긴다는 말만 들었지 어떻게 벗기는지를 몰랐던 까닭에 애기의 옷을 속속들이 발가벗기려고 들어서 속적삼의 단추 고가 쪼개지고 속속곳의 고름이 떨어졌다. 애기가 손으로 밀막아서 잘 벗기지 못하게 하니까 돌이가 무식스럽게 애기의 팔목을 꽉 쥐었다."[27]

---

25 위의 책, 240쪽.
26 위의 책, 247쪽.
27 위의 책, 218쪽.

에서 볼 수 있는 바와 같이 작가가 임꺽정의 성격 창조에 필연성을 부여하기 위하여, 그의 아버지인 임돌의 성격 묘사에 섬세한 주의를 기울인 것이다. 작품에 나오는 다양한 인물들 중 임돌-임꺽정 부자보다 더 양반에 대한 적개심을 나타내는 사람이 없을 정도이다. 이러한 양반에 대한 적개심은 위에서 말한 현실적 범위에서 출발하는 투쟁 문제와 직결된다.

　당시의 세도 재상 중 한 사람이었던 윤임의 화초장이 하인 홍인서의 결혼에서는 임돌-임꺽정 부자가 왜 그렇게 양반에 대한 적개심을 가질 수밖에 없는가 하는 문제의 실상이 드러나고 있다.

> "색시고 기생이고 할 것 없이 댁 종 하나만 주시면 원이 없겠습니다."
> "그것은 더욱 쉽다. 내 집안에 있는 아이종 어른종 할 것 없이 모두 불러낼 것이니 네 맘대로 그 중에서 하나를 골라보아라."
> 하고 상노를 보고
> "너 마님께 들어가서 아이종들과 서방 없는 어른종들을 모다 불러 내보내시라고 말씀해라. 내외 낀 것 외에 하나라도 빠지고 안나오는 년이 있으면 물볼기다."
> 하고 다시 허허 웃고 말이 없이 섰는 박수경이를 돌아보며 말을 붙였다.
> "너는 생각이 없니? 너도 하나 골라보지."
> "싫소이다. 있는 것도 주체궂어 못 살겠소이다."
> "첩으로 하난 골라보아라. 먹을 것은 내가 대어 주지."
> "첩도 싫소이다. 그 속에서 자식새끼가 나면 댁의 씨종이나 늘려 드리게요."[28]

　위 의혼 절차를 갖바치의 어법으로 말하면, 다 같은 사람이면서 사람대접을 받지 못하는 최하층민들의 삶을 여실히 드러낸 것이다. 그들은 그저 양반

28　홍명희, 『임꺽정』 2권, 「피장편」(서울: 사계절, 1996), 233쪽.

의 소유물이고, "실없는 장난"[29]의 대상일 뿐이다. 그러니까 하층민으로서 사람답게 살기 위해서는, 금동이와 이쁜이의 경우와 같은 삶이 또 다른 힘의 보유자인 임꺽정의 보호하에 들어갈 수밖에 없다. 이 역시 발의 심상을 통해서 이장곤의 경우에 끈이 이어지고 있다.[30]

작품에서 임꺽정의 탄생, 성장 과정과, 화적 행각의 의미는 이러한 전자와 후자의 범주 안에서 주동적인 역할을 한다. 특히, 백두산을 배경으로 전개되는 임꺽정과 운총의 결혼 이야기는 전자와 후자의 간극을 한 곳으로 모으며 그 범주의 성격을 분명하게 말해준다. 작가는 그 꼭짓점을, 현실 세계라고 말할 수도 없고 일탈 세계라고 말할 수도 없는, 백두산이라는 원시적 공간으로 설정하고 있다. 그것을 현실 세계 차원에서 말하면, 계급 구분이 없는, 사람이 사람으로서 살아갈 수 있는 생명력이 충만한 세계를 의미한다. 앞에서 극한 상황에 처한 이장곤이 '똥' 속에 섞인 '보리쌀알'을 시냇물에 "일어 골라서 앞에 넣어 목으로 넘"김으로써 자신의 굴레였던 명분론을 씻어냈던 것은 그 출발이라 할 수 있다. 작가가 백두산을 배경으로 하여 설정한 원시 공간은 아예 그러한 구분이 존재하지 않는 생명력 자체를 의미한다. 운총의 겉모습에 대한 묘사에서부터 그러한 면을 확인할 수 있다.

> 얼굴빛은 볕에 그을어서 희지 못할 뿐이지 검지 아니하고, 손은 마디가 굵어서 험하기는 하나 보기에 밉지 아니하였다. 속이 맑은 눈에는 생기가 뚝뚝 떴고 납족한 입은 닫힌 것이 야무져 보이었다.[31]

백두산에서 사냥을 하며, 문명 세계에 때 묻지 않은 채, 원시적인 삶을 살아

---

29 위의 책, 240쪽.
30 위의 책, 152쪽.
31 위의 책, 295쪽.

가는 한 처녀의 생명력을 읽어낼 수 있는 부분이다. 임꺽정과 운총이 결혼하게 된 동기와 절차는 앞서 논한 주자가례에 의한 것도 아니고, 서류부가 제도에 의한 것도 아니고, 문명사회에서 거론되는 사랑의 조건에 의한 것도 아닌, 즉 레슬리 화이트가 문명 세계를 바탕으로 정립한 문화학 차원에서는 상상하기 어려운, 사람이 사람으로서 살아가는 원초적인 생명력에 의한 것이다.

그 점은 천왕동이와 운총 남매가 서로 임꺽정과 같이 자겠다고 다투는 희극적인 장면[32]에 잘 나타나 있다.

> 꺽정이가 자리에 누운 뒤에 남매의 요절한 말다툼을 돌쳐 생각하고 낄낄거리니 대사는
> "아무 사심(邪心) 없이 자란 것이 귀하다."
> 하고 도리어 칭찬하였다.
> "저대로 두면 저것들 남매간에 자식이 생기지 않을까요?"
> "그럴는지도 모르지, 천지개벽한 뒤 사람이 처음 생겼을 때는 남녀만 알았지, 모자니 남매니 구별하지 못했을 것이다." [33]

그에 대한 위 갓바치와 꺽정의 소감 피력은 운총의 '맑은 눈'을 통해 흘러나오는 생명력의 근거를 말해준다. 이 단계 이야기에서 갓바치는 세상일을 훤히 꿰뚫어보는 완전한 이인의 경지에 오른 존재로 설정되어 있다. 백두산행은 그러한 갓바치가 임꺽정에게 병법을 비롯하여 세상 이치에 대하여 여러 방향으로 교육을 하는 과정에서 이루어진 일임을 고려할 때 갓바치가 임꺽정에게 바라는 것은 사람이 사람으로서 살아가는, 사람이 사람을 서로 죽이는 것이 아니라 서로 살리는, 생명력이 충만한 세계를 만드는 일에 자신의 힘을

---

32 위의 책, 302쪽.
33 위의 책, 302쪽.

사용하라는 차원이다. 그러한 세계는 계급·이념 등 이해관계에 얽힌 어떠한 의혼 절차도 필요 없는 공간이다. 작품에서 실제로 임꺽정의 결혼은 그러한 차원으로 묘사되어 있다.

> "엄마가 천왕동이를 날 때 아비하고 천왕당에 와서 축원했다. 내가 보았다. 거짓말 아니다. 우리도 천왕당에 들어가서 축원하자."
> 하고 졸라서 꺽정이가 졸리다 못하여 당집 안으로 끌리어 들어왔다. 운총이가 꿇어앉으며 꺽정이까지 꿇어앉히었다. 운총이는
> "오늘 꺽정이에게 시집갔으니 천왕동이 같은 아들을 낳아지이다."
> 하고 말한 뒤에 입속으로 중얼중얼하는 꺽정이를 돌아보며 목소리를 크게 하라고 말하였다. 꺽정이가 당집 안에 들어올 때 반은 장난으로 생각하여 되는 대로 중얼거리다가 홀저에 엄숙한 생각이 나서
> "꺽정이는 운총이를 안해로 정합니다."
> 하고 고개를 숙이었다. 운총이가 아들을 말하라고 또 한번 졸라서
> "아들도 일찍 낳기를 바랍니다."
> 하고 꺽정이는 조금도 웃지 않고 아들까지 축원하였다.[34]

첫날밤을 치르는 장소도 방으로 상징되는 문명 공간이 아니라, 한낮에 "꺽정이가 웃으면서 운총이를 번쩍 안고 숲속으로 들어갔다."[35]에서 보는 바와 같이 원시적이면서 생명력이 충만한 공간이다. 거기에는 인간의 삶을 계급과 이념 갈등으로 몰고 가는 어떠한 문명 조건도, 즉 인간을 중심으로 한 문명과 자연의 갈등이 존재하지 않는다.[36] "초례는 훌륭하게 지낸 셈입니다그려. 지

34　위의 책, 310쪽.

35　위의 책, 310쪽.

36　루소의 인간학은 자연과 문화(또는 문명)의 갈등 상황 속에 처해 있는 인간의 모습을 지적하며 또 전제하는 것이다. 왜냐하면 그의 문명비판적 관점은 인간이 문명의 옷을 입거나 문명에 발을 들여놓는 순간 인간은 자연을 떠난다고 보기 때문이다. 김성진,「철학적 인간학의 생태학적 과제」,『생태 문제와 인문학적 상상력』(서울: 나남

금부터 꺽정이를 사위라고만 하시면 고만입니다."[37]라고, 갖바치 대사가 운총 어머니에게 한 말은 문명사회의 핵심을 이루는 계급과 이념의 굴레에서 벗어 나자는 의지를 분명하게 나타낸 선언이다.

2) 민중의 한과 여성의 건강성

계급과 이념의 굴레에서 벗어나는 일에는 문명사의 과정적인 의미에서 볼 때, 민중의 한을 어루만지는 일이 수반된다. 이야기 전개 틀의 중간 부분에 나온 혼인 이야기는 주로 빼앗기고 천대받는 하층민에 관한 것들로서, 그러 한 민중의 한 문제와 얽혀 있다. 「의형제편」에 나오는 박유복, 곽오주, 길막봉 이, 황천왕동이, 배돌석의 결혼 이야기가 그것인데, 그중 박유복의 경우가 이 이야기들의 중심 역할을 한다.

박유복이 유복자로 태어난 것은 그의 아버지가 무고를 당해 억울하게 죽어 서였고, 그로 인해 그는 어린 시절부터 삶의 터전을 떠나 온갖 고생을 겪어야 했고, 성년이 되어서는 부모의 원수를 갚아야 했고, 쫓기는 몸이 되어야 했 다. 양반관리들이 공납제·군역제·환곡제 등을 통해 갖은 방법으로 농민들 을 착취하던 16세기 당시의 현실적인 삶의 공간에서,[38] 그러한 그를 '사람으 로' 받아줄 곳은 아무 데도 없었다. 마비된 하반신을 치료해주고 표창술을 가 르쳐주는 등, 그에게 도움을 준 사람도 현실적인 일에 나서는 일을 금기시하 는 이인이었다. 박유복의 경우와 똑같지는 않지만, 당시 그렇게 억울한 일을 당하여 유이민으로 살아가야 했던 농민들의 수는 계속 증가하였고, 이들은

출판사, 1999), 61쪽.

37 『임꺽정』 2권, 「피장편」, 313쪽.

38 한국민중사연구회 편, 『한국민중사 I』(서울: 풀빛, 1986), 273~275쪽.

목숨을 이어가기 위하여 도적이 되기도 했다. 이러한 과정에서 그들의 가슴에는 양반에 대한 적개심과 한이 쌓여갈 수밖에 없었다. 실제 역사에서 임꺽정의 난도 그러한 맥락에서 일어났고, "민중의 커다란 지지를 얻고 있었다."[39]

작가는 『임꺽정』에서 그러한 민중의 한과 지지 문제를 박유복의 경우를 통해 최영 장군에 대한 민중적 상징성에 연계시키고 있다.

> 최영은 억울하게 당하며 죽어 가는 민중의 상징이기도 하다. 무속은 무식자의 미신이라 하여도 다른 고등종교가 가진 윤리 의식도 있다. 민심에 대한 보호라는 점에서 가치 있는 것이다. 무당 자신들이 최영을 왜 모시고 있는지는 알 수 없을 것이다. 그러나 깊은 뜻은 민심 속에 살아있는 것이다.[40]

그렇지만, 작가가 위와 같은 최영의 상징성을 작품에 기계적으로 대입한 건 아니다. 무당이 "최영을 왜 모시고 있는지"에 대한 작가의 생각은 "대체 귀신을 있다고 잡고 말하더라도 최영 장군 같은 인물이 죽어서 귀신이 되었다면 총명하고 정직한 귀신이 되었으련만, 요사스러운 무당 입에 놀아나서 장군의 귀신은 귀신으로 희한하게 잡탕스러워서 죽은 귀신이 산 사람같이 마누라가 있었다."[41]에서 보는 바와 같이 지극히 부정적이다. 그것은 민중에 대한 다른 형태의 착취이고, 한을 쌓이게 하는 원인임을 지적하여, 당대의 실상을 유기적으로 형상화해낸 것이다. 최영 귀신은 '정직하고 총명한 귀신'이므로, 박유복과 같은 인물의 한을 어루만지는 일을, '민심에 대한 보호라는 점'과 '민심 속에 살아 있는' 깊은 뜻을 외면할 리 없다는 것이다. "나의 새 마누라는

---

39   위의 책, 287쪽.
40   최길성, 『한국 무속의 이해』(서울: 예전사, 1994), 229쪽.
41   홍명희, 『임꺽정』 4권, 「의형제편」 1(서울: 사계절, 1996), 120쪽.

산상골 최서방의 맏딸이다."[42]라는 외침은 "요사스러운 무당 입"에서 나온, 민중에 대한 다른 형태의 기만 수단일 뿐이다. 그런 논리에서 생각하면 최영 귀신이 박유복에게 "최서방의 맏딸"을 신부감으로 하사한 셈이다. 그렇게 민중의 한을 어루만져주는 것과 같은 "깊은 뜻은", 최영 장군의 신상을 모신 장군당에서 우연하게 첫날밤을 치르게 된 후 신부를 접하는 박유복의 심경에서 분명하게 드러난다.

> "잠깐만 기세요. 어젯밤에 밥을 나우 지어서 떠둔 이 한 그릇 있으니 가지고 가세요."
> 하고 붙들었다. 유복이는 그 어머니를 여읜 지가 이십 년에 알뜰살뜰히 위하여 주는 사람을 보지 못하다가 이 말 한마디를 들을 때 곧 머릿속에
> '어머니 살았을 때 이런 말을 들어보았거니.'
> 하고 생각하며 눈에 눈물이 핑 돌았다. 그 안해가 무명 꺼내던 궤짝에서 바가지 한 짝과 베보자기 하나를 꺼내가지고 부엌에 내려가서 찬밥 한 바가지를 보자기에 싸다가 줄 때까지 유복이는 우두머니 서 있다가 안해가 한 손으로 주는 것을 두 손으로 덥석 받았다.[43]

부모의 원수를 갚고 도망하는 과정에서 "장군당 무당의 요사" 덕분에 '안해'를 맞게 된 박유복이 그 '안해'의 행동에서 20년 전의 '어머니'의 모습을 찾아내는 장면이다. 동일시의 끈은 그를 사람대접하는 행위이고, 그 행위의 매개 수단은 "찬밥 한 바가지"이다. 이러한 도망자와 밥의 심상은 이장곤의 경우와 맥이 닿는 부분이기도 하다. 양반과 소도적놈, 똥과 밥이라는 극한적인 대립을 통해 발생한 심상이 어머니·안해 대 찬밥으로 그 폭이 완화되어, 즉 작품에서 온갖 혼인의 출발로 제시된 최상층과 최하층의 결합의 진폭에 포섭되

---

42   위의 책, 121쪽.
43   위의 책, 144쪽.

어, 민중적인 삶의 한 축을 이루어내고 있다. 그 한 축이란 바로 위에서 지적한 유이민의 삶의 양상이다.

이러한 떠돌이의 삶에서, 각 경우마다 한이 확인되지 않는 예가 없다. 뒤에 이어지는 곽오주, 길막봉이, 황천왕동이, 배돌석의 혼인 이야기가 모두 그 경우에 포함된다. "계집·술·노름에"[44] 탐닉한 젊은 주인 때문에 "신뱃골 이쁜 과부"[45]에게 장가들게 된 머슴 곽오주는, 또 그 덕분에 젖먹이 아이를 잃고 그 한을 가슴에 품게 된다. 천성이 착한 그는 그 이후 아이 울음소리를 들으면 이성을 잃은 채 포악무도한 사람이 되는 인물로 설정되어 있다.

길막봉이, 황천왕동이의 경우에서는 당대의 데릴사위 제도의 일면을 엿볼 수 있다. 소금장수 총각 길막봉이는 처백부인 "박선달의 무시"[46]와 장모의 구박에 시달리다가 데릴사위를 그만두고 나와 "불과 반 년 전에 쇠도리깨 도적을 잡으러 왔던 사람이 우습게 쇠도리깨 도적과 한패가 되어버리"[47]는데, 그 과정에서 양반에 대한 적개심과 한을 품게 된다. 임꺽정의 집에 얹혀살며 할 일 없이 장기만 두고 지내던 노총각 황천왕동이는 사위 취재라는 특별한 통과의례를 경험한다. 벙어리 놀음에서 백이방의 의중을 맞춰야 하고, 백이방과 장기를 두어 이겨야 하고, 궤 속에 들어 있는 물건을 알아맞혀야 백이방이 과년한 딸을 내준다는 것이다. 첫째 관문은 상하층의, 즉 중인 계급과 천민 계급의 의사소통 문제인데, 벙어리 놀음이 아니라 정상적인 어법으로 의혼이 이루어졌다면 그 의사소통은 불가능하다는 역설이 성립한다. 한 예를 들면 "이방은 한번 빙그레 웃고 나서 손가락으로 다섯을 꼽아서 내보이니 천왕동

---

44 위의 책, 234쪽.
45 위의 책, 234쪽.
46 홍명희, 『임꺽정』 5권, 「의형제편」 2(서울: 사계절, 1996), 103쪽.
47 위의 책, 109쪽.

이는 별로 지체도 않고 셋을 꼽아서 마주 보였다. 이방의 의사는 '오륜(五倫)을 아느냐?' 하고 물은 것인데 천왕동이의 한 시늉은 정녕코 '삼강(三綱)까지 아오.' 하고 대답한 것이라 이방은 속으로 은근히 놀랐다."[48]라는 것이 이방의 의사인데, 황천왕동이는 그것을 "그 담엔 이방이 손구락으로 다섯을 꼽아 보이는데 그게 장기를 한번에 다섯 수씩은 본다는 자랑인 듯합디다. 국수 장기라니까 수를 볼라면 십여 수라두 한꺼번에 볼 테지만 예사루두 다섯 수씩은 본다구 자랑하는 모양이기에 나는 일곱 수를 예사루 본다구 다섯 꼽은 손구락에서 두 손구락을 펴서 보였고, 그랬더니 이방이 놀라는 기색이 있습디다."[49]라고 받아들인 것이다. 당시 천민에 대한 탄압 수단으로 전락했던 강상의 논리가 벙어리 놀음이라는 '반문명적 의사소통 수단'[50]에 의해 희화된 예이다. 물론, 이러한 역설은 위 박유복, 곽오주, 길막봉이의 경우도 마찬가지다. 무당의 요사, 젊은 주인의 속임수, 심술궂은 여편네의 실언 등이 혼인의 계기가 되었지, 정상적인 의혼 절차가 이루어진 경우가 아니다. 이는 정상적인 과정으로는 혼인할 수 없는 민중의 처지를 그렇게 거꾸로 보여주는 역설이기도 하다. 이러한 역설은 가장 어려운 고비인 셋째 관문에서 그 진의가 드러난다. 백이방의 처가 황천왕동이를 직접 찾아가 궤 속의 내용물을 미리 알려줌으로써, 즉 강상의 명분을 기반으로 한 당대의 부권에 반기를 듦으로써

---

48 위의 책, 154쪽.

49 위의 책, 157쪽.

50 그것은 "매우 큰 뇌와 사회적으로 상호 협동하는 능력과 재주를 가진 인간만이 말을 하고 추상화된 개념을 사용하고, 정교하게 다듬어진 전문 언어를 사용한다."는 다윈이 이후의 인간 우월성 이념에 대한 도전이기도 하다. Peter Dickens, *Society and Nature*(Philadelphia: Temple Uninversity Prss, 1992), p.125.
그래서 이러한 반문명적 의사소통 수단은 16세기 조선 사회와 같이 통제된 사회에서는 민중 간에 상호 교통할 수 있는 하나의 '숨은 언어'라 할 수 있다. 채진홍, 『홍명희의 〈林巨正〉 연구』(서울: 새미, 1996), 102~105쪽.

해결된다. 남성 중심 사회에서 부권에 눌려 지내던 여인의 한이 "과년한 기집애라고 못 보여줄 것 무어 있소."[51]라는 식으로 폭발했던 것이다. 이는 당시로선 "과년한 기집애"가 그 부권의 희생물의 한 상징이었음을 잘 보여주는 대목이기도 하다. 과년한 총각 처녀의 한이 그렇게 풀린 것이다. 황천왕동이는 길막봉이와는 달리 편안한 데릴사위 생활을 한다. 하지만 배돌석과 교류하는 과정에서, 자신의 계층적 한계를 뛰어넘을 수 없음을 절감하며 그 역시 적굴로 들어가게 된다.

비부쟁이 생활까지 겪은 배돌석의 경우는 위 네 사람과 달리 '안해들'에 대한 한을 품은 예이다. 물론, 거기에 양반 계층에 대한 적개심이 들어 있는 건 마찬가지다. 첫 번째 아내는 시어머니를 학대해서, 두 번째, 세 번째 아내는 부정한 행실 때문에 헤어지게 된다. 특히, 두 번째의 경우는 양반집 비부쟁이 노릇을 하는 과정에서 발생한 사건으로, 젊은 '서방님'의 학대라는 계층적 문제가 내포되어 있다. 통정 장면을 등시포착한 그는 "아내의 눈과 서방님의 이마에 엽기적인 자자를 하고, '마님'에게 성적인 봉변을 줄" 정도로 양반에 대한 적개심을 표출하는 인물로 설정되어 있다.[52] 네 번째에 이르러서야 비로소 정상적인 부부 생활을 하게 되는데, 이미 청석골 생활에 들어선 이후의 일이었던 터다. 그렇지만 이 과정에서 배돌석은 삶의 새로운 의미를 경험한다. 위에서 제시한 불행한 사건들과 떠돌이 역졸 생활을 통해 형성된 그의 개결치 못한 성격이 민중의 건강성에 압도당한다. 청석골 총찰 두령의 지위로 졸개인 김억석의 딸을 겁간하려 하지만, 그녀의 기지로 옷고름을 맺는 맹세를 받아내는 장면에서 그 점이 드러난다.

---

51 『임꺽정』 5권, 「의형제편」 2, 145쪽.
52 위의 책, 249~253쪽.

"두령만 사람이 아니오. 졸개도 사람이고 졸개의 딸도 사람이오. 오장
　육부가 다 같은 사람이오."
　　"누가 사람이 아니랄세 말이지."
　　"사람인 줄로 알면 어째 사람대접을 안하시오?"
　　"무엇이 사람대접이 아니냐?"
　　…(중략)…
　　"지금도 나를 안해로 데리고 사실 생각이 있소?"
　　"생각이 있다뿐이냐."
　　"이렇게 칼부림을 당하고도 그런 생각이 남아 있소?"
　　"네가 도둑놈 두령의 안해 째목으로 쩍말없다."
　　"정말이오?"
　　"그럼 정말이지. 내가 설마 네 칼이 무서워서 거짓말하랴."
　　"정말이면 옷고름을 맺읍시다."[53]

　　"사람인 줄로 알면 어째 사람대접을 안하시오?"라는 외침은 앞서 논한, 사
람이 사람대접을 하고 사는 세계를 추구한다는 갖바치의 세계관이 그동안 눌
리기만 하고 살아온 '편발 처녀'에 의해 생생하게 재현되는 부분이다. 방바닥
에 누운 건장한 사내와, 그 사내의 배 위에 걸터앉아 칼을 겨눈 처녀 사이에
오가는 대화들이 팽팽한 긴장감이나 을씨년스러운 분위기를 자아내는 대신,
오히려 건강한 삶의 단면을 보여주고 있다. 명분이나 이해를 내세운 양반들
의 복잡하고 세련된 의혼 과정과는 정반대의 경우이다. 배돌석이 두령의 지
위를 내세워 "수청을 들라" 한 사람답지 못한 요구가 "네가 도둑놈 두령의 안
해 째목으로 쩍말없다."라는 식으로, 스스로에 의해 일축된 것이다. 이러한
건강성은 실제 혼례 과정에서도 드러난다. 오두령과 서림에 의해 재상가의
혼인 절차가 꾸며지지만, 신랑 신부 다루는 부분에서 민중의 속성이 그대로

53　홍명희, 『임꺽정』 6권, 「의형제편」 3(서울: 사계절, 1996), 175~176쪽.

드러난다.[54]

　이렇게 '안해'가 주 역할을 하여 드러난 민중의 건강성은 사실 박유복, 곽오주, 길마봉이, 황천왕동이의 경우도 마찬가지다. 남장을 해가며 끝까지 남편과 동행하는 박유복의 아내, 과부 보쌈을 당한 처지에도 끝까지 절개를 지킨 곽오주의 아내, 행세하는 집안의 도령을 마다하고 당당하게 소금장수를 택한 길마봉이의 아내, 유복한 환경을 뒤로 한 채 남편을 따라 적굴로 들어간 황천왕동이의 아내가 보여준 행동들이 그것이다. 이들의 적극적이고 건강한 삶의 태도는 모두 한을 품고 적굴 생활을 할 수밖에 없었던 남편들에게 사람대접을 받고 사는, 그들만의 삶을 안겨준 것이다. 그것은 인간 혁명의 사회적 조건이기도 하다.

2. 반혁명성과 역사적 의미

　혼인과 관련된 화소들 중 이야기의 끝부분인 「화적편」에서는 주로 임꺽정의 여인 편력이 전개된다. 서울 와주(窩主) 한온의 집에서 생활하는 동안 임선달 행세를 하며 네 여자와 연을 맺는 이야기가 그것이다. 첫 번째 여인은 기생 소홍인데, 한온이 서울의 한량패한테 당한 분풀이를 해주는 과정에서 만난 여인으로서 후에 도중으로 돌아갈 때 동행한다. 나머지 셋은 "박씨는 육례를 갖추고 원씨는 정실로 자처하고 또 김씨도 부실이라고 아니하는 까닭에 꺽정이의 처가 광복산에 있는 본처는 치지 말고 서울 안에만 세 사람이나 되는 셈이었다."[55]로 정리된다.

54　위의 책, 197~200쪽.
55　홍명희, 『임꺽정』 7권, 「화적편」 1(서울: 사계절, 1996), 222쪽.

이 관계들에서 드러나는 공통점 역시 양반에 대한 임꺽정의 적개심이다. 한온이의 분풀이를 했던 이유들 중 하나는 한량패의 출몰꾼 노릇 하는 사람이 우변포도대장 이몽린의 막내아들이라는 점이고, 박씨를 아내로 맞아들인 것은 당대 세도재상 윤원형의 집 차지가 노름빚 대신 박씨를 첩으로 빼앗아 가려고 해서였고, 한온이의 상노 아이가 원계겸 판서 집 보쌈으로 죽은 사건이 계기가 되어 그 원판서의 딸이 '임선달'의 정실로 자처하게 되었던 것이다. 그리고 김씨의 경우는 '홍문집 여편네'로서 조신하기는커녕 시부모와 주변 사람들에게 포악을 행하다가 그렇게 된 것으로, 명분론만을 추구하는 당대 양반들의 허위의식이 실제 삶에서 아무런 의미가 없다는 사실을 생생하게 보여 주고 있다.

하지만 문제는 이러한 적개심의 표출이 진정한 혁명의 길로 실천되었느냐, 단순한 화적 행각에 그쳤느냐 일 것이다. 자신을 끝까지 따르고 사랑한 소흥이한테 "세상 사람이 모두 내 눈에 깔보이는데 깔보이는 사람들에게 멸시 천대를 받으니 어째 분하지 않겠나, 내가 도둑놈이 되구 싶어 된 것은 아니지만, 도둑놈 된 것을 조금도 뉘우치지 않네."[56]라고 자신의 신분과 심경을 고백하지만, 이미 갖바치와 검술 선생의 인간애와 정의에 관한 가르침을 저버린 채, 양반에 대한 "분풀이"[57]와 화적 행각을 일삼고 살아가는 임꺽정이었던 터다. 위 여인들을 취하는 과정에서도 그 점은 예외가 아니다. 박씨를 데려오는 중 윤원형 집의 차지 일행을 과부 집에 가두고 태워 죽인다든지, 원씨의 상직할미를 "다시 일어나지 못하도록 두서너 번 짓밟아"[58]준다든지 하는 잔인한 행위들이 그것이다. 사람이 사람대접을 하는, 인간애를 바탕으로 생명력

---

56   홍명희, 『임꺽정』 8권, 「화적편」 2(서울: 사계절, 1996), 146쪽.

57   위의 책, 146쪽.

58   『임꺽정』 7권, 「화적편」 1, 183쪽.

이 충만한 세계를 여는 인간 혁명과는 무관한 행위들이다. 결국 임꺽정은 양반 계층이 가진 힘을 "세상 사람이 범접 못할 내 세상이 따루 있네."[59]라는 자신의 힘을 통해 복수하는 반혁명적인 길로 들어선 것이다.

이봉학과 계향이의 관계도 그러한 범주에 들어간다. "일개 사수(射手) 이봉학이는 천여 호 골의 원님이 되고 일개 기생 계향이는 원님의 안으서님이 되었는데 이봉학이의 직함(職銜)은 정육품 돈용교위(正六品敦勇校尉) 정의현감(旌義縣監) 겸 제주진병마절제도위(濟州鎭兵馬節制都尉)요, 계향이의 호강은 곧 실내마님과 다름이 없었다."[60]와 같은 상황 이면에는 '소박데기 안해'의 죽음이 있다. 본처를 구박한 이유가 "얼굴이 면추도 못 되고 사람이 둘하여서"[61]이니, 부정한 아내를 대하는 갖바치의 태도와는 정반대이다. 그것은 그가 신분 상승의 길이 좌절되어 화적패의 두령이 된 사실을 합리화할 어떠한 조건도 될 수 없다. 그 외 「화적편」에 나오는 신불출의 결혼, 김억석의 재혼, 노밤이 첩을 얻는 경위 등이 모두 화적패 생활의 일부분에 지나지 않는다.

그렇다면, 이러한 반혁명적 화적 행위를 작품 전체 구조 차원에서 어떻게 받아들여야 할 것인가. 이는 이야기의 처음 부분에서, 즉 이장곤과 갖바치의 결혼에서 제시되었던 평등 의식과 인간애 사상과는 물론 거리가 멀다. 하지만, 이를 실제 역사 전개 차원에서 생각하면 필연적인 결과인데, 이 문제는 작가의 창작 의도와도 직결되어 있다. "원래 특수 민중이란 저희들끼리 단결할 가능성이 많은 것이외다. 백정도 그러하거니와 체장사라거나 독립협회 때 활약하던 보부상(褓負商)이라거나 모두 보면 저희들끼리 손을 맞잡고 의식적으로 외계에 대하여 대항하여오는 것입니다. 이 필연적 심리를 잘 이용하여

---

59 『임꺽정』 8권, 「화적편」 2, 146쪽.
60 홍명희, 『임꺽정』 5권, 「의형제편」 2(서울: 사계절, 1996), 372쪽.
61 위의 책, 330쪽.

백정들의 단합을 꾀한 뒤 자기가 앞장서서 통쾌하게 의적(義賊) 모양으로 활약한 것이 임꺽정이었습니다. 그러니 이러한 인물은 현대에 재현시켜도 능히 용납할 사람이 아니었으리까."[62]에서 "현대에 재현시켜도"와 "필연적인 심리"가 의도의 열쇠이다. 16세기의 군도가 횡행하던 역사적 현실을 20세기, 즉 일제강점기 현실로 재현시킨다는 의도이다. 그 끈이 바로 양반 관리들의 수탈과 일제의 수탈에 대항하는 특수 민중의 단합과 필연적인 심리라는 것이다. 이러한 점은 작가가 8·15 이후 『임꺽정』을 완성하라는 주변 사람들의 권유에 대해 "지금 나오면 파쇼게."[63] "미완성 교향악이야!"[64]라는 태도를 보인 데에서도 반증된다. 일제가 물러간 당대에 임꺽정의 화적 행각과 같은 역할이 더 이상 필요하지 않다는 뜻이다. 이를 다시 뒤집어 생각하면, 임꺽정의 난의 실패와 그 비극성을 통해 일제에 대한 항쟁 의식을 고취시키려 했음이 작가의 목적이었던 것이다.

물론 혁명의 이러한 실패는 어느 시대에서나 보편성을 갖는 게 역사적인 사실이기도 하다. 한국사에서 임꺽정의 난 이후 일제강점 이전까지 끊임없이 이어진 민란의 실패와 그 귀결점인 동학농민혁명의 좌절에서 그 점을 확인할 수 있다.

> 당시 위로부터 의도되고 있던 개혁운동은 반농민적인 책동으로 규정되었으며 또한 이를 추진한 개화파들 자신도 비록 농민군의 요구를 일정 범위 내에서 수용하려고 하였지만 결코 농민군의 혁명적 에너지를 흡수하여 반침략전선을 전개하려 하지 않았다. 결국 근대화를 달성하려는 위로부터의 개혁운동과 아래로부터의 혁명운동은 결합되지 못한 채 외세에

---

62 홍명희, 「〈林巨正傳〉에 대하여」, 『삼천리』 창간호, 1929.6[『연구자료』, 34쪽].
63 「洪命憙·薛義植 대담기」, 『새한민보』 1권 8호, 1947.9. 중순)[『연구자료』, 208쪽].
64 위의 글, 209쪽.

의해 서로 대립하게 되었던 것이다.[65]

한국 근대사의 경우뿐만 아니라, 어느 시대에서나 지배층이 피지배층의 "혁명적 에너지를" 온전히 "흡수"한 적은 없다. 그 결과는 역사 전개 현장에서 늘 지배층과 피지배층 간 대립의 과정적 의미로 나타날 뿐이다. 프랑스 혁명, 러시아 혁명, 기타 왕조의 전복 등 문명사회에서 발생했던 많은 혁명 운동이 새로운 지배 계층을 낳은 결과에 그친 것이다.

그러한 면에서 보면, 『임꺽정』에서 구현된 작가의 의도와 작품의 구조와 실제 역사 문제가 유기적인 관계를 이루고 있다. 임꺽정과 그 일당의 화적 행각이 역사적인 필연성의 의미를 획득한 것이다. 하지만, 다시 말해서 그것이 반혁명적인 행위인 것도 사실이다. 물론, 거기에는 유이민과 군도의 삶을 만들어낸 양반 관리들의 자체 모순이 전제된 것 또한 사실이다. 작가가 이야기 전개 틀의 처음 부분에서 이장곤과 갓바치의 결혼을 통해 현실과 일탈 세계 사이에 생명의 공간을 설정하고, 임꺽정의 결혼을 통해 그 꼭짓점인 원시 공간을 설정했지만, 남는 현실은 문명사회에서 계층 간의 빼앗고 빼앗기는 대결 공간이라는 점이 끝부분에서 그렇게 입증된 것이다. 그것은 작가가 '반파쇼' 적인 사회에 대한 열의를 보였던, 8·15 이후 상황에서도 그대로 드러난 터이다. 좌우 대립, 남북 분단, 6·25로 이어진, 임꺽정 일당의 화적 행각이 보여준 것보다 더 참혹한 죽음의 현실 공간이 그것이다. 그러한 작품과 현실의 역설적이면서도 유기적인 상동 관계를 홍명희 스스로 증명한 셈이다.

---

65 한국민중사연구회 편, 『한국민중사 Ⅱ』(서울: 풀빛, 1986), 87~88쪽.

제4장
『임꺽정』의 민족문학적 의의

1. 식민주의 실체를 겨냥한 반봉건주의

『임꺽정』이 연재되던 기간(1928~1940)은 일제의 조선인에 대한 가혹한 식민지 지배 정책이 극으로 치닫고 있던 때였다. 일제는 자국의 전반적 경제 위기로부터 벗어나기 위해 새로운 침략을 필요로 했다. 식민지 조선에서 반일 투쟁이 치열해지고, 중국에서 반제 운동이 활발해진 데 불안을 느끼게 된 일본 제국주의는, 1931년 만주사변을 일으키는 등 일찍부터 획책하고 있던 대륙 침략 계획이 더욱 급한 과제가 된 처지에 이르렀다. 일본 국내에서는 군부와 우익이 결탁하여 팟쇼화의 움직임을 공공연히 보이는 이른바 '비상시태세(非常時態勢)'를 갖추기 시작했다.[1] 이러한 일본 자국 내의 음모가 한반도 조선에 본격적으로 모습을 드러낸 것은 1936년 8월 5일 미나미 지로(南次郞)가 조선 총독으로 부임하면서였다. 그의 지배 정책은 조선의 혼까지 앗아갈 치밀한 것이었다.

---

1   송건호, 『韓國現代史論』(서울: 한국신학연구소, 1980), 179쪽.

1937년 7월	신사 참배와 일면일신사(一面一神社)의 설치
1937년 10월 2일	이른바 '황국신민(皇國臣民)의 서사(誓詞)'와 그것의 일상적 제창 강요
1938년 2월 6일	지원병제 실시
1938년 3월 4일	민족성 말살을 위한 조선교육령의 개정
1939년 1월 10일	창씨개명의 강요
1942년 5월	징병제의 실시
1942년	초등교육 배가(倍加) 계획[2]

이러한 포고령들을 피지배국에 대한 지배국의 단순한 통치권 행사라는 의미에만 국한시킬 수는 없다. 통치권을 빼앗은 지배국 쪽에서는 단순한 정책 문제일지 모르지만, 피지배국 쪽에서는 사정이 판이하다. 그것은 피지배국 내의 일부 어용 세력들을 제외한, 대부분의 민중의 삶이 거기에 맞춰 철저하게 수탈되고 있었음을 말해준다. 그것은 그러한 수탈에서 벗어나기 위해 그 동안 전개해왔던, 노동운동·소작쟁의 등 모든 민족적 성격을 띤 민중운동을 탄압하겠다는 일제의 술책이었던 터다.

물론, 그 경우는 문화 면에서도 마찬가지였다. 당시는 모든 종류의 민족적 성격을 띤 언론들이 일제에 굴복하던[3] 상황이었다. 일제는 이미 3·1운동을 전후로 해서 문화정치라는 미명하에, 친일파를 양성하는 고등 지배 술책을 써왔었는데,[4] 그 직접적인 피해자가 바로 문인들이었다.

중일전쟁을 도발한 일본은 조선인의 적극적인 전쟁협력을 요구하면서 특히 문인 지식인들을 동원하여 '사회교화'·'황군(皇軍)위문' 등을 위

---

2 위의 책, 239쪽.
3 위의 책, 215~219쪽.
4 강만길,『韓國現代史』(서울: 창작과비평사, 1984), 27~28쪽.

한 친일단체들을 만들었다. 최남선(崔南善)·이광수(李光洙) 등이 앞장을 선 '조선 문예회(朝鮮 文藝會)'(1937)를 비롯하여 '카프'에서 전향한 박영희(朴英熙)·김기진(金基鎭) 등이 참가한 '시국대응전선사상보국연맹(時局對應全鮮思想保國聯盟)'(1939), 이광수가 회장, 김동환(金東煥)·정인섭(鄭寅燮)·주요한(朱耀翰) 등이 간사가 된 '조선문인협회(朝鮮文人協會)'(1939) 등이 조직되어 작품활동 및 강연, 일본군 위문 등을 통해 친일 활동을 펴나갔다.[5]

위에서처럼 일제 문화정책의 직접 결과로 나타난 문인 지식인들의 친일화 현상은 단순히 지식인 문제만이 아니라, 식민주의 지배 정책의 여러 실체 중 한 결과에 불과한 것이다. 더욱 중요한 문제는 피지배국 백성들의 삶이 문화·경제·사회 등 모든 면에서 유린되었다는 점이고, 그 유린된 낱낱의 결과가 지식인들의 이른바 민족적 훼절 문제와 연결된다는 점이다. 그것이 민중의 삶을 생생하게 대변해야 할 '특히 문인 지식인'에 이어짐은 일제가 바랐던 바다.

앞서 논의된 바와 같이 홍명희의 경우는 그러한 문인 지식인들의 민족적 훼절 문제와 거리가 멀다. 여기에서 제기되는 문제가 문인들에 대한 일제의 탄압이 극렬해지는 시대에 작가가 왜 400년 전 봉건적 사대부 지배 체제하의 사건을 소설화했는가이다. 부친의 순국 의지를 식민지 현실에 대응할 민족적 의지로 받아들였던 지식인으로서 홍명희의 삶이 분명 당면한 현실 문제를 외면한 것으로 나타난 건 아니었기 때문이다.

그 문제에 대한 해답을 일단 '식민주의 실체를 겨냥한 반봉건주의'로 가정해보기로 한다. 그러한 가설을 입증하는 데에는 다음과 같은 논의가 필요하다.

---

5   위의 책, 159쪽.

첫째, 일제의 식민지 지배 정책 자체가 피지배국 내의 모순된 봉건 질서와 그에 관계된 계층 모순을 도외시하지 않았다는 점. 그리고 그것이 작가의 창작 의도와 작품상에 나타난 봉건 질서와 직접 관계된다는 점.

둘째, 작품 자체 내에서 이순신이 부각되어 임꺽정의 아들 백손과 연결된다는 점. 그리고 그것이 작가의 철저한 반봉건·반일제 의식에 연결된다는 점.

첫째 문제를 논의해보기로 하자.

통치권을 강탈한 일제는 그들의 착취를 극대화하기 위해 조선 경제를 총체적으로 지배하여 여하한 민족 자본의 성장도 용납하지 않으려 했다. 그러기 위하여, 전격적으로 군국주의 이념을 내세웠던 그들은 조선의 봉건적 제 요인을 오히려 보호 육성하였던 것이다.

> ······일본자본은 한국의 봉건적 諸要因을 보호·육성하였다. 한국의 봉건계급 즉 大地主와 隷屬資本家는 한국에 있어서 일본 자본의 정치적 下部支配機構로서 중요하였을 뿐만 아니라 그들의 높은 이윤율의 수취를 위해서라도 필요한 존재였다. 그러나 자본제는 자기이익을 위하여 봉건제를 기본적으로 해체한 이후에는 封建制의 잔재를 보호·육성하기도 한다. 그것은 국민의 의식을 맹목적인 봉건적 권위주의에 복종케 하고 극악한 경제적 수탈방식의 정당성을 거기에서 보장받을 수 있기 때문이다. 부동산 대부 이자율 30~40%, 고리대 이자율 100~200%, 小作料率 40~80%, 최저한의 생활도 유지할 수 없는 낮은 임금율 등이 모두 봉건적 잔재에 의하여 유지·발전되어 왔다.[6]

---

6 안병직, 「韓國에 侵入한 日帝資本의 性格」, 안병직 외, 『變革時代의 韓國史』(서울: 동평사, 1979), 193~194쪽.

그것은 식민주의 지배 정책과 봉건주의 지배 정책의 틀이 유사하다는 형식적인 문제를 넘어선 것이다. 보다 중요한 실체는 "그들의 높은 이윤율의 수취를 위해서라도"에 달려 있다. 이처럼 각종 이자율·임금율 등으로 민중의 삶이 피폐되었다는 실체는 400년 전이나 식민지 당시나 변함이 없기 때문이다. "국민의 의식을 맹목적인 봉건적 권위주의에 복종케 하고 극악한 경제적 수탈방식의 정당성을" 보장받을 수 있는데, 피지배국 내의 과거 봉건적 지배 수법을 사용치 않을 식민지 지배 정책이란 기대하기 어려운 일이다. 힘으로 국권을 강탈한 그들로서는 착취를 보장받을 수 있는 그들의 수법에 대해 피지배 국민들이 민중운동·노동운동·소작운동 등의 방식으로, 봉건적 지배 체제하에서 백성들이 지배자들에게 그렇게 할 수 있었던 것처럼, 작가의 창작 의도에서 읽어낼 수 있었던 반기를 든다면 철저히 복수하면 그만이다. 작품상에 나타난 봉건적 질서를 지탱해왔던 힘·복수·착취의 논리가 그대로 식민주의 지배 질서로 적용된 것이다.

　그것은 이미 400년 전에, 그 질서를 탄탄하게 유지하는 데 중요한 역할을 했던 계층 모순의 경우에도 마찬가지로 적용되었다. 일제는 조선의 봉건적 신분 구조를 계층 구조로서 재편성했다. 일제 지배하의 사회계층은 일인과 봉건 세력 및 그 후예가 식민지의 지배 계급을 형성하고, 조선인 농민과 노동자 및 자영업자들이 피지배 계급을 형성하였다. 17세기 말엽부터 산업자본이 융성하게 됨으로써 조선 자체 내의 근대적 계급분화가 존재하였음에도, 일제는 봉건 지배 세력을 그들에게 야합하게 함으로써 이를 저지했으며 식민적 계급분화를 야기했다.[7] 400년 전 극소수의 지배 관료를 제외하고는 거의 모든 백성들이 착취의 대상이 되었던 것과 마찬가지로, 극소수의 친일 세력을

7　김영모, 「植民地時代 韓國의 社會階層」, 위의 책, 204~219쪽.

제외하고는 모든 식민지 피지배 민중이 일제의 수탈 대상이 되었다. 일제의 그러한 수법에 대해서도 역시 피지배 민중에게는 작가의 창작 의도에서 읽어낼 수 있었던 어떠한 투쟁도 허락되지 않았다. 그것 또한 작품에서 지배 관료가 백성을 수탈하는 것과 같은 맥이었다.

이처럼 『임꺽정』이 식민지 당시의 현실 문제에 중요한 의미를 제시해주는 것은 국권 상실이라는 차원이 아닌, 식민주의 지배 정책이 낳은 핍박받는 민중의 실체에, 그 초점이 맞춰져 있기 때문이다. 그 점은 작가의 창작 의도와 작품에서 분명하게 드러난다. 작가의 창작 의도를 다시 상기해보자. 분명 홍명희는 임꺽정과 같은 인물을 현대에 재현시켜도 능히 용납할 사람으로 보았던 터다. 그리고 임꺽정의 역할을 일제 지배하에서 독립운동에 나섰던 체장사와 보부상과 같은 특수 민중의 단합 역할에 연계시켰던 것이다. 작품상에서 힘·복수·착취의 논리를 바탕으로 민중의 삶을 어렵게만 몰고 갔던 봉건 질서가, 400년 후의 역사 현실에서도 자국 내의 그에 대한 반기나 투쟁에 의해 무너진 것이 아니고, 일제에 의해 오히려 되살아났다는 데에 식민지 당시의 근본적인 민족 모순이 잠재해 있었음을 『임꺽정』은 시사하고 있다.[8] 이렇게 볼 때, 『임꺽정』에서 제기된 반봉건 의식 문제는 분명 식민주의 지배하에 놓여 있던 민중의 실체를 겨냥한 것이다.

8　이 점을 이재선(李在銑)은 작가의 창작 의도에 연결시켜 "過去를 당면한 현실 문제에 관련시켜 보는 특수한 역사적 사고를 지니고 있다.……"라고 옳게 지적하면서도, 작가가 "식민지의 모순보다는 자본주의 사회의 모순에 대해서 겨냥하고 있는 점에서 그의 역사의식의 분명한 특수 시야를 보여주고 있다고 할 것이다."[이재선, 『韓國現代小說史』(서울: 홍성사, 1972), 393~395쪽.]라고 했는데, 거기에서 "식민지의 모순보다는 자본주의 사회의 모순에" 대한 경우는 식민지와 자본주의가 서로 다른 성질의 것이 아니라 민중의 착취라는 면에서 같은 맥락으로 받아들여진다. 서양의 식민주의 정책이 그들의 자본주의 발전에 긴밀하게 연결되었던 점이 일제의 조선에 대한 식민주의 지배 정책과 무관하지는 않았기 때문이다.

다음 둘째 문제를 논의해보기로 하자.

> "늙은 것이 몸을 재게 움직이지 못해서 싸리살이나 맞으면 낭패 아닌
> 가요."
> "빤히 알고 계시며 미리 일러주지도 안 하신단 말이요?"
> "아따, 책망은 고만두시고 대관절 아이가 보시기에 어떻습디까?"
> "아닌게아니라 영특합디다. 우리 같은 범안으로 보기에도 장래 큰그릇
> 될 것 같습디다."
> 하고 덕순이가 꺽정이를 돌아보며 한번 웃고
> "저 수염수새에 눈딱지를 부릅뜨고 뒤꼭지를 잡아 치어들고 서서 태기친
> 다고 얼렀으니 어지간한 아희가 아니면 초풍을 하였을 것인데 태연하게
> 수염이 좋소 하고 말하는 태도라니 여간 담대한 아이가 아닙디다."
> 하고 입에 침이 없이 어린 이순신을 칭찬하는데……[9]

『임꺽정』에서 생불의 눈이 독자로 하여금 작품 전체의 의미를 꿰뚫어 볼 수
있게 한다는 사실은 앞서 논의한 바 있다. 그 생불의 눈이 임진왜란 때 대공을
세운 이순신의 정체를 놓치지 않은 것이다. 그런데, 여기에서 작가가 생불의
눈에 왜 하필이면 이순신을 부각했는가 하는 문제를 생각해볼 필요가 있다.

첫째 이유는 사건 전개의 앞뒤를 치밀하게 맞추는 데에 있다. 위에 인용된
대목 바로 뒤에, 혁명의 뜻을 품고 있던 임꺽정이 난리를 고대하는 대목이 이
어진다. 그러한 임꺽정의 마음을 알아차린 갖바치가 작은 난리 · 큰 난리를
예언하는데, 작은 난리는 임꺽정이 참전했던 전라도 지방에서 일어난 왜변을
지칭한 것이고, 큰 난리는 작품의 실제 이야기가 거기까지 진행된 건 아니지
만, 그 후의 임진왜란을 지칭한 것이다. 비록 당당한 군사로서는 아니었지만,
임꺽정은 그 작은 난리에 홀몸으로 출전하여 위험에 처한 이봉학과 성미 포

---

9   홍명희, 『임꺽정』 3권, 「양반편」(서울: 사계절, 1997), 290~291쪽.

악한 지휘관 남치근까지 구하게 된다. 그런데, 실제 역사 기록을 보면 임꺽정이 바로 그 남치근에 의해 죽임을 당한다.[10] 남치근은 임꺽정 일당을 토벌한 뒤 조정으로부터 노비 일백 명 농토 오십 결을 하사받았으며, 임꺽정의 아들 손자 3~4세 된 어린아이들을 남김없이 잡아들여 모조리 죽였다. 그는 그러면서도, 상을 앞에 놓고 식사를 하는 등 평상시와 조금도 다름이 없었다고 한다. 임꺽정 개인으로서는 엄청난 비극이다. 작가가 그러한 비극을 개인 문제에 국한시킨 것이 아니라, 계층 모순에서 기인된 민족 전체의 비극으로 문제화했음은 앞서 논의한 바 있다. 그 계층 모순 때문에 임꺽정은 떳떳하게 참전을 하지 못했고, 그럼으로써, 그의 삶은 비극적인 상황으로 치닫게 되어 당시 민중 전체의 삶을 둘러싼 비극적인 상황의 단초가 된 것이다. 그래서 그에 맞추어 그들 모두의 비극을 포용할 수 있는 "범안으로 보기에도 장래 큰 그릇"이 필요했던 터다. 이야기의 전개상, 큰 난리인 임진왜란과 거기에서 실제 활약했던 역사적 인물인 이순신을 드러낼 수밖에 없었던 것으로 받아들여진다.

둘째 이유는 그 문제와 관련된 '큰 그릇'의 씨앗을 뿌리는 데 있다. 임진왜란까지 이야기가 발전되지는 않지만, 작품에서는 그 씨앗의 주체가 임꺽정의 아들 백손이와 이순신이라는 점이 충분히 드러나 있다. 백손이가 그의 아버지 임꺽정의 기질을 그대로 이어받은 것으로 묘사되어 있는데,[11] 위 인용문

---

10 「南判尹遺事」, 임형택 · 강영주 편, 『碧初 洪命憙 〈林巨正〉의 재조명』(서울: 사계절, 1988), 358쪽.

11 ""백손이? 이름이 좋다."
하고 말하니
"당신이 이름을 질 줄 아오?"
하고 묻는 것이 조금도 아희들의 고분고분한 맛이 없었다.
"그 아비의 자식이다."
하고 덕순이가 웃엇더니 백손이가
"누구더러 아비니 자식이니 하오?"

에서 드러난 것처럼 이순신의 기질 또한 그에 못지않은 것으로 묘사되어 있다. 그리고 묘사되는 상황 역시 비슷하게 전개된다. 꼭 김덕순과 임꺽정이 함께 있을 때 두 사람의 기질이 묘사되었다는 사실은 생불의 의미로 전체 의미가 모아지는 이 작품에서 결코 우연한 것만으로 이해되지 않는다. 이장곤이 죽은 뒤로 그와 비슷한 역할을 김덕순이 해내고 있었기 때문이다. 이러한 이순신과 임백손의 기질적인 연계는 바로 양반과 천민의 온당한 인간으로서 연계 가능성을 제시하고 있다는 점에서 작품 전체와 긴밀하게 연결되어 있다.

그 점은 임백손 장래 문제에 대한 상쟁이의 예언에서 구체화된다. 임백손은 귀자의 용모를 타고났지만 장래 병수사에 머문다는 것이다. "평지돌출(平地突出)루 병수사할 인물이 좋은 가문에 태어났으면 장상(將相) 감이지요."[12]라는 논리이다. 실제 역사에서는 임꺽정의 아들이 임진왜란 훨씬 이전에 죽었지만, 여기에서 오히려 작가의 탁월한 역사의 재구성 능력이 엿보인다. 작가는 계층 모순이 일시에 무너지지 않을 문제라는 것을 간과하지 않음과 동시에, 그 점을 이용하여 이순신과 임백손을 계층적인 의미에서의 지위보다는 '병수사'라는 인간의 역할로 재구성한 것이다. '큰 그릇'에 담겨질 씨앗의 구체적인 면모가 드러난 것이다. 큰 그릇은 민중의 삶을 포괄적이면서도 구체적으로 담는 데에 그 의의가 있는 것이지, 그것을 외면한 봉건적 지배 체제나, 그 체제를 악용한 식민주의 지배 체제와는 거리가 멀다. "늙은 것이 몸을 재게 움직이지 못해서 싸리살이나 맞으면 낭패 아닌가요."에서 "늙은 것이"란 큰 난리를 눈앞에 두고도 모순된 상황만 고집하는 '낡은 봉건적 체제'를 의미하는 것으로 받아들여진다. 그 체제 속에서 민중의 삶이 얼마나 피폐하여 나

하고 눈을 동그랗게 뜨고 곧 덕순에게 덤빌 것같이 하는 것을 꺽정이가 꾸짖어 밖으로 내보냈다."『임꺽정』3권, 「양반편」, 211쪽.
12 홍명희, 『임꺽정』6권, 「의형제편」3(서울: 사계절, 1997), 206쪽.

타났는가는 작품에서 충분히 드러난다. 이순신이 시위에 잰 '싸릿살'은 바로 그러한 민중의 실체를 겨냥한 것이다. 그리고 그것은 식민지 시대의 경우와 무관하지 않은 것으로 추정된다. 그 점을 좀 더 구체적으로 정리해보기로 하자.

작품에서 임백손은 봉건적 사대부 지배 체제를 무너뜨리려 했던 임꺽정의 기질을 그대로 이어받았고, 이순신의 당당한 기질 또한 그에 못지않은 것으로 묘사되어 있다. 어린아이로 설정되어 있는 이순신이 자라, 실제 역사에서 병수사가 되어 임진왜란 때 대공을 세웠다는 점과, 임백손이 실제 역사에서는 임진왜란 전에 죽었지만, 작품에서는 이순신과 같은 병수사감으로 지목되었다는 점이 같은 맥으로 이어진다. 그 이유는 출신 계층을 뛰어넘어 그들의 기질대로 당당한 한 인간의 역할, 즉 민족사적 주체로 재구성되었다는 점에 있다.

그렇다면 시대적으로 거리가 먼 임진왜란과 일제 식민지 피지배 상황이 어떤 관계가 있는가. 그 문제는 봉건적 사대부 지배 체제를 무너뜨리려 했으나, 그 혁명 의지의 좌절을 맛보았던 임꺽정 개인의 비극이 역사적 비극의 단초가 된 점에서 연계 가능성이 찾아진다. 앞서 논한 일제 식민지 지배 체제가 임꺽정이 활약했던 봉건적 지배 체제와, 그 체제에 내포되었던 계층 모순을 악용하여 피지배 민중을 착취하던 점과, 작품에서 임꺽정이, 분명 그러한 역사적 비극이 필연적으로 수반될, 난리를 고대하고 있는 것으로 묘사되어 있다는 점에서 문제의 핵심이 찾아진다.

작은 난리였지만, 막상 임꺽정이 고대하던 난리가 일어나자 그의 혁명 의지는 좌절되는데, 작가가 그것을 좌절 자체로 여기지 않은 것이다. 보다 큰 앞으로의 난리를 상정하여, 천민 출신 임백손과 양반 출신 이순신을 한 인간으로, 그리고 민족사적 주체로 묶어 진정한 인간 해방의 길을 모색했던 것이다. 그 점은 또한 작가의 진보적인 세계관과 창작 의도에서 엿볼 수 있는 식민지 피지배 민중 단합의 폭넓은 의미로 받아들여진다. 임진왜란이 일제의 이전 역사와 무관하지 않는 바에야, 거기에서 반봉건·반일제로 점철된 작가 의식을 충분히 확인할 수 있을 것이다. 더욱 그 연계가 식민지 실체에서 벗어날 진정한 인간 해방의 길을 모색했던 작가의 진보적인 세계관에 의해 상정된, 모든 인간을 구원의 길로 인도하는 생불의 눈에 의해 예언되었다는 점은 그러한 추정을 타당한 것으로 받아들여지게 한다.

실제 역사를 논하는 데에서도 미래에 대한 조망은 대단히 중요한 문제이다. 그것은 단순히 임진왜란을 거울삼아 일제 침략에 대비했어야만 된다는 실증 논리 이상의 문제이다. 거기에는 생불의 눈에 비춰진 인간 구원을 전제로 한 모든 민중의 마음이 곧 부처로 완성되어갈 수 있다는 역설적 논리가 담겨 있기 때문이다. 침략 논리를 거꾸로 합리화시키는 구실이 되기도 하는 실증 논리를 뛰어 넘어 모든 인간이 진정한 해방의 과정을 모색하자는 뜻이 담겨 있다.

지금까지 첫째, 둘째 논의에서 살펴본 바와 같이『임꺽정』에서 드러난 반봉건 의식은 식민주의 실체를 겨냥한 것이고, 그리고 그것이 인간의 근원적 해방이라는 큰 그릇에 포용된 점은 우리 민족사에서 진정한 문학사적 의미를 실현한 근거이다.『임꺽정』은 역사 소설 형태·풍자·세태 소설론의 대두·기교 성숙 등의 현상으로 나타난 30년대 문단의 현실 대응력 약화를 근원적으로 극복한 작품이다. 그것은 암울한 현실에 대응할 공격적 자세냐 방어적 자세냐 하는 우유(allegoria) 기법의 의미를 넘어선다. 인간 본연의 해방이 이루어진 바에야 국권 회복 차원에서 자국 독립은 저절로 수반될 문제이기 때문이다. 그리고 이는 홍명희 자신의 진보적인 민족관이기도 했던 것이다.

2. 민족사 왜곡에 대응한 민족문학의 정점

일제는 한일 합방을 합리화하기 위하여 한국사 왜곡 작업에 나섰다. 거기에는 한국사의 주체적 발전과 한반도 지역의 독립된 역사성 및 문화성을 인정하지 않음으로써 조선의 존립 근거를 없애버리자는 의도가 숨겨져 있었다.[13] 일제가 한국사를 왜곡하는 데 기본 골격으로 내세운 타율성론(他律性論)·만선사관(滿鮮史觀)·정체후진성론(停帶後進性論)·반도적성격론(半島的性格論)은 그들의 국권 찬탈을 합리화하기 위한, 단순한 형식 논리로만 받아들이기 어려웠음이 당시의 현실로 드러났다. 그것은 일제와 조선 간의 관계에서만 발생된 문제가 아니라, 식민주의 지배-피지배 선상에 놓여 있는 어떠한 관계에서도 마찬가지였다.

> 식민주의는 일단의 민중을 손아귀에 넣는 것만으로 만족하지 않는다. 그리고 원주민들의 모든 형태의 두뇌를 텅 비우는 것으로도 만족하지 않는다. 그것은 일종의 곡해된 논리에 의해 피지배 국민들로 하여금 과거로 눈을 돌리게 하며, 그 근거를 왜곡시키고, 손상시키고, 파괴한다. 이러한 식민지 이전-역사에 대한 가치 절하 작업은 오늘에 있어서 하나의 변증법적 의미를 지닌다.[14]

피지배국 민중의 상태를 파악하거나, 두뇌를 비우는 일에 이어, 삶의 근거

---

13 강만길, 앞의 책, 147~149쪽.

14 Frantz Fanon, *The Wretched of the Earth*, trans., Constance Farrington(New York: Grove Press, Inc., 1968), p.210.
파농은 프랑스와 알제리 간의 식민지 지배-피지배 관계를 중심으로 하여, 그 관계를 서구 자본주의의 제3세계에 대한 식민지 정책의 의미로 보편화시켜 치밀하게 분석하고 있다. 일제의 제국주의 침략 정책이 서구의 그러한 식민지 지배 경쟁에서 비롯되었다는 점은 일반화된 사실이다.

를 왜곡·손상·파괴하는 식민주의 지배 술책은 일제와 조선 간의 관계에서 도 마찬가지로 드러났던 것이다. 여기에서 변증법적 의미란 바로 그러한 피지배국 민중의 실체를 근거로 해서 성립된 의미를 말한다. 그러한 상황에서 피지배국 민중에게 우월성이 허용될 유일한 길은 지배자 쪽에 대한 순응뿐이다. 하지만, 피지배국 민중으로서 자신의 진정한 우월성을 확인하는 길은 지배자에 대한 철저한 저항인 것이다. 그런데, 그것은 지배자 쪽에서 볼 때 도저히 허용될 수 없는 길이다. 이러한 두 길 사이의 갈등 결과는 나날이 피폐되어 가는 민중의 삶의 실체일 뿐이다.

작가들의 경우에도 그것은 마찬가지다. 자신만이 가졌다고 생각하는 우월성을 개인적인 차원에서만 제한한다면, 그들은 이른바 민족적 훼절자로 남을 뿐이다. 그들의 개인적 성향을 전적으로 도외시 할 수만 있다면, 그것은 역사적 오판 문제로 돌려질 것이다. 그러나 작가에게 있어, 역사적 오판이란 자신의 삶뿐만 아니라 민중의 삶 전체에 치명적인 일이 된다. 지배자 쪽에 거의 광적으로 협력하거나, 그렇지 않다 할지라도 역사적 퇴행길에 들어서는 결과를 면할 도리가 없다. 그것은 그들이 쓴 작품 자체에서 명백하게 입증된다.

> (1) 저 산과 같이 유구한 야마또(大和)민족, 그 유구한 생명력에서 다시 비약하려고 발버둥치는 젊디젊은 일본국이다. 일본은 지금 저 초목과 같이 푸릇푸릇하게 살아 있다. 그리고 비약하지 않으면 안 된다. 일본의 비약이 동아 10억을, 아니 세계의 파탄을 구원할 수 있는 것이다. 조선 이천칠백만은 내지 동포 칠 천만을 도와 이 성스러운 과업을 이룩하지 않으면 안 된다.
> 여기에 생각이 미치자, 송영수는 피우던 담배를 풀밭에 던져 버리고 벌떡 일어섰다.[15]

---

15 최재서(崔載瑞), 「보도연습반」, 『국민문학(國民文學)』, 1943.4[김병걸·김규동 편, 『親

(2) 「위스키 한 잔 먹을라나?」

나는 돈지갑을 생각하면서 물었다. 그러나 진정으로 이 두 친구에게 무엇을 사 먹이고 싶었다.

「돈 있어?」

W의 말이다.

「배갈이 싸지」

H의 말이다.

위스키와 커피를 한잔씩 마셨다. 두 사람은 장히 기뻐하는 모양이었으나 위스키를 더 대접할 뜻이 없었다.[16]

(1)의 경우는 일제가 군국주의 이념을 합리화시키기 위해 내세운 이른바 대동아 공영권을 찬양하는 대목으로서 더 이상의 구체적인 논의가 필요치 않을 것이다. (2)는 얼핏 보기에 (1)과는 무관한 것으로 생각될지 모르나, 현실의 일들에 대한 그러한 위장이 문제가 된다. '위스키'·'커피' 등, 구태여 서양을 통한 일제의 자본 침투 솜씨를 거론하지 않더라도, 당시 피지배국 민중의 실체와는 거리가 먼 것으로 인간관계를 유지해갈 '뜻'을 보여준다. 실제 작품에서도 주동인물인 '나'는 그러한 민족사의 퇴행길에 접어든 지식인으로 나타난다. "배갈이 싸지."로 그의 처지가 위장될 길은 없다. 결국, '나'는 자신의 답답한 처지를 자조적인 웃음으로 해결해버린다. 민중의 피폐된 삶의 실체와 거리가 먼 것이다. 이 경우도 역시 식민지 지배·피지배 간의 변증법적 의미에서 크게 벗어나지 않는다. "문화적 혜택을 받고 자국으로 돌아온 피지배국 지식인은 실제로 외국인처럼 행동한다. 때때로 그는 자신의 의지가 민중에 접근해 있다는 점을 과시하기 위해 자국 내의 지방어 사용을 주저하지 않는다.

日文學作品選集』(서울: 실천문학사, 1986), 335쪽.

16 이광수, 「난제오(亂啼烏)」, 『문장』, 1940.2, 38쪽.

그러나 그가 내세우는 이상과, 그리하는 과정에서 얻게 된 기득권들에는 자국의 남녀들이 알고 있는 실제적인 상황을 측정할 어떠한 공개념의 기준도 존재하지 않는다. 지식인들이 선호하는 문화는 종종 일종의 분파주의에 지나지 않는 것이 된다. 그는 자국의 민중에 접근하기를 원하지만, 그들의 겉모습만 바라볼 뿐이다. 그리고 이러한 겉모습들은 하나의 숨겨진 삶에 대한 늘 유동적인 상태의 단순한 반사작용에 지나지 않는 것이다."[17]

(1)·(2)식의 위장된 삶은 민중의 '숨은 삶' 속에 깊이 뿌리 내려진 반봉건·반식민 의식을 철저하게 외면한 꼴에 지나지 않는다. 그 점은 식민지 말기 민족주의 운동이 민중의 그러한 반봉건·반식민 의식에 주도되어, 민족 해방과 반봉건에 의한 민족주의적 변혁을 목표로 전개되었다는,[18] 역사의 현장에서 충분히 입증된 터이다.

때와 장소를 가리지 않고 어디까지나 '진정으로 인간다운 삶'에 그 초점이 맞춰져야 한다는 민족문학 문제에서,[19] 그러한 민중의 삶을 기반으로 한 반봉건·반식민 의식이 외면될 근거는 없다. 더구나 『임꺽정』이 연재될 당시가 식민지 말기 증상이 나타날 때였던 바에야 더 이상의 이의가 제기될 수는 없을 것이다. 『임꺽정』에 나타난 반봉건 의식이 반식민 의식을 겨냥한 것은 이미 논의한 바대로다. 『임꺽정』은 그러한 차원에서 식민지 지배국의 피지배국 민족사 왜곡과, 그에 따른 피지배국 민중의 근거가 파괴된 삶의 변증법적 의미를 충분히 문제화함으로써 민족문학의 정점에 이르렀다 할 수 있다.

---

17 Frantz Fanon, op. cit., pp.223~224.
18 박현채, 「分斷時代 韓國 民族主義의 課題」, 송건호·강만길 편, 『韓國民族主義論 Ⅱ』 (서울: 창작과비평사, 1983), 37~49쪽.
19 백낙청, 『民族文學과 世界文學』(서울: 창작과비평사, 1979), 126~138쪽.

3. 민족문화의 반이념적 실천

일제가 식민지 지배 정책으로 내세운 탈아론(脫亞論)·정한론(征韓論)·내선일체론(內鮮一體論)·황국신민화론(皇國臣民化論)의 저변에는 항상 전통문화권 내에서 자기 비하와, 그 열등감을 외래문화의 앞잡이가 되어 자기가 소속했던 문화권을 공격하는 데에서 쾌감을 느끼는 자학적·병적인 복합 심리가 잠재해 있어, 그 복합 심리가 식민지 정책으로 나타날 때 잔인한 가학성을 띠게 되었다. 이는 서구 문화의 만년에서 받은 피해자적인 충격을 일인들이 재빨리 자기 전환시켜 가해자로 등장하는 것을 보여주고, 전통문화권에 대한 그들의 적개심까지 엿보이게 하는 멸아(滅亞)의 자기모순에 빠진 것으로 해석된다.[20]

일제가 자기모순에 빠졌다는 사실은 자체 내의 문제만은 아니다. 피해자 쪽에서는 그보다 더한 문세가 수반되는 것이 당대 현실이다. 그리고 그러한 피해자 실체는 일제와 조선 간의 문제만이 아니라 범세계적인 증상이다. 일제가 충격 받았다는 서구문화의 만년이 세계 대전의 발발로 대치될 수밖에 없었기 때문이다. 봉건주의 체제에서 자본주의 체제로 완전히 전환된 당시의 서구 산업사회에서는 자국 내의 여러 모순들을 식민지를 확보하려는 팽창 정책으로 돌릴 수밖에 없었고, 소위 열강들의 그 경쟁이 바로 세계 대전 양상으로 나타났다. 자국 내의 모순의 중심을 이루는 것이 계층 간의 갈등이었는데, 그 갈등을 해소하기 위해 지배자들이 내세운 이념은 늘 민중에 대한 완전한 속임수의 단초가 되곤 했다. 개인의 자유는 늘 집단 속의 존재로서만 확인될 수밖에 없었고, 거기에서 발생하는 개인의 소외는 인류 전체의 세기말적 소

---

20   신일철,「日帝의 韓國文化侵奪의 基調」, 안병직 외, 앞의 책, 222~223쪽.

외라는 자기모순을 낳았던 것이다. 개인의 자유는 지배에 대한 투쟁의 의미를 가질 수밖에 없었고, 그에 따라 인류 전체의 자유는, 지배 계층을 합리화해온 문명에 대한 투쟁의 의미를 가질 수밖에 없다. 그렇지 않은 차원에서 자유는 늘 경쟁적이거나 획일적인, 자유 아닌 자유가 될 뿐이었음이 당시 서구 산업사회에 만연되었던 현실이다.[21]

일제의 가해자로서 자기 전환은 바로 이러한 원리에 의해서다. 그들은 식민지 피지배 지식인들에게 자유인이라는 환상을 심어줌으로써, 피지배국 내의 지배 계층으로 전환시켰던 터다. 그것을 거부하는 태도는 두 가지 방향으로 나타나는데, 하나는 지배자에 대한 투쟁이고, 다른 하나는 그 투쟁 과정 속에서 나약한 퇴폐주의로 퇴행하는[22] 현상이다. 이러한 두 양상은, 피지배국 내에서 대립이라는 자체 모순을 드러냄으로써, 지식인들에게만 국한된 문제가 아니라 피지배 민중 전체 문제가 되는 분파적 문화현상으로 나타나는 것이다. 그래서 피지배국 사회 안에서는 "성공적인 식민화의 안정된 기간이 지속되는 동안, 억압의 직접 생산물인 하나의 규칙적이고도 심각한 정신 병리

---

21 선진 산업사회의 뚜렷한 특징은 解放－寬大하고 補償的이며 안락한 것으로부터의 해방－을 요구하는 욕구들을 효과적으로 질식시키는 한편, 豊饒한 사회의 파괴적인 힘과 억압적인 기능을 유지·허용한다는 것이다. 여기서 社會的統制는 浪費의 생산과 消費에 대한 과도한 욕구, 이미 진정한 필요가 못되는 마비적인 勞動에 대한 욕구, 이 마비 상태를 강화·지속시키는 여러 가지 휴식에 대한 욕구, 통제된 가격 안에서 자유경쟁, 스스로 檢閱하는 自由言論, 미리 조작된 廣告와 商標중에서의 자유 선택과 같은 기만적인 자유를 유지하려는 욕구를 강요한다. Herbert Marcuse, 『一次元的 人間－先進 産業社會의 이데올로기 論考』, 차인석 역(서울: 진영사, 1976), 30쪽.

22 이것은 당시 서구 산업사회에서 물질문명에 의한 인간 소외의 한 결과라는 흐름과 무관할 수 없다. 당시 식민지 치하에 있던 많은 지식인들이 경외의 대상으로 받아들였던 소위 신문명이라는 것이 일제를 통한 서구 문명이었음을 전적으로 부인할 길이 없기 때문이다.

가 존재"[23]한다는 것이다. 한국 문학사에서 1920년대의 문예사조의 혼류라는 양상으로 나타났던 퇴폐적 정서가 그 단적인 예다. 1930년대에 들어서서는 그러한 정서는 물론, 거기에 맞서는 세력까지 인정할 수 없었던 일제 군국주의의 속셈이 본격적으로 드러나게 되었다.

이 단계에서, 피지배국 내의 문화 투쟁 운동은 민중의 삶과 유리되어서는 결코 목적을 달성할 수 없다는 신채호의 지론이 뒤늦게 확인된다. 민중을 조선 혁명의 대본영으로 삼은 신채호는 폭력만이 유일한 혁명의 무기라 생각하여 폭력혁명론을 내세웠던 터다. 지식인은 민중 속으로 파고 들어가서 민중과 손을 잡고 끊임없는 폭력−암살·파괴·폭동으로써 강도 일본의 통치를 타도하고, 조선 민중의 생활에 불합리한 일체 제도를 개조하여, 인류로써 인류를 압박치 못하게 하여, 사회로써 사회를 수탈하지 못하게 하는 이상적 조선을 건설해야 한다는 것이다.[24] 그는 그러한 지론들을 이끌어가는 힘이 바로 파괴가 건설이라는 명제라고 하였는데, 범인류애적 차원에서 보면 그것은 망상이다. 그러나 당시의 민족 현실로 보아 그것은 어떤 한 지식인의 경직된 사고에 의해 제기된 투쟁 문제가 아니라, 어디까지나 피지배 민중 전체의 피폐된 삶의 문제에서 나온 민족 해방의 실천적 의미로 수용되어야 할 것이다.

『임꺽정』에서 자칫 한계로 지적될 수도 있는 임꺽정 일당의 반혁명적 파괴·착취 행위들이 역사 전체 흐름에서 인간의 근원적 해방을 전제로 한 큰 차원의 역설과 관계된 의미로 이해됨은 앞서 논의한 바 있다. 신채호의「조선혁명 선언」에 나타난 강령들과『임꺽정』에서 제기된 문제들을 대조 논의해 보기로 하자.

---

23 Frantz Fanon, op. cit., p.251.
24 신채호,「朝鮮革命宣言」, 1923.1 [안병직 편,『申采浩』(서울: 한길사, 1979), 187~196쪽].

「조선 혁명 선언」	『임꺽정』
이민족 통치 파괴	봉건 군주의 파괴
특권 계급 파괴	양반 계급 파괴
경제 약탈 제도 파괴	봉물 진상 제도 파괴
사회적 불균형 파괴	봉건적 신분제도 파괴
노예적 문화 사상 파괴	조선 정조의 실현

이러한 식민지 피지배 내의 투쟁 목표와 봉건적 지배 체제 내의 투쟁 목표 간의 연계는 민족문화의 실현에서 실천적 의미를 지니게 된다.

> 민족문화는 민담이나 민중의 진실한 본질을 찾아낼 수 있다고 믿어지는 추상적인 민중론도 아니다. 그것은 의미 없는 행위들의 내적인 찌꺼기로 이루어진 것이 아니다. 즉, 민중에게 당면하는 현실로부터 점점 멀어지는 행위들을 말하는 것은 아니다. 민족문화는, 실천을 고무시키고, 정당화하고, 찬양하는 사상의 영역 속에서 민중에 의한 노력의 총체인 것이다. 그러한 실천행위를 통하여 민중은 자신의 존재를 창조하고 지켜나가기 때문이다. 민족문화는, 그로 인해, 바로 그러한 나라들이 이끌어 나가야 할 자유를 위한 투쟁의 한 가운데에 서 있어야만 하는 것이다.[25]

『임꺽정』에서 재구된 민중의 풍속과 언어는 "민중의 진실한 본질을 찾아낼 수 있다고 믿어지는 추상적인 민중론"에 그쳐질 성질의 것이 아니라, 늘 핍박만 받아온 민중의 실체에서 나온 한에 입각된 것이다. 그 한이 바로 민중의 삶에서 나온 내적·외적 찌꺼기이다. 그 한이 원동력이 되었기 때문에, 인간 본연의 삶을 찾기 위한, 즉 자유를 위한 투쟁이 가능했던 것이다. 한 사회 안에

---

25 Frantz Fanon, op. cit., p.223.

서 봉건 질서와 화적의 질서가 병행되었다는 사실을 추상적인 형식 논리에서
가 아니라, 민중의 진정한 삶을 위한 실천 과정에서 보아야만, 작품의 창조성
을 온당하게 확인해낼 수 있는 것이다.

식민지 치하에 있던 당시의 민족문화는 민중의 실천 의지 이외에 다른 어
떤 것으로도 대변될 수는 없다. 더구나『임꺽정』에서는 그러한 실천 의지가
삶 전체를 구원하려는 생불의 눈에 의하여 조명됨으로써, 평등사상에 기반을
둔 인간애 문제가 제기된 것이다. 그동안 인간의 지배를 합리화해온 어떠한
이념도 생불의 눈앞에서 거부될 수밖에 없다.『임꺽정』은 그러한 반이념적 차
원에서 민족문화를 온전하게 실천한 것이다.

제5장
허균 소설과 비교

1. 문제 제기와 비교의 근거

이 자리에서 논할 일은『임꺽정』과 허균의「남궁선생전(南宮先生傳)」·「엄처사전(嚴處士傳)」·「손곡산인전(蓀谷山人傳)」·「장산인전(張山人傳)」·「장생전(蔣生傳)」·「홍길동전」의 비교를 통하여 각 작품들의 구조 원리와, 그에 의해 구현되는 가치의 상호 관계 의미를 밝히는 것이다. 연구의 관점은 신선 세계이다. 그 관점에는 모순된 삶의 구조로 인해 눌려 살아야만 하는 민중의 삶을 구원한다는 실천 의미가 내포되어 있다. 분석 대상인 위 예의 작품들 자체에 그러한 의미의 신선관이 충분히 내포되었다는 사실이 고려되기도 한 터이다. 따라서 모순된 삶의 구조에서 드러나는 인간 삶의 보편 특징을 근거 삼아 그러한 관점에 접근하는 방향으로 문제 제기를 하고자 한다.

인간의 일상 삶에서 드러나는 공통 특징이 하나 있다. 이른바 미래에 대한 희망을 갖는 일이다. 인간은 누구나 살아가면서 적어도 한 번쯤은 그런 희망을 가져본다는 것이다.

그런데, 문제는 그러한 희망의 의미가 시대의 흐름에 따라 어떻게 변하는 가이다. 그 흐름 속에서도 다른 하나의 분명한 공통 사실이 찾아져서이다. 희망이라는 어의 자체의 변화가 그 사실을 말해준다. 개인 삶의 차원에서 희망의 의미는 환상·욕망 등의 뜻으로 변한 것이다. 원래의 뜻이었을 이상이라는 것과는 정반대 의미이다. 집단의 차원에서 그것은 이미 이념의 의미로 굳어진 터이다. 어의만의 문제가 아니라, 인간의 실제 삶에서 드러난 문제가 그렇다. 언어 문제와 인간 삶의 문제가 분리될 수 없다는 원론상의 의미를 구태여 고려해볼 필요도 없을 것이다. 그건 문명 시대 도래 이후 현대로 가까워질수록 인간 실제 삶의 두드러진 특징으로 나타난다. 부의 차원이든 권력의 차원이든 인간의 삶을 통제하고 억압하는 힘에 대한 환상·욕망이 합리화되어 왔고, 바로 그 합리화 작업이 지배 이념을 창출해내면서 문명 시대의 인간 삶을 이끌어온 게 사실이다. 그건 봉건주의·공산주의·자본주의 등 어떠한 체제하에서도 마찬가지였던 터다.

　그러한 합리화 과정에서 드러나는 또 다른 하나의 공통 사실이 있다. 모든 억압 행위에 대해 저항하는 일이다. 저항 자체가 역사의 진보 주체라고 말해질 수밖에 없는 실정이 역사의 실제를 채워왔다는 논리이다. 지배와 피지배 관계에 맞물린 이상과 이념의 악순환에 대한 논리가 그 사실을 뒷받침한다. 이는 인간으로서 미래에 대한 희망을 갖는 일의 의미가 일상 실증논리의 틀을 벗어난다는 차원에서 찾아지게 한다. "천국으로부터 불어오는 폭풍이 천국을 향해 활짝 펼쳐진 천사의 날개를 꼼짝달싹 못하게 하니 천국으로 날아갈 수도 없고, 그렇다고 날개를 접을 수도 없으니 천국을 향한 날갯짓을 포기할 수도 없다는 게 역사의 천사에게 주어진 운명이라는 것이다. 해서 역사 천사의 발 앞에 쌓이는 잔해의 더미만 하늘까지 치솟는다는 것이다. 진보란 바로 그러한 폭풍을 의미한다는 것이니,"[1] 인간의 실제 삶에 얽힌 모든 일 자체가 바로 그러한 잔해가 아니겠는가.

이러한 사고 체계의 흐름은 구원 사상이나 신선 사상으로 귀결되기도 한다. 미륵 신앙 · 기독 신앙 · 성불 사상 · 도가 사상 등이 그것이다. 이를 종교라는 관념 테두리로 받아들일 필요는 없다. '잔해로 치솟을' 수밖에 없는 짓눌린 인간 삶의 실체로, 그러한 귀결로 받아들여야 한다. 구원의 세계나 신선의 경지가 현실을 뛰어넘는 차원이기도 하지만, 그 차원은 분명 현실 안에 있기 때문이다.

그 흐름은 인간의 실제 삶뿐만 아니라, 홍명희의『임꺽정』과 허균의「남궁선생전(南宮先生傳)」·「엄처사전(嚴處士傳)」·「손곡산인전(蓀谷山人傳)」·「장산인전(張山人傳)」·「장생전(蔣生傳)」·「홍길동전」에 나오는 인물들의 삶 속에서도, 그리고 전자와 후자의 관계에서도 분명하게 확인된다.『임꺽정』에 대한 연구는 남북 분단이라는 확실한 이유 때문에 그동안 활발하게 이루어지진 않았지만 작가와 작품에 대한 몇몇 실증 작업에 이어, 그러한 구원과 실천의 관점에 대한 본질이 공구된 바 있다.[2] 그런데 허균 소설들에 대한 연구는 오랜 기간 동안 작가론 · 작품론 · 비교문학론 · 갈래론 등의 다양한 방향으로 많은 업적들이 나왔음에도 불구하고 거기까지 눈길이 뻗치지 못하고 있다. 율도국 문제가 이상 세계 건설 의지랄지, 역사에서 탈출 의지로 해석되기도 하지만,「홍길동전」의 이야기 구도 자체가 그 점을 온전하게 받아들이기 어렵게 하는 터다.

아무튼, 허균 소설 자체 속에 신선 사상의 요소들이 충분히 내포되었음이

---

1   발터 벤야민,「역사개념에 관한 테제」, 반성완 역,『世界의 文學』통권 25호, 1982, 118~119쪽.
2   채진홍,「碧初의〈林巨正〉研究」, 고려대학교 박사학위 논문. 1990.

고려되지 않은 터다. 그러한 관점은 단순히 기존 연구 방향들과는 다른 또 하나의 방향을 제시하는 일에 대한 근거만은 아니다. 허균 소설을 이른바 '총체적으로 이해하는' 일에 대한 근거이다. "앞으로의 연구는 허균의 생애와 사상을 그의 문학유산 전체와 밀착시켜 연구하는 것이 허균 문학을 총체적으로 이해하는 길이라 생각된다. 허균의 종교 사상이나 문학 사상·사회 사상이 따로 논의된다면, 이는 문학 작가로서 연구하는 것이라고는 볼 수 없다."[3]라는 지적이 아직도 유효해서이다. 작품 속의 인물들과 역사상 실제 인물 간의 실증 검토이기는 하지만, 작품에 나오는 도선(道仙) 인물들에 관한 기왕의 언급은[4] 아직 그 '총체적 이해'에 실질적 도움이 되는 단계에 놓여 있다.

물론 본장에서 그러한 총체적 이해는 『임꺽정』과 상호 유기관계의 차원에서 이루어질 것이다.

1) 비교의 근거

비교문학 분야에서 문제되는 역사적 상대주의·실증주의와 문학 자체에 대한 고집 사이에 가로놓인 벽은 문학 연구 전반 분야에 해당되는 문제이기도 하다. 그 벽을 허물지 않고서는 비교문학이 범인간애 차원의 모든 관점을 다 포용하는 문학 연구로서 존립할 수 없다는 것이다. 즉, 불란서 학파의 방법이든 미국 학파의 방법이든, 실증 방법이든 가치평가 방법이든 어떤 한쪽 영역의 선택이 아니라 민족문학이면서 세계문학 차원이 고수되어야 하며, 문학사이면서 문학비평의 차원이 고수되어야 한다는 논리이다.[5] 그 문제의 구

---

3   서대석, 「許筠文學의 研究史的 批判」, 김동욱 해설, 『許筠研究』(서울: 새문사, 1989), Ⅱ~46쪽.
4   최삼룡, 「韓國 傳奇小說의 道仙思想 研究」, 고려대학교 박사학위 논문, 1981.
5   René Wellek, "*The Name and Nature of Comparative Literature*",

체적인 해결점은 번역 · 모방 · 양식화 · 차용 · 원천 · 병렬 · 영향 등 비교문학의 세부 과제들이 그러한 '총체적 이해' 차원에 어떻게 기여될 수 있는가에서 찾아질 것이다.

이 세부과제들은 대체로 모방이나 영향 관계를 중심으로 상호 유기 관계를 이룬다. 그런데 홍명희의 『임꺽정』과 허균의 「남궁선생전」·「엄처사전」·「손곡산인전」·「장산인전」·「장생전」·「홍길동전」을 비교하는 일에는 모방이나 영향 관계의 근거가 없다. 『임꺽정』이나 「홍길동전」의 영향 · 모방의 원천이 중국 소설 『수호지(水滸誌)』라는 점이랄지, 비교문학 분야에서 말하는 원천의 의미와는 다르지만, 국내의 실제 역사적 인물 임꺽정 · 홍길동이나 야담과의 실증 관계를 따지는 작업은 가능할 수 있지만,[6] 홍명희와 허균 두 작가 · 작품 간의 직접 영향 · 모방 관계를 따질 근거가 없음은 사실이다.

그러므로 '총체적 이해' 차원에서 이들을 비교하는 방법의 중심은 '병렬'이어야 한다. 병렬 비교의 범위와 가치를 살펴보면 그 점을 납득할 수 있다.

첫째, 범위를 보면, 다른 작가 · 작품들 간에 형식이나 내용상의 비교될 만한 증거들이 있는 바, 시대가 초월되고 상호 간 증명될 만한 직접 관계가 없어도 무방한 것으로 설정할 수 있다.[7] 『임꺽정』과 허균 소설들 사이에는 형식이나 내용상의 '비교될 만한 증거' 정도가 아니라, 많은 유사점들이 내포되어 있다. 우선 전체 이야기 구도가 정희량(鄭希良) · 갓바치 · 장한웅(張漢雄) ·

DISCRIMINATIONS(New Haven and London: Yale University Press, 1971), p.36.

6   김동욱, 「〈洪吉童傳〉의 比較文學的 고찰」, 김동욱 해설, 앞의 책, Ⅰ-86~99쪽. 한승옥, 「碧初 洪命憙의 〈林巨正〉 연구(Ⅰ)」, 『숭실어문』 제6집, 1989.4, 229~234쪽.

7   J.T. Shaw, "*Literary Indebtedness and Comparative Literary Studies*", COMPARATIVE LITERATURE: METHOD & PERSPECTIVE, ed. Newton P. Stallknecht and Horst Frenz(Carbondale & Edwardsville: Southern Illinois University Press, 1971), p.90.

장생(蔣生)·권진인(權眞人)·남궁두(南宮斗)·이달(李達)·엄충정(嚴忠貞)과 같은 신선의 관점에 의해 짜여 있음을 들 수 있다. 임꺽정과 홍길동의 기존 사회에 대한 반항 행위의 경우도 마찬가지다. 신선의 관점이 그 반항 행위들의 실체가 무엇인가를 분명하게 제시하고 있는 것이다. 물론, 「홍길동전」 자체에는 『임꺽정』의 갖바치와 같은 인물이 있는 것은 아니다. 그것은 홍길동 자신이 도술을 부린다는 것과는 별개의 사실이다. 하지만 허균 소설 전체의 관점에서 보면, 홍길동의 반항 행위는 임꺽정의 경우와 같은 맥에서 실체가 파악된다.

둘째, 가치 면을 살펴보면, 병렬 연구가 개별 작품들의 자질과 가치를 조명해준다는 것이다. 물론 그것은 문학의 다른 자질 현상들 간의 비교 경우와 마찬가지다. 또한 그것은 민족문학의 전통에서 유사점들과 다른 점들을 시사해주는 데 관심을 갖는 일이기도 하다.[8] 『임꺽정』과 허균 소설들에서 추구되는 가치에는 명백한 공통 근거가 있다. 인간 삶의 구조 모순이 그것이다. 현실 세계에서 삶의 기존 질서에 대한 어떠한 반항도 용납되지 않는다는 사실이다. 그렇지만 작품들에서 벌어지는 갖가지 삶의 양상은 분명히 현실 세계에서 벌어지고 있는 것도 사실이다. 각 작품들의 시대 배경이 특별히 그러한 어려운 상황으로 설정된 터다. 그리고 그러한 면은 우리 민족문학의 전통 근거를 어디에서 찾아야 하는가를 분명히 말해주고 있다. 이 점은 두 작가의 삶의 경우에서도 마찬가지라 생각된다. 두 사람이 살았던 시대에는 350년 정도의 차이가 나지만, 그들의 삶이 내포한 의미는 민족문학의 전통 근거에서 상호 유기 관계로 분석될 수 있다.

---

8   Ibid., p.91.

2. 두 작가의 삶과 문학관

1) 반봉건 의식과 호민론(豪民論)

홍명희(1888~1968)와 허균(1569~1618)의 삶에서 드러나는 두드러진 특징은 반봉건 의식이다. 이는 두 사람 사이에 가로놓인 319년이라는 연차를 무의미하게 한다. 개인의 성격이나 기질 또한 판이한 건 사실이지만,[9] 두 작가 모두에게 내재해 있던 반봉건 의식은 그러한 문제들을 뛰어넘는다. 그들의 반봉건 의식은 개인 간의 차이점이나 유사점 차원에서 논의될 문제가 아니라, 역사의 보편성 차원에서 논의될 문제이다. 우선 두 사람이 살았던 시대 의미가 그 점을 시사한다. 임진왜란 전후 · 광해군의 폭정이라는 난세와 조선조 말기의 내외풍 · 일제강점기 · 해방 전후 · 분단 전후라는 격변기로 이어진 시대가 그렇다.

이러한 시대의 의미 맥은 어느 경우에서도 단절되지 않는다. 역사의 진정한 의미 맥은 권력 주체에 의해 조작 정리된 관념 덩어리로 이루어지는 것이

---

9   그 대표적인 예가 허균의 경박성 · 자유분방성 · 솔직성 문제이다. 홍명희의 경우 그러한 개인적 기질은 부친의 순국 의지에 관계된 민족적 자존심과 인내력으로 말해진다. 허균의 경우에서처럼, 당대 주로 허균을 미워하던 벼슬아치들에 의해 지적되었다는 경박성 · 방탕성과 같은 흔적은 찾아지지 않는다. 물론 인간 의식 저변에서 확인되는 외로움의 뿌리는 같다고 생각된다. 두 사람이 겪은 가정의 불행이 그것이다.
     홍명희: 3세 때 모친 별세, 23세 때 경술국치를 당해 부친 순국.
     허균: 12세 때 부친 별세, 20세 때 중형(仲兄) 별세, 22세 때 누이 난설헌(蘭雪軒) 별세, 24세 때 임진왜란을 만나 부인 김씨와 첫아들 사별, 44세 때 당쟁의 회오리 속에서 맏형 성(筬) 별세.
     문제는 이러한 외로움의 뿌리들이 어떻게 시대 의미의 근거로 받아들여지느냐이다. 그러한 맥락에서 볼 때 두 사람의 기질 차이는 갈 곳은 같은데 가는 방법이 다른 경우로 생각된다.

아니기 때문이다. 그것은 역사의 사실에 대한 진실성 여부를 끊임없이 묻는 가운데 형성된다. 그 물음이 사실에 포장된 거짓과 관념의 껍질을 벗겨내는 작업이라서이다. 그래서 역사의 진정한 의미 맥은 인간 실제 삶의 보편성의 맥을 뜻한다. 그것은 허균 시대의 갖가지 삶들과 홍명희 시대의 갖가지 삶들이 서로 파장원을 그려나가는 가운데 겹쳐지는 실체이기도 하다.

그런데 현실 세계에서 그 질문 작업 또한 관념적으로 제기될 수 없다는 사실에 주의를 기울일 필요가 있다. 그것은 권력 주체의 조작에 대한, 그에 의해 형성된 기존 질서의 틀에 대한 처절한 반항 행위 자체이다. 그러한 실천 행위가 아니고서는, 삶의 실체가, 역사의 진실이 제대로 드러날 리 없음이 또 하나의 사실이다. 인류의 삶에 이미 계급투쟁의 역사가 존재했음이 그를 입증한 터다. 허균과 홍명희가 품고 있었던 반봉건 의식이 난세에서든 격변기에서든 그러한 반항 행위의 근간이 되었음도 그와 같은 원리이다. 그들의 반봉건 의식은 조선 중기에서 현대로 이어진 사람살이의 의미 맥을 올곧게 이해하는 근거이다. 그들의 반항 행위 자체가 그 이해에 대한 실천 행위의 뒷받침이 되기 때문이다.

홍명희와 허균은 주자학에 의해 합리화되던 사대부 중심 지배 체제에 철저히 반항한 사람들이다. 홍명희 경우 "우리가 일제의 침략을 안바덧다고 하면 그는 봉건타도의 계몽가로 발전해왓을"[10] 것이라는 평을 들었을 정도이다. 이는 일제 지배 체제가 조선의 기존 지배 체제를 이용하여 조선 민중을 탄압했다는 원론상의 의미와, 그에 따라 그의 독립운동 자체에 바로 반봉건 운동의 의미가 포함되어 있지 않겠느냐는 시비를 떠나서 그의 반봉건 의지를 적확하

---

10 이원조, 「人物素描—碧初論」, 『신천지』 3호, 1946.5[임형택 · 강영주 편, 『碧初 洪命熹 〈林巨正〉의 재조명』(서울: 사계절, 1988), 215쪽].

게 드러내준 말이다. 그의 정신적 주조가 언제나 반양반·반봉건·반일제의 비타협이었다는 이관구의 증언 또한 그 점을 확인해준다.[11]

그 외 '삼대통죽(三代通竹)'에 얽힌 신변 이야기가 그의 반봉건 기질을 설명하는 데 연결되는 점도 마찬가지라 생각된다.[12] 홍명희가 그러한 반봉건 의식을 갖게 된 걸 조건은 홍명희 자신이 '肅英 이후 실학파'를 논하는 자리에서 지적한 조선조 유림의 폐단에서 찾아진다.

> 일흠은 실학이라니 또 아주 樸學이라니 하기도 했지마는 하여간 거기 대해서 나는 이렇게 생각해, 첫재 성리학이란 것이 一日 朱子 二日 朱子 하니까 겉으로 드러내놓고 반대하지는 못해도 거기 대한 약간의 반감과 둘재는 정치권 외에 떠러진 사람들, 그러니까 그 학파에 색목으로 보면, 남인이 많치. 그래서 이러난 학풍이야. ……조선사상계의 지배자란 것은 유림이란 것인데 유림의 巢窟이라고 할까 하여간, 그 의거하는 것이 처음 에는 향교라고 친다면 향교는 적어도 여말까지 올라갈 수 있고 그담에 서 원이란 것, 이것은 周世鵬이 豊基에다가 소수서원 지은 것이 첨이라고 하 니 그러타면 중종조부터인데 이렇게 해서 향교나 서원을 중심으로 해서 성립된 유림이란 것이 조선의 사상계를 지배해왔거던, ……하여간 그러 니까 실학도 그렇게 이러났건만 조선사상계를 지배하지 못한 것만은 사 실이야.[13]

조선조 유학의 주류를 이루었던 주자학이 당대 사람살이를 자유롭게 한 것이 아니라 억압하는 수단이 되었음을 적절히 지적한 부분이다. 실학의 발흥 원인이 "정치권 외에 떨어진 사람들"의 의미에서 찾아짐이 주목된다. 이는 기

---

11 이기형, 「人傑을 낳은 山水의 藝術 – 벽초 홍명희의 생가를 찾아서」, 위의 책, 243쪽.
12 위의 글, 244쪽.
13 「洪碧初·玄幾堂 對談」(사회 이원조), 『조광(朝光)』1941.8[위의 책, 265~266쪽].

존 주자학풍이 실천도학으로 창조 계승되어야 한다는 '시대적 요구'의 관점보다는 '권력투쟁'의 맥에 중점을 둔 결과이다. 물론 양자의 관점이 한국 실학의 역사적 입장에서 서로 무관한 것은 아니다.[14] 홍명희의 눈에 비친 문제의 초점은 "조선 사상계를 지배"한 주자학의 역할이 다수 민생을 살리는 길로 열린 것이 아니라 소수 양반 관료들의 권력투쟁 명분을 제시하는 데에 그쳤다는 것이다. 이는 단적으로 말해, 소수의 진유는 제외되겠지만, 당대 유림들 자신이 바로 '소인'이었음을 스스로 인정한 조건으로 받아들여진다. 그들이 내세운 '군자'의 명분과는 정반대의 결과를 자초한 것이다.

홍명희가 실학 발흥의 원인을 권력투쟁의 관점에서 논한 터는 이들 소인 행각의 원인이 개개인의 삶에서만 찾아지지 않았다는 사실을 시사한다. 그리고 그 점은 홍명희가, 그러한 형태의 권력투쟁을 일으킬 수밖에 없었던 역사적 필연성의 근원을 조선조 체제 모순에서 찾았다는 사실을 말해주기도 한다.

이러한 흐름은 허균의 경우에서도 마찬가지로 정리된다. "허균의 性行이 放從無檢함으로 당시 士論의 비난을 받았지만 그가 봉건윤리에 반항함으로

---

14 이르되 조선왕조의 창업 이래 임진병자의 양역(兩役)은 왕권의 정치적·경제적 기반을 흔들어놓은 치명적 외침(外侵)이 아닐 수 없다. 그러한 창흔(瘡痕)은 지배자계급 – 사인(士人)계급의 정치적 불안뿐만 아니라 농토를 젖줄로 삼는 민생(民生)의 참상(慘相)은 맹자의 이른바 '이정살인(以政殺人)'의 직전에 이르렀으니, 정치적으로 영정조 시대는 민란(民亂) 직전에 놓였음을 다산은 이미 예견한 것으로도 미루어 짐작할 수 있는 것이다.
이러한 역사적 시대상에 민감한 학자로서 이에 대한 정치적 대응책을 모색함은 너무도 당연한 일이 아닐 수 없다. 거꾸로 말하자면 이 시대는 그러한 학자들의 출현을 갈망했다고도 해야 할는지 모른다. 남인(南人)들의 정치적 불우는 또한 이러한 시대적 감각에 더욱 민감하게 만들었는지도 모른다. 이을호, 「韓國의 實學思想에 대하여」, 『한국의 실학사상』(서울: 삼성출판사, 1990), 11쪽.

써 침체했던 유교적 테두리를 이탈하고자 한 혁신적 사상가였던 것은 틀림없다."[15]가 그에게 내려진 일반적인 평이다. 그 점은 허균 자신의 학론(學論)·정론(政論)·관론(官論)·병론(兵論)·유재론(遺才論)·후록론(厚祿論)·소인론(小人論)에서도 충분히 확인된다. 당대 학풍이 성리학에서 실학으로 이행할 조짐이 나타나던 터에 나온 허균의 이 논(論)들에서는 사실, 허균 자신이 실학시대를 여는 데 선도적인 역할을 했던 셈이다.[16] 홍명희가 실학의 발흥과 좌절 원인을 논하면서 제기했던 조선조 체제 모순과 권력투쟁 문제의 핵심이 드러난다. 특히 소인론에 당대 학·정·병·재·록의, 상호 모순으로 얽혀 있던 근본 실상이 담겨있음이 주목된다. "요즈음의 이른바 군자·소인이란 서로 간에 큰 동떨어짐이 없다. 자기들과 뜻을 같이하면 모두 군자로 여기고, 달리하면 모두 소인으로 여긴다. 저편이 이쪽과 다르다면 배척하여 사(邪)하다 여기고, 이편과 같이 뜻하는 사람이라면 치켜세워 정(正)이라 여긴다. 시(是)란 그들이 옳다고 여기는 것이 시이고, 비(非)란 그들이 그르다고 여기는 것이 비이니, 이건 모두 공(公)이 사(私)를 이길 수 없는 이유로 그런 것이다."[17] 가 그것이다. 조선시대 주자학이 당쟁의 명분 제시에 어떤 식으로 이용되었는가를 적확하게 새겨볼 수 있는 부분이다. 허균이 반봉건 의식을 갖게 된 겉조건 역시 홍명희와 같은 경우이다.

이러한 겉조건에서 확인되는 홍명희와 허균의 반봉건 의식은 두 사람 자신에게 당대 사회에서 이른바 이단의 길을 가게 한다. 이제 그 길의 의미를 새겨봄이 논의의 순서일 것 같다. 이는 두 사람이 반봉건 의식을 갖게 된 속조건에

---

15 배종호,「許筠文學에 나타난 哲學思想」, 김동욱 해설, 앞의 책, II~85쪽.

16 송재소,「許筠의 思想史的 위치」, 위의 책, II~79쪽.

17 허균,『성소부부고』제11권 문부 8[『국역성소부부고 2』(서울: 민문고, 중판, 1989), 194쪽].

대한 효과적인 이해를 위해서이다.

허균이 "봉건윤리에 반항함으로써 침체했던 유교적 테두리를 이탈하고자" 했던 대표적인 행적은 불가와 도가 출입이다. 물론 그의 사상 체계의 중심은 어디까지나 유가에 있었던 터이다.[18] 그렇지만, 그에게 중요한 유가의 덕목은 인간 삶을 구속하는 규범론으로서 관념 체계가 아니라, 인간의 "本性을 높이고 道를 전하는"[19] '실천 윤리의 실상'[20]이었던 것이다. 당대의 학풍에서 그러한 실상을 찾지 못했던 그가 불서를 탐독한다든지 도선인들과 교통하는 것은, 천재의 기질을 타고난 그로서는 자연스러운 일이다. 그는 거기에서 열려진 세계를 경험했고, '인간의 본성(本性)'을 찾았던 터이다.

> ……소위 불교의 경전을 구하여 읽어보니, 그 달견은 과연 도랑이 패어지고 하수가 무너지는 듯하며, 그 뜻을 놀리고 말을 부리는 것은 나는 용이 구름을 탄 듯하여 아득해서 도무지 형상(形象)할 수가 없었다. 참으로 글에 있어서는 귀신 같은 것이었다. 시름겨울 때 그것을 읽으면 즐거워지고 지루할 때 읽으면 정신이 나서, 이것을 읽지 않았으면 이 생을 거의 헛

---

18 이는 세인의 꿈에 대한 견해를 그가 유가의 입장에 서서 긍정하지 않는 데에서도 확인된다. "선교(仙敎)와 불교 두 가지는 우리 유가(儒家)에서는 말하지 않는 바요, 나는 마땅히 스스로 성명(誠明)의 학을 다 함으로써 치평(治平)의 사업에 실행할 따름이지 반드시 떠들어 대면서 억지로 시비를 가려 배척할 것은 없소. 나는 일찍이 불교에 아첨했다 하여 탄핵을 입은 적이 있지만, 내가 어찌 불교를 업으로 삼는 자가 될 수 있겠소. 다만 비방하지 않는 데 불과한데 세상 사람들은 이런 줄을 모르는 까닭이지요. 이 꿈은 역시 우연이니, 어찌 의거해서 믿을 만한 것이겠소. 하지만 속인 중에 도를 알지 못하면서 억지로 자기는 아는 척하는 자들의 경계가 될 수 있을 것입니다."가 그것이다. 허균, 『성소부부고』 제6권, 문부 3[위의 책, 93쪽].

19 허균, 『성소부부고』 제11권, 문부 8[위의 책, 181쪽].

20 허균이 유학을 다만 수기(修己)로써 독선기신(獨善其身)하는 데 그치는 것으로는 보지 아니하고 어디까지나 치인경세(治人經世)에까지 확대해서 그 실제실행(實際實行)의 면을 중시했던 것을 알 수 있으며, 사실 그것은 유학의 진면목을 깨달은 것이라 하겠다. 배종호, 「許筠文學에 나타난 哲學思想」, 앞의 글, II~84쪽.

되이 넘길 뻔하였다고 생각하고, 1년이 못되어 1백여 상자를 모두 읽었
는데, 마음을 밝히고 성(性)을 정(定)하는 대목이 환하게 깨달아짐이 있는
듯하여 마음 속에 엉켜있는 세속의 일들이 훨훨 그 매임을 벗어버리는 듯
하였다. 글이 또 따라서 술술 나와 넘실거림이 한계를 잡지 못할 것 같았
다. 그래서 남몰래 마음에 얻음이 있다고 자부하여 아껴 보며 그 책을 손
에서 놓지 않았었다.[21]

위 허균 자신의 고백에서도 그 점이 충분히 확인된다. 내용 전개의 분위기
자체가 앞에서 예로 든 '소인론'과는 정반대이다. 허균의 자유분방한 성정이
'매임' 없이 '술술' 드러나고 있다. 인간의 실제 삶이 그러한 인간의 본성을 향
하여 늘 열려 있는 세계를 그는 꿈꾸고 있었던 것이다.

홍명희의 길은 일제강점기 · 2차 세계 대전 · 서양 문명의 도래라는 특수한
상황에 얽혀 있었던 터이다. 체제 면에서만 본다면 이단의 기준이 허균 시대
와 다를 수밖에 없다. 당대 피지배국 지식인으로서 그에게 가장 분명한 길은
독립운동이었기 때문이다. 일제 쪽에서 볼 때 이단일 따름이다. 하나, 당대
상황으로 보아 독립운동권 내에서조차도 그의 길이 이단이 아닌, 정도라고
확실하게 말할 주체가 없었던 점이 중요한 문제이다. 3 · 1운동 이후 당대 독
립운동이 그렇게 분명한 양상으로 전개되지 않아서이다. 여러 단체들이 좌우
익을 중심으로 해서 각기 다른 노선에 서 있었던 터이다. 일제의 중국 침략 이
후로는 그러한 단체 활동마저도 철저하게 탄압받게 되어, 독립운동의 거점이
중국 미국 등지로 옮겨질 수밖에 없었던 것이다.

홍명희는 그 문제의 핵심을 정확하게 파악했던 사람이다. 그가 나섰던 독
립운동의 길은 늘 민족 통합 운동에 근거를 두고 있었던 터이다. 그 점은 그가

---

21 허균, 『성소부부고』 제4권, 문부 1[『국역성소부부고 2』, 앞의 책, 41~42쪽].

당시 민중 항일 투쟁의 좌우합작 운동의 주 역할을 한 데서 확인된다. 1927년에서 1929년 사이 신간회 활동이 그렇다. 3·1운동으로 옥고를 치르고 나서 그전까지 운동 방향을 뚜렷하게 드러내지 않던 그가 민족 통합 운동에 선뜻 나섰던 점이 주목된다. 이 일로 인해 그는 다시 3년간의 옥고를 치르게 되는데, 어떤 단체든 앞장서기 싫어했던 그가 통합 운동을 주도했던 것은 당대 일제 지배 정책의 술책을 정확하게 읽고 있었기 때문이다. 지식인과 민중을 분열 조작 탄압하던 일제의 지배 술책에 적확하게 대응해나갈 길은 조선인의 민족적 단합이라는 사실을 절감하고 있었던 터이다. 그에게 중요했던 일은 피지배 국민 간의 이념 싸움이나 계급 싸움이 아니라 식민지 실체에서 벗어날 민족 해방이었던 것이다.

홍명희는 그 민족 해방의 근원을 인간 해방에서 찾았는데,[22] 이 점이 바로 시대 상황의 차이에도 불구하고 허균의 길에 맥이 닿는 근거이다. 허균과 마찬가지로 당대 천재소리를 들었던 홍명희 역시 다독가였고, 그러한 만큼 일정한 사상의 테두리에 갇혀 있지 않았다 한다. "洪씨가 유물 사관의 세계와 자본론의 학설도 잘 알고 있다. 허나 洪씨가 공산주의자냐 하면 결코 공산주의자는 아닌 것이다. 공산주의의 학설은 조선에 있어 누구보다도 못지 안케 通曉할 것이다."[23]에서 볼 수 있는 바와 같이, 홍명희는 자신의 사고체계를 어느 한 이념의 틀에 가두지 않은 것이다. 유학 사상에서든 마르크스 사상에서이든 그의 세계관은 늘 인간애를 향하여 열려 있던 터이다.

홍명희와 허균의 이른바 '이단의 길'의 동인이었던 이러한 인간 본성 추구, 즉 '인간 삶의 뿌리에 대한 사랑'이 바로 그들 두 사람이 반봉건 의식을 갖게

---

22 채진홍, 「碧初의 〈林巨正〉 硏究」, 앞의 글, 22~32쪽.
23 박학보, 「인물월단―홍명희론」, 『신세대』, 1946.3.15[임형택·강영주 편, 앞의 책, 227쪽].

된 속조건이다.

이러한 속조건은 그들의 반봉건 의식의 궁극 성격이 무엇인가를 말해준다. 그들의 의식 기저에 늘 혁명 의지가 내포되어 있었음이 그 성격의 의미를 이해할 단서이다. 홍명희의 경우 '특수 민중의 항거', 허균의 경우 '호민(豪民)의 항거'에 대한 열망이 그 점을 시사한다.

> 홍 원래 특수민중이란 저이들끼리 단결할 가능성이 만은 것이외다. 백정도 그러하거니와 체장사거나 독립협회 때 활약하던 보부상이라거나 모다 보면 저이들끼리 손을 맞잡고 의식적으로 외계에 대하여 대항하여 오는 것입니다. 이 필연적인 심리를 잘 이용하여 백정들의 단합을 꾀한 뒤 자기가 앞장서서 통쾌하게 의적모양으로 활약한 것이 림꺽정이었습니다.[24]

> 허 대저 이루어진 것만을 함께 즐거워하느라, 항상 눈앞의 일들에 얽매이고, 그냥 따라서 법이나 지키면서 웃사람에게 부림을 당하는 사람들이란 항민(恒民)이다. 항민이란 두렵지 않다. 모질게 빼앗겨서, 살이 벗겨지고 뼈골이 부서지며, 집안의 수입과 땅의 소출을 바쳐서, 한없는 요구에 제공하느라 시름하고 탄식하면서 그들의 웃사람을 탓하는 사람들이란 원민(怨民)이다. 원민도 결코 두렵지 않다. 자취를 푸줏간 속에 숨기고 몰래 딴 마음을 품고서, 천지간을 흘겨보다가 혹시 시대적인 변고라도 있다면 자기의 소원을 실현하고 싶어 하는 사람들이란 호민(豪民)이다. 대저 호민이란 몹시 두려워해야 할 사람이다. 호민은 나라의 허술한 틈을 엿보고 일의 형세가 편승할 만한가를 노리다가, 팔을 휘두르며 밭두렁 위에서 한 차례 소리 지르면, 저들 원민이란 자들이 소리만 듣고도 모여들어 모의하지 않고도 함께 외쳐대기 마련이다. 저들 항민이란 자들도 역시 살아갈 길을 찾느라 호미·고무래·창자루를 들고 따라와서 무도한 놈들을 쳐 죽이지 않을 수

---

24 홍명희, 「朝鮮日報의 〈林巨正〉에 대하야」, 『삼천리』, 1929.6, 42쪽.

없는 것이다.[25]

위에서 보면, 특수 민중과 호민이 같은 개념으로 사용된다. 이들은 보부상·체장사·백정·원민·항민 등 눌리는 계층의 "자기의 소원을 실현하고 싶어 하는" "필연적인 심리를 잘 이용하"는 사람들이다. 문맥상 자기의 소원 실현 욕구의 주체가 호민이긴 하지만, 그 욕구의 근거가 결코 호민 개별 차원에서 찾아지지 않는다. "모질게 빼앗겨"온 삶의 뿌리가 그 근거이다. 삶의 뿌리까지 빼앗길 지경에 이르렀을 경우 '모의하지 않고도 함께 외쳐대기 마련이' 눌리는 자들의 필연 심리이기 때문이다. 그것은 눌리는 자들을 더욱 가혹하게 누르기 위해 늘 머리를 맞대고 '모의하는', 누르는 계층의 경우와는 근본적으로 다른 것이다.

홍명희와 허균은 이러한 삶의 뿌리의 필연 관계를 실제 역사 현장에서 실현하려 했던 터이다. 그들이 품었던 반봉건 의식의 궁극 성격은 호민의 이상이다. 그들이 실현하고자 했던 호민의 이상은 늘 합리화 작업에 의존할 수밖에 없었던 이념 바꿈·계급 바꿈이 아니라, 모든 사람들의 평등을 실현할 진정한 인간 혁명에 있었던 것이다.

2) 상어론(常語論)과 열린 정서

홍명희와 허균의 문학관을 이해하는 출발점은 그들이 다 같이 일상어 사용을 강조했다는 사실이다. 작가가 창작하는 데에 특별히 어려운 용어랄지, 어떤 한 계층의 목적의식을 대변하는 굳은 언어만을 사용해서는 안 된다는 점을 역설한 것이다. 이를테면, 죽은 언어가 아닌 살아 있는 언어, 즉 모든 사람

---

25 허균, 『성소부부고』 제11권, 문부 8 『국역성소부부고 2』, 앞의 책, 196쪽].

들이 쉽고 풍부하게 이해할 수 있는 문학 표현만이 한 시대의 전범이 됨과 동시에 시대를 뛰어넘는 보편성을 얻게 된다는 논리이다. 그들은 그러한 살아 있는 문학 표현의 원천을 일상어에서 찾은 것이다.

> ……글과 도가 두 갈래로 분리되어 비로소 장을 끌어오고 구를 따내고 어렵고 교묘한 말로 글을 공교롭게 꾸미는 일이 생겨났으니 이것은 글의 화액(禍厄)이지, 극치가 아니다. 내가 비록 노둔하지만 그와 같이 하는 것은 원하지 않는다. 그러므로 문사는 의사의 전달을 위주로 하여 평이하게 지을 뿐이다. ……그 몇분의 글 또한 상용어와 무엇이 다른가. 내가 보건대, 비록 간결한 듯도 하고 웅혼한 듯도 하며, 심오한 듯도 하고 분방(奔放)한 듯도 하고 굳세고 기이한 듯도 하지만, 대체로 그 당시의 상용어를 가지고 바꾸어서 고상하게 만든 것이니, 참으로 쇳덩이를 달구어서 황금을 만들었다고 이를 수 있다. 후세 사람이 오늘날의 글을 볼 적에 어찌 오늘날 사람이 그 옛날 몇 분들의 글을 보는 경우와 같지 않을 줄을 알겠는가.[26]

위에서 보는 바와 같이 허균이 글쓰기에서 가장 중요하게 생각한 것은 바로 의사 전달이다. 의사 전달이 이루어져야 도와 글이 일치되는 경지를 이룬다는 것이다. 도와 글이 일치한다 함은 글을 통해 인간의 삶이 진실하게 구현된다는 경지를 이르는 말이다. 그 밑천이 각 시대의 상용어라는 터이다. 그러므로 "상어란 인간과 사회현실에서 배설된 질박한 언어형태요, 현실인간의 희로애락을 표현하는 데 가장 알맞은 말이고, 시대를 반영하는 데 가장 알맞은 말이라는"[27] 정의 내림이 가능하다. 문학작품이 일상어 사용에 의해 '고상하게' 이루어졌다는 것은 각 시대의 인간의 삶을 진실하게 드러내는 살아 있

---

26 허균, 『성소부부고』 제12권, 문부 9[위의 책, 208쪽].
27 최신호, 「批評을 통해서 본 許筠문학의 기본좌표」, 김동욱 해설, 앞의 책, Ⅱ~31쪽.

고 풍부한 문학 표현을 이루었다는 뜻으로 받아들여진다. 상어 사용은 또한 "간결한 듯도 하고 웅혼한 듯도 하며, 심오한 듯도 하고 분방한 듯도 하고 굳세고 기이한 듯도 하"다는 식으로, 작가의 정서를 고정된 틀에 매이게 하는 것이 아니라 삶의 진실을 향하여 활짝 열게 하는 밑거름이기도 한 것이다.

이러한 경지는 홍명희의 경우에서도 마찬가지로 드러난다. 그가 허균처럼 직접 상어론을 편 것은 아니지만, 해방 후 그와 문인들과의 대담 곳곳에서 그 점이 확인된다. "⋯⋯조선 농사군들의 대화 속에는 참말 문학적인 표현이 많드군요."[28]와 같은 지적이 그것이다. 그 역시 창작에서 인간과 사회현실에서 배설된 질박한 언어형태, 즉 살아 있는 언어 사용을 강조한 것이다. 그리고 그것이 열린 정서를 강조하는 데에 자연스럽게 연결되는 점도 마찬가지다. "아이참 의무를 늣겨갖이고야 엇이 예술작품을 완성합니까? 먼저 정서가 주가 되어야지요? ⋯⋯ 그러나 저 생긴 대로 제 생각나는 대로 쓰는 것이 작품이지「이러게 해야 되겠다」해가지고 쓰면 그 작품이 비록 문자적으로는 도덕적이고 선적이라 하드라도 독자가 신용하지 않지요."[29]와 같은 경우가 그렇다. 목적론의 틀로 작가의 정서를 닫아서는 안 된다는 논리가 분명하게 드러난다.

이상 두 작가의 문학관은 그들이 품었던 혁명 의지와 같은 선상에서 이해된다. 삶과 문학에 대한 그들의 정서가 삶의 뿌리를 향하여 활짝 열려 있어서이다. 그들은 이른바 '고상하다'는 경지, 즉 "쇳덩이를 달구어 황금을 이루었다는" 경지를 누르는 삶에서 찾은 것이 아니라, 눌리는 삶의 뿌리에서 찾은

---

28 「李泰俊・李源朝・金南天・碧初 洪命憙先生을 둘러싼 文學講談」,『大潮』1호, 1964.1.[임형택・강영주 편, 앞의 책, 285쪽].
29 「李朝文學 其他−洪命憙, 毛允淑 兩氏問答錄」,『삼천리 문학』1938.1[위의 책, 289쪽].

터이다. 물론 그들 나날의 삶 자체가 다른 건 사실이다. 하지만, 이는 시대의 세부 상황이 달라서일 뿐이다. 이는 민중·호민·원민·항민 등 그들이 사용한 용어가 시대 차이에도 불구하고 결국 같은 뜻으로 받아들여지는 경우와 마찬가지로 생각된다. 쉽게 말해 그들의 삶은 늘 약자의 편에 서 있었던 것이다. 두 작가의 문학 정서가 이렇게 삶의 뿌리로 향해졌음은 그들의 작품 자체에서도 분명히 확인되는 터다.

3. 작품 구조의 병행 원리와 상호 관계의 의미

1) 신선의 의미와 관점

홍명희의 『임꺽정』과 허균 소설에 나오는 인물들의 삶을 검토하다 보면, 신선의 의미가 저절로 드러날 것이다. 특히, 정희량(鄭希良)·갖바치·이토정(李土亭)·서경덕(徐敬德)·남사고(南師古)·서기(徐起)·장한웅(張漢雄)·장생(蔣生)·권진인(權眞人)·남궁두(南宮斗)·이달(李達)·엄충정(嚴忠貞)의 삶에서 그 점이 확인된다. 먼저 이들 삶의 특징을 정리해보기로 한다. 이들은 역사의 실존 인물이기도 하다. 그들의 실제 삶과 작품에 나타난 삶이 비슷하기는 하지만, 완전히 일치한다는 보장 또한 없다.[30] 물론, 여기에서는 작품에서 묘사된 대로 정리한다.

---

30 崔三龍의 앞 논문 「韓國 傳奇小說의 道仙思想 研究」에 이 점이 실증적으로 검토되어 있음.

인물	작품	계층	은거 계기	은거 생활 모습	죽는 모습	사후 행적
정희량	『임꺽정』	사대부	연산군의 폭정. 무오사화보다 갑자사화가 더 처참할 것을 예언. 이장곤의 앞일을 제시. 모친의 삼년상도 마치지 않고, 강물에 투신을 가장하여 속세를 떠남.	묘향산에 이천년(李千年)이라는 이름으로 은거하다가 김윤과 갖바치 양주팔을 제자로 맞음. 그중 갖바치 양주팔을 정통 제자로 삼아 자신의 비술 모두와 올곧은 정신을 전함.	두 제자를 속세로 내려 보낸 후 30년 만에 다시 구룡산으로 부름. 김윤이 없는 틈을 타 갖바치에게 자신의 죽음을 예언하며, '故人塚上今人耕'이라는 뜻으로 신후사(身後事) 처리를 지시. 그 다음 날 오시에 자는 사람같이 죽음.	더 이상 언급 없음.
갖바치	『임꺽정』	고리백정	중종반정 후 서울 이장곤의 집에서 지내던 중 세상에 답답함을 느껴 산천 구경을 나섰다가 묘향산에서 정희량을 만나 신선도를 전수 받음.	세상일을 훤히 뚫어보는 능력을 가졌음. 피장들이 모여 사는 곳에 숨어살며, 양반이나 천민을 막론하고 세상일로 고통당하는 모든 사람들의 아픈 마음을 감싸 안는 자세로 살아감. 즉, 기묘사화, 을사사화로 얼룩진 어지러운 세상을 생불로서 살아감. 조광조와 같은 당대 명현이 그를 찾아와 세상일을 의논할 정도임. 인종의 생명을 구하기도 하고, 어린 이순신이 장래 큰일 할 것을 예언하기도 함. 임꺽정에게 진정한 인간 혁명의 길, 즉 하늘의 뜻에 대해 역설하곤 했으나, 임꺽정은 그 가르침을 받아들이지 못했음.	자신이 죽을 때를 알고 있었음. 그 역시 목욕하고 새 옷 입고 앉아서 조는 양 숨지고, 종일 향기가 방안 가득하고, 공중에서 은은한 풍악소리가 남.	임꺽정 칠형제에게 자신의 모습대로 목불상을 만들게 함. 물론 죽기 전 임꺽정에게 그 일을 부탁하진 않았음. 앞일을 훤히 내다보는 그로서는 당연한 일이었음. 임꺽정의 편의를 위해 죽기 전 절 안에 불상 재료인 통나무만 끌어다 놓으면 그만이었음. 그 목불상 역시 모든 고통받은 사람들의 안식 대상 역할을 함. 생불로서 삶이 그대로 이어진 것.

인물	작품	계층	은거 계기	은거 생활 모습	죽는 모습	사후 행적
이토정	『임꺽정』	사대부	구체적인 언급은 없으나 갓바치와 임꺽정의 대화를 통해, 그의 이인 행적이 세상이 어지러워서였음을 짐작할 수 있음.	출사하지 않고 팔도유람하며 살아감. 갓바치의 눈에 의해 그의 지모방략이 삼군의 대장이 될 만한 사람이라고 묘사됨.	언급이 없음.	언급이 없음.
서경덕	『임꺽정』	사대부	언급이 없음.	송도에서 유유자적하는 은일거사의 모습으로 묘사되어 있음.	언급이 없음.	언급이 없음.
남사고	『임꺽정』	언급이 없음.	언급이 없음.	갓바치가 임진왜란을 예언하던 차에 임꺽정에게 남사고를 역리에 밝은 인물로 간단히 시사.	언급이 없음.	언급이 없음.
서기	『임꺽정』	천민	언급이 없음.	학문이 높아 남의 천대와 멸시를 웃어버린다는 임꺽정의 친구.	언급이 없음.	언급이 없음.
장한웅	「장산인전」	의업자(醫業者)의 후손	아버지에게 물려받은 이서 두 권을 통달해 귀신을 부리고 병을 고치는 능력을 얻은 후, 신선 수업에 더욱 정진하기 위해 지리산에 들어감. 이인을 만나 3년 수련 후 호랑이를 탈 정도의 능력을 얻음.	입산 18년 만에 서울로 돌아와 흥인문 밖에서 삶. 60세에도 얼굴빛이 마르지 않았다 함. 이웃집 악귀를 쫓아주고, 죽은 물고기·꿩을 살려내는가 하면, 남의 틀린 사주까지도 고쳐주는 등 갖가지 방술에 능통함. 좌우에 삼백 신장이 호위하고 다님.	임진년, 74세 나이에 왜란이 일어나자 소요산에 들어가 스스로 왜적의 칼을 받음. 하얀 피가 기름처럼 흘렀으며, 시신이 꼿꼿이 섬. 우레와 더불어 큰비가 내리자 왜적들이 달아남. 중들이 화장할 때, 하늘에 상서로운 빛이 사흘간 돌았음. 굵기가 연밥만 하고, 감푸른 빛 도는 사리 72낱이 나와 탑 속에 간직했다 함.	임진년 9월 강화 정붕의 집에 나타나 사흘을 묵고 금강산으로 떠남.

인물	작품	계층	은거 계기	은거 생활 모습	죽는 모습	사후 행적
장생	「장생전」	밀양 좌수의 아들, 비령뱅이	세 살 때 어머니를 잃고 아버지의 종첩의 고자질에 의해 쫓겨나고, 장가든 지 몇 해 만에 아내가 죽자 떠돌이 생활을 함.	서울에 들어와 비령뱅이 노릇을 함. 인물이 빼어나고, 이야기·노래·흉내 내기 등을 잘함. 하루 서너 말을 동냥하여 두어 되만 밥을 지어 먹고 나머지는 다른 비령뱅이에게 나누어줌. 차환의 봉미(鳳尾)를 찾아주는 과정에서, 그가 경회루에 숨어 있는 도적굴의 두목 노릇을 하고 있음도 드러남.	임진년 4월 대취후 수표다리 위에서 죽음. 하룻밤 사이에 시신이 다 썩어 날개 돋친 벌레가 되어 날아감.	바로 그달 홍세희(洪世熹)가 왜적을 막으러 이일을 따라 조령에 갔었는데 거기에서 장생을 만났음. 장생은 자신이 죽은 게 아니라, 동해에 한 섬나라를 찾아간다 했음. 홍세희의 앞일을 경계하기도 했음.
권진인	「남궁선생전」	고려 태사 권신(權辛)의 증손	14세에 문둥병이 들자, 그의 부모가 숲 속에 내다 버림. 호랑이 굴에서 호랑이와 함께 지내며, 100일 동안 신이한 풀을 먹자 병기운이 사라지고 또 100일 동안 그 풀을 먹자 산봉우리 사이를 날아다닐 수 있게 됨. 태백산에 들어가 의상대사의 스승인 정양진인(正陽眞人)의 비서(秘書)를 받게 되었는데, 그 책은 의상대사가 깨우친 지 200년 만에 그에게 전달된 것임.	신태(神胎)를 이루었으나 상제의 명에 따라 시해(尸解)하지 않고, 동국 삼도의 제신을 보살피다가 500년 기한이 차면 상승한다 함. 정신을 날려 귀신들의 조회를 받는다 함.	신태를 이루어 영생하는 진인으로 설정된 터임.	이미 영생을 얻은 터임.

인물	작품	계층	은거 계기	은거 생활 모습	죽는 모습	사후 행적
남궁두	「남궁선생전」	아전의 후손	명종 13년(1558) 가을 시골집 살림을 맡은 애첩이 그의 당질과 간통하는 장면을 목격하게 되어 두 사람을 죽인 후 도망자의 생활을 하다가 무주 치상산(雉裳山)에 들어가 권진인의 제자가 됨.	참을성을 인정 받아 죽지 않는 방술을 전수받다가 마지막 완성 단계에 이르러 자신의 욕심을 다스리지 못해 득도에 실패함. 그러나 권진인으로부터 800년의 삶, 즉 지상선의 경지는 인정받고 하산. 해남에서 옛 종의 후원을 입어 가산을 마련하고 장가들어 아들 딸 하나씩을 낳음. 늘 비서를 열심히 외우면서 세속에 재미를 느끼지 못하는 나날을 살아감. 1608년 허균이 공주에서 파직을 당해 부안에서 살 때, 고부에서 부안으로 허균을 찾아가 자신의 체험을 이야기하며 허균에게 참도의 길을 시사했다 함.	빨리 죽기를 원하고 있음.	
이달	「손곡산인전」	천비 소생	어머니가 미천한 탓으로 세상에 쓰이지 못해, 원주 손곡에 묻혀 삶.	용모가 얌전치 못하고 성격이 호탕하여 세속의 예법에 구속되지 않아 사람들한테 미움을 받음. 고금의 일과 시와 산수의 아름다움을 이야기 하며, 술을 즐기며 살아감. 떠돌이 비렁뱅이 생활을 하면서도 마음이 활짝 열려 실로 썩지 않을 시를 지었음.	속인들의 질투와 사형망(死刑網)에 걸려 죽임을 당함.	시를 남김.

인물	작품	계층	은거 계기	은거 생활 모습	죽는 모습	사후 행적
엄충정	「엄처사전」	상민	어려서 아버지를 여의고 어머니를 극진하게 봉양했었는데, 어머니가 세상을 뜨자 과거 보기를 포기하고, 초야에 묻혀 삶.	지극한 효자임. 사람됨이 평화롭고 순수해 가난을 편안하게 생각하고, 다른 사람들의 잘잘못을 논평하지 않고, 남과 경쟁하지 않고, 물건을 주고받는 데 엄격하게 하며 살아감. 제자들을 가르칠 때와 글을 지을 때도 그러한 자세를 굳게 지킴. 두 번이나 참봉 벼슬을 제수했으나 끝내 부임하지 않음.	78세에 이르러 제자들과 문인들 앞에 단정히 앉아 슬며시 감.	언급이 없음.

이상의 정리에서 보는 바와 같이, 이들 삶의 공통 특징은 '은거 계기'로부터 찾아진다. 개인의 일들이 삶 전체의 구조 모순과 긴밀하게 연계되어 있는 터다. 출신 계층에 따라 양상은 나르시만, 세상일과 인연이 멀다는 허구적 이유들이 분명하게 사실화된다.

'은거 생활 모습'도 마찬가지다. 이인·도사·예언자·처사·학자·술사·의원·비렁뱅이·광대·수련자·시인·효자·나무꾼 등 눈에 보이는 은거 모습은 각각 다르지만, 그들이 추구하는 가치 기준은 같은 데에 있다. 그것은 절대 선에 바탕을 둔 인간애이다. 사실, 이들이 행하는 예언·방술·효·시작 등은 철저히 활인의 경지에서 이루어진다. 그들이 떠난 세속의 명예욕·부욕 등에 얽힌 살인의 경지와는 정반대이다. 그들이 특별한 방술 능력을 갖지 않았다 해도 그것은 마찬가지이다. 이달과 엄충정의 경우가 그 실례이다. 그들은 분명한 지상선(地上仙)이다. 이는 특별한 방술 능력을 가졌다 해도 신선의 반열에 들지 못하는 사람의 행적에 의해 거꾸로 입증되기도 한다. 『임꺽정』에서 김윤(金倫)의 경우가 그렇다. 그는 자신의 능력을 활인이 아니라 살인의 차원에서 사용하고 있어서이다.

신선들의 그러한 절대정신은 '죽는 모습'에서 구체적으로 확인된다. 그들의 '죽는 모습'은 그들이 현실의 삶 속에서 생사의 문제를 초월했음을 말해준다. 그들에게 죽는다는 사건은 영원한 삶의 계기일 뿐이다. 그것은 그들에게 삶의 진리를 깨달아 실천할 기틀을 다지는 순간인 것이다. 그들의 '사후 행적'에서 그 점이 잘 드러난다.

그러므로 신선의 의미는 생리적인 차원의 삶과 죽음에서 찾아지지 않는다. 신선의 의미는 절대 선에 바탕을 둔 인간애를 현실 밖이 아니라 현실 안에서 실천함으로써 영원한 생명을 회복하는 삶의 자세에서 찾아진다. 그것은 갖바치가 임꺽정에게 역설한 '하늘의 뜻'을 깨달아 실천하는 삶의 경우에 해당한다.

신선의 의미는 학파나 종교 테두리를 뛰어넘는다. 동시에 그 테두리 안에 담겨 있기도 하다. 각각의 경우가 당면 현실 상황을 어떻게 이끌어 가는가에 문제의 답이 있어서이다. 주자학에서 말하는 천리(天理)·천도(天道)의 바른 실천이 도가에서 말하는 영생, 불가에서 말하는 해탈, 기독교에서 말하는 구원의 경지와 다를 바 없다.[31] 이 모두 현실 안에서 인간이 어떻게 살아가야 하

---

31 이 점은 엄충정과 같은 경우뿐만 아니라, 작가인 허균 자신이 주자학자로서 불가의 참 진리를 바라보는 태도에서 그대로 드러난다. 그는 불자가 되려 하는 이나옹(李懶翁)에게 다음과 같이 충고하고 있다.
"그대가 그렇게 하는 것이 학(學)에 어두워 이익만 쫓는 자들보다는 낫다. 그러나 이 책을 보면 마땅히 먼저 그 진위(眞僞)를 구분해야 한다. 그리하여 만약 그 말이 환견(幻見)이요 공설(空說)이라 천리(天理)에 위배되고 천도(天道)에 어그러짐을 환하게 알게 되면, 그 말은 나를 의혹시키지 못하지만 글은 족히 나의 달함을 돕게 될 것이다. 그러나 만약 조금이라도 마음 속에 붙여 두면 아무래도 점점 그 속으로 끌려 들어가게 되어 끝내는 인과(因果)와 죄복(罪福)에 흐르게 될 것이니 어렵지 않은가? 나옹은 힘쓸지어다. 아, 나도 일찍이 이에 절굉(折肱)이 있기에 그 병통을 깊이 안다. 그러하

는가에 대한 전체 관점이 각기 다른 방법으로 설명되고 있을 뿐임을 말해준다. 그럼에도 '어떻게'에 대한 핵심은 모두 같은 게 사실이다. 절대 선에 바탕을 둔 인간애의 실천이 그것이다. 그리고 그 실천 자체가 바로 신선의 의미인 것이다.

이러한 신선의 의미는 홍명희의『임꺽정』과 허균 소설을 이해하는 전체 관점으로서 중요한 역할을 한다. 이는 작품의 인물들이 그러한 성향을 가졌다는 작품 제재 차원에서 그렇다는 말이 아니다. 각 작품의 구조 자체가 그렇게 이루어지고, 그 구조들이 독립되어 병행되면서도 상호 긴밀한 관계를 유지하며, 결국 한 지점으로 모아지고 있다는 사실을 정확히 이해해야 한다. 그 꼭짓점이 바로 임꺽정과 홍길동인데, 그 구조의 병행 양상을 일단 도표로 정리해보기로 한다.

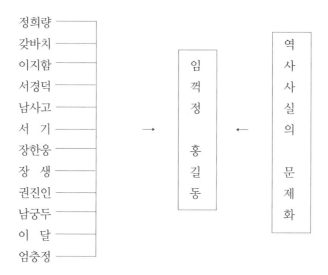

니 아무쪼록 주 부자(朱夫子)의 한말로써 살펴나가면 이 또한 옳을 것이다." 허균,『성소부부고』제4권, 문부 1[『국역성소부부고 2』, 앞의 책, 43쪽].

물론, 겉보기에 임꺽정과 홍길동의 경우는 엄연히 다르다. 임꺽정은 한 작품 안에서 갖바치를 중심으로 하여 신선들과 유기 관계를 맺지만, 홍길동의 경우는 그렇지 않다. 권진인과 남궁두의 관계를 제외하고는 모두 별개의 작품에서 별개의 역할을 하는 인물들로 설정되어 있는 터다. 하나, 홍길동의 출생에서 사망까지의 행적을 보면, 동일 작가가 만들어낸 인물인 이들 신선들과 결코 무관한 인물이 아님을 알 수 있다. "「홍길동전」은 主人公의 道術的 能力과 俠士의 氣質은 「蔣生傳」의 主人公에 가까우며, 地上에서 庶出로 不遇를 맛보고 세상에서 버림을 받았던 길동은 蓀谷山人 李達의 모습을 가장 많이 닮고 있다고 하겠다. 홍길동은 한마디로 仙界의 非凡한 能力을 계승하고 있으면서, 現實世界에서는 卑賤한 庶子의 身分으로 태어나 온갖 모욕과 苦楚를 겪어야 하는 양면성을 수용하고 있다."[32]와 같은 견해가 그 점을 뒷받침하기도 한다. 여기에서 '닮고 있다'를 가냐 부냐 식으로가 아니라, 한문소설들에 나타난 신선들과 홍길동의 '관계' 차원으로 받아들인다면, 그렇기도 할 것이다. 이들 신선들과 홍길동의 유기 관계는 작가 자신의 호민에 대한 열망에서도 입증된다. 위 여섯 신선의 세계를 홍길동이라는 호민의 의미에 담아보려한 작가의 의도가 분명해서이다. "漢文小說 創作 이후, 現實을 諦念하고 仙道에 관심을 쏟았던 許筠으로 하여금 다시 現實에 抵抗하는 反逆兒로서의 꿈을 심게 하였으니, 이제까지 숨어 있던 超能力의 保有者가 俗世로 뛰쳐나와 現實과 正面으로 對決하여 挑戰함으로써, 英雄的 人物로 變貌케 하였던 것이다."[33] 이는 처형당함으로 끝난 허균의 삶 자체에서도 그대로 드러난 터이다. 그래서 겉보기에 다르다는 임꺽정과 홍길동의 예는 홍명희와 허균의 이야기

32　최삼룡, 「韓國 傳奇小說의 道仙思想 硏究」, 앞의 글, 249쪽.

33　위의 글, 247쪽.

구도 형식이 다르다는 것에 해당할 뿐이다. 임꺽정과 홍길동을 중심으로 모아지는 위 병행 구조의 원리는 같은 것으로 판단된다.

그렇다면, 작품 구조의 그러한 병행 구조의 원리의 필연적인 근거는 어디에 있는가? 임꺽정과 홍길동은 홍명희와 허균이 창조해낸 인물들 중 주동인물인 것만은 부동의 사실이다. 작품의 형식 면에서 드러나는 일반 특징을 볼 때 주변인물의 의미가 주동인물의 의미로 모아짐도 당연한 사실이다. 그러나 중요한 근거는 임꺽정과 홍길동의 호민으로서 이상이 어떻게 펼쳐졌는가에 있다. 청석골 도중·활빈당·율도국에서 일들이 결코 삶의 뿌리를 향한 것으로 볼 수 없기 때문이다. 그 일들은 기존 세력에 반기를 들었던 임꺽정과 홍길동의 처음 의도와는 정반대로 전개되었던 터이다. 즉, 삶의 뿌리를 되찾을 진정한 인간 혁명과는 거리가 멀어진 것이다. 여기에 신선의 의미가『임꺽정』과「홍길동전」의 전체 관점 역할을 하는 근거가 있다. 홍길동과 임꺽정에 얽힌 역사의 사건들은 인간 혁명의 실패라는 단순한 한 자료에 불과한 것이 아니기 때문이다. 역사상 인간 혁명의 시도들은 실패의 결과로 끊임없이 순환되어온 게 사실이지만, 그 의미가 실패로만 받아들여지지 않는 게 또 하나의 사실이다. 이는, 앞서 역사의 진보관에 대한 언급과 같이, 실증 논리의 틀을 넘어선다. 역사의 현장에서 끊임없이 진보와 정체가 맞물려 공존하는 하나의 역설 논리를 상정하게 한다. 그 역설논리가 바로 두 작가 작품의 병행 구조의 원리의 근거이다.『임꺽정』과「홍길동전」에서 신선의 의미가 전체 관점 역할을 하지 않는다면, 두 작품은 흥미 위주의 검협소설이나 도술소설에 지나지 않을 것이다. 이에 신선의 의미는 임꺽정과 홍길동에 관한 역사 사실의 문학적 문제화의 단서이기도 하다.

2) 민중의 한과 구원

이제 그러한 신선의 관점이 작품의 진실 구현에 어떻게 적용되는가, 즉 독자의 입장에서 임꺽정과 홍길동의 실패를 그 신선의 관점을 통해 어떻게 문학·역사의 진실로 문제화시킬 것인가를 논해보기로 한다. 이는 홍명희와 허균 소설들을 조직하는 병행 구조의 상호 관계 의미를 밝히는 일이기도 하다.

앞서 제시한 병행 구조를 탄탄하게 이끌어 가는 갈등 요소는 계층 모순이다. 출생에서 사망까지 임꺽정과 홍길동의 반항 행위의 근본 동인이 계층 모순에 있기 때문이다. 물론, 겉으로 드러나는 반항 행위의 성격은 두 인물 간에 서로 다르다. 하지만, 그 다름의 원천이 하나에서 찾아진다는 말이다. 두 인물이 몸담았던 사회에 깊이 뿌리내렸던 계층 모순이 그 원천인 것만은 분명하다. 그 점은 홍길동과 임꺽정의 삶을 작품에 묘사되어 있는 대로 비교 정리하다 보면, 저절로 드러난다. 중요한 문제는 그러한 계층 모순에서 비롯된 임꺽정과 홍길동의 반항 행위의 의미가 민중의 한에 어떻게 연결되는가이다.

	홍길동	임꺽정
출생	대대 명문거족의 후예인 홍판서와 시비 춘섬의 소생. 위로 홍판서의 정실 류씨 소생인 인형(仁衡)이 있음.	함흥에서 고리백정을 하다가 양주로 장가들어 쇠백정을 하는 임돌의 아들. 위로 누이 섭섭이가 있음.
성장	총명이 과잉. 호부호형을 못하고 비복들의 천대받음과, 장부로 태어나 대장이 되어 국가에 대공을 세울 기회조차 허락되지 않을 자신의 처지를 통한함. 검술·천문지리(경판)·신출귀몰지술·병서(완판)를 통달하며 그 통한을 달램. 관상녀가 군왕지상이라 함.	어릴 때부터 성질이 사납고, 탁월한 힘과 용맹을 가졌음. 습진놀이를 즐겨하고, 양반에 대한 철저한 적의를 품으며 성장함. 산거노인으로부터 검술을 배워 검술의 달인이 됨. 늘 난리를 고대하며, 세상 뒤집을 틈만 엿봄. 갖바치 도사가 대장감이라 함.

출가	길동으로 인한 멸문지화에 대한 홍판서와 류씨 부인의 걱정이 초란의 살인 음모를 자극함. 길동은 자객과 관상녀를 죽인 직후 홍판서와 춘섬에게 하직하고 집을 나감. 적굴의 괴수가 됨.	을묘왜변 시 백정 출신이란 이유로 관군으로 출정치 못하게 된 이후, 세상이 망했다는 확신을 가짐. 작물고변 사건으로 식솔들이 양주 감영에 투옥되고 아버지가 죽자, 파옥하여 식솔을 구해 창석골로 들어감. 적굴의 괴수가 됨.
적굴활동	적당 동호를 활빈당이라 하여 각 감영의 재물을 빼앗아 활빈하고, 옥문을 열어 무죄한 사람 방송하고, 병기를 탈취하여 위기 시 나라 구할 대책까지 준비함. 팔도에 횡행하여 포도대장과 관원들을 꾸짖기도 함. 병조판서를 제수받는 등, 근본적으로 임금에게 반기를 들지 않음.	괴수가 된 처음엔, 진상 봉물만 탈취하다가, 검술 선생에게 한 맹세를 어기곤 죄 없는 백성들의 재물까지 빼앗음. 팔도를 횡행하며 파옥하고, 관원들을 농락함. 도중 안에 도회청을 마련하여 조회를 벌이고, 팔도를 차지하려는 계책을 꾸미는 등, 국가권력에 정면으로 반기를 듦.
사망	율도국 왕이 되어 조선을 섬기며 부귀영화를 누리다가 편안하게 죽음.	도중 종사관 서림의 배반으로 체포될 위기에 처함. 그 이후는 작품이 미완으로 끝난 관계로, 갖바치 생불이 임꺽정에게 남긴 유서를 실제 역사와 비교하여 짐작할 수밖에 없음. 처형당했다 함.

우선 위 정리를 통해 두 반항 행위의 성격이 어떻게 다른가를 검토해보자. 이는 임꺽정과 홍길동의 반항 행위가 '민중의 한' 차원에서 어떤 의미로 받아들여지는가를 이해할 단서이다.

가장 근본적인 요소는 두 인물 간에 반항의 대상이 각각 다르게 설정되었다는 점에서 드러난다. 다 같이 눌리는 계층에 속해 태어나 비범한 능력을 소유한 사람으로 성장하고, 그 능력을 정상 차원에서 인정받지 못했으면서도, 홍길동은 당시 기존 체제의 존재 의의를 끝까지 인정하지만, 임꺽정은 철저히 부정한다. 반항의 교환 조건이 각각 다른 것이다. 홍길동은 자신과 같은 천생이 호부호형을 할 수 있고 마음껏 능력 발휘를 할 수 있는 여건이 기존 체제 안에서 갖춰지길 바란다. 임꺽정은 을묘왜변에 당당한 관군으로 출정하지 못한 이후, 기존 질서에 대한 더 이상의 희망을 갖지 않는다. 기존 지배 체제를 완전히 전복하여 팔도를 자신의 손안에 넣으려는 야망을 품게 된다.

반항 행위의 그러한 성격 차이는 적굴 활동에서 구체적으로 드러난다. 홍길동은 기존 질서의 유가 예법을 철저히 고수한다. 도적 무리에게 군사훈련을 시키는 이유가 국가에 대한 충성과 백성에 대한 진휼로 내세워짐이 그것이다. 해인사 사건 직후 일반 백성의 피해를 막기 위해 자신의 이름으로 방을 써 붙이는 행위도 같은 차원이다. 그와 반대로, 기존 체제와 똑같은 질서의 중앙집권 체제의 모습을 갖춘 도회청 위에 절대 군림하는 임꺽정의 나날은 화적 행위로 이어진다. 백성을 상대로 힘·복수·착취의 논리를 합리화해 온 기존 질서에 그와 똑같은 논리로 팽팽하게 맞섬이 그것이다. 고통을 당하는 쪽은 백성일 뿐이다. 국가 전복을 마음에 품은 임꺽정 역시 지배 관료들과 마찬가지로 민심을 얻는 데 실패한 꼴이다. 일반 백성들은 단지 힘이 없어 임꺽정 일당에게, 관군에게 눈치를 살피며 복종하느라 이중으로 착취를 당했던 터이다. 가난한 백성들의 양반에 대한 사무친 적의만이 임꺽정의 존재 의의를 합리화할 근거로 남은 상황에 이른 것이다.

홍길동이 조선 조정으로부터 병조판서를 제수받은 후, 조선을 떠나 율도국왕이 되는 단계에 이르러 두 반항 행위의 그러한 성격 차이가 분명하게 확인된다. 홍길동은 자신이 처한 기존 질서의 여러 모순을 통감했으면서도, 그 모순을 개혁할 충분한 힘과 상황이 허락되었음에도 그를 온존시킨 것이다. 그가 율도국이라는 이름으로 마련한 삶의 새로운 질서 체계에서도 그 모순이 그대로 싹틔워지고 있는 것으로 보인다. 그건 분명 침략 행위에 의해서이다. 홍길동이 두 단계의 시험을 거쳐 적굴의 장수로 뽑히는 것과 같은 합리적인 절차마저 무시된 결과이다. 명분이 있다면, 율도국이 중국을 섬기지 않는 나라라는 것인데, 이는 홍길동 자신의 조선 체제에 대한 온존 의지를 강하게 드러내는 증거일 따름이다. 홍길동 정도의 능력을 가지면, 조선의 기존 체제를 개혁하여, 중국과의 관계를 대등 관계로 이끌어갈 수 있을 것으로 보이기 때문이다. 구태여 중국 대신 조선을 섬기는 율도국을 따로 만들 필요가 있을까라는 의문이 든다. 권력구조 형태뿐만 아니라, 그 자신이 품게 된 통한의 직접 원인이었던 일부다처의 모순을 스스로 범했기 때문이다. 사실, 홍길동의 반항 행위는 주자학의 모순된 형식 윤리 질서에서 한 치도 벗어나지 못한 결과로 끝맺은 것이다.

임꺽정은 그러한 형식 '예법' 질서에 대한 반감이 뼈에 사무친 사람으로 설정되어 있다. 홍길동처럼 탐관오리에 대한 증오가 아니라, 양반 계급 전체에 대한 증오로 가득 차 있는 사람으로 묘사된 터다. 그에게 의미 있는 행위는 기존 질서를 뒤집어, 아무도 "범접 못할 내 세상"을 따로 세우는 일뿐이다. 하나, 어느 사회에서든 지배 계층에서 자신들의 그러한 기득권을 임꺽정과 같은 적당에게 순순히 빼앗길 리 만무한 것이 역사의 실체를 이루어온 터이다. 악한 재물을 빼앗아 착한 사람을 주겠다는, 검술 선생에게 한 맹세를 어기지 않았더라도, 서림의 모사에만 의존하지 않고 갖바치에게 배운 육도삼략의 지식을 충분히 활용했다 하더라도, 임꺽정은 홍길동이 했던 것처럼 다른 터를 잡아 '내 세상'을 마련하지 않은 이상, 기존 세력에 의해 죽임을 당할 수밖에 다른 도리가 없다.

개인 면에서만 본다면, 두 성격의 차이는 분명히 두 쪽으로 나뉜다. 첫째는 양반 계층에 대한 미움 여부이고, 둘째는 그에 따라 기존 지배 체제에 대한 인정 여부이며, 셋째는 그 둘에 따라 부귀영화를 따로 마련하느냐, 기존 지배 질서에서 그것을 빼앗으려다 죽임을 당하느냐 하는 그 분할선이다. 그러나 민중 전체의 평등한 삶을 고려한 진정한 인간 혁명의 관점에서 보면 그 분할선은 무의미하다. 다 같이 기존 질서에 내재된 계층 모순에서 헤어나지 못해서이다. 임꺽정과 홍길동은 스스로 절대 지배 권력의 새로운 층을 만들었던 터다. 그 지배의 틀이 조선국 안에서나 율도국 안에서나 청석골 안에서나 똑같은 점에 주목된다. 사실, 임꺽정과 홍길동의 반항 행위는 인간 혁명으로서 실패한 것이다. 그렇다면 이러한 실패가 역사의 진보라는 차원에서 아무 의미도 없는가? 그렇지 않다. 의미가 없다면, 인류 역사에서 문명 시대 도래 이후 그러한 실패가 끊이지 않았다는 사실을 어떻게 설명할까라는 중요한 의문이 더 이상 제기될 수 없을 것이기 때문이다.

그 문제를 이해하는 근원이 바로 계층 모순에서 비롯된 눌리는 자의 한, 즉 민중의 한이다. 그 점은 두 반항 행위의 성격이 다르게 드러나면서도 하나로 귀결되는 과정 자체에서 확인된다. 임꺽정과 홍길동의 출생·성장·출가의 과정을 살피다 보면, 허균의 유재론[34]과 같은 혁신론이 당대 누르는 계층의 입장에서 어떻게 받아들여졌는가가 확연히 드러난다. 그건 관념이요 기득권을 위협하는 급진론에 지나지 않았던 것이다. 이는 『임꺽정』에서 눌리는 자의 한을 몸소 체험한 사대부 스스로의 말을 통해 반증되는 터이기도 하다. "백정의 집에 기걸한 인물이 난다면 대적 노릇을 할밖에 수 없을 것이요. 내가 억울한 설움을 당할 때에 참말 백정으로 태어났다고 하고 억울한 것을 풀자고 하면 무슨 짓을 하게 될까 생각해본 일이 여러 번 있었소이다."라는, 중종반정 이후 곧장 함흥 원을 찾아간 이장곤의 말이 그것이다. 누르는 계층에서는 자

---

34 "……인재를 태어나게 함에는 고귀한 집안의 태생이라 하여 그 성품을 풍부하게 해주지 않고, 미천한 집안의 태생이라고 하여 그 품성을 인색하게 주지만은 않는다. ……한 사내·한 아낙네가 원한을 품어도 하늘은 그들을 위해 감상(感傷)하는 건데, 하물며 원망하는 남정네·홀어미들이 나라 안의 절반이나 되니, 화평한 기운을 이루는 것은 또한 어려우리라……하늘이 낳아주었는데 사람이 그걸 버리니, 이건 하늘을 거역하는 짓이다." 허균, 『성소부부고』 제11권, 문부 8[『국역성소부부고』 2, 앞의 책, 190~191쪽].

신들의 기득권을 지키기 위해 허균의 말대로 "하늘을 거역하는 짓"을 서슴지 않는다. 눌리는 자들의 한이 쌓여 나라 안에 "화평한 기운"이 돌 틈이 없다. 홍길동과 임꺽정과 같은 "기걸한 인물이" "대적노릇을 할밖에 수 없을 것"이다. 이는 홍길동과 임꺽정의 적굴 활동이 의적으로서냐 화적으로서냐 하는 문제를 뛰어넘는다. 화적으로서든 의적으로서든 그들의 적굴 활동은 하늘의 뜻을 외면당한 민중의 한이 뭉쳐 빚어낸 결과이기 때문이다.

두 반항 행위의 최후도 마찬가지다. 홍길동과 임꺽정의 가슴에 뭉친 한의 기운이 두 사람 자신을 온전한 인간으로 남겨둘 리 없다. 그들에게 우선 문제는 한풀이였던 것이다. 그건 그들 개인 차원만의 문제는 아니다. 한으로 뭉쳐진 민중의 기운이 그 쪽으로 몰릴밖에 '수 없는' 현실 상황 문제이다. 진정한 인간 혁명 문제는 그들의 마음속에 맺힌 한이 씻긴 후, 이성으로 생각할 문제인 것이다. 그런 의미에서 임꺽정과 홍길동의 최후는 당대 사회로 보아, 충분한 현실성을 얻은 터다. 그와 동시에, 그 점은 「홍길동전」과 『임꺽정』이라는 작품 차원에서도 민중의 한이라는 사실성을 얻는 데 성공한 결과이다.

역사의 진보 문제에서 그러한 민중의 한이 구원의 의미와 어떻게 연결되는가는 중요한 의미를 지닌다. 앞서 언급한 바와 같이 구원의 의미는 역사의 현장에서 진보와 정체의 역설 논리의 근거이기 때문이다. 실제 역사에서 어떠한 구원의 손길도 누르는 자의 기득권 옹호 차원에서 뻗은 적은 없다. 이 논리에서는 계층 차원을 뛰어넘는다. 그러므로 누르는 계층에 속하든 눌리는 자의 계층에 속하든 그러한 기득권에 대한 열망을 어떻게 포기하는가에, 그리고 눌리는 자의 한에 어떻게 동참하는가에 문제의 핵심이 달려 있다. 이 점이 바로 현실 사회 여건상 누르는 자가 아니라 눌리는 자만이 승리자가 된다는 역설을 낳는 원천이다.

「홍길동전」과 『임꺽정』에서 사실성의 밑천 역할을 하는 민중의 한이 바로 그러한 구원의 의미에, 즉 현실 안에서 절대 선에 바탕을 둔 인간애를 실천한다는 신선의 의미에 직결된다. 그 점은 갓바치가 임꺽정을 교육하는 과정에서 가장 확실하게 드러난다. 갓바치는 늘 인간의 한을 어루만지는 연민의 자세를 잃지 않으며 살아간다. 그러니까 그의 주변에는 계층을 초월하여, 한을 품은 사람이거나 조광조 · 심의 · 김식과 같은 의로운 사대부들이 모여든다. 임꺽정에 대한 교육은 철저히 그러한 구원 · 신선의 의미, 즉 '하늘의 뜻'에 따르라는 차원에서 이루어진다. 그 자세는 앞 도표에서 정리한 대로 살아 있는 부처로서 사후까지 뻗친다. 직접 임꺽정 칠형제의 손으로 자신의 목불을 만들게 한다. 그 목불은 한 서린 중생이 한 번 바라만 보아도 생명의 영험을 뻗치는 것으로 묘사되어 있다. 목불상이 천민이 아니라 누르는 계층에 속한 죽산 현감의 어머니에 의해 지켜짐으로써 그 영험의 세속적인 증명이 강화되기도 한다. 세상일을 훤히 꿰뚫는 인물로 설정된 갓바치 생불이 임꺽정의 최후를 모를 리 없다. 임꺽정에게 남긴 유서에서도 그 점이 드러난다. 그러나 갓바치 생불에게 중요한 것은 임꺽정 한 개인의 최후가 아니라, 민중 전체의 한을 어루만져 구원의 길로 인도하는 일이다. 그 과정에서 가장 천하면서도 가장 '기걸'한 문제의 인물 임꺽정으로 구원의 관점이 모아짐은 소설 구조 원리상 당연한 이치일 것이다. 물론, 나머지 다섯 신선의 의미도 갓바치를 통하여 임꺽정에게 모아진다.

홍길동도 그와 같은 유형의 인물이다. 『임꺽정』의 경우와는 달리, 독립 형태의 작품에 나오는 신선들과의 유기 관계는 앞서 병행 구조의 양상을 논하는 자리에서 언급된 바대로다. 어쨌든 이들 신선들의 구원관이 홍길동에 모아지는 끈은 두 방향에서 찾아진다.

첫째는 외적인 면에서이다. 여섯 신선이 철저히 은거 생활을 고집하는 반면, 홍길동은 현실에 뛰어든다는 점이 그것이다. 출가 동기는 비슷하지만, 신선들의 경우는 근본적으로 은거 생활이고 홍길동의 경우는 의적 생활이다. 협사의 기질을 갖춘 장생(蔣生)의 경우가 비슷한 것 같지만, 홍길동과는 달리 자신들의 존재를 철저히 경회루라는 한 공간에 폐쇄시킨다. "두 아우님은 행동을 삼가서 세상 사람으로 하여금 우리의 자취를 알게 하지 마오."와 같은 장생의 경고가 그 점을 말해주기도 한다. 그렇다고, 범인간애를 실천하는 이들의 신선관이 자신들의 일신의 편안함만을 도모하지 않음 또한 작품 자체에서 분명하게 드러난다. 투철한 국가관의 경우도 그렇다. 홍길동과 다른 점은 형식윤리 차원에서가 아니라 순교의 차원에서인 것이다. 이들의 구원관은 결코 현실 밖으로 물러난 것이 아니라 현실 안에서 철저히 민중의 한에 맞춰지며, 홍길동의 존재를 역사의 진보 차원으로 문제화시키는 데 집중된다.

그 점은 둘째 방향인 내적인 면에 직결된다. 여섯 신선의 삶이 영생의 경지에 이른 점이 그것이다. 그들이 관심을 가진 것은 한 국가 안에서의 권력 체제가 아니라 활인이었던 터다. 그건 다른 신선들과는 달리 지극히 유가적 인물로 설정된 엄충정의 삶에서도 분명하게 드러난다. 남과 겨루지 않고 시비를 가리지 않고 가난을 편하게 생각한다는 삶의 자세가 그 점이다. 그들의 죽음은 조용한 자세로 맞은 것이든 검선으로서 순교자의 자세로 맞은 것이든 하나같이 민중의 한에 초점이 맞춰지면서 영생의 조건이 된다. 그 조건은 홍길동의 경우에서 제기된 민중의 한 문제가 역사의 진보 차원에서 삶의 뿌리 문제와 어떻게 맞닿으며, 어떤 의미를 갖는가를 분명하게 제시한다. 그것은 철저히 활인의 의지에 맞닿는 구원·재생의 의미이다.

물론, 그 점은 임꺽정의 경우에서도 마찬가지다. 이 구원·재생관이 바로 홍명희의『임꺽정』과 허균 소설들 간에 성립된 병행 구조의 상호 관계 의미를 제어하는 관점이다. 그 병행 구조가 인간 삶의 뿌리에 누적된 민중의 한을 바탕으로 하여 성립되어서이다. 상호 관계의 궁극 의미는 인간 혁명이다.

1. 비교의 의의

이 자리에서는 홍명희의『임꺽정』과 박지원 소설들을 비교 분석함으로써 이인(異人) 이야기가 어떻게 소설로 형상화되는가를 고찰하고, 그 과정에서 드러나는 사상성의 의미가 무엇인가를 논하고자 한다. 위 소설들을 비교 분석하는 의의는 두 작가의 삶과 작품 자체에서 찾아진다. 먼저 작가의 삶 측면에서 찾아보기로 하자.

홍명희(1888~1968)와 박지원(1737~1805)의 삶에서 드러나는 두드러진 공통 특징은 반주자주의 의식이다.[1] 문제는 두 사람의 주자주의 이념에 대한

---

1 연암의 사상 체계는 조선왕조의 지배적이요 정통적인 사상 체계였던 주자주의(朱子主義)와는 대척적(對蹠的)이요 갈등하는 위치에 있었고, 그런 점에서 그는 우리 역사에서 보기 드문 반골적(反骨的)인 사상가였다. 이동환, 「朴趾源과〈燕巖集〉」, 유형원 외,『한국의 실학사상』(서울: 삼성출판사, 1990), 215쪽.
홍명희는 연암이 활동하던 시대를 연암과 같은 관점에서 생각한다. 기존 주자학풍이 실천도학, 즉 실학으로 창조 계승되어야 했다는 생각이 그렇다. 그러한 시대적 요구가 소수 지배 계층의 권력투쟁욕에 의해 와해되었다는 것이다. 채진홍, 「洪命憙

그러한 저항 의식이 역사에서 어떠한 맥을 이루느냐이다. 겉보기에 두 사람이 서로 그러한 맥으로 이어질 만한 증거는 없다. 홍명희가 150년 전 사람인 박지원을 흠모했다든지, 박지원의 사상을 받아들였다든지, 그렇지 않았다든지 등의 일들을 뒷받침할 만한 특별한 기록이 없다는 말이다. 박지원은 근대화의 싹이 돋아날 무렵 실학자로서 진보 개혁에 앞장섰던 사람이고, 홍명희는 일제강점기 체제에서 민족 해방에 몸 바쳤던 사람이다. 두 시대의 의미가 같은 것도 아니다.

그렇다면, 두 사람이 가졌던 반주자의식의 역사 맥락을 어디에서 어떻게 찾아야 하는가. 분명한 건 두 사람의 애민 사상이다.[2] 소수 지배층의 지배 이념을 거부하며, 다수 민생을 살리는 길로 열린 두 사람의 혁명 정신이, 일제강점기라는 단절 조건을 극복하고 민족사의 맥을 이은 것이다. 작가로서 역할도 마찬가지다. 그들의 작가 정신의 근원이 바로 애민 사상이다.

비교 분석의 의의를 작품 측면에서 찾는 일은 그동안의 연구사를 검토하다 보면 저절로 드러난다. 작품 속에 그들의 작가 정신이 그대로 반영되어 있음은 주지의 사실이다. 이 논의에서 제기된 문제는 그들의 그러한 작가 의식이 어떻게 작품으로 형상화되었느냐이다. 이인이라는 특수 형태의 인물을 고찰함이 문제의 범위이다.

『임꺽정』에 나오는 이인으로는 정희량 · 갖바치 · 이토정 · 서경덕 · 남사고 · 서기가 있다. 연암 소설에서 이인 역할을 하는 인물로는 허생 · 엄행수(嚴

의 〈林巨正〉과 許筠 小說의 比較 硏究」, 『어문논집』 33, 고려대학교 국어국문학회, 1994, 344~345쪽.

2   연암의 휴머니즘은 권위주의적 주자주의의 윤리 체계, 그 비인간적인 면과, 그리고 민중의 희생을 강요하는 당시 정치권력의 부조리와의 저항 과정에 놓여 있고, 그것은 문학가로서의 그의 작가정신의 기초가 되고 있다. 이동환, 앞의 글, 215쪽.
홍명희 사상 근거는 '인간 삶의 뿌리에 대한 사랑'에 있다. 채진홍, 앞의 글, 349쪽.

行首)·민옹(閔翁)·김홍기(金弘基)·광문(廣文)·우상(虞裳)이다. 이들의 삶에서 드러나는 공통 특징 중 하나는 어떠한 형태로든 일상의 틀에서 일탈되었다는 점이다. '이 일탈을 어떠한 관점에서 어떻게 받아들여야 할까'가 중요한 문제이다.

그동안 연암 소설 연구는 "주로 연암의 근대사상과 작품의 풍자성에만 치중되어 논의가 이루어졌다"[3]는 지적이 있다. 이는 반주자주의 사상, 실학 사상, 사회비판 등의 관점에서 이루어진 성과이다. 그런데, 그것은 앞서 예로 든 인물들의 본질을 충분히 이해하지 못한 결과이다. 이인을 이인으로만 남겨둔 터이다. 어떠한 형태로 짜여 있든, 소설 한편 한편은 유기체인데, 그 이인의 역할이 작품 전체 상황과 어떻게 연결되어 그러한 사상을 구현했는가가 공구되지 않은 것이다.

물론 '풍자' 자체가 '어떻게' 문제에 해당되기는 하지만, 연암 소설에서는 그것이 전부가 될 수 없다. 주동인물이 이인으로 나타나는 경우는 더욱 그렇다. 허생과 민옹의 현실 비판이 풍자 기법에 의해 이루어진 것이긴 하지만, 그 현실 비판의식이 작품 전체의 의미가 될 수는 없다. 허생과 민옹의 현실관은 문학 일반론에서 언급되는 풍자 기법과 비판과의 관계를 뛰어넘은 것이다.

도교 사상 측면에서 이루어진 연구 결과도 같은 맥락의 한계가 있다. 장주(蔣周)의 일면이 반영되었다든지, 연암의 신선관이 인간화되었다든지, 도교 사상을 드러내는 데 주력했다든지 등이 그것이다.[4] 연암 소설이 도교 사상을 반영했다는 사실을 밝히는 데 머문 결과가 연암 소설 전체 의미를 밝힌 것은

---

3 두창구, 「연암의 소설」, 『古小說史의 諸問題』(省吾 蘇在英 敎授 還曆記念論叢) (서울: 집문당, 1993), 712쪽.

4 김혜옥, 「燕巖小說의 道敎思想的 考察」, 숙명여자대학교 석사학위 논문, 1990.6, 5쪽.

아니다. 그것은 반영론이다. 중요한 것은 연암 소설에서 도교 사상이 어떻게 소설의 현실로 녹아들어 작품 전체 의미를 구현하는가를 밝히는 일이다. 겉보기에 이인의 삶과 도교 사상이 관계가 있는 것 같지만, 실제 작품 현실에서 그 관계가 중요한 역할을 하는 것은 아니다.

그러한 양상은 『임꺽정』의 경우도 마찬가지다. 임화 이후 많은 연구자들이 사상 측면, 역사 측면에서 위 이인들의 의미를 비현실적인 요소로 간과해버린 터다. 물론, 『임꺽정』에 나오는 이인들이 작품의 주동인물은 아니다. 그러나 그들의 세계관이 간과되고는 작품에서 구현되는 사상·역사 의미를 바로 이해할 수 없다.

이인형 인물들의 일탈 의미는 작품과 실제 인간 삶을 동시에 투시하는 관점에서 밝혀야 함은 이상에서 검토한 대로다. 그렇다면 그 투시 관점을 어떻게 받아들여야 할까. 위 작품들의 경우 그러한 투시의 관점은 이인의 세계관과 밀접한 관계가 있다. 작품 자체 구조가 그렇게 짜여 있는 터다. 연암 소설의 경우 작가 개입 기법에 의해 작가의 세계관이 직접 드러나는 작품도 있지만, 그 경우에도 작품의 궁극 의미는 이인의 세계관에 의해 구현된다. 홍명희와 박지원의 작품을 바로 이해하기 위해서는 작품 자체에서 구현된 이인의 세계관을 파악해야 한다. 그 작업은 그러한 이인형 인물들이 어떻게 작품 전체 구조로 형상화되는가를 밝히는 관건이기도 하다.

2. 이인의 세계관

이인이라 함은 일반적으로 재주가 뛰어나고 신통한 사람을 말한다. 그러한 만큼 그들의 삶은 현실 생활에서 일탈된 형태로 드러난다. 일상인의 눈에는 그들의 행동 하나하나가 범상치 않게 보인다. 정희량·갖바치·이지함·서

경덕 · 남사고 · 서기 · 허생 · 엄행수 · 민옹 · 김홍기 · 광문 · 우상의 사람됨
이 다 그에 해당한다. 엄행수나 광문이 글공부를 안 했다는 점에서 다르게 보
이나 비범한 사람됨은 다른 이인들과 다를 바 없다. 비범한 만큼 그들의 세상
보는 눈, 즉 세계관은 일상인의 것과 판이하다. 그러면서도 그들이 일상 속에
서 살아가는 것 또한 분명한 사실이다. 그들의 세계관을 온전하게 이해하기
위해서는 초월관과 현실관을 같은 선상에서 분석 종합해야 한다.

1) 초월관

「허생(許生)」에서는 이인들의 그러한 점이 현실 생활에 바탕을 두어 자세하
게 묘사되어 있다. 이완 대장에 의해 허생의 정체가 적절하게 표현된 터다.
"그이가 곧 이인(異人)이야."[5]가 그 말이다.

그렇다면 이인으로서 허생의 현실 일탈을 어떻게 보아야 하는가. 허생의
삶이 현실 궤도를 단순하게 이탈했다고만 봐야 할 것인가. 그렇지가 않다. 이
탈한 게 아니라 현실을 초월한 것이다. 단순한 이탈과 초월은 다르다. 초월은
현실을 꿰뚫어 본 상태에서 가능하다. 허생의 그러한 초월관을 작품 자체에
서 분석해보기로 한다.

현실을 살아가는 허생의 태도는 그의 아내에 의해 적절히 지적된다. "'어찌
할 수 있겠오'만을 배웠소그려."(151쪽)라는 말이 그것이다. "과거도 보지 않
사오니."(150쪽)와 같은 말도 그 점을 뒷받침한다. 허생이 기존 세상일들에
아무런 의의도 두지 않고 살아가고 있음을 나타낸 언사이다. 세상일을 몰라

---

5   박지원, 「許生」, 이가원 교주(校注), 『李朝漢文小說選/韓國古典文學大系 5』(서울: 교
     문사, 1984), 161쪽. 앞으로 박지원 작품의 모든 인용을 이 책에서 할 것이므로 본문
     에 쪽수만 밝히기로 한다.

서가 아니다. 그 반대이다. 허생의 돈 모으는 행위에서 그 점이 명백하게 드러난다. 허생은 매점매석 행위의 의미를 정확히 알고 있던 터다.

> "모든 장사아치의 손 속이 다 마르는 법이니 이는 백성을 못 살게 하는 방법이야. 뒷 세상의 나라 일을 맡은 이들로서 행여 나의 이 방법을 쓰는 자 있다면 반드시 그 나라를 병들이고 말 게요."(160쪽)

위 허생의 세상을 꿰뚫어 보는 안목은 이미 실제 역사에서 증명된 터다. 일제 수탈 체제에 이은 현대 자본주의 체제에서 드러난 대로다. 허생의 그러한 통찰력은 변씨나 이완 대장의 안목으로 확인되기도 한다. "이 손님은 옷과 신이 비록 떨어졌으나 말이 간단코, 눈가짐이 거오하고, 얼굴엔 부끄런 빛이 없음을 보아서 그는 물질을 기다리기 전에 벌써 스스로 만족을 가진 사람임이 틀림없는 것이야."(152쪽)가 그 경우이다.

현실을 초월한 상태에서 살아가는 허생의 삶은 지극히 자유롭다. "그는 감사하다는 말 한 마디 없이"(151쪽), "한 개의 비렁뱅이었다."(151쪽), "술병을 차고 가면 더욱 기뻐하여 서로 권커니 마시거니 하며 취하고야 말았다."(159쪽), "예로부터 어둠에 잠긴 자가 얼마나 많았던고."(161쪽), "밤은 짧고 말은 기니 듣기에 몹시 지리하이."(163쪽)와 같은 그의 행동이나 언사에서 그 점이 잘 나타난다.

허생의 그러한 자유로운 삶의 의미는 무엇일까. 그것은 이 논의에서 문제삼은 초월관의 의미에 대한 물음이기도 하다. 그러한 물음을 제기하다 보면, 허생의 자유로움이 현실을 단순히 이탈해서 얻어진 게 아니라는 사실이 다시 확인된다. 허생은 기존 현실을 적극 거부한 것이다. "다른 배들을 모조리 불사르며"(157쪽), "'가지 않으면 또 오는 이도 없겠지.' 하고, 또 돈 오십만 냥을 바닷속에 던지며"(157쪽), "그 중에 글을 아는 자는 불러내어 배에 싣고"(157

쪽), "화근을 뽑아"(157쪽), 이상과 같이 이어지는 문맥에서 그 점이 분명하게 드러난다. 허생은 인간이 진정한 자유를 누릴 수 있는 새로운 터를 찾아 나선 것이다. "사문(沙門)·장기(長崎) 사이에 있는 섬인 듯싶은데 모든 꽃과 잎이 저절로 피며, 온갖 과실과 오이가 저절로 성숙되고, 사슴이 떼를 이루었으며, 노니는 고기들은 놀라지 않더이다."(153쪽)로 말해진 곳이다. 기존 현실 상황과는 정반대이다. '저절로'와 '놀라지 않더이다'라는 말이 그 점을 드러내준다. 기존 현실 상황은 '억지로'와 '놀라곤 하더이다'라는 말로 설명된다. 그런 상황에서, 허생과 같은 사람에게는 "벌써 집을 비우고 어디론지 떠나버렸다."(165쪽)라는 길이 허락될 뿐이다. 허생은 이른바 이상세계를 염원한 것이다. 그가 바란 이상세계는, 위 문맥에서 정리해보면, 모든 생명이 우주의 순환 질서대로 이어지는 곳을 말한다. 한없는 자유가 허락된 곳이다. 거기엔 주자학은 물론 인간이 만들어놓은 어떠한 이념도 끼어들 틈이 없다. 생명의 법칙만이 자유의 진정한 근거라는 논리가 존재할 뿐이다. 그것이 바로 이 논의에서 제기한 초월관의 의미이다.

그러한 자유 누림은 이인들의 삶에서 드러나는 일반 현상이다. 현실 생활에서 전혀 이익 추구에 관심을 두지 않는다는 사실이 공통 근거이다. 몸담은 현실 상황에 따라 누리는 양상만 다르다. 군자로서든, 선비로서든, 성인으로서든, 신선으로서든, 부처로서든, 재사로서든, 다 같이 이익 추구와는 상관없이 자유의 도를 얻었다는 점에서는 마찬가지다. 엄행수는 뒷간을 치우며 사는 사람이지만, 사람됨은 "성인의 경지"(199쪽)에 이른 터이다. 갖바치는 천한 고리백정 출신이지만, 생불로 살아간다. 광문은 떠돌이 패였지만, "그의 뜻은 몹시 자유로웠다."(239쪽) 민옹이나 토정은 뜻 있는 선비지만, 쓰이지 못한 재사들이다. 서기도 천민 출신이라는 이유 때문에 그렇다. 김홍기·우상·정희량·서경덕·남사고는 신선의 경지에 오른 사람들이다. 이들은 모두 현실 생활을 초월해 자유롭게 사는 사람들이다. 이들이 초월한 현실 생활의 정체는 인간에 대한 범의 꾸짖음에서 정확하게 정리된다.

> 구복(口腹)의 누(累)를 입거나, 음식의 송사(訟事)를 일으키거나 한 일은 없으니 범의 도(道)야말로 어찌 광명·정대하지 않으냐. …(중략)… 너희들이 밤낮을 헤이지 않고 쏘다니며 팔을 걷어붙이며, 눈을 부릅뜨고 함부로 남의 것을 착취하고 훔쳐도 부끄러운 줄을 모르며, 심지어는 돈을 「형」(兄)이라 부르고 장수가 되기 위해서 그 아내를 죽이는 일까지도 있은 즉 이러고도 인륜의 도리를 논할 수 있을 것인가. …(중략)… 잔인하고도 박덕함이 너희들보다 더할 자 있겠는가.(「호질(虎叱)」, 175쪽)

그러니, 민옹의 풍자적인 신선관이 타당성을 얻는다. "별게 아니라우. 집 가난한 이가 곧 신선이라우. 부자들은 늘 속세를 그리워하는데 가난한 이는 언제나 속세를 싫어하는 법인즉 속세를 싫어하는 게 신선이 아니고 무엇이유."(「민옹전(閔翁傳)」, 209쪽)가 그것이다. 일상인들이 김홍기를 바라보는 관점도 마찬가지다. "그는 밥을 먹지 않으므로 사람들은 그가 찾아옴을 싫어하지 않았으며, 겨울이 되어도 솜옷을 입지 않고 여름에도 부채를 흔들지 않으므로 남들은 곧 그를 「신선」이라 불렀다."(「김신선전(金神仙傳)」, 226쪽) 현실 생활에서 밥이 생명의 법칙이 아니라, 돈의 논리로 받아들여지고 있음을 단적으로 지적한 부분이다. 자유의 도를 깨달은 사람들이 그러한 현실을 초월하는 건 당연한 일이다. 그들의 삶은 허생과 마찬가지로 '떠나는 사람'이나 '은둔자'의 모습으로 나타날 수밖에 없다. 생명의 법칙이 저절로 우주의 조화를 이루어내는 세계를 그리워하는 것이다.

2) 현실관

현실을 꿰뚫어 본 허생이 그 현실을 거부한 일을 어떻게 받아들여야 할까.

초월관의 근거로 받아들이는 것 외에 다른 방향은 없는가. 허생 자신이 몸담고 있는 현실 안의 모습을 눈으로 보았을 때, 그의 현실 거부는 어떤 의미를 지니는가.

허생의 현실 거부 행위는 치열한 현실 개혁 의지에서 나온 결과이다. 그 점은 그가 변씨에게 돈을 빌리는 데에서 드러난다. "물질을 기다리기 전에 벌써 스스로 만족을 가진 사람임이 틀림없는" 허생이 자신의 치부를 위해서 돈을 빌릴 리 없다. "무엇을 시험해볼 일이 있어 그대에게 만금을 빌리러 왔소."(151쪽)라는 허생의 당당한 어조가 개혁 의지를 뒷받침한다. 시험해본다는 것은 기존 현실의 개혁 가능성을 타진해본다는 뜻이다. 시험 결과 기존 현실의 틀 안에서는 어떠한 개혁 작업도 불가능하다는 사실이 확인된다.

그래서, 허생은 가장 현실적인 길을 모색한다. 변산 도적굴에 가서 도적을 불러 모은 일이 그것이다. "주(州)·군(郡)에서 군졸을 징발하여 뒤를 쫓아서 잡으려 하였으나 잡지 못하였다."(154쪽)는 도적 떼를 허생이 한 곳으로 불러모은 것은 지극히 현실적인 해결책을 도모해서였다.

> "밭 있구, 아내 있다면야 어찌 이다지 괴롭게 도둑질을 일삼겠우." 한다. 허생은,
> "정말 그렇다면 왜 아내를 얻고 집을 세우고 소를 사서 농사지어 살면 도적놈이란 더러운 이름도 없을뿐더러 살림살이엔 부부(夫婦)의 낙(樂)이 있을 것이며, 아무리 나쏘다닌다 해도 체포당할 걱정이 없이 길이 잘 입고 먹고 살 수 있지 않겠는가." 했다. 뭇 도적은,
> "그야 정말 소원이겠지만 다만 돈이 없을 뿐이어유." 한다. 허생은 껄껄 웃으며,
> "너희들이 도적질한다면서 돈이 그렇게 그립다면 내 너희들을 위해서 마련해 줄 수 있으니, 내일 저 바닷가를 건너다 보면 붉은 깃발이 바람결에 펄펄 날리는 게 모두들 돈 실은 배일 거야. 너희들이 멋대로 가져가려무나." 했다.(155쪽)

돈이 없어 도적질하는 도적 떼에게 돈을 주어 해결하자는 논리이다. 겉보기에 간단한 논리 같지만, 그렇지가 않다. 이 논리에는 기존 현실의 총체적 모순이 전제되어 있다. 그래서 지극히 현실적 해결책이라는 말이 타당성을 얻는다. 그것은 위 도적 떼의 문제가 허생 스스로 시험한 도적질 문제와 병행되기 때문이다. 매점매석 행위가 그렇다. 도적질의 방법과 범위가 다른 것뿐이다. 기존 현실에서 합법을 위장한 도적질의 성격이 어떠한 것인가를 명백히 보여준 것이다. "이는 백성을 못 살게 하는 방법이다. 뒷 세상의 나라 일을 맡은 이들로서 행여 나의 이 방법을 쓰는 자 있다면 반드시 그 나라를 병들이고 말 게요."라는 지적이 그렇다. 그런데, 기존 현실에서 허생의 눈에 뜨인, 백성을 못 살게 하는 방법이 한두 가지겠는가. 모든 백성이 평등하게 살아갈 길은 무엇인가. 새로운 세계를 건설하는 방법만이 가장 현실적이다.

허생의 새로운 세계 건설 방법은 일반적인 의미에서 혁명과는 다르다. 단순한 현실 뒤집음이 아니라, 기존 현실의 모순 근거를 없앤다는 차원이다. "돈 오십만 냥을 바다 속에 던진" 행위는 부수적인 현실 문제에 지나지 않는다. 허생은 그 모순의 근거, 즉 '화근'을 '글을 아는' 문제에 두고 있다. 글을 아는 힘은 거짓을 진실로 합리화하는 데에 절대 조건이기 때문이다. 또한 합리화 능력이야말로 그동안 이룩된 인류 문명의 절대 조건이다. 허생의 새로운 세계 건설의 궁극 의의는 그러한 기존 문명을 전면 거부하는 데에서 찾아진다. 그것이 바로 허생의 현실관이다.

그러한 허생의 현실관은 다른 이인들의 삶에서도 그대로 드러난다. 그들은 일상인들이 싫어하는 일만 즐겨한다.

엄행수는 "자기의 모든 덕행(德行)을 저 더러운 똥 속에다가 커다랗게 파묻어서 이 세상에 참된 은사(隱士)의 노릇을 하는"(「예덕선생전(穢德先生傳)」, 198쪽) 사람이다. 여기서 '똥'은 문명의 배설물을 상징한다. 일상인들은 자신들의 배설물에 '더러운'이라는 수식어를 붙여가면서까지 자신들의 실체를 위장하고 합리화한다. 글을 알아서이다. 그 글 아는 능력을 바탕으로 문명을 건설했으니, 문명과 똥과의 관계가 예덕선생에 의해 정확히 밝혀진 것이다. 그러한 문명의 더러운 배설물(穢)을 고스란히 덕(德)으로 받아들이는 엄행수의 삶이야말로 "성인의 경지에"(199) 이른 터이다. 엄행수는 글 아는 사람이 아님에도 불구하고, 문명사회에서 인간이 어떻게 살아야 되는가를 지극히 현실적으로 깨달은 사람이다. 광문도 그 경우이다. 광문의 삶 자체가 '똥'에 해당한다. "광문이는 비록 해어진 옷에 그 행동이 창피하긴 하나 그의 뜻은 몹시 자유로웠다."가 그 점을 말한다.

글 아는 이인들은 글 아는 대로 그러한 점을 깨달은 것으로 묘사되어 있다. 김홍기[6]와 같이 신선의 경지에 오른 사람들은 일상인들의 삶에 절대 필요한 의식주의 없이 살아가니, 문명의 법칙에 구속되어 살 필요가 없다. 한없이 자유로운 사람들이다. 의식주를 얻기 위해 투쟁해야만 하는 인간의 삶에서 이보다 더 현실적인 일이 어디 있겠는가. 정희량·갓바치·남사고·서경덕 같은 사람도 다 그 경우에 해당한다. 민옹·토정·서기도, 밥을 먹지 않고 살았다고 묘사된 건 아니지만, 문명사회에서 쓰이지 않았다는 점이 같은 경우이다. 지극히 자유로운, 현실적인 삶을 누린 것이다.

---

6 "그는 밥을 먹지 않으므로 사람들은 그가 찾아옴을 싫어하지 않았으며, 겨울이 되어도 솜옷을 입지 않고 여름에도 부채를 흔들지 않으므로 남들은 곧 그를 신선이라 불렀다. …(중략)… 그이는 머물 때에 일정한 주인이 없구, 다닐 때도 일정한 곳이 없을뿐더러, 여기 올 때도 미리 기일을 알리지 않구, 갈 때에도 약속을 남기는 법이 없이, 하루에 두 세 번씩 지나칠 때도 있지만, 오지 않으려고 들면 해를 지나기도 하거든요."「김신선전(金神仙傳)」, 226~228쪽.

3. 이인형 인물의 양상과 작품 구조와의 관계

『임꺽정』에서는 이인형 인물들이 주로 앞일을 예시하는 역할을 한다. 박지원 소설에서는 직접 주동인물 역할을 한다. 그러한 역할이 각 작품 구조에서 어떤 의미로 드러나는가. 앞서 논한 이인의 세계관은 그 의미와 어떤 관계가 있는가.

1) 예시형

『임꺽정』의 구조를 조망하기 위해선 정희량과 갖바치의 역할을 살피는 일이 중요하다. 물론 주동인물은 임꺽정이지만, 임꺽정이 몸담은 세계의 의미가 정희량과 갖바치의 미래를 내다보는 역할과 긴밀하게 연결되어서이다. 『임꺽정』의 역사 배경은 연산군조에서 명종조 사이이다. 4대 사화, 즉 무오(戊午)·갑자(甲子)·기묘(己卯)·을사(乙巳) 사화가 일어났던 난세이다. 그러한 난세를 꿰뚫어 본 정희량과 갖바치는 참 삶의 의미가 무엇인가를 제시한다. 임꺽정은 세상 뒤집는 일에 뛰어든다. 신선이 제시한 참 삶의 의미가 도적들의 세상 뒤집는 일에 어떻게 받아들여지는가가 문제이다.

정희량이 은거하게 된 직접 계기는 연산군의 폭정 때문이다. 그는 이장곤에게 무오사화보다 갑자사화가 더 참혹할 것을 예언한 후, 강물에 투신한 것으로 가장하여 속세를 떠난다. 모친의 삼년상도 마치지 않았으니, 당대 사대부 계층의 윤리관으로 볼 때 틀림없이 죽은 것이다. 왜 그랬을까. 목숨 보존을 위한 도피인가. 사대부들이 걸핏하면 핑계 삼았던 안빈낙도 추구인가. 그렇지 않다.

그가 속세를 떠난 참 이유는 이장곤과 갖바치의 삶을 통해 드러난다.

정희량이 이장곤에게 준 글귀는 "巨濟配所改託, 走僞上策北方길"이다. 이장곤의 운명을 정확하게 예시한 글귀이다. 유배지 거제도를 탈출하여 함흥 고리백정 집에 안착하게 된 이장곤은 새로운 세계를 경험한다. 사대부가 천민의 삶을 직접 경험한 것이다. 당대 사회 여건에서 이장곤의 개인 의지만으로는 그러한 경험을 한다는 건 지극히 어려운 일이다. 정희량이 이장곤에게 계급적 개안의 계기를 마련해 준 셈이다. 그로 인해, 이장곤은 당대 사회 모순의 근거가 계급 모순에 있음을 깨닫는다. 『임꺽정』에서 이장곤의 그러한 자각은 작품 구성상 중요한 연결 고리 역할을 한다. 임꺽정이라는 대도 출현의 사회적 필연성을 부여하는 연결 고리이다. 난세라서 도적이 출현한다는 단순 논리에서 생각할 문제가 아니다. 그 필연성엔 인간 삶의 근원 문제가 담겨 있다.

근원 문제의 의미는 정희량의 은거 생활 모습에서 드러난다. 묘향산에서 은거하다가 김윤과 갓바치를 제자로 맞는다. 그중 갓바치를 정통제자로 삼아 비술과 올곧은 정신을 전한다. 문제의 핵심은 갓바치를 정통제자로 삼은 데에서 찾아진다. 김윤 대신 갓바치를 택한 것은 갓바치의 마음이 선하게 닦였기 때문이다. 정희량에게 중요한 문제는 애민인데, 갓바치가 그것을 받아들일 재목으로 판단된 것이다. 그 점은 그가 갓바치에게 중요한 일을 예시할 때, 꼭 김윤이 없는 틈을 타서 하는 데에서 강조되기도 한다. 자신의 죽음에 관한 일도 마찬가지다. "故人塚上今人耕"이라는 뜻으로 신후사(身後事)를 지시한다. '가래밭 보탬'이라도 되겠다는 뜻이다. 백성을 수탈한 돈으로 호화 묘지를 꾸미는 경우와는 정반대이다. 제자인 갓바치에게 애민을 강조한 적이 없었음에도, 그의 애민에 대한 의지가 분명하게 드러난 것이다. 정희량의 은거 생활에서 드러난 근원 문제의 의미에는 애민 사상이 직결되어 있는 터다.

그러한 애민 사상은 갓바치에 의해 실천된다. 중종반정 후 서울 이장곤 집에서 살던 갓바치는 세상일에 답답함을 느껴 산천 구경을 나섰다가 묘향산에서 정희량을 만나 신선도를 전수받는다. 도를 이룬 후 그는 피장들이 모여 사는 곳에 숨어 살며, 양반이나 천민을 막론하고 세상일로 고통당하는 모든 사람들의 아픈 마음을 감싸 안는 자세로 살아간다. 기묘·을사사화로 이어진 어지러운 난세를 생불(生佛)로서 살아가는 것이다. 조광조와 같은 당대 명현이 그를 찾아 세상일을 의논할 정도이다.

갖바치의 그러한 실천 일들은 임꺽정을 중심으로 이어진다. 임꺽정이 작품의 주동인물인 만큼 갖바치의 실천 행위는 작품 구조의 전체 시각으로 부각된다. 어릴 때부터 성질이 사납고, 엄청난 힘과 용맹을 가져 세상 모든 사람들을 깔보는 임꺽정이지만, 갖바치만은 스승으로 깍듯하게 모실 정도이다. 그런데, 문제는 임꺽정이 갖바치의 실천 의미를 온전하게 받아들이지 않는 데 있다. 갖바치는 임꺽정에게 끊임없이 진정한 인간 혁명의 길, 즉 하늘의 뜻을 역설하나, 임꺽정은 그 뜻을 계급 혁명 차원으로만 받아들인다. 그러니까, 갖바치와 임꺽정의 연계는 작품의 갈등·화합 구조의 중심축이다.

보편 진리와 현실의 관계가 그 축으로 이어진다. 보편 진리가 현실을 감싸려 하나 현실이 수용하지 못한다. 실제 역사에서도 그건 마찬가지다. 현실은 끊임없이 진리를 외면한다. 문학작품에서나 현실에서나 그건 필연적이다. 그렇지 않다면 임꺽정과 같은 인물이 소설의 주동인물 역할을 하는 데 어떠한 사실성도 찾아낼 수 없을 것이다. 보편 진리는 어떻게 살아야 참되게 사는가 하는 문제의 시각이 되었을 뿐이다. 갖바치의 세계관이 임꺽정의 필연적인 의미를 바라보는 시각이 되는 것도 그 원리에 의해서다. 현실은 임꺽정과 같은 인물에게 혁명 의지를 품게 하지만, 좌절하게도 만든다. 갖바치의 세계관을 외면해서이다. 도적이나 관군의 대열에 들지 않은 일반 백성들은 임꺽정 일당에게, 관군에게 눈치를 살피며 복종하느라 이중으로 착취를 당할 뿐이다. 애민 사상의 실천 문제와는 거리가 먼 결과이다. 그러나 그 문제가 임꺽정의 실패 의미에만 한정되는 것은 아니다. 갖바치 사후 세워진 목불상(木佛像)이 그 애민 의지의 생생한 의미이다. 목불상은 갖바치의 생시와 똑같은 역할을 한다. 모든 고통받는 중생들의 위안 대상이다. 하늘의 뜻이 현실에서 받아들여지지 않았지만, 하늘의 뜻은 현실의 궁극 조건이 된 것이다.

그러니까, 갖바치의 세계관과 임꺽정의 세계관이 한 축으로 이어지는 것은 필연적인 일이다. 그 필연성에 담겨 있는 인간 근원 문제는 미륵 사상에서 연원된 구원 사상이다. 탁월한 지모방략을 갖춘 토정이 출사하지 않고 팔도 유람하며 살아가는 거나, 서경덕이 송도에서 유유자적하는 은일거사의 모습으로 살아가는 거나, 남사고나 서기의 존재 의미가 다 그 구원 사상으로 모아지는 문제이다. 그 문제에는 인간 혁명의 뜻은 물론, 작품 발표 당시의 절대 문제였던 민족 해방의 뜻도 포함되어 있다.[7]

2) 주동형

박지원이 기존 질서를 비판하면서 살았음은 주지의 사실이다. 단순히 비판만 하고 산 건 아니다. 합리적인 개혁 방향을 제시하고 그것을 실천했던 사람

---

7   임꺽정이 활동하던 시기가 16세기 중엽이었으나, 그와 관계된 위 구원 사상의 문제는 그 후 시대에도 계속 민중 봉기의 근원적인 힘이 된다.
철저한 신분제적 질서에 기초한 유교윤리가 민중의 생활과 의식에 상당한 정도로 반영되었음은 의심할 여지가 없다. 그러나 지배 체제가 동요하자 전통적 민간신앙이 더욱 성하게 되고 심지어는 비밀결사조직을 결성하는 움직임까지도 나타난다. 17세기 이후부터 발생하는 각종 반란이나 범죄 사건, 그리고 19세기의 농민 봉기 속에는 흔히 승려, 무당, 풍수(風水) 등이 깊이 관련되어 있으며 그 지도자들이 미륵 신앙(彌勒信仰)이나 『정감록(鄭鑑錄)』 등의 예언서를 이용하는 것도 결코 우연이 아니다. 즉, 그것은 사회경제적 억압하의 민중에게 지배 질서의 모순에 대항할 수 있는 이념적·정서적 정당성을 부여해 주는 기능을 하는 것이었다. 한국민중사연구회 편, 『한국민중사Ⅱ』(서울: 풀빛, 1986), 36쪽.

이다. 그의 이러한 비판 의식이 당시 현실과 밀착되어 전개된 문학작품이 바로 한문 단편이라는 것이다.[8] 그렇다면 박지원 소설의 주동인물 역할을 하는 이인형 인물들이 기존 현실에 어떻게 밀착되는가가 문제일 것이다. 물론, 작가의 비판 의식과 무관하지 않은 만큼 비판적으로 밀착된 건 사실이다. 그러나 그 비판적 밀착을 합리주의 관점에만 한정시켜 받아들여서는 안 된다. 작품에서 주동인물들의 의미가 그렇게 실증 형식으로 똑 떨어지는 것도 아니다. 이인으로서 삶 자체가 그렇기 때문이기도 하다.

그러한 실증 한계는 작가 자신의 논평에서도 드러난다. "울울히 뜻을 얻지 못한 자가 곧 신선일 것이다."(「김신선전」, 231쪽)가 그 경우다. 뜻을 얻지 못했다는 것은 현실의 삶에서 적용되는 실증 논리에 의한 관점이지, 신선의 실제 삶과는 무관하다. 신선의 실제 삶은 앞장에서 논한 바대로 지극히 자유로운 상태에 있다. 뜻을 얻지 못한 것이 아니라, 지고의 뜻을 얻은 것이다. 박지원 소설 연구에서, 작가의 현실관과 작중 인물의 현실관 간에 그러한 차이가 있음이 고려되어야 한다.

그러니까, 박지원 소설의 경우, 이인형 인물들이 기존 현실에 밀착되는 '어떻게' 문제는 앞서 논한 이인들의 현실관에 직결되어 있다. 먼저 이인들이 기존 현실에 밀착되는 양상들을 정리해보자.

허생	"재물로써 얼굴빛을 좋게 꾸미는 것은 그대들이나 할 일이지."(157쪽)
엄행수	남이 그에게 고기를 먹기를 권한다면 그는 "허허, 목구멍에만 내린 담에야 나물이나 고기나가 마찬가지로 배 부르면 그만이지, 하필 값 비싸구, 맛 좋은 것만을 먹을 것이 있단

---

8   박기석, 『朴趾源文學研究』(서울: 삼지원, 1984), 27쪽.

말요" 하고 사양하며, 또 새옷 입기를 권한다면 그는 "저 넓디넓은 소매 돋이를 입는다면 몸에 만만치 않고, 새 옷을 갈아 입는다면 다시금 길가에 똥을 치고 다니지 못할 것이 아니우" 하고 사양한다데그려.(197쪽)

민옹   지나치게 넓고, 기이코, 얽매이지 않고, 호탕하긴 하나 그의 성격은 개결코, 곧고, 평화롭고, 어질며 주역에 밝으며, 또는 노자의 글을 좋아했으며, 글에선 대체로 엿보지 못한 것이 없다 한다.(215쪽)

김홍기   밥을 먹지 않으므로 사람들은 그가 찾아옴을 싫어하지 않았으며, 겨울이 되어도 솜옷을 입지 않고 여름에도 부채를 흔들지 않으므로 남들은 곧 그를 '신선'이라 불렀다.(226쪽)

광문   "서울의 훗수가 팔만에 날마다 그 처소를 옮기는 만큼 내 나이를 아무리 많이 산다 하더라도 골고루 다니진 못할 게 아니우."(239쪽)

우상   그의 힘이 능히 부드러운 붓끝을 이기지 못하는 듯싶지만, 그의 온 몸에 지녔던 정화(精華)를 뽑아서 물나라 만리 밖의 그들의 서울로 하여금 나무가 죽고 내가 마르게 하였으니 그야말로 '그는 붓끝으로 산천을 뽑았다' 하더라도 옳을 것이다.(247쪽)

실증주의 관점으로 보면, 위 인물들은 현실에 밀착된 사람들이 아니라 어떠한 형태로든 소외된 사람들이다. 그러나 그들은 소외된 것이 아니라, 기존 현실을 거부한 것이다. 모두 스스로를 떳떳하게 생각하는 점이 그것을 말해준다. 재물로써 얼굴을 꾸민다든지, 배불리 먹는다든지, 집을 차지하고 산다든지 등의 기존 현실의 일들을 거부한 점이 그것이다. 엄행수의 똥 치우는 일의 의미와 민옹의 개결하고 곧고 평화롭고 어질게 세상을 살아가는 의미가 일맥상통하는 점이다.[9] 기존 문명의 찌꺼기를 거부하는 일이다. 생각하는 논

---

9 밥먹는 걱정, 잠자는 걱정, 오래 사는 걱정 등, 일상인들의 부질없는 걱정을 간결하

리 자체도 일상인들의 관점에서 보면 역설이라 할 수밖에 없다. 우상의 붓끝으로 산천을 뽑는 일도 마찬가지다. 단순히 글 솜씨가 좋다는 의미가 아니다. 글 솜씨가 인간 삶의 화근이라는 점은 허생이 지적한 바다. 우상의 글 솜씨 의미는 그 반대이다. 그러나 실제 작품에서 그의 글을 온전하게 받아들인 사람은 없다. 작가인 연암 자신도 이해를 했을 뿐이지 순수한 태도로 받아들이지 못한 것으로 묘사되어 있다.[10] 우주의 정화(精華)와 우주의 생명 근원이 하나

게 치워내는 데에서도 민옹의 성격 의미가 드러난다.

"당신은 집이 가난한데 다행히 음식을 싫어하신다니 그렇다면 살림살이가 여유 있지 않겠우. 그리고 졸음이 없으시다니 이는 밤낮을 겸해서 나이를 곱절 사시는 게 아니우. 살림살이가 늘어가고 나이를 곱절 사신다면 그야말로 수와 부를 함께 누리는 게 아니시우."(206쪽)

"도대체 밝으면 사람이구, 어두우면 귀신 되는 법이거든. 이제 당신은 어둔 곳에서 밝은 곳을 살피며, 얼굴을 숨긴 채 사람을 엿보니 어찌 귀신이 아니고야 그럴 수 있우."(209쪽)

"불사약 치고는 밥만한 게 전혀 없음을 알고 나는 아침에 한 그릇, 저녁이면 또 한 그릇 먹고서 이젠 벌써 일흔 살 남짓이 살았다우."(211쪽)

"가장 두려운 게 나 자신보다 더함이 없다 하우."(212쪽)

그는 스스로 자랑하기도 하고, 기리기도 하며, 멋대로 곁에 앉은 손님을 놀리기도 했다. 그들은 모두들 허리를 잡는다. 그러나 민영감은 낯빛도 변치 않았다.(213쪽)

10 내 일찍이 우상과 난 후 서로 알지 못했으나 우상은 자주 사람을 통해서 그 시를 내게 보이면서,

"이 세상에선 다만 이 사람이 나를 알아 줄 수 있겠지."

했다. 나는 농담으로 시를 전하는 사람에게.

"이건, 저 남인(南人) 놈의 가는 침이야. 너무 자질구레해서 보잘 것이 없어."

하였다. 우상은,

"에그, 미친놈이 남의 기(氣)를 올리네."

하고 노하였다. 이윽고 그는,

"내, 어찌 이 세상에 오래 지탱할 수 있겠어."

하며 한숨을 쉬고, 이내 두어 줄기의 눈물을 흘렸다. 나 역시 이 말을 듣고 슬퍼했다.(「우상전(虞裳傳)」, 253쪽)

로 연결되었음을 간파하지 못한 것이다.[11] 단지 밥을 먹지 않고 입지 않고도 살 수 있다는 이유만으로 김홍기를 신선이라 부른다는 점도 마찬가지다. 왜 먹지 않고 입지 않고도 사는가에는 관심이 없다. 우주 만물의 근원인 정화를 죽음의 길이 아니라 생명의 길로 열었다는 점이다.

이들의 현실 밀착 방법의 핵심은, 일상인들이 원하는 바를 거부하는 데에 있다. 연암 작품에서 일상인들이 원하는 것은 하나같이 욕망으로 차 있는 상태다. '욕망'이라는 단어 앞에 구태여 '헛된'이라는 수식어를 붙일 필요가 없다. 「예덕선생전」에서 그 욕망이 똥으로 나타난 터이다. "인류는 글 아는 힘과 욕망을 결합하여 문명을 이룬 것이다."[12] 똥이 문명 찌꺼기의 상징임은 앞서 지적한 바인데, 그 똥이 그대로 남아 있는 것만은 아니다. 썩어서 새 생명의 밑거름이 된다. 엄행수는 묵묵히 그 일을, 생명의 원리를 실천할 뿐이다. 그러니 자신이 그 찌꺼기를 많이 남길 리 없다. 허생과 민옹과 광문도 마찬가지다. 기존 문명사회에서 인간 삶의 기본 조건으로 일컬어지는 의·식·주에 욕심 내지 않고 사니 다른 면에서의 욕망이야 더 말할 필요 있겠는가. 김홍기와 우상은 아예 먹지 않고 사는 신선이라니 우주 생명 원리와 조화된 사람들이다. 지극히 자유로운 삶이다. 그러므로 이들의 기존 현실 거부는 단순한 거

---

11 사람들이 그렇게 살아가고 있음은 「호질(虎叱)」에서 범의 입을 통해 적절히 지적된다. "儒란 것은 諛라더니 과연 그렇고녀. 네 평소엔 온 천하의 모든 나쁜 이름을 모아서 망녕되이 내게 덧붙이더니 이제 다급하매 낯 간지럽게 아첨하는 것을 그 뉘라서 곧이 듣겠느냐. 대체 천하의 이치야말로 범의 성품이 몹쓸진대 사람의 성품도 역시 몹쓸 것이요, 사람의 성품이 착할진대 범의 성품도 역시 착할지니 너희들의 천만 가지의 말이 모두 五常을 떠나지 않으며, 경계나 권면이 언제나 四綱에 있긴 하나 저 서울이나 고을 사이엔 코 베이고, 발 잘리우고, 얼굴에 피조운 채 다니는 것들은 모두 五倫을 순종치 않았다는 사람이란 말야."(「호질」, 174쪽)

12 Elizabeth Wright, *Psychonalytic Criticism: Theory in Practice*(New York: Methuen & Co., 1984), pp.108~109.

부가 아니다. 자유로운 상태에서 현실과 밀착된 것이다. 그러니, 이는 현실을 적극 수용하는 자세이다. 그동안 기존 현실을 지배해온 실증 논리로 현실을 개혁한다는 차원, 욕망의 수레바퀴에 얽매인 차원을 넘어선 것이다.

3) 사상성의 근거와 종합

이상『임꺽정』과 박지원 소설의 분석을 통해 드러난 사상성의 근거는 이상 세계 추구·기존 문명 거부·구원관·절대 자유이다. 이상 세계 추구는 초월 관에 해당하고, 기존 문명 거부는 현실관에 해당하고, 구원관은 예시형에 해당하고, 절대 자유는 주동형에 해당한 것으로 분석된 터다. 한눈에 들어오도록 세로 읽기로 정리해보자.

이상세계 추구	초월관
기존 문명 기부	현실관
구원관	예시형
절대 자유	주동형

위 정리를 가로 읽기 문장으로 만들어보자.

> 기존 문명을 거부하며 이상세계를 추구하는 근원적인 힘은 구원관과
> 절대 자유 의지에서 나온다.

현실 삶의 여건에서, 이상세계를 그리워하는 일은 곧 기존 문명을 거부하는 일이다. 초월관과 현실관은 그런 의미에서 한 궤로 연결될 수밖에 없다. 그 연결 고리가 구원관과 절대 자유 의지이다. 『임꺽정』과 박지원 소설에 나오는 인물들은 다 그 선상에 있다. 이인형 인물뿐만 아니라 다른 인물들도 그렇다. 이인의 삶이 거기에서 능동적으로 드러났다는 점이 중요하다. 현실 삶

의 여건이 작품의 역사 배경인 조선시대에만 해당하는 문제가 아니기 때문이다. 조선시대와 현대의 계급분화 기준이 달라졌을 뿐이다. 현실 여건에서 이상 세계란 평등 사회다. 그러나 인류 역사에서 계급분화가 있었던 이래 그러한 사회가 완성된 적은 없다. 계급 차별을 없앤다 하고 그 기준만 바꾸었을 뿐이다. 그것이 이념을 내세운 변혁의 한계다. 『임꺽정』과 박지원 소설 구조의 핵심인 이인 이야기는 그러한 한계를 극복할 수 있는 선을 분명하게 제시한 것이다.

제7장
결 론

　홍명희의 문학관은 자신이 스스로 밝힌『임꺽정』의 창작 의도에도 그대로 반영되었다. 의도의 핵심은 반봉건·반일제·조선 정조의 실현이었는데, 그것은 그가 주동적 역할을 했던 신간회 운동에 대한 일제의 탄압 정책에서 분명하게 반증되었다. 그의 근본 목적은 당시의 식민지 피지배 현실에 처해 있던 민중을 단합시켜 해방에 이르는 길을 제시하는 데 있었다. 그러한 민중의 단합은 피지배국 백성으로서 민족 해방 전선에 통쾌하게 나서야 할 필연적인 현실 문제였다.

　그 점은『임꺽정』의 형상성과 사상성이 어떻게, 어떠한 결과로 종합되었는 가 하는 구조 원리를 밝히는 방향을 제시한 것이었다. 거기에는 물론 홍명희의 민족관·문학관·인간관이 담겨 있는데, 이 논의에서는 그렇게 작품을 총체적으로 바라보는 시각을 '생불의 눈'으로 상정했다.『임꺽정』자체에 분명하게 제시되어 있는 그러한 '생불의 눈'은 작품 전체의 이야기를 이끌어가는 주요 시각이기도 했다. 작품에서 '생불'은 모순된 세상을 단순히 개혁하는 차원이 아닌, 그 속에서 학대하는 사람이든 학대받는 사람이든, 모든 사람을 재생·구원의 길로 인도하는, 살아 있는 부처의 성격을 띤 인물이었다. 이 논의에서 근본적인 물음으로 제기되었던, 당시의 민족 현실 전체 문제를 어떻게 꿰뚫어 볼 것인가와, 그것을 기점으로 해서 인간과 역사 전체 문제를 어떻게 꿰뚫어 보는가의 방향이 그러한 생불의 눈에 의해 정해진 것이었다.

독자는 그러한 생불의 눈을 따라 작품 전체의 의미 방향을 잡아감으로써 인간 본연의 해방을 염두에 둔 온당하고 폭넓은 세계관에 일체감을 느낀다. 이렇게 생불의 눈을 통해 작가 · 작품 · 독자의 관계를 일체로 엮어가는 것이 『임꺽정』에서, 작가의 눈에서 깨달음의 눈으로, 깨달음의 눈에서 실천의 눈으로, 실천의 눈에서 구원의 눈으로 전이되는 완성을 향한 삶을 보는 시각의 역동적 의미이다. 그 과정의 주체는 물론 중생, 즉 민중이다. 그리고 그것은『임꺽정』자체를 형상화하는 문학과 역사의 역설 구조의 단초이다.

따라서 그러한 생불의 눈이 민중의 삶을 어떻게 포용하는가와, 그것이 어떻게 작품의 의미로 형상화되어 민족 정서를 구현하는가를 살펴보는 일은 본 연구에서 작품 전체의 본질적인 의미를 풀어내는 첫 번째 단계였다. 그러한 면에서 볼 때,『임꺽정』에서 소도구적 이야기 요소로 사용된 그네뛰기 · 사위 취재 · 최장군 당집 이야기 등은, 작품 내의 각 사건들과 긴밀하게 연결되어 작품 전체의 구조를 유기적으로 종합하는 중요한 이야기 요소가 되었다. 작품 속에서 드러나는 사람살이의 모습 전체가 그에 의해 민중의 삶 쪽으로 모아진 터였다. 계층 모순이 뿌리 내려진 사회구조의 모순에 시달린 민중의 삶이 한이 되어 그러한 풍속으로 나타났고, 그 풍속 묘사는, 민중의 한풀이에 대한 갈망이 작품 전체의 의미로 자연스럽게 형상화되는, 징검다리 역할을 한 것이었다.

그 문제는 민중의 언어 문제와 직결되었다. 민중이 사용하는 언어의 실제 의미 맥이 그러한 한을 푸는 데 어떠한 역할도 할 수 없었다. 오직 물리적인 힘만이 앞선 세상이기 때문이었다. 핍박받는 민중의 삶이 겉으로 드러나는 의사소통에 의해 원활하게 해결될 수 없는 시대였다. 힘이 곧 언어가 된 세상에서 민중의 입장을 대변하는 언어는 겉으로 드러난 형태가 아닌 숨은 형태를 가질 수밖에 없었다. 이 작품에서 나타난 벙어리 놀음이나 휘파람 소리와 같은 숨은 언어는 지배층만을 옹호해온 언어의 가면을 벗겨, 인간의 삶이 진실한 삶, 새로운 차원의 언어로 회복될 가능성의 단초였다.

이러한 민중의 한이 삭혀지고 숨은 진실이 확인되는 연결의 끈은 생불의 눈이었다. 그 한은 민중 낱낱의 삶의 찌꺼기이며, 그 재생의 근원이 바로 생불의 의미였다.

각 인물의 성격화 문제도 그와 같은 맥으로 해석되었다. 출신 성분이 초월된 차원의 각 인물들의 성격화는 모두 임꺽정의 지극히 천하고 지극히 귀하다는 극한으로 뻗친 사람됨의 범주 안에 들어온 상태에서, 생불의 의미로 다시 모아져 일원화되었다. 그렇게 되었다는 점은 이 작품의 다양한 인물의 성격화가 계층적 일원화와 맞물려 일관성 있게 이루어졌음을 뜻하는데, 이야기의 전개상 그 원동력이 된 것은 임꺽정을 비롯한 많은 사람들의 가슴속에 맺힌 한이었다. 이러한 다양한 형태의 삶에서 나온 한들이 천하고 귀한 것을 떠나 생불의 근원적 인간 구원의 의미로 귀속되었다는 점은 이 작품의 구조 원리를 일원화시키는 점이기도 했다.

『임꺽정』에서, 조선 정조의 의미는 바로 그러한 민중 한의 역동성에 있다. 그리고 풍성한 묘사가 그것을 뒷받침해줌으로써 민족 정서의 구현과 맞닿게 되었다.『임꺽정』은 그럼으로써 당대의 민족 현실 문제와 진정한 관계를 맺게 된 것이었다.

『임꺽정』을 사상 측면에서 어떻게 이해해야 하는가에 대한 고찰은 이 논의에서 작품 전체의 본질적인 의미를 풀어내는 두 번째 단계였다.『임꺽정』의 주된 역사 배경은 연산군조에서 명종조 사이에 걸쳐 일어난 무오·갑자·기묘·을사 사화였다. 사대부 지배 체제하의, 그러한 정치 상황에서 대두되는 문제가 바로 계층 모순이 뿌리내려진 사회구조의 무질서와 봉건주의 이념 문제였다.

『임꺽정』에서는 그러한 모순된 봉건 질서를 유지하는 근본 수단이 바로 예법이라는 문제가 부각되었다. 그러한 사회에서 예법이란 인간의 기본 질서를 지켜나가는 실천 윤리 규범이 아니라, 백성을 그릇되게 통치하고 억압하는 중앙집권 체제의 모순된 질서를 유지하려는 통치 이념의 한 수단에 불과할 뿐이었다. 예법을 그렇게 전락시킨 당시의 관료들은 말할 것도 없거니와, 그러한 기득권을 마다한, 관료 아닌, 몇몇 선비들까지도 이러한 왜곡된 이념의 부산물인 예법에 종속되어 세상 흐름의 원리를 정확하게 읽어내지 못했음이 당시의 현실로 드러났다. 당대의 모순된 봉건 질서가 힘·복수·착취의 논리에 의해 지탱될 수밖에 다른 도리가 없었다.

그러한 면에서, 『임꺽정』에서 혼인 이야기는 작품의 유기적 통일성을 이루는 데 중요한 역할을 한다. 그중 구성의 처음 부분에 해당하는 이장곤과 봉단의 결혼은 최상층과 최하층의 결합을 통해 뒤에 전개되는 다양한 삶의 의미를 포섭한다. 이러한 계급 초월 의식은 갖바치가 첩장가 드는 이야기에서 탈이념 의지로 승화된다. 그것은 『임꺽정』에서 혁명성을 구현하는 과정적 의미를 나타낸다. 현실 의미에 기반을 두고 투쟁을 통하여 얻어내야 하는 현실적 세계에서 출발하여, 모든 현실 의미에 대한 거부를 통하여 일탈 경지에 이르고자 하는 과정이 그 범위이다.

뒤에 이어지는 임돌, 금동이, 홍인서의 결혼은 전자의 투쟁 조건 역할을 한 것이고, 임꺽정의 탄생, 성장 과정, 화적 행각의 의미는 이러한 전자와 후자의 범위 안에서 주동적인 역할을 한다. 특히, 백두산을 배경으로 전개되는 임꺽정과 운총의 혼인 이야기는 전자와 후자의 간극을 한 곳으로 모아 그 범주의 성격을 분명하게 말해준다. 작가가 그 꼭짓점을 백두산이라는 원시적 공간으로 설정한 것이다. 그것을 현실 세계 차원에서 말하면, 계급 구분이 없는, 사람이 사람답게 살아갈 수 있는 생명력이 충만한 세계를 의미한다. 이는 인간 혁명의 궁극적인 지향점이기도 하다.

이야기 전개 틀의 중간 부분의 혼인 화소는 주로 빼앗기고 천대받는 하층민에 관한 것들이다. 의형제 편에 나오는 박유복, 곽오주, 길막봉이, 황천왕동이, 배돌석의 결혼 이야기가 그것인데, 이들의 공통점은 16세기 유이민들의 한(恨) 문제에 직결된다는 것이다. 이러한 민중의 한 문제는 인간 혁명의 궁극점을 지향하는 과정에서 필연적으로 대두되는 것으로서, 먼저 박유복의 경우를 통해 최영 장군 신당에 대한 민중적 상징성에 연계된다. 길막봉이와 황천왕동이의 경우는 당대 서류부가의 전통인 데릴사위 제도의 일면을 보여주고 있다. 물론 모두 양반에 대한 적개심을 바탕으로 한 것이고, 특히 황천왕동이의 사위 취재 경험은 계층 간의 벽을 허물기가 얼마나 어려운가를, 벙어리 놀음이라는 반문명적 의사소통 수단을 통한 희화적인 기법으로 보여준 것이다. 그런 상황에서 배돌석의 네 번째 아내의 당당한 저항은 당대 민중 여성의 건강성을 보여준 모범적인 사례이다.

이야기 전개 틀의 끝부분의 혼인 이야기는 주로 「화적편」을 중심으로 전개되는 임꺽정의 여인 편력에 관한 것이다. 서울 와주 한온의 집에서 '임선달' 생활을 하며 기생 소흥을 비롯하여 박씨 · 원씨 · 김씨를 아내로 맞이한 임꺽정은 갓바치와 검술 선생의 활인과 정의에 대한 가르침을 저버린 채, 양반에 대한 적개심을 마음껏 분출하며 분풀이를 하고 화적 행각을 벌인다. 이봉학과 관기 계향의 관계를 포함하여 신불출의 결혼, 김억석의 재혼, 노밤의 첩얻는 경위 등 모두 그러한 화적패 생활의 일부에 지나지 않는 것으로 서술되어 있다. 이는 임꺽정과 운총의 백두산 결혼 이야기에서 보여준 세계와는 정반대의 경우이다.

그러나 이러한 반혁명적 행위는 실제 역사 전개 차원에서 생각하면 필연적인 결과이다. 여기에는 16세기 유이민과 군도의 실상을 일제강점기 현실로 재현하려는 작가의 의도가 내포되어 있다. 16세기 양반 관리들의 수탈과 일제의 수탈에 대항하는 특수 민중의 필연적인 심리를 연계시키자는 뜻이다. 임꺽정의 반혁명적 화적 행각은 그러한 차원에서 작품 구조상의 필연성을 획득한다.『임꺽정』에서 구현된 작가의 의도와 작품의 구조와 실제 역사 문제가 역설적이면서도 유기적인 상동 관계에 있는 것이다. 혁명의 실패는 어느 시대에나 보편성을 갖는 역사적 사실이기도 하다. 한국사에서 임꺽정의 난 이후 일제강점기 이전까지 끊임없이 이어진 민란의 실패와 그 귀결점인 동학농민혁명의 좌절에서 그 점을 확인할 수 있다. 그것은 인류 문명사에서 혁명과 반혁명의 한 변증법적 의미이기도 하다.

이 과정에서 피해를 보는 쪽은 일반 백성들뿐이었다. 그들은 살아남기 위해 도둑으로 변신하는데, 그 판에 비록 임꺽정과 같은 특수한 인물이 뛰어들었다 해도 결과는 마찬가지였다. 그의 천하고 귀함이 어느 한쪽으로 기우는 것이 아니고, 계층 모순까지 동반되어 봉건 질서와 팽팽하게 맞대결하는 양상으로 드러났다.『임꺽정』에서는 당시 힘·복수·착취로 일관되던 봉건 질서가 그와 똑같은 형태의 화적의 질서를 낳게 하여 관료·백성·화적의 삼각관계를 팽팽하게 유지시키는 원인이 되었다.

중종반정은『임꺽정』전체 이야기 방향이 정해지는 중요한 계기가 되었다. 작품에서 벌어지는 사건에 직접적인 영향을 준 것은 아니지만, 이장곤의 계층적 개안을 통하여 늘 세상이 뒤집힐 수 있다는 가능성을 제시한 것으로 묘사되어 있다. 그리고 그러한 계층적 개안은 임꺽정의 아버지 돌이와 검술 선생을 통하여 임꺽정이 품게 된 혁명의 뜻을 정당화하는 근간이 되었다.

그러나 이미 뿌리가 깊어질 대로 깊어진 당시 사회의 계층 모순이 임꺽정에게 진정한 혁명의 뜻을 펼 기회를 그렇게 쉽게 넘겨줄 리 없었다. 세상 전체 문제는 고사하고도, 임꺽정 개인에게는 당시 사회에 만연되었던 그러한 계층 모순이 치명적인 좌절의 원인이 되었다. 그러한 모순된 봉건 질서에 편승하여 그의 혁명 의지를 펴나가려고 마음먹었던 일은 애초부터 잘못된 발상이었음이 작품상의 현실로 입증되었다.

결국, 임꺽정이 세상에 대해 품었던 뜻은 혁명에서 반혁명으로의 과정을 거치게 됨으로써 좌절되고 말았다.

그러나 모순된 봉건주의 사회에서 임꺽정 개인의 좌절은, 그가 자신의 뜻을 펴나가는 과정에서 나타났던 민중의 입장을 수렴한 한 결과일 뿐이었다. 민중의 입장 역시 모순된 상황에 대한 끊임없는 대응 과정 속으로 복잡하게 얽혀 들어간 데에서 나온 결과였다.

이러한 복합적인 의미 속에서 발생되는 문제가 바로 이 작품의 반봉건 의식이었다.

임꺽정 개인이 품었던 혁명의 뜻이 민중과 얽힌 복합적인 관계 속에서 좌절의 단계에 이르게 된 것은 바로 봉건 지배 체제를 유지시키는 데 공헌해온, 주자학에 근거를 둔 통치 이념에 의해서였다. 당시 민중의 입장에서 보면, 그 통치 이념이란 바로 자신들을 억압하기 위해 내세워진 명분에 지나지 않았다. 거기에 계층 모순까지 내포되었다는 사실은, 임꺽정 한 개인과 집단 사이의 유기적 관계의 단절만이 아닌 지배 계층과 피지배 계층 간의 견고한 단절을 의미하기도 했다. 한 사회 안에 개인과 집단 사이에 존재하는 두 개의 겹치는 의미가 더 이상 겹칠 수 없는 또 하나의 겹치는 의미와 병존하게 된 것이었다. 이 과정에서 임꺽정 자신뿐만 아니라 모든 개인의 가치는 파산에 이를 수밖에 없었다. 임꺽정이 진정한 인간 혁명보다는 정치투쟁의 판에 유혹된 것도 같은 의미였다. 이미 기득권을 확보하고 있던 지배 관료들의 지배 의미가 임꺽정이라는 새로운 정적의 돌출로 말미암아 파산될 수도 있는, 구체적인 사실이 된 것이었다. 임꺽정이 속해 있는 계층이든, 그와 적대적인 관료 계층이든 그들은 다 같이 한 사회질서 안에서 두 방향으로 진실을 위장하고 왜곡한 것이었다.

하나는 봉건주의 이념이고, 다른 하나는 거기에 대한 반봉건 의식이다.

봉건주의 이념이 천도와 합치되지 못한 것과 마찬가지로 그에 대한 반 이념 역시 생불이 제시한 '하늘의 뜻'과 일치되지 못한 것이다. 양쪽 모두 실천 윤리의 차원에서 볼 때 실패한 것이다.

그러나 『임꺽정』의 궁극 의미는 이러한 실패에 그친 것으로 받아들여지지 않는다. 그러한 계층 모순에서 기인된 실패가 어떠한 계층이든 삶 전체를 구원하려는 '생불의 눈'에 포용된다는 사실이 중요하다. 이 작품에서 재생·구원을 향한 삶의 완성 과정이 바로 그 사실을 뒷받침해주는 역설적 소설 장치이다. 이 과정에서 생불의 눈에 의해, 임꺽정이 역사의 전개상 연쇄 모순으로 남은 좌절의 단초가 되는 문제 인물로 지목됨으로써, 독자의 눈이 생불의 눈을 따라 진정한 인간 혁명의 길로 인도되는 것이다.

그래서 모순된 봉건 질서 안에서, 힘·복수·착취의 논리로 팽팽하게 맞서는 계층 간의 대립 양상과, 거기에 대한 혁명과 반혁명의 순환으로 얽힌 봉건주의 이념에 대한 반봉건 의식의 의미가 독자들에게 단순한 역사의 순환 구조로 받아들여지게끔 적용되지는 않는다. 그 모든 모순의 과정이 있는 그대로 제시됨으로써 독자들에게 삶의 미완성에서 완성으로의 과정을 밟게 하여 진정한 인간의 의미를 찾게 함과 동시에 역사의 진보를 실현케 할 큰 차원의 역설이 온당하게 성립된 것이다.

그것은 『임꺽정』의 구조 원리가 '생불의 눈'을 통하여 역설적으로 일원화되었다는 점을 말해주는 것이기도 하다. 신통술·사주풀이·비술 전수·예언 등의 화소로 짜여진『임꺽정』의 역설적 서사구조는 역사 사실의 소설화 문제에 있어 역사소설의 복고적 한계로 지적될 사항이 아니라, 역사소설·동양의 군담소설·서양의 악한소설에서 발견되는 주동인물의 전형화에 따른 영웅주의 한계를 창조적으로 극복한 것이다. 작품 자체에서 '생불의 눈'은 그러한 영웅주의를 철저히 배격하는 것으로 제시된 바 임꺽정을 비롯한 모든 인물에 계층을 초월하여 그 뜻이 고루 전해지고 있다는 사실 또한 그 점을 뒷받침해 준다.

『임꺽정』이 식민지 당시의 현실 문제에 중요한 의미를 가짐은 국권 상실의 차원이 아니라, 식민주의 지배 정책이 낳은 핍박받는 민중의 실체에 초점이 맞춰져 있기 때문이었다. 작가는 힘·복수·착취의 논리를 바탕으로 민중의 삶을 어렵게만 몰고 갔던 봉건주의 질서가 400년 후의 역사 현실에서도 자국 내의 그에 대한 반기나 투쟁에 의해 무너진 것이 아니고, 일제에 의해 오히려 되살아났다는 데에 식민지 당시의 근본적인 모순이 잠재해 있었음을『임꺽정』을 통해 보여주었다.『임꺽정』에서 제기된 반봉건 의식 문제는 식민주의 지배하에 놓여 있던 민중의 실체를 겨냥한 것이었다. 그래서『임꺽정』은 역사소설 형태·풍자·세태 소설론의 대두·기교 성숙 등의 현상으로 나타난 30년대 문단의 현실 대응력 약화를 근원적으로 극복한 작품이었다. 그것은 암울한 현실에 대응할 공격 자세냐 방어 자세냐 하는 우유 기법의 의미를 넘어선 것이었다. 인간 본연의 해방이 이루어진 바에야 국권 회복 차원의 자주 독립은 저절로 수반되는 문제이기 때문이었다. 그리고 그것은 홍명희 자신의 진보적인 민족관이기도 했다. 민족문학 문제에서도 민중의 삶을 기반으로 한 반봉건·반식민 의식·민족정서의 실현이 외면될 근거는 없다.『임꺽정』은 식민지 지배국의 피지배국 민족사 왜곡과, 그에 따른 피지배국 민중의 근거가 파괴된 삶의 실체를 충분히 문제화한 작품이다. 그럼으로써, 이른바 민족 문학의 정점에 오른 것이다.

『임꺽정』에서 묘사된 민중의 삶의 실체는 한이다. 그 한이 바로 민중의 삶에서 나온 내적·외적 찌꺼기이다. 그것은 생불의 의미에 포용됨으로써, 인간 본연의 삶을 찾기 위한 역사의 원동력으로 재생된다.

식민지 치하에 있던 당시의 민족문화는 바로 그러한 피지배 민중의 실천적 재생 의지 이외에 다른 어떤 것으로도 대변될 수는 없다. 더구나 『임꺽정』에서는 그러한 실천 의지가 삶 전체를 구원하려는 생불의 눈에 의하여 조망됨으로써, 평등사상에 기반을 둔 인간애 문제가 제기된 것이다. 그동안 인간의 지배를 합리화해온 어떠한 이념도 생불의 눈앞에서 거부될 수밖에 없다. 『임꺽정』은 그러한 반이념 차원에서 민족문화를 온전하게 실천한 것이다.

조선사회에서 이러한 문제들의 싹은 벌써 16세기에 드러났고, 그 점은 홍명희와 허균의 문학을 비교할 수 있는 중요한 단서이다. 홍명희(1888~1968)와 허균(1569~1618)은 주자학에 의해 합리화되던 사대부 지배 체제에 철저히 반항했던 사람들이다. 그들의 반봉건 의식은 임진왜란 전후·광해군의 폭정이라는 난세와 조선 말기의 내외풍·일제강점기·해방 전후·분단 전후라는 격변기로 이어진 사람살이의 의미 맥을 바로 이해하는 근거이다. 이들의 눈에 비친 문제의 초점은 조선 사상계를 지배한 주자학의 역할이 다수 민생을 살리는 길로 열린 것이 아니라, 소수 양반 관료들의 권력투쟁 명분을 제시하는 데에 그쳤다는 사실이다.

이 사실은 두 사람으로 하여금 각각 자신이 살던 시대에 이른바 '이단의 길'을 걷게 했었다. 허균의 길은 인간의 실제 삶이 본성(本性)을 향하여 늘 열려 있는 실천 윤리 차원으로, 실학을 여는 관문으로 뻗쳐 있었다. 홍명희의 길은 일제강점기·2차 세계 대전·서양 문명의 도래라는 특수한 상황에 얽힌 가운데, 민족 해방 쪽으로 열려 있었다. 홍명희는 그 민족 해방의 근원을 '인간 해방'에서 찾았는데, 이 '인간 해방'에 역점을 둔 점이 바로 시대 상황의 차이에도 불구하고 허균의 길에 맥이 닿는 근거였다. 홍명희와 허균의 이단의 길의 동인이었던 이러한 인간 본성 추구, 즉 '인간 삶의 뿌리에 대한 사랑'이 바로 그들 두 사람에게 내재되었던 반봉건 의식의 밑천이었다.

그러므로 그들의 반봉건 의식의 궁극 성격은 '호민의 이상'에서 찾아진다. 그들이 실현하고자 했던 호민의 이상은 늘 합리화 작업에 의존할 수밖에 없었던 이념 바꿈·계급 바꿈이 아니라, 모든 사람들의 평등을 실현할 진정한 인간 혁명에 있었던 터이다.

그러한 혁명 의지는 그들의 문학관에서도 확인된다. 그들은 살아 있는 문학 표현의 원천을 일상어 사용과 정확한 의사 전달에서 찾았던 것이다. 이는 삶과 문학에 대한 그들의 정서가 삶의 뿌리를 향하여 열려 있어서이다. 민중·호민·원민·항민 등 그들이 사용했던 용어가 350년 정도의 시대 차에 관계없이 같은 뜻으로 받아들여지는 것도 그 때문이다. 그들의 삶은 늘 눌리는 자의 편에 서 있었던 것이다. 두 작가의 문학 정서가 이렇게 삶의 뿌리로 향해졌음은 그들의 작품 자체에서도 분명히 드러난다.

홍명희와 허균 소설들에 나오는 인물들인, 정희량(鄭希良)·갓바치·이토정(李土亭)·서경덕(徐敬德)·남사고(南師古)·서기(徐起)·장한웅(張漢雄)·장생(蔣生)·권진인(權眞人)·남궁두(南宮斗)·이달(李達)·엄충정(嚴忠貞)의 삶은 신선의 의미가 무엇인가를 구체적으로 말해준다. 그들의 은거 계기, 은거 생활, 죽는 모습, 사후 행적으로 이어지는 삶의 양상에서 그 점이 저절로 드러난다. 절대 선에 바탕을 둔 인간애를 현실 밖이 아니라 현실 안에서 실천함으로써 영원한 생명을 회복하는 삶의 자세가 그것이다. 그것은 갓바치가 임꺽정에게 역설한, '하늘의 뜻'을 깨달아 실천하는 삶과 같은 뜻이다. 그리고 그 하늘의 뜻은 허균이 주자학의 입장에서 강변한 천리(天理)·천도(天道)의 올곧은 실천 의미에 해당하기도 한다.

　이러한 신선의 의미는 홍명희의 『임꺽정』과 허균 소설을 이해하는 전체 관점으로 중요한 역할을 한다. 각 작품 구조 자체가 그렇게 이루어지고, 그 구조들이 독립되어 병행하면서도 상호 긴밀한 관계를 유지하며, 결국 한 지점으로 모아지고 있는 것이다. 그 꼭짓점이 바로 임꺽정과 홍길동의 삶이다. 겉보기에 다르다는 임꺽정과 홍길동의 예는 홍명희와 허균의 이야기 구도 형식이 다르다는 것에 해당할 뿐이다. 임꺽정과 홍길동을 중심으로 모아지는 병행 구조의 원리는 같다. 그 필연적인 근거는 임꺽정과 홍길동의 호민으로서 이상이 어떻게 펼쳐졌는가에 있다. 청석골 도중·활빈당·율도국에서 일들이 결코 삶의 뿌리를 향한 것으로 볼 수 없어서이다. 그 일들은 기존 세력에 반기를 들었던 임꺽정과 홍길동의 처음 의도와는 정반대로 전개되었던 것이다. 그렇지만, 홍길동과 임꺽정에 얽힌 역사의 사건들은 인간 혁명의 실패라는 단순한 한 자료에 불과한 것만은 아니다. 역사상 인간 혁명의 시도들이 실패의 결과로 순환되어온 것이 사실이지만, 그 의미가 실패로만 받아들여지지 않는 게 또 하나의 사실이다. 이는 실증 논리의 틀을 넘어선 것이다. 역사의 현장에서 끊임없이 진보와 정체가 맞물려 공존하는 하나의 역설 논리를 상정하게 한다. 그 역설 논리가 바로 두 작가 작품의 병행 구조 원리에 깔려 있는 밑바탕이다. 이에 신선의 의미는 임꺽정과 홍길동에 관한 역사 사실의 문학적 문제화의 단서이기도 하다.

　그러한 병행 구조를 탄탄하게 이끌어 가는 갈등 요소는 계층 모순이다. 출생에서 사망까지 임꺽정과 홍길동의 반항 행위의 근본 동인이 계층 모순에 있기 때문인데, 중요한 문제는 그러한 계층 모순에서 비롯된 임꺽정과 홍길동의 반항 행위의 의미가 민중의 한에 어떻게 연결되는가이다.

개인 면에서만 본다면, 홍길동과 임꺽정의 반항 행위의 성격 차이는 두 쪽으로 나누어진다. 첫째는 양반 계층에 대한 미움 여부이고, 둘째는 그에 따라 기존 지배 체제에 대한 인정 여부이며, 셋째는 그 둘에 따라 부귀영화를 따로 마련하느냐, 기존 지배 질서에서 빼앗으려다 죽임을 당하느냐 하는 분할선이다. 그러나 민중 전체의 평등한 삶을 고려한 진정한 인간 혁명의 관점에서 보면, 그 분할선은 무의미하다. 다 같이 기존 질서에 내재된 계층 모순에서 헤어나지 못하기 때문이다. 임꺽정과 홍길동은 스스로 절대 지배 권력의 새로운 층을 만들었던 터다. 그 지배의 틀이 조선국 안에서나 율도국 안에서나 청석골 안에서나 똑같다. 임꺽정과 홍길동의 반항 행위는 인간 혁명으로서 실패한 것이다.

이러한 실패가 바로 역사의 진보라는 차원에서 역설적 의미를 갖는다. 그 문제를 이해하는 근원이 계층 모순에서 비롯된 눌리는 자의 한, 즉 민중의 한이다. 이는 홍길동과 임꺽정의 적굴 활동이 의적으로서냐 화적으로서냐 문제를 뛰어넘는다. 화적으로서든 의적으로서든 그들의 적굴 활동은 하늘의 뜻을 외면한 민중의 한이 뭉쳐 빚어낸 결과이기 때문이다. 그건 임꺽정과 홍길동 개인 차원만의 문제가 아니라, 한으로 뭉쳐진 민중의 기운이 반항 행위로 몰릴밖에 '수 없는' 현실 상황 문제이다. 그러한 의미에서 임꺽정과 홍길동의 최후는 당대 사회로 보아, 충분한 현실성을 얻은 터다. 그와 동시에, 그 점은 「홍길동전」과 『임꺽정』이라는 작품 차원에서도 민중의 한이라는 사실성을 얻는 데 성공한 결과이다.

「홍길동전」과 『임꺽정』에서 사실성의 밑천 역할을 하는 민중의 한이 바로 구원의 의미에, 즉 현실 안에서 절대 선에 바탕을 둔 인간애를 실천한다는 신선의 의미에 직결된다. 갖바치 생불에게 중요한 것은 임꺽정 한 개인의 최후가 아니라, 민중 전체의 한을 어루만져 구원의 길로 인도하는 일이다. 그 과정에서 가장 천하면서도 가장 '기걸'한 문제의 인물 임꺽정으로 구원의 관점이 모아짐은 소설 구조 원리상 당연한 이치이다.

홍길동도 그와 같은 유형의 문제 인물이다. 한문소설에 나오는 여섯 신선의 삶이 그 역할을 한다. 그들이 관심을 가진 것은 한 국가 안에서의 권력 체제가 아니라, 활인이었던 터다. 그럼으로써 그들의 죽음은 하나같이 영생의 조건이 된다. 그 조건은 홍길동의 경우에서 제기된 민중의 한 문제가 역사의 진보 차원에서 삶의 뿌리 문제와 어떻게 맞닿으며, 어떤 의미를 갖는가를 분명하게 제시한다. 그건 활인의 의지에 맞닿는 구원·재생의 의미이다. 그 점은 임꺽정의 경우에서도 마찬가지인데, 이 구원·재생관이 바로 홍명희의 『임꺽정』과 허균 소설들 간에 성립된 병행 구조의 상호 관계 의미를 제어하는 관점이다. 그 병행 구조가 인간 삶의 뿌리에 누적된 민중의 한을 바탕으로 하여 성립되어서이다. 상호 관계의 궁극 의미는 인간 혁명이다.

이러한 흐름은 박지원 소설들과 『임꺽정』의 관계에서도 이어진다. 지배 이념을 거부하고 민생을 살리는 길로 열린 혁명 정신이 바로 두 작가 정신의 근본이기 때문이다. 반주자주의 의식과 애민 의지로 이어진 이들의 작가 정신은 민족문학사의 맥을 이룬다. 두 작가가 창조해낸 이인형 인물들의 세계관도 한 맥으로 이어진다. 초월관과 현실관이 맥의 근거이다.

초월관은 이상 세계 추구 양상으로 나타난다. 「허생(許生)」에서, 이상 세계는 모든 생명이 우주의 질서로 이어지는 곳, 한없는 자유가 있는 곳으로 묘사된다. 이념의 틀이 아니라, 생명의 법칙만이 자유의 진정한 근거라는 논리가 이인들의 초월관을 정당화한다. 다른 작품들에서도 그런 정신이 바탕에 깔려 있다. 이인들이 이익 추구에 전혀 관심을 두지 않는 것으로 묘사되어 있다. 엄행수는 그래서 성인의 경지에 이른 사람이고, 광문은 지극히 자유로운 사람이며, 이른바 쓰이지 못한 지식인들, 서기·민옹·허생·토정은 자유로운 재사이고, 갓바치 · 김홍기 · 우상 · 정희량 · 서경덕 · 남사고는 신선의 경지에 오른 사람이다. 모두 현실 생활을 초월해 진정한 자유를 누리는 사람들이다.

현실관은 기존 문명을 거부하는 양상으로 나타난다. 일상인들이 싫어하는 일들만 즐겨 하는 이인들의 행위에서 그 점이 드러난다. 그 점은 작품에서 의식주 문제로 묘사된다. 이인들은 의식주를 초월해 사는 사람들이다. 의식주는 일상 삶의 기본 조건이다. 그런데, 문제는 대부분의 일상인들이 그것을 기본 조건으로 생각하는 게 아니라 거기에 얽매여 산다는 데에 있다. 얽매이다 보니 호의호식하는 사람이 있는가 하면, 헐벗고 굶주리는 사람도 있다. 이인들의 삶에서는 그런 경우가 없다. 얽매이지 않고 사니, 원래의 현실에 충실한 삶이다. 그래서 이인들은 지극히 현실적인 사람들이다.

이인형 인물의 양상은 예시형과 주동형으로 나타난다.

예시형은 『임꺽정』에 나오는 정희량과 갓바치의 경우이다. 임꺽정이 몸담은 난세의 의미가 정희량과 갓바치의 미래를 내다보는 역할과 긴밀하게 연결되어 있다. 정희량과 갓바치가 참 삶의 의미를 제시하는 반면, 임꺽정은 힘으로 세상 뒤집는 일에 몰두한다는 사실이 연결의 핵심이다. 그러한 인간 혁명과 계급 혁명 간의 긴장이 『임꺽정』 구조의 중심축이다. 그 축은 갓바치 생불의 시각에 의해 팽팽하게 지탱된다. 하늘의 뜻이 현실에서 받아들여지지 않았지만, 현실의 궁극 조건이 됨을 명시한다. 인간 삶의 근원 문제인 구원관이 그 축의 사상 의미이다.

주동형은 박지원 소설에 나오는 인물들의 경우이다. 현실에 밀착하는 그들의 방법은 역설 논리에 의해 이해 가능하다. 실증 논리로 보기에 그들은 엄연히 기존 현실을 거부하는 것으로 나타나기 때문이다. 그러나 그들의 현실 거부는 생명 원리를 실천하는 차원에서 이루어진다. 현실을 적극 수용하는 의미이다.

『임꺽정』과 박지원 소설에서 구조의 핵심을 이루는 이인 이야기는 진정한 인간 혁명의 선을 분명하게 제시한다. 이상 세계 추구 · 기존 문명 거부 · 구원관 · 절대 자유가 그 선을 이루는 근거이다. 기존 문명을 거부하며 이상 세계를 추구하는 힘은 구원관과 절대 자유 의지에서 나온다는 의미이다.

부록

1. 홍명희 관련 저술 목록

1) 홍명희의 글과 저서

「一塊熱血」, 『大韓興學報』 창간호, 1909.3.

「偶題」, 『대한흥학보』, 1909.4.

「弔裵公文」, 『대한흥학보』, 1909.6.

「원자 분자설」, 『대한흥학보』, 1909.6.

「동서 고적의 一班」, 『대한흥학보』, 1909.7.

「地歷上小譯. 속 동서 고적의 일반」, 『대한흥학보』, 1909.10.

이반 크릴로프, 「쿠루이로프 비유담」(번역), 『少年』, 1910.2.

「서적에 대하여 고인이 찬미한 말」, 『소년』, 1910.3.

안도레에 네모에푸스키이, 「사랑」(번역), 『소년』, 1910.8.

「六堂께−申圭植 선생 돌아가신 소식을 듣고」, 『東明』, 1921.10.1.

크라이스트, 「로칼노 거지 노파」(번역), 『동명』, 1923.4.1.

「Antauparolo(머리말)」, 김억 『에스페란토 독학』, 한성도서주식회사, 1923.

크라이스트, 「후작부인」(번역), 『폐허 이후』, 1924.1.

체호프, 「산책녘」(번역), 『태서명작단편집』, 조선도서주식회사, 1924.

모파상, 「모나코 죄수」(번역), 『태서명작단편집』, 조선도서주식회사, 1924.

니노수빌리, 「옥수수」(번역), 『태서명작단편집』, 조선도서주식회사, 1924.

작자 미상, 「젓 한방울」(번역), 『태서명작단편집』, 조선도서주식회사, 1924.

「月曜漫話」, 『동아일보』 1924.6.9, 1924.6.23.

「壽의 種類」, 『동아일보』 1924.6.9.

「사람의 네 種類」,『동아일보』1924.6.23.

「學藝欄 新設에 對하야」,『동아일보』1924.10.1.

「「희말아야」 山上悲劇」,『동아일보』1924.10.2.

「寫眞電送」,『동아일보』1924.10.3.

「數字遊戲」,『동아일보』1924.10.4.

「犯罪者의 特質(上)」,『동아일보』1924.10.5.

「犯罪者의 特質(下)」,『동아일보』1924.10.6.

「史話三則」,『동아일보』1924.10.7.

「米國富力의 統計數字」,『동아일보』1924.10.8.

「健忘症」,『동아일보』1924.10.9.

「價値와 時代」,『동아일보』1924.10.10.

「멘델法則」,『동아일보』1924.10.11.

「無名人物」,『동아일보』1924.10.12.

「蘭草」의 價値」,『동아일보』1924.10.13.

「스도니 부인의 자녀 훈육 방법」,『동아일보』1924.10.13.

「印度社會」,『동아일보』1924.10.14.

「아나쏠 푸랑스」,『동아일보』1924.10.15.

「國文明」,『동아일보』1924.10.16.

「神聖한 疾病」,『동아일보』1924.10.17.

「接唇의 由來」,『동아일보』1924.10.19.

「짠고歷史」,『동아일보』1924.10.20.

「心靈哲學」,『동아일보』1924.10.21.

「心靈現象」,『동아일보』1924.10.22.

「人口原理」,『동아일보』1924.10.23.

「新말서스主義」,『동아일보』1924.10.24.

「差別」,『동아일보』1924.10.26.

「婚姻制度」,『동아일보』1924.10.27.

「賣淫起源」,『동아일보』1924.10.28.

「駱駝의 豫備性」,『동아일보』1924.10.30.

「가을」, 『개벽』 1924.10.

「標準語」, 『동아일보』 1924.11.2.

「煙草」, 『동아일보』 1924.11.4.

「라듸움」, 『동아일보』 1924.11.5.

「梅毒歷史」, 『동아일보』 1924.11.9.

「우박」, 『동아일보』 1924.11.12.

「人格」, 『동아일보』 1924.11.14.

「독갑이 장난」, 『동아일보』 1924.11.16.

「北極探險航空」, 『동아일보』 1924.11.18.

「畸形兒」, 『동아일보』 1924.11.19.

「畸形兒의 實例」, 『동아일보』 1924.11.21.

「阿片」, 『동아일보』 1924.11.22.

「偉大한 墳墓」, 『동아일보』 1924.11.24.

「雪」, 『동아일보』 1924.11.29.

「鐵釘을 指南針으로 使用」, 『동아일보』 1924.12.2.

「無線電信」, 『동아일보』 1924.12.4.

「無線電話」, 『동아일보』 1924.12.5.

「筆」, 『동아일보』 1924.12.8.

「油電機關車發明」, 『동아일보』 1924.12.9.

「飛行機發展史」, 『동아일보』 1924.12.12.

「飛行機用途」, 『동아일보』 1924.12.13.

「飛行術」, 『동아일보』 1924.12.14.

「活動寫眞」, 『동아일보』 1924.12.15.

「知者의 悲哀」, 『동아일보』 1924.12.20.

「漢字問題」, 『동아일보』 1924.12.22.

「國際語」, 『동아일보』 1924.12.23.

「셈스 · 랑쌔 理論」, 『동아일보』 1924.12.24.

「橫書問題」, 『동아일보』 1924.12.25.

「金剛石」, 『동아일보』 1924.12.26.

「職業心理實驗」,『동아일보』1924.12.27.

「멘텔리」,『동아일보』1924.12.28.

「書籍」,『동아일보』1924.12.29.

「金」,『동아일보』1924.12.30.

「鍊金術」,『동아일보』1924.12.31.

「歲首種種」,『동아일보』1925.1.1.

「五行說」,『동아일보』1925.1.2.

「우리의 正音에 對하야」(원래 제목이 없음),『동아일보』1925.1.3.

「曆法」,『동아일보』1925.1.4.

「古甲子」,『동아일보』1925.1.5.

「言語分類」,『동아일보』1925.1.6.

「道德에 對하야」,『동아일보』1925.1.7.

「蛇」,『동아일보』1925.1.8.

「法律」,『동아일보』1925.1.9.

「關羽와 迷信」,『동아일보』1925.1.11.

「蚤」,『동아일보』1925.1.12.

「迷信」,『동아일보』1925.1.13.

「螢」,『동아일보』1925.1.14.

「哲學」,『동아일보』1925.1.15.

「科學」,『동아일보』1925.1.17.

「意義잇는 植物」,『동아일보』1925.1.18.

「植物別義 一班」,『동아일보』1925.1.19.

「植物別義 一班(續)」,『동아일보』1925.1.20.

「植物別義 一班(續)」,『동아일보』1925.1.21.

「色覺과 感情」,『동아일보』1925.1.22.

「色의 屬性」,『동아일보』1925.1.23.

「色과 象徵」,『동아일보』1925.1.24.

「猿」,『동아일보』1925.1.25.

「鷄」,『동아일보』1925.1.26.

「犬」,『동아일보』1925.1.27.

「猪」,『동아일보』1925.1.28.

「鼠」,『동아일보』1925.1.29.

「牛」,『동아일보』1925.1.30.

「虎」,『동아일보』1925.1.31.

「兎」,『동아일보』1925.2.2.

「龍」,『동아일보』1925.2.3.

「蛇」,『동아일보』1925.2.4.

「馬」,『동아일보』1925.2.6.

「羊」,『동아일보』1925.2.7.

「웃」,『동아일보』1925.2.8.

「女足」,『동아일보』1925.2.9.

「漢字의 說音」,『동아일보』1925.2.10.

「어학에 능한 金奎植 박사－밖에 있는 이 생각」,『개벽』1925.8.

「신흥문예의 운동」,『문예운동』창간호, 1926.1.

「호랑이」,『시대일보』1926.1.2.

「예술 기원론의 일절」,『문예운동』2호, 1926.5.

「반 종교운동에 대한 나의 생각－종교배척보다 미신 타파」,『신인간』1926.7.

『學窓散話』, 조선도서주식회사, 1926.

「序」(1926), 신채호,『朝鮮史研究草』, 조선도서주식회사, 1929.

「조맹부와 관도승」,『계명』1926.10.

「明末史談」1·2회,『계명』1926.12, 1927.1.

「六堂,『百八煩惱』跋文」,『百八煩惱』, 동광사, 1926.12.

「신간회의 사명」,『현대평론』창간호, 1927.1

「墓地銘」, 윤치호 외 편,『월남 이상재 선생 유고』, 중앙서관, 1927.

「槿友會에 희망」,『동아일보』1927.5.29.

「난설헌의 시인가치」,『자력』1928.3.

알부크엘크,「다섯치 못」(번역),『자력』1928.3.

「무엇이 朝鮮文學이냐?」,『한빛』제9호, 1928.9.

「〈林巨正傳〉. 1회(머리말씀)−302회」, 『조선일보』1928.11.21.~1929.12.26.

「서」, 김유동, 『全鮮 명승고적』, 동명사, 1929.

「서」, 백관수 편, 『京城便覽』, 홍문사, 1929.

「靑春을 엇지 보낼가」, 『別乾坤』21호, 1929.6.

「朝鮮日報의 〈林巨正傳〉에 對하야」, 『삼천리』1929.6.

「自敍傳」, 『삼천리』1929.6.

「自敍傳(2)」, 『삼천리』1929.9.

「창간사」, 『신소설』1929.12.

「죽은 사람을 생각하며」(1929), 이태준, 『문장강화』, 박문서관, 1946.

「〈林巨正傳〉에 對하야−경찰부 유치장에서 저자」, 『조선일보』1929.12.30.

「이때까지 아무에게도 아니한 이야기−남양 미인에게 대봉변」, 『별건곤』1930.1.

「在獄 거두의 최근 서한집−홍명희로부터」, 『삼천리』1930.10.

『林巨正傳』1~541회, 『조선일보』1932.12.1~1934.9.4.

「〈林巨正傳〉을 쓰면서」, 『삼천리』1933.9.

「三韓山斗」, 『중앙』1934.1.

「述懷」상·하, 『삼천리』1934.5, 1934.7.

「〈林巨正傳〉의 本傳−火賊篇 연재에 앞서」, 『조선일보』1934.9.8.

크라이스트, 「거지 노파」(번역), 『삼천리』1934.11.

『火賊 林巨正』1−239회, 『조선일보』1934.9.15~1935.12.24.

「나의 본 大톨스토이의 人物과 작품(一)」, 『조선일보』1935.11.23.

「나의 본 大톨스토이의 人物과 작품(二)」, 『조선일보』1935.11.26.

「나의 본 大톨스토이의 人物과 작품(三)」, 『조선일보』1935.11.27.

「나의 본 大톨스토이의 人物과 작품(四)」, 『조선일보』1935.11.28.

「나의 본 大톨스토이의 人物과 작품(五)」, 『조선일보』1935.12.29.

「나의 본 大톨스토이의 人物과 작품(六)」, 『조선일보』1935.12.1.

「나의 본 大톨스토이의 人物과 작품(七)」, 『조선일보』1935.12.3.

「나의 본 大톨스토이의 人物과 작품(八)」, 『조선일보』1935.12.4.

「서」, 심훈, 『영원의 미소』, 한성도서주식회사, 1935.

「戰爭과 文學−특히 大戰後의 경향」, 『조선일보』1936.1.4.

「養疴雜錄－陰曆」,『조선일보』1936.2.13.

「養疴雜錄－萬歲」,『조선일보』1936.2.14.

「養疴雜錄－子와 姬」,『조선일보』1936.2.16.

「養疴雜錄－姓氏」,『조선일보』1936.2.17.

「養疴雜錄－兩班」,『조선일보』1936.2.20.

「養疴雜錄－嫡庶(適庶)」,『조선일보』1936.2.21.

「養疴雜錄－兩班(續)」,『조선일보』1936.2.22.

「養疴雜錄－兩班(續)」,『조선일보』1936.2.23.

「養疴雜錄－老人」,『조선일보』1936.2.25.

「哭丹齋」,『조선일보』1936.2.28.

「上海時代의 丹齋」,『조광』2권 3호, 1936.4.

「溫故鎖錄(一)」,『조선일보』1936.4.17.

「溫故鎖錄(二)」,『조선일보』1936.4.19.

「序」, 심훈,『상록수』, 한성도서주식회사, 1936.

「亦一詩話」,『조광』1936.10.

「文學靑年들의 갈길」,『조광』1937.1.

「서」, 심훈,『직녀성』, 한성도서주식회사, 1937.

『林巨正』1~363회,『조선일보』1937.12.12~1939.7.4.

「이조 정치제도와 양반사상의 전모」(口述),『조선일보』1938.1.3.~5.

「鄭圃隱과 역사성」,『조광』1938.1. 별책 부록(정포은선생 탄생 600년 기념지).

「慰呈啓礎先生」,『조광』1938.11.

「語原과 史實(學窓散話)」,『博文』1938.12.

「彦文小說과 明淸小說의 關係」(口述),『조선일보』1939.1.1.

「哭湖岩」,『조선일보』1939.4.8.

「祝 萬海兄 六十一壽」, 1939.

『林巨正』전 4권, 조선일보사출판부 1939~1940.

「湖岩의 遺著에 對하야」,『조선일보』1940.4.16.

「〈林巨正〉」,『조광』1940.10.

「눈물 섞인 노래」,『해방기념시집』, 중앙문화협회, 1945.

「史話三則(學窓散話)」, 이윤재 편, 『문예독본』, 1945.

「성명」, 『서울신문』 1946.1.5.

「제1회 전국 문학자대회 인사말씀」, 홍구 편, 『건설기의 조선문학』, 조선문학가동맹, 1946.

「조선대표작가전집 간행에 대하여」, 『신세대』, 1946.3.

「지도자의 반성」, 『서울신문』 1946.8.8.

「내가 겪은 합방 당시」, 『서울신문』 1946.8.27.

「여이전설」, 『백제』 1946.10.

「정치인의 자기비판」, 『자유신문』 1946.10.9.

「임진왜란과 충무공」, 『조선일보』 1946.11.26.

「나의 정치노선」, 『서울신문』 1946.12.17.~19.

「독립의 위업, 기필코 완성」, 『서울신문』 1947.1.1.

「자각 · 단결 · 분투」, 『한성일보』 1947.1.1.

「청년 학도에게」, 『경향신문』 1947.1.5.

「序」, 홍기문, 『조선문법연구』, 서울신문사, 1947.

「序」, 『박승걸 시집』, 상호출판사, 1947.

「哭夢陽」, 『서울신문』 1947.8.5.

「言論道의 확립은 현하 조선의 긴급사」, 『신민일보』, 1948.2.11.

「통일이냐 분열이냐」, 『개벽』 77호, 1948.3.

「담원시조를 읽고」, 정인보, 『담원시조』, 을유문화사, 1948.

『林巨正』 전6권, 을유문화사, 1948.

『림꺽정』, 전6권, 평양: 국립출판사, 1954~1955.

「3 · 1 인민 봉기를 회상하고」, 『문학신문』(북한), 1966.1.

『림꺽정』, 전4권, 평양: 문예출판사, 1985.

『청석골 대장 림꺽정』, 홍석중 윤색, 평양: 금성청년출판사, 1985.

『임꺽정』, 전9권, 서울: 사계절, 1985.

『임꺽정』, 전10권(재판), 서울: 사계절, 1991.

2) 홍명희에 대한 당대의 인물론

梁建植, 「文人印象互記: 홍명희 군」, 『개벽』 1924.2.

「옥중의 인물들: 홍명희」, 『彗星』 제1권 6호, 1931.9.

신채호, 「洪碧初氏에게」, 『朝光』 1936.3.

이광수, 「多難한 半生의 途程」, 『朝光』 1936.3.

홍기문, 「아들로서 본 아버지」, 『朝光』 2권 5호, 1936.5.

朴學甫, 「홍명희론」, 『신세대』 창간호, 1946.3.

李源朝, 「人物素描−碧初論」, 『신천지』 제3호, 1946.4.

3) 『임꺽정』에 대한 당대의 작품론

김기진, 「조선문학의 현재의 수준」, 『신동아』 1934.1.

한용운·이기영·박영희·이선근·이극노, 「『임꺽정』의 연재와 이 기대의 반향」, 『조
　　　선일보』 1937.12.8.

안석영, 「응석갓치 졸르고 교정까지 보든일−〈林巨正〉의 揷話 그리던 回憶」, 『조선일
　　　보』 1937.12.8.

임　　화, 「세태소설론」, 『동아일보』 1938.4.1.∼6.

이원조, 「〈林巨正〉에 관한 小考察」, 『朝光』 4권 8호, 1938.8.

임　　화, 「건설전의 조선 문학」, 문학가 동맹, 1946.

4) 대담, 설문 응답, 담화

「치안유지법의 실시와 금후의 조선사회운동」, 『개벽』 1925.6.

「조선인이 본 조선의 자랑−우리의 자랑은 정음문자」, 『개벽』 1925.7.

최의순, 「서재인 방문기 12−벽초 홍명희씨」, 『동아일보』 1928.12.22.

「근우회에 대한 각 방면 인사의 기대−정치적 의식 각성을」, 『근우』 1929.5.

「이관용 박사 영면−꿈 같은 흉보라는 벽초 홍명희씨 談」, 『조선일보』 1933.8.14.

「조선인의 지방열 검토−의식의 잔재이다」, 『신동아』 1934.1.

「삼천리 기자와 대담. 淸貧樂道하는 當代處士 洪命熹씨를 찾어」, 『삼천리』 72호,
　　1936.4.

「신라제-추석 명절놀이」, 『삼천리』 1936.11.

「서녕 인물 일대기」, 『삼천리』 1937.1.

「그들의 청년학도시대-홍명희」, 『조선일보』 1937.1.5.

「朝鮮文學의 傳統과 古典(兪鎭午와 문학대화)」, 『조선일보』 1937.7.16~7.17.

「新進의 今昔과 文學水準(兪鎭午와 문학대화)」, 『조선일보』 1937.7.18.

「홍명희 모윤숙 문답록. 「李朝文學」 其他」, 『삼천리 문학』 창간호, 1938.1.

「명사 漫問漫答」, 『조광』 1939.4.

「洪碧初·玄幾堂 對談-사회 이원조」, 『조광』 70호, 1941.8.

「혁명투사를 맞이하는 말씀-혼돈한 정세에 서광」, 『서울신문』 1945.11.25.

「홍명희의 환영사」, 『서울신문』 1945.12.22.(대한민국 임시정부 개선 전국 환영대회 환
　　영사)

「김구 주석에 보내는 축사-진정한 국사를 위해 소아를 버리자」, 『신조선보』,
　　1945.12.26.

「대중적 힘을 조직화-힘찬 반대운동을 전개하라; 홍명희씨와 일문일답」, 『서울신문』
　　1945.12.30.

홍명희·이태준·이원조·김남천, 「碧初 洪命熹선생을 둘러싼 文學談議」, 『大潮』,
　　1946.1.

「좌우 양익이 제휴해야 조선 문제는 해결-합작설의 회보 듣고 홍명희씨 담」, 『서울신
　　문』 1946.1.4.

「현재 진행중인 좌우합작 공작도 8·15 기념행사의 통일로부터」, 『서울신문』
　　1946.7.17.

「立議員 선출과 각계 반향」, 『독립신보』 1946.12.10, 『서울신문』 1946.12.8.(官選의원
　　직 수락 거부 담화)

「3·1절과 우리의 진로-주체세력 육성」, 『서울신문』 1947.3.1.

「美蘇共委 재개의 모씨 回翰과 관측」, 『한성일보』 1947.4.24.

「몽양 여운형 씨의 추도문」, 『한성일보』 1947.8.5.

「일제 악법과 방불-입법 의도는 那邊에」, 『조선중앙일보』 1947.9.21.(신문지법 개정

에 대한 논평)

「미소 철병 제안과 내외 반영-외교 응수」, 『새한민보』 1947.10. 상순호, 『한성일보』
　　1947.9.26.

「홍명희·설의식 대담기」, 『새한민보』 1권 8호, 1947.9. 중순호.

「민족 장래 통론-홍위원장 개회사」, 『서울신문』 1947.10.21.(민주독립당 창당대회 개
　　회사)

「민족운동에 치중」, 『한성일보』 1947.11.1, 『한성일보』 1947.11.1.(민주독립당 대표 취
　　임 소감)

「單政 抵死 반대-차라리 군정의 (연장) 찬성할지언정」, 『조선중앙일보』 1947.11.22.

「정당 단체 요인 소감」, 『우리신문』 1948.1.1.(신년사)

「신년의 신설계-정치·경제 단체의 연두사」, 『경향신문』 1948.1.1.

「朝委 초대석상에서 홍명희씨 인사-동양의 희랍 안 되기를」, 『조선중앙일보』
　　1948.2.12.

「남북통일 위하여 끝까지 투쟁하겠다」, 『조선중앙일보』 1948.3.4.(민주독립당 서울시
　　종로지부 결성대회 격려사)

「조선인들은 경악-누가 군사기지 원하나!-반쪽 정부 서면 이런 문제는 疊重疊出」,
　　『조선중앙일보』 1948.3.7.

「單選 결정에 각계 불만-餘生을 單政輩와 싸우겠다!」, 『조선중앙일보』 1948.3.14.

「민족상잔이란 웬말-홍명희씨 단선 반대 강조」, 『조선중앙일보』 1948.3.23, 『우리신
　　문』 1948. 3. 23.(민주독립당 서울시 중구지부 결성대회 격려사)

「요인 회담의 자격 운운-미군정의 독특한 문자: 홍명희 씨 반대 논의에 一矢」, 『조선
　　중앙일보』 1948.4.11.

「소련 위성국화란 모략-김구 홍명희씨 출발시 담」, 『우리신문』 1948.4.21, 『조선일보』
　　1948.4.21.(남북연석회의 참석차 북행시담화)

「홍명희·설정식 대담기」, 『신세대』 23호, 1948.5.

5) 『임꺽정』 연재에 대한 예고

「조선서 처음인 新講談 – 벽초 홍명희씨 작 〈林巨正傳〉」, 『조선일보』 1928.11.17.

「본지의 2대 讀物 – 벽초 홍명희 씨의 〈林巨正傳〉 續載, 史家 申丹齋의 〈조선상고문화
　　　　사〉」, 『조선일보』 1932.5.27.

「碧初 林巨正傳 明十二月 一日부터 連載」, 『조선일보』 1932.11.30.

「홍벽초작 〈林巨正傳〉 – 금일까지의 梗槪」, 『조선일보』 1933.4.26.

「대망의 임꺽정이 遂 재출연! – 장편소설 〈林巨正傳〉 來 11일 석간부터 연재」, 『조선일
　　　　보』 1937.12.4.

「경개 대신에 – 등장인물의 내력소개」, 『조선일보』 1937.12.11.

2. 홍명희 연보

1888년(1세) 7월 3일(음력 5월 23일) 충북 괴산군 괴산면 인산리에서 풍산 홍씨(豊山 洪氏) 홍범식(洪範植, 1871~1910)과 은진 송씨(恩津 宋氏)의 장남으로 태어남. 자는 순유(舜俞). 호는 가인(仮人), 가인(可人), 벽초(碧初).

1890년(3세) 모친 별세. 증조부 효문공(孝文公) 홍우길(洪祐吉, 1809~1890, 전 이조판서) 별세.

1891년(4세) 한양 조씨(漢陽 趙氏) 계모 됨.

1892년(5세) 천자문 배우기 시작.

1894년(7세) 동생 성희(性憙, 홍명희와 의기투합하여 3 · 1운동, 시대일보사 경영, 신간회 활동 등을 같이 했던 동생) 태어남.

1895년(8세) 『소학(小學)』을 배움. 한시를 짓기 시작.

1900년(13세) 참판 민영만(閔泳晩, 1863~1904)의 딸, 여흥 민씨(驪興 閔氏, 홍명희보다 세 살 위, 매우 총명한 여성이었고 평생 부부 금슬이 좋았다 함)와 혼인.

1901년(14세) 상경. 친구들에게 소설류를 빌려 봄.

1902년(15세) 중교의숙(中橋義塾)에 입학 신학문(일어 · 산술 · 물리 · 역사 · 법학 등 다양한 교과과정)을 접함.

1903년(16세) 동생 도희(道憙) 태어남. 장남 기문(起文, 호는 대산(袋山), 신간회 활동 · 해방 후 민주독립당 결성 · 남북 연석회의 참석 등 부자가 시종 정치 운명을 같이했다 함) 태어남.

1905년(18세) 봄 중교의숙 졸업(첫 학기 시험만 이등 하고 후로는 만 3년을 일등 했다

함). 여름에 도일.

1906년(19세) 도쿄의 도요(東洋)상업학교 예과 2학년에 편입. 문일평·이광수·최남
선 등과 교우.

1907년(20세) 동생 교희(敎喜) 태어남. 부친이 태인 군수에 부임하여 선정을 베풀어
백성을 구함. 도쿄 다이세이(大成)중학교 3학년에 편입, 1909년 말까
지 수학, 문학서적 탐독 등, 광범한 독서를 하느라 학과 공부는 등한히
했음에도 항상 일, 이등을 했다 함.

1909년(22세) 부친이 금산 군수에 부임. 대한흥학회에 가입, 활동하면서『대한흥학
보』창간호에 논설문「일괴열혈(一塊熱血)」, 4월호에 한시「우제(偶
題)」, 6월호에 애도문「조배공문(弔裵公文)」등을 발표.

1910년(23세) 부친 홍범식(1871~1910, 자는 성방(聖訪). 호는 일완(一阮)) 금산 군수
로 재직 시 경술국치(庚戌國恥)를 당해 비분 자결(8월 29일, 40세). 홍
명희의 사상과 행동에 결정적인 영향을 미쳤음. 차남 기무(起武, 지적
으로 뛰어났다 함) 태어남. 다이세이중학교 졸업을 목전에 두고 봄에
귀국. 5학년 2학기 말에 학교를 그만두었으나 학교에서는 평소 성적이
좋다 하여 나중에 졸업장을 주었다 함.『소년』지 2월호에 이반 크릴로프
의 우화를 소개한「쿠루이로프 비유담」과 8월호에 안드레이 니에모예
프스키의 산문시「사랑」을 번역 소개.

1912년(25세) 부친의 삼년상을 마치고 9월 출국하여 중국과 남양 등지를 떠돌기 시작
함. 겨울 만주 안둥현(安東縣)에 체류.

1913년(26세) 봄 상하이에 도착. 6월 난징에 갔다가 7월 18일 다시 상하이로 돌아옴.
정인보·박은식·신규식·신채호·김규식·문일평·조소앙 등과 상
하이에서 해외 독립운동 단체인 동제사(同濟社) 활동.

1914년(27세) 11월 22일 김덕진(金德鎭)·정원택(鄭元澤)·김진용(金鎭鏞)과 함께
상하이를 떠나 홍콩으로 향함.

1915년(28세) 3월 4일 싱가포르에 도착.

1917년(30세) 12월 11일 3년 남짓한 남양 생활을 청산하고 싱가포르를 출발하여 다
시 상하이로 돌아감.

1918년(31세) 6월 베이징으로 가, 다시 중국에 온 정원택과 해후,『조선사』를 집필 중

이던 신채호를 함께 방문. 신채호와 달포 동안 교류하며 평생 지기로서 우정을 쌓았음. 7월 19일 펑톈을 출발하여 귀국. 향리 괴산에서 장남 홍기문의 학업을 지도.

1919년(32세) 삼남 기하(起夏) 태어남. 3월 괴산에서 만세시위를 주도, 독립선언문을 기초함. 3월 19일 검거 송치됨. 4월 17일 공주지방법원 청주지청에서 열린 1심 공판에서 출판법과 보안법 위반으로 징역 2년 6월을 선고받음. 5월 19일 경성 복심법원에서 출판법 위반으로 징역 1년 6월을 선고받음. 7월 17일 3심인 경성 고등법원에서 공소 기각됨. 그 후 징역 10월 14일로 감형됨.

1920년(33세) 4월 28일 청주형무지소에서 만기 출감. 출옥 직후 장남 기문 혼인. 둘째 아우 도희 혼인. 8월 돌이 갓 지난 삼남 기하가 괴산 제월리에서 사망. 벽초(碧初)라는 호를 주로 사용. 민족 해방 운동 노선을 분명히 선택, 실력양성론이나 자치론을 내세운 민족개량주의자들과는 다른 길을 걷기 시작함. 정인보와 함께 대둔산과 내장산 일대를 여행. 9월에는 김억·백남규 등에 의해 창설된 조선에스페란토협회 회원으로서 선전부에 소속됨.

1921년(34세) 쌍둥이 딸 수경과 무경이 태어남. 가족을 이끌고 서울로 이사. 동아일보에 창업 주주로 참여.

1922년(35세) 안국동 68번지에 살고 있었음. 이 셋집에서 막내 아우 교희가 사망. 1월에 기문이 상하이로 유학을 떠남. 휘문고보·경신고보 교사로 일시 근무. 『동명(東明)』 10월 1일자에 「육당께」라는 서간문을 발표했는데, 이는 중국에서 병사한 신규식을 애도한 것임.

1923년(36세) 9월에 계동 38번지로 이주. 장손 석진이 태어남. 조선도서주식회사 편집부에 근무. 조선에스페란토협회 회원으로서 에스페란토 강습 강사로 활동. 홍증식·이재성·이승복·김병희·구연흠·김찬 등과 함께 7월 7일 '신사상연구회' 창립에 참여.

1924년(37세) 명륜동으로 이주. 5월 동아일보사 취체역 주필 겸 편집국장에 취임함. 『동아일보』에 「월요만화(月曜漫話)」 「학예란(學藝欄)」 「학창산화(學窓散話)」라는 제하에 칼럼 연재. 12월 2,000원 대현상을 걸고 『춘향전』을 현대소설 수법으로 개작한 작품 공모. 11월 29일 '신사상연구회'를 '화요회'로 바꿈. 아들 기문이 일시 귀국.

1925년(38세) 1월 한국 신문사상 최초로 '신춘문예' 공모. 2월 조부 홍승목(洪承穆)이 79세로 타계. 4월 시대일보로 옮겨 편집국장, 부사장 역임. 아들 기문이 도쿄로 재차 유학을 떠남. 백남운 · 백관수 · 김준연 · 안재홍 · 이긍종 · 한위건 · 조병옥 등과 회합하여 9월 15일 '조선사정조사연구회(朝鮮事情調査研究會)' 결성. 10월에 창립된 '조선농민사'에도 관여.

1926년(39세) 막내딸 계경(季瓊)이 태어남. 조선도서주식회사(朝鮮圖書株式會社)에서 단행본으로 간행된 『학창산화』에서 문학 · 역사 · 철학 · 사회과학 · 자연과학 등 다방면에 걸쳐 동서고금의 지식들을 소개. 3월 시대일보사 사장에 취임. 8월 『시대일보』 폐간으로 인해, 10월 정주 오산(五山)학교 교장으로 부임. 4월 '정우회' 발족. 여름 아들 기문이 학업을 중단하고 귀국. 최남선의 시조집 『백팔번뇌(百八煩惱)』에 발문을 씀.

1927년(40세) 오산학교 교장 사임. 2월 '정우회' 자진 해체. 권동진 · 김준연 · 문일평 · 신석우 · 신채호 · 인재홍 · 이관용 · 이승복 · 한기악 · 한용운 · 한위건 · 홍성희 등과 함께 1월 19일 '신간회(新幹會)'를 발기하여 창립 준비를 함. 2월 15일 오후 7시 서울 종로 기독교청년회관에서 신간회 창립대회를 열었음. 총무간사직을 맡아 신간회의 핵심 역할을 함. 6월에서 10월 사이 지회 설립을 위해 경상도 일원에서 정력적인 지원 활동을 벌임.

1928년(41세) 종로 4정목 101번지에 거주. 2월에 열릴 예정이던 제1회 신간회 정기대회가 일제에 의해 금지됨. 10월 검거됨(제4차 조선공산당사건과 관련 혐의로, 열흘 동안 유치장 생활, 24일 불기소 처분, 28일 풀려남). 11월 21일부터 『조선일보』에 『임꺽정』 연재 시작(1929년 12월 26일까지 307회에 걸쳐 「봉단편」 · 「피장편」 · 「양반편」이 〈林巨正傳〉이라는 제목으로 연재).

1929년(42세) 2월 15일 신간회 창립 2주년 기념식 거행. 6월 28일~29일 약식 복대표(復代表) 대회 개최, 중앙집행위원장에는 허헌이 당선되고, 중앙집행위원에는 홍명희 등 56명이 선출됨. 9월 7일 개최 예정이던 제2회 중앙집

행위원회가 일경에 의해 금지됨. 광주학생운동을 전국적인 반일시위로 확대하기 위해 11월 광주에서 민중대회를 추진. 12월 13일 오후 2시 개최 예정이었던 민중대회가 무산, 검거됨. 12월 24일 보안법 위반 혐의로 구속되어 경성지방법원 검사국으로 송치. 26일자를 끝으로 『임꺽정』 1차 연재 중단. 『삼천리』 6월호, 9월호에 「자서전」을 연재하다가, 투옥으로 중단.

1930년(43세) 1월 6일 기소되어 9월 6일 예심 종결.

1931년(44세) 4월 24일 보안법 위반으로 1년 6월형 선고받음. 상소 포기.

1932년(45세) 1월 22일 가출옥으로 출감. 12월 1일 『임꺽정』 2차 연재 시작(1934년 9월 4일까지 「의형제편」).

1934년(47세) 영생당에서 간행한 김정희의 문집인 『완당(阮堂)선생집』을 교열. 9월 15일 『임꺽정』 3차 연재 시작(1935년 12월 24일 「화적편」 '청석골'장을 끝내고, 신병으로 인해 2차 장기 휴재).

1935년(48세) 신장염으로 금강산 등지에서 정양. 마포 강변에서 은둔하는 자세로 살아감. 11월 23일~12월 4일자 『조선일보』에 「대 톨스토이의 인물과 작품」을 연재.

1936년(49세) 2월 13일~16일 『조선일보』에 조선의 역사와 문화에 대한 칼럼 「양아잡록(養痾雜錄)」을 연재, 4월 18일~21일 『조선일보』에 「온고쇄록(溫故瑣錄)」을 연재. 2월 단재 신채호가 중국에서 옥사했다는 흉보를 받자 2월 28일자 조선일보에 「곡 단재」를 기고하고, 『조광』 4월호에 「상해시대의 단재」를 기고. 9월에는 심훈이 급사.

1937년(50세) 건강이 회복되어, 12월 12일부터 『임꺽정』 4차 연재 시작(1939년 7월 4일 「화적편」 '송악산'에서 '자모산성'장의 서두까지).

1938년(51세) 『조광』 1월호 별책 부록 『정포은(鄭圃隱) 선생 탄생 600주년 기념지』에 「정포은과 역사성」을 기고.

1939년(52세) 홍대용(洪大容)의 문집 『담헌서(湛軒書)』를 교열. 4월 문일평이 급환으로 별세, 4월 8일자 『조선일보』에 「곡 호암」을 발표. 10월 조선일보사에서 『임꺽정』 제1권(「의형제편」 상) 출간. 11월에 제2권(「의형제편」 하) 출간. 12월에 제3권(「화적편」 상) 출간. 경기도 양주군 노해면 창동 244

번지로 이주. 조선일보사 출판부에서 『임꺽정』 4권이 간행됨.(「의형제편」 상·하, 「화적편」 상·중, ~1940년)

1940년(53세) 8월 『조선일보』 폐간. 『조광』 10월호에 「화적편」 '자모산성'장 일부 게재, 그 후 『임꺽정』은 미완으로 중단. 심산(心山) 김창숙(金昌淑)이 오랜 수감 생활 끝에 출옥하자 칠언절구를 보내 위로함.

1941년(54세) 서유구(徐有榘)의 『누판고(鏤板考)』 교열(대동출판사 간)

1942년(55세) 차남 기무(起武, 33세)를 정인보의 차녀 경완(庚婉, 23세)과 혼인시킴. 사회활동을 그만두고 독서로 소일. 일제의 엄한 감시를 받음.

1944년(57세) 6월 한용운 타계.

1945년(58세) 2월 고모 홍정식(洪貞植) 별세. 해방의 감격을 노래한 시 「눈물 섞인 노래」를 지음. 8월 괴산군 치안유지회 회장에 추대됨. 11월 서울신문사 고문에 취임. 12월, 조선문학가동맹 중앙집행위원장, 에스페란토조선학회 위원장, 조소문화협회 회장에 추대됨. 김일성 장군, 무정 장군 독립동맹 환영준비회 위원장, 반팟쇼공동투쟁위원회 위원장에 선임된 것으로 발표됨. 대한민국임시정부 개선 전국 환영대회 부회상으로서 환영대회에서 환영사를 함. 신탁통치 반대 국민총동원위원회 상무위원에 선임된 것으로 발표됨.

1946년(59세) 1월 5일자 『서울신문』에 좌우익의 여러 단체에서 일방적으로 자신을 임원으로 선임 발표하는 데 항의하는 내용의 「성명」을 발표. 조선문학가동맹 주최 전국문학자대회(2월 8일~9일)에 「인사말씀」을 보냄〈이태준(李泰俊) 대독〉. 3월, 서울신문사 고문직을 사임. 8월, 홍명희를 중심으로 한 민주통일당 제1회 발기회가 개최됨. 12월, 남조선과도입법의원 선거에서 관선의원으로 선임되었으나 수락을 거부. 12월 17일~19일자 『서울신문』에 「나의 정치노선」을 기고.

1947년(60세) 장남 기문의 『조선문법연구』에 서문을 씀. 7월, 시국대책협의회 결성에 참여. 8월, 여운형 인민장에서 장의위원회를 대표하여 봉도문(奉悼文)을 낭독. 8월 5일자 『서울신문』에 한시 「곡 몽양」을 발표. 민주독립당(10월 19일~20일 창당) 위원장에 취임. 12월, 김규식이 주석인 민족자주연맹의 결성에 참가하여 정치위원으로 선임.

1948년(61세) 을유문화사에서 전 10권 예정으로, 「의형제편」 1·2·3권, 「화적편」 1·2·3권, 『임꺽정』 6권이 간행됨. 『개벽』 3월호에 「통일이냐 분열이냐」를 발표. 3월 12일, 김구·김규식 등과 함께 남한 단독선거 반대를 천명하는 이른바 '7거두 성명'을 발표. 4월 3일, 통일독립운동자협의회 결성에 참여하여 간사로 선임. 4월 18일~30일, 평양에서 열린 '남북조선 제정당 사회단체 대표자 연석회의와 남북조선 제정당 사회단체 지도자협의회에 참가함. 그 이후 북에 잔류. 6월 29일~7월 5일, 평양에서 열린 남북조선 제정당 사회단체 지도자 협의회에 참가. 8월, 서울에 있던 가족들이 38선을 넘어 평양에 도착. 8월 21일~26일, 해주에서 열린 조선최고인민회의 남조선 대의원 선거를 위한 남조선인민대표자대회에 참가. 제1기 조선 최고인민회의 대의원으로 선출됨. 9월, 조선민주주의인민공화국 제1차 내각(수상 김일성)에서 박헌영, 김책과 함께 3인의 부수상 중 한 사람으로 임명됨.

1949년(62세) 남한에서는 지방 유림들의 발의로 금산군 내에 '군수 홍공 범식 순절비'가 세워졌음. 2월~4월, 정부대표단의 일원으로 소련을 방문. 6월, 조국통일민주주의전선이 결성되자 중앙상무위원으로 선임됨.

1950년(63세) 6월 26일, 군사위원회(위원장 김일성)가 설치되자 6인의 군사위원의 한 사람으로 임명됨.

1952년(65세) 과학원 초대 원장에 임명됨.

1953년(66세) 7월, 노력훈장을 받음. 11월, 정부대표단의 일원으로 중국을 방문.

1954년(67세) 평양 국립출판사에서 『림꺽정』 6권 간행됨.(「의형제편」 상·중·하, 「화적편」 상·중·하, ~1955년)

1955년(68세) 4월, 소비에트 군대의 의한 독일 해방 10주년 기념 축전에 참가할 정부대표단 단장으로 동독을 방문.

1956년(69세) 1월, 과학원장직을 사임하고 과학원 중앙위원회 상무위원이 됨.

1957년(70세) 8월, 제2기 최고인민회의 대원으로 선출됨. 9월, 제2차 내각 6인의 부수상 중 한사람으로 임명됨. 12월, 조국통일민주주의전선 중앙위원회 의장단의 일원이 됨.

1958년(71세) 9월, 국기훈장 제1급을 받음.

1959년(72세) 4월~6월, 정부대표단의 일원으로 소련을 방문, 귀국 길에 동구 여러 나라를 여행함.

1961년(74세) 5월, 조국평화통일위원회 초대 위원장이 됨.

1962년(75세) 10월, 제3기 최고인민회의 대의원으로 선출되어, 상임위원회 부위원장이 됨. 부친에게 대한민국 건국 공로훈장 단장(單章)이 추서됨.

1964년(77세) 10월, 조선민주주의인민공화국 올림픽위원회 위원장으로서 북한 선수단의 도쿄 올림픽 출전 거부와 관련한 담화를 발표함.

1967년(80세) 11월, 제4기 최고인민회의 대의원으로 선출되어, 상임위원회 부위원장에 재선됨.

1968년(81세) 3월 5일, 노환으로 별세. 평양 교외 애국열사릉에 안장됨.

■ 연구 대상 작품

박지원(朴趾源),「許生」·「穢德先生傳」·「閔翁傳」·「金神仙傳」·「廣文者傳」·「虞裳傳」·「虎叱」, 이가원(李家源) 교주(校注),『李朝漢文小說選大系 5』, 서울: 교문사, 1984.

허균(許筠),「南宮先生傳」·「嚴處士傳」·「蓀谷山人傳」·「張山人傳」·「蔣生傳」, 이가원 교주,『李朝漢文小說選大系 5』, 서울: 교문사, 1984.

─────,『홍길동전』(경판), 장지영(張志映) 주해(註解). 서울: 정음사, 1994.

─────,『홍길동전』(완판), 황패강 · 정진형 주해. 서울: 시인사, 1984.

홍명희,『임꺽정』1~10권. 서울: 사계절, 1998.

■ 기본자료

김동인,「자긔의 創造한 世界－톨스토이와 써스터예프스키 ㅣ를 比較하여」,『창조』제7호, 1920.7.

─────,「小說作法」,『조선문단』제7호~제10호, 1925.

김안서,「레오, 톨스토이」, 동아일보 1925.1.19.

김유방,「톨스토이의 藝術觀」,『개벽』제9호, 1921.3.

김환태,「思想家로서의 톨스토이」,『조광』제1호, 1935.11.

박영희,「文學運動의 目的意識論」,『朝鮮之光』, 1927.7.

박영희,「동양 최초의 대작이며 우리의 생활사전」,『조선일보』, 1937.12.8.

박학보(朴學甫),「人物月旦－洪命憙論」,『新世代』, 1946.3.15.

백　철,「春園의 文學과 그 背景」,『자유문학』32호, 1959.11.

쌍수태인(雙樹台人),「거울로서의 톨스토이」,『조광』제1호, 1935.11.

신채호(申采浩),「朝鮮革命宣言」, 1923.1.

──────────,「浪客의 新年漫筆」,『동아일보』1925.1.2.

안석영(安夕影),「응석갓치 졸르고 교정까지 보든일－〈林巨正〉의 揷畵 그리든 回憶」,
　　　『조선일보』1937.12.8.

양건식,「문인인상기: 홍명희군」,『개벽』, 1924.2.

염무웅 · 임형택 · 반성완 · 최원식,「한국 근대 문학에 있어서 〈임꺽정〉의 위치: 〈林巨
　　　正〉 연재 60주년 기념 좌담」, 1988.5.20[임형택 · 강영주 편,『碧初 洪命憙 〈林
　　　巨正〉의 재조명』, 서울: 사계절, 1988].

운강생(雲岡生),「杜翁誕生百年을 際하여」,『新生』제1호, 1928.

이광수,「文學의 價値」,『대한흥학보』제11호, 1910.3.

────,「〈復活〉과 〈創世記〉－내가 感激한 外國作品」,『삼천리』, 1931.1.

────,「朝鮮의 예수敎」,『조선일보』1934.2.6.

────,「톨스토이의 人生觀－그 宗敎와 藝術」,『조광』칭긴호, 1935.

────,「杜翁과 나」,『조선일보』1935.11.20.

────,「杜翁과 現代」,『조선일보』1935.11.26.～27.

────,「多難한 半生의 途程」,『조광』, 1936.3.

────,「亂啼鳥」,『文章』, 1940.2.

이기형(李基炯),「人傑을 낳은 山水의 藝術－벽초 홍명희의 생가를 찾아서」, 1987.5.4
　　　[임형택 · 강영주 편,『碧初 洪命憙 〈林巨正〉의 재조명』, 서울: 사계절, 1988].

이원조(李源朝),「人物素描－「碧初論」,『신천지』3호, 1946.4.

이선근,「巨大浩澣한 우리의 사회사」,『조선일보』1937.12.8.

이원조,「벽초론」,『신천지』제3호, 1946.4.

이하윤,「톨스토이 誕生百年」,『동아일보』1928.9.2.～3.

이헌구,「톨스토이│와 童話의 세계」,『조광』제1호, 1935.11.

일보생(一步生),「톨스토이의 著作年譜」,『조광』제1호, 1935.11.

임화(林和),「世態小說論」,『동아일보』1938.4.1～4.6.

──────,「最近朝鮮小說界展望－本格小說論」,『조선일보』1938.5.19.～5.25.

최재서(崔載瑞), 「보도연습반」, 『國民文學』, 1943.5.

한용운(韓龍雲), 「朝鮮佛教維新論」, 한종만 편, 『한국근대민중불교의 이념과 전개』, 서울: 한길사, 1986.

함대훈, 「톨스토 l 이의 生涯와 藝術」, 『조광』 제1호, 1935.11.

홍기문, 「아들로서 본 아버지」, 『조광』 2권 5호, 1936.5.

홍명희, 「신흥문예의 운동」, 『문예운동』 창간호, 1926.1.

―――, 「예술 기원론의 일절」, 『문예운동』 2호, 1926.5.

―――, 「新幹會의 使命」, 『현대평론』, 1927.1.

―――, 「朝鮮日報의 〈林巨正傳〉에 對하야」, 『삼천리』, 1929.6.

―――, 「自敍傳」, 『삼천리』 제1, 2호, 1929.6, 1929.9.

―――, 「〈林巨正傳〉을 쓰면서－長篇小說과 作者心境」, 『삼천리』 제5권 9호, 1933.9.

―――, 「나의 본 大톨스토이의 人物과 作品」, 『조선일보』 1935.11.23~12.4.

―――, 「文學에 反映된 戰爭, 特히 大戰後의 傾向」, 『조선일보』 1936.1.4.

―――, 「養疴雜錄」, 『조선일보』 1936.2.13~25.

―――, 「溫故鎭錄」, 『조선일보』 1936.9.17~4.19.

―――, 「上海時代의 丹齋」, 『朝光』 2권 3호, 1936.4.

―――, 「沈熏 常綠樹 序」, 『常綠樹』, 한성도서주식회사, 1936.

―――, 「역일시화」, 『朝光』, 1936.10.

―――, 「文學靑年들의 갈 길」, 『조광』, 1937.1.

―――, 「이조 정치제도와 양반사상의 전모」, 『조선일보』(口述), 1938.1.3~5.

―――, 「語源과 史實(學窓散話)」, 『博文』, 1938.12.

―――, 눈물섞인 노래, 『해방기념시집』, 중앙문인협회, 1945.

―――, 「정치인의 자기비판」, 자유신문, 1946.10.9.

―――, 「통일이냐 분열이냐」, 『개벽』 77호, 1948.3.

「홍명희·유진오 문학대화－조선 문학의 전통과 고전」, 『조선일보』 1937.7.16~18.

「洪命憙·毛允淑 兩氏問答錄」, 『삼천리 문학』, 1938.1.

「洪碧初·玄幾堂 대담」, 『조광』 70호, 1941.8.

「李泰俊·李源朝·金南天」, 「碧初 洪命憙 先生을 둘러싼 文學談義」, 『大潮』, 1946.1.

「洪命憙·薛義植 대담기」, 『새한민보』 1권 8호, 1947.9.

「洪命憙·薛貞植 대담기」,『신세대』23호, 1948.5.

「躍動하는 朝鮮語의 大樹海」,『조선일보』1937.12.8.

「〈林巨正〉의 連載와 이 期待의 反響」,『조선일보』1937.12.8.

『寄齊雜記』

『南判尹遺事』

『明宗實錄』

『雨田野談叢』

『韓國史大事典』, 서울: 교육출판공사, 1981.

벤야민,「역사개념에 관한 테제」, 반성완 역,『세계의 문학』통권 25호, 1982.

■ 논문

강민혜,「벽초 홍명희의 〈임거정〉 연구」, 고려대학교 석사학위 논문, 1990.

강영주,「韓國近代歷史小說研究」, 서울대학교 박사학위 논문, 1986.

──────,「벽초 홍명희 ①−성장·수학·방랑시대」,『역사비평』18호, 1992.

──────,「벽초 홍명희 ②−3·1운동에서 신간회 운동까지」,『역사비평』24호, 1994.

──────,「벽초 홍명희 ③−신간회 활동과 〈임꺽정〉기필」,『역사비평』25호, 1994.

──────,「홍명희 연구 ④−〈임꺽정〉과 홍명희」,『역사비평』30호, 1995.

──────,「홍명희 연구 ⑤−일제말 홍명희의 은둔과 '조선문화' 탐구」,『역사비평』31호. 1995.

──────,「碧初 洪命憙 研究」, 채진홍 편,『홍명희』, 서울: 새미, 1996.

──────,「홍명희와 역사소설 〈임꺽정〉」, 임형택·강영주 편,『벽초 홍명희와 〈임꺽정〉 의 연구자료』, 서울: 사계절, 1966.

──────,「홍명희와 해방직후 진보적 문화운동」,『역사비평』38호, 1997.

──────,「신탁통치 파동과 홍명희」,『역사비평』39호, 1997.

──────,「홍명희와 남북연석회의」,『역사비평』43호, 1998.

──────,「해방후 홍명희의 생활과 문학」,『역사비평』45호, 1998.

공임순,「홍명희의 〈임거정〉 연구」, 서강대학교 석사학위 논문, 1994.

구인환(丘仁煥), 「李光洙의 文學思想」, 東國大 韓國文學研究所編, 『李光洙 研究 (上)』, 서울: 태학사, 1984.

김동욱(金東旭), 「〈洪吉童傳〉의 比較文學的 고찰」, 김동욱 해설, 『許筠研究』, 서울: 새 문사, 1989.

김성진, 「철학적 인간학의 생태학적 과제」, 『생태 문제와 인문학적 상상력』, 서울: 나남 출판사, 1999.

김영덕, 「春園의 基督敎 入門과 그 思想과의 關係研究－主로 그 初期思想을 中心으로」, 『한국문화연구논총』 5권 1호, 이화여자대학교, 1965.

김영모(金泳謨), 「植民地時代韓國의 社會階層」, 『變革時代의 韓國史』, 서울: 동평사, 1979.

김윤식, 「우리 역사소설의 4가지 유형」, 『소설문학』, 1985.6.

김정효, 「벽초의 〈임꺽정〉 구조분석을 통한 현실 수용 양상에 대한 고찰」, 교원대학교 석사학위 논문, 1992.

김조년, 「프랑크푸르트 학파의 사회 비판이론에 비추어 본 홍명희의 비판사상」, 채진홍 편, 『홍명희』, 서울: 새미, 1996.

김태준, 「春園의 文藝에 끼친 基督敎의 影響－作家로서의 春園과 基督敎의 受容」, 『명지대 논문집』 3집, 1969.

─── , 「춘원 이광수의 예술관」, 『명지어문학』 4호, 1970.

김혜옥(金惠玉), 「燕巖小說의 道敎思想的 考察」, 숙명여자대학교 석사학위 논문, 1990.

두창구, 「연암의 소설」, 『古小說史의 諸問題』, 省吾 蘇在英 敎授 環曆記念論叢, 서울: 집문당, 1993.

박성래, 「과학기술은 역사를 발전시키는가」, 『녹색평론』 제6호, 1992.

박수경, 「〈임거정〉의 서술원리」, 경기대학교 석사학위 논문, 1992.

박현채(朴玄埰), 「分斷時代 韓國民族主義의 課題」, 송건호(宋建鎬)·강만길(姜萬吉) 편, 『韓國民族主義論 Ⅱ』, 서울: 창작과비평사, 1983.

배종호(裵宗縞), 「許筠文學에 나타난 哲學思想」, 김동욱 해설, 『許筠研究』, 서울: 새문 사, 1989.

백문임, 「홍명희의 〈임거정〉 연구」, 연세대학교 석사학위 논문, 1993.

백 철, 「春園文學과 基督敎－〈사랑〉을 중심한 확인」, 『기독교사상』 75호, 1964.

서대석(徐大錫), 「許筠文學의 研究史的 批判」, 김동욱 해설, 『許筠研究』, 서울: 새문사, 1989.

송재소(宋載邵), 「許筠의 思想史的 위치」, 김동욱 해설, 『許筠研究』, 서울: 새문사, 1989.

송철헌, 「春園文學에 미친 톨스토이의 影響」, 고려대학교 교육대학원 석사학위 논문, 1972.

송하춘(宋河春), 「歷史的 事實의 小說化 問題」, 『국어문학』 제19집. 전북대학교 국어국문학회, 1978.

신상철, 「〈사랑〉論攷」, 『서울사대 국어국문학 논문집』 7집, 1978.

신일철(申一澈), 「日帝의 韓國文化侵奪의 基調」, 안병직(安秉直) 외, 『變革時代의 韓國史』, 서울: 동평사, 1979.

신재성(申載聖), 「1920~30年代 韓國歷史小說研究」, 『現代文學研究』 제19집, 1986. 8.

안병직(安秉直), 「韓國에 侵入한 日帝資本의 性格」, 안병직 외, 『變革時代의 韓國史』, 서울: 동평사, 1979.

안태영, 「역사소설 〈임거정〉과 〈징길산〉 연구」, 충북대학교 식사학위 논문, 1991.

이동환(李東歡), 「朴趾源과 〈燕巖集〉」, 柳馨遠외, 『한국의 실학사상』, 서울: 삼성출판사, 1990.

이선영, 「春園의 比較文學的 考察」, 『새교육』 134호, 1965.

이을호(李乙浩), 「韓國의 實學思想에 대하여」, 『한국의 실학사상』, 서울: 삼성출판사, 1990.

이창구, 「홍명희의 〈임거정〉인물 연구」, 목원대학교 석사학위논문, 1992.

이 훈, 「역사소설의 현실 반영 ─〈임꺽정〉을 중심으로」, 『문학과비평』 3호, 1987.

임미혜, 「홍명희의 〈임거정〉 연구」, 서강대학교 석사학위 논문, 1990.

임헌영(任軒永), 「해방후 한국문학의 樣相」, 송건호 외, 『解放前後史의 認識』, 서울: 한길사, 1979.

장혜란, 「홍명희의 〈임거정〉 연구」, 전북대학교 석사학위 논문, 1991.

정미애, 「〈임거정〉 연구」, 우석대학교 석사학위 논문, 1989.

차혜영, 「〈임꺽정〉의 인물과 서술 양식 연구」, 한양대학교 석사학위 논문, 1992.

채길순, 「홍명희의 〈임꺽정〉 연구」, 청주대학교 석사학위 논문, 1991.

채진홍, 「碧初의 〈林巨正〉 硏究」, 고려대학교 박사학위 논문, 1990.

———, 「創作敎育의 原理」, 『崇實語文』 제10집, 1993.10.

———, 「洪命憙의 〈林巨正〉과 許筠 小說의 比較 硏究」, 『어문논집』 33, 고려대학교 국어국문학회, 1994.

———, 「홍명희의 문학론 연구」, 『국어국문학』 117호, 1996.11.

———, 「홍명희의 문학관과 반문명관 연구」, 『국어국문학』 121호, 1998.5.

———, 「8·15 직후 홍명희의 통일관과 문학관의 상관성 연구」, 『한국언어문학』 제44집, 2000.5.

———, 「홍명희의 정치관과 문예운동론 연구」, 『한국학연구』 12집, 고려대학교 한국학연구소, 2000.7.

———, 「홍명희의 창작관 연구」, 『한국언어문학』 제47집, 2001.12.

———, 「홍명희의 톨스토이관 연구」, 『국어국문학』 132호, 국어국문학회, 2002.12.30.

———, 「혼인 이야기를 통해서 본 〈임꺽정〉의 혁명성과 반혁명성 연구」, 『현대소설연구』 제30호, 2006.6.30.

최삼룡(崔三龍), 「韓國傳奇小說의 道仙思想硏究」, 고려대학교 박사학위 논문, 1981.

좌신호(崔信浩), 「비평을 통해서 본 許筠문학의 기본 좌표」, 김동욱 해설, 『許筠硏究』, 서울: 새문사, 1989.

표일초(表一草), 「彌勒信仰과 民衆佛敎」, 한종만 편, 『한국근대민중불교의 이념과 전개』, 서울: 한길사, 1986.

한승옥(韓承玉), 「碧初 洪命憙의 〈林巨正〉 硏究」, 『崇實語文』 제6집, 1984.4.

홍기삼, 「임꺽정의 인간주의」, 『문학사상』, 1992.8.

———, 「벽초 홍명희의 생애」, 채진홍 편, 『홍명희』, 서울: 새문사, 1996.

홍정운(洪禎云), 「〈林巨正〉의 義賊 모티프 ─ 세계사적 개인으로서의 義賊」, 『문학과비평』 2호, 1987.

황성기(黃晟起), 「韓國佛敎再建論」, 『한국근대민중불교의 이념과 전개』, 서울: 한길사, 1986.

■ 저서

강만길(姜萬吉),『韓國現代史』, 서울: 창작과비평사, 1984.

강영주,『벽초 홍명희 연구』, 서울: 창작과비평사, 1999.

강재륜 편저,『이데올로기 論史』, 서울: 인간사랑, 1987.

김병걸(金炳傑) · 김규동(金圭東) 편,『親日文學作品選集』, 서울: 실천문학사, 1986.

김영식(金永植) 편,『科學史槪論』, 서울: 다산출판사, 1986.

김윤식(金允植),『韓國近代小說 研究』, 서울: 을유문화사, 1986.

마성식,『국어 어의 변화 유형론』, 대전: 한남대 출판부, 1991.

문옥균 · 정량완 · 최제숙 · 이충구 편,『朝鮮時代 冠婚喪祭(Ⅰ): 冠禮 · 婚禮篇』, 서울:
    한국정신문화연구원, 1999.

민두기(閔斗基) 편,『中國史時代區分論』, 서울: 창작과비평사, 1984.

박기석(朴箕錫),『朴趾源文學研究』, 서울: 삼지원, 1984.

박충석 · 유근호,『조선조의 정치 사상』, 서울: 평화출판사, 1980.

박혜인,『韓國의 傳統婚禮 研究』, 서울: 고려대학교 민족문화연구소 출판부, 1988.

백철(白鐵),『新文學思潮史』, 서울: 신구문화사, 1980.

서산대사(西山大師),『禪家龜鑑』(1564), 서울: 보련각, 1986.

서종택,『한국근대소설의 구조』, 서울: 시문학사, 1994.

송건호(宋建鎬) 외,『解放前後史의 認識』, 서울: 한길사, 1979.

송건호,『韓國現代史論』, 서울: 한국신학연구소 출판부, 1980.

송건호 · 강만길 편『韓國民族主義論 Ⅱ』, 서울: 창작과비평사, 1983.

안병직(安秉直) 편,『申采浩』, 서울: 한길사, 1979.

안병직 외,『變革時代의 韓國史』, 서울: 동평사, 1979.

이병주(李丙疇),『詩聖杜甫』, 서울: 문현각, 1982.

이재선(李在銑),『韓國現代小說史』, 서울: 홍성사, 1972.

이철 · 이종진 · 장실,『러시아 문학사』, 서울: 벽호, 1994.

임종국(林種國),『親日文學論』, 서울: 평화출판사, 1963.

임화(林和),『文學의 論理』, 서울: 학예사, 1940.

임형택(林熒澤) · 강영주(姜玲珠) 편,『碧初 洪命憙 〈林巨正〉의 재조명』, 서울: 사계절,
    1988.

─────────── 편, 『벽초 홍명희와 〈임꺽정〉의 연구자료』, 서울: 사
　　계절, 1996.

정한숙, 『해방문단사』, 서울: 고려대학교 출판부, 1980.

─────, 『現代韓國文學史』, 서울: 고려대학교 출판부, 1982.

조동일, 『한국문학통사 5』, 서울: 지식산업사, 1988.

채진홍, 『홍명의 〈林巨正〉 연구』, 서울: 새미, 1996.

───── 편, 『홍명희』, 서울: 새미, 1996.

천이두(千二斗), 『韓國文學과 恨』, 서울: 이우출판사, 1985.

최길성, 『한국 무속의 이해』, 서울: 예전사, 1994.

최희재 역, 민두기 편, 『중국사 시대구분론』, 서울: 창작과비평사, 1984.

한국민중사연구회 편, 『한국민중사 Ⅰ』, 서울: 풀빛, 1986.

한국민중사연구회 편, 『한국민중사 Ⅱ』, 서울: 풀빛, 1986.

한우근, 『韓國通史』, 서울: 을유문화사, 1973.

한종만(韓鐘萬) 편, 『韓國近代民衆佛敎의 理念과 展開』, 서울: 한길사, 1986.

함석헌(咸錫憲), 『뜻으로 본 韓國歷史』, 서울: 제일출판사, 1979.

허균(許筠), 『국역성소부부고 1 · 2 · 3 · 4』, 서울: 민문고, 1989.

홍일식, 『韓國開化期의 文學思想研究』, 서울: 열화당, 1982.

Carr, Edward, *A History of Soviet Russia: The Bolshevik Revolution 1917~1923*, London：
　　Macmillan & Co. Ltd, 1954.

Dickens, Peter, *Society and Nature*, Philadelphia：Temple University Press, 1992.

Fanon, Frantz, *The Wretched of the Earth*, trans., Constance Farrington, New York：
　　Grove Press, Inc., 1968.

Freire, Paulo, *Pedagogy of the Oppressed*, trans., Myra Bergman Ramos, New York：The
　　Seabury Press, 1973.

Goldmann, Lucien, *The Philosophy of the Enlightenment*, trans., Henry Mass, London：
　　Routledge & Kegan Paul, 1973.

Gorky, Maxim, *On Literature*, trans., Katzer, Moscow：Progress Publishers, 1957.

Horkeimer and Adorono, *Dialectic of Enlightenment*, trans., John Cumming, New York：

The Seabury Press, 1969.

Manheim, Karl, *Ideology & Utopia*, London: Routledge & Kegan Paul LTD., 1972.

Shaw, J.T., *"Literary Indebtedness and Comparative Literary Studies"*, COMPARATIVE LITERATURE: METHOD & PERSPECTIVE, ed. Stallknect and Frenz, Carbondale & Edwardsville: Southern Illinois University Press, 1971.

Wellek, René. *Discriminations*, New Haven and London: Yale University Press, 1971.

Wright, Elizabeth, *Psychoanalytic Criticism: Theory in Practice*. New York: Methuen & Co., 1984.

라브린, 얀코, 『톨스토이』, 이영 역, 서울: 한길사, 1997.

마르쿠제, 허버트, 『一次元的 人間－先進産業社會의 이데올로기 論考』, 차인석(車仁錫) 역. 서울: 진영사, 1976.

스타시, R. H, 『러시아 文學批評史』, 이항재 역, 서울: 한길사, 1987.

화이트, 레슬리, 『문화과학: 인간과 문명의 연구』(대우학술총서 533), 이문웅 역, 서울: 아카넷, 2002.

용어

ㅇ

작품 및 도서